捧 读

触及身心的阅读

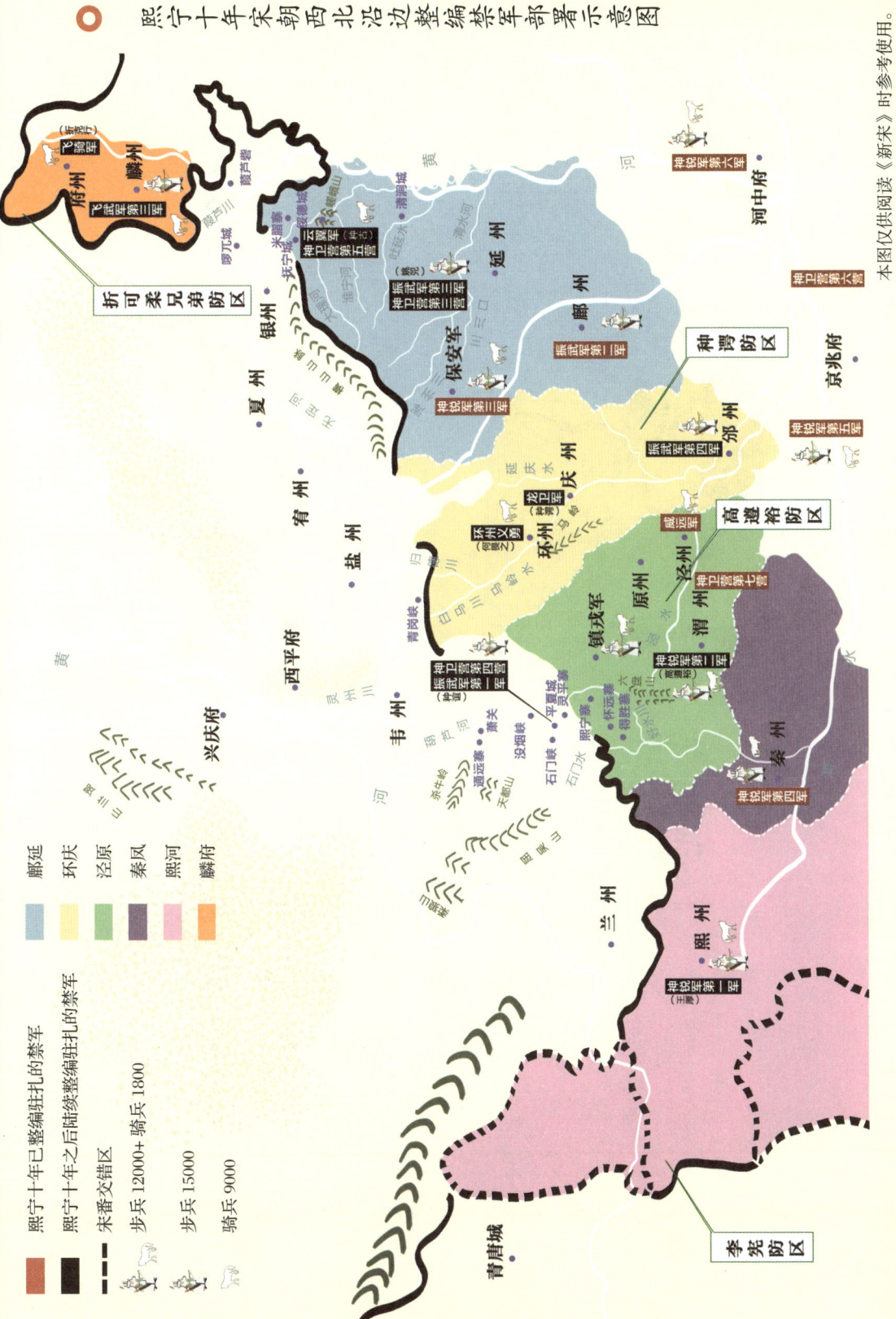

种建中

字彝叔,北宋名将种师道。时刻铭记武人要求,举止沉稳,注重风范,行事机敏而果断。

折可适

字遵正,北宋边将。「折家将」年青一代的佼佼者,为人不拘礼数,洒脱随意,注重实效。

史十三

在西夏的汉人。

表面放荡不羁，内心重情重义，后加入宋朝职方馆，成为在西夏的卧底。

梁太后

西夏毅宗的第二任皇后，李秉常之母，汉人。

以秉常年幼为由，掌管西夏政权多年，专政排汉，喜好杀伐。

间谍会议图

熙宁十年冬西夏李秉常犯宋形势图

本图仅供阅读《新宋》时参考使用。

新  宋

·大结局珍藏版·

关于宋朝的大百科全书式小说

阿越 著

图书在版编目（CIP）数据

新宋.5 / 阿越著. -- 北京：中国致公出版社，
2019
ISBN 978-7-5145-1196-3

Ⅰ．①新… Ⅱ．①阿… Ⅲ．①长篇历史小说 - 中国 - 当代 Ⅳ．①I247.5

中国版本图书馆CIP数据核字（2018）第 007815号

新宋・5

阿越 著

责任编辑：尤　敏　梁玉刚

责任印制：岳　珍

出版发行	中国致公出版社
地　　址	北京市海淀区翠微路2号院科贸楼
邮　　编	100036
电　　话	010-85869872（发行部）
经　　销	全国新华书店
印　　刷	天津丰富彩艺印刷有限公司
开　　本	787毫米×1092毫米　1/16
印　　张	23.5
字　　数	470千字
版　　次	2019年4月第1版　2019年4月第1次印刷
定　　价	45.00元

版权所有，未经书面许可，不得转载、复制、翻印，违者必究。

目录

第一章　环州密约　001

第二章　天命有司　035

第三章　伐谋伐交　073

第四章　大安改制　099

第五章　月乘右角　133

第六章　己丑之变　167

第七章　仁多乞兵　207

第八章　霹雳弦惊　245

第九章　三路伐夏　291

第十章　平夏鏖兵　329

第一章

环州密约

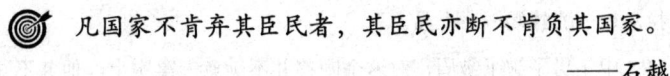凡国家不肯弃其臣民者,其臣民亦断不肯负其国家。

——石越

1

熙宁番坊，宝云斋。

一个从外表看起来是三四十岁的中年男子，正在仔细地欣赏着一块"麒麟竭"。宝云斋的掌柜阿卡尔多不时地用夹杂着好奇与尊敬的目光，打量着这位打扮成普通儒士的客人。阿卡尔多虽然来到这座"天堂般的城市"不到三个月，但是凭借多年的经验，他一眼能看出眼前的这个客人，身份非比寻常。

宝云斋位于汴京城西南蔡河水门附近。在这里，有一块约占有三条巷子的区域，这是最近开封府独特的景观之一。这块地方，是两年前由开封府开辟出来的新番坊，汴京市民通常管这里叫"熙宁番坊"。

熙宁番坊是汴京城的胡人聚居区之一，也是其中最新建的一个。与之前的番坊不同，这里聚居的番人，除了海外来的胡商之外，还有众多在汴京读书的番部继承人与他们的随从。所以，这几条巷子中，既不乏高门大户，也有热闹的街市。但是穿行其中的，绝不止胡商番人，许多汴京市民，甚至是儒生士子、朝廷官员，都喜欢来这里探异。因为在这里能买到许许多多稀奇古怪的东西。而在众多的店铺当中，宝云斋只是其中平平无奇的一家。

"这块麒麟竭，是产于大食国的吗？"中年男子没有回头看阿卡尔多，他的语气中有一点居高临下的味道。虽然到汴京时日尚浅，但是若从跨入凌牙门那一天算起，阿卡尔多来大宋，也快两年的时间了，颇有语言天分的他，基本上可以听懂汴京官话了——当然，他即使没有学汉语，也能听懂中年男子语气中的那种味道。"这是一个官员。"他在心里做出了判断。阿卡尔多快步上前，在一个适当的距离处站下来，带着礼貌的微笑，操着对外国人来说已算是相当流利的汉语说道："君侯，这是索科特拉岛……麒麟竭……上品。"

中年男子皱了皱眉，对这个回答并不满意。事实上，他并不知道"索科特拉岛"在什么地方。

"罢了。"中年男子自言自语地说道，"这块麒麟竭血色莹如镜面，料也不是次品。"

"替我包了。"

"是，君侯。"阿卡尔多恭敬地答应着，心里一面盘算着如何有技巧地向这位不喜欢旁人多语的宋朝官员推销别的商品。

忽然，那个中年男子眼中闪出奇异的光芒，这次他注意到了这个胡人对他的称谓。

"你叫我什么？"

阿卡尔多一脸茫然地望着中年男子，说道："君侯？"

中年男子又问了一次："你这胡商为何叫我'君侯'？"

阿卡尔多笑道："我看君侯举止神态，大官，一定是……教我宋话的先生说过，对大官，应该叫'君侯'……"

中年男子闻言不禁怔了一下，下意识地看了自己一眼，又抬头打量面前的胡商。阿卡尔多的观察没有错，这个中年男子的确是大宋朝廷的官员——戴罪在身的卫尉寺卿章惇。

身陷一桩大案之中、几乎身败名裂的章惇，并没有像普通戴罪在身的官员们一样，躲在府里寝食不安，不敢出门。在章惇看来，事情既然已经到了最坏的地步，就更没有为难自己的理由。这几个月来，他把东京各个热闹所在，都挨个逛了个遍，丝毫不介意御史在他原有的罪名上再加上一条死不悔改的罪状。当然，无论表面上如何，章惇的心情，总是高兴不起来的。他恢复书生时代的行径，来逛逛街市，其实也不过是消遣之意。

这时候听这胡商说破自己是个"大官"，章惇立刻矢口否认，道："我不是什么大官。"说完这话，只觉怅然若失，顿时意兴阑珊，停了一会儿，又问道，"你可是从凌牙门来的？"

"我是从欧逻巴的意大理亚来的。"[1]

"欧逻巴？"章惇觉得这个名字似乎很熟，想了一会儿，方明白原来是在石越的《地理初步》中见过，他顿生好奇之心，当下问道，"意大理亚离中土有多远？听说那边有个罗玛国，即是古书所言之大秦国[2]，是泰西大国，立国已有数百年，曾将什么海括入版图当中？那个罗玛国离意大理亚多远？"

阿卡尔多听章惇问起罗玛，并不是太吃惊。他来大宋之后，本以为大宋人对欧逻巴应当一无所知，却不料许多读书人都知道有个罗玛国。他自是不知道这是石越之功，只以为大宋人文明发达，了解远较欧人为多。这时候又听章惇提起故国，万里之外，倒是颇觉自豪，说道："意大理亚便是罗玛国。"

章惇吃了一惊，在石越笔下、大食商人的描述中，罗玛国有文物典章，其历史比起大宋建国的历史要久远许多，可以上溯到汉朝，并非匈奴、突厥这样的蛮族可比。他又听说罗玛国与大宋之间，有大食阻隔，连百姓商贾都难通往来，这时候听阿卡尔多自称是罗玛人，当下言语中都客气了几分，又问道："敢问掌柜的如何称呼？"

---

[1] 即欧罗巴（欧洲）意大利，文中皆用较早的明代译名，因宋代译名无考。后文的罗玛即为罗马，勿搦祭亚为威尼斯，达马斯谷为大马士革。

[2] 大秦是古代中国对罗马帝国及近东地区的称呼。

"我叫保罗·阿卡尔多。君侯叫我阿卡尔多便是。"

"嗯。"章惇点点头，只觉胡人名字果然甚是拗口，又问道，"你是如何来到大宋的？"他浑然没有注意到阿卡尔多依然在称呼他为"君侯"。

阿卡尔多认准章惇是个大官，兼之又关照了自己的生意，当下也有意结交，便让伙计给章惇看了座，细细说了起来。

2

原来阿卡尔多出生于意大理亚的罗玛国，在勿搦祭亚长大。成年后随商队经商至大食，经常随船来往于勿搦祭亚与达马斯谷之间。其时欧逻巴与东方的贸易利润巨大，但是其中转手贸易全部由大食商人垄断。阿卡尔多是天生具有敏锐觉察力的人，他注意到曾经强盛不可一世的阿拉伯帝国在五百年后，正不可避免地走向衰落与分裂，基督教与回教的冲突可谓一触即发。身为商人的阿卡尔多对这种局势感到十分兴奋——因为无论是回教内部的战争，还是基督教与回教的冲突，都很可能会影响来自遥远的东方之国的丝绸、瓷器进入欧逻巴的通道（当时欧逻巴尚未出现钟表），而其直接的结果便是，所有东方的商品，都毫无疑问地会涨价，而且必定是天价！于是，早在公元1069年、回历461年，亦即是大宋熙宁二年的时候，阿卡尔多便有意寻找一条通往东方的道路。

但此事谈何容易？休说寻找通往东方的道路，便是欧逻巴人想去东方，都会困难重重。原因十分简单，这将影响到大食人最重要的利益。不过这当然不能成为阻止阿卡尔多冒险的理由。在准备了六年之后，阿卡尔多开始了他大胆的冒险行动。他购买了一些商品，和自己的仆人一起伪装成水手，设法混入大食人的船队，试图偷渡到东方。阿卡尔多的计划几乎成功。但很不幸的是，长久地骗人实在是一件相当困难的事情。

在大宋熙宁九年，船队到达注辇国的时候，阿卡尔多夹带的货物被发现，他与他仆人的身份也被揭穿，二人被船长下令处死。

历史的轨迹本来到此为止。

但是这位意大理亚人似乎得到天主的关照，在船长正要处死他的时候，阿卡尔多碰上了他的救命恩人——"一位年纪轻轻就率领拥有二十艘巨大的武装帆船的商队，旨在进行比我本人那微不足道的冒险要伟大千倍的航海活动的杰出人物"程栩。

正在为寻找合适的向导而烦恼的程栩，此时恰好也在注辇国内——因为大食人与注辇国人在知道他的目的之后都拒不合作，他在此处已停留了超过一个月的时间。无所事事的程栩整天在港口碰运气，却正好碰上了这一幕。在了解到情况后，程栩小心地向大食船长隐瞒了自己的目的，只说是准备将二人送给西湖学院译经楼以换取官府的支持，骗得了船长的信任，于是在交纳了一大笔赎金给大食船长后，程栩顺利赎出了阿卡尔多和他的仆人与货物。

本来程栩是需要阿卡尔多为他充当向导的，然而阿卡尔多好不容易才到注辇国，便是死也希望能死在大宋的土地之上，坚决不愿意随程栩一起向西冒险。程栩在商言商，亦不愿自己的利益受损，几经谈判，双方终于签订契约：阿卡尔多的仆人归程栩所有，成为程栩的仆人，作为程栩的向导继续探险；程栩将阿卡尔多及他的货物送至大宋。为答谢程栩的帮助，弥补程栩的损失，阿卡尔多要与程栩签订八年的主仆契约，在大宋为程栩工作八年，其货物卖出后所得收入的三分之二，归程栩所有。

于是，在签订契约之后，阿卡尔多被程栩送到了凌牙门。其后他又与程家的仆人一起，来往于环南海地区经商，先后去过广州、泉州、杭州，最后来到汴京，与程栩的两个仆人一起在这里开了这家店。

在当时，相对于世界上其他地方的人们来说，杭州、泉州这样的城市，就已经称得上是"光明之城"。阿卡尔多第一次到达杭州之时，就感慨万千，认为杭州较之勿搦祭亚美丽十倍，繁荣一百倍。而远比杭、泉繁华十倍的汴京，简直便是如同天堂般的存在。初到汴京的阿卡尔多，虽然早已习惯了大宋的繁华与发达，却依然睁大好奇的眼睛观察着一切，并认真地记录下来。

3

阿卡尔多将自己的经历细细说来，其中种种曲折艰难之处，让章惇目瞪口呆。待到他说完，章惇亦不禁叹道："果然是备尽艰辛，方来到中土。只是我却有一事不解。我听说罗玛是泰西大邦，而足下又并非毫无产业之人，如何便能弃故土如敝屣，竟是冒死也想来中土？想那钱财本是身外之物，有钱没命享用又有何益？"

章惇在不知不觉中，说话又客气了三分。

阿卡尔多虽然不知道"敝屣"是什么东西，但是章惇的意思，他听明白了。当下笑道："要是来大宋无利可图，我一定不会想尽办法来大宋。我想尽办法来大宋，却不仅仅是因为来大宋有利可图。"

章惇被他这番话说呆了，想了一会儿，才明白他话中之意，不由得频频点头。他虽是儒门弟子，却对"重义轻利"的训导看得极轻，早就知道世间一切熙熙攘攘，无非都是利来利往。章惇此时听到阿卡尔多这番话，却又是另有启发，不由得赞道："真不愧是泰西大邦的臣民。"

"君侯过誉了。其实，我虽然几乎丧命才来到大宋，但是比起程公子正在进行的伟业，我并不算什么。"阿卡尔多眼神中露出神往与钦佩之色，"程公子说，他要率领船队开到大海的尽头，看看大地是不是圆的……而我的脚步，却停在这天堂般的城市了。"

"程栩……"章惇暗暗想着这个名字，却没有一点印象。显然，这是一个在中土名不见经传的名字。

阿卡尔多看在眼里，笑道："君侯不知道程公子，也是正常。我在凌牙门的时候，就曾经以为大宋除了皇帝以外最有权势的三个人是薛将军、凌牙门都督蔡君侯、归义城都督狄君侯……"

章惇刚刚含了口茶到嘴里，听到这话，不由得"扑哧"一声，一口茶全喷了出来。一面盯着阿卡尔多笑道："亏你想得出来。"

阿卡尔多笑道："后来我才知道，这三位君侯，在环南海诸岛的确是权势最大的人。手执蔡君侯画押的文书，从凌牙门到注辇国，一路之上不会遇到任何故意的为难。各国的王储争相希望得到凌牙门与归义城的支持，凡是三位君侯不认可的人，便不会有登上王位的机会。所有的土著酋长，包括各国的国王，都不敢违抗他们的命令。还有凌牙门控制的关税，我听说几年之前，凌牙门还不过是个小小的渔村，而现在，那里已经成为一座美丽的港口城市。虽然还比不上杭州，但是凌牙门的城堡，即使发动数万大军攻打，也未必能打下来……"

章惇开始还在暗笑阿卡尔多少见多怪，一直含笑听着，但是越听到后来，越是动容。他虽然担任过卫尉寺卿，但是卫尉寺毕竟一切草创，对于海外领地，其重要性自然也是排到了相当靠后的位置。因此关于凌牙门与归义城的状况，章惇几乎从未过问，所知也是甚少。这时候他听阿卡尔多说起，才知道蔡确虽然被贬到凌牙门，却是塞翁失马，在那里竟俨然如同土皇帝一般。

"难怪没怎么听说蔡确想回中土，原来竟是乐不思蜀了。"章惇在心里暗暗想道，心里不由得一阵轻松。他想到了自己的处境，他身上的这桩案子该如何处置，完全无法预料。虽然没有任何真正有力的证据，但是一个致果校尉的死，并非是一件小事。更何况此事还将长安搅得天翻地覆。

章惇曾经以为自己将无可避免地步蔡确的后尘，可能还会更加严重——比如加上"虽赦不得归"的条文，将一辈子埋葬在海外的荒岛之上，连骨灰都不能回归故土。

但是在和阿卡尔多聊过之后，章惇突然发现，原来凌牙门并不是一个可怕的地方。

这无论如何，都称得上是一个好消息。

就这样，章惇和阿卡尔多一直聊了两个时辰。这中间宝云斋客来客往，阿卡尔多便让两个伙计去应酬。好在宝云斋的东西，都是非常昂贵的奢侈品，一般主顾倒也光顾不起。二人聊得兴起，阿卡尔多干脆便领章惇去后院观看他的私藏。

随着阿卡尔多走进后院的一间精舍。

章惇才发现，阿卡尔多所谓的"私藏"，其实不过两样东西——琉璃与刀。

当时各国技术大都落后于大宋，能卖给大宋的货物，便只有原料与天然奢侈品，当然，也有少量的例外，比如达马斯谷，便是当时三大玻璃工艺中心之一（另外两处为君士坦丁堡与开罗，威尼斯直到十二世纪才成为中心），其玻璃制品就远较大宋出色。当时中土将"琉璃"与"玻璃"混称，人们虽然已经改变唐时的观念，知道玻璃是人工制成，但是以为大食诸国玻璃工艺强于中国的原因是在炼制过程中添加了一种叫"南鹏砂"（即硼砂）的东西所致。

这些事情章惇不可能知道，也没有兴趣知道。他不知道玻璃的用处，对于这种非常贵重的奢侈品兴趣不大，便将目光转移到刀上。

随手从刀架上取下一柄弯刀来，仔细端详，章惇立时便被手中这柄刀所吸引。原来他手中这柄弯刀，造型优美，刀柄用金丝宝石镶嵌，刀身上有一种神秘的花纹，而最奇特的是，在微微泛黑的刀刃之上，竟然也有细微的花纹存在。这柄刀一拿到手中，章惇便感觉到一种诡异之气。

"君侯拿的，是非常著名的达马斯谷刀。"阿卡尔多看章惇感兴趣，忙在旁边解释道，"这种刀其实并非产于达马斯谷。它真正的产地我听说应当是在天竺一个叫乌兹的地方。大食匠人从乌兹买进铁矿石，铸成此刀，锋利异常。"

"哦？"章惇笑道，"不知较倭刀如何？"

"这倒是不知道。我并没有见过倭刀。"阿卡尔多老实回道，"不过达马斯谷刀是真正可以吹毛断刃、削铁如泥。"

"是吗？"章惇没有去怀疑阿卡尔多的话，只是问道，"那这种宝刀想必甚为罕见？"

"也并不少见。"阿卡尔多笑道，"因为达马斯谷刀如此锋利的原因，听说主要是在于乌兹的铁矿。"阿卡尔多一面说，一面将一枚铜钱放到桌子上，向章惇笑道："君侯何不试试刀？"

章惇微微一笑，挥刀向铜钱劈去，只觉刀身如同砍入泥中，一斫之下，那枚铜钱与桌子竟一起削为两半。

章惇立刻就呆住了。

他望望桌子与铜钱，又望望手中的弯刀，心中顿时沸腾起来。

"你说这种刀如此锋利，是由于天竺的铁矿？"望着阿卡尔多，章惇的眼中发出奇异的光芒。

阿卡尔多在这眼神的注视下，心中竟感到一种莫名其妙的害怕。他几乎是下意识地退了一步，说道："是的，在天竺乌兹。"

章惇看看阿卡尔多，又轻轻摸了摸手中弯刀的刀身，忽然笑道："既是如此，那大食人能买得，我大宋人难道就买不得？让薛奕与蔡确或抢或买，将钢锭运回中土，我大宋难道就无能工巧匠？"

阿卡尔多只觉背心发凉。

他在南海诸岛时，已经见识到大宋海船水军的武力。那种程度的舰队，哪怕是全盛时期的阿拉伯帝国，在薛奕的舰队面前，只怕也讨不到便宜。他们的装备已经十分精良，如果再配上这种锋利无匹的达马斯谷刀……

阿卡尔多简直不敢想象那将是什么样的虎狼之师。

幸好罗玛与大宋之间，有着足够远的距离。某一瞬间，阿卡尔多的心中，竟泛上来这样的想法。

4

离开宝云斋的时候，章惇的腰间便佩上了一把镶着蓝宝石的达马斯谷弯刀。本来以他这样的身份，即使是落魄了，出来买东西，也是不需要将货物亲自带走的——便是没有伴当跟随，也只需说一声，店主自会将货物送到府上。但章惇虽是儒臣，却是做过"率臣"，领兵打过南蛮的，对宝刀名剑，自有一样癖好，对这削铁如泥的达马斯谷弯刀爱不释手，竟当时便放下几张交钞，挑了一把称意的带走。反倒是那块麒麟竭，他便让阿卡尔多送到府上。

走在熙宁番坊的街道上，章惇按刀慢行，一面观察来来往往的人群，忽然间觉得一阵恍惚，似乎感觉什么地方有点儿不对劲。但一时间又想不出来究竟是什么不对。他心中犯疑，便干脆大步走到街边一棵柳树下，看着穿梭如织的行人，蹙眉细思起来。想了半晌，才猛然惊觉——原来这满街行人中，那些士子的腰间，竟大都佩着一把长剑。倒让章惇想起来了史书中描述的汉都长安。

这样一想通，章惇不觉哑然失笑。心中暗觉好笑："难怪感觉不对劲，原来竟是如此。想那七八年前，这汴京的儒生，手中所执，或是扇子，或是如意、拂尘之类。只有少数自诩任侠之人，方随身携带兵器。不料七八年后，竟正好反过来了。"他暗暗摇了摇头，只觉得世事变幻，果真难料，在八年前，自己断难想象汴京城会有如此风景。

"儒生爱佩刀剑，自是由于学校制度革新。朝廷露出六艺并重之意，士林便鼓吹复古，于是便是手无缚鸡之力的儒生，也要在腰间佩上一把长剑，显示自己文武双全。真是楚王好细腰，宫中多饿死。"章惇想到此处，眼中不觉流露出讽刺之色，但只是一瞬间，便又想到，"儒生佩剑而行，总比拿着拂尘、如意扮牛鼻子，拿把扇子装小姐要顺眼得多。这汴京城，也是由此多了几分阳刚之气。"

他想通此节，提腿跨步，便待离开。不料那脚方提起来，竟是又想到一事，当场便呆住了。

"我刚刚为何要说是七八年？明明儒生佩剑之风，不过是近两年之事？"章惇怔怔地愣在那里，心中如同翻江倒海一般，"七八年前，正好是熙宁三年，那正是石越初露峥嵘的时候……"他猛然想到这一点，脑中便只觉得一片空明，在心里一件件梳理这七八年来天下发生的大事，什么事情都清晰起来。

"这七八年以来，大宋所有的变局，竟大都与石越有关！"章惇得出了一个并不意外，但在以前只是隐隐潜伏在心中，从不曾清晰显现的结论，"士子佩剑之风，表面上看来与石越无关，但实则石越与桑充国在义学让学生习射术与骑术之时，已有伏笔。便是这熙宁番坊，表面上不过是沿海商号合资从开封府与百姓手中买下几条街道，再卖给番人，从中牟利。这一切，却是自石越在杭州重商业、开海外之时，便已埋下伏笔。走到这一步，不过是顺理成章之事……便连这罗马人阿卡尔多来到大宋，亦不过是迟早之事吧？"

"他这七八年来所做之事，除了著书办学似有计划外，其他都看似杂乱无章。做的每件事情，似乎都只是遇上了什么问题后，迫不得已要解决，于是才想出一番对策来。青苗法改良，不过是迫不得已卷入纷争之中；军器监与兵器研究院，不过是为了应对西夏之骄使；通商海外，不过是为了解决杭州之灾情；官制与军制改革，不过是为了应付皇上的差使……甚至连大败西夏，都不过是被迫出抚陕西。所有这些事情，若从表面上来看，看不出有什么联系可言。然而不知不觉之间，大宋竟已隐隐显出几分王霸之气！润物细无声！润物细无声……这果真只是不经意为之吗？"

章惇几乎被自己的结论吓了一跳。

"若果真是有意为之，石越已非'王佐之才'四字可以形容之。"章惇心中突然冒出一个更大胆的念头，"如此之人，岂能甘心久居人下？"他不觉抬起头来，望了望天空。天空不知什么时候暗了起来，似乎很快就要下雪。他只觉心中的预感果然暗应天象，心里不由又是紧张，又是兴奋，握着刀柄的手心，在这残雪未化的天气中，竟沁出汗来了。

"此乃大丈夫建功立业之时也！"

5

"子厚兄。"突然,一个声音打断了章惇的遐想。章惇被吓了一跳,循声望去,却见最近刚刚升为御史台"副台长"侍御史知杂事的安惇,正笑吟吟地朝自己走来。

"处厚如何会来此地?"章惇没有掩饰自己的惊讶。自吕惠卿为相以来,一直称得上春风得意的安惇居然私服来此,实在不能不让人奇怪。章惇深知安惇为人,他名利心极重,又特别看重官威排场。以他的性格,绝难想象会微服来这种地方。而更让人奇怪的是,自己现在的处境,人人避之唯恐不及,安惇居然会主动与自己亲近!

"事有悖于情理者为伪。"章惇心中立时冒出一个念头来。

安惇走到章惇的面前,拱手一揖,亲热地说道:"在下不过闲来无事,到处看看。不想子厚兄也有此雅兴,竟在此巧遇。"

"果然是巧遇。"章惇微笑回道。

安惇脸上堆满了笑容,但章惇注意到他的眼睛扫过自己身上时,不自觉地流露出一丝居高临下的优越感。章惇不由得暗暗冷笑,却听安惇笑道:"听说去此不远,便有一家花门酒坊,在南城亦算是小有名气。所谓相请不如偶遇,这外边天寒地冻,子厚兄何不一同前往,共买一醉?"

章惇爽声笑道:"处厚现在春风得意,是宰相面前的红人,某却是待罪之臣,公既不弃,某自是求之不得。"说罢拉了安惇的手,便往那花门酒坊走去。花门酒坊是汴京知名的所在,并非"小有名气",章惇自是知道去处的。

安惇听到"宰相面前的红人"这话,脸色已是微微一变。他是升为御史台副台长,不过他是"宰相面前的红人",这称得上是讥讽了。但他观察章惇之时,只见章惇嬉笑自若,似是浑然不觉自己说了什么。安惇一时竟也弄不清他是有心还是无意。此时安惇是刻意前来拉拢章惇,自然不便开罪他,当下只是心中暗恨,竟也装成没有听见一般,与章惇并肩前往花门酒坊。

这所谓的"花门酒坊",正式名称叫"梦华楼"。之所以被称为"花门酒坊",一是因为这梦华楼每一间雅院的门前,都必然摆放着若干坛名花,各雅院也都是以花名命名;二是因为梦华楼有着天下各族的佳丽为酒女,酒女姿色之美,号称"汴京第一"。而让它在一两年内就声名鹊起的原因,还是梦华楼的规定——若非读书之人,任你腰缠万贯,绝不接纳;任你位高权重,一掷千金,酒女也绝不侍寝。它这两条在许多人看来足以让它破产的规定,竟出乎意料地成为梦华楼走红汴京的原因。一时之间，这里竟成为官员士子们最爱出没的地方之一。但让人感到奇怪的是，其他酒家想效仿梦华楼，却是东施效颦，一一失败。

"称病"的卫尉寺卿章惇，还知道梦华楼更多的内幕——这家梦华楼的掌柜，是当今尚书左仆射吕惠卿的得意门生、现任河北大名府通判的陈元凤的妻弟。陈元凤在河北做官，年年考绩都是优异，这中间自然离不开吕惠卿的关系。而吕家在河北矿山上占了多少好处，章惇虽然不能知其全部，却也绝不是一无所知。料想陈元凤那样的人物，自然也不可能让自己吃亏。这梦华楼创办所需要的巨额资金，只怕十之八九，便是出于河北的矿山。

章惇对于陈元凤是否以公谋私，倒并不怎么介意——若说有一半以上的大宋的官员会做这等事情，章惇也不会觉得奇怪。虽然大宋朝执行的是"高薪养廉"政策，但实际上真正能约束官员的，只有律令与道德操守而已。丰厚的薪俸，仅仅是让那些有意愿廉洁的官员能有条件保持自己的操守。没有真正行之有效的监督机制，对于没什么抱负操守的官员而言，是没有谁会嫌钱太多的，而这种人又永远占据多数。所以，在事实上，大宋朝官员的操守，便在一年一年下滑，但这种下滑是如此自然，以至于没有人觉得有什么不对的地方。如章惇，就对这种"做官就有钱"的现象根本是视若无睹，认为是世间之常理，却不知道这是对大宋朝足以致命的一个沼泽。

不过，对于章惇而言，这些并不重要。他介意的，不过是这家梦华楼的背景牵涉到吕惠卿而已。

章惇二人刚一跨入花门酒坊，便有一个小厮迎了上来。他鞠了躬，正待开口，便听安惇先说道："睡香阁。"

小厮听得明白，知道是熟客，也不多问，一面笑道："二位官人这边请。"一面小心地在前面引路。这花门酒坊是几进几出的大院子，二人在小厮的指引下，走了半响，方到了一道拱门之前，小厮才停住脚步。不知何时，从拱门后闪出一个豆蔻年华的紫衫少女。小厮笑着交代道："紫娘，这二位官人是往睡香阁的。"说罢又向章惇二人行了一礼，笑道："小的便引到此处，先行告退了。"

那叫紫娘的女孩子待小厮告退，方向二人敛衽行礼，抿嘴道："请二位官人随奴家来。"

章惇微睨了她一眼，在他心中，这些女子自然算不得什么，竟是懒得理会，便一面注意观察安惇，一面随着紫娘前行。安惇却似是饶有兴致，一路上还向章惇点评院中布局景观。

如此又穿过两三个小院子，猛然间，章惇便嗅到一股浓烈的花香，顿觉精神一振。正要寻找花香的来源，却见紫娘已停在一道粉墙的门洞之前，笑道："这便是睡香阁了。"

章惇抬眼打量：那门洞里面依稀可见几株灌木，树上开满了白花，一簇一簇的，倒似一个个绣球。花香便是从这些花中传来。章惇原不曾见过这种花，正要询问，却听安惇笑道："子厚兄，这花便是瑞香，亦名睡香，故此处又称睡香阁。"说完，又有意无意地看了紫娘一眼，笑道："这睡香还有两个别名，子厚兄可知否？"

"某却未曾听闻。"章惇这时已从花香中回过神来，他笑吟吟地望着安惇，心中却在同时下了一个评语："村牛！"

果然，安惇摇头晃脑地卖弄道："这睡香又有别名，唤作蓬莱花，也叫风流树。盖人皆以为，此花唯蓬莱仙境有也。"

"处厚兄果然渊博。"章惇望见安惇那轻佻的神态，心中大是鄙夷，口里却轻轻捧了一句。安惇果然甚是得意，故意谦逊两句，二人便一同入院，院中早有酒女迎来，服侍二人坐了。安惇驾轻就熟地点了几样茶，顷刻间，各样果品点心小菜都已上齐，两个分别穿着青袍与白衫的酒女将温了的酒给二人斟上，二人便对酌起来。席间美酒佳肴，纤纤细手，吴侬软语，已让人心醉。而门外玉树琼枝，远处隐隐约约传来琴声，屋中檀香袅袅，更让人几乎以为这里便是人间仙境了。连章惇这样性格刚强之人，在这里也不禁有几分沉迷。

二人一面喝酒，一面闲聊赋诗，不知不觉，便过了一个多时辰。不觉二人都到了酒酣之时。正在章惇几乎要以为安惇来找自己果真没有什么目的的时候，却见安惇一口气喝干了杯中之酒，把酒樽重重砸在桌子上，吐着酒气对旁边的酒女说道："尔等先退下。"

"是。"酒女们连忙蹑脚退出屋中。

安惇见房中再无旁人，挽起袖子，替章惇满上酒，一面凝目注视章惇，半晌，方问道："公听三分否？"

章惇被他的神态吓了一跳，不料却听他问出这样的话来，不觉好笑，回道："亦曾听过。"

"三分有魏武与汉昭烈煮酒论英雄之事，公知否？"安惇似是已带了几分醉意。

"确有此事。"

"那你我何不效仿古人，品评一番天下英杰之士？"安惇眼中，露出不可一世的神态。

"天下英杰之士？"章惇带着嘲讽地望了安惇一眼，笑道，"某不敢与曹刘相提并论，恐过于狂悖了。"

"公何必过谦。"

章惇小心翼翼地说道："方今天下，我大宋圣明天子，自不待言。而其余群臣，可称英杰者亦甚多。而其尤杰出者，某以为在契丹有辽主耶律濬、萧佑丹、耶律信；

大宋则有富公彦国、文公宽夫、王介甫、司马君实、吕吉甫、石子明。凡此数人，可称为第一流之人物。"

安惇喷了口酒气，大不以为然地嘲笑道："耶律濬弑父夺位，国家不宁至今日；萧佑丹为其谋主，上不能固耶律濬之位，使子弑父、臣弑君，为此无人伦之事，下不能经济邦国，使契丹分裂割据，内斗不止；耶律信一勇之夫，更不足论，此辈何足称英杰之士？"

章惇不料安惇有此评价，心中讥道："若换上你安惇，只怕是坐待授首而已。"当下懒得反驳，又听安惇大放厥词道："富弼老而修道，聪而不明；文彦博刚愎自用，不知变通；司马光榆木疙瘩，只知有古不知有今！以公所论英杰之士而言，某以为唯王介甫与吕吉甫可当之。余不足论。"

章惇不料世间竟有如此狂悖之人，眼见安惇语气神态，没有明言的就是"除了王安石与吕惠卿外，便是我安惇了"。他心中暗觉好笑，当下忍笑问道："处厚似是漏说一人。然而处厚以为石子明可当英杰之士否？"

"石越？"安惇的脸色变了一下，冷笑道，"石越？公以为，石越为何人哉？"

"石子明者，天子以之为梁柱，百官以之为干吏，士林以之为鸿儒，百姓以之为神人者也。"

"某却以为，石越不过是沽名钓誉、包藏祸心的伪君子而已。"安惇口沫横飞地说道，"此人大伪似忠，大奸似能，公不可不防。王元泽之死，是前车之鉴也。便是今日，公有此祸，焉知不是石越从中构陷？"

章惇顿时默然无语，安惇话中挑拨之意已十分明显。但是于章惇自己而言，是从未怨怪过别人。他当初那样处置向安北与段子介，并非是与高遵裕合谋，其实不过是想待价而沽而已——先卖高遵裕一个人情，稳住高遵裕，再将所有的材料控制在自己手中。如此他便有足够的本钱与高遵裕讨价还价，进可攻，退可守。至于究竟要不要扳倒高遵裕，他根本就还不曾拿定主意。但是他万万料不到向安北与段子介二人会反抗。结果向安北居然就此丧命，事情弄巧成拙。章惇想来，亦十分悔恨。只不过如他这样的性格，向来认为一将功成万骨枯，旁人的性命他看得不会太重，倒也不会有太多的自责便是。而且章惇也是从来不怨天尤人的，他落入今天这样的处境，只会怪自己料事不明，庙算不周，至于旁人的所作所为，章惇都以为不过是旁人的本分而已。

因此，章惇连段子介都不去怨恨，何况是与此事几乎没什么关系的石越？

安惇以为自己成功地挑起了章惇对石越的怨恨，眼中迅速地闪过一丝喜色，又继续说道："那段子介何人？石越之门生也。陕西安抚司的亲兵卫队护送他到京城，若说不是石越故意陷害子厚，天下谁人能信？"

"这……"

安惇突然话锋一转，直视章惇，问道："公可知如今朝廷之局势如何？"他问完，不待章惇回答，便说道，"石越在陕西孤注一掷，以百姓的性命来冒险，博取一己之成功。如今他侥幸成功，声誉之隆，一时无两。石越想做权臣，故此他第一个便拿定西侯开刀，借口定西侯不遵军令，故意陷他于死地，以掩饰自己失陷名城，致狄詠战死的无能。他要扳倒定西侯，自然连带子厚也脱不了关系。公可试想，一个久负盛名的大臣，取得大宋立国以来对西夏少有之大胜，又一举扳倒身为戚里的定西侯与卫尉寺卿！石越之声威，大宋建国以来，可有一个臣子比得上？接下来石越又会如何？眼下朝廷喧嚣不已，尽是两种声音，一派利令智昏，主张趁西夏大败，让石越主持陕西，明春大举讨伐西夏，一举收复灵夏，听说皇上也颇受此辈人蛊惑；另一派自以为稳重老成，主张召回石越，宠以宰相枢使之位——冯京甚至上表说愿辞吏部尚书之位以让石越——这老狐狸，实际不过是想让皇上任命石越为尚书右仆射而已！这两派人互相攻讦，争辩不下，其实却都是鼠目寸光之辈。"

章惇不动声色地听着，朝中的这些局势，他虽然退居府中，却也看得清清楚楚。大抵主张乘胜追击的，都是朝中的少壮派官员，这些人或是翰林学士、侍从官，或是御史谏官，或是一些武职官员，各部的侍郎或郎中。虽然这些人没有占据高位，在政事堂与枢密院中都没有主导地位，但是数量众多，声音不可忽视。特别是翰林学士与侍从官，对皇帝的影响非常之大。而主张召回石越的，又分为三派，第一派以司马光、范纯仁为代表，这一派看到的，是国库空虚，国内有许多事必须做却没钱做的事实，不愿意勉强再打下去，希望借这几年时间休养生息，同时也可以避免石越在地方威望日重，威胁朝廷的权威。第二派则是以冯京、苏辙、韩维为代表，这些人与石越关系密切，自然是希望石越快点回到朝中，从吕惠卿手中夺回政事堂的主导权。第三派却是以文彦博、王珪等人为代表，他们未必希望石越在政事堂占据主导权，同时也知道国库的窘状，但是他们希望召回石越的主要目的，只是维护传统，防止地方上出现一个威望过大的重臣。这三派官员出发点不同，甚至相互矛盾，但是结果是一致的，便是停止战争，召回石越。

这两派自从大胜的消息传出来之后，在朝堂之上便互相争吵，几乎没有宁日。主张扩大战争的，胜在精力充沛，激情四溢，兼之人数众多。他们写出来的奏章许多不知如何流传入市井，其中文采斐然、煽动人心的词句比比皆是，因此也得到舆论的广泛支持。而主张适可而止，召石越回朝的这一派，却都是对国家状况有着比较清醒的认识的，他们大多占据高位，掌握两府，主导大宋的政策。但从某个角度来说，这些大臣就不那么合乎皇帝与中下级官员，以及被煽动起来的舆论的心意。所以，在章惇看来，若非曹太后突然病重，让一切争吵不得不暂时中止，这些大宋的宰执之臣们，很可能就会败给少壮派也说不定。毕竟这些主张召回石越的大臣们，内部也是有分歧的，除了司马光与范纯仁这一派纯粹是出于政见，比较能坚持自己的理念之外，冯京、苏辙、韩维未必就会十分坚定地反对继续战争论；而文彦博似乎也在战与不战之间摇摆，王珪更不是一个会在皇帝面前坚持原则的人。

不过，此时更让章惇感兴趣的是，安惇口中，区别于以上两派的第三派，似乎就要出现了。

"主张乘胜追击的大臣，根本不曾了解朝廷的现状。现在国库的情况，根本不足以支持一场对灵夏的远征。若要一举灭掉西夏，至少要纠集三十万兵马，若再加上转运的民夫，最低限度有九十万人需要调动。这一场战争打下来，足以将内藏库、左藏库、户部、司农、太府全部掏空，所得远不足以偿所失。何况准备的时间，亦不是几个月可以解决。人要吃粮马要吃草，不可能咬铜板吃交钞打仗。而最重要的是，这样的战争，败了的话大宋元气大伤，至少要十年才能恢复；胜的话却也只不过增加石越的声威，造就出来一个不折不扣的权臣！"

"至于那些主张召回石越的大臣，表面上看来是老成持重，实际也是迂腐不堪。石越并非武将，而是儒臣！将他召回朝中，挟其威望，又有冯京、苏辙、韩维辈为其呐喊，政事堂岂非落入其掌握之中？这归根结底，还是造就一个权臣。于朝廷哪有半分好处？子厚兄，恕我直言，若是石越入政事堂，他第一个要下手对付的，便是定西侯与子厚兄！"

章惇被安惇热辣辣的目光注视，不由得觉得有几分不自在。他表面上装出一副震惊的神态，心中却十分冷静地分析着安惇的话——并非完全没有道理。他做出略显紧张的姿态，道："只怕也没甚好办法……"

"不然，某有一策，可消此反侧之祸。"

"哦？"

安惇自己给自己满上酒，一口喝了，方缓缓说道："将石越平调至河北任安抚使。"

"妙策！"章惇都不禁由衷地击掌赞叹。他自然知道，这个计策，绝非安惇想得出来，十之八九是吕惠卿的高招。章惇当下又故意沉吟了一会儿，假意问道："然则朝中大臣，心向石越者众。提出此议，奈冯京、苏辙、韩维何？便是司马君实与范纯仁，亦未必会赞同。"

安惇笑道："子厚所虑，自然有理。但是朝中亦未必无人支持。"

"若无政事堂诸公说话，亦无甚大用。"

"自然是有的。"安惇话语中，不禁有几分洋洋自得。

"哦？却是哪几位？"章惇做出吃惊之色。

安惇左右张望，方将身子凑过去，压低声音，道："不满子厚兄，吕相公便持此论。此外，以愚之见，王珪亦不会反对。"

章惇早已料到，不过是故意引安惇说出来，这时却做出喜出望外之色，击节笑道："若如此，夫复何忧哉？"说罢给自己连连倒酒，一杯接着一杯，一口气连干了三杯。

"子厚兄不可得意忘形。"安惇皱眉望着不停地自己给自己灌酒的章惇，好意提醒道，"虽是如此，要知石越那厮处心积虑，经营已久。朝中不知有多少大臣被他蒙骗，要替他说话。我等既要与这等大奸大伪之人周旋，实在……"他的话没说完，便听到一阵呼噜之声。安惇低头望去，不禁瞠目结舌——原来堂堂卫尉寺卿章惇，竟然毫无修养地醉倒在案上，酒菜倒了一身，可他浑然不觉，还畅快地打起来鼾来。

安惇又是好笑又是鄙夷，望着醉成一团烂泥般的章惇，鼻孔处轻轻"哼"了一声，低声说道："亏得吕相公还想让我来试探招揽你，道章子厚此时虽不得意，然他日可为朝堂上一大臂助。原来竟是这般不中用之人。"

说罢摇摇头，啐了一口，道："没的白白花掉我三十贯。"一面大声唤道，"来人……"

6

熙宁十一年正月初四。

环州，一座积满雪的城市。

战争已经结束。但是这座曾经繁华的城市，如今在大雪之下，却是处处断垣残瓦。龙卫军的将士们一脸肃穆地在城中穿巡，许多人的脸上都带着愤怒。

西夏人撤退的时候，将这里洗劫一空，整座城市，完全变成了空城。

不过，万幸的是，这场战争，最终是大宋赢了。

只要是大宋赢了，希望就还在。被破坏的，可以重建；被掠夺的，可以再造！

这一天来，宋军将士们，总是不由自主地把头扭向城外的方向。虽然他们看不到城外在发生什么，但是他们知道，环州重建的希望，就在城外，就在今日。

城外。

石越身着三品紫袍，披着一件黑色的披风，骑在一匹名为"虎驹"的黑色河套马上，在雪地上默默地眺望着西方。按理说此时的他应当在长安，但是他却坚持来到了硝烟未尽的环州。

此刻，他的身边，拱卫着种谔亲自率领的四千龙卫军。另有千余厢兵押送着上百辆两轮推车，推车上堆满了东西。但没有人朝那些推车多看一眼，所有的人，都目不转睛地注视着西方。只有战马不耐烦地踢着前蹄，大口大口地喷着热气。

大雪一片一片地在空中旋转，缓缓落在人们身上。

良久，终于，西方出现了人影。

一名西夏小校骑着战马从远处奔驰而来，马蹄踏在雪地上，溅起阵阵雪泥。

石越与身边的环州知州张守约交换了一下眼神，张守约立刻做了个手势，两名宋军策马冲出阵中，大声喝道："来者何人？"

"我是夏国仁多统领使者，奉命求见大宋张公守约张使君！"西夏小校停下马来，使劲拉住因惯性兀自向外冲的战马，高声回道。

"大宋陕西路安抚使石大帅在此，尔仁多将军何不亲来？"

那小校听到此话，似是吃了一惊，一时竟没有注意到宋军口中斥责的语气。他抬头观望宋军阵形，果然居中是一面巨大的"石"字帅旗。小校连忙滚身下马，抱拳说道："不知石帅虎驾在此，多有冒犯。仁多统领遣小人传语张使君，西方小邦，并不敢冒犯上国天威。此番归还环州百姓，是有修好之意，请天朝不必以兵戟相对。便请张使君许可，双方各以一百骑为限，在此前五里处相会。"

他声音极大，石越与张守约等人都听得清清楚楚。种谔当即吐了口痰，大声骂道："他奶奶的！仁多澣敢戏耍老子，我种谔便踏平他的青岗峡。"

张守约却只是向石越一欠身，沉声道："石帅，便让下官走一遭。"

"本帅与使君一道前往。"石越平静地说道。

张守约与种谔等人都是大吃一惊，几乎是异口同声地说道："万万不可。"

"有何不可？难道本帅还怕了仁多澣不成？"石越虽然没有发怒，但是声音中却带着一种威严，"那些百姓是本帅累着他们被西夏人掳去的，本帅便要亲自迎他们回到家乡。"

"是。"张守约知道石越心意已决，便不再劝说。他勒马上前数步，向西夏小校喝道，"尔可回报仁多统领，便道大宋陕西路安抚使石大帅亲自前来会他。"

西夏小校迟疑了一下，带着几分敬畏地望了石越的帅旗一眼，向张守约抱拳答应了，便跃身上马，勒转马头，驱马回营。

很快，紧随着西夏小校的马蹄印，在绥德之战中立下大功的田烈武率领几十名挑选出来的龙卫军将士，骑着马跟了过去。

虽然料定仁多澣不敢玩什么花样，但是宋夏处于敌对状态之中，必要的谨慎是不可少的。

一直等到田烈武传回来没有异常的情报，石越才与张守约带着侍剑等一百名亲兵，率领厢军押着车队向会面地点驰去。种谔则率领大军，在原地策应。

7

石越等人到达会面地点的时候，才发现仁多澣早已到了。不多不少，一百名西夏骑士列成五行，排成雁行之阵肃立着。

石越在距离仁多澣五十步左右的地方勒住坐骑，仔细打量着他：粗短身材，脸型微胖，留着一大把胡子，双眼笑眯眯的，仿佛没什么威胁。

"真笑面虎也！"石越回头向张守约低声说道。他自是不会被仁多澣和善的外表所欺骗。

"久仰石学士之名，今日得见，幸甚！幸甚！"仁多澣的声音十分洪亮，语气中充满了真诚与善意。

石越在马上拱了拱手，高声应道："今日能见到仁多统领，某亦觉幸甚。"他挥鞭指着厢军所押车队，说道，"赎金本帅已经带来，敢问我大宋环州百姓，现在何处？"

仁多澣笑道："石学士果然是个痛快人。"他朝身边一人微微颔首，那人便驱马出列，向阵后跑去，不一会儿，远远便望见数千黑压压的百姓，在西夏骑兵的押送下，向这边走来。石越向张守约点点头示意，张守约便领了几个人出列等候。这些人每人手中，都拿着一本书册。

"仁多统领勿怪，待百姓带到，我等便要按户簿清查人数，每清点五十户交纳一次赎金。"

"好说。"仁多澣满口答应，笑道，"那些事，让手下人去办便是。既是石学士亲来，还有几样东西，我要亲自送还给学士。"说罢，仁多澣连续击掌三声，清脆的掌声在空气中响起，便见几个人抬着什么东西，从阵后走上前来。

密密的雪片从空中连绵不断地直落，不用多时，每个人的身上都铺上了一层白绒绒的雪花。在这漫天的雪花中，两副黑黝黝的棺木，由八个西夏士兵抬着，踏着积雪，一步一步向石越这边走来。

石越早已料到仁多澣要"送还"的是何物，也早已盘算好要如何"从容"地应付这个场面。但他在看到两副灵柩的那一刻，突然无法控制自己的感情，神色立刻变得肃穆起来。他凝视着那两副棺木，双唇抿紧，眼睛中不由自主地流露出惋惜、悲痛与尊敬之情。一瞬间，他脑海中，充斥着狄詠与王恩的音容笑貌。

"这是狄将军与王将军的尸首……"仁多澣不知是被石越的情绪所感染，还是出自内心地敬重狄詠与王恩，抑或仅仅只是演戏，他的声音也变得低沉，"此等忠义之士，天下当共仰之。"

石越沉重地点了点头，向仁多瀚抱了抱拳，道："多谢统领。"说罢，他也不愿意再演戏，翻身下马，手按佩剑，立于道旁，静静等候狄詠与王恩的灵柩走近。

朔风凛凛，雪花飘舞，天地之间，一片肃然。

石越便如同雕像般，一动不动地站立在道旁。侍剑早已下马，牵着"虎驹"与自己的坐骑，站立在石越的身后。张守约、田烈武与石府亲兵及其他的宋军将士，却都还骑在马上，带着几分手足无措地望着石越——在狄詠与王恩的棂柩走近的那一刻，堂堂大宋陕西路安抚使、位居三品的石越双手合拢，朝着两个品秩不到五品的武官的灵柩，郑重其事地拜了下去！

所有的人都惊呆了！

无论是宋人还是夏人，在这一刻，都是同样的吃惊。一个抬灵的西夏士兵，被石越这一拜，几乎吓得膝盖都软了。许多人都张圆了嘴巴，无法掩饰自己的震惊。

石越却丝毫没有注意到自己的惊世骇俗。

他只想表达自己的感情，却没有想到，无论宋朝还是西夏，依然是等级社会。在石越看来，凡是为国献身的人，即使以皇帝之尊，也理所应当表示尊敬之意，这是再天经地义不过的事情；但在当时的人们心中，却有着根深蒂固的等级观念，以石越身份之"尊贵"，这一拜实是非比寻常。

震惊、疑惑、感动……各种各样的情绪交织混杂，这山野雪地之间，竟然突然间变得无比的寂静。

抬灵的西夏士兵缓缓地将狄、王的棂柩移交到宋军士兵手中，在石越的这一长拜之下，双方都不由自主地郑重其事起来。当时战争虽然刚刚结束，但是西夏建国以来少有的大败，使石越的威名十分迅速地传遍西夏军中。而对于宋军士兵而言，他们会下意识地尊敬能带领他们走向胜利的统帅，更何况在传闻之中，也有不少人都听说"忠烈祠"是石越所倡建。石越也因此成为一个在普通士兵心中渐渐有了威信的大臣。这样的大人物都用如此恭肃的态度来迎接狄、王的灵柩回国，这些普通士兵也不由自主地受这气氛感染，每一个动作都庄重起来。

一直到狄、王的灵柩被宋军士兵抬入阵后，石越才直起身体来，按剑环顾，慨声说道："苍天厚土可为之证！大宋陕西安抚使、端明殿学士石越在此立誓：自今而后，凡为国而战者，无论尊卑等级，其生，则当归为大宋人；其死，亦当归为大宋鬼！不论代价几何，我大宋绝不弃一人骸骨于异域。"

他的声音高亢激越，虽然在风雪之中，这个誓言亦清晰地传入在场每一个人的耳中。人们在这一刻，忽略了石越誓言中的狂悖——这个誓言，唯有天子或宰相方能立下。但是在场的每个人，无论宋夏，无论是仁多瀚、张守约，还是普通的士兵、百姓，都相信石越的誓言，并非虚夸，人人都相信这是一个郑重的承诺。有人慨叹、有人羡慕，还有人感动。

仁多澣低咳了一声，他没有料到自己送回两具棺木，竟让石越借机鼓舞起军民士气来。他是久经世故之人，当即想到石越如此当众宣誓，不论他是不是能做到，都必然大得军民之心——做得到，宋朝的士兵们必然归功于石越；做不到，人人都知道他不过一个地方官，得咎的却是汴京两府的宰执们。仁多澣饱含深意地望了石越一眼，眨眨眼睛，一语双关地说道："学士仁义，我十分钦佩。"

石越漠然摇首，道："这只不过是国家朝廷的本分。凡国家不肯弃其臣民者，其臣民亦断不肯负其国家。"他不欲与仁多澣多谈这些话题，踏镫上马，朝仁多澣拱拱手，说道，"统领，这便开始罢。"

仁多澣点点头，笑道："甚好。"

双方当即不再多言，各自勒马退到一边，看着双方的军校小吏开始赎买百姓。宋朝的文吏按户籍清点名字，西夏人每放归五十人，便交给他们一笔相应的赎金。没有想到还可以回归故土的环州百姓，一时间都忍不住喜极而泣，虽然在大风雪中，只是穿着薄薄的麻衣，许多人都依然想要走到石越与张守约面前来叩谢。即使是被卫士阻止了，他们也依然要朝石越与张守约遥遥叩首，方才肯离去。

石越看着这些百姓，心中一时间竟毫无喜悦，只有苦涩与愤怒。没有人料到西夏人会如此苛酷，竟然将这些百姓的冬衣都抢了去。这些环州百姓在风雪中走了半天的路，早已都冻得手脚通红，一些带着婴儿的妇女，把孩子紧紧抱在怀中，拼命地想用体温给孩子一点温暖。若非是回归家园的强烈愿望支撑着，这些人早就冻倒在路上。他怒极之下，回头恨恨地瞪了仁多澣一眼，正想与张守约商量一个办法，却见田烈武早已令人拾来了一些枯柴断木，又倒出几枚霹雳投弹中的火药，在雪地中生起几堆大火来。然后让百姓中的青壮年先行回城，将老弱妇孺，都聚集到火边。

石越略觉欣慰，也连忙解下自己的披风，亲自策马跑到一个带婴儿的妇人面前，用披风将小孩子裹起来。侍剑则叫来两个亲兵，一齐策马至宋军阵前，收集宋军将士的披风与干粮，将披风分发给带小孩的妇女，又向百姓分发干粮，以补充体力。

8

仁多澣饶有兴趣地望着忙忙碌碌的宋人，他心中并不存在着一丝一毫的愧疚。真正令他感兴趣的是，石越的这些举动，到底是在收买人心呢，还只是石越的"妇人之仁"而已？

"真是一个有意思的对手。"仁多澣摸着下巴，自言自语地说道。

似乎是担心百姓们被冻太久，宋人加快了赎买的进程，出乎所有人的意料，石越竟然要求先赎回妇女、儿童与老人。这对仁多澣而言，是十分奇怪的事情——因为历来对边境民众的争夺，都是以青壮年为主。因为这些青壮年，既是劳动力，又是士兵，在当时的人们看来，他们远比老弱妇孺更有"价值"。不过宋人显然更能理解石越——一个社会的文明程度，从某种程度上来说，与它的成员对弱者的同情心指数是成正比的。所以，虽然宋人同样重视青壮年，但是宋朝毕竟是有着当时世界上相对成熟的慈善机构的社会，妇女的地位也许还得不到尊重，但是老人与小孩已经是社会关护的对象。所以宋人相对平静地接受了石越的决定。

一个多时辰的时间就在双方的赎买中度过。

宋朝终于迎回了自己的人民，而仁多澣则得到了他想要的宋钱、茶叶、丝绸棉布、陶器、钟表、香料，还有三套全新的大宋国子监在熙宁十年刚刚监印出版的《九经注疏全集》《三经新义》《石学士全集》——这是仁多澣打算上供给夏主李秉常的礼物。

但是这次会面并没有就此结束。

石越在听了几个文吏的报告之后，带着几分怒气策马回到阵前，瞪圆了眼睛直视着仁多澣，平素显得深不可测的眸子，竟然发出凌厉逼人的光芒。

仁多澣不料石越还有这样一面，竟是吃了一惊。

却听石越厉声问道："仁多统领是欲失信吗？"

"学士言重了。"

"若是不欲失信，则环州被俘将士有近千人，还望统领能一并归还。无论是赎买也罢，交换俘虏也罢，请仁多统领直言便是。"

"俘虏？"仁多澣不屑地笑道，"这等不能为国死战之辈，石帅要来何用？我已将其分给部众为奴。"

石越勃然大怒，厉声喝道："仁多统领不曾听到本帅方才所立之誓言吗？彼辈既曾为国家战斗，无论是生是死，本帅必将迎其回国。凡我大宋将士，力战之后，虽然被擒，于国家亦有功无过！大宋必不弃之！"

仁多澣也沉下脸来，回道："我既已将之分给部众，为将岂可无信？石学士不可强人所难。"

他的话音刚落，张守约的手已举起，宋军整齐地平端起手中弩机，杀气腾腾地对准了仁多澣。西夏人不料宋军说翻脸就翻脸，也连忙摘弓搭箭，瞄准石越。

石越却无丝毫惧意，只是逼视仁多澣，冷冰冰地问道："仁多统领果真不肯归还吗？今日之事，做好在足下，做坏亦在足下！"

仁多澣不曾料到石越一介文官，也有此胆色，他自也不甘示弱，笑道："学士不可逼人过甚。我一命抵学士一命，甚是值得。"

"本帅一死无妨。我大宋军队,自会替本帅报仇!便是踏平灵夏,又有何难?仁多统领若要做好,则只要夏主勤修供奉,两家自可罢兵修好,使百姓稍得安息。若其不然,则恐夏国不能血食!"石越的话,已是赤裸裸的威胁。

"本帅给统领两天时间,仁多统领可以回去权衡利弊!两天之后,本帅若是没有见到我大宋被俘的将士出现在环州,雪化之后,我大宋禁军,自会问夏主去要。"说罢,石越不再理会仁多澣,拨转马头,高声喝道:"回城!"

宋军由田烈武率领几十人断后,其余后队变前队,护卫着石越与众百姓,扬长而去。

夏军如释重负地放下弓箭,仁多澣望着宋军远去的背影,长长地叹了口气。

回到环州城后,石越并没有回官邸休息,而是带着侍剑以及几个文官,马不停蹄地分路安抚番汉百姓。众百姓虽然被赎回家乡,但家园已被掳掠一空,断垣残瓦,不足以安身过冬。这时候,自须有官员出面安抚。石越四处巡视抚慰,却见环州城中,只有厢军忙碌不堪,张守约尽心尽力,指挥着厢军伐木搭房,修葺城墙,同时还要遣人分赠粮食与冬衣,忙得几乎是四脚朝天。而与此同时,种谔与他的龙卫军却不见踪影。石越强压着心中的怒气,将整个环州城几乎走了一遍,才在城东发现田烈武带了几个龙卫军士兵在帮一户百姓搭房子。见石越过来,田烈武等人连忙放下手中活计,向石越行了个军礼,参拜道:"参见石帅!"田烈武不必多说,那几个士兵都是十分钦慕石越,这时见石越,都是又惊又喜,有点儿手足无措。

"不必多礼。"石越挤出一丝笑容,向田烈武问道:"你们种帅呢?"

田烈武并没有听出石越语气中的不善,笑道:"回石帅,种帅在大营中。"

"大营中?"石越的脸色顿时沉了下来,又问道,"那你为何会在这里?"

田烈武不知道石越为何变脸色,被吓了一跳,忙老实回道:"因今日不当下官轮值,故此带几个兄弟来帮帮忙。石帅若要责怪,下官愿领,与这几个兄弟无关……"

侍剑见吓到田烈武,他素知石越心意,因田烈武曾做过他的教习,他自有几分香火之情,不由得在旁边笑道:"田师傅,石帅并非怪罪你。"

"你们做得很好。"石越这才意识到自己的神态让田烈武误会,他淡淡夸了句,又说道,"你素读兵书,可知将有哪五德?"

田烈武不知石越为何突然问到此事,忙回道:"将之五德,是智、信、仁、勇、严。"

"你可知何为将之仁?"

"爱抚部下,或可称为'仁'。"

石越摇了摇头,半响,又问道:"你可知道军队之责任是什么?"

"打败敌人。"田烈武有几分没信心地回道。

石越又摇了摇头，说道："军队之责任，是保护百姓。这是军队唯一的职责，它做的一切事情，无论是杀敌攻城，还是守御边境，归根结底，都必须是为了保护百姓。此为军队存在唯一之意义。故将有五德，其中之仁，非止是爱抚部下而已。唯有爱民护民之将领，方能称为具有'仁德'的将领。"

田烈武想了许久，方露出恍然之色，说道："下官明白了。"

石越赞赏地点点头，说道："你能懂得这个道理，是难能可贵。可惜有人却不明白这个道理。"他说这里，脸又沉了下来，向侍剑说道，"走，去龙卫军军营！"

走了五箭之地左右，侍剑突然勒马停住，迟疑了一下，终于还是唤道："公子。"

"嗯？"石越转过头来，疑惑地望着侍剑。

侍剑四处环顾了一下，见左右除了几个心腹的亲兵之外，再无旁人，他又低头迟疑了一下，方说道："公子此时不宜与种谔翻脸。"

"为何？"石越冷笑道，"我亦不是要将他如何，只是要让龙卫军出来帮着环州百姓渡过这个难关。"

侍剑抿着嘴，摇了摇头，说道："公子，本朝并无这个习惯，龙卫军不做事，亦不能说他们什么。公子虽是安抚使，但是除非作战治水，并无擅自调动禁军之权。种谔若是抗命，到时候有伤公子之威严。我听说种谔此人，素来狂妄自尊，亦并非十分服气公子——此次上表请求明春即攻伐西夏的将领中，便以他最为张扬。公子此去，难免被他误会，以为是故意找事……到时候双方闹僵，却是公子自取其辱。"

石越大胜之后，其实颇有几分志得意满之态，在陕西一路威信既高，号令所至，无人稍敢违抗，哪里还想得到这些？这时听侍剑提起，心中不觉清醒了七八分。他停下马来，思忖许久，觉得侍剑说得很有道理，不由得为难地说道："亦不能就此罢休。现在人手缺乏，是救命的事情……"

侍剑知道石越脾气其实甚好，这时候胆子更大，直言无忌地说道："公子上表弹劾高遵裕，我有时听到陕西官员议论，虽说高遵裕罪有应得，但他们都觉得公子有几分咄咄逼人之势。若要说起来，想必朝廷也在担心此事。如果再与种谔不和，若闹将起来，朝廷不想让公子在陕西独尊，只怕还会偏向种谔一边。毕竟种谔既无过错，又是功臣。只恐到时以小不忍而乱大谋，主战的声音增大，于国家是祸非福。公子不可不慎——眼前的事情，我想若潘先生在，他当如何处理……"

"你尽管说。"

"我觉得若是潘先生，一定会请公子退让。公子可以让安抚司的亲兵出去协助灾民重建，再发一纸公文给种谔，让他出动龙卫军帮忙。种谔答应自然是好，但以他的性格，自然不会答应。公子便不必再理。此事自有人会上报朝廷，若是两府知道公子在陕西，并非是要风得风，许多将领都命令不动，自然会放心许多。"

石越有几分讶异地望了侍剑一眼，不觉点了点头。

侍剑大受鼓舞，又继续说道："其实环州重建之事，现在已经不需要公子操心。以张使君之能，足以胜任此事。公子应当早回长安。与西夏大战之后，短时间内，我以为西夏人绝难大举入寇，而我们亦应当利用好这段时间——在朝廷，自然是继续推行军制改革，整编军队，同时改善财政；而公子，则要在陕西继续推行役法、驿政改革，修葺水利道路，使陕西得以休养生息。这些事情，公子终须在长安才做得成。至于对付西夏，公子常说李秉常与梁氏有隙，趁此大败之机，正当设法乱其内政，挑拨敌酋争斗，使其陷于争权夺利之内耗中。如此四五年之后，我长彼消，灭亡西夏，不过举手之劳。做这等事情，公子亦不必亲力亲为。况且，公子若长期在边境掌兵，难免朝中有奸人宵小搬弄是非。此事不过是徒惹疑忌，有害无利。"

"回长安吗？"石越喃喃自语道，"其实我也想回长安的。"他娇妻爱女，皆在长安，焉有不想念之理？只不过，他现在总觉得边境还有一堆事情需要处理，而这又是他不应当回避的责任。

"想不到你也长大了。"石越含笑望着侍剑，眼中尽是赞许之意，"你跟了我有七年了吧？"

"是，七年有余了。"侍剑的话中，有几分感慨。

"这次回长安之后，你便去白水潭读几年书，考个进士，好好做番事业出来，将来也能彪炳青史。"说这话的时候，石越恍惚便觉得自己老了许多。不过心里却始终是欣慰与高兴。

"我不想进白水潭，也不想考进士。"侍剑有几分胆怯地说道。对于石越，他始终有几分惧怕，但这种惧怕，乃是儿子对父亲、弟弟对兄长的那种惧怕，是担心自己所做的事情，得不到对方的认可。

石越笑道："原来你是想从军？也好，男儿何不带吴钩，收取关山五十州。从军也是大丈夫之事。"

"我也不想从军……"

石越的脸色沉了下来，他冷冷地说道："你知道我一向反对荫官之法。"

侍剑见石越误会，连忙摇手解释道："我也不是想要荫官。"

"难道你想一辈子跟在我身边做书童不成？"石越板起脸训斥道，"好男儿志在四方，我家可没有你这样的！"

侍剑的脸烧烫一样的红，半晌，方鼓起勇气低声说道："为何一定要建功立业呢？"

"什么？"石越一时没听清楚。

侍剑抬起头来，正视石越，重复道："为何一定要建功立业呢？"

"为何一定要建功立业？"石越呆了一下。

"我觉得不需要自己建功立业也很好。跟在公子的身边，看着公子建功立业，我就很知足了。"侍剑的声音，虽然依然不高，却清晰可闻，"我并不在意能不能富贵显达，能不能名留青史。"

"是这样吗？"石越倒是被侍剑说的给镇住了。他一向热衷于名留青史的伟业，却忘记了在这个世界上，并非人人都有这样的野心。更没有想到，在自己的身边最亲密的人当中，便有一个这样的人存在。

"看着将来要被史书记载的事情一件件在自己眼前发生，我已经很知足。"侍剑坚定地说道。

石越轻轻地点了点头，没有再说话。

9

次日，雪停。

石越一大早起来，用刷牙子与揩牙粉漱了口。这种宋代的牙刷与揩牙粉，也是这几年间流行起来的。刷牙子是用马尾毛制造的植毛牙刷，揩牙粉则是用茯苓、石膏、龙骨、寒水石、白芷、细辛、石燕子等炮制，这些东西与石越并无关系，都是宋人自己发明的。使用刷牙子与揩牙粉，比起盐水来，感觉就要好得多了；而比起如沈括那样用苦参来洁齿，则要节省许多。

刷牙之后，石越如同一般宋朝士大夫一样，在口里含了一片鸡舌香。这个习惯，是石越近几年才慢慢养成的。宋朝士大夫为了保持口腔卫生，往往喜欢在口中含鸡舌香，这样开口说话的时候，不仅不会有口臭，而且还会发出芬芳的气味。

然后石越便开始在后院的雪地上打起太极来。

一套太极尚未打完，便见侍剑快步走了进来，禀道："公子，张使君来了，道是仁多瀚的特使求见，并带回一个被俘的武官。"

他话尚未说完，石越已经收了拳，一面摘起放在一边的佩剑，道："算他识趣。"一面向外间走去。侍剑连忙紧紧跟上。

到了公厅，却见厅中除张守约外，又有两人在等候，其中一人是党项服饰，石越自然不认得。另一人是宋朝武官打扮，石越抬眼望去，赫然竟是何畏之。

三人见到石越，连忙上前参拜。石越在帅椅上坐了，将佩剑随手放到帅案上，方说道："不必多礼。"

张守约知道石越这是故意在仁多瀚使者面前拿大,忙上前一步,朗声禀道:"启禀石帅,这位是夏国仁多统领的特使仁多保忠将军,他奉仁多统领之命,前来求见石帅。"

"将军鞍马劳顿,一路辛苦!"石越斜睨了仁多保忠一眼,只例行公事般慰问了一句,便沉着脸问道,"仁多统领可是许诺放归我大宋被俘将士了?"

"在下此来,便专为与石帅分说此事。"仁多保忠也是仁多族的一时英杰,年岁虽轻,但在夏国已颇有盛名,见这情形,已知石越故意怠慢,他也并不生气,只不亢不卑地说道,"为表诚意,仁多统领特令我先送归何将军与十名军士。"

石越将目光移向张守约,张守约微微点头,表示仁多保忠所说不假。石越脸色稍霁,道:"如此方是两国修好之道。"顿了一下,又吩咐道,"先请何将军下去休息,沐浴更衣。"

"谢石帅。"何畏之抱拳行礼,在军法官的带领下,先退了下去。大宋军法,被俘武官归国,都必须先由军法官审查,这个何畏之自是明白的。石越说的话,不过是为他留面子。待何畏之退下,石越这才吩咐道:"还不给仁多将军看座。"

仁多保忠谢了座坐下,却不提俘虏之事,只道:"在下在夏国,已久闻石帅威名。人人都说石学士学通古今,礼贤下士。又听人说石学士曾有高论,道夷狄只要能化夷为汉,便与华夏一般无异,却不知是真是假?"

石越"哼"了一声,道:"可惜夏国现今所行之政,却是舍汉制而用胡礼!"

仁多保忠闻言,摇摇头,长叹一声,默然不语。

石越见他这般神情,不由得问道:"将军这又是为何?"

仁多保忠又微微叹了口气,道:"在下为夏国之臣,石帅却是大宋重臣。有些话,原不当说。但我家统领之前见到石帅,已是十分仰慕石帅之仁义,回国后常常感叹,以为古之贤人不能过。又听到石帅这番高见,以为石帅的见识,天下再无第二人能及。故此才不避嫌疑,遣在下前来,敢以肺腑之言呈于石帅驾前。我家统领说,天下虽大,宋夏虽为敌国,但也唯有对石帅,他才敢以肝胆相对!"

这一顶一顶的高帽子不要本钱地给石越戴过来,让人听了,直要以为是羊祜[3]与陆抗[4]再生。石越在这边拿腔作势,却不料那边不以为意,反许之以羊祜,他再厚的脸皮,也须有些受不住。这时候也只得缓了语气,道:"岂敢,石某何德何能,敢蒙仁多统领如此错爱?"

"石帅不必过谦。"仁多保忠黯然摇了摇头,又道,"方才石帅说敝国舍汉制而

---

[3] 羊祜,字叔子,三国时期西晋名将。
[4] 陆抗,字幼节,三国时期吴国名将。

用胡礼,其实这也是敝国有识之士所痛心疾首者。"

"哦?"

"以石帅之明,又岂能不知敝国如今不过是权相当道?我主君虽然心向汉化,愿长为大宋藩臣,然却屡屡为奸相所沮。至于挑起边衅、冒犯朝廷,其实都是奸相所为,主君不过受其挟制而已。敝国凡忠臣义士,无不切齿。"

石越虽已猜到三四分,但仁多保忠竟真敢对自己说出这些话,他也不能不又惊又疑,不知仁多澣究竟打的是什么主意。口里却道:"春秋之义,似梁乙埋这等奸贼,天下人人得而诛之!本帅也不瞒将军,朝廷与贵国作战,其实也是迫不得已。朝廷括有四海,要你这河西弹丸之地何用?若非夏国不修职贡,屡番犯边,伤我百姓,朝廷亦乐于罢兵,使天下太平,百姓也不用受转运之苦。仁多统领既知梁乙埋为夏国国贼,为何不举义兵,清君侧,反要听他驱使?"

"奸相势大,且他挟天子以令诸侯,所谓投鼠忌器,故此不得不虚与委蛇。"仁多保忠慨然道,稍停了一会儿,又道,"想来石帅当知道,此贼不仅是敝国国贼,还是石帅私仇。沙苑监、渭州之刺客,无不是受其指使。"

"这个本帅早已知道。《春秋》重复仇之义,本帅非是不想报仇,不过以国事置于私怨之上而已。"

"石帅胸襟,令人钦佩。"仁多保忠抱拳道,"然而石帅要报此仇,却不仅仅是私怨,同样也是为国事。只需无此贼,西北之地,从此可以铸剑为犁,此乃两国之利。"

"将军之意是?"石越不由得倾了倾身子。

"不瞒石帅,如今我主君渐长,忠臣志士,颇聚左右。自古以来,邪不可胜正,奸臣必不可长久。此番梁氏为天朝大败,颇丧军心,正是敝国重振乾纲之时。只是百足之虫,死而不僵。他兵权在握,经营已久,一时也难以轻易除去。"

石越注视仁多保忠,忽笑道:"将军和本帅说这些,不知是想要本帅做些什么?"

"石帅真是快言快语。"仁多保忠站起身来,欠身一礼,道,"在下来拜见石帅,一是想让石帅知道,敝国君臣非大宋之敌人,大宋之敌人,只是梁氏而已。若我主君得正位,必然推行汉制,勤修贡奉,与天朝互市,永为天朝之藩属,绝不敢兴兵犯境。除此之外,便是想请石帅成全。"

"成全?"

"若无石帅成全,边境不宁,梁乙埋的兵权便难以撼动。除掉此贼,乃是两国之利,亦是为石帅报仇,故此在下才敢来此冒昧相求!"

仁多保忠见石越先前态度积极,以为他必会答应,至少也会动心,不料石越却摇了摇头,道:"这却难以答应你。既蒙仁多统领看重,本帅也不敢相欺,夏国奸相当道,于我大宋,不过是利弊参半。况且我便与你统领谈和了,你家统领又管得了梁乙埋？且今日宾主易势，上至朝廷，下至我麾下将校，不知有多少人要主战，便凭将军这个许诺，我也难以服众！"

石越的话说得入情入理，仁多保忠却也听出石越并未把话说死，只不过是在委婉地开价而已，他连忙又说道："石帅对环州百姓如此仁爱，岂能不知沿边百姓，无论宋夏，都不愿打仗？还望石帅多念沿边百姓之苦……且天朝礼仪之邦，岂有坐视臣乱君道之理？只要石帅肯许诺暗助我等平贼，所有战俘自当送还，更不敢索取天朝分毫。"

石越却不置可否，只试探问道："除了想要我缓兵之外，可还要本帅如何相助？"借外兵平内乱的事情，自古以来，都屡见不鲜。石越醉翁之意，实在于此。

"除此之外，不敢劳动天朝太多，只是敝国主君一旦改制，还盼得天子降一纸诏书嘉奖；若是中土礼器文物，得蒙天子恩赐，敝国上下，无不感恩戴德。"

石越见仁多保忠并没有请兵剿贼之意，不由得略觉失望。他沉吟了一会儿，道："且容我三思，请张使君先陪将军去驿馆歇息，晚上再议不迟。"

目送张守约与仁多保忠离去后，石越忍不住对侍剑笑道："今天真称得上是天遂人愿。"

侍剑却有点儿不以为然，道："这……公子莫非真要答应他？"

"答应，当然要答应他。"

"但若真助李秉常掌握朝政，他倘若真的勤修贡奉，推行汉化，再兴兵就只恐失中外之心。不仅失信于四夷，国内也会有极大的阻力。"

石越摇了摇头，笑道："没么便宜的事。不过，我正想设计挑起西夏内乱，再寻借口干预西夏，便有人送上门来，这却是天赐良机。"石越望着侍剑，又道，"你以为仁多澣真是什么忠臣义士吗？他只管得了静塞军司，凭什么却要我全线缓兵？"

"难道？"

石越笑道："一个幌子而已。我缓兵就能夺梁乙埋的兵权？天下再没这等好事。他不过打着忠臣义士的幌子通敌，想借机壮大自己的势力而已。他要的缓兵，不过是静塞军司附近的缓兵。你等着看，只要我松口，他接着便会请求互市，甚至会想向我们买武器。我猜他手中的筹码，除了战俘与一堆许诺之外，便是卖马。"

"卖马？"侍剑吓了一跳。宋夏处于交战状态，出卖马匹这种重要战略物资，实在太不可思议。

"自然要卖马。"石越冷笑道，"否则他有何资格与我谈条件？仁多澣知道我大宋虽能从辽国、吐蕃买马，但毕竟数量有限。为得到我的支持，哪怕是饮鸩止渴，他也会与我交易。反正大宋已经很强大，不如让我们更强大一点也无妨。何况西夏还有沙漠天险呢……毕竟只要得到我的支持，他的部落强盛就指日可待！"

"不过，"石越又笑道，"大宋欲富强，河西之地，必先入版图。这是太祖皇帝所谓的卧榻之侧，我未必会慢慢等他的部落强盛起来……"

"但……"

"我知道你要说什么。"石越道，"我也绝不会让天下以为我大宋伐夏，是不义之举的。"

他的话音刚落，便见张守约急匆匆地走了进来，见着石越，劈头便问道："石帅果真要答应仁多保忠吗？"

石越与侍剑对视一眼，不由得哈哈大笑。

张守约莫名其妙地望着石越，不知道自己的问题有什么好笑的。石越笑道："先不要说这些，张使君与本帅一道去见见何畏之吧。"

10

这是一间收拾得还算整洁的房间。房间内摆着一张桌子，上面放着笔砚与几张散乱的白纸，还有一些纸上写满了墨迹。除此之外，便只有一张椅子——其中一只脚明显是用另外的木头拼上去的。

这就是何畏之接受询问的地方。

按着大宋的军法律令，普通士兵被俘归国后，只要简单的盘问备案便可，但凡有朝廷正式任命的告身的军官，都必须接受卫尉寺的详细询问。不论何畏之以前的身份是什么，他现在也是大宋一名普通的中下级武官，这必不可少的程序是无法回避的——哪怕这会让人感到屈辱与委屈。

何畏之现在的心情就很不痛快。卫尉寺的武官看每一个人的目光都带着怀疑与猜测。何畏之虽然受过当今皇帝的表彰，但是与他一起守卫环州的狄詠战死了，而他却被俘并平安归来，在一般人心中，已是认为他缺少节义了。更何况，何畏之还是大理人！

人们很容易相信一个宋人，却难以相信一个大理人对宋朝的忠诚。

哪怕他曾经为宋朝立下过卓著的功勋。

何畏之努力抑制住心中的怨气，但并不成功。他桀骜不驯的眼中发出危险的光芒，终于，"啪"的一声，何畏之气愤地将手中的毛笔一折两段，狠狠地摔到白纸上，墨汁四溅。

忽然，门外廊下传来几个人的脚步声。何畏之是习武之人，听觉敏于常人，他听到其中数人步履落地的声音不轻不重且有一定的节奏，已知来人非常有教养，绝不会是卫尉寺的武官。正在揣测来人的身份，却听那脚步声在自己这间房前停住了，"吱"的一声，虚掩的房门被推开，几个男子出现在门口。

"石帅！张使君！"何畏之完全没有料到石越与张守约会来此处，十分惊讶地望着门口。

石越含笑望着何畏之，微微颔首，与张守约一道信步走进屋中，随行而来的军法官与侍剑则在门外等候。他的目光扫过桌子上那断成两截的毛笔，但只是略一停留，便回来落在何畏之身上，沉声道："先生委屈了。"

"不敢。败军之将，不受责罚，已是万幸。"何畏之欠了欠身，怨气却溢于言表。张守约微微皱了皱眉，并没有说话。被俘，对于他这样的士大夫来说，始终是一件耻辱的事情。

"先生守卫环州，功劳不小。对朝廷的忠心，本帅也是信得过的。"石越温声说道，"不过军中制度规矩如此，却也不可以废了。望先生能体谅这中间的苦衷。若中间有得罪处，本帅在此向先生赔罪。"说完，石越向何畏之认真地长揖一礼。

何畏之再桀骜，也是名利场上人，如何敢端受石越这一礼，连忙侧身让开，回拜道："大帅如此，是折杀在下了。"这一拜一让之间，何畏之的怨气已消去不少。

石越伸手扶起何畏之，道："胜败是兵家常事。先生与狄将军以少敌多，虽然不胜，亦为国家功臣。本帅来此，一是问先生安好，也让先生得知，朝廷并非疑忌先生；二是想请教先生有关狄将军战死之事……"

何畏之听石越问起狄詠之事，不由得肃然。哪怕事情已经过去几个月，但狄詠自杀前的情景依然历历在目。他的脸上情不自禁地露出敬仰、惋惜之色，沉声说道："当日我与郡马守城……"当下细细和石越说起环州之战的过程与细节来。

何畏之是亲历之人，又是当时城中仅次于狄詠的官员，自他口中说出来，许多关于环州之战的细节，都是十分详细。石越与张守约直听得惊心动魄，又觉得扼腕不已。讲到狄詠为满城百姓而自杀之时，何畏之神色惨淡，石越与张守约都是心潮澎湃，又是敬佩，又是叹惜，双眼都是噙着泪花，强忍着才没有流下眼泪。石越想起高遵裕的可恨之处，更是切齿。

"……郡马自杀之后，在下便率领骑马的将士突围，奈何西贼势大，前后冲杀十余次，皆不得脱困，突围的儿郎十之八九，都战死殉国。在下身上揣着郡马的遗表，却不敢就此战死，使郡马之事迹不得流传于天下后世，不得已而诈死，妄图侥幸。不料仁多澣部下番将慕泽甚是狡猾，竟被其识破……"何畏之说到此处，脸上亦不自禁地红了一下，他潜意识中，也以为被俘是甚可耻之事，因此不欲多提。只是从怀中取出一本用黄绸包得严严实实的奏折，递给石越，一面说道："这便是郡马的遗表，要请石帅代呈天子。在下破讲宗岭，略得虚名，仁多澣怀枭雄之志，欲将在下收为己用，因此一直待在下以客礼。然而，愚虽是边鄙之人，无郡马之忠烈，却亦不屑为贰臣。故此一直坚拒。不过也因此事，得以保全郡马遗表。"

石越双手接过狄咏遗表，珍之重之地放入怀中。道："先生之功，亦不可没。"

"此不足道。"何畏之意兴索然地摇摇头，道，"在下能不负郡马所托，庶几可无憾。败军之将，安敢论功。"

石越知道当时人的观念如此，一时半会儿也难以改变，当下不再多说。问道："先生以为仁多澣此人如何？"

何畏之沉吟一会儿，道："仁多澣貌不出众，其为人唯利是图，不知忠义廉节为何物。然见风使舵，善识时务，颇具干才，亦不可轻视。我观其人，不得机会，不过封疆之臣；若得机遇，是枭雄也。"

石越点点头，又问道："他遣仁多保忠来致修好之意，先生以为是诈？是诚？"

"非诈非诚，亦诈亦诚。"

"非诈非诚，亦诈亦诚……"石越低声重复了一遍，细细咀嚼着这句话。

"这只是在下的浅见。我以为仁多澣此人，我强，则其虽诈亦诚；我弱，则其虽诚亦诈。"

张守约听到这话，不禁哑然失笑，笑道："如此岂非一个十足之小人吗？我与仁多澣打过交道，只觉此人贪利，但治军严整，颇亲近大宋，亦甚讲信用。"

何畏之也不辩解，只是注视石越。却见石越笑道："某已知仁多澣其人也。"张守约与何畏之都把目光投到石越身上，等待着他的解释，不料石越却似乎无意多说，话锋一转，道，"章质夫的《强兵三策札子》廷议已经通过，枢府也已颁布公文于诸路府州军监。唯陕西一路，因为烽火不熄，振武学堂以及军事小学校一直未能建立。如今边患初定，某欲在环州、延州等沿边州城，创建振武学堂以及附属军事小学校与高级学校，并以环州之振武学堂，为'陕西路第一振武学堂'，在其中为狄郡马建庙祭祀。而诸州军事小学校则首先招收忠烈遗孤以及父母死于战争之平民孤儿……"

"此乃善政。"不待石越说完，张守约便已经称赞起来。自从章楶《强兵三策札子》通过以后，大宋各路都相继建立了振武学堂，在南方与沿海，还有部分路成立了伏波学堂。而军事小学校与高级学校，也在两成左右的府州军监开始创建。虽然富裕之家与士大夫之家不会愿意将自己家的男孩送入军校，但是也有许多非常贫困的家庭以及军属会为孩子选择这条道路——毕竟这是难得的全免费教育，可惜的是名额有限。而陕西路在这方面显然是严重滞后的，一方面固然是因为学政范纯粹对此兴趣有限；另一方面也是因为陕西战争不断，使得许多事情都被积压下来了。现在石越提出此事，却是一个很好的时机，的确如石越所言，战争之后，势必会增加许多孤儿，将这些孤儿招入军校，绝对是件一举多得的好事。

石越的目光扫过张守约与何畏之，道："振武学堂与军事小学校之山长，按例自然是张使君兼任。但是张使君军务政务繁剧，还须有一个祭酒协助。只是不知先生是否愿意俯就？"

何畏之不禁怦然心动，但同时又有几分犹疑。

石越的邀请颇具吸引力。虽然振武学堂只是培训节级的军校，远远比不上讲武学堂之影响力，但是至少有一部分节级是肯定要升为武官的。而最重要的是，何畏之认为军事小学校的学生，很可能会成为将来大宋军事力量的骨干。而陕西路因为地处宋夏边境，其在大宋军事力量中，绝对能占到一个相当重要的地位。

任何有野心的人，都知道从长远来看，这是可以增加自己的影响力的。

但问题是，何畏之不认为自己有那么久的耐心。

出于一种天性，他隐约感觉到宋夏之间真正的战争还没有开始，而其爆发的时间却不会太久了……为了在宋军中得到较快的提升，为了自己的抱负，何畏之认为自己应当设法进入禁军体系才对。

仿佛看穿了何畏之的心思，石越又说道："只要先生答应，我可以允诺，先生随时可以回到禁军领兵。"

何畏之被石越识破，心里一凛，忙欠身说道："敢不从命。"

11

当晚，与仁多保忠的第二次会面果然被石越料中。又经过一番相互试探、讨价还价，双方很快达成口头协定——双方许诺此后不再相互攻击。这显然是一条脆弱的约定，石越无法代替皇帝与两府决定宋朝的和战；仁多澣也管不了梁乙埋的喜恶。事实上，这个被称为"环州之盟"的密约，充满了至少是无法立即兑现的约定。仁多澣许诺的基础是需要李秉常夺回政权。他答应在李秉常夺回政权之后，夏国永远向宋朝称臣，在国中推行汉制，双方互市并且扩大通商的规模，并且在大宋需要时，协助大宋出兵夺回包括大同府在内的幽蓟故地。而石越则承诺陕西宋军暂时不进攻西夏，并且在夏主夺回政权之后，向西夏派遣学者、颁赐书籍，并请求皇帝下诏旨支持其推行汉制。同时，在必要的时候愿意出兵相助……

除去这些之后，才是密约中实际的内容。双方同意秘密互市，宋朝愿意卖给仁多澣包括茶与棉布、丝绸、香料在内的大部分商品，同时愿意出售部分武器给仁多澣——自从钢铁业大步发展与军器监改革之后，宋朝整编禁军兵甲之精良，已经超过西夏。而宋朝巨大的产能更为西夏所望尘莫及。不过石越断然拒绝了卖震天雷或霹雳投弹的要求，也不愿意卖盔甲与铁锭，这也是意料之中的，因为仁多澣的筹码少得可怜——作为回报，仁多澣将卖给宋朝一定数量的马、牛、羊以及食盐，同时释放全部宋军战俘。

仁多保忠也有意外收获，石越主动同意释放几次战争中仁多部族的战俘，甚至还同意释放一部分其余部落的俘虏归夏。当然这是有条件的——三个战俘换一匹两岁到三岁的马。但对于人多即是力量，特别是男人多就是力量的西夏部落而言，依然是很合算的。

带着满意回去的仁多保忠在两天之内，就依约放归了他们俘虏的全部宋军战俘。石越在迎接这批战俘归国之后，便将余下的事情交给了张守约。为了防止种谔从中作梗，石越先将种谔调回庆州，又留下一个安抚司官员协助张守约处理互市事宜，这才放心的返回京兆府。

石越没有打算认真遵守环州密约的心思，在尚未返回长安之时就显露无遗。

他的车驾刚刚离开庆州不到百里，石越就给延州颁布了一道命令。他命令宋朝在横山活动的僧人将横山的部落分成两种，凡是对宋朝表示出善意的部落，僧人将归还全部俘虏，并且许下封官、互市、十年不征赋役的诺言；凡是死心塌地跟随西夏的部落，则将其俘虏全部斩首，将人头送还其部。并命令种古、姚兕与刘舜卿可以"便宜行事"。

在西夏溃退时乘胜占据了许多要塞，将锋线推进到横山脚下的延绥宋军，接到石越的命令之后，在二月中旬大雪将化未化之时，在僧人的指引之下，偷袭了超过十个不肯亲附宋朝的横山部落。这些被偷袭的部落多遭灭族之祸，却命运迥异，被种古麾下的吴安国部攻击的部落，除了酋长与抵抗的战士被杀之外，大部分都成为俘虏。而遇到姚兕部的部落，却惨不忍睹——姚兕不顾僧人的劝阻，下令不要任何俘虏，于是宋军所过之处，血流成河，诸部落无遗类，被姚兕部屠杀的横山番部达三千余人，导致后来没有一个僧人愿意替姚兕部作向导，智缘更是因此与姚兕翻脸。当地百姓提到姚兕之名，小儿不敢夜哭。

一时之间，横山震动。

在宋朝的软硬兼施之下，横山各部落迅速分化。除了极少数部落负隅顽抗之外，大部分部落都接受了宋朝的册封，派遣子弟入番学，表示归顺之意。

从熙宁十一年到熙宁十二年，两年之内，战争在横山从未真正平息过。因为根据大宋枢密院后来颁布的数道命令，宋廷已直接将横山划入版图之内，归于延州管辖，并且明确下令，不允许横山存在任何"化外番部"。于是一方面宋朝大张旗鼓地赏赐归顺部落，皇帝甚至亲自下旨，在延州扩建质子院，替在京横山番部子弟修建住宅；一方面那些没有遣子弟入番学就读的横山部落，却往往遭到毫不留情地攻击，宋朝僧人绘制出来的横山地图,详尽得连横山土生土长的番人都要自叹不如,整个横山地区,几乎成为宋军的后院。每一个部落被攻击之后,其首领的人头便会传遍横山,而其部众则会没为官奴。

西夏经营了百年之久的横山地区,就这样在短短两年之内易手。而此时,西夏人根本无暇顾及这块地区。

而整件事的策划者石越,在发出收复横山的命令之后仅仅一天,就接到了召他立刻回京"述职"的诏书。一直等到智缘愤怒的书信寄到他手上,他才知道后悔自己那道"便宜从事"的命令。而这个时候,无辜的人已经死去,而枢府与卫尉寺对姚咒的处罚,不过是将其调入讲武学堂做教官——没有人知道这究竟是左迁还是奖赏。石越并非万能,有一些陋习,他也无可奈何。

但不管怎么说,赵顼终于实现了他登基伊始就已制定、实施的经略横山的战略。所有人都知道,在宋朝同时控制住横山、熙河地区之后,宋夏之间的战略态势,便将发生实质性的转变。

第二章

天命有司

独立之精神,自由之思想。

——陈寅恪

1

熙宁十一年二月五日。

汴京，相府。

吕惠卿手中端着一方绀青色的砚台，细细观赏着。这方砚台雕成仙鹤展翅之状，制造精美异常，堪称巧夺天工。他用手指轻叩，砚台即发出金玉之声。

"此砚用金雀石制成，邵雍有诗专赞此砚：铜雀或常有，未尝见金雀。金雀出何所？必出自灵岳。剪断白云根，分破苍岑角。水贮见温润，墨发如镵削。"站在下首说话的是吕惠卿之子吕渊，其人面貌俊朗，衣衫素洁，颇显飘逸不群。而举手投足，一举一动，都神似吕惠卿。吕渊自小在福建长大，虽是吕惠卿子侄辈中最聪明的一个，但成人之后酷爱道家之术，不仅无心科举，经常游历四方，而且平素连家都难得回来一次。在吕惠卿看来，这个儿子实是家族之耻。

"是吗？"吕惠卿的声音十分冷淡，"你从哪里弄来这个物什？"

"是有人特意托我送给父亲。"吕渊的语气也有几分生硬。

"哦？"吕惠卿有几分意外，斜睨吕渊，问道，"谁家想求官耶？"

吕渊默然不语，嘴角却露出傲然之色。

"送砚之人，并无所求。"

"哦？"吕惠卿冷笑道，"天下竟有这等好事？"

"想来以昌王之尊，当无所求于父亲。"吕渊的话中有几分得意。

"你说什么？"吕惠卿霍然变色，望着吕渊，目光变得严厉起来。

吕渊却毫不在意，轻描淡写地说道："这是昌王托人送给父亲的礼物。"

吕惠卿的脸在一瞬间，便如铁一般发青，他立刻放下手中的砚台，冷冷说道："这是何处来的，你便给我送回何处去。"

"父亲如何这般拂人脸面？石越立下大功回朝……"

"闭嘴！"吕惠卿勃然大怒，指着吕渊骂道，"不肖子欲使吾家遭灭门之祸乎？吾家富贵已极，尔不知学好，反习异端。如今更是不知轻重至此！真是气杀我也。"

吕渊被吕惠卿痛骂，脸上青一阵白一阵，一顿脚，上前抱起金雀石砚台，竟是头也不回地离府而去。在外面观望的吕升卿与吕和卿慌乱去劝阻，却哪里拦得住。二人只得回头来见吕惠卿。吕和卿低声说道："渊儿回来不易，大哥为何如此生气？"

吕惠卿狠狠瞪了他一眼："你知道什么！"

吕升卿本待劝解，这时更不敢说话，只是和吕和卿面面相觑。过了一会儿，却听吕惠卿厉声问道:"你二人有无瞒着我结交宗室?"

吕升卿与吕和卿都是吓了一跳,二人连忙摇头,一齐道:"朝廷禁令甚严,我等再不知轻重,亦不敢胡来。"

吕惠卿犀利的目光扫过两个弟弟的眼睛,仿佛要由此穿透他们的内心。半晌,他才叹了口气,说道:"吾家富贵已极,若是不知收敛,必有灭族之祸。帝王家事,小心翼翼,都恐犯错,轻易沾惹不得。你二人须要牢记。"

"是。"

"那不肖子迟早会祸及家门。"吕惠卿恨恨地说道。

"既是如何,是否要举报?"吕升卿小心问道。

吕惠卿瞪了他一眼,心中哭笑不得。若是他能举报,人家又岂敢这样明目张胆地拉拢自己?虽然他并不知道,赵颢是下了多大的决心才终于改变心意,决定来收买他,但赵颢打的主意他是很清楚的,如今石越"回京述职",自己宰相地位岌岌可危,正是拉拢示好的良机。况且送礼的是自己的儿子,他若是捅出来,不仅自己儿子难逃诏狱,连吕惠卿自己,也是洗刷不清的。他的权力并不巩固,朝中不知道有多少政敌,正在等待他的把柄呢。更何况,吕惠卿也不愿把所有的路都堵死,彻底得罪昌王,并非是上策。

"眼下的当务之急,还是不能让石越留在京师。"吕惠卿很快便在心中做出了决定。

"此事谁也不要说出去。"吕惠卿沉声说道,"石越已至洛阳,数日后便到京师,皇上已下旨,让宰相至城外亲迎。眼下先对付了石越的事情再说。"

"宰相亲迎?"吕升卿张大嘴巴,"这恐怕逾制吧?那些御史谏官难道不说话吗?"

吕惠卿微微一笑,悠悠道:"最好不要说话。这本是我的建议。既然皇上不放心,无法不让石越回京师,那么便干脆把他捧起来,捧得越高,才能摔得越重。此乃退避三舍之计也。"

早春,洛阳。

与一年前石越骑马入洛阳,百姓夹道欢迎的盛况相比,石越二过洛阳所得到的欢迎,有过之而无不及。仅仅一年时间,石越在陕西打赢了两场战争。虽然他在陕西推动的各项改革都才刚刚开始,效果还难以看出,但是这两场战争的胜利,就足以为他赢得巨大的声誉。

雪刚刚化掉,严冬已经过去。经过整整一个冬天的压抑,人们也迫切希望释放出自己的情绪。

鲜花载道。

人们都聚集在洛阳西城的主干道上，等待着石学士的入城。

但是在洛阳城外，石越的车队停住了。

"怎么回事？"石越掀开马车的车帘，站在车前询问侍剑道。

"启禀石帅，前面有一个老者拦道。"侍剑尚未及回话，一个亲兵已策马回来禀报。

"老者？"石越暗觉讶异，跳下马车，快步向前走去。潘照临与侍剑连忙下马，紧紧跟了上去。

在石越的车队前，果然有一个鹤发老者身着八卦服，骑着一匹小毛驴上，由两个壮汉牵引着，拦在道中。石越望见来人，吃了一惊，连忙快步上前，拜了下去："富公，石越有礼了。"又问道，"富公如何会来此？"侍剑与潘照临也分别拜了下去。原来挡在路中的，竟然是韩国公富弼。

富弼含笑望着石越等人，用手轻捋白须，笑道："子明、潘先生，不必多礼。"

石越起身望着富弼，又拱手道："实是惶恐。"

"果然未让老夫失望。"富弼笑道，"这时节还知道惶恐，才是自全之道。"

石越默默望着富弼。以富弼之尊，这时候居然亲自前来拦道，事情绝不会太简单。

"子明可知道前面洛阳城中，有数万男女老幼，在准备夹道迎你入城？"

"实是不敢受此殊荣。"石越说的话虽然谦逊，但是语气中隐含着一丝得意。

富弼久经世故，洞悉世情，石越这一点得意之情，又如何能逃出他的眼睛。他凝视石越良久，方叹了口气，悠悠说道："你知我如何来此？一年之前，老夫大张旗鼓，迎子明入城。然而一年之后，老夫却要来劝子明，请子明绕道过洛阳。"

"绕道过洛阳？"

"不错，绕道过洛阳。"富弼的目光，仿佛看到石越内心的深处，让人浑身不自在，"日中则昃，月盈则食。世道之常，子明焉得不惧？"

富弼的话仿佛给石越浇了一盘透心冷水，让他浑身打了个寒战。

"自古以来，人臣得民心者有之，得军心者有之，得士心者有之。然三者之心俱得，为人臣者可有善终者？"富弼的话咄咄逼人，目光更是犀利无情。石越听得浑身发冷，再也没有一丝得意之色。

"若是此人尚不知韬晦之策，反而洋洋得意，矜功骄横，其灭族之期无日矣。"

"子明可知否？三十余岁便有今日成就，是祸是福，全在君一念之间！"

富弼说话的声音虽低，但在石越耳边宛如春雷，震得他双耳发麻。古今中外在最得意时身败名裂的豪杰之士的名字，一个个从脑海中闪过。心中被隐藏得很好的得意之情，一刻之间，也早已烟消云散。

"多谢富公教诲。富公之德，越没齿难忘。"石越用十分正式的礼节，向富弼拜谢道。

"老夫非为君,是为国家惜才。君当善自为之。"

富弼丢下这句话,拍了拍驴屁股,两个壮汉便牵着毛驴,向洛阳方向走去。

石越叉手站立,目送富弼远去,直到他的身影完全消失在道路的远处,这才说道:"收起仪仗,绕过洛阳。"

"是。"侍剑答应着下去传令。潘照临却久久望着富弼消失的方向,在心里叹道:"此老之才,吾真不如也。"

在石越的车队悄悄地过洛阳而不入、准备绕城而东的时候,没有人注意到,在一个小山坡上,有一个少女牵着一匹白马,正凝神注视着石越的车队。

"去?"

"不去?"

柔嘉的手中,紧紧握着一把刚刚冒出芽的青草。

她平生第一次如此踌躇。

那个人的车队在缓慢地改变方向,正离自己的视线越来越远。柔嘉一次一次低头望着手中的青草,父亲那憔悴的面容与那个人那略带冷漠的脸孔交替地在她脑海中出现……

去见他?还是不去?

只是想看他一眼,如此而已。

呆立了许久许久,石越的车队早已消失,柔嘉依然没有做出决定。手中的青草早已捏碎,草汁从指缝中流了出来。

终于,柔嘉转过了她的身躯,不再看那个人消失的方向。

如珍珠般晶莹的泪珠,在她的眼眶里打转,顺着眼角流了下来。

2

汴京,土市子勾栏,相扑场。

台上,两个粗壮的女相扑,身着无领短袖,袒露胸脯,正扭打在一起。台下,无数的汴京市民拼命挥舞着头巾等物,高声叫喊着加油,还有人在半明半暗地下注赌博,气氛十分热烈。相扑是宋朝十分流行的一项运动,上自皇家,下至普通百姓,莫不追捧。其中女相扑运动,在仁宗嘉祐七年的时候,曾经被司马光上表攻击有伤风化。但是司马光的奏折被束之高阁,这项运动照样成为宋朝从皇帝后妃百官命妇到普通市民最喜欢的运动之一，甚至连白水潭的竞技大赛，都曾经请来女相扑表演助兴。哪怕是司马光做到户部尚书兼参知政事，对此亦是无可奈何。只得平时绕道而行，眼不见为静。

此时，在相扑场的一间雅座内，两个男子如庙里的泥菩萨一样对坐着，外面的热烈气氛似乎丝毫没有影响到二人的情绪。

"吕公子，令尊的想法实实是让人不解。"一个男子开口说道，"皇上说让宰相郊迎石越，令尊不仅不反对，反而支持。"

"他想什么，不关我的事。"吕渊冷冷地说道，"我来帮你家大王，是看李仙长的面子。"

那个男子尴尬地笑了笑，道："石越得势，只恐令尊相位难保。两家何不联手……"

"这关你甚事？"吕渊丝毫不假辞色，尖锐地反问道。

"我亦是为了令尊着想。"

"你还是操心你家大王的事来得好。"吕渊冷冷地说道，"告诉你，皇上处置高遵裕的事已定下来了。"

"高遵裕干我家大王何事？"男子假笑道。

"是吗？"吕渊冷笑了一声，道，"那便无关好了。反正与我家更不相关。"

"明人面前不说暗话。"男子低咳一声，道，"若能保住定西侯，对大家都有好处。吕公子既然上了这条船，要么就是富贵封侯，要么就是身败名裂，不要想着再下来。这中间的利害，公子当想得清楚。"

"你们看中的，不过因为我是宰相东阁[5]。但是现在你们应当知道，我在家中说不上什么话。"吕渊的眼中，尽是鄙视之意。

"吕公子错了。"男子笑道，"我家大王甚是称赞公子之才华，倒未必全是为了你是宰相东阁。所以，不论吕相公如何，我家大王都想借助公子之力。"

"凭几个无用之人，耍点阴谋诡计，也能做成大事吗？"吕渊讥道，"尔辈以为朝中大臣，俱是无用之物吗？"

"事在人为。"

"哼。"吕渊轻轻地"哼"了一声。

男子微笑着转过头去，继续观赏女相扑的表演。

白水潭学院，天下亭。

一个长身耸目、面色黝黑的年轻士子正捧着一本书在低头细读。走近前去，可以看见书的封面印着《天命有司》四个黑色的隶书字。这是白水潭山长桑充国的新著，

---

[5] 宋朝将宰相之子称为东阁。

刚刚出版发行不到一天。

"仁政者，非恩惠，非施舍，朝廷之责也，之任也，之天职也……"年轻的士子轻声诵读，反复咀嚼着。

"方回兄！"

"贺鬼头！"

两个年轻的儒生从亭外大呼小叫地跑了过来。这亭中读书之人，姓贺名铸，字方回，是两浙路山阴人氏，但自小在卫州长大。他是宋太祖第一任妻子、燕王赵德昭之母孝惠皇后的族孙，因此荫封了一个小小的武职，在京城做了个小官，却在白水潭学院读书。贺铸为人任侠好义，最爱议论是非，点评天下之事。这两年间便已在《汴京新闻》上写过数篇评论，也算是小有名气。因为面黑目耸，相貌酷似年画中的鬼，因此又得了个外号，叫"贺鬼头"。

"贺鬼头，明日你去不去新郑门？"一个儒生跑到贺铸跟前，气喘吁吁地站定，问道。

"是啊！明日你去不去？方回兄。"另一人却是客气许多。

贺铸望着二人，莫名其妙地问道："去新郑门做甚？又不是三月开金明池。"

"你不知道吗？明日山长回京。天子下诏，宰相以下，在琼林苑设宴相迎。汴京城的百姓都打算明天去看热闹。"

"哪个山长？山长不是好好地在京城吗？"

"自然是石山长。"

"方回兄，你还没见过石山长吧？"

贺铸摇了摇手中的书，笑道："吾读过其书足矣，何必识其人？难道石子明不与你我一样都是两手两臂，双目一口？"

"胡说八道。"一个儒生讥笑道，"山长和你贺鬼头长相可大不相同。"

"吾是生具异相。"贺铸对自己的相貌毫不介意。

"还是去看看罢。"另一个儒生笑道，"石山长亦非是常人。"

"便这么说定，贺鬼头。明日再来约你。"

贺铸尚未做出反应，那两个同窗早已急匆匆地走出了老远，显然是到处拉人去了。

3

次日清晨，风和日丽。

琼林苑。

号称"千重翠木开珍囿，百尺朱楼压宝津"的琼林苑，是汴京四大园林之一，位于顺天门外道南，俗称"西青城"，是所有皇家园林中最让宋朝的士大夫感到亲切的所在。因为他们进士及第之后，宋廷都会在此处大宴进士，称为"琼林宴"。对于宋朝的读书人而言，这是他们人生中最重要的时刻之一，因此琼林苑在他们心目中的印象，总是十分美好。此时未及三月，与琼林苑隔道相望的金明池尚未开放，士庶百姓依然不得入内，但是在琼林苑与金明池之间的大道上，已是车马盈道，挤满了翘首以待的东京市民。而在琼林苑内，新栽的丛丛绿叶之下，汴京的文武百官，也早已聚齐，一面谈笑，一面等待着石越的到来。

吕惠卿身着紫袍玉带，头顶梁冠，正笑眯眯地与冯京、吴充、王珪等人闲聊着。朝中诸大臣中，司马光早已告了病假，拒不参加这次礼制所无的郊迎。此外还有十余位素以方直著称的大臣、谏官、御史也一齐称病，因此都没有出现在琼林苑。范纯仁虽然到场，却是一直默默站在不显眼的地方，既不发一言，脸上也不曾露出过一丝笑容，而是用若有所思的表情望着一片树叶发呆。似他这般的大臣，竟也有十几位之多。枢密使文彦博则与兵部侍郎郭逵另立一处，不知道在说些什么。吕惠卿一面说着话，一面假装不经意地观察着众人的神态，脸上的笑容似乎是粘上去的一般，永远是不变的得体与温和。

安惇远远地望了吕惠卿一眼，二人目光相交，随即分开，各自露出会心的笑容。安惇不由得愉快地想起前一日和吕惠卿的对话：

"相公以为石越是当来，或是不来？"

"某不知。"

"郊迎之事，石越上表推辞了三次，虽然皇上没有答应，然石越连洛阳城都不曾进，其不赴琼林苑，亦未必不可能。"

"朝中文武齐聚琼林苑相迎，若石越来，固然是他得意忘形，不知韬晦；他不来，亦是他矫揉造作，不知谦退。他来与不来，又有甚要紧？"

安惇不觉笑了起来。

忽然，琼林苑外传来一阵欢呼之声。安惇心中一动，暗道一声："来了。"果然，便听有人高声叫道："来了。"众人都循声望了过去，等了一会儿，果见石越在幕僚、扈从的簇拥之下，向苑中走来。吕惠卿见着石越，忙快步迎上前去，远远就高声笑道："子明为国家朝廷立此不世之奇功，某奉旨，率文武百官，在此迎接子明回京。国朝立国以来，这可是开天辟地头一遭，真真叫人羡煞。"一干文武官员也连忙随着吕惠卿、文彦博迎上前去。

"陛下如此厚待臣子，臣本无功，实惶恐。"石越向皇宫所在的方向叩拜了，方才起身，向吕惠卿、文彦博及众大臣见礼。

吕惠卿回了礼,笑道:"一别两年,子明更见沉稳。"

"相公却是风采依旧。"

二人话中各含机锋,却执手大笑,倒似亲如家人一般。

"那日接到陕西捷报,才知道子明之才,真深不可测者。笑谈之中,可以破数十万兵……"

"我一介书生,又有何能?不过是陛下洪福齐天,将士英勇善战。我不过坐享其成。"

"天下事岂有偶然?子明何必过谦。"

"相公有所不知。非我推功,此番破贼,实是全赖将士善战。若无狄詠守环州,吾已为贼所擒;若非种古断指破贼,绥德岂有大胜?至于谋划方略,其初便多赖刘舜卿。其余如种谔、种谊、姚兕诸将,皆可谓有大功于国者。"

郭逵在旁见吕惠卿一意称赞石越之功,而石越却一意推功于下,不待多言,已知其意。当下故意替石越岔开话题,笑道:"然则公以为此番缘边诸将,何人功绩最著?"

石越注视郭逵,点头示意,沉声道:"功绩大小,有司自有评断。此枢府、兵部、三衙之责,越不敢置喙。然若以将品而论,我以为是在环州殉国的狄郎为第一。狄郎之事,堪称大宋武人之典范。"

此时狄詠事迹,京师尚无人知晓。众人见石越如此抬高狄詠,便颇有人不服气。但狄詠毕竟是殉国之忠臣,近来又风闻皇帝颇有怜惜之意,众人心里不服,却也没有人敢从嘴里说出来。石越顾视众人颜色,已知其心。他已经了解到狄詠的事迹,颇为感动,本就有心要大加宣扬一番,此时又想起潘照临之前和自己说过的话:"闭门谢客甚至自污,示人以昏庸,韬晦之下策也。其上策,是使他人较己更受瞩目。譬如烛火,欲使烛火之光明不显,其下策,是以布蒙之,但略有不慎,便连烛火也被布所灭;故其上策,是置之于太阳之旁,太阳之光远甚至烛光,则烛光虽大,而人必不以为意……"石越心中一动,已是拿定主意,当下又说道:"将有五德,狄郎可谓五德具备者……"于是滔滔不绝地说起狄詠守环城的事迹。

狄詠之事,本来颇为感人,自石越口中说出来,更添几分悲壮与无奈。琼林苑众大臣听石越从狄詠请缨说起,先是说他种种勇冠三军、夺敌之气的故事,无不振奋。接下来又听石越说起狄詠守城,以一低矮小城而抗十倍之敌,终以援兵久候不至,力绝而败,众人莫不扼腕叹息。直至听到狄詠自裁,以一人之死而换满城百姓之平安的大仁大勇,李敢当献城自杀之节义,从说的石越,到听的大臣,无论真心假意,全都热泪盈眶,感动不已。在场有几个与狄詠共事过、交情匪浅的武官,早已抱头痛哭。

一直不怎么说话的范纯仁亦忍不住赞叹道:"此真将军也!"

顿时,附和之声响起一片,每个人都重复道:"此真将军也!""此真将军也!"

第二天。睿思殿。

赵顼穿着一袭月白长衫，盘腿坐在一张书案后面。李向安微微躬着腰，与几个内侍一道侍立一旁。站立在下首的，是御史中丞邓润甫与知杂御史安惇。

赵顼前面的书案上，摆着一份奏章，这份奏折被挤压得有点儿变形，上面还沾了几点血迹、泪迹——这是石越呈上来的狄詠的遗表，上面只写了寥寥几行字，行文草草，书法谈不上好，但每个字都遒劲有力，直透纸背，一看就知道是出自武人之手。

"待罪臣振威副尉狄詠顿首言：臣自知有罪，深负陛下之重托。能明臣之忠心者，唯有死而已。臣能死国，是谓无憾。陛下英明圣睿，兼得良佐，必能致尧舜三代之治，光太祖之业，臣死无憾！此臣所以拳拳也。"

"是朕有负狄郎，非狄郎有负于朕。"赵顼默然良久，才轻抚奏折，黯然叹道。但他的目光始终无法从那份遗表上移开，这寥寥的几行字，应该就是狄詠的绝笔了吧？这样的时刻，这样的冀望才最为诚恳，也最让人心悸，尤其当赵顼不由自主地想起清河的时候，他隐隐竟有些愧疚，仿佛狄詠的死也是他的过错。

他的目光一动不动地注视着那奏章，狄詠当时写奏章的时候，必然已经没有充裕的时间，所以这字迹略显潦草，但狄詠的心中，却必然是没有丝毫的畏怯，因为从他的字迹中，看不出任何的虚弱、任何的飘移，而是一贯的坚定有力。

赵顼想起狄詠出京之前在崇政殿的对答，又想起，在狄詠殉城的时候，他心里会想到什么？是什么力量与信念支撑着他，才能让他这样的无畏与坚定？

狄詠为满城百姓平安而自杀之事，此时早已传遍汴京城。不仅《新义报》与《汴京新闻》两大报纸连篇累牍地赞颂，民间交口传颂。在朝堂之上，也是一片赞扬之声。短短一天之内，追思纪念狄詠的声浪，如同海浪一般席卷了整个汴京，人们几乎已经将石越忘记。

赵顼自然是乐见这样的情形出现的，只不过其中让他略觉不快的是，赵颢替清河说情的事情也被传了出去，"贤王"的形象，不免更加深入人心。

"陛下。"邓润甫打断了皇帝的出神，欠身说道，"狄将军之事，虽然可惜，但逝者已矣，陛下不可过于悲痛，尚须保重龙体。如今之势，是因狄将军之事，朝野都要求彻查定西侯高遵裕之案……"

"朝廷自有律敕，卿为宪长，只需依律敕治狱便可。"

邓润甫暗暗苦笑，御史中丞的使命，可从来都不是按律治狱。劳动到御史中丞亲自过问的案件，需要考量的，从来都是皇帝的心意，朝廷各派力量的角力，以及朝野的舆论。作为法律条文的敕与律,在此时,主要不过是门面的装点而已。但是皇帝既然说得如此的冠冕堂皇,他却是无论如何不能反驳的。

"遵旨。"

"安卿求见,又是为了何事?"

安惇从袖中取出一本奏折,躬腰双手捧着伸过头顶,道:"臣有本奏。"

赵顼向李向安点点头,李向安连忙上前,接过安惇的奏折,递给赵顼。赵顼一面翻开细看,安惇一面欠身说道:"臣所奏之事,与白水潭学院及石越皆有关碍。自熙宁九年始,白水潭学院修撰目录之书,名曰《白水潭藏书总目》,其书之编撰,皆当世之大儒,历两年乃成,今岁正旦上供一套,藏之于秘阁。开封府官立图书馆亦有收录。臣虽不才,然好读书,自汉以来,目录之书为治学者所必读,此所谓学问之门径也。故臣亦曾翻阅此书,知此《总目》,其志不小。"

"哦?"不仅赵顼停下了对奏章的浏览,讶异地抬起了头,连邓润甫也显得十分吃惊。有宋一代,学术昌明,文教日盛,私修目录便是从宋朝兴起。因为目录学自汉朝出现以来,可以说是治学之门径,不懂目录学,几乎便无资格言学术二字。赵顼虽是皇帝,却一向以好学著称;邓润甫学问亦佳,二人自然是知道所谓《白水潭学院图书馆藏书总目》的修成,在学术上,毫无疑问是一件盛事,因此赵顼还曾经加以赏赐。但是二人却难以想象,一部目录学著作,竟会被堂堂侍御史加上"其志不小"的评语。

"《白水潭藏书总目》收录古今书目计六千二百一十二部,倍于《崇文总目》,号称网罗天下之书。此书既已问世,则此前目录之书,皆成废纸。日后学者所宗,无非此书而已。"

"此事是平常事。"赵顼笑道,"《崇文总目》虽是仁宗时官修目录书,然迟早有一日要过时。不过短短数十年间,新增书目竟已翻倍,实是出人意料。"

"陛下圣明。此固是文教之盛事。"安惇的声音没有半点起伏,"然而臣以为,《白水潭藏书总目》之分类,却颇有可议之处。"

"纵有可议之处,似亦不必论之于朝堂之上。"邓润甫十分的不以为然。

"若是《白水潭藏书总目》将《尚书》与《乐经》不列于经部而归于子部,而将所谓'石学七书'及《三代之治》独列一条,立于经部之下呢?"安惇冷冷地反问道。

"什么?"邓润甫呆住了,"啪"的一声,手中的象牙朝笏竟是脱手掉到了地上,他这才回过神来,连忙跪倒捡起,向赵顼叩首道,"臣死罪!臣死罪!"

但是皇帝没有心思去追究他的失仪。赵顼兀自喃喃重复道:"剔《尚书》与《乐经》入子部,以石越之书入经部?"

安惇所说之事,对于宋朝人来说,委实太过震撼。自从汉武帝立五经博士以来,一千多年的时间,《易》《书》《诗》《礼》《乐》《春秋》六经外加《论语》《孝经》，一直牢不可破地成为华夏文化意义上的宪法。虽然不能说无人置疑，但是却当之无愧地是诸夏乃至周边国度顶礼膜拜的对象。而自目录学"经史子集"四分法出现之后，也从来没有人敢妄自在"经部"加入别的内容——这不是附庸在六经条目下的传疏之书，亦不是所谓的"小学"之书，而是与六经光明正大地并列于经部之下！

《白水潭藏书总目》的确是私修之目录书，但是它收录之书既全，则迟早要完全取代《崇文总目》，成为天下学者最基本的工具书。换句话说，迟早有一天，天下学者都要接受一个事实——"石学七书"是与《易经》《春秋》《礼》《诗》居于同等地位的著作。

"来人！"片刻之后，赵顼站起身来，高声喝道，"去秘阁取《白水潭藏书总目》来。"

"遵旨。"内侍们慌忙答应着退了出去。

赵顼目送内侍匆匆离去，双眉紧蹙，背着双手，思虑着这件完全出乎意料的事情。

实际上，无论是赵顼，还是安惇，都不知道《白水潭藏书总目》的意义究竟有多大。安惇在政治上的嗅觉是敏锐的，而无论《书》《乐》出经部入子部，还是"石学七书"与《三代之治》入经部，的确也是十分刺眼的事情。这毕竟是一千多年来第一次，有人向经学的地位发出了强有力的挑战。并且，这种挑战还得到了二程等一大帮学者的支持。但是《白水潭藏书总目》的意义绝不止于此，当然，这是一心一意关注着权力斗争的安惇所看不到的——《白水潭藏书总目》再次打破了"经史子集"的四分法，将天下书籍，分成了十余个大部，数百个条目。其中"石学七书"虽然冠冕堂皇列入经部之中，但是在中国的目录学著作中，同时也头一次出现了与"经史子集"并列而自成一部的"格物部"，在"格物部"之下，又细分了算术、物理、博物等诸多条目——这在学术史上的意义，是再怎么强调也不过分的大事情。自石越创办白水潭学院分明理、格物两院以来，八年之后，"格物学"终于正式获得了学界的承认。

但是赵顼与安惇自然都不会关心这些。

他们甚至也并不关心《书》《乐》被剔出"经部"。《尚书》已经饱受置疑，而《乐经》早已失传，《崇文总目》中归于《乐经》之下的，不过都是些音乐书籍而已。它们被划入"子部"，固然很震动，但严格来说，并非一件很重要的事情。

真正重要的是"石学七书"与《三代之治》入"经部"。若是石越的《论语正义》归于"经部"的"论语"条下，那是题中应有之义，还不足为怪。但是最初被讥为"杂学"的"石学七书"，竟然能堂而皇之地列入"经部"之下而独成一条……

赵顼突然间感觉到有些惶恐。

他不知道白水潭的学者们这样做究竟是有意还是无意。他不相信像程颢、程颐这样的人物会俯首听命，为石越摇旗呐喊，但是他亦不敢确信——西汉末年王莽篡位时，天下的学者几乎全都额手称庆。程颢与程颐的忠诚，就那么值得信任吗？

"安卿……"

"臣在。"

赵顼望着安惇，却又结舌说不出话来。他心里其实只是莫名其妙地慌张，但是却不知道到底是什么问题。担心石越成为王莽吗？似乎是有点儿可笑。怀疑白水潭的学者们与石越勾结吗？但是身为大宋的皇帝，赵顼清楚地知道自己能做什么，不能做什么。大宋朝没有一位皇帝，可以下诏将一大批站在学术顶端的学者全部抓起来拷问——这道诏书发到任何机构，都注定会被大臣们毫不客气地退回。赵顼完全可以想象到司马光的口水喷到自己脸上，吕惠卿苦口婆心、文彦博声色俱厉的情形……况且，赵顼并非昏庸的人，整个白水潭的学者全都与石越勾结这种事情，实在也是过于不可思议。

但是，赵顼依然感觉到慌张。那种慌张的感觉，十分真实，十分明显。

有这样感觉的不仅仅只有赵顼，御史中丞邓润甫到此时都没有真正缓过神来，一脸的仓皇失措。

赵顼努力想镇静下来。

"陛下。"安惇倒是显得很沉静，他缓缓说道，"臣还听到过一个传言。"

"什么传言？"无论如何，赵顼都想说一些话，这样可以舒缓心情。

"熙宁十年正月，也就是一年前，在邵雍去世之前的两个月，他曾经在白水潭的梅斋占过一卦……"邵雍是"先天之学"的大家，其"数学"天下闻名，他去世虽然只有一年，但是关于邵康节神算之事，早已悄然流传。此时安惇说到邵雍占卜，赵顼与邓润甫都不由得凝神侧耳，问道："占卜是何内容？"

"究竟是何内容，已不得而知。但是据说直至邵雍死前，尚在反复念着这一卦的结果——'地道无成'！"

"地道无成？"赵顼喃喃道。

邓润甫偷窥一眼皇帝的神色，方接着说道："地道无成，出自《易经·坤卦·文言》，'阴虽有美，含之；以从王事，弗敢成也。地道也，妻道也，臣道也。地道无成，而代有终也。'"

"此是何意？"虽然读过《易经》，但是赵顼对这句话的意思，却有点儿拿不准。

邓润甫红着脸，摇头道："此句意义深奥，臣亦不能明其义。"

"安卿可明其义？"赵顼转过脸来，注视安惇，询问道。

安惇欠身道："《易经》藏圣人之学，博大精深。臣岂敢言'明其义'？只是传闻邵雍此卦，是专为石越而卜。而市井中又有种种说法，或谓邵雍此卦，是道石越若能谨守臣道，则能得善终。或谓此卦当反其意而言之，石越若想成功，则不可守臣道。"

"大胆！"赵顼脸色立时铁青。

"臣该死！"

"请陛下息怒。"

安惇与邓润甫立即跪了下去，连连叩首。

"尔是从何处听此谣言？石越乃国之重臣，朕岂能容这等捕风捉影之构陷？若是君臣相疑、主下相忌，正中敌国下怀，却是尔等之罪！"赵顼伸出食指，指着安惇，怒声斥责。

"臣死罪！臣死罪！"安惇只如捣蒜一般地叩头，但是却并没有十分惊惶。

邓润甫一面跟着安惇叩头，一面却还若有所思地瞥了安惇一眼。

赵顼死死盯着俯拜在自己脚下的安惇与邓润甫，脸上神色不定，半晌，方挥了挥袖子，喝道："卿等先退下。日后谁再离间朕与石越君臣之义，朕必不容他！"

"是。"安惇与邓润甫叩头答应着。又向赵顼行了礼，叩拜着退出睿思殿。

赵顼目视着二人离开之后，忽然长吁了一口气，重重地坐在了椅子上，发起呆来。李向安与几个内侍垂头叉手侍立，更是大气也不敢出一口。过了一会儿，去秘阁取书的内侍搬着厚厚几卷本的《白水潭藏书总目》回到了睿思殿。李向安指挥着内侍将书小心摆在赵顼跟前，方轻声唤道："官家。"

"嗯？"赵顼蓦地一惊，回过神来，问道，"何事？"

"书已取来了。"李向安一面说着，一面小心地将《白水潭藏书总目》第一卷翻开，摊平了移到赵顼眼前。

赵顼烦躁地挥了挥手，抓起书来，哗哗地快速翻阅着，没翻到几页，果然见《经部》之下，赫然列着"石学七书"与《三代之治》条，他又往回翻了几页，《论语正义》亦列在《论语》条之下。换句话说，石越的著作，绝大部分都被归入了"经部"。他心烦意乱地将书丢在案上，又开始发起呆来。

4

石府。

石越的目光扫过府中的景物，只觉得这里面的一草一木、一石一瓦，都让人感到无比的亲切。尤其是从一个白雪皑皑、朔风刺骨的战场来到这个地球上有史以来最繁华的城市，自会使人有一种一下子彻底放松下来的感觉。虽然石越很清醒地知道，汴京城潜伏着的危险，较之环庆路，有过之而无不及。

"学士。"石安在石越身后憨厚地唤道，"司马相公来访。"

石越正想着心事,却被石安打断,没听清楚他说的话,便带着几分责怪说道:"不是已经说过闭门谢客了吗?"

但是石安却没有离去,依旧站在石越的身后,对石越的这个回答,他大为吃惊,但见石越出神,他不敢打扰,因此也不敢再说,只是犹犹豫豫地站着,不确定是不是还要再说一次。石越却没有留意到这些,他的目光正停留在后花园小亭的石桌上。

石桌上随便堆放着几本书卷与一卷绢轴。石越信步走过去,先拿起绢轴,打开来,原来是一幅《千岩万壑图》,笔法甚是纵横苍老,堪称上品。但是石越细细望着,却见画上既无印章,亦无落款,不禁暗暗奇怪。当下把画放到一边,再去看书时,却见几本书上,封皮之上大多题着《白水潭藏书总目》,此外还散放着一本署名为桑充国的《天命有司》。

"这是二公子与成安县君留下来的,他们等了一个上午,因见学士一直没有回府,便先回去了,说好了晚上再过来。"石安看到石越疑惑的眼光,连忙解释道。

"嗯。"忽然,石越想起石安居然还站在这里侍候,又笑道,"这边没什么事,你不用在这里陪我。待侍剑从桑府回来,让他直接来找我便好。"

"是。"石安答应着,又迟疑了一会儿,终于才忍不住问道,"学士真的不见司马相公吗?"

"什么?"石越吃了一惊,"司马相公?司马君实?"

"便是司马君实相公。"

"如何不早说?"石越一边跺脚,一边随手将手中的《白水潭藏书总目》丢在石桌上,就匆匆向外赶去,口中还埋怨道,"唉,怎好让他久候?快快有请。"

石越走到府门之时,远远便望见司马光穿着一件最常见的棉布衫袍,简单地束了一根布带,气定神闲地背着双手,在石府门前等候着,脸上既无不满,亦不见急躁。他的衣着虽也十分简朴,但是却不像王安石般邋遢,而是刷洗得十分干净。甚至连头发胡子都修饰得一丝不苟。

让堂堂的参知政事、户部尚书在自己府前等了这许久,石越实在不由得脸红,他快步走到司马光面前,长揖道:"让君实相公久候,实是失礼,还望恕罪。"

"无妨。"司马光抱抱拳,淡淡说道,脸上神情似乎无喜无怒。

"请相公入府叙话。"石越一面说着,一面恭恭敬敬地引司马光入府。一路直到客厅,双方分了宾主坐下,仆人上茶,司马光都再无多余的话语。石越也只是客客气气,绝不多问。

待到喝了第一口茶,司马光便将茶杯放下,看着石越说道:"子明自昨日回京,便住在驿馆,到今日在两府述职以后,方才回府。先公后私,让人钦佩。"

"不敢。"

"子明为国家立下大功回朝,但是待人接物,却始终如一,谦让自持,亦属难得。"

"我本无寸功。上托皇上洪福,下因军民效命;内则相公筹措粮饷,外是诸将英勇奋战。我不过偶逢其遇而已。"

"子明不必过谦。"司马光摆摆手,道,"一场大胜要有这般容易,当年韩绛为何会大败而归?陕西之事,吾知之,子明之能,远胜于我。我素知子明谦谨老成,是国家之干才,故此才来和子明说几桩要紧之事。"

"愿聆教诲。"石越恭敬地说道。

司马光点点头,缓缓说道:"昨日百官于琼林苑郊迎子明,本是早已定好,今日皇上便要在集英殿接见子明。但临时却突然改了主意。这其中缘由,子明可曾知道?"

石越听到此言,心中震动,脸上却不肯露出半点异色来。司马光所说之事他早已听闻。当年他从杭州归来,皇帝要见他之心几乎是迫不及待。而如今他立下大功,受诏回京述职,虽然说是极尽荣耀,百官郊迎,皇帝也要隆重地接见,但若从宠信上来看,其实反倒不如当年从杭州回京的情形。而此时,又突然说要延期一日接见,更让人感觉到不安。

"不是因为太皇太后凤体违和吗?"

司马光凝视石越,摇了摇头,叹道:"皇上欲为有为之君,即位以来,若非龙体不适,无一日不曾召见大臣。今日上午,皇上便曾在睿思殿召见御史中丞邓润甫与侍御史安惇。"

石越勉强笑道:"集英殿与睿思殿,毕竟不同。"

"诚然。"司马光忽然笑道,"此事或是我多心。实则我来,亦不是为了此事。子明可曾见到刚刚刊行的《白水潭藏书总目》?"

"适才见到过,却还不曾翻阅。"

"先是《天命有司》,然后便是《白水潭藏书总目》,这段时间,桑山长与白水潭群儒是铁了心要将士林搅得天翻地覆了。"

"相公何出此言?"石越大觉讶异,心中又隐隐有一点兴奋。桑充国这部新书,他也没有来得及读,但是司马光都说出"天翻地覆"这样的形容词来,可见这部书绝不一般。

司马光却也吃惊地望着石越,似乎在讶异为何石越连这部书都不曾知道。他想了一会儿,方才释然,道:"子明远在陕西,不知道亦不奇怪。"停了一下,又说道,"《天命有司》全篇主旨,是说仁政是朝廷之责任,而非朝廷之恩赐。官府不施仁政,是逆天命,虽有金书玉册,亦为非法。百官之权力来自天子,天子之权力来自万民,固百姓有权斥责评议官府之不当云云。桑山长此语,可谓深得吾心。"

石越听司马光介绍《天命有司》的内容,不禁暗暗咋舌不语,心道:"这不是《社会契约论》的宋朝版吗？"他没料到桑充国竟会写出这样的文章，既觉得惊讶，又觉得欢喜。又听司马光似笑非笑地说道："虽是如此，桑书一出，士林争议便起。有谓之为圣者，有斥之为妄者。而取桑山长之说者，亦有人借此指责足下。"

"指责我？"石越吃了一惊。

"是有指子明不当擅开边衅者。议者以为，守边卫国，是为大义仁政；而擅兴兵事，是《司马法》所谓'国虽大，好战必亡'者，绝非仁政。陕西路内政百弊而不治，反兴兵事，是舍本逐末，虽胜不足喜。"

石越望着司马光，笑道："那相公以为如何？"他素知司马光的政治主张，此时不过是借他人之口，来当面批评自己而已。

"国家财政艰难，非兴事之时。纵有收复灵夏之意，亦当厚养民力以待时。"司马光终于说出了自己的真心话。他来找石越一个很大的目的，就是想劝说石越万万不可支持少壮派继续开战的主张。

石越却摇了摇头，道："相公所言，常理也。但事有例外者。越愿以陕西一路为相公言之。陕西路弊政百端，归根结底，是源于西夏之患。陕西有西夏之患，不得不养兵，不得不劳民力。既然养兵劳民，百姓便不得休息。故越以为，要除陕西之弊政，先要除西夏之边患。西夏之边患除，则陕西之民自得休息。否则不免愈想养民力，而西贼侵逼愈急，而民力愈困。以陕西一路而至全国，亦是如此。朝廷财政之所以困难者，在于养兵过多。养兵之所以过多者，在于有西夏、契丹之患。若不能治其根本，则朝廷财政，终是难以彻底好转。"

石越也是早想好了一番话，要说服司马光的，此时正好借机说出，见司马光皱眉沉思，又笑道："守边卫国，确是仁政。但守边卫国者，并非坐守边城方是守边。太祖所谓'卧榻之侧，岂容他人酣睡'者，亦是守边卫国耳。相公可知何谓'好战'？"

"请子明言之。"

"凡不知为何而战，不知何时可战，不知何时当止者，虽只一战，亦可谓之'好战'。凡知为何而战，何时可战，何时当止者，虽百战而不得谓'好战'。以今日之事言之，我大宋与西夏之战，其目绝非是要一举而灭西夏，而是以战促和，使西夏人畏我大宋之威，而短期之内，无力侵我边境。则陕西一路之军民，乃至于大宋全国之军民，皆可得休息。目的既明，则吾可于当战时战，当止时止。相公当知，但凡胡狄蛮夷，十之八九，皆是畏威而不怀德，若不将其打怕，我大宋仁德，亦不免被其当成懦弱可欺之态。"

司马光听到"其目绝非是要一举而灭西夏"这一句话，已是将心中一块大大的石头放了下来。他来找石越的目的其实很简单，一是为国家惜才，做善意之提醒；二则是因为对西夏之战和，石越的意见绝对举足轻重，司马光一心为国家考虑，实在害怕再起战端，拖累国家，所以才特意要在皇帝召见石越之前找上门来，与石越详谈一次。这时石越的态度既已十分明确，司马光的目的也达成了一半，自然是心情十分轻松，连连点头，赞道："子明言之有理，子明言之有理。"

石越不过为自己的政策辩护，听到一向保守稳重的司马光也连连赞同，也不禁十分高兴。顿时，二人谈话的气氛竟变得十分的轻松与融洽。

"越岂是不知朝廷财用不足而妄启边衅者？相公为朝廷理财，其中难处，越焉能不知？凡官府取之于百姓者，无论是何种名目，皆不可轻易增加。为何？为后世计也。凡敛财之名目，增时容易去时难。今世百姓之所以困苦者，并非朝廷行一时之暴政而横征暴敛，实是自唐、五代以后，数百年间种种苛税慢慢累加之故。相公理财，抑开源而重节流，是深知此弊，而不忍苦万民也。然陕西战事一开，所耗钱粮亿万，朝廷财用捉襟见肘，便成必然之事。"石越动容地说着，态度十分诚恳。司马光亦频频点头，叹道："朝廷有朝廷的难处，但是百姓更有百姓的难处。朝廷财用再拮据，亦只是一时，但利源一开，百姓之苦却是代代相传，无止无休。"

"正如相公所说。故此越亦深知，陕西与西夏的每次战争，功劳除了浴血奋战的将士，便是政事堂诸公。在国家财用如此拮据之时，连打数场大仗，而百姓不加赋税，军费不曾亏欠，此真萧何不能过也。"石越再次恰到好处地拍了一下司马光的马屁，"虽则越以为对西夏有不得不战之势，但若无相公在内调度支持，越只恐真成误国之臣矣。"

司马光听到石越的赞誉，心中自是十分舒服。但似他这种方正君子，并非一两句话就可以让他飘飘然的。只不过石越既然如此表态，他便再有原则，也不能不略略缓和一下态度。"前事已矣，无论是对是错，都不必再多提。国库虽然耗费不少，但打了大胜仗，于国家朝廷总是好事。况且开战之事，归根结底，毕竟还是皇上的诏旨、枢府的命令，并非子明自专得了的。子明节度诸将，运筹帷幄，功亦不可没。清议中有指子明擅开边衅者，其实亦是偏激之辞。那种狂生之语，子明切不可太放在心中。眼下最要紧之事，毕竟还是接下来对西夏之方略。"他的话中隐含之意，其实还是对石越轻启战端不以为然。只是态度温和许多，而且明确表示赢了就好，以前的事情就不再计较了。

石越倒也不曾指望能让司马光完全支持自己那本来就有点儿冒险的行为。有这样的表态，他已经十分知足。当下微微一笑，道："朝野清议，无论说什么，都是应当的。身居高位者，食朝廷之俸禄，受皇上之重托，寄百姓之厚望，凡谋事自当尽量谨慎周全。且理当受清议批评。清议之批评，虽然未必尽能公允，然亦不足深怪。不过是有则改之，无则加勉而已。"

对石越的态度，司马光颇觉意外，忍不住赞道："子明胸怀，让人佩服。"

石越笑道："此不过理所当然之事。若是清议尽能周详公允，朝廷何不请其入政事堂柄政，要我辈何用？况且天下之人，上至宰相，下至贩夫走卒，谁又能说自己平生之见识，绝无错误疏忽？若是因为有错误疏忽便不能评议朝政，则天下之人，再无一人可以评议朝政者。清议固然有当与不当，然最终定其取舍者，在公卿尔。朝廷公卿，须当有容人之雅量，否则，窃以为不配着朱紫。"

司马光望着石越，点头道："此言得矣。魏征言事，未必事事对，而唐太宗能容魏征，故有贞观之治。若我大宋，人君能容谏臣，百官能容清议，则贞观不足道也。正如桑长卿所言，士民评议朝政，是理所当然。"

石越毕竟没有读过《天命有司》，当下只是含笑望着司马光。宋朝本来就有不错的言论环境，而自从石越有意识地鼓吹言论出版之自由，报纸刊物之兴起，朝廷清议力量渐渐增强以后，虽然还有极少部分士大夫对开放舆论依然不以为然，甚至也有偏激的主张控制舆论的官员存在，但是宋朝绝大部分士大夫都开始渐渐接受言论自由之思想，毕竟这种思想的流行，对于士大夫阶层的好处是显而易见的——尽管官员们不可避免地要受到自由言论的困扰，但是对士大夫这个阶层整体而言，他们却永远是话语权的掌握者。程颢甚至写了一篇流传甚广的文章，从上古到孔子，从先秦到五代，列举了许多的历史事实进行正反两面的分析，详细地阐述了言论自由的必要性、正确性。因此，对于司马光的这番话，石越并没有感到任何的意外。

但接下来司马光的话，却让石越大吃一惊。"然则，《白水潭藏书总目》将子明的七书与《三代之治》列入经部，某以为还是孟浪了些。"

"什么？"石越几乎怀疑自己听错了，瞪大了眼睛，不可思议地望着司马光，一脸的震惊。

司马光望着石越的神色，想了想，终是忍不住问道："难道子明竟不知道此事？"

"编撰《白水潭藏书总目》之事，伯淳先生与苏子由、唐毅夫都曾写信与我提过。但相公所说，却未免、未免……"饶是石越已见多识广，但这次还是没有从震惊中回过神来。

"《白水潭藏书总目》确是自《崇文总目》后一大盛事。其编修体例多有创新之举，将《尚书》《乐经》归于子部、创格物之部，皆显示编者之见识。平心而论，即使将子明的七书与《三代之治》列入经部，亦并非没有道理。"司马光既是大臣，亦是当时顶尖的学者，他的话，自然相当有说服力，"《白水潭藏书总目》所录之书多出《崇文总目》近三千部。子明可知道这三千部书，多是什么书吗？"

"这……我却是不知。"

"这多出来的书目。其约二千部，是前代已有之书，《崇文总目》漏录，而《白水潭藏书总目》有录；另约一千部，却是《崇文总目》以后出现的新书……"

"新书？"石越再次感到震惊了。一千部新书！这是什么样的概念？《崇文总目》是宋仁宗时编撰的，距今不过只有几十年而已！当时著书，远不如后世之滥，在短短几十年内出现约千部新书，绝对是个骇人听闻的数字，几乎是不可思议的。

"正是。"司马光十分理解石越的心情，因为他自己最初知道这个情况的时候，也是一样的震撼。"约二千部的旧书之中，有一半以上，可以归于子明你所创建之格物学，这些书本来为儒者所不采，散落各处，多半只余断卷残章，其得到重视，为目录书收录，是子明之功。而约千部新书当中，其中四成是儒学、道学以及佛经、道藏，一成是新译西夷之书，另有五成，全是格物学之著作。其卷数虽然不多，然以书目而言，却甚是可观。所有此类之书，以及格物之学渐为学者所重视，此皆子明七书开创之功。故此，平心而论，七书列于经部，并不为过。至于《三代之治》，其言合圣人之心，二程皆以为可代《尚书》，入经部亦是众望所归。"

石越的思绪终于渐渐清晰。听到司马光的赞誉，石越亦十分自得。这种荣誉是许多人孜孜以求的。而格物学方面众多著作的诞生，更让石越颇有成就感。

"王介甫一生自诩是孔子重生，其著作却终不能入经部。"司马光的语气中，竟似乎带有几分幸灾乐祸之意。"然而子明之书入经部，亦是塞翁失马。虽有白水潭群儒的支持，但士林中一定会有争议。而眼下的局势……时机似乎并不妥当……"他没有把话说得太直白。

石越沉思起来。

司马光的为人，石越是知道的。石越知道司马光是绝对不会和自己说一些太具体的事情，哪怕他清楚地知道，但也不可能告诉自己。这不仅仅是因为双方的交情不够，也是因为司马光的为人十分方正。

不过，如果一件事情需要司马光特意提起，就已经可以证明这件事的严重程度。

"木秀于林，风必摧之。"司马光沉声说道，"子明定能明白这个道理。"

石越抬起头，正视司马光的眼睛，他的眼中，闪着一种可以称为睿智的光芒。"多谢相公提醒。"石越停了一会儿，十分诚恳地说道，"越有几句肺腑之言待说，却怕相公以为越是矫揉作态。"

"子明何出此言？"

"所著之书名列经部，于任一读书人而言，皆是莫大之荣耀。然于越而言，则并非如此。其余之事皆可不提，实则拙作列于经部，于越而言，既是成功，亦是失败。"石越的话中，竟带着几分无奈。

司马光疑惑地望着石越。他从未和石越如此深入地交谈过，但是以他的智慧，却可以感觉到石越此刻是真诚的。他的无奈，是发自内心的。但越是如此，他却越是疑惑。因为石越的无奈，似乎不是因为对他的书列入经部之后会引起的麻烦的担心。可那又是因为什么？若是换成司马光自己，若是司马光有这样的机会，能让他的作品名列经部，与《易经》《春秋》并列，他甚至愿意付出生命的代价！

"相公读过所谓的《七书》吗？"

"曾经拜读过。"

"所谓的'石学七书'，确实有开创之功。格物学之创立，千载之后，华夏亦将受惠。"石越的语气中，带着一种少有的傲气，全然不似平时的谦和与冷静，"但是，所谓的'石学七书'，却绝对不应当列入经部！格物学之著作，不应当有任何一部本书归于经部！但这并非是因为格物之书，没有资格与《易》《诗》《春秋》并列！"

司马光没有完全明白石越话中的意思。他好像抓住了什么，却一闪而逝。"子明是说……"

"格物学，需要的是怀疑之精神。"石越朗声说道，"格物学不需要圣人，亦不需要经典！格物学之精髓，是质疑一切，向所有的事情发问！"

"质疑一切？"司马光不知道是在问自己，还是在问石越。作为宋朝第一流的学者，司马光与其他人一样，都具有怀疑的精神。石越的话，拨动了他的心弦。

"不错。质疑一切的勇气！我让士子们接受了格物学，的确是我的成功。但是他们却将所谓的'石学七书'奉为经典，这却是我的失败！他们能将受到质疑的《尚书》与有名无实的《乐经》请出经部，是他们的勇气；但是他们同时又树立起了另外的经典……"

司马光思考着石越的话，他看石越的目光，不知不觉地多了几分敬意。

5

桑府。

桑充国端坐在书案之旁，捧着几卷写满了字的纸认真地读着，不时还提笔圈点一下。一袭青衫的贺铸站立在下首，凝视着桑充国，神色之中，有几分沉痛，又有几分掩饰不住的骄傲。

一刻钟后，桑充国终于放下了纸笔。他望了贺铸一会儿，低声赞道："方回这篇《祭狄将军文》，发自肺腑，直可感动鬼神。"

"不敢。"

"生而为英兮死为雄！唯我将军兮不可折！思我良臣兮安可得！"桑充国低声吟哦，想象狄詠在环州城墙上将匕首刺入自己心脏的悲壮，眼中已是泪光闪闪。

"文字有时穷尽，学生只恨不能随狄将军战死在环州城。"贺铸喟然叹道。

"然而狄将军的死,却是值得的。"清朗的声音从门外传来,打断了桑充国与贺铸的对话。声音未落,唐康已大步走了进来。他朝桑充国抱拳行礼,唤了声"表哥"。桑充国坐着笑着点了点头回了礼。唐康这才与贺铸见礼。这两个年轻人,唐康是石越的义弟,文彦博的孙女婿,桑充国的表弟,大富商唐甘南的爱子,也是大宋枢密院年轻有为的官员;而贺铸则是孝惠皇后族孙,白水潭学院著名的才子,《汴京新闻》有名的撰稿人。二人可以说都称得上是汴京城中惹人注目的年轻人。不过二人这才是第一次见面,免不得要寒暄数句,互相打量。只不过若是论起相貌来,唐康与贺鬼头却不可以道路计。唐康虽然比不上"人样子"狄咏英俊,但身材修长,腰间佩剑,英气逼人,若非他早已娶妻,只怕汴京城中提媒的人能踏破他家的门槛。而贺铸又黑又胖,兼之生具"异相",虽然文才卓绝,却是连勾栏里的姐儿们都看不上他。

此时见着唐康之模样,贺铸心中不免生出一点异样的情绪来,他有意想在辩才上给唐康一点难堪,竟劈头直问道:"方才康时兄可是说狄郎之死是值得的?"

"正是。"唐康点点头,道,"狄将军殉国虽然可惜,但甚是值得。"

"可是因为他保住了石学士之安全吗?"贺铸咄咄逼人地问道。

唐康一笑,正色说道:"我大哥吉人自有天相,不须以狄郎之命来自保。我说狄郎之死甚是值得,却是因为我大宋重文抑武之弊,自狄将军战死环州后,必然开始发生巨变。"

贺铸本已经准备了一大堆的说辞,踌躇着要将唐康驳得哑口无言,却不料唐康说出来的理由,竟是自己完全没有料到的,一时间倒是呆住了。而桑充国也是满怀兴趣地注视着唐康,想知道他的宏论有无道理。桑充国素来是知道唐康的——他这个表弟的见识之敏锐,有时候连石越都会赞不绝口。

"康时所言,必有道理。"

"不过此事却还要着落在表哥与方回兄身上。"唐康嘻嘻笑道。

"我们?"桑充国与贺铸面面相觑,不知道唐康葫芦中卖的什么药。

"表哥以为狄郎所为,可称贤否?"

"此不待言。为国为民,自可称贤。"

"我亦以为然,天下人皆以为然。"唐康笑道,"狄郎乃忠臣之后,位极亲要,尚郡主,相貌英俊,待人接物极亲切。其武艺高超,作战勇猛,得兵士之心。临强敌而不惧,为满城之百姓,舍生取义,杀身成仁。其事迹之悲壮,使人闻之而泪下。若是能广为报道狄郎之事,宣扬狄郎之忠烈仁义,我以为狄郎必能成为天下人景仰之对象。"

"这是自然。"贺铸不以为然地说道,"然而这与抑武重文之国策何干?"

"我国朝立国百余年来,可曾有过一个如狄将军这样的人物吗?"唐康笑道,"朝廷建忠烈祠，整编禁军，重武举，建军校，本已由重文抑武走向文武并重。然世俗对武人之成见颇深，一方面固然是朝廷国策使然，一方面亦是武人良莠不齐之故。而狄郎之事，却正是改变世俗成见的大好良机！"

"你是说……"贺铸与桑充国都有点儿明白过来了。

唐康点点头，道："方才连方回兄亦说，恨不能随狄郎战死环州。天下持此心者，岂止方回兄一人而已？我大哥回京第一日，便宣扬狄郎之功，又岂是偶然？"

他将话说完，便顾视桑、贺二人，等待他们的回答。

"表彰狄郎之功绩武德，并不违背《汴京新闻》之宗旨。"桑充国笑着表明了态度。

"在下很仰慕狄将军的仁德，若能为狄将军做点事，又能有益于大宋者，绝不敢后人。"贺铸的话更加直白。

三人六目相交，一瞬之后，不由得一齐哈哈大笑。

唐康从袖中取出一张纸来，递给桑充国，笑道："凡事预则立，不预则废——这是我拟定之方略。我会请几个人写一部评书，专讲狄家两代忠烈仁义之故事。再找几个伶人，将狄郎守环州之事，编成戏剧，在各大城市巡演。而表哥与方回兄，则要用《汴京新闻》，带动各大报，用狄郎之事迹来感染士林。再加上我大哥在朝中呼应……"

桑充国细细看着唐康亲自撰写的计划，竟是自叹不如。这一张写满了细细的蝇头小楷的宣纸，实是一份史无前例的天才策划书——在什么时间由什么样的人物，在哪个版面刊发文章，如何配合杂剧戏曲之上演……凡此种种细节，唐康皆巨细靡遗地列出，并且每件事后全部分析了可能产生怎样的效果。读着唐康的计划，桑充国心中突然冒出一个念头：相对于报纸真正的力量，自己现在掌握的，或许不过是极小的一部分而已。

"待到时机成熟之后，我等便可伺机向朝廷倡言，在忠烈祠为狄将军单建一庙祭祀，使李敢当诸环州战士将士陪祠。如此，一则可以慰忠臣义士在天之灵，使后来者知为国为民而死，虽死犹生；二则狄将军对国家朝廷百姓之忠义，亦可激励世人，若能使世人皆知武人之最高荣誉，是为国家为百姓而死，狄郎便可说是没有妄死；三则我以为必能因此而开始改变流俗对武人之成见，长久必使国家受益；四则《汴京新闻》大力宣扬狄郎，亦能得到天下士民之拥戴与好感。此实公私两便之事也。"

唐康侃侃而谈，桑充国本来还在犹疑这般刻意行事，是否有违《汴京新闻》创立之原则，此时却被唐康说得心动。他反复思量，只觉找不出一丝反对的理由。当下笑着点头应允道："我现在只担心到时候我白水潭的学生都要投笔从戎了。"

6

唐康又与桑充国、贺铸闲聊了一阵，便起身告辞。身在枢府任职，虽然品秩不高，但是却毕竟是要职，而且他还背靠着石越、文彦博两座靠山，又与宫中得宠的王贤妃颇有渊源，兼之家中是大宋朝数得的巨商，还有一个身为白水潭山长的表哥，这种种有利的条件，再加上唐康本身才华出众，人情练达，因此不仅仅汴京城中品级较低的官吏以及白水潭出身的进士们愿意和他亲近，称兄道弟，连朝中有名有姓的大臣，对唐康也往往折节下交。因此唐康往往能事先知道许多内幕。这一点，他的堂兄唐棣就要差许多，唐棣可以说是一个出色的官员，却没有任何政治家的潜质。

石越这次为何回京，面临的是什么样的形势，唐康心中知道得清清楚楚。他这次处处积虑地宣扬狄詠，实是他隐隐已猜中石越的心思。在唐康看来，宣扬狄詠的事迹，好处远远不止对桑充国所说的四点，他不仅可以替石越分忧，还可以卖给大宋最精锐最亲贵的班直禁军一个大大的人情——侍卫出身的狄詠在班直禁军中威信很高，而唐康与这些班直禁军的将校们也混得厮熟。

唐康走到桑家太夫人的居室时，文氏与金兰还在桑夫人房中，文氏与桑夫人一面绣着女工，一面聊着家常，十分的亲热；而金兰却与桑充国夫人王昉坐在一块儿，各怀心机地说着看似漫不着边际实则互相刺探的话，竟也显得十分融洽。

见唐康来了，文氏与金兰连忙起身向桑夫人告辞。

桑夫人因梓儿去了陕西，自己和儿媳妇王昉又不是很能说上话，文氏虽然是文彦博的孙女，却是家教甚好，十分贤惠体贴，因此竟有几分舍不得，叫着文氏的小名儿笑道："雪娘便多陪老婆子几天罢。刚刚侍剑来请安，我也说过了，姑爷回来，官府的事已是顾不过来，一家人就不用计较那么多礼节，拜来拜去的。你过不过去，我料姑爷都不会见怪的，还妨碍他们男人说大事。"

文氏低着头，也不敢答应，也不敢拒绝，只是拿眼睛瞥唐康。王昉看在眼里，"扑哧"笑道："老太太是喜欢雪娘乖巧可人，竟舍不得了。依我看，姑爷也不似这拘礼的人。改天等梓儿回京了，再一并去看不迟。只是老太太也太偏心，只留雪娘，却不肯留金兰半句。"

桑夫人笑道："老婆子不是偏心，我却是怕金兰在老婆子这里闷坏了身子。"同是宰相家的女孩，对文氏，桑夫人可以发自内心的喜爱；但对王昉，无论如何，桑夫人却始终有一种高不可攀的感觉，虽然是说着家常，但是语气中却终是拘谨了许多。不过当时华夏人看不起四夷的心态，几乎是根深蒂固，因此金兰虽然在高丽也是名门望族出身,在桑夫人眼中,却毕竟是一个异类——哪怕她同样说着流利的汴京官话,以桑夫人这样一个普通的宋朝老妪来看,却总觉得这个女子身上有太多东西难以理解。有了这层隔膜,说话之间,便难免显得和她隔了一层。

文氏也垂首笑道:"表嫂也真爱胡说八道。"

金兰心中颇觉不快,但她嫁入大宋,却不是为了这家庭中女人间的是非而来,强笑道:"老太太确是体贴我。说实话,我在高丽时,听得最多的两个人,一个是苏轼,一个便是石子明。大哥既好不容易回来,我总是要去请个安才合礼节。"

王昉与金兰交谈之中,早觉得她才华见识,皆不同寻常。她是素来喜欢才女的,这时便笑嘻嘻一面推着金兰出门,一面笑道:"那你便快去给石子明请安罢,省得待在这里,身在曹营心在汉。"

唐康不去管王昉与金兰打闹,微笑着向文氏点点头,笑道:"雪娘在这里陪舅妈几日也好,回头我让管家把衣物用具送来。我舅舅家的铁琴楼藏书也是有名的,藏的乐谱只怕是当世第一,雪娘这几日不妨把铁琴楼的乐谱全夹带了出来,赶明儿我也好回家盖座铜琴楼银琴楼什么的。"

一席话说得众人都笑了起来,桑夫人啐了他一口,笑骂道:"真是坏心眼,学足了你家老子。你快点去姑爷那边,我家里没这么多东西好让你来'夹带'的。"

"世间哪有赶外甥走的舅妈。"唐康装出委屈的模样,向桑夫人作了个揖,又悄悄向文氏挤了挤眼,笑道:"那我便先告辞了。"

文氏幼受庭训,哪里敢在众人面前挤眉弄目,这时明明看见唐康的眼色,却只当没有看见,垂首低眉,羞红了脸,半晌不敢作声。直到唐康与金兰走出了很远,她还不敢把头抬起来。

7

一齐笑着出了桑府,上了马车。掀开车帘一角,望了抛在车后的桑府一眼,金兰轻轻放下帘子,凝视唐康,轻声问道:"还顺利吗?"

"什么?"唐康抬起头来,疑惑地望着金兰。

"夫君去找表哥,不是想暗中相助石大哥吗?"金兰抿着嘴,含笑说道。

"你真是女中诸葛。"唐康笑道,"这事却是十分顺利,不过……"

"不过,眼下这汴京城,表面上看起来是繁华热闹,歌舞升平,暗地里却是波涛汹涌。即使说不上步步杀机,却也是十分凶险。"金兰接过话来,低声说道。一双明媚的眸子,似笑非笑地望着唐康。

唐康早知道这个夫人非同寻常女子，却不料她如此敏锐，不禁暗暗吃惊。他低声叹了口气，道："自古以来，才高遭忌，功高震主。我大哥才华绝代，又累立大功，已是犯了两样大忌。朝野中盼着他立功，盼着他辅佐明主，中兴大宋的人自然不在少数；但是嫉妒他的才华与功业，害怕他进入朝中危及自己地位的人也绝不止一个两个。本来麻烦就已不少，步步小心，犹嫌过于招摇。现在《白水潭藏书总目》又将我大哥的书归入经部，虽说是实至名归，却不知要惹出多大的麻烦……"

"早知道阻止此事便好。"高丽国压了极大的注在石越身上，金兰的担忧，却是出于至诚。

"主持其事的，全是白水潭第一流的学者。在正式刊印之前，也少有人知道此事。便是知道也无用——他们若是认为我大哥的书可以入经部，便是皇上的诏书，只怕也未必见得有用。"唐康无可奈何地摇了摇头。

"那又当如何善后？"

"眼下只得走一步看一步，或者大哥与潘先生有什么办法也未可知。"唐康苦笑道，"其实我大哥个人之荣辱是不必担心的。皇上是英明之君，而且大哥现在根基日牢，兼之年轻，来日方长，纵然小有风浪，终久必会回到朝中——这点也是许多人看透的，因此便是吕惠卿亦绝不肯做事太绝，除非他有绝对把握置大哥于死地，否则他也一定要为自己留条后路。但真正可担心的，却是种种革新之制度。若是大哥去位，难保不会人亡政息，或者名义虽在，却变了模样。大哥以前时常和我说，这变革旧制，便和打仗一样，都是一鼓作气，再而衰，三而竭。一口气坚持下去了，哪怕中间有些不尽如人意之处，只要善加检讨，勇于改过，自然便能成功。但若是中间停顿了，纵有机会再次推行，其阻力亦必更大，付出之代价亦必更重。眼下无论是朝廷的兵制改革、开发湖广，还是陕西路的役法、驿政改革，都是要坚持的时候。大哥在这个时候，无论如何不能去位。否则，许多事情，都可能前功尽弃。"

金兰点点头，默然不语。对于宋朝的改革，她本来并不关心。但是一个月前，辽主耶律濬的大军终于彻底击溃了耶律乙辛的最后一支武装队伍，耶律乙辛被五马分尸，分成五块送到辽国中京，只有耶律乙辛的两个儿子不知所踪。而萧素与耶律信的军队，西击阻卜叛部，东破女直诸番，几乎势如破竹，契丹再次将蠢蠢欲动的各部落牢牢控制在手中。眼下的契丹，除了杨遵勖可以联结西夏与宋朝，耶律濬没有轻举妄动之外，几乎已复归于统一。虽然不能说元气已复，但是如果没有大宋的钳制，以名君名将，百战之师，契丹铁骑踏平高丽也未必没有可能。因此，虽然辽主彻底平定"耶律乙辛之乱"的消息在宋朝没有引起太大的震动——这是注定的事情，宋朝君臣都认为至此时方平定，已是太晚了。宋朝枢府甚至还秘密表彰了职方馆的有关人员。但是对于高丽而言，这一切引起的恐惧，却几乎让人以为大辽铁骑已经兵临开京城下。在这个时候,一个强大的宋朝,一个关注宋朝在高丽利益的名臣,对高丽来说,都非常重要。

唐康却不知道金兰心中所想。他继续说着,眼中闪烁着某种光芒:朝廷开发湖广,到目前为止,已经发生了百余起叛乱。有些叛乱平和地平息了,有些叛乱却导致血流成河。朝廷为此已经惩罚了二十余官吏,杀了近五千南蛮。"朝廷议论此事的奏疏,多达千余份。眼见现在局面渐趋稳定,很快便要收到成效。一旦大哥去位,必然牵一发而动全身,湖广之经略,难免前功尽弃。朝廷在湖广,只能是劳民伤财,徒增怨恨。陕西路的驿政改革,大哥在信中曾与我说,此事之重要,还在开发湖广之上。其后一系列措施,将牵涉到更重要的举措。如果此时中断,耽误的时间,不知道会有多少年。还有西夏,大哥对西夏布局,已非一日,此事若无大哥主持,只怕后果不堪设想……"

"夫君。"金兰轻声唤道,打断了唐康的"演讲",她凝视着唐康,目光中有尊敬、有喜爱,也有担忧、迟疑。终于,金兰轻声说了出来:"我会全力助你。"

唐康有点儿讶异地望着金兰,没有说话。他几乎在一瞬间,就警醒起来:一个高丽女子,说她要全力助他。哪怕她是他的妻子,这句话也显得十分不自量力——但问题是,唐康从金兰的语气与神色中,却没有感到半点的不自量力。他直觉自己的妻子,有资格说这句话,他默默地望着金兰,等待着她继续解释。

"但是我也有一个请求。"金兰回视唐康,诚恳地说道,"我希望夫君能帮助高丽。高丽君臣都以为,契丹甚至比叛乱之前更强大。如果没有大宋的帮助,高丽即使不会灭国,也会付出惨重的代价。我不愿看到我的同胞惨死在夷狄的弓箭下……"

唐康凝视金兰,仿佛从来不认识自己的这个妻子一般。许久,他忽然笑道:"高丽亦有职方馆吗?"

唐康的话如刀子一样刺入金兰的心中,她的脸色立时惨白。紧紧地咬着自己的嘴唇,半晌,金兰迎上了唐康锐利的目光,平静地说道:"夫君若要杀我,此时便可动手。"说完,她闭上双眼,低声说道,"我从来没有对不起夫君,但我也绝不会背叛高丽。"

"以你的聪明,自然知道我不会杀你。"唐康的话中,带着冰冷的讥刺,"如若你是奸细,贤妃娘娘自然逃不脱干系。而最初主张其事的是我大哥,也绝对脱不了责任。"

"我……"

"高丽与大宋虽然不接壤,却是唇齿相依的关系。若仅仅是为了帮助高丽不为契丹所灭,你一定不肯和我说如此重大之事。"唐康的声音如此的平和,仿佛是和一个多年不见的老朋友在说话,但是听在金兰的耳中,又是那么的刺耳,每句话都似乎如同一柄锋利的匕首,狠狠地刺入她的心中。"嗯,让我猜猜看……

一定是国原公遇上了什么困难,有用得着江华岛的驻军之处……"

金兰努力抑制自己几乎要夺眶而出的眼泪,缓缓睁开了眼睛。她正视着唐康,迎接着他带着讥刺的目光,用无比认真的语气说道:"正如夫君所料,国原公需要大宋帮助,才能顺利继承王位。但是,夫君也应当知道,诸王子中,唯有国原公继承王位,高丽才可能是大宋忠心不二的藩属。"这句话说出之后,金兰便知道,她与自己的丈夫之间,从此永远都有了一堵打不开的墙。但是无论如何,她也有自己要忠于的对象。

"忠心不二吗?"唐康低声笑了起来,"既是如此,我会通知少游,他会知道要站在谁的一边。"

"奴家替国原公,谢谢夫君。"金兰就在马车之内,盈盈拜了下去。

当时通讯远不发达,自高丽开京至大宋汴京,往返至少需要数月,主导大宋对高丽政策的,实际上就是大宋驻高丽的使节秦观。大宋政事堂与枢密院除了能限定秦观外交大概的方略之外,便只能通过正副使节、江华岛驻军长官以及杭州知州之间互相监督等方式来维持自己的控制力。因此,身为大宋派驻在高丽半岛的最高职位的官员,秦观的行动有相当的自主性,他对高丽半岛的影响力几乎可以说是决定性的。而金兰自是非常明白,秦观是不折不扣的"石党",与唐康更是私交甚密,只要唐康的信件能及时送到秦观手中,国原公就可以得到大宋的支持,从而在高丽内部的政治斗争中占据主动。

唐康的目光在金兰的脸上游移,眼中讥讽之意更浓,道:"那么,你现在可以告诉我要如何全力助我了。"

至目前为止,高丽国是唯一一个被大宋朝廷允许在汴京与杭州两处派驻常驻使节的国家。其余诸国,辽国的使节是在大名府,交趾以及南海诸国有常驻使节的都是在广州(不过实际上,交趾在汴京是有非正式的常驻使节的——那便在白水潭学院以及番学的留学生),而大理国始终是保持着定期朝贡的习惯,日本国虽然因为种种因素,部分开放了与大宋的贸易,但保守封闭的平安朝因为不希望宋朝有官方的使者常驻日本,所以也没有派遣使节前来大宋驻节。至于西夏,虽然屡次希望得到与辽国相同的待遇,要求能在陕西的京兆府设立常驻使节,但是处于战略攻势的宋朝却没有兴趣理会西夏人的要求——虽然职方馆很希望有个机会能光明正大地去驻灵州甚至是兴庆府,使情报刺探与传递更加通畅,但是职方馆基于功利性的希望显然不可能得到满足,因为宋朝朝野更趋向于认为西夏之土地,不过是暂时分裂出去的国土,而西夏政权不过是时服时叛之叛逆政权。

因此可以说,高丽国对大宋而言,实是与众不同的盟邦。但即使是如此,高丽国在汴京的使者加上仆从,限额亦不过只有十二人而已。而且还处在兵部职方司严密监控之下——身在枢府的唐康虽然不知道职方司做事的方式,但也曾听说过一个在汴京广为流传的笑话：职方司每天都有一份情报分析准时递至兵部尚书吴充的手中。某日送至兵部尚书案上的情报分析中，堂而皇之地写着："高丽副使某，疑有便秘……"其后面便是一长串的对该副使如厕时间与情况的分析。后来吴充还好意派了一位医者去替那位副使诊治，果然发现他有便秘的毛病。

所以，唐康也是十分地好奇，金兰究竟要如何来全力助己——难道高丽人还有深藏的间谍存在？

"夫君放心，高丽小国，自保不暇，并没有实力来组建职方馆。搜集大宋的山川地理，各地人物与驻军之情报，对于高丽，亦毫无用处。"面对着丈夫无声的讥讽，金兰的脸上，露出倔强的神色，在话语中隐隐回敬着唐康的讽刺。

"是吗？"唐康淡淡地应了一句。他自然不会相信金兰的话，从杭州至汴京，高丽使者经过的路线正好是大宋最腹心的地区，虽然高丽没有实力入寇大宋，但高丽同样有亲契丹的势力。收集这些情报，高丽向契丹献媚也好，讨价还价也好，都是有用的筹码。但这些话是没有必要多说的。

8

唐康的马车还没到学士巷巷口，远远便见着巷中停满了各式各样的骡马车乘，还有一些伴当三五成群地聚在一起说话——虽然不断地有官员士子沮丧地从巷中出来，但是进入学士巷的车马却是更多，学士巷中竟是排起了长龙。唐康知道这些都是想求见石越的，他不欲多惹麻烦，便悄悄吩咐了车夫，绕道从后门入府。

唐康携着金兰笑嘻嘻地走到石越住的院子前，见一左一右站着两个亲兵，侍剑却盘腿闭目，坐在门边的一处草地上打坐。唐康不禁失笑道："侍剑你何时竟入了程正叔门下？"

侍剑听到声音，睁开眼来，见着唐康与金兰，忙起身拜道："见过二少爷、成安县君。"

"一家人，何必拘礼。"说话之中，唐康与金兰已到了侍剑面前。

却见侍剑早已直起身来，笑道："礼不可废。因公子在内里歇息，左右无事，便炼炼气。前些日读到大苏的《胎息法》，说起炼气的好处。听说是当日欧阳文忠公得了足疾，医也医不好，还是有个徐道人教文忠公炼气，才得痊愈。文忠公把这法子又教给大苏。苏公日常修习，试行一二十日，精神便觉不同，我想有这等好处，不妨也试试。"

金兰见侍剑说得眉飞色舞，忍不住"扑哧"笑道："虽没拜入程正叔门下，却成了苏门信徒。难不成侍剑竟是想成仙？"

"县君说笑了。"侍剑笑着吐了吐舌头，道，"我去给公子通报一声。"

"且慢。"唐康伸手拦住转身欲入院中的侍剑，低声笑道，"先让大哥歇息，晚点再见，我们先回房等等无妨。"又压低了声音，笑问道："门外车水马龙的，又是哪一出？"

侍剑停住脚步，笑道："已经闭门谢客了。只因许多人听说公子见了司马相公，便都存了侥幸，名帖如流水般送进来，推也推不掉。"

"这为的又是何事？难道便不能等一天两天吗？"唐康只觉其中十分蹊跷，却一时没想通其中的关节。

侍剑笑着摇摇头，却是闭口不言。

金兰抿嘴一笑，轻声道："夫君怎的便想不到？无非是为了西夏和战罢。若是他事，见大哥闭门谢客，总是要走了，等一两日再来说也不急。唯独此事，明日皇上召见，想必便要问计，只待大哥一言，多半便能帮皇上定下心意。这是十万火急之事，又有谁能等得起？何况大哥见司马相公的消息传来，朝中还不知多少人着急呢。"

唐康被金兰点破，又见侍剑眼中有笑意，已知金兰所说不差。若是平时，不免要在心中以青眼相待，但此时却只觉有说不出来的味道，双唇微微动了下，终于只是淡淡笑道："原来如此。"

金兰眸子中闪过一丝黯然，脸上却也一般地笑容如旧，笑盈盈望着唐康与侍剑。

唐康又笑着向侍剑颔颔首，正待与金兰一道先行离去，却见从院中闪出一人，身着灰色棉布长衫，腰间随意地束着一根丝带，眼帘低垂，嘴唇抿紧，原来竟是潘照临。门边的亲兵见着，早已一齐行礼，唐康也忙抢上前去，行了一个恭恭敬敬的弟子礼，笑道："先生别来无恙。"金兰也忙恭敬地敛衽行礼。侍剑却只是在后面微笑着行了个常礼。

潘照临见着唐康与金兰，微微颔首，算是还礼，道："康时与县君都进来吧，公子已等了许久了。"

"大哥醒了吗？"

潘照临只懒懒地点了一下头，已转身走进院中。唐康素知他性情，忙带着金兰跟了进去。

9

石越住的这个院子面积并不大，只是在一个小花园中修了几间精舍。这是石越抚陕时增建的，这其间的一草一木，说起来唐康只怕比石越还要熟悉。修这院子时，唐康还曾经给石越写过信，请他命名，石越只是简单地回了两个字："不必"。因此竟是连院名都没有。

随着潘照临到了一间精舍之前，潘照临伸手推开虚掩的门，径直走了进去。唐康与金兰在门外已见着石越，裹了一件宽袍大袖的长袍，长发用丝带束着，随意地散在身后，正埋首坐在一张书案前，神情专注地翻阅着什么东西。见到房门被推开，石越抬起头来，笑道："是康时与兰儿吗？"

"大哥。"

"奴家见过大哥。"

唐康与金兰连忙走进房中，向石越行礼。

石越抬了抬手，笑道："一家人，不用拘礼。来，先坐下说话。"

唐康与金兰谢了坐，在下首坐了。石越指着桌上面的许多名帖，笑道："离京不过一年，不料汴京已经物是人非。"

唐康接过话来，笑道："这一年朝中的确变化甚大。四品以上官员丁忧的丁忧、撤罢的撤罢，调换了几乎三分之一，诸寺监长官更有一半以上易人，现在朝中暗中又有传言，道是尚书左右丞与六部尚书在位太久，至少该调换一两位了。传言最厉害的，便是说大理寺卿张景宪要升任刑部尚书，少卿骞周辅升任大理寺卿。而刑部尚书陈绎、尚书左丞王安礼与右丞吕大防以及司农寺卿安焘都要出外。"

石越听得暗暗惊心，朝中各部寺监长官不使长期在位，是防止权臣坐大的秘法，这自然并不奇怪。但是陈绎、王安礼、吕大防、安焘都是与吕惠卿不和的重臣，竟然都传出这样的谣言，再加上此前蒲宗孟等几个与吕惠卿关系密切的官员都得到重用。这一切却不能不让石越暗暗警惕。

"传言而已。"潘照临在旁边轻描淡写地说道。

"是。"唐康也不多言，又笑道，"不过还有一个传言，道是韩师朴将任鸿胪寺卿，李邦直将任尚书省左司郎中。"韩忠彦与李清臣，一个是韩琦的儿子，一个是韩琦的侄女婿，与石越说起来，都是亲戚的关系。

石越笑着摇摇头："不去说这些。"他移目注视金兰，突然说道，"我明日要面君，兰儿来见我，除了叙家礼以外，想必还有事要说吧？"

石越的话太过直接，实是大出众人意料，金兰都怔住了，一时间竟不知如何应对。

石越又笑道："此时高丽使者不便见我，若是有何书信传递，万一传出去，多有不便。纵是兰儿不愿意，他们也会托你带话的。既是一家人，就不必绕那些弯子，闹些虚文。"

金兰回过神来，忙回道："大哥说得是。因契丹自新主继位，俨然已有中兴之势。辽主趁铲平耶律乙辛之机，整顿吏治，强迫一批无功的贵族归还头下军州，又将凡参与耶律乙辛之乱的贵人的头下军州全部没收，除少部分用来赏赐功臣以外，全部改为辽廷直辖之州县。同时又释放部分宫户奴婢，授予牛田。用萧佑丹之策，对内轻徭薄赋，鼓励农牧，安定契丹、奚、汉三族之民，以固根本；对外则南和大宋，西连夏国，而集中兵力降伏阻卜、女直叛部，以威慑诸部。如今阻卜、女直诸部皆慑于契丹兵威，不得不臣服。契丹兵锋，接下来必然是指向杨遵勖与高丽国。"

石越饶有兴趣地听着金兰叙说，忽然插道："这是你自己的见识吗？"

"小女子岂有这般见识，兰儿不过鹦鹉学舌罢了。"

"那倒未必。"石越笑了笑，道，"你继续说罢。"

"是。"金兰答应了，又继续说道，"以契丹之势强，虽然尚不及大宋，然则对于高丽而言，已是庞然大物。它又与高丽接壤，高丽国中略有见识之人，不免都不得安枕。国原公说，国内之人，已分成三派。一派是主张亲附大宋，以抗契丹；一派却不自量力，竟因江华岛驻军之事而敌视大宋，以为可凭一国之力而同时对抗两个大国；不过最可恨的还是另一派，此辈全是想向契丹摇尾乞怜，以求一时之瓦全。不瞒大哥，高丽派来大宋的使者，不免三派各有心腹安插其中，互相掣肘，故此这等国家大事，竟只能委之兰儿这样的小女子。兰儿生为高丽国人，故国有难，不敢置身事外；但既受大宋之封赠，嫁入唐家，自也是大宋人，又岂敢对大哥有丝毫隐瞒？只将高丽情势，如实向大哥复述，不敢有一言相求，使大哥以私情坏公义。"

石越含笑安慰道："我知你苦心，你心怀故国，并无不对。父母之邦，自不可弃。"

"多谢大哥体谅。"金兰盈盈拜下，眼中已含泪水。

"辽主之志不在小。他一面设文武两科科举，招揽汉族、契丹人才。我大宋军事学校方建不久，利弊未知，辽主便断然效仿，在契丹族中设军事学校，以培养契丹族之人才……真人杰也。"石越低声说道，言语中竟似有几分不甘。他心中已是隐隐后悔，司马梦求在辽国内乱中推波助澜，使得辽国内乱了好几年，但不料除去了一个昏君，造就了一个英主，真的很难说是利是弊。他不自觉地摇了摇头，过了一会儿，才又温声向金兰问道："那么国原公想要大宋如何相助？"

"只想请皇上加赐一封爵。"

"一个封爵？"

"那好，明日面君，我便请皇上赐封国原公，且要求以后大宋援助高丽之兵甲所建军队，须由国原公指挥。大宋与高丽唇齿相依，高丽若背大宋之盟，是自掘坟墓；大宋示天下以公义，亦不会放弃高丽。"

金兰已经与唐康达成交易，此时又得到石越如此明确的支持，当真是喜出望外。忙又谢道："兰儿替国原公，多谢大哥相助。"

石越见唐康一直在一旁默默地听着，一言不发。他笑了笑，转头问唐康道："康时，可知府外诸人之来意？"

"适才兰儿说，定是与西夏战和有关。"

"哦？"石越有点儿讶异地望了金兰一眼，又向唐康问道，"那你以为如何？对西夏，是战，是和？"

唐康笑道："适才听说司马相公来过，大哥众人不见，独见司马君实，是主战主和，不是一目了然吗？"

"那却未必。"石越笑道，"你听说过魏明帝与刘晔议伐蜀之事吗？当时魏明帝与刘晔议伐蜀，刘晔极力赞成，此事传于朝外，有人问刘晔，刘晔却道蜀国山川险阻，难攻易守，伐蜀是空劳兵马，于国无益。后来杨暨就因此弹劾刘晔欺上瞒下，魏明帝召刘晔责问，刘晔答道：'臣细想之后，以为蜀不可伐。'魏明帝大笑而止。待杨暨退下之后，刘晔才对魏明帝说：'伐蜀是国之大事，岂可轻易让人知道？兵行诡道，事情尚未筹划停当，更须保密。'"

石越突然说出魏国的这个典故来，唐康顿时目瞪口呆，连潘照临都吃了一惊。众人一齐望着石越，唐康结结巴巴地问道："难……难道大哥是主张继续进攻吗？"

石越轻笑着摇了摇头："你又如何知道我是主张继续进攻？"

"这……既非主和，自是主战无疑了。"

"如今朝野中，无不关心对西夏之战和。老成持重之人，以为不宜以夷害夏，为了收复灵夏而使国内财政陷入更大的窘境；而少壮激进之人，则盼着一鼓作气，收复河西，一举清除西北边患，如此不仅冗兵之源从此根除，大宋亦能得劲兵好马，足以北叩幽云之关。因此一战一和之间，无不牵动天下人之耳目。若朝廷言战，兵未齐，粮未聚，此事必先传至兴庆府，而西夏之军得早为之备；若朝廷言和，则西夏可使兵归家农牧，稍得歇息，以缓国力之疲。故我车马未至长安，西夏已有使者请上贡于朝，一来固然是乞朝廷缓兵，另则却未必无刺探虚实之意。"

石越侃侃而谈，唐康等人凝神静听。说到此处，潘照临自是早已了然，而金兰眼中也已率先露出恍然之色。石越有意教导唐康，却不料金兰一介女子，反而机敏更甚于素来以聪明能干见称的唐康，不免心中暗异，笑道："兰儿可有话说？"

金兰笑道："兰儿胡乱猜测，却不知对否。"

"但说无妨。"

"兰儿以为大哥所言，是道战和乃国之机密，既是已定策，亦不可以使敌国事先知晓。是要以高深莫测之态，使敌国迷惑。"

石越点了点头，赞道："兰儿果然聪慧。"又转头去看唐康，见唐康也已领悟，这才又说道，"是以我不请旨便斥夏使于国门之外，使其不知吾国之意。兵者，诡道也。吾欲战，先示之和；吾欲和，先示之战。水无常形，兵无定法，其精要之处，不过是使敌国不测而已。"

潘照临在旁边笑道："当年唐太宗与李卫公论兵，都说若敌不出错，则我何由得胜？自古以来，除非实力相差过于悬殊，绝无一例双方都不出错，而一方能战胜之事。是以诚如唐太宗所言，用兵谋国，无非'多方以误之'五字而已。使敌国不测，其目的亦是使敌国出错。只要千方百计，能使敌人出错，则万事可期。"

"多方以误之……"唐康喃喃自语，低头咀嚼着这句话。

石越与潘照临顾视一眼，含笑望着唐康，皆不说话。

半晌，唐康终于抬头，笑道："我理会了。"

石越含笑注视着，静等唐康继续解释。

"如今朝廷财政不足，兵又未练成，粮草亦未集，百姓尚疲，实是无力继续西伐。但夏人却不能尽知我朝虚实。若朝廷欲战，而示之以和，自无不可。但我本来无力再战，而示之以和，开始西夏人虽必生疑，以为是诈，然久了便知我不能战之意，反使他们能放心休养，而且生轻我之心；反之，若仅示之以战，而终久不出，他也能知我虚实。今日之上策，当为亦战亦和，似战似和，不战不和！"

石越与潘照临大笑，击掌赞道："康时说得不错。"

石越又笑道："若能使西夏人不知我欲战欲和，则其中便可有无数后着，可让西夏人睡不安寝，日无宁日。"

"后着？"唐康嘴唇动了动，却没有问出来。他知道这些事情，却已不是自己应当问的了。而金兰却在暗暗纳闷，石越自己面临着极为麻烦的问题，但是和唐康的谈话，却没有一句涉及，反而尽是说些军国大事，是他对自己有过分的信心？抑或是已有足够的把握？从未去过高丽的石越却对高丽国信誓旦旦百般支持，明明知道自己与高丽故国的联系却毫不介怀，而同时又能将西夏人、司马光都玩弄于股掌之间，城府之深让人不寒而栗……金兰只觉得眼前这个大哥，越发的深不可测起来。但最让金兰困惑的是，尽管如此，她却始终感觉石越是可以亲近的——虽然他高高在上，虽然他深不可测，但金兰却有一种女人的直觉：唯有石越是真正理解自己的苦衷的。

10

几人接下来的谈话很快便转到其他的方面。对于自己面临的境况和朝中的局势，石越没有主动提起，唐康又对金兰不甚放心，更不会主动问起。至于金兰，更无立场发问。于是交谈的内容自然而然地发生了变化。除了叙叙家常以及汴京的逸闻趣事之外，当时宋朝学术界接连发生无数的大事情，都成为众人聊天的话题。

唐康刻意避开有关石越的部分，与石越、潘照临大谈西湖书院最近译介的几部在宋朝影响巨大的著作：黄金五百年中大食著名学者侯奈因·本·易司哈格的《逻辑学》与《论彩虹》；由大食著名译者萨比特·本·古赖译本翻译成汉文的托勒密的《地理学》第一卷、阿基米德的《论球与圆柱》以及阿波洛尼乌斯的《圆锥曲线》；还有在大食人中地位仅次于亚里士多德，有哲学"亚师"之称的法拉比的《文明政治》与《学科细目》；大食哲学之王伊本·西拿的《治疗论》与《知识论》；著名大食史家穆罕默德·本·欧麦尔·瓦格迪的《征伐埃及史》（即《埃及的征服》）等等。西湖学院的译经楼这几年成绩斐然，不仅仅译介了大量著作，加入译经楼的大宋学者日益增加，甚至还有十几位大食学者与高丽留学生加入其中。而西湖学院更是在大宋所有学院中，第一个开设了语言课，有数十位大宋士子在那里学习大食语、梵文与契丹语。

所有这些事情，可以说都是轰动一时的。当时江浙虽然并非宋朝文化中心，却也是人文荟萃之所，西湖学院每译介一部书，对江浙乃至全大宋的读书人都是一次巨大的冲击——向来以为唯有华夏九州才是人类文明唯一中心的宋朝读书人，这时候终于不得不接受一个现实，在万里之外，还有一个未必逊色于诸夏文明的文明存在；所谓的"大食"，也并非是一帮只会经商的夷人组成的。面对这种现实，有些学者以宽厚的胸怀来接受，甚至愿意去研究这些"夷人"的成果，着手准备对其进行注疏；但同样也有一部分学者对此嗤之以鼻，认为那些不过是末流而已。后一种学者中，高傲者则是傲慢地拒绝阅读，也禁止自己的弟子阅读讨论；而激进者，则不免吹毛求疵，在诸学刊中大加批评指摘，甚至指责西湖学院开设语言课，以华夏之尊而效仿沙门学习夷人之语，是自甘堕落，斯文扫地。于是持不同意见的学者在各种报刊上互相攻讦，有人批评，则有人辩护。唯独西湖学院的语言课，却不仅没有因此停办，反而别的学院也出现效仿之势——学习契丹语或者还只是出于书生经国济世的理想，但是大食语与梵语，却是有着直接的利益驱动，随着大宋海外贸易的繁荣，"通译"无论在官方与民间，都显得十分的紧俏。

让石越非常吃惊的是，金兰对于这些事情也显得十分熟悉。石越从来不知道伊本·西拿的《知识论》里写了什么内容，但是金兰却能说得头头是道，让石越不由得再次对这个女子另眼相待。

这种闲聊一直持续到家宴结束。唐康让仆人先送金兰回府，他自己却再次折回来见石越。

"大哥。"唐康见着石越，便迫不及待地问出忍了半天的问题，"朝中的局势，大哥与先生已有应对之策了吗？"

"朝中局势？"石越意味深长地笑着反问了一句。

"难道大哥毫不担心吗？"唐康隐隐感到有点儿奇怪，但他还是相信这只是石越临危不乱的风度，"福建子费尽心机，不过是想离间皇上与大哥。偏偏此时《白水潭藏书总目》又……虽是实至名归，但总归是不得其时。"

潘照临亦叹道："此事措手不及，否则未必不能阻止。"

"我不会做这样的事情。"石越淡淡地说道。潘照临不以为然地望了石越一眼，撇了撇嘴。

唐康稍有点儿讶异，又立即道："桑长卿与程先生他们，的确也不是那么容易说服。他们既决定要做的事情……"

"便是能勉强阻止，我也不屑为之。"石越打断了唐康的话，异常坚决地说道。

唐康吃惊地望着石越。

"自古以来，为政者有两类。一类目光短浅，不过是玩弄权术，以图博取高位；一类却着意深远，所作所为，无不思及长远，欲为万世立法。做前者容易，不过有智术便可；为后者难，纵以王介甫之贤，亦不免有急功近利之病。我虽然愿为后者，但行事亦是战战兢兢，因为我终究不能知道自己所做的事，究竟是对是错。不过是尽我之力，但求无愧于心而已。然若换位而言，则王介甫亦何尝不是在尽他之力，求无愧于心？我之为政与介甫之变法，区别又在何处？"

石越的声音十分平静，却让唐康觉得十分沉重，他仔细地听着，品味着石越的话。

"我与王介甫的区别，其实也十分简单。王介甫自信过甚，不能容异己；而我却常怀惶恐，绝不敢以己为是而以人为非，竟容不得别人之不同。我自可有自己的政见，自然要坚持自己的主张，但我从来不会想将与我意见不同者全部逐出朝堂，禁止他们说话。我更不敢借官府之威权，打压民间之声音，钳制士林之清议。若是目光短浅者，自会以为不利于己的言论，会妨碍自己政务之实施，给新政增添层层阻力，恨不能除之而后快。但我却以为，即使那些反对意见中，一百条只有一条是对的，为了那一条对的意见能被允许说出来，我们也应当坦然允许那九十九条错误的意见被发表出来，接受它们带来的困难。这样的坚持，需要更大的智慧，它远没有独断专行来得痛快，但若能这样坚持，我们却会犯更少的错误，至少我们犯了错误以后，也能更及时地发现与改正。"

"这有何必要？"潘照临不解地问道。

"绝对有必要。潜光兄以为王介甫之聪明，在当今之世，谁可以比拟？"

潘照临默然一阵，道："司马君实、苏子瞻、公子，三人而已。"

"果真以本性之聪明而言，我三人能胜之乎？"

"不能。"

"诚哉斯言。"石越笑道，"潜光兄，王介甫之聪明，天下少有；王介甫之才学，天下亦少有；王介甫之声望，在他为相以前，天下亦少有；王介甫之权势，在其为相之时，天下亦少有！为何王介甫以聪明、才学、声望、权势四绝，一行新法，却导致天下沸腾？"

"是其为拗相公也。"

"非仅止于此也。"石越摇了摇头，道，"若其所行之政，皆为正确，便是执拗更甚十分又如何？王介甫之不能得志，是因为天下之凡人，虽贤能聪明，其所作所为，却最多只能是对错参半。故此，使当政者善知错、善改过，远比寄望得到一个很少犯错之贤者来得更加切实可行。"

唐康在心中思忖，暗道："大哥所言甚是。虽然大哥之贤，可称贤者。但亦是五百年一遇，后世之人，断不能尽如大哥之贤。是以使人能善知错，善改过，远易于使人少犯错。"但是这话说出来，却不免近于面谀，他自是不肯宣之于口的。只是点了点头，以示同意。

石越见唐康明白，又道："故此，要使当政者能善知错，善改过，则不食朝廷俸禄之士大夫尤为重要。本朝养士百年，士大夫皆慨然以天下为己任，大多颇有风骨，不畏皇权，不尊权贵，特立而独行，以节气行于天下。此是本朝立国之本，亦是最可宝贵者。若使读书人只知歌功颂德，仰权贵之鼻息，为官府之走狗鹰犬，则是诸夏亡矣！是故，我绝不会为自己之方便，而做任何干涉学术之事——我若在学术上之观点与其不同，则自当以学者之身份与之辩论，绝不会以权位谋术来达成自己的目的。读书人当有自由之精神，独立之人格，他们只要说符合自己良知的话便足矣。"

石越知道唐康便是再聪明，也不可能完全明白自己的话中之意，他微微叹了口气，凝视唐康，郑重地说道："康时，只盼你异时能记住我今日所说之话，毋以权力干涉学术，毋以暴政打击异己。此二例一开，后患无穷尽矣！"

唐康很少见石越如此郑重其事，虽然他很难明白为何会"后患无穷尽"，但还是认真地点了点头，答应道："是。"

石越的目光凝视唐康良久，忽转向窗外的夜空，这种似乎含有深意的目光让唐康有些恍惚，也有些不解，因此竟忽略掉了石越眼中那一闪即逝的茫然。

第三章
伐谋伐交

🎯 王不如远交而近攻，得寸则王之寸，得尺亦王之尺也。

——范雎

1

次日，紫宸殿。这是重要性仅次于大庆殿的正殿。

"万邦来同，九宾在位。奉璋荐绅，陟降庭止。文思安安，威仪棣棣。臣哉邻哉，介尔番祉……"在一曲清平正和的《正安》乐中，石越身着紫袍，腰佩金鱼袋，脚踏黑靴，手执象笏，随着诸宰执大臣们一起进入殿中。然后在音乐声中，向皇帝行礼。

紫宸殿的朝会，在某种意义上其实不过就是一种仪式。石越至今还很清楚地记得，五年前皇帝赵顼便曾经在紫宸殿受贺——那次是因为王韶收复熙河，王安石因此被皇帝亲自解下身上佩带的白玉带相赐。此次自己得到相似的待遇，不过是历史在一定程度上的重复而已。很显然，在今天这样的情形之下，在紫宸殿上，皇帝是不会讨论任何事情的。

这不过是一场没有现场直播的表演。石越忽然有点儿恶意地想着，如果此时就有照相机的话，会不会在紫宸殿周围架满相机？

果然，事情一如石越所料。

皇帝接受群臣的祝贺，特召石越出列，高兴地称赞石越的功绩。然后，皇帝晋封石越为闅[6]乡侯，连他尚在襁褓中的女儿也被特旨封为桐庐县君，而石起的几个儿子也都一并受到荫封。除此之外，又有各种各样的赏赐，包括田宅、金银铜钱与丝绸绢布……

皇帝看起来似乎是衷心的高兴……

但在这花团锦簇的后面，石越却莫名其妙地泛起一丝无力感。

也许那是厌倦也说不定。

就在这紫宸殿上，石越忽然有些怀念起熙宁三年时的皇帝来。那个时候的赵顼，更像是一个朋友，一个希望大有作为的年轻人。

八年之后，皇帝开始真正像个皇帝了。

紫宸殿的朝会持续了一个多时辰才结束，石越也终于从胡思乱想中摆脱出来，集中精神等待着皇帝的那句话。

"众卿退朝，宣石越崇政殿觐见！"皇帝中气十足的声音在宽阔的紫宸殿内响起。

"遵旨！"石越竟微微吁了口气。

---

[6] 读作"wén"。

崇政殿。

偌大的崇政殿中，除了李向安等几个内侍之外，便只有高坐御座的皇帝赵顼与叉手站立在殿中的石越君臣二人。

赵顼凝视着石越，许久。

"自太宗以来，国家未曾有此大胜，此皆爱卿之功。"

"是陛下洪福，列祖列宗庇护，将士效命，臣不敢居功。"

赵顼微微笑了一下，摇摇头，笑道："这些话都是场面话而已。"

石越没料到赵顼这么说，不禁怔了一下，连忙也笑道："臣所言都是实情，若是没有陛下的支持，没有陛下之前下定决心整军经武，也不能有陕西之功。民间俚语，所谓'巧妇难为无米之炊'，正是言此。"

赵顼笑了笑，便不再说此事。因问道："可知朕为何召卿回京？"

石越顿时为难起来，他素知赵顼的性格，含糊其辞自然是不行的，但是说知道与说不知道，都有不妥当的地方，一时间竟不知道如何回答才好。

好在赵顼这句话似乎并不是准备要石越回答的，很快便接着说道："朕让卿千里迢迢回到汴京，除了要给卿庆功之外，实是还有数件难决之事，要询问卿的意见。朝中大臣虽多，可为朕决疑者却少。此外，朕还有一层深意：自古以来，臣子立下大功之后，往往君臣之间更加难以相处，要么便是臣子骄宠过度，自取其祸；要么便是君臣相忌，难以善终。朕要当面与卿说上几句话，让咱们君臣二人，能善始善终，为后世千古，留一段佳话。"

"陛下……"石越似乎有点儿动情。

赵顼摆了摆手，温声笑道："卿虽立大功，然既不矜伐，又不避事，依然有所担当，是朕没有看错卿。朕亦有一肺腑之言，可说与卿知。"他使了个眼色，李向安等内侍连忙躬着腰，轻声退出了崇政殿。

待众内侍全部出殿，赵顼这才接着说道："朕之得卿，如鱼之得水，龙入大海。古之名臣贤臣，有伊尹之遇商汤，姜尚之遇文王，设使其君臣不遇，则商汤周文不得遂其志，而伊尹、姜尚不过两老翁而已。今日之事类之，非有卿，朕不能逞其意；非有朕，卿不过一教书先生而已。"

"陛下知遇之恩，臣常感五内！只恐以臣之愚钝，有伤陛下之明。"

"卿不必自谦。"赵顼望着石越，淡淡说道，"朕信任卿。"

"陛下！"

"卿实是难得的人才。朕要成为大宋中兴之主，达成太祖太宗皇帝的遗愿，留英名于青史！朕与卿，实是风云龙虎相会，注定要做一番大事业的。"赵顼慨声说道，神色之间，意气风发。石越不禁一阵恍惚，仿佛又回到了初见赵顼的时候。

然而，不知道是皇帝变了，还是石越自己变了。石越的心中，并不相信这是皇帝的真话——至少不能相信这是完全的真话。"这是笼络我、安抚我的作态罢了——若果真信任我，又何必要召我回来？我不过是个文臣罢了。"石越在心里苦笑着。

"朕是皇帝！臣子忠于君主，本是天经地义，纲常伦理。朕对卿说这些话，是推心置腹，要卿明白，无论外间如何说法，朕与卿君臣之间，要赤诚相待，绝无嫌隙。卿尽管放心办事，朕自会信卿任卿。"

"臣当鞠躬尽瘁，死而后已，以报陛下知遇之恩。"石越仿佛被皇帝的话所感动，哽咽着叩下头去。

"朕知卿断不会让朕失望。"赵顼走下丹墀，亲手扶起了石越，这是石越已许久不曾受过的礼遇，"待延安郡王长大，朕还想让卿做他的老师呢。"

"臣、臣……"

赵顼轻轻拍了拍石越的手臂，笑了笑。石越原本比赵顼要高壮，但最近一年，因操劳过度，竟显得消瘦许多。只不过石越看赵顼的情况也好不到哪里去，皇帝的脸色，较以往更加苍白。

"朕时常感念韩琦的功劳，早想将淑寿下嫁给他的一个儿子，不过淑寿年岁尚小，此事便没有多提。"皇帝突然说起这些家常，让石越颇觉莫名其妙，却听赵顼又笑道，"前些日子，王妃和朕提起你家的千金，朕便想，除了韩琦家外，到底也要与石越结个亲家……"

"蒙陛下、贤妃娘娘错爱，但臣女年纪尚幼，只恐于礼不合。"石越心里一千个不愿意。

"朕看是卿不愿意罢。"赵顼开玩笑地说道，哈哈大笑。

"臣岂敢。"

"有什么不敢的？"赵顼笑道，"天家的女儿不好嫁，朕早已知道。只是不曾想，天家的儿子都不好娶了。难不成龙子凤孙，竟然连个进士都比不上了吗？"

"臣绝无此意。"石越见皇帝并无发怒之意，轻松不少，忙又解释道，"不敢欺瞒陛下，臣实是想让臣女长成之后，自己择婿。"

"自己择婿？"赵顼不觉愕然。

"是。"

"这只怕于礼不合。"

"臣以为也没甚不合之处。父母之命，媒妁之言，的确是世之常礼。但自周汉以来，女子自择婿的亦不少。便是本朝，上至公卿，下至贩夫走卒，皆有相亲之俗。可见父母亦不能太过违拗子女之意。俚语言：强扭的瓜不甜。臣为人父，总不能没有一点私心。臣的女儿，不盼她一生富贵，只需一生平安适意便可，这等大事，臣以为不便全然不顾她本人的想法。"

石越的这番话,对赵顼来说,实在可以说是大胆了。赵顼颇不以为然,摇了摇头,道:"卿这些话,实不能让人信服。若说将出去,只怕又要惊世骇俗了。"

"正是。"石越笑道,"世间有些事,便是只能做不能说。陛下英明,不以世俗为念,臣才敢斗胆言及,至于他人,臣是断不敢说的。"

赵顼听他说"世间有些事,便是只能做不能说",不免笑道:"朕先时还疑心卿是怕卷入宫闱之争。若是如此,实不必担心。"赵顼的话虽然只说了一半,但是石越却自是听得明白,这分明是说信国公不可能为嗣。

石越对于信国公赵俟的血统,倒并无成见。但是对于这种事情,他也同意多一事不如少一事。忙道:"为人臣子者,实不敢存那般想法。臣只愿为陛下之纯臣足矣。"

赵顼满意地点了点头。实际上王贤妃委婉提出来的请求,赵顼几经考虑之后,还是在心中否决了。此时提出来,却不过是为刺探一下石越而已。这时君臣已说了许多话,他见石越答对得体,虽然疑忌是不可能完全消除的,但是毕竟却放心了许多。

对于赵顼来说,石越归根结底,不过是一个文臣。文臣并非没有威胁,但到底远不如武臣来得那么直接。只要朝中存在着相当的制衡力量,而皇帝本人又不是足够昏庸的话,文臣无论怎样折腾,其能量也是有限的。至少赵顼认为,石越是自己绝对可以控制得了的。

真正要担心的,是自己去世以后的事情。但那毕竟不是眼前要考虑的。

现在的石越,仅仅是自己手中难得的人才。

"成大事者,一定要敢用人,善用人。"皇帝在心里对自己说道。

的确,若是没有用人的气度,又如何能成大事?

赵顼又看了一眼石越,开玩笑地说道:"既是这样,此事便先不提它。朕便等卿的女儿长大。未必卿的女儿,就一定会看不上朕的儿子。"

"陛下取笑了,只恐小女无此福分。"

赵顼微微笑了笑,转身缓步走回到丹墀之上。石越知道轻松的话题,到此为止。果然,便见赵顼顿了一下,说道:"朕方才说还有几件事情,要卿帮朕决疑。"他微微颔首,斟酌了一会儿,道,"头一件大事,便是高遵裕之案。"

"陛下!"提到高遵裕,石越的脸色便变了,他抬头直视赵顼,亢声说道,"高遵裕之案,臣敢请陛下秉公处理!"

赵顼没有料到石越的反应如此之大,不觉有点儿出乎意料:"高遵裕之案,御史台正在推鞫,自然会依律处理。但高遵裕不服调遣、贻误军机一条,御史台以为无罪,卫尉寺亦认为证据不足,枢府则颇有争议。故朕不以此罪罪高遵裕。"

"高遵裕延误军机,几陷战事于危局,间接害死狄咏,岂能言无罪?臣不服此议。

臣以为若如此断案,恐失天下军民之望,亦使狄詠死不瞑目。"石越对高遵裕恨之入骨,丝毫不肯松口。

"此事御史台与卫尉寺已有定论,卿不必多言。"赵顼的话却毫无回旋的余地。他稍停了一下,又安抚道,"只是向安北、段子介所弹劾之事,高遵裕难脱干系。朕已下令停止高遵裕一切差遣,彻底追查。"

石越默然不语。他心中虽愤怒,理智上却知道这几乎是必然的结果。皇帝所谓的"彻底追查",石越也很清楚那绝不可能——向安北、段子介所揭露的弊案,果真要彻底追查,绝对是陕西官场乃至汴京朝廷的一场大风浪——没有哪个官员,既有能力又有意愿来彻底追查。因为即使是石越自己,只怕也没有一查到底的勇气。他想了想,虽然皇帝已经暗示要用别的罪名来处罚高遵裕,却终是觉得不甘心,又说道:"臣以为向安北被害,必出自高遵裕之指使。至少高遵裕不能脱此嫌疑。"

"向安北之死,与高遵裕无关。章惇自辩,云其初知此案,以为关系重大,故欲以计先招向、段入京,询问详情,是不欲声张之意。不料向、段二人生疑,下面办事者鲁莽,而有此误会,竟误杀向安北。有司亦以为,确无章惇勾结高遵裕,故意陷害向、段的证据。"

"难道向安北便这样白死?以'误杀'二字,岂不让天下人寒心?若是如此,臣不敢奉诏!"不知为何,石越心中没有愤怒,反而只觉得悲怆可笑,法令、人命,竟然都可以成为政治的玩物吗?但他还是徒劳地高声反对着:"臣请陛下,让司马光或范纯仁重审此案!"

赵顼却摇了摇头,道:"向安北的确死得冤枉,朕不会让他白死。朕会追赠他官位,封赏他的家人。章惇等人,虽然没有证据,但亦会受到惩罚。但此事不宜兴大狱。"

说完,赵顼凝望着石越,言中未尽之意,尽在这目光之中。石越迎视着皇帝的目光,他自然明白赵顼的意思,赵顼考虑的,首先是朝中势力的平衡,其次是局势的稳定。无论是人命还是什么,在皇帝看来,并不是至关重要的。

但是石越却也有自己的坚持。政治并非是最大的——也许是这样,也许不是……人类有时候会将自己都骗过。

二人的目光在空气中凝固。

石越知道自己的举动很大胆,虽然知道赵顼是颇能容忍臣下的这种无礼的,但是皇帝始终是皇帝,这样做毕竟是在冒险。然而,他却没有退缩的意思。

"武将则拥兵自重,文官则结党营私……水至清则无鱼,若是一意追查,只恐朝中无宁日。"赵顼低声叹息了一声,道出了自己的无奈。只不过这番话,却是不久前富弼在密表中劝说他的。

军队私自回易,边将牟取私利,在宋朝,非一将一军所为,做这些事情,在之前是十分普遍的事情，不过有些将领纯粹为自己谋利，有些则用来补充军费之不足；有些规模较小，有些则肆无忌惮。高遵裕所犯的事情，若真要彻底追查，只怕陕西边境，立刻就会兴起将领叛逃西夏之风。而章惇之事，本就是证据不足，若是从重从严，与高遵裕之事两相对比，却未免加倍地突显出不公正，只会让朝野争议越来越大。但是，这两件案子影响甚大，又不能没有一个交代。唯一的办法，只能如富弼所言：先拖着，等待朝野渐渐淡忘此事，然后再大事化小，以迅雷不及掩耳之势处置完毕。

石越终于垂下眼帘，无声地叹了口气。

"朕已下诏，着兵部叙段子介之功。"赵顼补偿性地说道，微微松了口气。这些事情，他是有必要亲自向石越说明的——如果得不到石越的谅解，万一石越赌气一意要追查到底，他既是有功之臣，又有大义的名分，朝野中必然应者如云，到时候只怕他想不彻底追查都不可能。那会是多大的一场风浪？

幸好石越之前表现得还算克制。否则……

2

赵顼不知道的是，石越其实一直处在犹疑之中。

一场真正的大风浪究竟是好事还是坏事，石越其实还拿不定主意。况且，皇帝如此选择，毫无疑问同时还有别的原因——限制自己的威信。甚至，也许这个原因才是主要的因子也说不定。

但这些现在并不重要，现在更重要的是：无论如何，都需要说点什么。

"陛下，"石越顿了一下，道，"沉疴迟早需要洗清。"

"朕知道，卿很识大体。"

赵顼显然不想再谈论这件事，逃避似的转开了话题。

"第二件大事，是对辽国、杨遵勖、高丽的方略。辽主委贤任能，励精图治，非可等闲视之……"

石越早知皇帝必问此事，张口答道："契丹之事，臣请效春秋时晋楚争霸之故事。"

"晋楚争霸？"赵顼一愣，立时明白石越之意，问道，"那卿以为，谁可为吴国？"当年晋国与楚国争霸，晋国便派人深入楚国后方，教与楚国有仇的吴人冶炼车战之术，吴国强大之后，经常与楚国作战，导致楚国国力疲惫，从此不能对中原造成大的威胁。这个故事，赵顼自是知之甚详。

"高丽？或是杨遵勖？"未及石越回答，赵顼已经自顾自地分析起来，"高丽人不善战，职方馆的奏章分析，其国内部派别林立，是否能当此任，只怕……杨遵勖此人不过朽木烂泥……"他一面说一面摇头，道："这个吴国，却是难觅。"

"陛下所言，可谓明见千里之外者。"石越却是成竹在胸，缓缓说道，"朝廷经营高丽，是使其为我大宋东北藩屏，立意长远，非仅为契丹。其对契丹，不过起牵制之作用，必要之时，或可借道高丽，夹击契丹。然若寄予厚望，却必致失望。至杨遵勖，此垂死之徒，我大宋助其苟延残喘，使其分契丹之势，并借机渗透契丹，自无不可。但若非朝廷无实力两面作战，本当吞并之，其又焉能为吴国？"

"那？"

"臣所谓吴国者，是另有其人也！"

"另有其人？"

"臣闻契丹以苛酷之政，统治其国内诸部落。各部落屡有反叛，但皆因实力不支，而屡战屡败。但是各部降而复叛，却从未停止。若朝廷能募壮士，深入各部，秘密联络，并加援助，契丹自此无宁日。"

赵顼皱眉道："话虽如此，然其各部远离中华，对契丹或亲或叛，虚实难料。职方馆都苦无良策，何况其余。"

石越笑道："陛下，世上之事，为之则难者亦易。契丹西北境内，阻卜诸部成百上千，尽皆惮于契丹之强暴，而不得不忍气吞声。世上又岂有甘为人鱼肉者？朝廷亦不必真费多大心力，若果真使其强盛过度，却是前门驱狼，后门来虎。不过募集壮士，组织马队，潜入其中，与其互市便可。"

"互市？"赵顼一时没有明白过来。

"正是互市。"石越笑道，"阻卜诸部皆缺铁器，朝廷便卖给他们兵器铠甲，又有何妨？"

赵顼听到这闻所未闻之事，简直是目瞪口呆，半晌，才笑道："真妙计也。"说完，想了一会儿，又疑惑起来，道，"我大宋之民，如何能熟悉其地风俗？只恐行之不易。"

"在河北、河东诸熟番中，招募对大宋忠心且武艺出众之辈，由职方馆加以训练约束，便可行此事。便是契丹之民，亦未必不可为我所用。"

赵顼想了想，点头笑道："此真良、平之谋。"

石越也笑道："若能再遣人伪为僧人，前往各部，挑拨其对契丹之不满。假以时日，臣料契丹必有腹心之患。"

赵顼不禁击掌赞道："妙策！"

这几条计策，实行起来并不容易，果真要见大效，只怕非有数年甚至十年之功不可，但是这本来就是长远的谋划，因此倒也算得上是毒计。辽国的策略是对奚、汉二族怀柔，以契丹、奚、汉三族为根本，来统治各部落。所以，对于各部落的残酷，几乎是无法避免的。因此矛盾始终存在，若加以利用，对契丹来说，的确会成为大麻烦。

但是石越的计策，却还不止于此。

"陛下可知高丽为何亲近大宋？"他继续说道，"除了仰慕华夏文明之外，最现实的利害便是契丹之威胁。因此，在高丽以外，培植一两个与其仇视的势力，亦有必要。据臣所知，在辽与高丽之间，有女直诸部。女直诸部中，有些亲辽，几乎已是契丹之臣仆，但亦有许多对契丹时降时叛，且与高丽有世仇。若能在女直诸部中，扶植两三个部落，亦是一举多得之事。且此事惠而不费，与女直联络，较之与阻卜联络容易，所做之事，不过是通商、卖点兵械器甲而已。为免高丽猜疑，只令职方馆出面暗中找几个海商便可立办。"

女直之名，赵顼也曾听说过。不过这个名词屡见于奏章，却是因为其"海盗"之名。活跃于东海的海盗，主要由宋、女直、高丽以及日本国的亡命之徒组成，但其中最凶悍的却是女直海盗，他们不仅仅在海上抢劫船只，甚至还登陆攻击高丽与日本的沿海村庄。作为大宋海船水军重点打击的对象，到目前为止，对女直海盗的围剿已达数十次，宋军因此损失不少战船与水军。大宋海船水军虽然始终是东海的掌握者，并且大规模的海盗活动在严厉的打击下也渐渐销声匿迹，但是巨大的利益，使得小规模的海盗活动始终不能完全消失。

所以，直至熙宁十一年，大宋皇帝陛下，对"女直"这个名字，印象还是非常的深刻。

"女直吗？"赵顼的语气有点儿迟疑。

石越却不明白赵顼的心思，因此对皇帝的反应有点儿奇怪，道："正是。臣以为女直可为我所用。"他看过一些本来不应当递至他案头的报告，知道职方馆实际上已经对女直做过一些渗透工作，而且卓有成效。

实际上，除此之外，连石越也不知道的事情也大量存在着。大宋海船水军中——准确地说是薛奕部下，已有不少女直水手存在。因为大宋海船水军的策略一向都是非常开放与务实——凡是杭州水军俘虏的海盗，一律打散编入广州水军，作为不用发薪俸的水手或者劳力而存在；反之亦然。当然，这样细节性的东西，是没有必要上报至枢府，因为连卫尉寺的军法官都懒得理会。而一些专门登陆日本攻击村庄、抢劫财物的女直海盗，根本就是出于大宋海船水军的默许，或者更直白地说，就是蔡京的默许。这样做的原因很简单——如果海上完全没有海盗，商家们交那笔保护费的时候，就不会那么痛快了。何况海盗们抢劫的是日本国的村庄，而抢劫的钱物女子，总有一部分，是落入了大宋某些官员与将军们的口袋的。

因此，大宋与女直的交往，远比皇帝或石越想象的来得更"深入"。

但是赵顼在奏章上得来的印象却实在太过于深刻，他想了一会儿，只委婉道："且容朕再与枢府商议。"

"遵旨。"石越却完全误解了皇帝的意思。

赵顼这里表达的是委婉的否决，但他没有料到的是枢府的态度。事情最后的发展，与皇帝陛下所想象的，完全相反。

不过此时，赵顼对这些是绝不可能知道的。

他满意地点了点头，终于说到最重要的事情。

"最后一桩事，便是对西夏之和战。"赵顼神情郑重起来，"国之大事，在戎在祀。规复灵夏，牵涉千万生灵，关系大宋国运。朝中或谓和，或谓战，纷纷不决。卿在陕西接连克捷，熟知西事。卿可为朕谋之。"

石越却不直接回答，反欠身问道："臣敢问陛下，禁军之整编，已完成多少？"

"十分有四。"

石越又追问道："若今岁开战，国库余钱，又有多少？"

赵顼想了一会儿，咬咬牙，道："若果真开战，一千万贯钱，总能拿出来。"

"可曾除去皇家宗室贡养、官吏薪俸、日常用度，以及水旱灾害之备？"

赵顼摇了摇头。

石越又问道："陛下可知陕西可供军粮储备有多少？"

"这个卿当知道。"

"是，陕西粮储，可支陕西现有之兵，一年之用。"

赵顼脸上露出喜色，道："岂非足矣？"

"不足。"

"为何？一年尚不能平西夏？"

"以陕西之兵，不足以平西夏。平定西夏，亦不能期以一年之功。"

"但机会难得，若让西夏恢复元气，事更难为。此时不伐，殊为可惜。"赵顼毫不掩饰自己内心真正的想法，急切地说道。

"诚如陛下所言，然而强为己所不能为之事，其祸便在眉睫。"石越加重了语气，"陛下可曾想过，若我伐夏之时，契丹之兵出燕云而南下，陛下以为以今日之实力，能守住河北吗？"

"契丹未必敢……"

"岂能寄望于'未必'二字？"

赵顼默然不语。石越又说道："辽主之英武，不可轻视。臣请陛下暂时忍耐，臣在陕西再为陛下经略数年，臣保证五年之内，西夏可取！"

"五年？"赵顼将信将疑地望着石越。

"五年足矣。"石越信心十足地说道，"五年之后，禁军整编全部结束，大宋将有超过三十万之精兵，足以北御契丹，西取夏国；臣在陕西行驿政改革，实则暗中修葺道路，五年之后，我大宋在陕西运兵之速度可提高至少一倍。若使陕西百姓休养五年，则臣可保证仓廪能支三年之用。而朝廷财政亦将更加丰裕。五年之内，大宋亦足以将横山彻底控制，取得对西夏之地利。再有五年时间，火炮亦必能顺利装备军队，西夏何城能当此物？"

赵顼的信心被石越的一席话给激发起来，他喃喃道："五年，五年……"石越说的，看起来并不太难。但是不是真的要忍耐五年呢？赵顼只觉得有点儿迫不及待，他恨不能明天就可以在京师替李秉常修筑宅第。

"果真五年便可以成功？"

石越笑道："臣担心的是西夏人不给我们五年的时间。西夏现在国内内乱，一触即发，若我大宋逼得太急，其可能一致对外。只要我稍缓压力，它必然内乱。臣真正担心的，是他们内乱爆发得太快，我们来不及完全准备好，就要出兵。"

"内乱？"赵顼喜道，"若果真如此，却是千载难逢之良机，断不能坐视。"

"陛下！"石越的神色却郑重起来，"战或不战，在于己，不在于敌。若己无实力，无准备，则有再多机会，亦是枉然。甚至可能招致祸事。"

皇帝对石越的这次召见，持续的时间长达一整天。赵顼甚至连午膳也是在崇政殿用的。

二人谈论的内容，在很长一段时间内，都无人知晓。

特别是对西夏的战和，极少有人知道石越究竟是什么样的主意。而皇帝自此日起，便将议论对西夏和战的奏折全部留中。

而最让朝野摸不着头脑的是，皇帝在接下来的日子里，既不让石越回陕西，也不给他任何新的任命。于是，在熙宁十一年三月来临之前，阌乡侯石越一直以陕西路安抚使的身份，在京城"述职"，度过了一段难得的闲暇时光。唯一美中不足的是，他的妻女，此时却远在陕西。

3

熙宁十一年的三月姗姗来迟。

三月一日，从来都是汴京市民的节日。

春意盎然的金明池桃红似锦，柳绿如烟。它一年一度地开放，迎来了数以万计的汴京市民。不过今年比起往年来，人数却大为减少。

因为在同一天，亦即熙宁十一年三月一日，这个大宋园林史上值得纪念的日子，一个名叫曾泽的杭州商人花重金买下了交趾等国进贡给皇帝的大象、老虎、梅花鹿等动物，与白水潭学院的博物系联合，在汴京以南创建了"汴京动物园"。

尽管金明池是免费的，而汴京动物园是收费的，但是依然有不少市民选择了汴京动物园，而不是金明池。汴京动物园开业第一天，竟然卖出了五千多张门票！也许这仅仅是因为一年一度的金明池水上表演，已经让很多市民失去了新鲜感。但曾泽的大胆尝试，却启发了许多人。许多私人园林纷纷向普通市民开放——不过当然要购买门票。这股潮流甚至影响到皇帝，赵顼在熙宁十二年决定，包括金明池在内的数座皇家园林，除了三月一日依然是免费开放之外，其余每月固定开放五日，并收取门钱。

而除了金明池与汴京动物园这样的热闹所在外，连忠烈祠也是人来人往。只不过在这里进出的人们，更多了几分肃穆。许多人在这里悼念自己的亲人，还有一些人，却是来凭吊自己心目中的英雄。比如最近以其英勇仁义的事迹感动了无数市民的狄詠将军。

当然，即使是在这一天，同样也有许多人忙得不可开交。

有人在白水潭学院或者图书馆内埋头苦读；有人要准备着在接下来的竞技比赛中得个好的名次；有人努力招揽顾客，希望趁着这个日子小赚一笔；有人则东奔西走，来往于公卿之门，结交衙内公子，希望能得到一点内幕消息，好让自己能在自家的报纸上占着头版；还有一些人，则在痴迷地做着各种试验，计算着一般人看不懂的公式，固执地追寻着这个世界的真理……

"这是一个让人着迷的世界。"当阿卡尔多从汴京动物园那熙熙攘攘的人群中挤出来之后，由衷地感叹道，此时他还没来得及擦干自己脸上的汗水。

"我会在日记中记下这一切，终有一日，我能让家乡的人们看到这一切。"阿卡尔多用谁也听不懂的话嘟哝着，一面走向官道边的车马店，那里有骡车搭乘，付上十文钱，就可以坐车回到南薰门——当然，是十个人一车。进了南薰门，可以另外搭别的骡车或者牛车，回到熙宁番坊。

数骑骏马从他的面前飞驰而过，把边走边感叹的阿卡尔多吓了一跳。他抬起头，向那群骑者的背影望去，只觉其中一人，依稀便是曾经在自己店中买过不少东西的那位宋朝官员。

阿卡尔多自然不会知道，前卫尉寺卿章惇的处分在几天前终于下达——是一个表面很重而实际上却非常耐人寻味的处分——由从四品上的卫尉寺卿，贬为从六品下的兵部职方司员外郎。从表面看来，这是连降九级的严重处分，但是实际上，章惇却依然留在中央，并且其职责只是由主管军队军法纪律的主官，变成了负责国内安全的次官。而相关的责任人，武释之在被审讯一次之后，便在狱中自杀，自然不再追究；王则虽然误杀向安北，但是他将向安北的材料暗中交给枢府而非章惇，有功无过，只是降一级效用。

一件轰动一时的大案,就这样轻轻地放下,表面上还做得无懈可击。许多官员都私下里感叹章惇的好运气,但是也有人固执地相信"向安北案"并没有结束。武释之在狱中的自杀,并非没有人怀疑。而段子介被提升为宣节校尉,并且担任卫尉寺丞,更是让人感觉意味深长。

不过对于章惇本人而言,无论是别人的羡慕也好,带着恶意的猜测也好,他都并不太在意。兵部职方司员外郎这个任命,本身就包含了太多的信息——至少,皇帝是肯定他在卫尉寺所取得的政绩的。而有一种传言说,实际上是石越向皇帝推荐了这个职位给章惇——无论这个传言是否属实,有这种传言的出现,本身就非常耐人寻味。

章惇始终相信,在这个大变动的时代,自己的最高点,绝不会止步于卫尉寺卿。如果自己的才能果真得到皇帝与石越的认可,那么一切暂时的起落,都不重要。

阿卡尔多对这些事情当然毫不知情,他看见章惇的背影时,首先想到的是:这个宋朝的官员,究竟有没有设法弄来乌兹铁矿?

不过他并没有时间为这件事头痛太久。很快,阿卡尔多就发现了新的热闹。

大约五十名轻装骑兵,护送着五辆载货的马车,从官道的南方向汴京方向奔驰而来。而给他们引路的,正是刚刚骑马过去的章惇与他的部属。与此同时,从汴京外城方向,一队全副武装的步兵跑步而来,似乎正是来接应这五辆马车的。

在天子脚下,是什么样的东西,竟然要兵部职方司员外郎亲自接应,出动超过一百人的步骑军队?

阿卡尔多的好奇心,与许多汴京市民一样,都被激发起来了。

4

便在阿卡尔多发现章惇出现在汴京城南的时候。

大宋先贤祠,殉道殿。

一个男子跪在蒲团之上,郑重地将烟雾袅袅的供香插入供台前的香坛中。他每一个动作,都是如此的虔诚,似乎那些死去的先贤,正睁大了眼睛,在神坛上望着他的一举一动。

一阵微风从殿外吹入,轻轻地带开神主牌位上的黄绸,现出一行描金正楷:"大宋熙宁八年兵器研究院殉难诸贤总神位"。

男子凝视着神主的牌位,半晌,方缓缓站起身来,轻声叹道:"诸位师友,今日可瞑目矣。"

他说完便转身大步走出殉道殿，没有再回头，似乎是不愿意让那些早逝的师友，看见自己眼中噙着的泪水。直至离开殉道殿很远，他才回过头来，远远望着殿门上方当今熙宁皇帝御笔亲题的"殉道殿"竖匾，痴痴地发着呆。

"彼苍者天，歼我良人！如可赎兮，人百其身……"熙宁八年七月的夜晚，那悲怆的歌声，依然还在他的耳边环绕。

"不要太勉强。我不想再看到牺牲。"这句话，也是在那一年，石山长亲口对自己说的吧？那时候殉道殿还没有建成，他们是在正殿说的。

赵岩想起了自己的承诺。

"我终于成功了！"这个男子在心里无声地喊道。

殉道殿外的香坛内，一本刚刚印出来的线装书正在燃烧，火焰被微风吹得上下乱窜。从烧了一半的封皮上，还可以看出书上赫然印着"火药填装暨抛物原理"一行小字。

汴京内城的大梁门外西北，净慧院。

大约在熙宁八年八月，当今熙宁皇帝将金水门外的英宗潜邸改为佛寺，赐名兴德院，同时赐给兴德院淤田三千顷。这种事情在当时本来很寻常，但是仅仅在几个月后，熙宁九年，皇帝采纳了石越奏折的建议——诏令天下所有曾经接受过朝廷赐地的寺院庵堂，按其土地之多少，接纳固定数量的孤儿抚养至十六岁，并由各地慈幼局监督，在其十六岁之前，不仅禁止这些孤儿出家，并且寺院还要替这些孤儿开设《论语》与算术两门功课。否则，就要收回赐给寺庙的全部田产。据说当年皇帝本来想要特旨许大相国寺例外，结果范纯仁说了句"法无例外"，于是大相国寺也被归入诏令涉及的范围之内——不过传闻皇帝为了安抚大相国寺的情绪，暗中对大相国寺有另外的赏赐。

熙宁九年的这份诏令影响十分深远，但在初期实施的时候，就有寺庙阳奉阴违，甚至公然抗旨。净慧院便是十分典型的例子。净慧院本来是南唐后主李煜归宋后的住所，李煜死后，此地便建为寺院。尽管李后主信佛至死不悟，而且这里亦的确曾是李后主的住宅，但是开封府慈幼局认定李煜是宋朝的陇西公、违命侯，所以净慧院也在诏令包括的范围之内。然而净慧院的主持仗着自己在公卿之中有一点影响力，却要求孤儿必须为小沙弥，否则净慧院便没有道理接纳。结果双方在开封府打了一个多月的官司，事情越闹越大，竟然闹到了皇帝御前。赵顼勃然大怒，批了一句"若出家无慈悲心终亦不能证果"，于是开封府判净慧院主持刺配千里，所有僧众强制还俗，将净慧院的全部财产没官。

这件事便是有名的"净慧院案"。自此案后，再也没有寺院敢于公开反对抚育孤儿的诏令。不过慈幼局最终也没有得到净慧院，因为净慧院在熙宁十年，被皇帝赐给了兵部职方司。从此，这里便成了职方司的属司。但名字却依然叫净慧院。

从城南来的马车，在禁军的护卫下，进城后绕了一个九十度的大圈，最终到了净慧院前。章惇指挥着兵士，赶着马车进了净慧院。

"这批火炮一共四门。这是与去年二月一日试验成功的那门火炮完全不同的火炮。"兵器研究院负责监押的官员骄傲之情，溢于言表。

章惇看了这位官员一眼，没有理会，只是继续指挥着兵士，将马车开进仓库。

所有火炮的参数，都是作为军事机密而存在的。章惇是负责国内安全的次官，兵器研究院等重要机构和重要的地方守吏的"安全"、对外国与蛮夷的监视，以及调查涉及谋反与勾结外国的案件，一直是职方司的三大重点（职方司并非如人们想象的那样，拥有众多的人员，可以监视到每个可疑人物的一举一动，实际上它的人力与资金都非常有限）。但饶是如此，章惇如果要知道这些参数，也需要经过烦琐的程度，才能申请到。

不过他多少了解一些基本的东西。

熙宁十年二月一日试验成功的火炮，实际上是用青铜铸造的前装滑膛要塞炮，射程远，威力大，但是却十分昂贵，而且很笨重。不仅仅不易于运输，而且转动不易，准星也差，同时炮管设计亦不太合理，极易发生炸膛。实际上，这是恰于石越对大炮的粗浅认识的限制，以及宋军首重城市防守的传统，导致兵器研究院一开始就走上了弯路。

但是这一批新型的火炮，却是完全不同的突破——赵岩不愧是天才的兵器设计师，经过无数次的试验与统计、图纸设计与计算，以及对宋军战争需求的敏感，当然，主要也是节约成本的压力，赵岩很快摆脱了石越最初设想的误导，开发出了这种被命名为"克虏炮"的新型火炮：克虏炮在设计上管壁较厚，炮管由前至后渐粗，倍径较大，所以射程相对提高，杀伤力增强却不易炸膛。而且，这种新型火炮，在炮身上安有准星与照门，两旁并铸有炮耳，便于瞄准与架设，方便调整射击角度，操作相当的方便。这种新型火炮，虽然射程与威力都比不上要塞炮，但是成本却大大降低，而且相对便于运输，可以架在车上发射。

不过一直让赵岩心怀耿耿的是，青铜铸造的火炮，虽然不易炸膛，但是成本远高于铁铸，而且每发射一炮之后，所需要的冷却时间也相当长。最让人易产生挫折感的是，火炮根本无法标准化生产！因此一门火炮的好坏，很大程度上取决于工匠的技术是否精湛。而铸铁火炮，虽然在工艺上，铸造中小型火炮似乎已经问题不大，但它爱炸膛的毛病却似乎是生来的痼疾，付出过惨重代价的兵器研究院，在这方面似乎有无法摆脱的阴影，始终不敢提出正式生产的申请。

5

"枢府以为五年内造十二门重炮防卫汴京，并在陈桥驿以北建筑装备克房炮的十四座石寨，契丹对汴京的威胁可以减至最轻——万一有事，汴京完全可以坚持至援军的到来……枢密会议甚至以为，凭现在的军力再加上火炮，汴京城绝非契丹所能撼动。"大宋禁宫后苑的一片草地上，赵顼双手握着"鹰嘴"，比画着杆下的小球，一面和石越"闲聊"着军国大事。

石越颇有点儿哭笑不得，这种在宋朝被称为"捶丸"的运动，非常类似于后世的高尔夫球。捶丸在宋朝的王公贵族中十分流行，特别得到宫女们的钟爱，但是石越对高尔夫球却缺少必要的兴趣——不幸的是，皇帝看起来兴致盎然，完全不容他拒绝。好在石越不用担心自己打得太臭，比面前皇帝更臭的球技，绝对是一件可遇而不可求的事情。

他使劲握了一下自己手中的杆子，笑道："京师乃大宋之根本，加强防卫自无不妥。只是臣以为不可操之过急。天下安危，在德不在险。昔秦始皇修长城而陈涉起于大泽，隋炀帝征高丽而翟让兴于瓦岗，此皆前车之鉴。"

"卿言甚善。"赵顼的心情看起来非常不错。"砰"的一声，赵顼手中的鹰嘴挥出，彩球优美的飞过空中，可惜的是，挥杆的失之毫厘，落点便不免差之千里。赵顼放下杆子，尴尬地笑了笑，将球杆扔到草地，转身向附近的亭子走去。

石越忍住笑意，忙将球杆交给一个内侍，跟了上去。

"此次一共铸了六门克房炮，两门运至朱仙镇，四门率先装备禁军，安置在汴京城墙上。朕料这城墙，迟早要改了。"为了掩饰自己球技的失败，赵顼继续谈起之前的话题。内侍们小心在石凳上铺上锦垫，递上茶水。

"臣之愚见，以为炮兵若不操练，缓急难用。"

"王韶亦是这般说。"赵顼笑道，"诸臣之中，王韶、郭逵，最重火炮。王韶巡视兵研院后，盛赞火炮是不饷之兵，不秣之马。郭逵亦道火炮可恃为天下后世镇国之奇技。"

"臣也是这样想。"

"朕已下旨，赐封赵岩男爵，赏宅院一座，田三十顷。"赵顼曾经亲自检阅过火炮的威力，亦是十分得意，"唯一美中不足者，是青铜造炮，耗费太大。"

"此事不过循序渐进，欲速则不达。"

"嗯。卿言甚是。"赵顼点点头，似乎又想起什么，向石越问道，"卿听说过李格非其人吗？"

"李格非？李文叔？历城人？"石越下意识地反问道。

"卿果然认识。"赵顼笑道，"卿以为此人学问如何？"

"臣并不认识李格非。"石越未及细想，信口便答道。

赵顼大奇，诧道："那卿如何又知道他字文叔，是历城人？"

石越这时才惊觉过来，他自然不可能不知道李格非——李格非倒也罢了，他的女儿李清照，却是无人不知无人不晓的人物。不过算其年岁，李清照现在还未出生呢，石越可没办法对皇帝说他听说过李格非女儿李清照的才名。

"臣是听说过此人，据说文章极好。"

"文章极好？"赵顼似乎颇觉惊讶，"以卿之才华，而许之文章极好，这个李格非当非一般人物。他文章极好，为何不试进士科，反入了白水潭格物院？"

"啊？"这下轮到石越目瞪口呆了，李格非虽然没他女儿出名，可也是赫赫有名的"苏门后四学士"之一，现在居然学了格物……

"卿不知道吗？"赵顼道，"李格非熙宁十年以白水潭格物院第一名毕业，入兵器研究院，协助赵岩造火炮，多有发明……"

石越此时满脑子却只有一个念头：李格非学格物了，那李清照怎么办？

"郭逵曾递了一份奏章，论及火炮之事。以为火炮这物什，士卒非经训练，不晓几何算术，不能善尽其用。并附上一本著述，论火炮诸事甚详，署名便是历城李格非，只是其书言语浅白不文，不像文章极好的样子。朕召郭逵询问，郭逵只言李格非其人甚聪颖。此番随克虏炮及药弹一道运来城中者，便有用于测量瞄准之工具规、尺、矩度等物，皆是李氏所造。"

石越对这些却也不太懂，只得附和道："想见其见识才干亦不差。"心里却依然忍不住在担忧哀叹李清照的命运。虽说明明知道历史已经改变，人们的命运也一定会发生巨大的变化，但是对于李清照将来可能成为女科学家这一点，石越依然觉得难以接受——特别是，以他的寿命，还极有可能目睹此事发生。石越对李清照的生平知之甚详，知道如果李清照能够出生的话，也就是几年后的事情了。但问题是，李格非的命运改变了，李清照究竟还能不能出生？

石越突然间觉得烦恼起来。

"朕已准了郭逵所请之事。"赵顼喝了口茶，浑然没有注意石越在那里心不在焉，又说道，"郭逵本欲延请李格非去讲武学堂教授炮兵，不料被他所拒。没几日，朕便听说此人去了洛阳。"

"洛阳？"石越下意识地问道。

"嵩阳学院请他做教授。"赵顼苦笑道，"朕的讲武学堂，竟比不上嵩阳学院。"

到底是李清照没能出生更糟,还是李清照变成女科学家更糟?石越的思维此时和皇帝却没有一点交集。他竟然发起呆来……

6

在石越为李清照未知的命运出神的时候,数千里之外,西夏的君臣们,却都在为自己的命运而紧张地策划着。

大宋熙宁十一年,是西夏的大安四年。

几个月以来,兴庆府都一直显得有点儿死气沉沉。

熙宁十年的几场战争,其实宋朝与西夏都准备不足。但这无论对哪一方来说都称得上有点儿冒险的战争,最后却是宋朝取得了胜利。西夏在这一年的战争中,损失了四成的精锐,横山地区控制权的易手眼看也是早晚间的事,没有人提得起兴致来,也是理所当然的事情。所有的人都明白,若非因为老天保佑,结果一定会更糟。

而最糟糕的是,在西夏国,几乎每一个握有权力的人,都能嗅到某种不祥的味道。这是个真正只剩下沙漠的白上国。

西夏王宫。

"太后。"嵬名荣的脸上,有着掩饰不住的焦虑。

梁太后瞥了他一眼,缓缓说道:"天还没有塌下来。"

"太后,遣使向宋辽同时称臣,是迫不得已的法子。但若接受辽主的要求,与辽主夹击杨遵勖,却一定会激怒宋朝。我大夏兵力已疲,士气低下,岂堪再战?"

"结辽抗宋,是唯一选择。宋朝亡我之心,路人皆知。他们若有余力攻我,我们便是不激怒他们,他们也会找借口来打。"

"但毕竟可以拖延时日,恢复实力,静待有变。只要能拖过几年,辽主英武,必然平定杨遵勖,他又岂能容宋朝来亡我大夏?至少宋军也须忌惮契丹,不能出全力与我作战。若此时激怒宋军,其举国来伐,契丹亦无能为也。请太后三思。"

"待辽使来后再说罢。"梁太后却没有兴趣再继续讨论这个问题,"我听说外间有人上表,要相国罢相?"

嵬名荣迟疑了一下,道:"确有此事。"

"那他们想让谁代相国为相?"梁太后冷笑道。

"以仁多瀚呼声最高。"

"仁多瀚?"梁太后讥讽地笑出声来,"他敢来兴庆府吗?"

"是……"

梁太后的脸色突然一变，怒道："若非仁多澣贻误军机，石越都已成擒！又岂会有败军辱国之事？"

嵬名荣的嘴唇动了一下，却终于没敢替仁多澣说话。

"他若敢来兴庆府，我必取他人头。"梁太后冷冰冰地说道，"辽使那边，你亲自去迎接，莫要声张出去。"

"是。"嵬名荣虽然不赞同梁太后的意见，但是他也知道，此时此刻，辽国是万万得罪不起的。而接待辽使，也是绝不能出差错的。

"再派人去董毡那里，若是他肯答应和亲，我愿意将康乐公主许给他儿子。"

"是。"嵬名荣欠身应道，一种屈辱的感觉从心里头冒了出来。不要说康乐公主是梁太后最疼爱的女儿，单单是女方主动要求和亲，便已经是极大的耻辱——这哪里是和亲？这分明是献女！

但这一切，都必须忍受。

李清府。

李清一身戎装，在府前翻身下了马，亲兵家将们连忙上前牵过马匹，迎他入府。

"将军，你回来了。"一个带着点怯意的柔软声音，向李清问候道。

李清停下脚步，循声望去，却是史十三寄在府中的那个唤作"嘉君"的女孩，正低头敛衽向自己行礼。他上下打量她一眼，见她手中提个小篮子，点点头，道："你要出门吗？"

"是。想去东市买点东西。"

李清扫了她一眼，皱眉道："府中若是缺什么，问夫人要便可，自会着人去买。这段时间，你不要出门。"

"是。"嘉君的身子微微抖了一下，又向李清行了一礼，转身往内院走去。

李清凝视她的背影，若有所思。

"将军，禹藏驸马求见。"门房过来禀报。

李清回过神来，问道："是驸马一人，还是还有别人？"

"只是驸马一人。"

"快请！"李清一面吩咐着，一面快步往中堂走去。

"李郎君。"禹藏花麻在客位上屁股尚未坐稳，便迫不及待地开口说道，"国中如今流言四起，人心惶惶。有人在传说，宋朝不仅要全面停止互市，还要严查私贩，于是茶叶之类价格飞涨；又有人在说，国中有人想联辽制宋……兴庆府与灵州又开始严格执行宵禁,灵州已有十几个百姓因为冒犯宵禁,被就地处斩……"

李清静静地听着。

"明人面前不说暗话,我来是想问问李郎君,有无救时之良策?"

李清望着禹藏花麻,笑道:"这等大事,驸马如何来问我?"

禹藏花麻冷笑道:"李郎君,我是个粗人,不会怕这怕那!如今这事,若是合我心意,杀头灭族我亦做了;若是不合我意,我大不了带了亲兵家将回老家去!谁又能奈我何?"

李清笑道:"不知何谓合驸马之意?何谓不合驸马之意?"

"让皇上亲政!皇上亲政,他要联辽便联辽,要附宋便附宋,我都随主上干了。"禹藏花麻大声嚷了起来。

李清却知道禹藏花麻虽然是番人,却素是精细,哪里便是什么"粗人"了?这番话,他无非在李清府上敢说,在别的地方,打死他他也不会说半句"皇上亲政"。

"皇上已经亲政了。"李清淡淡地回了一句,丝毫不理会禹藏花麻的嚷嚷。他以军法治家,管理将军府素来铁腕,五年前曾经因有个跟了他六年的亲兵泄漏了他在府中说的一句话给别人知道,李清查出后,毫不容情地将那个亲兵满门良贱十余口全部杖杀,一个活口也不曾留下,从此他这将军府上,便再也没有人敢泄话,因此禹藏花麻叫得再大声,他也绝不怕有消息漏出去。

"亲政?亲政个屁!"禹藏花麻骂了句粗话,恨恨地说道,"李郎君素受皇上之恩宠,不知道现在正是报效的时候吗?"

"我固知之。"李清微微叹了口气。

"那还要顾虑什么?"禹藏花麻瞪着李清,眼睛都突了出来,"诛国贼不过举手之劳!"

"驸马失言了。"李清脸沉了下来。

禹藏花麻站起身来,嘿嘿笑道:"李郎君,你我相交有年,你心中想什么,我都知道;我心中想什么,你也明白。若想行大事,却不敢相信人,又能成什么事?"

李清默然不语。

"你想让皇上亲政,好推行汉政,一展心中抱负;我却只想扳倒梁乙埋,让仁多瀚为相。你我二人虽然目的不同,但都是盼着皇上亲政的。若有梁乙埋在,李郎君你便有通天本事,也只能憋在心中,施展不得!"

禹藏花麻将话说到这个分儿上,几乎已经是有进无退了。李清知道自己再也不能犹豫,否则禹藏花麻为了避祸,一出此门,必然立即投效梁氏,反告自己谋反。

他沉声道:"非是我惧怕,实是梁氏不易图谋。况且……皇上心意未决……"

禹藏花麻一怔,随即压低声音,咬牙道:"迫不得已,便只能先斩后奏。"

"若无圣旨，你我能调动多少兵马？"李清反问道。

禹藏花麻顿时怔住，为难地皱起眉毛，道："这……"

"此事所谋者甚大，若要凡事考虑周详，自然会误事。但若全然不考虑，只是莽撞行事，却也不过白白送死，反害了皇上。"李清又笑道，"我素知驸马忠义，但还请驸马忍耐，静待机会。"

禹藏花麻思忖许久，摇了摇头，顿足道："先下手为强，后下手遭殃。若被梁氏占了先机，大事去矣！"

"他占不了先机。"李清冷冷地说道，牙齿发出轻轻摩擦的声音。

这是十天之内，李清第七次被夏主召见。

"改行汉法，势在必行。"李秉常挥舞着手臂，空洞地喊道。

"臣亦以为然。"李清沉声应道，"但请陛下早日定策。"

"定策……"李秉常心中忽然泛起隐隐的惧意，"你还是坚持吗？"

"臣以为，陛下若不能真正亲政，大夏绝不可能成功改制。"李清正视着李秉常的眼睛，但是李秉常却将目光悄悄移开了。

"诛杀国相，幽禁母后……"李秉常在心里喃喃念着，不觉打了个寒战。

"这样太过分了吧？"与其说李秉常是心存仁善，不如说他是心存畏惧。那种与生俱来的畏惧。

仿佛看破了这一点，李清的回答直刺要害："陛下，若不肯犯险，绝不能成伟业。"

"……"

"陛下虽然心存仁善，但只恐太后与国相不这么想。"李清的声音充满诱惑，"若要改行汉法，一定要罢免国相，使太后不再干预朝政；而要罢免国相，使太后归政，不用武力，绝不可能实现。如今国家虽逢大败，但是却使梁氏失国人之心，而忠义之士如禹藏花麻亦得率兵护驾入京。今内有禹藏花麻，外有仁多瀚，兼得深晓宋朝制度之文焕，是天之助陛下成功也。陛下若能早下决断，国家虽败，不足为忧，此不过复兴之基。若陛下迟迟不决，误此良机，则时机稍纵即逝，日后只得追悔莫及。"

李秉常眉头紧皱，沉吟良久，心中亦颇难决断。终于，李秉常迟疑道："以子幽母，毕竟大碍人伦。莫若效郑伯克段之事，使其先败露其迹……"

"陛下，古今形势大不相同，又如何可以效法？"虽然明知道夏主心中的畏惧，但是李清也无可奈何，御围内六班直只会听从皇帝或者太后的命令，若没有这支武力的支持，任何政变都只可能以失败告终。现在的局势，即使有皇帝的旨意，还需要用一点心机才能完全支配御围内六班直，何况没有皇帝的支持？

李清只能努力说服李秉常，"先发制人，后发制于人。陛下不忍，必为奸人所害。"

"容朕三思。"

李清无奈地在心里叹了口气,道:"陛下不能早做决断,迟必生变。"

在真正要紧的关头,果断地做出正确的决断,这种才能,并不是人人都有的。

7

时间一天一天地过去。

宋军对横山的军事行动日益频繁,但是西夏却没有力量去阻止这一切,只能眼睁睁地望着宋军一步步抢占原本属于自己控制的要地。兰州方向的夏军统领按捺不住,擅自出兵,想抢劫一番宋朝的边境,却被王厚事先侦知,几乎把这支夏军打得连牙都找不到。西夏人损失了几百人后,便再也不敢招惹王厚。

不过除此以外,双方便没有大的军事冲突了。宋朝似乎无力继续西征,而且也露出了议和的迹象——互市虽然没有恢复,但是私贩入境的宋朝货物却有增无减,大量的茶叶、丝绸、瓷器与绢布,涌入仁多瀚控制的地区,再被转运至西夏各地,物价上涨的趋势很快就得到抑制。兴庆府虽然明知道仁多瀚必然与宋朝边将有私下的交易,但都睁一只眼闭一只眼。毕竟仁多瀚不是好惹的,而且西夏的的确确需要宋朝的货物。

基本上,西夏人有种松了一口气的感觉。

梁太后与李秉常一致同意,趁着宋朝皇帝赵顼的生日,再次派遣使者去宋朝,以祝寿为名,向宋朝表达称臣之意,并乞求正式重开互市,以进一步缓和双方的关系。

这原是西夏人用了一百年的老伎俩。

不过,在四月十日宋朝的同天节到来之前,西夏国首先迎来了另一位使者:大辽北院枢密副使兼侍卫司徒卫王萧佑丹。

以萧佑丹现在的身份,亲自出使西夏,可以说是前所未有之事,这一方面固然反映出辽主对这次出使的重视,让西夏人受宠若惊;但另一方面,却也让西夏君臣十分尴尬——因为夏国国王同时也接受辽国的册封,所以在理论上,李秉常的地位要低于已被封为卫王的萧佑丹!萧佑丹见夏主李秉常时用什么样的礼节,足够让西夏的官员们伤透脑筋了。因为这已经不是萧佑丹要不要行礼的问题,而是李秉常要不要行礼的问题。

若在以往,西夏一定会婉言谢绝辽国派出如此不恰当的人选。但是现在,情况已经完全不同。别说西夏人不敢拒绝,即使他们敢拒绝,在时间上也来不及——因为西京道的大部分地区被杨遵勖控制,而上京道与西夏国北方多沙漠,双方的往来十分麻烦,所以一切只能便宜行事,根本无法往来商定一切细节后再成行,于是,当西夏人知道辽使的身份时,萧佑丹一行已经到了黄河边上——这已是在西夏国境之内了。

"大王远来辛苦。"负责迎接萧佑丹的,是梁乙埋之子梁乙逋。

萧佑丹这次出使西夏,的确称得上是"远来",他绕了一个大弯,从西京道防范较薄弱的地区,进入阴山山脉,再越过阴山,进入西夏境内,沿黄河而至兴庆府北面的定州。在路途上,便耗费了将近两个月的时间,这还称得上是非常顺利了。

不过这一趟出使,再辛苦再麻烦,也是必要的。

"有劳梁将军远迎。"萧佑丹笑着抱拳回礼。他早已知道梁乙逋的身份,自是丝毫不敢怠慢。

"自定州至兴庆府,不过一二日路程。驿馆早已安置妥当,请大王先在定州歇息一晚,明日再起程不迟。"梁乙逋说罢,又笑道,"在下久仰大王威名,早想向大王请教骑射之术。到了兴庆府后,只怕再无机会从容受教,还盼大王成全。"

闻弦歌而知雅意,何况梁乙逋已经把话说得这般明白?萧佑丹笑道:"岂敢,若能与梁将军切磋,亦是一大快事。"

梁乙逋大喜,笑道:"谢大王。大王请!"

"梁将军请!"

当晚,梁乙逋便在布置得富丽堂皇的定州驿馆替萧佑丹接风洗尘。

不过梁乙逋并未向萧佑丹请教什么"骑射之术",而是双方在铺着蜀锦、挂满彩绫的大厅中,饮酒赏舞,兴高采烈地玩着投壶。

萧佑丹文武全才,又自负谋略,常自以为张良、陈平不能过。他辅佐辽主登基,稳定政局,改革弊政,平定耶律乙辛,使辽国呈现出欣欣向荣之态。如他这样的人物,又怎么可能真正看得起梁乙逋?不过他深知梁氏在西夏的地位,此番出使西夏,虽不过是想约夏国夹击杨遵勖,或至少令西夏保持中立,以助辽主顺利统一全境;但从长远来看,却是希望可以联夏制宋,所谋者深远。

宋朝亡夏之意,辽国君臣可以说是洞若观火。但今日之宋,已非昔日可比。虽说辽国也呈上升趋势,但毕竟是内乱之后,元气受损。若公然挑衅宋朝,不说无此实力,还会使宋朝有借口公开帮助杨遵勖。因此宋朝对夏用兵,辽国虽有唇亡齿寒之惧,却也不敢不谨慎。

因此,或明或暗地帮助西夏,以牵制宋朝,让辽国有充足的时间恢复国力,便成为辽国君臣的共识。所以辽主才会派遣萧佑丹这样身份的人物出使夏国——萧佑丹既是辽主心腹之臣,本身又智识出众,兼之身份尊贵,在双方往来不易的情况下,辽主可以放心地让萧佑丹全权决定对西夏的一切事宜。

萧佑丹使夏之前，便已通过种种途径，略略了解到西夏国内的政治斗争——西夏国内不存在"亲辽派"，划分西夏的政治势力，只能以其对宋朝和西夏国王的态度来区别。而二者在某种程度上是重叠的，即对宋朝表示出艳羡的思想，愿意亲宋的，往往便是支持夏主亲政的；敌视宋朝的，往往便是支持梁太后的。

萧佑丹自知以一介使者，绝不可能改变西夏的政治版图，唯一成功的可能，便是给予梁太后一派支持——有时只需要是口头上的便够了，以得到梁太后与梁乙埋的认可。

所以，梁乙逋主动示好，萧佑丹便已从中嗅出了一丝味道。与梁乙逋建立良好的私人关系，对自己的使命，有百利而无一害。

"在下听说大王曾经出使过南朝，还曾见过石越？"梁乙逋看起来已经有点儿醉眼蒙眬了，他一手搂着一个美女，投出去的筹已经没有一支能中的。

萧佑丹笑道："那已是几年前的事情。"

"那不知大王觉得南朝如何？石越又如何？"梁乙逋说一句顿一下，打一个嗝，虽然坐在椅子上，但是萧佑丹却不能不怀疑他随时可能倒下去。

"南朝繁华之地，不过民不习战，看似庞然大物，其实弱点甚多。"萧佑丹故意不以为然地说道，"石越虽然了不起，但亦不可能有逆天之术。"

不料梁乙逋却摇头道："大王只怕是看走眼了，宋军之悍勇，不可轻视。"他虽然没有打败仗，但与宋军苦战，却也颇吃了不少苦头。

"那不过是战不得法。"萧佑丹故意道。

梁乙逋顿时大不乐意，"如何是战不得法？"

"南朝素来善守城，善阵战，若他们据城而守，列阵而战，取胜当然不易。贵国一向作战过于依赖铁鹞子，喜用骑兵冲锋。却不知骑兵运用之妙，只在其快捷。"

"请大王赐教！"梁乙逋虽然酒醉，倒还没失了礼数。

萧佑丹笑道："敌列阵东向，吾击其西；敌列阵南向，吾击其北。此是骑兵之妙。若敌军强，阵列齐整，我便远遁之。待其不阵不列时，吾再击之。又我契丹骑兵，首重射术，举刀冲锋，不过旁伎尔。"

但梁乙逋心中其实也不是很看得起契丹骑兵——毕竟上次夏军击败契丹，还没过多久。不过萧佑丹所说，却也有一定的道理。此次夏军败在宋军手中，除了宋军似乎早有防备，准备充分外，吃的最大的亏，便是与宋军正面决战。骑兵的机动性几乎一点也没有发挥出来，而骑兵冲锋陷阵的招数却又被宋军破掉了……

这些念头一闪而过，梁乙逋自失地摇了摇头，又喷着酒气笑道："大王不愧是上国名臣。受教了。"

萧佑丹笑笑，举起酒樽，二人笑着对饮了一杯。

梁乙逋用手抹了下嘴，忽然借着酒意，又笑问道："不瞒大王，大王此行之意，在下也早有听闻。在下斗胆，敢问大王，既要敝国与上国一道夹击杨遵勖，却不知事成之后，能许敝国什么好处？"

萧佑丹万万不料堂堂西夏国相之子，居然会在外国使者面前有这样粗俗无礼的举动，要知道契丹虽是所谓"蛮夷"，却一向自诩为文明之邦，对礼仪素来看重，其国与宋朝交聘，虽然有时也自居大国强者，经常会有蛮横无理之时，但种种烦琐礼节，却是从来都不会缺一星半点的。而其国大部分的贵族，谈吐举止，也是十分文雅。像梁乙逋这样粗鲁的举动，在外交场合，很可能就会被解读成对本国的一种侮辱。萧佑丹此时虽然不至于立即翻脸，心中却也是鄙夷之心大起。

"好处？我大辽灭掉杨遵勖之割据，对贵国便已是最大的好处！"

梁乙逋不禁愕然，道："上国消除割据，于敝国又有何好处可言？"

萧佑丹撇撇嘴，冷冷笑道："梁将军还在梦中吗？夏国转瞬便有亡国之祸！"

梁乙逋眼皮一跳，却借酒装疯，故意嘻嘻笑道："大王未免太过危言耸听了。敝国虽小，却安若磐石。"

"梁将军果然如此以为？"萧佑丹犀利的目光，注视着梁乙逋的眼睛。

梁乙逋不自然地移开目光，干笑道："敝国虽逢大败，但南朝若劳师远征，却未必有多少胜算。"

萧佑丹凝视梁乙逋良久，才缓缓移开目光，淡淡一笑，道："原来如此。那便是本王白走一遭，两国结盟之事，休要再提！"

梁乙逋却不料萧佑丹这般回答，呆道："大王何出此言？此事尽可从长计议。"虽然对辽国他从来不抱任何幻想，但此时与辽国结盟，对于稳固他梁家的政治地位，甚至是稳固西夏的军心民心，都是极有好处的。只不过，梁乙逋以为萧佑丹千里而来，显然是有求于西夏的，因此才想装疯卖傻地试探。

萧佑丹冷笑道："梁将军果真以为我大辽对杨遵勖没办法吗？杨氏将死之人，不过在西京引颈待戮而已。有贵国相助，吾能平之；无贵国相助，吾亦能平之！我大辽收复西京道，消除割据，实是对贵国有益——将军试想，若能平灭杨氏，则辽夏连为一块，互为呼应，南朝虽有兼并贵国之心，但不免要投鼠忌器。若是杨氏不平，是使南朝可以为所欲为也！"

"大王所言甚是。"不知不觉间，梁乙逋便心甘情愿地掉进了萧佑丹的圈套中。

萧佑丹向梁乙逋欺了欺身子，又沉声道："况且，当今之势，纵是夏国无眉睫之祸，但将军一族，却只怕是祸不旋踵！辽夏结盟，于将军一族，有百利而无一害。"

"吾家又有何祸？大王言过其实了。"梁乙逋不自然地笑道。

"与南朝屡战屡败，国中岂无怨言？夏主岂无失望？"萧佑丹虽然对西夏国内的情况知道得并不多，但他据理推测，却全部中的。他观察梁乙逋神色，知道自己说中，又继续道："假使夏主为碌碌无为之庸君，则不必论。但若夏主意欲有为，岂会无他想？设使国中再有忌恨梁氏之辈，则谓无腹心之祸，只不过自欺欺人之语！"

一席话说得梁乙逋毛骨悚然，连酒意也消了几分。他并非没有危机感，但是毕竟念及本族内有太后之助，外握兵权，足以震慑异己。所以担心也十分有限。此时听萧佑丹说起，再细想国中形势，顿觉危机四伏。

"若果真能与大辽结盟，则不仅可使国相威望大增，亦可震慑群小。"萧佑丹傲然道，"纵果有谋反叛乱之事，我契丹之威名，足以使贵国大部分首领懂得自己要选择哪一方！"

梁乙逋心中大以为然。但是他也深知，若是一点表面的好处也捞不到，便要冒着激怒宋朝的危险，这般便宜帮辽国打仗，在国内只怕也交代不过去。他望了望态度强硬倨傲的萧佑丹，一时间竟是进退维谷。

第四章

大安改制

天予弗取,反受其咎。
————范蠡

1

熙宁十一年，四月十日，大宋同天节。

除了例常的庆祝活动之外，上尊号，献祥瑞，各种千奇百怪的事情，也趁着这个时候冒出头来。赵顼虽然屡次下诏，拒绝群臣上尊号，并且禁止各地进京献祥瑞，但是拍马屁的活动并非几道诏书就能杜绝的，更何况是拍皇帝的马屁。既然皇帝禁止各地进京献祥瑞，那么送贺表进京总可以吧？毕竟向皇帝报告祥瑞，这是谁也禁止不了的事情。于是……

剑州奏闻：本州木连理。

饶州奏闻：长山大雨，降"菩提子"，其状类山芋子，味香而辛。并附：明道年中曾发生类似事件，预示当年会大丰收。

泌阳奏闻：本县甘棠木连理。

卫真县奏闻：本县洞霄宫枯槐生枝叶。

又，某县奏闻：木根有"万宋年岁"四字。

又，沅陵县奏闻：江涨，出楠木二十七根，可为明堂梁柱。

又，某县奏闻：某民伐薪，树中有"天下太平"四字。

又，某州得石，绿色，方三尺余，当中有文"尧天正"，经验视，"尧"字下有"瑞"字，实为"天正尧瑞"。

此外，诸如栏木生叶，园池生瑞木，柏树开花，紫薇木连理，甚至一座山上大小石头全部变成玛瑙，芦荻[7]中生出九斤八两类似灵芝祥云的金子……诸如此类种种奇闻逸事，如蝗虫一样铺天盖地从各地寄至京师。

总而言之，赵顼过个生日，便导致了大宋天地之间异象频生……至于各地歌功颂德的文章，堆起来简直如同一座小山。有人甚至公然在奏章中建议皇帝应当封泰山！

而除此之外，各地守令进贡给皇帝的寿礼，也无不费尽心机，一份比一份奇巧，一份比一份贵重。其中最为引人注目的，便是凌牙门都督蔡确与归义城都督狄谘的贺礼：二人都是满满一船的奇珍异宝！其总价值达到数十万贯！

这二位都督的礼物，让整个大宋朝廷都为之震动。但是蔡确与狄谘却都是迫于无奈——并非二人想要显摆，而是蔡、狄二人素来不和，兼之曾布与薛奕也知道他们的底细，此番皇帝三十岁生日，加上国力日增，对西夏又连打两场胜仗，全国官员都可

---

[7] 别称荻芦竹、江苇、旱地芦苇等。

着劲地拍马屁，二人又哪敢落后？一个"不敬"的罪名，无论是狄谘还是蔡确，都担当不起。

当然，在这股大拍马屁的风潮中，也还是有一定数量的异类存在。

比如苏轼给皇帝的生日礼物，便只有一抔泥土，一幅字画。

刘庠给皇帝的贡品，则是一幅描写陕西路普通百姓日常生活的画卷。

而当朝宰相吕惠卿的贡品，只是一张新印的熙宁交钞。

身子稍稍好转的曹太后与高太后，在内侍的指引下，检视着种种贡品礼物，二人脸上的表情都十分的丰富。她们身后，跟着皇帝赵顼与向皇后、朱妃、王妃，以及回到京师不久的柔嘉。柔嘉似乎长大不少，比起以前的调皮，竟显得沉稳许多。这种变化，曹太后与高太后表面虽然不说什么，却都有点儿心疼，与柔嘉从小亲密的皇帝，更是暗生悔意。三人都以为是那处分过于严厉了。因此，柔嘉回京后，虽然没有了封号，两宫太后与皇帝皇后，反而更加宠爱起她来。

"不料官家过个生辰，竟能发笔小财。"曹太后看着蔡确与狄谘那长长的礼单，忍不住开起皇帝的玩笑。

皇帝瞄了礼单一眼，笑道："看来归义城与凌牙门的差使，着实做得。"

曹太后笑了笑，在那些奇珍异宝面前，并没有驻步，反而在苏轼的礼物面前停了下来。

"这份寿礼，倒极别致。"

赵顼笑道："还有御史弹劾苏轼沽名钓誉，是为大不敬。"

"做皇帝的，有民有土便够了。"曹太后又指了指刘庠的寿礼，道，"若依我看来，便是这两份寿礼最为珍贵。"

"娘娘说得极是。"赵顼望着刘庠的那副画卷，叹道，"朕为万民之父母，若不能致太平，是愧对天下。"

"官家确是个英明天子。"曹太后温声道，"天下太平，不是树木里生几个字便可得的。"她的身体虽然略见好转，但总之是一日不如一日，曹太后也是自知天年不久，对赵顼寄予的希望便更多。

"娘娘的教诲，孙儿定然牢记在心。"

曹太后忽想起一事，又问道："听说石越前日上表，要求官家下旨，让那个说满山石头变玛瑙的县令，限期三个月，将满山玛瑙全部送至广州变卖？"

"确有此事。"说起此事，不仅赵顼，连带高太后、向皇后、朱妃、王妃都笑了起来，柔嘉亦忍不住侧耳。

"这可为难那县令了。"曹太后笑道。

赵顼笑道:"石越说得也有理,这献祥瑞之风,无助于教化,反害淳朴。朕早想找个机会惩治一下,却总是被上下相瞒,让人无可奈何。"

曹太后笑着摇了摇头,她心里自是雪亮:石越这一招十分阴狠,那个县令除了自杀以外,恐怕不太可能再有别的生路了。她心中虽有几分不忍,却终是没有直接说出来,只笑道:"水至清则无鱼。献祥瑞之事,自古便有之,虽然多是荒诞不经,但亦难于杜绝。无非是上有所好,下必甚焉。只要官家不好这个,官员得不到好处,自然不会再献。"

"娘娘说得甚是。"赵顼笑着答应,心里却不以为然。这种事情,若不杀鸡儆猴,绝难杜绝。赵顼并非全然不信天地,不信神灵,只不过在王安石的影响下,这种信仰早已非常有限。但无论他信不信神,他也绝不可能相信自己过一个生日,就会搞得天下神异百出。

在皇帝看来,这已经是欺君了。

"却不知石越的寿礼是什么?"一直注意着柔嘉脸色的王妃,忽然好奇地问道。她早就听到过种种传闻,以她的冰雪聪明,柔嘉那沉稳外表下的些微动作,便足以让她明白一切。

果然,她问出之后,柔嘉眼中便闪过一丝关注之色。

赵顼笑了笑,朝李向安努努嘴。李向安立时便将一幅卷轴捧了过来。

"又是一幅画吗?"

赵顼笑道:"打开看看便知道了。"实际上他也不知道石越献的是什么。

两个内侍缓缓地将卷轴展开,展现在众人眼前的,却是一幅地图!地图的右上角用楷笔写着:"西夏山川形势图"!

曹太后与高太后对视一眼,二人眼中都露出担忧之色。

而皇帝却望着这幅地图,喜笑颜开。

2

西夏贺生辰使李乾义,不那么严格地说,也算是西夏的宗室。西夏内部政治斗争极其血腥残酷,与夏主的血统关系过于亲近,本身便是危险的代名词。而李乾义得以在西夏国中平平安安地占据一定的高位,完全是因为他只是李彝超的后代,与夏主的血缘上隔得非常非常的远。所以,李乾义才可以一面享受所谓"宗室"的虚名,一面平平安安地当官。这个中年官僚,虽然精擅各种礼仪,懂得汉、契丹、西夏三种文字,却是个毫无原则的人。在西夏国内他便游走于夏主与梁乙埋之间,处世相当的圆融。

在这个关键时候，夏主李秉常派遣他这样的人前来宋朝拜寿，从某种意义上来说，倒称得上是"物尽其用"。

宋朝对西夏的态度，可以说让人完全捉摸不透。

李乾义一行进入陕西之后，便受尽冷遇。宋军派了两都的兵士"护卫"他们进京，一路上都如同押解犯人一般，在通过关隘要道的时候，更是故意将使团夹在中间，在两旁高举旗帜，挡住他们的视线——这种毫无必要的举动，其实表露出来的，是赤裸裸的敌意。

而他们一路上的食宿，虽然有诏旨，待遇并未降低，但各地驿馆的态度，却倨傲得让人难以忍受。经过各州县时，宋朝官员们也是十分的傲慢。

因此，未出陕西，李乾义便已知道这一行绝不轻松。

秉承着"人在矮檐下，不得不低头"的思想，李乾义厚着脸皮，嬉笑自若地从陕西到了汴京。而入汴京之后，他才发现一路冷遇其实不过是刚刚开始。

辽国自然不必论，宋朝一直视辽国为地位平等的大国，对辽国的外交礼仪从来都是特别的，李乾义自然不敢去比。但这次宋朝竟然将西夏的待遇，降到了高丽国与大理国、吐蕃以及一个从未听说过的什么注辇国之后，仅仅与交趾国并列，略略高于南海地区那些闻所未闻的小国！

这几乎是公开的羞辱！

李乾义据理力争，得到的却是生硬的回复：若是不满意，你们可以回去。

李乾义左思右想，最终还是忍气吞声接受了这个待遇。

但是事情还没完，四月十日，诸外国、属国、蛮夷使者在紫宸殿道贺之后，宋朝皇帝在偏殿单独接见了大辽、高丽、大理、吐蕃、交趾、注辇、蒲甘七国使者，各有赏赐，却独独漏了李乾义。

李乾义对此行终于彻底绝望。他已经做好了一事无成，打道回国的准备。但是老天好像成心和他开玩笑，便在此时，驿馆的宋朝官员却带来一个让他喜出望外的消息：陕西路安抚使阌乡侯石越奉旨接见他。

都亭西驿。

李乾义打量着闻名已久的石越：三十余岁，身材修长，面容消瘦无须，一身白袍十分的干净整洁。李乾义知道石越身上的这种袍子，没有宽大的袖子，裁剪得十分紧身，前摆与后摆都不是很长，却分得很开，更便于骑马与射箭。他的头上也没有如一般宋人一样戴帽子，反而似秦汉普通士人一样束发——这种装束，让人显得多了几分英武，而又不失儒雅，在宋朝年轻的士子中非常流行。

这个人，绝对是东朝极有"权力"的人物。

"贵国上表所提诸事,皇上都已知晓。"石越的语气仿佛在向他的下属训话,"在京兆府常驻使节一事,朝廷以为此时并非适当时机,已押后再议;绥德城以及附近诸寨归属,此本是朝廷之土地,亦不必再议。朝廷对横山蛮夷之惩戒,亦与贵国无关,无须再言。可商议者,唯俘虏与互市二事。"

李乾义张嘴刚想辩驳,石越又说道:"以上诸事,贵使虽有苏张之舌,亦请免开尊口。皇上圣意已决,断不会再改。若要朝廷改变心意,请贵国日后勤修贡事,谨守臣节,方有转圜之机。"

李乾义一肚子话被石越硬生生逼得吞了回去,只得说道:"石帅明鉴,除了俘虏与互市之外,至少请朝廷停止在边境用兵。如此,敝国才能少安。"

"那便要请贵国率先约束边境将领。"

"此事恐非一国之错。朝廷若不示之以诚,敝国上下,实难心安。下官来时,已知朝廷在平夏城附近修葺城寨,各地兵力频频调动……"

"此特为防盗尔,贵使不必多疑。"石越用毋庸置疑的语气说道,"贵国屡次挑衅,这才自取败军之辱。朝廷以德治天下,对天下万民,皆一视同仁。虽夷狄之邦,皇上亦以之为子女。盖人之常情:子女不孝,不过略施薄惩而已,足下回复贵国国王,请不必多心。"

自居为他国之"父母",将修葺城寨部署兵力称为"防盗",这又岂是能让人"不必多心"的行为?但是石越的语气与神态,却分明告诉李乾义,这并非是言语可以改变的事情。

宋朝的底线到底在哪里?

难道宋朝真的有了灭掉大夏的实力与决心了吗?

如果宋朝果真已决意灭夏,那么无论如何,至少也要拖延他们的时间……

正当李乾义在心中几乎已经做了最坏的判断之时,一线希望突然间出现在他面前。

"朝廷并非容不下夏国。"石越的语气略有缓和,"西北之地,朝廷取之无用,远不若南海诸国富庶,且有通商之利。"

李乾义听出了石越话中的暗示。

不要说薛奕是在宋、辽、西夏都大名鼎鼎的传奇人物,也不必说在汴京正传得无比离奇的两位海外都督的寿礼,只要曾经读过宋朝的报纸,就知道在宋朝的确有这样的舆论——几乎每份报纸上,都曾有人撰文呼吁,认为宋朝既然在西方和北方受阻,就应当改变方向,向南方积极扩张。这些人出于现实性的目的,认为西北苦寒,并不适合农业,花很大力气打败一个游牧民族,又会被新来的取代。远远不如环南海地区,物产丰富,土地肥沃,适于耕种,而人民亦更加驯服,兼有通商之利,虽然也有缺点——

瘴疠盛行，但相对而言，总比北方要划算得多。这些人因此将南海诸岛称为"大宋之后花园"。

这种观点提出之后，在宋朝朝野得到了无数的呼应者。

宋朝的内敛性，本质上不过是一种被限制住后的假象。它并非不想扩张，这个帝国，在它的每一个方向，都曾经有过扩张的尝试——只是因为本身的问题没有解决好，导致了向每一个方向的扩张，都遇到克服不了的阻力，而不得不表现出"内敛"。

如今有一个方向已经向宋朝打开了大门！

李乾义心中怦然一动，他听说过，宋朝海外有如此局面，几乎是石越一手开创。他不会相信宋朝对大夏不抱野心，但是每一个大夏人，其实在内心深处，都相信宋朝要灭亡西夏，必定要付出惨重的代价。

如若宋朝果真想将注意力转向南方，也并非不可思议。而石越抱持这样的政见，更是合情合理。

那么，宋朝也许并没有非要灭亡大夏不可的意思。

"朝廷恩德，敝国君臣尽皆感戴。"李乾义谦卑地说道，"敝国愿永为朝廷之藩篱，为朝廷镇守西北。"

"是吗？"石越犀利的目光，注视着李乾义，意味深长地问道。

"敝国愿永为朝廷之藩国。"李乾义诚挚地重复着。反正"信义"二字，对大夏国从来都不重要。

石越又注视李乾义良久，方缓缓说道："但朝廷绝容不得一个时有叛乱之心的藩国！"

"敝国对朝廷，并无二心。"

"这种事，言不如行。"

"是……"

石越望着李乾义，嘴角流露出讥讽的笑容，他冷淡地打断了李乾义的话，道："足下虽然如是说，然则夏国国相却未必如是想。"

李乾义心头一震，不禁抬头望着石越。

"梁乙埋屡次冒犯朝廷，其不仁不义不忠不信，朝廷断难信任。某此来，特为请足下转告夏主，若梁氏当政，除互市与俘虏二事之外，余者一律不必多谈。卧榻之侧，朝廷必不容此君酣睡。若夏主能内除国贼亲政，推行汉制，外则亲附朝廷，勤修贡奉，朝廷必可既往不咎。为臣为贼，请夏主自择之。"

石越说完，也不管李乾义的反应，起身抱拳，说声："告辞了！"便扬长而去，只留下李乾义在那里怔怔地发着呆。

赵顼回到睿思殿,还在想着石越献上来的"寿礼"。

是不是要让石越回陕西,赵顼还在犹豫不决。他托着腮帮,想起和几个臣子的对话。赵顼首先询问的是吕惠卿。那日在崇政殿,众人退朝后,赵顼独留下吕惠卿,委婉问起石越的去留。吕惠卿回答道"石越可任枢密使",赵顼当时便有一丝心动,石越担任枢密使,未必不是一个好的选择。一来枢密使之重,足以赏石越之功;二来枢密使一职,也足以让石越大展拳脚。但是三十多岁任枢密使,宋朝应当是没有先例了,而石越在军中的威望……赵顼并不相信石越会谋反,他也记得有一次与石越谈论史事时石越说过的话:使霍光生于操、莽之世,霍光固然未必会为操、莽;然若使操、莽生于光之世,操、莽却未必不会为霍光。这段话让赵顼记忆深刻并且深以为然。只要有足够的外在制约,曹操、王莽,也可以成为名臣。何况是石越?所以,大臣之间的平衡与相互制约,是非常重要的。三十多岁便成为枢密使,虽然眼下也有足够的人来制约,但若从长远来看,却非常危险。作为一个非常爱读书的君主,赵顼可以说明于史事——他清醒地知道臣子的寿命长于君主是十分正常的事情。所以,吕惠卿虽然不避讳他与石越之间的嫌隙,秉持着公心推荐石越担任枢密使,这一点难能可贵,但是这位宰相的见识,却毕竟不及长远。

在石越过于耀眼的光芒下,赵顼亦不免有点儿忽视了他的宰相。他哪里知道吕惠卿这一招可谓是煞费苦心——他早就料定了皇帝的心思,才提出这个不可能被采纳的"合理"建议。而万一被采纳,对他也并无损失,这不过是"驱虎吞狼"之策,借此激化石越与文彦博的矛盾,并顺便将石越置于一个更容易招到嫉妒与忌讳的地位。

不过吕惠卿的用心埋藏极深,若非在心中对他已经有了深深的偏见,绝难识破。

赵顼询问的第二个人便是枢密使文彦博。

文彦博的才干与见识都毋庸置疑。但是他的策略永远偏向于传统。拥有更多权限的安抚使,虽然受到种种制约,但毕竟是对宋朝固有国策的一次挑战。对此文彦博虽然不反对,却也始终抱着谨慎的态度。如今陕西路的大捷,在一定程度上证明了安抚使制度的成功,但同时也加深了他的疑虑。虽然文彦博并不认为应当从安抚使制度上后退,但他认为谨慎一点始终是不会错的——以石越此时的威信,已经不适合久镇地方了,尤其是同一个地方。虽然石越到陕西的时间不过一年,远远谈不上"久"。

所以文彦博给皇帝的建议是:六部尚书的任何一个职位,或者转任河北安抚使,都不失为合适的处置。

赵顼不由自主地摇了摇头。

文彦博的想法,有点儿谨慎有余,进取不足。当前最重要的事情,始终是解决西夏!

从这一点来说,文彦博的确远不如石越与吕惠卿那样懂得皇帝的心思。也许,他不是不懂，而只是不想迎合。

但不管怎么样，文彦博的建议，并不能让皇帝满意。

"官家。"王贤妃将一件披风轻轻搭在赵顼的肩上。

"唔。"赵顼随口应了一声，忽然脱口问道，"爱妃以为让石越当什么官好？"

王贤妃怔住了，她没有想到赵顼会问她这种问题。停了一会儿，她才回过神来，微微笑道："妾身是女子，不当干预朝政的。"

"哦，也是。"赵顼点了点头，心中有点儿惭愧。此时他突然有点儿了解为何历史上会有这么多后宫与内侍干预朝政之事——皇帝若遇到什么疑难，想询问身边亲近的人的意见，实在是一种很难抑制的冲动。

每个人都有需要向最值得信任的人征求意见的时候。但这种感情，却极容易被滥用。

王贤妃伸手轻轻拢了一下头发，见赵顼依然紧锁双眉，心中大为不忍，略迟疑了一下，终于又忍不住说道："臣妾常听人说，朝中以司马相公最为正直，不偏不党。官家若是难于决断，何不召司马相公问问？"

"司马光？"赵顼笑着摇了摇头，道，"他怎么会知朕之心意？"在赵顼的心中，司马光虽然是个正直的大臣，却并非是一个懂得权谋术势的大臣。

王贤妃不料赵顼如此回答，大感诧异，不禁问道："闻道司马相公熟知史事，难道竟是没见识的人？"

赵顼笑了笑，正要回答，忽然间却似想起什么，忽然愣住了。

3

次日。

汴京园林之胜，可谓一时无两。虽然汴京的地价，号称是"尺地寸土，与金同价"，但是宋朝承平日久，上至帝王，下至富豪士绅，无不着意营造园林，因此有名的园林，除去著名的四大皇家园林不算，也有八十余处。至于不知名的园林，更不知凡几。靠着景龙门——内城的北门——不远，便有一座静渊庄，是汴京数得着的名园。这里原是仁宗时做过枢密使，拜过同中书门下平章事的王贻永的旧第，不过早在真宗大中祥符年间，此园便已转赐尚万寿长公主的李遵勖——此君便是济公的先祖。王、李二人，都是有宋一朝有名的外戚，前者官至枢使、宰相，自不必言；后者文武双全，更称得上是宋朝前期的名臣。李家虽是世代将门，李遵勖亦以为官清正著称，但毕竟是外戚之家，且李遵勖又是杨亿的学生，也曾中过进士，非一般武夫可比。因此，得到王家旧第之后，李遵勖便悉心营造，将百余亩空地疏为池塘，在池边遍置异石名木，号称"静渊"，并以池名庄，经常延请士夫名士在园中宴会。静渊庄也因此号称"园池冠京城"，成为汴京一大名胜。

到了熙宁年间，因万寿长公主早已逝世，李遵勖之子李端愿也已致仕，于是又将这静渊庄献出，皇帝转赐给狄詠与清河，因狄詠固辞不受，最终只得作罢，静渊庄因与宫城较近，因此便隐约成了皇宫向外延伸的一部分。自从狄詠战死之后，两宫太后与皇帝皇后便各有旨意，让清河在适当的时候返京。这静渊庄，便又成了预定给清河的居所。而此时暂住在静渊庄内的，却是削去了封号的柔嘉。

坐在"静渊"旁边的一块大石头上，呆呆地望着满池清水，有几叶浮萍在上面漫无目的地漂浮着。柔嘉只觉得人生有时候便如这浮萍一般，既不知从哪里来，又不知到何处去，自己的命运脆弱得经不起一场风雨的考验，却还不得不依附这不值得信赖的池水。再想起婢女向自己介绍的静渊庄的历史，她更是加倍地感觉到世态炎凉。

原来，这座庄园，哪怕是赐给了你，你也不能永远拥有——因为只有得宠的外戚，才有资格居住在这里。柔嘉以前并非没有听说过李家的事情，这一家子人，永远是那么谨慎，在政治斗争中也从来没有站错过队——但是得不得宠，有时候并非是取决于你有没有犯错的。

"真是讨厌！"柔嘉无奈地叹了口气，捡起一块石子，狠狠地丢进水池之中。平静的水面，泛起一阵涟漪，但是很快，又归于沉寂。柔嘉赌气似的转过脸去，不去看那水池，却"啊"的一声，跳了起来。

她的身后，正站着她最要好的堂兄，嘉王赵颢。

"十九娘，你在发什么呆？"赵颢笑吟吟地望着柔嘉，笑道。

"恪哥？"柔嘉睁大眼睛，唤着赵颢的小名，诧道，"你怎的在这里？"赵颢初名赵仲恪，赵颢是后来才改的名字。

"我进宫请安，顺道来看看你。"赵颢关心地看着她，"住在这里还习惯吧？"

"还好。"柔嘉勉强笑了笑。

赵颢看在眼里，只觉一阵心疼。但有些话，哪怕仅仅是出于安慰，哪怕是对再亲的人，也不可以说，遂笑道："城南开了个动物园，怎的也没见你去玩？"

"才回来，没问过娘娘与圣人，不便去。且也不想去。"柔嘉忽然向赵颢甜甜地笑了一下，赵颢也疼爱地回笑着。但是他毕竟知道，柔嘉改变有多大——若是以前，她都是想做就做，又要请示什么？最喜欢玩耍的她，又怎么会对新奇的东西没兴趣？

赵颢笑了一阵，脸上的肌肉却渐渐不听他控制，神情终于渐渐黯淡下来。他微微叹了口气，细声道："十九娘，可惜你生错了地方。"

柔嘉身躯微微一震，缓缓转过身去，面对静渊，不看赵颢。

"你懂事了,本是好事。但……"赵頵的眼眶湿润了,含着泪笑道,"我好怀念小时候,先帝还没入宫的时候。"

"别的兄弟姐妹们,羡慕还羡慕不来呢。"柔嘉笑道,笑声如风铃一般,但始终掩盖不住那份怅然。

"是啊,羡慕还羡慕不来。"赵頵笑道,"但是兄弟姐妹之间变成君臣之后,却只能先君臣后骨肉了,谁叫天子无私家呢?大哥毕竟是个英主。"

柔嘉缓缓坐下来,托着腮子,呆呆地望着静渊的水面,怅然道:"我不懂这些。像堂姐那般贤淑,也未必能快活。十一娘那般乖巧,可从此她也不会真正快乐了……其实,恪哥……" 赵頵静静地听着,但是柔嘉毕竟没有再把后面的话说出来。她其实和十一娘一样,都是想讨得大家的开心,不过十一娘是用她的乖巧与聪明来让大家喜爱她;而她却是用她的顽皮来吸引大家的注意。但是现在说这些还有什么用呢?如若大家都不喜欢我任性顽皮,那我便学着做十一娘好了。我也懂得乖巧的,那时候,官家终会赦免我的家人吧……柔嘉甜甜地笑着,泪水却顺着眼角流了下来。

"十九娘!十九娘!"一个清脆的声音从柔嘉与赵頵的身后传来,二人连忙用袖子擦了擦眼睛,转过身望去,原来却是庄里的一个婢女,她身后还跟着一人,正在池边的小路上到处张望寻找。这里的奇石异木,很容易遮住二人的身形。柔嘉刚一起身,那婢女便已瞅见,忙匆匆走了过来。

走到近前,却发现赵頵也在,婢女被吓了一跳,忙行礼道:"见过大王千岁。"

她身边的人也跟着行礼:"见过大王千岁。"声音极尖,原来却是个内侍。

二人给赵頵见过礼,这才转身柔嘉,那内侍尖声笑道:"小的是贤妃宫中的,唤作童贯,奉贤妃娘娘之命,给十九娘送点日常用度之物。"童贯被调到王贤妃宫中,还不甚久。

柔嘉诧异地望了赵頵一眼,她与王贤妃可以说素不相识,怎会派人专程送东西过来给她?赵頵笑了笑,道:"王娘娘素来这般体贴的。"

柔嘉这才敛衽道:"娘娘厚爱,实不敢当。容改日再进宫当面拜谢。"

童贯笑道:"娘娘说了,叫您有空,便去宫里玩。"

"只怕叨扰。"

童贯笑了笑,又躬身道:"如此小的便先告退了。"

柔嘉笑着点点头,又向婢女吩咐道:"替我送送童内侍。"

"是。"

赵頵望着童贯远去的背影,转头向柔嘉笑道:"这个贤妃娘娘,是个伶俐人。"

4

南御苑。

所谓的"南御苑",便是汴京有名的四苑之一:玉津园。

苏轼有诗云:"承平苑囿杂耕桑,六圣勤民计虑长。碧水东流还旧派,紫檀南峙表连冈。不逢迟日莺花乱,空想疏林雪月光。千亩何时耕帝藉,斜阳寐历锁空庄。"这一首诗,道出了玉津园在四苑中的地位——这座规模宏大的园林,从惠民河引水入园,再放水入惠民河下游,水利条件极好,因此玉津园中的青城,也是宋朝皇帝藉田之所。这里"柳笼阴于四岸,莲飘香于十里。屈曲沟畎,高低稻畦,越苹执来,吴牛行泥,霜早刈速,春寒种迟,春红粳而花绽,簸素粒而雪飞",园中不仅千亭百榭,绿树成荫,芳花满园,而且使用的军卒,都来自吴越地区,穿着也是南方人的打扮,说话亦是南方人的口音,竟完完全全是一幅江南乡村的景色,出现在了汴京城南。

除了青城藉田外,玉津园同时还是皇帝接见契丹朝贡使者,赐宴射猎之所。并且,这里也是皇家动物园之所在,"养象所"之内,喂养了几十头大象和其他各种珍禽异兽。单单是给那几十头象种植荚草的土地,就多达十五顷。这种规模,却不是汴京动物园可以相提并论的。只不过,玉津园虽有佳景,却极少向普通百姓开放,以至于宋人写诗说:"君王未到玉津游,万树红芳相倚愁。金锁不开春寂寂,落花飞出粉墙头。"又有人作诗抱怨说:"长闭园门人不入,禁渠流出雨残花。"

不过这一切到了熙宁十年的时候,便已悄然发生了变化。虽然玉津园依然极少对百姓开放,但是皇帝却特许司农寺的官员们,进入青城,进行研究试验稻种等工作——他们虽然不懂得杂交,却能从经验中知道要选择优良的种子,可以有更好的收成。至熙宁十一年,虽然玉津园依然不开放,但是皇帝又将一部分珍禽异兽卖给商人,直接促成了汴京动物园的创立。

这些小小的变化,虽然在当时看来微不足道,但从长远来看,却是意义深远。

不过,此时的皇帝赵顼,并没有想到这些。

按照惯例对契丹使者赐宴、射猎之后,赵顼将户部尚书司马光单独叫到了他小憩的"莲榭"。

户部尚书是一个事务繁忙的职位。而同时还领导着《资治通鉴》书局的司马光,一面要应付这个庞大帝国的烦琐事务,绞尽脑汁的同时维护着国家的财政与普通民众的利益——这几乎是一件能让人发狂的工作;与此同时,他还要挤出大量时间,来编撰《资治通鉴》。而以司马光近乎偏执的严谨性格，他对自己的这两件工作，都是不会容许自己有任何轻忽之处的。在这样的情况下，司马光的气色居然相当不错，实在不能说不是一件令人惊叹的事情。

有好事者曾经对这此事进行过观察，得出的结论却各不相同。养生家认为这是因为司马光有规律的生活与健康的生活习惯所致；唯心论者则认为这是司马光能有机会一展所长，精神自然奋发；而人才论者则归功于司马光领导下的两个好团队——户部与《资治通鉴》书局的作风出奇地一致，都表现出同样的严谨、条理、重视细节、不惧烦琐。

也有人比较过户部与工部——在宋廷兵吏户工刑礼六部中，兵、户、工三部是最有活力的，但是兵部的职权虽然有所增强，但始终受到枢府的种种限制，因此作为相当有限，所以真正引人注目的是户部与工部，拿这两部来比较，就是再平常不过的事情了——工部尚书苏辙十分开明，又有唐棣、蔡卞这样两个非常年轻的员外郎，其低层官吏，绝大部分都是学院派进士或者学院派出身，几乎每个人都通晓格物学，因此工部可以说是现在宋廷最为积极进取的机构，也是六部九寺中技术官员最多的机构。有人夸张地说，只要有足够的钱，大宋没什么能阻止工部那帮狂生。但若公正地评价，工部大部分低级官吏只在地方上干过一任甚至一任也没有做过，地方行政经验不够丰富，却是他们最大的缺陷，因此工部也是被门下后省批驳得最多的机构。

而户部在这一点上，远胜于工部。在司马光的领导下，户部渐次起用了一大批老成持重的官吏，同时也吸收了一些有学院背景的新进士，因此户部的风格表现出稳重而不失积极、严谨而不太古板的特点。而且户部的绝大部分官吏，都有极其丰富的地方行政经验，对各路的情弊心知肚明，更懂得何者应当纠正，何者只能暂时回避，处置更显得轻重得宜。也因此，使得司马光在朝野中威望日隆。人们当然不会知道，这其实是宋朝的幸运，因为司马光还没有十几年潜居洛阳对政治不发一言的压抑经历，自然也没有机会变成"司马牛"。此时的司马光，在保守与稳健中，依然还有他开明的一面。

"爱卿。"赵顼的目光在司马光身上游移，忽然间泛起奇怪的想法：刚刚他赐司马光座，却被司马光坚决拒绝，于是他马上知道无论他怎么样，司马光是绝对不会坐的。司马光站在那里，能让他感觉到，他就是君主，司马光就是臣子！君臣之别清清楚楚。虽然皇帝也清楚地知道：司马光这样的人，服从的其实并不是他赵顼，他服从的只是他的信仰。司马光会随时拒绝自己不合理的诏命，不惜以生命抗争，但是却永远都会承认自己是君主，而他是臣子。

其实很多的士大夫，都是如此。

他们并不服从某个具体的君主,在君主的意志之上,有更多让他们信服的东西存在,他们毫不犹豫地为了那些东西与君主抗争,不惜生命。他们也有自己的意志,并会为此坚持。但是无论如何,他们也会让你感觉到,君就是君,臣就是臣。

即使他们指着你的鼻子痛骂,他们的口沫溅到你的脸上,他们失望得恨不得不活在这个世界上……他们依然会认为,你就是皇帝,他就是臣子。

而石越不是这样的。

若同样的事情发生在石越身上,石越虽然也会委婉地谢绝,但只要皇帝坚持,那么石越一定会坐下。而他坐下的时候,你会有一种隐隐的感觉,与众不同的感觉。不知道是什么,但绝对与众不同。

这一切,以前赵顼只是隐隐约约感觉到,但在此刻,他的心中,忽然间无比清晰。他明白了那种感觉——当石越在自己面前的时候,无论他是跪着、站着、坐着,无论他是微笑、平静、严肃,无论他是奉承、沉默、进谏……他都是平等的。

这一瞬间,赵顼对自己突然冒出来的想法感到无比的诧异。

他不明白自己为什么有这么荒唐的想法。

但是他就是有这样的感觉。

石越与他所有的大臣都不同,哪怕他向自己低头,在石越的心里,也一定认为他与自己是平等的!

皇帝被自己的想法吓了一跳。

"怎么可能?"他使劲儿地摇了摇头,试着把这种怪异的想法从脑海中驱除出去。君君臣臣,皇帝与臣子,怎么可能是平等的?赵顼笑了起来,他在嘲笑着自己的胡思乱想。

司马光被皇帝奇怪的表情吓了一跳:"陛下?"

"嗯?"赵顼回过神来,自失地一笑,开始他的召见,"卿可知朕召见卿,是为了何事?"

"臣愚昧。"司马光心中是明白的,但是这三个字却自然而然地脱口而出,仿佛是一道必不可少的程序一样。

"朕是有一件大事,想问问卿的意见。"赵顼温声说道。

司马光微微垂首,认真地听着。

"是关于石越的任命……"

"恕臣愚昧。"司马光抬起头,目光闪烁着,"陛下,石越不是陕西路安抚使吗?"

"这……"赵顼一时语塞,停了一下,才支吾道,"朝中有人以为石越不宜再任陕西路安抚使。"

"陛下!"司马光朗声问道,"可是因为石越才不足以胜任吗?"

"非也。"

"可是因为石越德不足以担当吗？"

"非也。"

"那是朝廷有胜过石越的人选？"

"非也。"

"陛下。"司马光再次将头微垂，目光投向皇帝龙袍的下摆，沉声道，"臣待罪服侍陛下有年，陛下之志，臣固知之。陛下锐意开拓进取，欲承太祖、太宗之遗志，以臣之愚，是以为操之过急。若陛下能暂缓此心，不以武功为念，则是大宋之幸。臣自当竭心竭力，以微末之学，为陛下拾遗补阙，不敢有丝毫懈怠。若是如此，则臣以为，安抚使之职可罢废。以石越之才，当留于陛下左右。"

赵顼一时无语，心中隐隐有点儿后悔来听司马光的意见。

司马光没有理会皇帝的感受，微微顿了一下，继续说道："若陛下之志不可变，则臣以为，唯知人善用，方能遂陛下之志，否则必有元嘉之遗恨。"

听到这句话，赵顼的后悔立时抛到了九霄云外。

"陕西接连大胜，朝中大臣皆有轻夏国之心。然则臣敢问陛下，夏国果真不堪一击吗？当仁宗朝时，国家内有名臣，外有名将，以范韩之才，亦不过缨城自守耳。臣闻百足之虫，死而不僵，夏国虽无复元昊之盛，然其举国皆兵，岂可轻视？它近岁虽屡遭挫败，然根本未动，若果真轻易之，则臣以为必有骄兵之败！"

"朕也知道……"

"既如此，陛下便不当问石越当居何职！"司马光毫不客气地指斥道，"石越安抚陕西，屡次用兵皆得大胜。陕西诸将，服其调遣；西夏君臣，惧其威名。朝廷无意西事则罢，若有意于西事，则陕西舍石越而谁？若是朝廷轻易换人，继任者必有欲胜石越之心，此人之常情。其若以'石越能为之，吾亦必能为之'，则大事去矣！此等殷鉴，史不绝书。陛下焉能不惧？臣虽愚，亦知舍近而求远，舍必胜而行险，非智者所为。以陛下之明，当知取舍。"

司马光纯粹站在国家的立场来分析，赵顼在心里也不得不承认，石越的确是陕西安抚使的最佳人选。但是，若单为此事，赵顼不问司马光，也能知道。

他苦笑道："卿之所言，朕亦知之。"

司马光心里十分明白皇帝疑虑的是什么，但是皇帝不好意思说，他自然更不方便说，略想了一下，司马光欠身道："陛下可知魏武三诏令？"

"那是偏激之辞。"

所谓"魏武三诏令"，是指魏武帝曹操在建安十五年、十九年、二十二年分别颁布的三份惊世骇俗的求才令，在这三份诏令中，曹操指出"有行之士，未必能进取；

进取之士,未必能有行"。并且公开询问天下有没有"盗嫂受金,未遇无知者";有没有"不仁不孝,而有治国用兵之术"之人,他要一并笼络,而成其霸业。

曹操的这种取才标准,自然不可能得到赵顼的认同,至少是不可能得到他公开的认同。但让赵顼奇怪的是,身为儒家门徒的司马光,居然会举出魏武三诏令的例子来!

赵顼看了司马光一眼。

但司马光并不在意皇帝的误会:"确是偏激之辞,不足为法。然臣以为,德才兼备之士自古不易得,故魏武帝舍德而取才,是其知天下之事,固难两全,不得不有所取舍尔。自古以来,才智过人之士,皆难免招人疑忌。陛下若欲进取,亦不能不有所取舍。"

赵顼听到这里,才恍然大悟。原来司马光要说的,并不是什么"魏武三诏令",他说了这么多,实是想说"才智过人之士,皆难免招人疑忌"这句和"魏武三诏令"八竿子打不着的话。

"朕是想保全石越。"赵顼迟疑半晌,终于半吞半吐地点明了自己的担心。

"陛下果真欲保全石越,只需……"

5

西夏,兴庆府。

这个曾经兴盛一时的军事强国的都城,此时空气中都弥漫着紧张的氛围。官员们穿梭往来,交头接耳,有些人在选择,有些人则在观望,很多人都敏感地觉察到变化即将到来。

局势看起来非常不妙。

朝廷派遣密使向青唐请求和亲,被董毡断然拒绝。不仅如此,董毡还大肆宣扬,恶毒地嘲弄西夏。这件事情让西夏颜面扫地,若是换在以前,这就是战争的开始。但在此时,除了加深西夏的窘况以外,兴庆府没有人敢提出"报复"二字。

自谅祚以后,西夏对吐蕃就没打过胜仗,何况现在?这种自取其辱的事情,连梁乙埋都知道不必去做。

唯一让西夏人稍稍安心的是,与辽国的谈判,进行得非常顺利。

但是这种顺利,在一些人看来,没有任何实质性的东西。夏国冒着触怒宋朝的危险,出兵威胁杨遵勖的后方,而西夏军队攻占的土地与人民,西夏国一点也得不到,并且,西夏军队还不被允许进入愿意投降的城镇——因为辽国担心西夏军队劫掠;也不得攻击忠于辽主的部落……如果改成更直白的表述方式,则意味着西夏将出兵替辽主打一场自己得不到任何实质性好处的战争。他们得到的，只是许诺。

最核心的许诺只有一样：如若夏国遭到宋朝侵略，辽国会出兵帮助。

但是，包括夏主李秉常在内，也有一部分西夏将领在怀疑辽国是否会兑现自己的诺言。其实，绝大部分的西夏将领都只相信抢劫，而不会相信承诺。对他们而言，战争等于抢劫，诺言毫无意义。人们不过是在努力地骗自己相信这样一个事实：夏国与辽国结盟了。如此而已！

对于夏国而言，这有点儿像一个溺水的人，拼命地要抓住每一根稻草。

也许，这份协议真正的作用，并非军事上的，而是政治上的。

得到了辽国这样强大的国家的保护承诺，梁乙埋的地位，至少在表面上，是再次稳固下来了。

所以，当五月份，萧佑丹满意地回国之时，国相梁乙埋亲自送出百里，临别之时，还拉着萧佑丹的手，赌咒发誓，许诺一定会出兵夹击杨遵勖。

但是兴庆府空气中的紧张味道，却并没消失。

人们还在等待。

虽然只是一丝希望，但是西夏的君臣们，还是希望出使大宋的李乾义，能够带回好消息。

同是在五月。

当梁乙埋与萧佑丹道别的时候，李乾义一行，终于回到了西夏，进入了仁多瀚的辖区。仁多瀚留李乾义休息了一个晚上，次日便选派了一千骑兵，在仁多保忠的率领下，护送着李乾义，前往兴庆府向夏主复命。

李乾义到达兴庆府的那一天，是五月十五日。

"你是说，宋朝无亡我之意？"李秉常瞪大眼睛望着李乾义，黑幽幽的眸子在烛光下闪烁着。听到李乾义回国的消息，李秉常立时丢下刚咬了一口的烤羊腿，连夜召见李乾义。

李乾义躬身答道："至少宋朝口头上是这么说的。除了石越的暗示外，臣离开汴京之时，宋朝兵部侍郎郭逵奉旨前来送行，他亲口向臣传达宋帝的口谕，道是沙漠以外，宋朝取之无用，游牧之族此来彼往，宋朝反要用军队镇守，甚费钱帑。不若以大夏为之镇守边疆有利。但宋朝甚忌我大夏扰其陕西，故道横山之地，他们必要图之。"

"横山亦是我大夏生死之地。"李秉常蹙眉忧道，"横山若失，则攻守战和，皆由他人。"

"此是迫不得已。眼下我大夏亦无力与东朝争横山。"李乾义无奈地说道。

"先不管这些。"李秉常摇了摇头，又问道，"郭逵可还说过甚事？"

"郭逵且道,若我大夏能谨守臣职,绝辽通宋,开放贸易,宋朝不仅愿意休兵,且愿每年赏赐宋夏贸易总税入的二成予我大夏。其又道,宋朝需要大量牛马,若大夏果真能放开贸易,则宋朝每岁至少可以从我大夏买羊四十万,牛二十万,马六万以及盐五十万斤。若大夏能开通宋与西域之商道,宋朝每岁可再赏赐钱二万贯,布四万匹。"李乾义如实地向夏主报告一切。

"他们想做什么?"李秉常反被吓了一跳。他的头脑,无法理解"贸易"二字的含义。他直觉地认为,宋朝平白无故地给出这么多好处,后面一定藏着大阴谋。

"郭逵只是说,宋朝想找一个办法,让西北永久息兵。"李乾义迟疑了一下。

"你想说什么?尽管直言。"李秉常捕捉到了李乾义的动作。

"臣以为,若果真如宋朝所言,对我大夏,亦是有莫大的好处。"李乾义有点儿底气不足,毕竟他说的,是历史上从来没有过的事情,"以往互市规模甚小,然我大夏已颇得好处。若互市规模果真能扩大至这个程度,那我大夏所得之利,远胜于出兵劫掠。而宋朝也的确需要我大夏的牛、羊、马、盐。臣在汴京,见到从汴京一个城门,每日驱赶入城宰杀之羊,便有数万头之多。且据臣打探所得,宋朝每月从辽国所买之羊,至少达数万头。而这是因为辽国元气未复,不足供应更多所致……"

"你是说宋朝是诚心议和?"李秉常还是觉得有点儿不可思议。

李乾义的头垂得更低了:"臣……臣不敢确信。"

李秉常背着双手,急促地来回走着。

"若依郭逵此言,于我大夏确有好处。只要不遭天灾,这贸易所得,确是远胜于劫掠。"李秉常似是自言自语,"但这对宋朝有何好处?必是懈我之计……"

"宋朝或果真有意南图,亦未可知。"李乾义低声道,"何况宋朝果真是为算计我,我不中计便是。借此机会,恢复国力,亦是良机。"

李秉常的脚步停了下来:"你说得有理!"他顿了一下,又疑道,"只是卖羊与盐也罢了,卖牛马,却也会增加宋朝的国力。终必为我国之大患!"

李乾义苦笑道:"难道我国不卖予他,宋朝的国力便不会增强吗?契丹已经在卖了。"

李秉常顿时愕然,半晌,才叹了气:"唉!"

"只是宋朝的条件……"

"绝辽通宋而已,不足为虑。"李秉常对辽国可没有任何顾虑。

李乾义苦笑了一下,他左右看了一眼,却没有说话。

李秉常愣了一下,朝左右挥了挥手。侍候在两旁的卫士与侍从连忙一一退下。李乾义见殿中人皆走空,这才压低声音,低声道:"除此以外,宋朝还要陛下亲政,行汉制、用汉礼,以及……"他略迟疑了一下,终于咬牙说道,"以及国相的人头!"

"啊？"李秉常倒吸了一口凉气，他并非爱惜梁乙埋的人头，而是畏惧梁氏的势力，"这……"

"宋朝君臣，恨国相入骨。皆以为国相不可信。而国相曾遣人刺杀石越，石越尤其怀恨，必欲诛之而后快。"李乾义沉声道，"若国相不死，石越绝不肯善罢甘休，一切休提。"

"这……"

"陛下知道石越在宋朝地位举足轻重"

"此事须从长计议。"李秉常盯了李乾义一眼，道，"你不可泄露片言只语。"

"是。"

"外面送你来的将军是谁？"李秉常岔开话题，随意问道。

"是仁多保忠将军。"

"哦？"李秉常心里，还在不停地翻滚着。宋朝要诛杀梁乙埋，究竟只是石越的私恨，还是想挑起夏国的内乱？李秉常的手指烦乱地搓着。

"他还带来仁多统领的密奏，想亲自呈报陛下……"李乾义没有体会夏主的心情。

"宣他进来。"李秉常下意识地说道。

"是。"

6

次日。

西夏国相府。

"南朝许诺休兵议和？"梁乙埋倨坐在一张胡床上，盯着李乾义，问道。

"是。"李乾义小心地把昨晚对李秉常说的话，又向梁乙埋复述了一遍。当然，省去了宋朝要他梁乙埋人头的那部分。

梁乙埋不动声色地眯着眼睛听完，忽问道："皇上怎么说？"

"皇上说要从长计议。"

"喔。"梁乙埋挥了挥手，"你辛苦了，先回去休息吧。太后免不得也要召见你的。"

"谢国相。"李乾义恭谨地应道，又向梁乙埋一揖，退出国相府。

"你以为如何？"待到李乾义走远，梁乙埋方转头向梁乙逋问道。

"宫中卫士报告说，昨晚这厮见皇帝时，曾摒开左右密谈。他必有事情瞒着我们。"梁乙逋脸上的肌肉跳了跳。

"使团中我们的人怎么说？"

"一概不知情。只知道石越和郭逵，单独与这厮谈过。"

"他回来时在仁多瀚那里待了一晚，还是仁多保忠送他回京的，是吧？"

"是。"梁乙逋脸上还有忧虑之色，"昨晚皇帝还见了仁多保忠，谈了约半个时辰。只恐对我家不利。"

"仁多保忠带了多少兵？"

"一千人。"

"给我打发回去。"梁乙埋冷冷地说道，"把仁多保忠留下，这是质子。"

"是。"梁乙逋答应着，又道，"天下没有这么便宜的事情，宋朝亡我之心，路人皆知。现在却又许下这许多好处，正是无事献殷勤，非奸即盗。必是南朝奸计！"

梁乙埋点点头，道："我自然知道这是奸计，但是国中文武百官，却未必知道。将人逼到绝路时，又将老大一块肉摆在你面前，利令智昏，人人都想着左右是个死，不如咬一口试试……"他脸上的肌肉抽搐了一下，咬牙道，"这才是毒计！必是石越小儿所设。"

"那当如何应对？总要设法知道李乾义和皇帝私下里说了什么才好……"

"怕什么？"梁乙埋冷笑道，"只要握紧兵权，他们玩不出什么花样！明日你便去军中住着。府中宫中，全部调上精锐可信之士。旁事只要静观其变便可。"梁乙埋虽然对打仗外行，但是对政治斗争，却是十分精通。

"是。"

"再派人盯紧李清与文焕。"

"是。"梁乙逋应道，沉吟一下，又问道，"禹藏花麻呢？"

"别去惹他。"梁乙埋皱紧了眉头，"那是个蛮子。真惹恼了他，他能马上翻脸率兵攻打我的相府。反正他一个人不足为惧，不要管他。真闹出事来，你就让人率兵把他围了，我保管他立刻向你效忠。"

"是。我即刻便去安排。"

梁乙埋微微点头，轻松地笑道："若果真闹将起来，千万别伤了小皇帝。真惹上了弑君的罪名，会惹得天下大乱的。"

"我理会得。"

"嗯。嘿嘿……本相倒要看看，他们到底能玩出什么花样来。"放肆的笑声，从国相府中传出。

"文卿，你以为南朝可信吗？"李秉常依然在犹豫。

文焕沉吟着。他心里也不是很明白朝廷的用意，但是在李乾义回国之前，职方馆就传给他命令，要他尽其可能，劝夏主接受朝廷的条件。

"南朝经略南海之意倒很明白。但即使如此,其可信不可信,其实并不重要。"

"哦?"

"南朝所提条件,对大夏利大于弊。陛下若欲真正掌握朝政,铲除权臣亦是必然之事。这些事情,南朝不提,陛下迟早要做。眼下他们提了,不过是顺水人情。"

李秉常沉吟着。文焕说的话,的确很有道理。

"不过……"

"陛下所虑者,并非南朝可信不可信。而是梁氏在国中经营已久,党羽密布,又握有军权,兼有太后之助,若轻率行事,恐诛虎不成反被虎伤。"文焕直视李秉常,直言无忌地说道。

李秉常默然,良久,方点头道:"诚如卿言。"

"臣请为陛下谋之。"文焕压低了声音。

"只管直说。"李秉常不禁走近了数步,急切地说道。

"梁氏虽然把持朝政,然而文武大臣,并不归心。陛下果真欲行大事,所要诛灭者,不过梁乙埋父子及二三死党尔,图之不难。臣闻仁多统领素忠义,且与梁氏不和,陛下可遣一使者,密谕仁多,使其谎报宋军入寇。陛下以李清随扈,立召梁乙埋及文武百官商议,待其至,可立诛之。尔后使一亲信之臣围宫,保护太后。陛下亲率御围内六班直持梁乙埋人头往军中,声明只罪梁氏父子,余皆赦免,夺军权易如反掌。尔后召仁多统领入京为相,则大事定矣。纵若有他变,陛下自守宫城,而使仁多预先领兵进京勤王,梁氏亦不过为鸟兽尔。此事只需行事周密果断便可。"文焕是存了心要挑起西夏内乱。西夏经过大败,若内部果真再来一次内战,便是神仙也救不了西夏。

李秉常沉吟许久,摇摇头,道:"终是行险。"说完,又苦笑道,"御围内六班直,梁氏党羽亦众,只恐也难以令他们完全听命于我。"

"欲行非常之事,必冒非常之险。"文焕咬牙道,"御围内六班直虽有不服者,除之不难。且仁多保忠将军部下,尚有千余精兵可供陛下差遣。"

"你如何知道?"李秉常吃了一惊,警惕地问道。

"臣刚才碰到仁多保忠将军。"文焕低声道,"仁多将军对臣夸耀,他带来千余精兵,皆是百战之余,可与六班直一较高下。臣当时不晓其意,现在想来,必是仁多统领深谋远虑……陛下,机者,难得易失。天予弗取,反受其咎。请陛下早下决断。"

"此事亦不必操之过急。"

"陛下!"文焕急道,"若陛下迟疑,臣料梁氏必设法逐仁多之兵出京。"

"容我三思。"

"陛下!"

"不必再说了。你善守机密便可。"李秉常转过身去,身子微微颤抖。他此时又有冲动,想当即采纳文焕之策,一举除去梁氏;但心中却始终有一种难以抗拒的恐惧,万一失败,万一失败……他有点儿无法想象失败的后果。我是西夏的皇帝,只要我不逼急了梁乙埋,他也不会敢把我怎么样吧?一种侥幸的念头,在李秉常的脑海中徘徊不去。也许,我答应了宋朝其他的条件,他们未必一定会坚持要梁乙埋的人头……

他祖父的狠决坚忍,在他这里,竟然连一点也没有剩下。没有人知道,他懦弱的基因,究竟是从哪里继承来的。

三天之后。

李乾义带来的消息,传遍了整个兴庆府。在兴庆府上空压盖已久的乌云,几乎一扫而空。宋朝仅仅是要求夏主亲政,行汉制、改汉礼,通商、绝辽,以及事实上割让横山——除了最后一条让许多人感到一点危险与心疼外,其余的条件,绝大部分西夏人都乐于接受。甚至可以说,这正是他们期盼的。

每个人都在等待梁乙埋的态度。

即使是梁乙埋的党羽,也有一部分人私下里希望他能答应宋朝的条件,以免去西夏建国以来最大的一场危机。已经不止一两个人对他不断地发动对宋朝的战争感到不满了,现在大部分人都期盼着与宋朝的和平。

当然,也不是没有反对者。

也有相当数量的保守派,也是实力派,他们虽然不介意夏主亲政,不介意通商、绝辽,甚至不介意让横山易主,但是他们却反对行汉制、改汉礼。

只不过,在这种时刻,他们也不敢轻易地跳出来表达意见。

因为这一部分人,比其余的人更深刻地尊重弱肉强食的自然法则。宋朝现在是强者,触怒强者并非明智的选择。更何况,这中间还牵扯到复杂到政治斗争。

即使没有招来宋朝的军队,可是万一夏主某一日果真掌握政权,先跳出来的人,也一定是被肃清的对象。西夏不是宋朝,这里的政治斗争不是以失败者被流放而收场。在这里,失败者就只有死。

所以,他们宁肯退而观望。

为了穿什么衣服,叫什么名字,行什么礼节,而需要付出生命的代价。对于西夏的这些酋长们来说,这并不值得。毕竟,无论兴庆府耍什么把戏,他们在自己的部落,依然可以保持自己的风俗,没有人会来管他们。

罕见的,梁乙埋病了。

自五月十九日起,西夏国相梁乙埋突然间称病,不再上朝。

局势再次变得诡谲起来。

7

在同一天。

兴庆府城西，仁多保忠的兵营外。

一个西夏军官带着四个随从，气势汹汹地向辕门走来。他刚至辕门前，"当"的一声，两把铁戟交叉，挡在他面前。

"滚开！"军官怒声吼道。

守营的士兵仿佛完全没有听到他的话，眉毛都没有动一下。

"唰"的一声，军官将佩刀拔出半截，却忽然停住了——军营有十几个弓箭手，将箭头对准他，他骂了一声，狠狠地将佩刀插回，厉声道："奉国相之命，本官有公事要见仁多保忠。"

"稍等。"一个小校模样的士兵应了一声，转身向营中跑去。

不多时，那小校又跑了回来，抱拳道："有请。"

铁戟这才分开，军官带着随从，大步走进营中。正待向中军帐走去，不料又被那小校挡住："将军只见你一人。我营中规矩，任何人不得挟刃见主将。"

"你们等在这里。"军官恨恨说道，将腰刀解下，狠狠地扔给小校，怒气冲冲向中军帐走去。

他进到中军帐，也不等通报，掀开帐帘便闯进帐中。却见帐内站着四个虎背熊腰的卫士，帅案前坐着一人，正低头看着文书。见他进来，连头也没抬，只是冷冷地问道："国相有何事找我？"

军官见仁多保忠如此无礼，不由得大怒，将一份文书扔到仁多保忠帅案上，怒声说道："国相敕令将军所部即日离京。兴庆府非外军久驻之地。"

"知道了。"仁多保忠看都不看，便将文书直接丢到一个角落里。

"你！"

"我什么？"仁多保忠霍然抬头，犀利的眼神逼视着那军官，那军官被吓了一跳，不禁倒退了一步。

"烦你回去回禀国相，便说我部粮草不足，士卒疲惫，尚须休整数日。"

军官鼓起勇气，高声道："你这是违背军令！"

"是吗？"仁多保忠嘴角露出一丝讥笑，仿佛在说"那你能将我怎样"，嘴里却是淡淡地说道，"那你便告诉国相好了——我仁多保忠，只奉大夏国皇帝之敕令！非有皇帝陛下下旨，旁人之令，恕难从命！"

"你……"

"送客！"仁多保忠大声喊道，不待军官再说什么，两个卫士便大步上前，几乎是半拎着那军官，将他丢出了帐外。一人还在他耳边低声威胁道："若敢聒噪，必取你狗命！"

目送着军官悻悻地离开仁多保忠的大营，一个男子微笑着摇了摇头，掀开中军大帐，弯腰钻了进去。

"状元公。"见着来人，仁多保忠一改倨傲之态，站了起来，笑着迎接。

文焕笑着抱拳，道："梁乙埋虽然受挫一次，必不肯善罢甘休。"

"他能奈我何？"仁多保忠不屑地笑道，"梁氏威信全无，又如何能用军法节制部众？他不敢招惹禹藏花麻，难道我仁多家便是好惹的？"

文焕注视仁多保忠，低声道："只恐他用诡计。"

"诡计？"

文焕点点头，沉声道："将军在此，是最好的人质。"他顿了一下，笑道，"不过，只要将军不离大营，便可无忧。"

仁多保忠低头思忖一会儿，猛然醒悟，抬头笑道："我偶感风疾，焉能离营？"

文焕看了仁多保忠一眼，意味深长的一笑，也不多说，抱抱拳，便转身离去。

仁多保忠望着文焕离去，微微叹了口气。他与文焕交往虽然不多，但是却已知此人心机深沉，智算过人，行事果决，实在大出他的意料。这样的人物，竟然被李清降伏，背弃自己的族人，真不知是可怜还是可叹。仁多保忠颇有点儿百感交集，他知道宋朝可以说是蒸蒸日上，说得不好听一点，万一宋朝果真灭夏，像他与仁多瀚这样的人物，只要投降宋朝，还能不失荣华富贵；但若是文焕被擒，却绝对不会有好结果。本来文焕的命运如何，与他仁多保忠可以说毫不相干，但是，文焕在西夏的妻子，却是他的堂妹，而且是感情颇好的堂妹……为了这个，仁多保忠却又不能不操心。

"不过，"仁多保忠自失地一笑，暗怪自己杞人忧天，"无论如何，只要能除去梁乙埋，大夏也不是这么容易灭国的……"

继梁乙埋告病不朝之后，仁多保忠也突然生起病来。

这个年轻的将军，谢绝一切探视，每日坚卧营中，绝不见任何外人，仅仅是上表请求夏主允许他继续在京府养病。不久，仁多瀚也知道了这个消息，也送来一份奏折，乞求皇帝能让仁多保忠率他的"亲兵"，一道在京师养病，待病愈方归。

李秉常顺水推舟地批准了仁多瀚的请求，让仁多保忠安心养病。

梁乙埋明知道这是仁多瀚插进兴庆府的一颗钉子，却也拿他没有办法。不过，无论如何，梁乙埋都不能就这么任由仁多保忠这么钉在兴庆府中，他指使亲信，以防止军士扰民为名，在仁多保忠大营的周围，筑起了高大的坊墙，将仁多保忠的部队圈在坊墙当中，又派了两支部队，一前一后监视着坊墙的两道大门。

仁多保忠却也沉得住气，任由梁乙埋摆弄，竟是一点也不理会。

眨眼之间，时间便过去了五个月。

这五个月的时间里，西夏的局势从表面看来，已经恢复了平静。人们也渐渐从战败的打击中，回过神来，一切看起来都渐渐正常——对梁乙埋不满的依然不满，趋附梁氏的依然趋附，观望的始终观望。没有什么变化。

唯一还昭示着暗潮并没有真正平息的是，国相梁乙埋依然告病，而仁多保忠的病也没有痊愈。李清、文焕、禹藏花麻等人始终在不懈地游说夏主李秉常，但是李秉常却始终在观望，或者说是在犹豫。文焕与李清撰写的关于改制的条程，在李秉常那里，已经摆了很久。

从宋朝传来的消息，对西夏而言，也很难说是好是坏——石越在五月底回到了陕西。

战争并没有继续下去。宋军在横山的行动没有停止，但也仅限于此。石越显然将更多的精力投入到了内政当中。

但这也只是推测。西夏人现在真正可以确知的，仅仅是石越的确确回到了陕西。而宋夏的关系，可以说并没有任何好转的迹象，也没有任何恶化的迹象。偶尔有细作报告传来，显示着宋军一直在进行着可疑的调动，但是却没有更多的情报让西夏的边将进行分析。于是这样的情报便被暂时丢到了一边。

来往于宋夏边境，在双方边境戒备森严之时，并非想象中那么容易的事情。西夏并没有如职方馆那样组织结构更先进的间谍机构，他们的情报来源，依然是中国传统的模式——通过边境将领的私人间谍来搜集情报。这种模式下，情报的数量与质量，完全取决于将领的个人能力与运气——亦即他分析情报的能力，以及是否有足够的运气招揽到好的间谍；并且，将领之间一般也缺少交流。而上级对情报的掌握，则往往来源于将领们那极不全面的报告。没有一个将领会心甘情愿地向上级报告他知道的一切，因为在传统的情况下，对敌人的了解，实际上也是一种政治资本。对情报一定程度的垄断，对于个人而言大有好处。

宋朝以前也是采取同样的模式。在那种模式下，每个边境的官员对西夏都有自己的了解，但每个人的了解都是片面的，而朝廷上至皇帝下至大臣，对于西夏，普遍都只有一个模糊的印象。只有最杰出的人士，才可能对敌人真正有所了解。

但是职方馆的出现改变了这一切。宋朝与西夏相比，在情报上拥有压倒性的优势。

专门的人员、专门的资金，从事专业的情报搜集工作，在资源整合后，间谍们活动的范围，比以前不仅可以更广泛，而且可以更深入。与此同时，又有专业的人员将这一切整理成更全面的文件，供决策者参考。可以说，职方馆的出现，让宋朝君臣第一次真正了解了自己的对手。

不过，职方馆的人，同样也是人。

宋夏双方在边境的戒备，对双方的间谍都是同样的限制。仁多瀚虽然私下里与宋朝进行互市，但并不意味着他会对宋朝的细作掉以轻心。

超过半年的时间内，西夏人基本上不知道宋朝发生了什么。特别是对陕西内腹地区发生的事情，可以说是一无所知。

而宋朝也好不到哪里去，往往要两三个月才能传回一次情报。

8

熙宁十一年十月一日。

在宋夏边境的环州，下起了小雪。

按照石越与仁多瀚的密约，双方每个月在初一和十五举行两次互市，分别在宋朝的环州与西夏的清远军城举行。这一天正好是互市的日子。尽管小雪使道路变得泥泞难行，但是这一天，还是有许多的商人，赶着牛羊，推着小车，从西夏境内出发，经过宋军哨卡的检查，进入环州城内的东市，与早已等候在此的宋朝商人交易。环州城的市民们，往往也会在这一天去集市，卖掉自己的手工业产品或农产品，买回自己需要的东西。

这座经过战争摧残的城市，已经渐渐恢复了活力。

不过战争的记忆并没有从环州百姓的脑海中消失。城内香火最旺盛的庙，便是城西的狄将军庙。庙里供奉的狄詠金身，比起大宋朝最英俊的神灵二郎神都要英武三分；陪祠的李敢当也是栩栩如生。而除此之外，环州家家户户，都供着石越的生祠——尽管官府屡次下令禁止，却毫无作用。百姓们有自己朴素的感情。

除了这些，战争留给环州的，还有一座"陕西路第一振武学校"以及环州军事小学校。这两所军校实际是二而一、一而二的。因为草创，其规模并不大，总计学员都不过百余人。但是身着戎装的少年，精神抖擞地出现在环州街头，也是环州的一道风景线。

大约在上午巳初时分，在环州东市的一座新建的酒楼内。

虽然外面的雪有越下越大的趋势，但是东市内依然是人声鼎沸，进入市场的人络绎不绝。而酒楼内，因为时间不到，反而稀稀落落的，没有几个人。不过，由于双方处于准战争状态，对于来宋朝互市的西夏商人，宋朝也有着严格的限制——他们只被允许在规定的区域内活动，所以，掌柜的倒并不担心自己的生意。西夏商人们可以选择的吃饭的地方并不多。他反而会在心里暗暗看不起酒楼里的西夏客人们——在这个时候不去做生意，反而来酒楼喝酒的，一定是败家子。当然，雅座内的除外，那些都是谈大生意的。

也算见多识广的掌柜知道，各种各样的人都是存在的。毕竟现在他的酒楼中，十几个客人中，也有四五个是西夏人。

他的客人们显然不知道自己在被掌柜的腹诽。因为这些地方严禁售卖报纸，所以酒楼内也没有报博士与说书人存在，甚至连陪酒的妓女也没在这个时间出现，客人们只是在楼上楼下三三两两一桌，低声地说着话。

"掌柜的。"一个青年男子的声音，打断了掌柜的胡思乱想。趴在柜台的掌柜头都没抬，懒洋洋地问道："什么事？"

"地字五号房在哪里？"

"进里门，左拐，过一道门，右拐，第二间便是。"掌柜下意识地回道，待到说完，方想起那房子早有人了，忙抬起头来，叫道，"客官！那房有人了……"

"我知道。"那个男子一面答应着，人却早已走远。

依言左拐，过一道门，右拐。果然，第二间房门挂着"地五"的木牌。男子伸出手，轻轻叩了叩门。三长一短一长。

"是谁？"屋里传来的声音，竟是个还没有变声的男孩的声音。

"长安来的。"

门"吱"的一声打开。

男子走进房中，却没见到有人在房中。他也不找人，只是将门闩上，找了张椅子坐下，方从怀中掏出半片鱼符与放在桌上半片鱼符合了起来。然后便静静地坐在那里，不再说话。

"等你很久了。"过了一会儿，声音再次响起。

"有何非常之事吗？"

沉默了一阵，那人方说道："若是无事，我也不必如此麻烦。但此事总是不能放心他人，而且亦没有直接证据……"

"嗯。"青年男子轻轻应了一声。便听那人继续说道："我家主人要我来传话给石帅，西夏两个月内必有大变。"

这么惊人的消息，青年男子也只是微微点头，并没有什么惊讶的表现。

那人似乎觉得有点儿奇怪，忍不住问道："难道石帅早已知道吗？"

"这似乎不合规矩了。"青年男子笑道，"何况石帅知不知道，我如何知道？"

"哼！"那人冷笑道，"你以为我不知道你是谁吗？"

青年男子眼中闪过一丝讶异之色，却并不追问，只是笑道："职方馆的规矩，本来与我无关。你才是职方馆的人，我可不是。"

"我也不是。我主人才是。"那人颇不服气。

"罢了罢了，我不想回去被骂。"青年男子笑道，"言归正传吧。我从长安辛苦赶来，也不容易。"

"我不辛苦吗？"那人反驳道，青年男子不禁一笑，只觉那人争强好胜，不知如何竟然入了职方馆，而且还地位颇高。又听那人悻悻地说道："这事情，并无一点证据。但又确实要紧，所以我家主人让我特意来一次……叫转达给石帅，夏主这两个月内，必定改制。"

青年男子听到这样的消息，却依然是波澜不惊的神色，只问道："令主人这般想，定有他的缘由。"

"若有证据，何必这般麻烦？"那人颇显不耐，道，"我家主人说，这不过是他的直觉。他身临其境，感受已多，方能有此判断。若强要证据，只有一桩，夏主在十几日前，曾经秘密召见仁多保忠……你告诉石帅，让他自己决断便是。夏主行事向来率性，果真要证据，却也甚难。"

"那……"

"我知你要问什么。"那人对青年男子不信任他主人的话，显得十分不满，言辞中便颇不客气，"那两人都无法证实。"

青年男子此时才不禁要目瞪口呆。世上哪有这么骄横凶悍的细作？简直是闻所未闻。他不禁微微动气，道："我知道了，必当如实禀报给石帅。"便作势起身要走。

"你急什么？"那人冷笑道，"我家主人还有话说……"

"请说。"青年男子虽然地位不高，但平生却没受过多少这样的气，不免也微微发怒，生硬地回道。

"椅子下面，有一张纸，写了兴庆府一带兵力布置和各军将领名单，你取了回去给石帅，他看了后，便可知道夏主这次改制能不能成功……我们陕西房收买的西夏将领名录，按例只能上报枢府，还要劳烦石帅自己问枢府去要。"

青年男子知道这人后一句是故意刺激自己，也不理会，只依言向椅子下面摸去，果然摸到一张纸，他打开略扫了一眼，便小心收入怀中。

"夏主一旦改制，我辈之任务便完成一大半。"那人竟打了个哈欠，笑道，"做了这么久的细作，总算快可以解脱了。"

"莫要高兴太早,那还只是你家主人臆测。"青年男子忍不住故意打击道。

"哼!"

"石帅也想请问一下你家主人,李清将军究竟有无可能反正?"

"石帅关心此事做甚?"那人似乎有点儿吃惊,"李清反正,只是手段,并非目的吧?"

"如此人才,不为大宋效力,岂不可惜?"

那人沉默了许久,方缓缓说道:"原来如此。请你回复石帅,李清是今之国士。他的确心怀故土,但是必不负夏主。"

"可惜!"

"但也未必没有希望……"

"哦?"

"若是夏主走投无路,李清必不肯再为西夏效力,到时他定转投大宋。"那人说这话的时候,整个人似乎都成熟了几分。

"我会回禀石帅。"青年男子站起身来,转身向外走去。

"恕不远送。"那人低声说道,顿了一会儿,仿佛炫耀地又补了一句,"侍剑!"

侍剑身形停了一下,终于强忍住回头的欲望,继续走出了这间房子。

9

约半个月后。

此时正是西夏大安四年十月中旬。

一场突如其来的大雪,将有"塞上江南"之称的兴庆府附近都裹上了银装,这座矗立在白茫茫的原野之上的城池,雄浑之中又多出了几分英气。在兴庆府的王宫之内,夏主李秉常身着黑狐袍,正与一干亲信的臣子商议着犹豫了近一年的大事。

"朕已决意,要仿宋、辽之制,改革国家之礼仪制度……"没有人知道李秉常为何突然下定了决心。事实上,连李清、文焕、禹藏花麻这几位素所亲信,并且一意劝诱夏主改行汉制的臣子,都觉得事情非常的突兀。三人在人群中无奈地交换着眼神。历来要行大事,都必须谋定后动,不除权臣,未专朝政,轻言改制,实是取祸之道。但是李秉常突然之间在更大的范围内,公开提出此事,却不吝于打草惊蛇。

但是李秉常对这些似乎毫不介意,他苍白的脸上印出兴奋的红潮,正一厢情愿地沉浸于自己对未来的憧憬之中:"……宋帝用石越之策,改革旧章,宋因此而强;辽主学习宋制,励精图治,契丹中兴,殆始于此……我大夏虽小,然素与二强抗礼,今日之弱,全是因循守旧,若仿契丹之策,以宋为师,大夏中兴,指日可待!"

宋朝与契丹的君主,都是那么的年轻,却都能让国家有如此成就,这一点就让年轻的夏主既惭且妒。景宗皇帝、毅宗皇帝时,白上国还是大陆西北让任何一国都不敢小觑的军事强国,传到自己手中,却没落至此,几乎有亡国之危!想到这一点,李秉常浑身的血液似乎都燃烧起来。

是的,自己绝对不能再犹豫不决了。

李秉常回避了梁乙埋的阻碍,他将梁乙埋长达半年之久的告病,当成了梁乙埋的一种妥协与退让。

"朕要放手施为!"李秉常在心里对自己打气,"我不会比赵顼、耶律濬差一点半点的!"

然而宫中群臣的态度,却出乎李秉常的意外。

在他做了这番表示之后,十余个素来亲信的臣子,都陷入短暂的沉默中。

死寂般的沉默,仿佛连殿外飘雪的声音都清晰可闻。

李秉常一时间觉得十分的难堪,他的目光缓缓移过第一个人的脸上,但他目光所到之处,那些臣子无不将头垂下,避开他的目光。禹藏花麻更是一开始就垂下了眼帘,绝不看李秉常一眼;李清的嘴唇嚅动了一下,也终于垂下头去。他们对李秉常的这种冲动,既不满,又无奈。

夹杂着失望的怒火,在李秉常的胸中点起,他的目光越来越狂躁,越来越恼怒。终于,他的目光移到了文焕脸上。这个宋朝的武状元,却没有避开他的目光,反而对视过来。

"陛下!"文焕跨出一步,朗声说道,"臣以为改制之事,顺天应人,陛下之举,可称英明!"

听到这句话,李秉常脸上露出一丝喜色。一瞬间,他觉得文焕果真是越看越顺眼。

李清却不满地望了文焕一眼,出列说道:"陛下!臣以为此事过于急躁。臣敢问陛下,此事可曾与太后、国相商议?"

"朕已亲政,国事当可独断!"李秉常盯着李清,语气变得严厉起来。他完全没有理会李清的用心,不知道李清是想给他留下一个回旋的余地,反而有一种被背叛的愤怒。

"陛下!"李清跪了下去,顿首道,"臣之忠心,可表日月。然而天下之事,欲速则不达!请陛下三思。"

"李将军此言差矣!"一直不曾表态的禹藏花麻,终于开口,"以宋为师,推行汉制,革新国政,亦是李将军之夙愿。陛下之举,实是英明。我大夏虽居西陲,然好礼慕义,崇儒尚文,国家典范,皆出先贤,岂可永久自居于蛮夷?况辽主师宋而强,宋朝变法而兴，若大夏故步自封，必有亡国之忧。臣虽不才，愿为陛下马前卒！"

禹藏花麻说完，朝李清挤了挤眼。其余群臣，眼见这般情势，再也不敢多说什么，连忙纷纷表示拥戴。李清眼见着李秉常眉开眼笑的神情，又见着禹藏花麻与文焕的眼色，不禁在心里叹了口气，暗暗道一声："博一把罢！"也跟着大声说道："陛下英明！"

次日。

兴庆府大朝会的朝钟撞响，在国相梁乙埋缺席的情况下，夏主李秉常身着汉服上朝，正式下诏，自即日起，大夏国罢废番礼，改行汉制！

此诏一下，梁乙埋在西夏的实力便展现出来了——殿中立时便有半数以上的官员，长跪不起。他们借着夏景宗元昊的名义，反对李秉常改行汉制。还有三成的官员则彷徨不定，心存观望。真正支持李秉常改制的，连二成都不到！

李秉常勃然大怒，命令武士将这些官员全部撵出正殿。并颁下严旨：五日之后再次朝会，有敢着番服者，即斩！

同时，李秉常又向全国颁布诏令，申明西夏从此要推行着汉服、行汉礼、习汉文、开科举、建学校、办报馆、整军队、轻赋税、和邻国、通互市十项大的改制措施。至于其小的条目则更是内容丰富，前三项不论，如开科举、建学校，就包含奉儒教为国教，开创明理、格物、武学诸科，而军事学校更是重中之重；整军队一项，则是要将西夏军队，分成御围内六班直、羽林军、部落军三种，要重建一只以骑射为主、正军人数在五万左右、装备精良的精锐羽林军，以此为西夏军事力量的核心，并且要仿效宋朝创建卫尉寺，将监军一职彻底职业化，并且深入至每个部落的百夫长一级；而轻赋税一项，则是规定西夏将用五年时间，逐年减轻赋税徭役，最终确定十一税的比率，并保证服兵役的户口税率再减为三十税一；和邻国、通互市则是向宋、辽同时称臣，与吐蕃议和，以推进双方的贸易，并缓解边境的危机，同时向西扩张掠夺，以弥补在东面的损失……

史称"大安改制诏"所提出来的措施，平心而论，若西夏果真能顺利施行，恢复国力并且一举进入完全的文明时代，也绝非没有可能。

但是这么多的措施，想一次推行下去，没有一个极其强势的君主，是绝不可能的。而且西夏君臣，无论是李秉常，还是李清，抑或是禹藏花麻，或者是反对者的梁乙埋与梁太后，都缺少宋朝君臣的财政概念。而唯一略微有点儿财政观念的文焕，用心却并不纯良。

将西夏国内极其沉重的赋税降低，以缓解百姓负担，本意上是好的，但是此举却足以让西夏的财政在短期内破产——除非他们能同时掠夺到大量的金银；而且，西夏更多的普通百姓受到的最残酷的剥削，不是来源于国家，而是来源于部落首领与贵族、地主，这一点上李秉常无能为力——他并非辽主耶律濬，辽国在内战中，许多贵族被清洗，从而使国家直接管理的户口增多，贵族统治的人口只占到少数。而且辽国地域宽广，辽主仅仅以契丹、奚、汉三族为统治基础，便可以毫无顾虑地将财政压力转嫁到其他部落头上。这两个原因，使得辽主可以大胆地减轻百姓赋税，以收买民心，恢复国力。所以，尽管李秉常的这一举措是向辽国学习，但是因为两国情况完全不同，导致这一措施在西夏将要面临极其巨大的困难。除非李秉常有能力在短期内将西域完全征服，将那里掠夺一空或者另有敛财良策。否则，他其余所有的改革，都是要钱的，仅仅依靠普通互市这一个利源，绝不可能支撑起这么庞大的改革措施。

据说石越得到"大安改制诏"之后，第一个反应就是——西夏国库到底有多少钱啊？在推算出西夏财政状况可能好过宋朝，但不可能太富裕之时，石越便开始怀疑李秉常找到了一条金脉。

但不论如何，大安四年的冬天，李秉常与他的亲信臣子们，却是抱着极大的热情，想要推行他们的改制的。

10

"胡闹！胡闹！他眼里还有没有我这个太后！"梁太后拍着桌案，身子气得直发抖。

她儿子想行汉礼的风声，她的确早就听说过。但是这么久没有动静，本来她都快认为李秉常已经死了这个心了，但不料两天之内，李秉常就突然闹出这么大的事情来。而且，事先根本就没有询问过她的意见。

"背典忘祖！"梁太后气急攻心，说话都有点儿哆嗦，"来人！来人！去叫皇帝来见我！"

"太后息怒。"嵬名荣低声劝道。

"你说，你说！我们好好的胡人，却要穿汉服、习汉文、行汉礼，景宗皇帝在九泉之下，也不得瞑目！"梁太后指着揉成一团的"大安改制诏"钞本，这个一向都胸有成竹的女人，都不禁痛心疾首。

"太后……"嵬名荣犹疑着。

梁太后望着嵬名荣的神色，道："有话就说！"

"依臣之见，这改制诏书，也未必一无是处。"嵬名荣硬着头皮说道，李秉常的这份诏书的内容，对许多西夏人来说，并非没有吸引力，"国中如今议论纷纷，众人都觉得诏书之策虽小有不妥之处，但大体确是良策，不过怀疑能否实行罢了。"

"连你也糊涂了！"梁太后指着嵬名荣骂道，"你看看这些事情，我大夏做得，可南朝也做得！我大夏论人口土地，还比不上南朝一路！果真行此策，我们凭什么与南朝相抗？我大夏之根本，是胡俗！只有这一点，南朝永远也比不上。南朝养一个骑兵，花费数千贯，尚且未必是善战之士，我大夏却不要花一文钱！若果真崇儒尚文，不出数代，风俗变更，南朝不费吹灰之力，便可灭我。真是糊涂啊！"

"但现在依守旧章，也有亡国之危。"嵬名荣一时也判断不了究竟谁对谁错，只得据实直言，"况且人心皆以宋朝为强国，人人皆道要师宋自强……依臣之愚见，太后莫若静观其变。主上也不是一两句能劝过来的……"

"劝不过来也要劝。别的我任他去做，不过行汉礼、着汉服、习汉文、办报馆这四项，却一定要废。学校可以建，但是要教也只能教番文的。"梁太后咬牙道。

意外地，李秉常在梁太后找他之前，便先来向梁太后禀告改制之事了。

双方的谈话注定不会有好结果，虽然李秉常在内心十分畏惧梁太后的权威，但是射出去的箭，也不可能再回头。

五天时间很快过去。再一次大朝会到来。

李秉常满意地接受着殿中的文武百官身着汉服，用汉礼进行朝拜。他居高临下地扫视众人，心中得意洋扬——忽然，他的目光停在几个人的身上，脸色变得难看起来。

"野利拿！讹庞良固！吴江！"李秉常的声音仿佛结了冰一样。

众人的目光都聚集到这三人身上：在一片汉服中，只有这三人依然身着番服，并且用番礼参拜。

殿中顿时沉寂下来。

这三个人都是元昊时代的臣子，野利拿更是做过谟宁令，讹庞良固则做过枢铭，吴江虽是汉人，在谅祚时代也当过北院宣徽使。

而最重要的是，每个人都知道，这三人与梁乙埋素来很亲密。

梁乙埋一面让梁氏子弟与大部分党羽假意服从李秉常，一面却挑出三个老臣来，试探李秉常。其实这也是题中应有之义——改制诏中，对军队的改革，早就被众人解读成李秉常想借此机会夺去梁氏的兵权。梁乙埋又岂会束手待缚？

李秉常的脸上仿佛涂上了一层严霜。

"朕五天前的诏令，你等不曾听过？"

"那是乱令！"野利拿自恃身份，倚老卖老地说道，"变乱祖制，臣不敢奉诏。若穿汉服，臣死后无脸见景宗皇帝！"

"是吗？"李秉常的声音更加严酷，"只可惜，轮不到你来指责朕！"他转向讹庞良固与吴江:"你们两个呢?"

"臣等不敢奉诏。"

"你们也是怕无脸见景宗皇帝吗?"

"是!臣等愧对列祖列宗!"讹庞良固与吴江从李秉常的眼神,感觉到一丝凉意,但事已至此,却只能硬着头皮说道。

"好!甚好!"李秉常忽然点了点头,笑了起来。但只是一瞬间,他的脸便又沉了下来,一股杀意弥漫在脸上,"既然你们这么想见景宗皇帝,朕便成全你们!"李秉常这句杀气腾腾的话,在殿中空荡地回响,几个胆小的,吓得一个哆嗦,几乎跪了下去。

"来人!"李秉常厉声喊道。

几个武士大步上殿,抓住野利拿三人。三人早被吓呆了,连话都没说出来,便听李秉常冷冷说道:"我大夏素来尚武,不忌血腥,便将这三人在殿中处死,悬首示众三日,全家抄没为奴!"

"遵旨!"

"慢!"

"陛下息怒!"

李秉常看都不看准备求情的官员一眼,厉声喝道:"立即行刑!敢求情者,与三人同罪!"

"遵旨!"殿中武士毫不含糊,拔刃出鞘,一刀一个,顷刻之间,三人便身首异处,血溅殿中。西夏诸臣并非没见过杀戮之人,但这种血腥的场面,却也让许多人胃中翻滚,忍不住想要呕吐,但是看看李秉常杀气腾腾的样子,又只得拼命强忍,绝不敢表露出来。

而文焕早已带头跪下,高声呼道:"陛下万岁!万岁!"

众官员连忙一齐跪倒,同声唱和:"陛下万岁!万岁!"

史称"大安改制"的西夏政治改革,正式拉开了血淋淋的序幕。

第五章
月乘右角

 不入虎穴,焉得虎子。
——《后汉书·班超传》

1

李清府。

"你给皇上出的这个主意,实在太过于血腥……梁乙埋岂会善罢甘休?"李清回想起殿中一幕,忍不住责怪着事情真正的幕后主使者文焕。但是他也有点儿无可奈何,夏主对文焕的信任,现在丝毫不亚于他。

"难道不杀人,梁乙埋便会善罢甘休?"文焕淡淡地反驳道。实际上他心里巴不得梁乙埋发难。

"以这样的手段,众人不会心服。"

"行大事,必先立威信。罚当罚,赏当赏,则众必心服。"文焕不以为然,"严刑峻法,可以让众人明白皇上的决心。法令更易推行。"

"不是这般。"李清摇摇头,"状元公你太偏颇了,德刑不可偏废。"

文焕笑道:"我们不必辩论这个。实则我献此策,还另有用意。"

"哦?"

"皇上心中对梁氏,似有畏惧之意。"文焕毫无顾忌地说道,"用这种非常手段,能增强皇上的勇气与信心。若老是对梁氏不敢动手,大事必败。而今日之杀戮,在他日对付梁乙埋之时,亦可震慑众人,使众人不敢轻易偏向梁氏一方。"

"罢!罢!"李清叹了口气,他也不知道这样做是对是错。事情已经发生,再说多了也没有意义。现在他最担心的,是梁乙埋的反应。

自己的党羽被杀,梁乙埋岂会善罢甘休?

李清不禁握紧了拳头。

梁乙埋的国相府,是兴庆府除王宫以外最大的建筑群。整个相府占地数百亩,有三道厚实的院墙,高耸的箭楼,以及丰富的仓储,还有超过千人的家兵,俨然就是一座小小的城池。在相府的高墙之内,则有百千楼阁,高下参差,轩窗掩映,幽房曲室,玉栏朱楯,金碧辉煌。其后院更有绿水环绕于楼台假山之间,花木苍松,繁茂交错,是这"塞上江南"少有的园林。此时因天近严冬,普降大雪,这一片美景被白雪掩盖,更见一番别样的风致。

只是梁乙埋虽是汉人,却是在西夏出生长大,文少武多,竟下令府中仆人每日都要将园中积雪打扫干净,做些煮鹤焚琴的勾当;又嫌冬日翠色不足,竟又使人将几株珊瑚树置于园中各处,使得好好一座园子,变得不伦不类,让人忍俊不禁。只是来往相府之人，要么本身不通风雅，反而羡慕梁氏的豪富；要么不敢得罪梁氏，只装作视若无睹。所以梁乙埋浑然不觉府中布置有何不妥，反而颇为自鸣得意。

不过梁乙埋虽然粗俗无文，却是精于权术。早在夏主李秉常开始"大安改制"之前，梁乙埋便警觉到可能的危险，开始称病不朝，长期居住在这园中不出。但是对于朝中局势，却是洞若观火。《大安改制诏》颁布后，他便指使野利拿等人试探夏主的决心，不料夏主竟出乎意料的狠绝，当殿便将野利拿三人处死。这无疑是给了梁乙埋一记重重的耳光。遍布朝堂的梁氏党羽虽然一时被夏主吓住，但回过神来之后，便纷纷前来国相府，要梁乙埋拿出对策。

这一群人兔死狐悲，聚集在梁乙埋府中，不免要吵吵嚷嚷，聒噪不休。梁乙埋连哄带骂，方将这些人暂时镇住。

打发了这些党羽之后，梁乙埋开始认真考虑起目前的局势来。

自从绥德之败以后，他在西夏国中的威信便日益减弱。以外戚控制国政，在西夏这种实力派林立的国家，并不是一件容易的事情，他以前之所以不断出兵攻打宋朝，除了满足自己的野心外，最重要的目的，就是转移国内矛盾，缓解国内对梁氏独霸朝政、治国无能的不满。并且通过战争，牢牢把握兵权，使反对派不敢轻举妄动。但绥德一败，西夏国力大损，国内对他的不满情绪与日俱增，昔日被压制的反对派，声音与胆子也一并增大——若在以前，借给仁多澣一个胆子，他也不敢派兵入兴庆府！这样潜在的力量，散布于兴庆府与各地。乃至于普通的西夏部落首领，在梁氏强大之时，并不敢有他想，但此时对梁乙埋的支持也变得犹疑起来。这些人一向只会追随强者。

如若李秉常在当时果断一些，趁兵败时拿他开刀，他梁氏一族，此时有可能已在鬼门关相聚——不过当时李秉常也有他的疑惧：梁氏一门两后，朝中党羽密布，而最重要的是，在平夏城作战的梁乙逋还控制着一支精兵。但饶是如此，当时也是梁氏地位最不稳固的时期。因此梁乙埋才会长期称病不朝，害怕的就是出现万一；也因此梁乙埋才不惜代价，要和辽国交好，借此稳住脚跟，并且迅速地再次将兵权牢牢握在手中。梁乙埋深知，他梁氏一门在西夏国中立足的根基，依赖的就是梁太后的威望与对兵权的掌握。

此时梁乙埋基本上已经稳住阵脚。但是他也知道，此时的情势，与兵败绥德之前，已然大不相同。绥德兵败导致梁氏势力的削弱，不是这么轻易就能挽回的。西夏国中，上至各路"诸侯"，下至普通将士，对梁氏衷心拥戴，特别是对他梁乙埋衷心拥戴的，已经非常的少，而不满的却在增加。只不过梁乙埋身兼国舅与国丈两层身份，一门两后的地位，加上经营十数年的积威，掌握兵权的实力，使得梁乙埋在表面上依然还能够维持着自己的地位。

梁乙埋也许算不上一个智者，但是精擅权术的他，对于这些潜在的变化，却非常的敏感。能在西夏残酷的权力斗争中成为胜利者，他依靠的，也并非仅仅是因为他的姐姐是太后。

西夏的局势，本来已经相当的微妙。力量的天平在改变，形成了一种新的非常微妙的平衡。但在这个时候，夏主李秉常颁布了《大安改制诏》，这个微妙的局势，注定要被彻底打破。

梁乙埋完全出于一种本能，非常谨慎地应对着即将发生的变化。毕竟现在的西夏，已经不是他可以操控一切的时候了。

夏主李秉常的《大安改制诏》，其实迎合了相当一部分人的期望。有实力与野心的人希望借此机会掌握权力；而关心时政的贵族酋长们感觉到了前所未有的危机，他们盼望着变化，盼望西夏能中兴，虽然这一点也不妨碍他们想要维护自己的既得利益；而社会的下层，则希望减税，并变得厌恶战争——哪怕是一个纯游牧民族，战争也不会只带来好处而不带来麻烦的，更何况西夏是一个半农半牧的国家，长期的战争，给社会下层带来的痛苦其实并不逊于他们给敌人造成的痛苦。战争得到的利益往往被上层侵吞掉大部分，而普通民众却要承担赋税加重，生产之主要责任由妇女老幼承担等种种恶果。《大安改制诏》的颁布，至少在精神上，给了这些人一个希望。

梁乙埋虽然并不能准确地把握住国人的想法，但是他却能直觉般地意识到一些东西。更何况有些情况他是明白的：李秉常有大义的名分。

这是绝对不可轻视的。

梁乙埋权力的合法权便是因为他依附于这种大义的名分之上。一旦他失去这种名分，国内立时就会大乱。即使他并非通晓史事的人，也知道宋太祖的故事，以宋太祖在军中、国中的威望，一旦黄袍加身代周，也会面临着叛乱。他梁乙埋威望、才望、实力三者无一样比得上宋太祖，别说禅代，哪怕擅行废立，也一定意味着内战的开始。更何况还有一个宋朝在虎视眈眈。

因此不到万不得已，梁乙埋也不敢轻举妄动。

如果真要下手，就要有万全的把握控制住局面，至少也要能够控制住李秉常。否则，远的不用说，耶律乙辛就是前车之鉴。辽主不过是太子，耶律乙辛还可以另立新君；但是李秉常却是西夏国王，先帝谅祚唯一的儿子！如果不能控制住李秉常，他梁乙埋的前途便已注定——他的势力会很快瓦解，梁氏一族在西夏算是彻底玩完。梁氏权力基础是依附于西夏王权的，他梁乙埋不会做自掘坟墓之事。

"投鼠忌器！投鼠忌器！"梁乙埋不断地自言自语着。理清思绪之后，他才惊觉，局势之复杂微妙，更出他预料。自己果真能控制住兴庆府吗？在某一瞬间，梁乙埋甚至有点儿怀疑，若是李秉常亲自率军，究竟有多少原来他算在自己力量之内的部队，在那时候会动摇、观望,甚至是反戈。但是李秉常有这种胆识吗?梁乙埋一时间竟也拿不定主意了,若从之前来看,他绝无这种胆略;但若从他在大殿诛杀异己来看,却又似乎不无可能……

"终须先剪其羽翼!"沉吟良久,梁乙埋终于咬着牙,一拳砸在了桌案上。

"来人!"恢复平静之后,梁乙埋整了整衣服,高声喝道……

2

数日之后。

西夏王宫。

夏主李秉常正与李清、禹藏花麻、文焕以及几个大臣商议着改制之事。在众人当中,李清表面上看来最平静,但是内心却最为激动。人是一种奇怪的动物,有时候会执着于一些形式上的东西,并且为之感动。睿智如李清,亦不免于此,身着汉袍的李清,竟时时有一种回归故国的错觉。许多年被人有形无形的歧视,在穿上汉袍的这一刻,似乎全部得到补偿。因此,在议事之时,李清竟然几度失神。

如是几次之后,在李清再度走神之时,李秉常终于发觉了李清的异样。

"李将军?"

李清几乎被吓了一跳,回过神来,忙应道:"臣在。"

"卿无碍吧?"李秉常狐疑地望了他一眼,"莫非府中有何事?"

李清见连文焕与禹藏花麻等人都不禁侧目而视,不由得大觉尴尬,忙找了借口,回道:"谢陛下关心,臣家一切尚好。臣是在思虑一些事情。"

"哦?是何事值得如此?"

"臣在想,改制诏颁布有些时日了,各地统军、头领、节度使、知州的态度,也应当明了了……"

李秉常点了点头,却微怒道:"至今未收到一份奏表。"

文焕在一旁插道:"此事不足怪。兴庆府附近,要么是梁国相门下,要么心存观望。待沿边几个军司表示支持的奏折一到,这些人的奏折,自然就递进来了。后至之诛,他们岂能不惧?"

"状元公说得是,我曾听过这'后至之诛'四字,似是个典故吧?"李秉常点头称是,又感兴趣地问道。

"确是典故。说的是大禹大聚诸侯,有最后至者,即斩之,以立威天下。陛下改制,当法先王,立威信以行天下。"文焕朗声说道,全然不顾李清已经微微皱眉。

李秉常却连连点头称是，赞道："大禹为上古圣王，果然值得后世效法。他斩了后至者，从此他若有征召，则诸侯自然无不争先。其能成千秋之业，岂是偶然？"

文焕笑道："陛下闻一而知三，真英明之主。"

李秉常听到这话，更加高兴，笑道："今我等改制，亦当效法先王。若能使那些庸庸碌碌的官员知道害怕，则自然令行禁止，改制可成，中兴可期！我日前诛杀野利诸人，正是为此！"

李清在心里叹了口气，正要劝谏，方待开口，却听到一人冷冰冰地厉声说道："若是我不肯着汉服，皇帝是不是也要给我'后至之诛'？"

伴着这声音，内侍尖锐的唱礼声响了起来："太后驾到——"

众人连忙跪倒迎驾，齐呼："太后千岁！"

李清偷眼打眼，却见梁太后满脸怒容，正盯着夏主李秉常与文焕，似乎恨不得把他们的心都挖出来看看。一个内侍则满脸尴尬地侍立在身后，显然他是被梁太后命令不要通传，结果却被梁太后听到这番议论……李清又将目光移向梁太后，却见梁太后两道锐利的目光向自己射来，他连忙低下头去。

却听李秉常站在那里，赔着笑说道："母后说笑了。"

"我可不会说笑！"梁太后冷笑道，在内侍搬来的椅子上坐了，又说道，"在朝中连诛三个大臣，我还敢说笑吗？天下谁不知道皇帝杀伐果断！"

"那三人违抗君命，原也该杀。"李秉常不敢看梁太后的眼睛，只是低着头回话。

"果然不愧是一国之君！"梁太后冷笑道，"皇帝长大了，连祖宗都不放在眼里，原也不必把我这个老妇放在眼中。'原也该杀！'哼！"

"孩儿岂敢。儿子这也是为了祖宗基业。"

"若果真为了祖宗基业，便不当如此草率！"梁太后厉声斥道，"我们本是胡人，穿着这汉人的袍子，便是背祖忘宗！同样的话，我已和皇帝说过很多遍——这汉袍一旦穿上，十年之后，大夏便无可战之兵，党项有灭族之祸！当年北魏孝文帝的教训，你便一点也不记得吗？"

"太后此言差矣，孝文帝之时，北魏强盛一时，北魏之乱，是因为他儿子不争气，祸生萧墙而招外侮，否则尔朱荣之流何足成事？这如何能归咎于孝文帝改制？"文焕伏在地上，沉声反驳道。

"你是何人？敢这般和我说话！"梁太后盯着文焕，骂道，"都是你们这帮奸臣惑君乱国，把好好一个皇帝带坏了。"

"太后……"禹藏花麻小声唤道，想劝解几句。

梁太后却早已开口骂道："禹藏花麻，你不好好劝皇帝走正路，也要跟着他们胡来吗？你可也是胡人。"

禹藏花麻连忙把头缩回去，不敢再说话。

殿中顿时一片沉寂。

梁太后的目光扫过众人，指着文焕，冷冷说道："这人是宋朝降将，无父无君之徒，岂可倚为腹心？来人！立刻将此人赶出宫中，从此以后，若见此人踏入宫中一步，便取他头来见我！"

"母后！"李秉常急道，"文焕确是忠臣，绥德之时，他有救驾之功……"

"正是念他救驾之功，才没有立斩他。"梁太后的话里，有不容置疑的权威，她望着李秉常，道，"皇帝亲政了，爱做什么，也只能由得你。这江山社稷，是祖宗辛苦打下来了，终不能丧在外人之手。嵬名荣是几朝的元老，忠厚可靠，这御围内六班直，自今日起，划出一半归他直接统领。他本是御围内六班直的老统军，让他指挥，也指挥得动。"

"这……"李秉常与殿中众人，听到这话，连脸色都变了。

梁太后环视众人一眼，冷笑道："难不成还有人离间我们母子，皇帝你疑心我要夺兵权不成？"

"孩儿绝无此意，只是兹事体大……"

"御围内六班直，你母后我当年也指挥得动！我若真要夺你兵权，一道手书，便能将六班直全部调走，用不着这么扭扭捏捏。我是信不过你身边这帮人！"梁太后目光逼视李秉常，其中竟隐隐有几分嘲讽之意。不过梁太后这话也不算吹嘘，她不比一般女子，带兵打仗，权谋手腕，无一样没做过。以西夏宫廷斗争的血腥，其胜利者又岂会是泛泛之辈？

李秉常在梁太后的逼视下，终于无视李清、禹藏花麻等人心急如焚的神情，退缩了。"是，儿臣谨遵母后懿旨。"说出这句话，李秉常身子一软，几乎感觉要瘫了一般。李清等人，脸色尽皆如锅底一般黑沉。

梁太后举手之间，便夺走御围内六班直一半武力的完全控制权，虽说这部分武力本来也不是李秉常在任何时候都能指挥得动的，但对于李清诸人来说，始终是一次巨大的挫败。而文焕被梁太后一句话就赶出王宫，更是明白无误地告诉着李秉常，究竟谁才是这座王宫真正的主人！但让人奇怪的是，一向坚决反对改制的梁太后，这次却并没有在这个问题上纠缠，反而表现出了一点态度软化的迹象。不过，这一点，对于被挫折感笼罩的李秉常等人来说，却没有注意到。

雄心勃勃的李秉常，甚至还没有开始真正改制，就遭遇了第一次挫折。在这个时候，兴庆府的严冬，似乎都成了一种不祥之兆。

不过，这种沮丧看起来只是暂时的。

很快，仁多澣就给李秉常打了一剂强心针。在《大安改制诏》颁布一个月内，以仁多澣为首，四五个实力派的军司统军，以及部落首领，陆续将自己支持改制的奏折送到了兴庆府。有了做第一个的人，许多人对梁乙埋的顾忌就少了许多，后面陆陆续续，各军司的统军们，全部送来了支持的奏折。

终于，在大安四年快要过去之前，西夏的各路"诸侯"们，也许是出于真心的支持，也许是出于政治上的投机，也许是出于恐惧"后至之诛"，担心野利拿等人的命运在自己身上重演，总之，是一个不落地表达了他们对改制的支持。

大安改制，在名义上，终于成了"顺天下之望"！

3

时间永远是最大的。

宋朝的熙宁十一年，夏国的大安四年，很快就过去了。宋夏之间的战争，眼看着就过去了一年的时间。一年的时间，对于善忘的人来说，已经可以忘记他们不想记住的事情；但对于另一些人来说，耻辱却并不会随着时间的推移而消减。

熙宁十二年的正月，宋朝与西夏，从表面上来看，除了西夏派出使者向宋朝皇帝拜贺正旦以外，双方都是在为各自的事情毫不相干地忙碌着。

宋朝在正旦的大典之后，由鸿胪寺卿正式告知辽使，宋朝决定接受辽国的请求，双方在对方京城，互设常驻使节，辽国由此成为自高丽国以外获准在汴京常驻使节的第二个国家。这件小小的事情，实际上传达了很多的信息：此时的宋朝，正在渐渐变得比以往更加自信，也更加开放。

不过，此事由鸿胪寺卿来传达，却也意味着对石越主导的官制改革的修订——当年官制改革之时，规定鸿胪寺负责藩属、国内少数民族、海外殖民地之事务，而不在朝贡体系之内的国家，如对辽国的外交事务，则归于礼部。这种设置本是石越试图打破朝贡外交的一种尝试，今后的宋朝必将面临更宽广的世界，虽然宋朝当之无愧地处于当时人类文明的顶峰，但是并不意味着其余的文明只能匍匐于它的脚下，古老的朝贡体系在石越看来，本就有修正之必要——正视你的竞争对手，什么时候都不会错。而宋朝本来就视辽国为平等的"大国"，朝贡体系在这里已经开了一道缝，因此石越便想巧妙地加以利用。

但很快，宋廷就发现了其中的不便：当时与宋朝交往的国家，仅仅只有辽国是宋朝认为可以平等相处的国家，其余诸国，连注辇国这样的天竺强国，都被习惯性地纳入了朝贡体系之内，虽然对海外更加了解的宋廷心知肚明那并非大宋的藩属，但传统思维却没那么容易改变。至于对世界的了解日益增深之下,被宋朝许多士大夫承认可以与辽国相提并论的近西及泰西诸国(石越《地理初步》之地理概念,大抵西夏以西至中亚,称为西域,西亚至东罗马帝国称为近西,东罗马帝国以西,则为泰西),却并未与宋廷发生直接的官方交往,因此自然也被选择性地忽略了。在这样的情况下,礼部主客司就显得特别的清闲,也特别的刺眼,朝野上下几乎一致同意这是一个"冗司",终于,这个机构在熙宁十二年走到了它的尽头,宋廷首先决定将其事务全部并入鸿胪寺,在一个月后,就正式宣布裁撤主客司。

虽然石越始终坚持认为,国内之"蛮夷"亦是宋朝之臣民,将其与辽国通聘并属于一个机构不伦不类,但他也无法阻止这种历史的巨大惯性。在宋廷看来,成为国家编户的"蛮夷"自然可以归入户部管辖,但是那些羁縻州与不向国家纳税服役的"蛮夷",却只能归入朝贡体系之内,其与藩属不过是程度不同的区别而已。

"普天之下,莫非王土;率土之滨,莫非王臣"这句话,从来都不是历史的事实,但是这一点也不妨碍它深入人心,并由此为文化核心,形成了古老的朝贡体系。石越一方面沉迷于朝贡体系带来的既得利益——它使得宋朝对南海地区的经营名正言顺,在将高丽与南海诸国纳入华夏圈之时更加顺理成章——因为华夏文明掌握了整个地区的话语权,使得那些当事国都承认朝贡体系是天经地义的,在宋朝拥有足够实力的时候,这种观念带来的优势是不可想象的,因为它能从心理上解除敌人的武装。但另一方面,石越却清醒地知道,哪怕华夏文明一直保持着自己的优势,也不意味着其余的文明便没有自己的尊严。人类文明并非是一座山峰,而是由群山组成,每个称得上"文明"程度的人类社会,都可以有自己的山峰存在。你可以保持高高在上的姿态,但是在心理上,你永远需要去正视你的竞争对手,否则,哪怕是再强盛的文明,总有一天,也会在高傲中迷失、堕落,被别人超越而毫不自觉,到那时候,便难免要付出惨重的代价。

古老的朝贡体系,在这方面是有缺陷的。但石越既想享受它带来的好处,试图保持它的完整性,那么在它之外生硬地另立一个系统,就不会是这么容易的事情了。礼部的主客司,甚至连礼部尚书王珪都觉得极其别扭,而且在实际事务上,也造成了相当大的不便与职权重叠,它被裁撤,事实上反映了宋廷效率的提高与务实。所以,连石越也对此哭笑不得,不知道这件事究竟是好是坏。

除此之外,在宋朝各地,也发生了一些值得一提的事情。

在南方,熙宁十一年以前,广南东路与广南西路的税收,其总和甚至都比不上荆湖南路一个大一点的州,而且因为运输与市场的原因,海外贸易的交易点,海商人们往往也更愿意选择泉州与杭州等城市,而并非广州。这件事情在熙宁十一年终于发生变化，广州的商税在这一年正式超过潭州之全部税收。在广南东路的移民数量虽然有限，但是却带来了更先进的生产工具与生产方式，使得当地农业也有了一定的进步。前三司使曾布因此政绩而受到朝廷的表彰，本来其高升指日可待，但另一件事却影响了他的仕途——为了沟通与荆湖南路、江南西路的交通，增加广州对商人的吸引力，曾布与薛奕、蔡确合谋，竟然从南海诸岛及注辇国控制的小岛上，掳掠了三千余土人为劳工，用于修葺道路，沟通河道，其中有一半以上客死他乡。这件事情被一位派往广南东路办案的监察御史发觉，一本奏章，让曾布与蔡确各降一级，薛奕削侯爵，成为熙宁十一年下半年震动天下的大案。宋廷因此也着手海外第一次人事调动，将狄谘调任广州，曾布调任凌牙门，蔡确调任归义城，而三地的监察虞候、常驻凌牙门与归义城的监察御史，也因为失职，全部罢职换上新人——这种程度的调动，既是考虑到南海地区在早期需要倚重熟悉情况的官员，又可防止他们在某地经营过久，形成尾大不掉之势。不过由此次调动，也知道了三地在宋廷心目中的地位：广州最重，其次凌牙门，再次归义城。

而在西北，熙宁十二年的春节，石越与刘庠正兴高采烈看着地图上的驿政网慢慢地延伸，眼见就要遍布陕西大部分地区。而更让人高兴的是，重修三白渠等水利工程，也进展得十分顺利。不过，这种表象的背后，却同样有着残酷的现实。石越将留在陕西路的众多西夏俘虏分成了三部分，一部分下级军官和勇武的战士，被石越打散整编入宋朝的禁军——按当时的惯例甚至可以独立成军，这些俘虏会毫不犹豫地向昔日的袍泽挥刀——向朝廷献俘的那一部分，就被皇帝编成了一个营的完整编制，派往河北。但为了谨慎，石越还是按自己的习惯，将这些人全部打散整编，老幼派往马监，随军工匠编入作坊，普通士兵则成为免费劳力——当然，名义上不是免费的。这些人被告知，西夏拒绝了对等交换俘虏的建议，更不会出钱赎买他们，他们已经不可能回到故乡。唯一的出路，就是在陕西路的道路与水利工程完成之后，他们可以按自己工作量的多少，在宋朝的南方得到一块大小不等的免征赋税五年的土地。

无论这些俘虏对宋朝南方的土地有无兴趣，他们都别无选择。石越不过是为了避免御史的弹劾，减少道义上的阻力，用"南方的土地"为此来披上一块稍稍温情的面纱而已。陕西路的百姓为战争付出了沉重的代价，他们得到战争带来的这一丁点好处是理所当然的。如果为了所谓的道义，将这些战俘编成吃白饭的军队，或者便宜各级官僚，成为他们的私佣，却还要征发陕西的百姓来修路通渠，在石越看来，这只是一种伪善。一开始还心存疑虑的刘庠等人，也很快接受石越的解释：这些战俘，不过就是没有正式的名号，将薪俸折成了土地兑现的厢军，如此而已。

宋朝的法律与道德都不允许野蛮地役使百姓，哪怕是他国的百姓。在宋朝，番商如果在宋朝病死，他完全不用担心自己的身后事，宋朝市舶司会保留他的财产，想方设法派人通知他的家属,让他们来继承这笔遗产。如果是为了通商而遭遇到海难死亡的水手与商人,也可以从市舶司得到一笔抚恤金——哪怕他根本不是宋朝的臣民。垄断海路,对番商征收高税是一回事,但这种温情脉脉的人情味却是宋朝所独有的。你当然可以把他当成一种招徕海商的手段,却不可以违背这种道德习惯。石越是深知这一点的,至少他比曾布要理解得深刻——役使俘虏其实并不是问题的关键,关键是事情要做得好看。如果他果真严酷地对待那些俘虏,不给他们任何报酬,他必然会面临朝野上下铺天盖地的谴责声。但如果他付了报酬,哪怕仅仅是名义上的,哪怕是画饼充饥,事情的实质立即就会变样,人人都觉得这是理所当然。

有时候,借口也是很重要的。

4

在西夏,也有他们自己值得全神贯注的事情。

当"大安改制"得到地方,特别是实力派的支持之后,梁乙埋便更加不敢轻易发难了。但这并不是说梁乙埋会全然不知还手。老奸巨猾的梁乙埋,一方面继续称病隐忍,一方面却指挥党羽,在朝中不断地找出种种借口来阻挠改制。并且,从大安四年的腊月开始,在兴庆府的街头,便有各种各样不利于改制的谣言开始流传。这些谣言从兴庆府传到各地之后,就更加走样得厉害了。

但对于夏主李秉常来说,地方的明确支持,无论是自愿还是被迫,都可以让他信心大增。在大安四年的十一月,李秉常就再次派出使者,向宋朝与辽国拜贺正旦,不折不挠地执行他"睦邻邦"的政策。

除此之外,西夏君臣便在紧锣密鼓地筹划着创建讲武学堂与国子监,并且计划在大安五年三月举行第一次科举考试。以培养、网罗改制需要的人才。

在大安五年的二月,李秉常又向全国颁布了一份诏令。在这份诏令中,李秉常宣布要裁减宫府用度,并且免征全国半年之税,保证在大安五年,不再征召男子服兵役,使百姓得到休息。

"真是大言不惭!"在兴庆府的某座宅院内,史十三读着抄录来的诏书,禁不住笑道。

回答史十三的,是一个女子。"不再征召男子服兵役,对于处于弱势一方面的夏国来说,未免也太……"她笑了笑,没有再说下去。

站在史十三身后的黑衣童子撇了撇嘴,讥道:"李秉常倒也罢了,李清和禹藏花麻，便只尔尔吗？"

"倒也未必如此。"女子笑道，"我听说这一代的夏主，有时候懦弱少断，有时候却是刚愎自用得很。这份诏书，李清与禹藏花麻，未必做得了主。"

"是吗？"童子又撇了撇嘴，不太相信地反问了一句。

史十三摆了摆手，打断二人，沉声道："现在不必说这些，且先看看石子明要如何做吧。"

二人立即收口，恭谨地应道："是。"

"李清给了我三千贯，托我阴蓄死士，说是要效仿当年司马懿对付曹爽的法子，在民间散养死士，要紧之时，便可以有大用。"史十三低声说着，语气中却有一丝戏谑之意，又似乎有一些不忍。

"何不便按他说的去做？"女子笑道，"要紧之时，说不定真有大用。"

史十三也哈哈大笑，道："说得不错。栎阳县君名不虚传，真称得上是女中豪杰！"

"奴家不过一小女子，哪里比得上史十三的英名。"

史十三笑道："不敢相瞒，初听到是个女子，我也不免有几分轻视。现在却是不敢了。"

"史兄说笑了。"

史十三凝视这个女子，想起她的种种传说，忽然生出好奇之心，笑道："不知县君怎么会来这虎穴之地？"

女子淡然一笑，回道："俚语不是说，不入虎穴，焉得虎子吗？"顿了顿，又笑道，"其实这里有史兄主持大局，我来不来也无干紧要。且一个生人，到了这里，也未必有用。我来这里，实是给史兄打个下手的，一切都听史兄差遣。"

史十三似笑非笑地望了女子一眼，也不点破，笑道："岂敢。"

对于坐在他对面的这个奇女子，史十三是很尊重的，这种尊重足够让他按捺下自己的好奇心。虽然明明知道这个女子来这里，绝非给他"打下手"，多少还带点监视之意，但是他却生不出一点厌恶、排斥之意。

数日之后，西夏静塞军司，韦州。

仁多瀚也在读着李秉常的这份诏书。"不再征发兵役吗？"仁多瀚苦笑着，忍不住自言自语地说出声来。李秉常一厢情愿的想法是好的，一面可以收买民心，休养生息，一面也是向宋朝示好，显示西夏无扰边之意。

可是，时势已经变了。这份诏书若是李元昊颁布的，那么宋朝一定会朝野上下，额首称庆。但是他李秉常颁布的，却只能招人发笑。

是战是和，还是由夏国来决定吗？

征不征发兵役,现在根本轮不到李秉常来做主。

"报——"中军官打断了仁多澣的思绪,他抬起头,望了这个新任的中军官一眼,他曾经几乎要斩了这个家伙灭口,但是最后他发现这个家伙非常的识时务,而且有能力,虽然他也知道这样充满野心的人很危险,但也许是看在他献上来的巨额赎金的分儿上,也许是一种类似于想要驯服野马的心理,仁多澣留下了慕泽的性命,并且任命他做自己的中军官——虽然在必要时,他会毫不犹豫地再杀了他。在西夏,好的人才,始终是缺乏的。宋朝人才众多,浪费起来一点也不心疼,但在西夏,无论是国家还是各部落,都很珍惜难得的人才,因为这几乎直接关系到国家或者部落的生死存亡。

"何事?"仁多澣的目光扫过慕泽。

"宋朝张守约派人送来石越的书信。"慕泽低下头,恭谨地禀报道。

"这个时候?"仁多澣心中一阵不安,忙道,"请他进来。"

5

同一天,在宋朝陕西路的熙河地区与绥德地区,开始了宋朝历史上规模最大的军事演习。

"什么?"夏主李秉常的语气中,有几分不可置信地惊愕。

数日之内,沿宋朝边境的诸军司,向兴庆府告急的快马不绝于道。对于宋军大规模的军事集结,西夏的边将们,都有几分摸着不着头脑。宋军集结大军,从常理而言,必定是为了进攻西夏,但是从宋军的举动来看,又似乎并非如此。摸不清宋军虚实的西夏边将们,全都迷惑不解。自古以来,都是兵不厌诈,无论宋军是否在搞"虚虚实实"的把戏,对于不知底细的西夏人来说,唯一的办法,就只有保持备战的状态,高度警惕,同时一面派人去刺探宋军的军情,一面则向兴庆府报告。

"须尽快点兵迎战,国相知道了吗?"李秉常着急地问道。

李清与禹藏花麻交换了一下眼神,李清跨上一步,低声道:"陛下,这是千载良机!"

李秉常愣了一下,没有明白李清的话。

"召国相进宫,商议军机,然后趁机……"禹藏花麻解释道,一面做了一个杀头的手势。

李秉常吃了一惊,旋即摇头,道:"强敌当前,万一激起内变,岂不为宋军所乘?"

"机不可失,失不再来。"李清语气中,透着寒意。

"先召国相进宫议事……"李秉常犹豫着，下达了命令。

"是。"李清应道，退了下去。他知道李秉常的决心，实在是不可以信任，有些事情终需要亲自布置。

目送李清退下，李秉常又把目光投向禹藏花麻，忧心忡忡地问道："宋兵人马多少，进兵方向，没有一样是清楚的，驸马以为怎生应对才好？各处都是急报，莫非宋兵是数路大出？"他一面说着，一面将目光投向一幅画得不怎么准确的西夏地图，游移不定。

"陛下莫急。"禹藏花麻沉吟了一下，"任他几路来，总有应付之法。各地烽烟未举，可见仗还没打起来。眼下之策，只得先在灵州一带集中兵力，以备非常便可。"

李秉常此时早无主意，只听禹藏花麻胸有成竹的口气，心下稍安，连连点头。

与此同时，梁太后宫中。

"你是几朝的老将，这事究竟是何意思？"梁太后坐在胡床上，从容地问着嵬名荣。

嵬名荣想了一会儿，沉声道："臣总觉得此事透着蹊跷。"

"怎么说？"梁太后眼中闪过一丝光芒。

"自古以来，有智者之名的，多是谨慎之人。臣观石越为人行事，一向多谨慎小心，每做一事，必是谋定而后动。这既是他的优点，也是他的缺点。既是石越在陕西主事，若是宋军果真要来攻我，总不会只有一万两万人马。若是兵马上十万，这般大的调动，他便是瞒得再好，也总会有蛛丝马迹可寻……"

"你是说，石越在用诈术？"梁太后不禁倾了倾身子。

"兵书上说，虚则实之，实则虚之。这种事情，总是难料。不过臣以为，若是在陕西主事之人，是唐朝李靖李卫公那般的人物，那便是五千之众，也可能是实；若是石越，十万众以下，都是虚多实少。这点人马，他最多也就敢扰扰边。"嵬名荣下了断语。

梁太后沉吟了一阵，忽然叹道："你这话纵是有理，但是国中只怕无人敢信。"

嵬名荣亦不禁默然，在心里微微叹了口气。他知道梁太后说的，确是实话。休说他人，连他自己，内心中也会有几分犹疑的。眼下国内其实是风声鹤唳，草木皆兵，前线情况不明，谁又敢保证说宋军真的就不会大举进攻？误国之罪，对谁都太沉重了一些。

"罢了，我先去见见皇帝。"梁太后忽然起身，又问道，"那个文焕，可有异常吗？"

"也没甚异常之处。"嵬名荣忙欠身回道，"他领了皇上的诏旨，现在专心负责筹建讲武学堂。"

梁太后微微点头，想了一会儿，忽问道："你有没有觉得我多疑了点？"

"谨慎总是没有错的。"鬼名荣委婉地回道。其实他心里的确认为梁太后多疑了,以文焕的遭遇,救驾的功劳,实在没有怀疑的理由。"不是人人都比得上景宗皇帝的。"鬼名荣在心里安慰性地解释着,当年元昊对那几个汉族秀才,可不曾有过什么怀疑。不过强者有掌控他人的自信,这也不是人人效仿得来的,所以梁太后的做法,也不能算错。

"嗯。"梁太后点了点头,笑道,"我毕竟是比不上景宗皇帝啊。"目光悠悠,仿佛是无意,又仿佛直透鬼名荣的内心。

鬼名荣吓了一跳,连忙把头深深地低垂下去。

国相府。

"抱病"的梁乙埋,也在他的园中与一众党羽讨论着宋军的异常调动。

"兵来将挡,水来土掩,有什么好怕的?"梁乙埋的态度便显得从容镇定得多。他这话并非是为了给手下打气,而是打心底里这么认为的。虽然两次大败于宋军之手,但是梁乙埋并不觉得那是因为自己的指挥有误。

"国相所言甚是。"座中的官员们纷纷附和着。

梁乙埋捻须微笑着,却忽然发现大将梁永能默默不语,并没有如他人一般附和着,他心里顿时泛过一丝不悦,却移过头去,和颜悦色地问道:"梁将军,你怎么看?"

梁永能欠了欠身,没有理会旁人的目光,沉声道:"国相,此次宋军高深莫测,不可掉以轻心。到目前为止,除静塞军司仁多澣以外,各军司所报,都只知道宋人在边境集结大军,但既不知道兵马之数量,亦不知道旗号,更不知其意图⋯⋯"

"意图还用问吗?司马昭之心⋯⋯"有人在旁边不以为然地插道。

梁永能冷冷望了说话之人一眼,那人吓得一缩头,把剩下的话咽到了肚子里面。

梁乙埋忙又问道:"将军的意思是?"

"兵法有云,虚则实之,实则虚之。若按常理而论,南朝兴大兵之前,免不了要闹得举国沸沸扬扬,无人不知无人不晓。此事从表面上来看,必是石越虚张声势。况且宋要入寇,若无十万之甲兵,不过是来送死。若出动十万之众,调动兵马粮草,细作再无能也不可能全然不知。故在下以为,宋军如此,绝非灭国之兵。但石越狡诈,也不可掉以轻心⋯⋯"梁永能为西夏名将,也并非幸致。

"这又是为何?按将军的说法,我大夏不是可以高枕无忧吗?"有人发问道。

梁永能摇了摇头,道:"若是石越并非是想一举而灭我大夏,他是想蚕食呢?"

"这⋯⋯"

"他调集军队于边境,见我有备,他自不敢轻易挑衅,但我若无备,焉知他不敢取我边地?"梁永能叹道,"石越小儿如此行事,便是要叫我明知他是虚张声势,却也不敢不防。"

"难道他不怕空耗兵饷粮草吗?"

梁永能皱眉道:"这也是我想不明白的地方。或者,南朝是想如此耗垮我大夏。但这般行事,时间短了不起作用,时间长了,却要两败俱伤……让人不解……更令人奇怪的是,为何静塞军司没有报告环庆路有异状?"

"定是仁多澣与南朝勾结。"

"定是如此……"

"我要弹劾他……"

众人顿时纷纷议论起来。梁乙埋看着众人,却也无意制止。梁永能的分析,也许是正确的。如果夏国无备,宋军乘虚而入,那便是又一个绥州。这般蚕食下去,西夏的灭亡,也只是时间问题了。而且梁乙埋很快又想到另一件事,李秉常刚刚宣布要免税罢兵,转瞬之间,局势急变,他税也免不成,兵也罢不了……梁乙埋竟有点幸灾乐祸起来,石越这倒是在帮他了,他梁乙埋又有什么理由不要求点齐兵马,应付危机?

正盘算着,忽有家人急匆匆走来,在梁乙埋耳边低声说道:"皇帝宣见国相。"

"告诉使者,我病症加重,不便相见。皇上所问之事,我已知晓,不日便有奏章递上,请皇上勿忧。"梁乙埋根本没有兴趣接见中使。

"是……"

"关于贡举之事……"梁乙埋心情愉悦地转过头去,说起其他事来。

6

西夏王宫之内。

李清拉住回报的中使,问着情况。

"国相不肯来吗?"李清皱眉道,一面瞥了殿中一眼,梁太后正在那里和李秉常说着话,"再去催一次。"

中使吓了一跳,望着李清,嚅嚅道:"这……这……伪传……"

"什么伪传?"李清冷冷地说道,"这是皇上的旨意!眼下皇上没空理你。"

"是。"被李清的目光盯着,中使只觉得背脊发凉,连忙应道。

"老狐狸。"李清望着再去传谕的中使,在心里骂着。梁太后的声音忽然高了起来,从殿中传出,李清侧耳听着,却是断断续续地。他隐约猜到了她的意思,却是要李秉常遣他和梁永能分赴边境,应对局势,梁乙逋居中掌兵策应。李秉常在低声抗辩着。

李清在心里无奈地摇了摇头,只觉得每个对手都极其厉害。石越在此时来这么一招，让李清不由得怀疑他对西夏的局势是不是真的了若指掌，要不怎能如此恰到好处，让西夏左右为难，还逼得李秉常失信于国人。哪怕明知是诡计，也不能不理会——他与西夏诸将一样，并不知道什么"军事演习"，只以为是虚虚实实之计，不过这样的分析，虽不中，亦不远矣。石越的这一手，一石三鸟，实是狠毒。李清心里自然是佩服的。

不过他也不是吃素的。立时就想到利用这个机会，先除了梁乙埋父子再说。谁知梁乙埋亦是老奸巨猾之辈，没有把握，绝不进宫。偏生还怕他狗急跳墙，逼他不得。

众人之中，最厉害的，还是梁太后。一切可以利用的形势她都利用到了，竟想到借此机会，进一步削除李秉常的羽翼。她举手之间将文焕赶出宫去，现在又开始对付自己，要将自己和夏主分开——若从单纯的军事角度来看，梁太后的应对之策无疑是正确的，由自己与梁永能分别节制方面，以二人的才干，除非宋军真的是大举来攻，否则边境绝对吃不了什么亏。而使梁乙逋居中策应，更可保万无一失。

但是梁太后背后之意，李秉常岂能看不出来？自然也不肯答应。

自己的这个君主，虽然见事并不糊涂，却少了居上位者的狠绝果敢。

李清不觉无可奈何地叹了口气，静静地等着。

过了许久，梁太后与李秉常还在殿中争执着，但是声音却冷了下去，李清已听不清他们在说什么，只见禹藏花麻不停地向外张望着。

去传旨的中使又回来了。

"国相依然托疾不来。"中使不太敢看李清的脸色。

"再宣！"李清铁着脸低声喝道。

"是。"这次中使连问都不敢多问，又急急走了出去。

中使一连跑了四次国相府，但是梁乙埋始终不为所动。最后李清也只得无可奈何地放弃。但是梁太后却不是这么轻易放弃的人。

她盯着李秉常，厉声问道："皇帝岂可任性？我想问问皇帝，若不如此，皇帝又想如何应对？"

"母后放心，待事情更明了一点，再议对策不迟。我已派人去召国相，国相必有善策。"李秉常无论如何，也不肯松口。文焕被斥，若李清再派往地方，他的改制，实际上就是等同于失败了。

梁太后"哼"了一声，道："皇帝怎可说得这般轻易？军机大事，岂能一再拖延。若待事情明了，大事早已不可为。国相告病当中，皇帝是一国之君，终须自己拿主意。"

"眼下之事，实离不了李清。莫若遣别人前往。"

"听宿将议论，我夏国善用兵之将，唯梁永能、李清数人，若遣不会用兵之辈，反误大事。皇帝要离不了他，待事情一了，再召回他便是。他想久镇边关，祖宗法制还不许呢。"

"嵬名荣也是几朝的老将……"李秉常终于忍不住，反将梁太后一军。

梁太后淡淡一笑，道："嵬名荣老了。"

"妹勒伦亦善战。"

"妹勒伦临阵无勇，多谋少断，不可托重任。"

"那野利辂如何？"

"野利辂有勇无谋，偏还有野心。李清、梁永能，虽然节制诸将，但是一道诏旨，便可解其兵权，无反侧之忧。野利家在国中根深蒂固，使将容易撤将难。"

李秉常又问了诸将，都被梁太后否决，偏偏还言必中的。李秉常理屈词穷，却只是不肯答应。

梁太后也不催促，只坐在那里，默默地望着李秉常。

禹藏花麻偷眼望望梁太后，又望望李秉常，已知道无论如何，梁太后占尽了上风，李秉常终须要屈服。但是仁多瀚不敢来兴庆府，李清若再往地方去，那大安改制终究是一句空言。他沉思许久，终于咬牙说道："太后，陛下，臣斗胆……"

"驸马有何良策？"李秉常似乎此时才意识到还有禹藏花麻在殿中，不由得喜出望外，望着禹藏花麻。梁太后也饶有兴致地看着禹藏花麻，嘴角流露出的笑容，不知道是讽刺还是什么。

"臣虽无能，智勇不及李将军，但亦愿为太后、陛下分忧……"禹藏花麻欠身说道，两害相权取其轻，若一定要有一人离开兴庆府，自己走总好过李清走。

"你要请缨？"李秉常不禁愕然。

禹藏花麻苦笑了一下，道："臣虽然不过一介武夫，但也敢立下军令，若有臣在，只需宋朝不是兴兵十万来攻，臣可为陛下当之。"他说完，眼光瞥了梁太后一眼，却见梁太后那若有若无的笑容，更加深不可测。禹藏花麻怔了一下，心中一凛，一个念头浮了上来：难道她本来就是想算计我吗？这一想之下，愈发觉得此事大有可能，不由得大觉沮丧。但是想来想去，自己不站出来，却又没什么别的良策。

"驸马请缨，我也是信得过的。"梁太后悠悠说道，"若是这样，实是两全其美。"

"这……"李秉常一时还接受不了。

"请陛下放心。"到了这个时候，禹藏花麻也只能硬着头皮坚持了。

"皇帝还犹豫什么？"梁太后拿眼睛斜睨了李秉常一眼。

李秉常犹疑了一会儿，终于点点头，道："若是驸马，朕也放得下心。便依母后之策。"

禹藏花麻顿时松了口气，但心中又泛起一丝不舒服的感觉——在皇帝的心中，自己并没有李清重要,这件事情虽然早已知道,但是被自己亲自证实,却并非一件多少让人高兴的事情。他把目光移向梁太后,却见梁太后脸上波澜不惊,竟不知道她在想什么。

这个女人真是可怕。禹藏花麻心中闪过这个想法,连忙把目光收敛起来。离开兴庆府,也许未必是一件坏事。

7

在禹藏花麻被梁太后逼迫离开兴庆府的同一天。

静塞军司,清远军。

西夏清远军守将鬼名讹兀正站在城墙上,眺望着城外的一座山坡。他可以很清晰地看到,山坡上,有几个身着白色交领长袍、腰佩弯刀的男子,牵着白马,正朝着清远军城指指点点。在他们的马上,都挂着弓箭和箭袋。从衣着与打扮来看,鬼名讹兀区别不出来这些人是宋人还是夏人。不过,他也并不是很担心这些人是不是细作。

虽然此时各地风声鹤唳,但静塞军司的辖地却很平静。况且,鬼名讹兀也不认为宋军有何必要派人来这般刺探清远军的地形。因为他这位守将与宋朝职方馆说不清道不明的关系,清远军附近,对宋军而言,早已没有秘密存在了。

只是,姿态总是要做一做的。

"来人!派人去那边看看!"鬼名讹兀指着山坡,高声喝道。

"是。"

未多时,五十余骑从清远城中呼啸而出,向山坡驰去。

山坡上的人显然是注意到了清远城的动静,一个个跃身上马,挥鞭驱马,向山下跑去。鬼名讹兀注意到这几个人上马的动作十分的娴熟,不由得咧嘴笑道:"定是马贼私帮,去,把弟兄们叫回来罢。"

几座山后的小道上。甩过追兵后,那群白马白袍男子正按辔缓缓而行。

"何将军,果真是强将手下无弱兵啊。"为首居中的一个面貌清秀的男子,爽声笑道,"孩儿们的马技,便是禁军马军也不能比。"

"章祭酒过奖了。"何畏之抱拳谦道,但面对着朱仙镇讲武堂的大祭酒章楶,脸上却有几分自傲之态,"环庆之民风,劲勇敢战,兼之与西夏有互市之便,近水楼台,孩儿们日常练习马术,久之,自是熟能生巧。"

章楶微微一笑,容忍了何畏之的傲气。何畏之的才能是毋庸置疑的,在环州呆了几天后，章楶甚至相信，假以时日，陕西路第一振武学堂，绝对会无愧于"第一"之名。

"何将军可知道在下为何来陕西？"章楶顾视何畏之，笑道。

章楶来陕的目的，何畏之地位不高，自然不可能被告知。但章楶既然有此一问，其中却必定另有玄机。何畏之略想了一下，便笑道："莫不是西事急迫了？"

章楶拊掌大笑，道："虽不中，亦不远矣。"他顿了一下，又说道，"石帅上表，以为河西随时有变，禁军整编之速度，须要加快，否则无以应时势。在下来陕，亦是顺应时势而已。"

当时风雨欲来，何畏之也有觉察。宋朝在陕西、河东以及蜀中增设了数十座兵器作坊，日夜打造甲兵，全部运来陕西沿边；自熙宁十二年起，已有明诏，蜀粮不入京，全部留在陕西，充为军粮之储备。熙宁十一年东南米价下跌，朝廷在东南多买粮数百万石，传说多数亦暗中运至陕西沿边。何畏之也曾去过几次庆州，早知道庆州车水马龙，远非昔日可比。不知道内情者自然以为是互市的原因，但是何畏之却看得出来，不少车队押送的，是兵器与粮草。

"如此说来，章祭酒是为了整编禁军？"何畏之有几分疑惑，不知道章楶为什么要和自己说这些。

章楶突然勒马，望着何畏之，笑道："在下奉诏，要在陕西路筹建马步军第二讲武学堂，以协助禁军整编。在下不才，蒙皇上错爱，已除授第二讲武学堂山长之职。此次来环州，是想请何将军能助在下一臂之力……"

何畏之笑道："张使君知道祭酒来意吗？"

"挖人墙脚之事，岂能事先告之？"章楶含笑说道，"若先告诉张守约，必拒我于城门之外。"

"却不知第二讲武学堂要建在何处？"何畏之又问道。

"在下想将讲武学堂建在沿边。但环庆与熙河，地僻人稀，并不适合。故只延州、渭州、秦州三处可为备选。但最终定在何处，还要皇上的旨意。"章楶又笑道，"若何将军不弃，第二讲武学堂祭酒之位，当虚席以待。"

何畏之想都不想，便摇了摇头，笑道："多谢章祭酒错爱，只是畏之志不在此。"

"难道第二讲武学堂，反不及振武学校？"章楶不解地问道。

何畏之笑着望了章楶一眼，挥鞭傲然道："环州正当西夏之蛇腹，朝廷无意西事则已，若有意西事，畏之当为朝廷破腹之剑，岂能轻离环州？环州之耻，畏之必在环州洗雪！"

章楶这才知道，这个男子，对当年之事，还在耿耿于怀。

"既如此，在下亦不敢强人所难。"章楶惋惜地说道，他亦是放达之人，只是一瞬，便笑道，"听说仁多澣亦非等闲之辈，何将军在此，有这样的对手，倒也不会寂寞。"

"仁多澣，慕泽……"何畏之低声喃喃念着，"有一日，终须将尔等生擒！"

8

韦州。

虽然静塞军司表面上看起来风平浪静，但仁多澣的日子却并不好过。石越屡次移文，责问夏主不去汴京朝觐，指责夏国无修好之意。又指斥西夏遮挡西域以外诸国朝贡之路，阻挠西方各国使者来朝。两国之间一点点的边境纠纷，也被石越无限放大，措辞强硬加以谴责。在私信中更直言，若非双方密约，边疆烽火早燃。

仁多澣当然知道，这一切强硬的背后，甚至是延绥与熙河的宋军异动的背后，都是石越在向夏国与自己施压——宋朝给李乾义开出了条件，西夏必须要接受下来。否则，宋朝绝不会善罢甘休。

这一层意思，石越的使者，几乎只差赤裸裸地挑明了。

其实宋朝开给李乾义的条件，仁多澣是乐观其成的。能够除去梁乙埋，是他梦寐以求的事情。但是如何将这层意思清晰无误，而又十分巧妙地告诉给夏主李秉常，不引起梁乙埋的警觉，打草惊蛇，却并非是一件容易的事情。

石越的所作所为十分毒辣。

李秉常诏令墨迹未干，就不得不自食其言，他在夏国军民心目中的威信，必然大受打击。但仁多澣真正担心的还是，石越一定会不择手段逼迫西夏答应宋朝的条件，而除掉梁乙埋又并非一朝一夕的事情，既然宋朝的条件得不到满足，那这次宋军的行动，也许只是开始而已。

大夏的局势，实在不容乐观。

"大夏国是这样的局势，我们仁多族又当何去何从？"仁多澣不能不为他的族人打算。

"来人啊！"仁多澣高声唤道，一面将给仁多保忠的信件与给夏主的奏章封好，一起装进一个木匣内，用自己的私印封了。

"末将在。"仁多澣的亲兵都头闪了出来，欠身问道，"统领有何吩咐？"

仁多澣看了他一眼，将木匣递过去，说道："你带几十个人去一趟兴庆府，将这个送到小将军手中。"

"遵命！"亲兵都头接过木匣，应道。

仁多澣点点头，冷声道："你要亲手送至小将军手中，若有半点差池，你让手下带你的人头回来见我便可。"

亲兵都头凛然应道:"是。"

"现在就去吧。"仁多澣缓缓声音,又道:"出去时顺便让人将慕义将军请来。"

"遵命!"

仁多澣望着他退出帐去,微微叹了口气。这个慕义与慕泽,说起来还是同族兄弟,但是便是这一对同族兄弟,慕氏一族这一代中的两个佼佼者,却走上了截然相反的两条道路。一个被石越视为亲信可靠之人,派来代表石越与自己联络,眼见着前途不可限量,连自己也要让他三分;一个却不得不栖身于自己的羽翼之下,受自己的保护与控制。

"慕将军到!"正感叹着,慕义已到了帐外。

"请慕将军入帐。"仁多澣吩咐道,一面直起身子,整了整衣服。

打扮成西夏中级武官模样的慕义弯腰掀帘入帐,抬眼见着仁多澣,忙抱拳欠身行礼道:"见过仁多统领。"

仁多澣满脸堆笑,向帐中亲兵吩咐道:"给慕将军看座。"

慕义谢过座,仁多澣又笑问道:"慕将军在韦州,可还习惯?下人服侍若有不到之处,将军不要客气。"

"统领客气了。"慕义欠身笑笑,道,"在下奉命来此,原也不为享受而来。只要统领珍惜两家和好之情,在下在韦州,便是过得舒适了。"

"石帅帐下,果然没有碌碌之辈。"仁多澣眯着眼睛笑道,"慕将军公而忘私,让我着实钦佩。"

慕义笑道:"石帅为人至公无私,赏罚严明,居其属下,在下自不敢乱其法度。"

"我也十分仰慕石帅的风采。"仁多澣哈哈干笑道。说完,他顿了顿,又笑道,"此番请将军过来,是有一事要烦请将军转告石帅。"

"统领请说。"

"我想向天朝购买五千套甲胄、五千副钢臂弩、五十万枝弩箭、五千把钢刀。"仁多澣一口气说完,眼睛一眨不眨地望着慕义。

慕义怔了一下,旋即笑道:"统领可是在说笑?"

"自然不是说笑。"仁多澣一脸认真。

慕义缓缓摇头,沉声道:"统领若非说笑,那在下便以直言相告,此事绝无可能。我大宋正在整编禁军,各军兵甲,几乎全部换新,统领所要的武器,大宋自己都供不应求,遑论出售?"

慕义可说是直言不讳了。当时宋军整编禁军,所包含的内容极其广泛,武官的培训、操典的颁布、士兵的裁汰、军法的修订、兵甲的更换,可以说是在渐进地重新打造一支军队。单从更换兵甲这一项,宋朝的投入就非常惊人。宋朝向整编部队颁发的武器，几乎全部是崭新的精兵利甲，不仅仅严格遵守着军器监制定的武器标准，而且每件武器上，都标明了生产者与责任人的记号，兵甲的质量与之前不可同日而语。为了节省费用，宋军淘汰下来的旧兵甲，则用来装备厢军与乡兵，并选择性地卖给国内的百姓与商团、高丽、辽国、日本国，以及南海诸国甚至是大食诸国。宋军那些淘汰下来的兵甲，虽然质量上有许多的不如意处，却在海外大受欢迎——特别是宋朝的弓弩，相对于中原的这两种武器，此时日本国与南海诸国的弓箭，只能说是小孩子过家家的玩意。

宋夏两国当时其实处在战争的边缘，虽然说石越与仁多瀚之间的确有少量的兵器交易，但那是作为对仁多瀚向宋朝私自卖马的补偿，像仁多瀚提出的这样大规模的武器交易，宋朝连淘汰下来的旧武器都不会肯卖，更何况钢臂弩是宋朝精锐禁军才能装备的新式武器，在宋军的制式武器中，仅次于霹雳投弹与神臂弓。

仁多瀚素来精明，竟然会提出这样的要求，未免让慕义觉得有点儿匪夷所思。只见仁多瀚脸上露出为难之色，皱眉道："朝廷希望敝国能铲除奸臣，但是将军亦知奸党势大，若是得不到朝廷支持，又岂能容易成功？这批兵甲，我是想用来装备一支精锐之军，以备万一，绝不敢有他志。"

见慕义默然，仁多瀚又说道："我亦知石帅有为难之处。若是石帅为难，我亦不敢勉强。只请石帅宽以时日，我方能有足够的时间，整军经武，与奸臣抗衡。眼下敝国已颁令改制……"

听到此处，慕义才恍然大悟，原来仁多瀚不过是用此来堵石越的嘴。他想了一下，便即笑道："统领不必忧心。"

仁多瀚却是忧心忡忡的模样，道："奸臣势大，凡为国谋者，实不能不心忧。"

"朝廷早有承诺，可使统领无忧。"慕义从容笑道。

"哦？"仁多瀚吃了一惊。

"若果真贼人势大，统领放心，朝廷不会坐视不管。大宋数十万精兵，可为贵国戡乱。"慕义一双黑黝黝的眸子，闪着精光，注视着仁多瀚。他这话明明是不怀好意，却又说得诚恳无比。

"敝国这点家事，怎敢劳动朝廷。"仁多瀚虽然早知道宋朝的野心，但慕义就这么毫无顾忌地说出来，却让他又怒又惧，但脸上却还不敢表露出来。

"君君臣臣父父子子，三纲五常，是天地之至理，若有奸佞之徒，乱此纲常，天下人人得共诛之。朝廷又岂会坐视不理？义所当为，自然当仁不让。"慕义这两年颇读了几本书，竟能说出一番道理来，"统领不必担心，届时若有困厄，朝廷定然不惜一战，维护夏国国本。"

仁多瀚望着慕义，一时间竟苦笑着说不出话来。

没有出乎大多数人的预料，夏主李秉常再次颁诏，宣布暂缓免税，并且派遣梁永能前往祥佑军司，负责协调左厢神勇军司、祥佑军司、嘉宁军司，亦即银、夏、宥、盐诸州的防务；禹藏花麻前往西寿保泰军司，负责协调西寿保泰军司、卓啰和南军司、甘肃军司，亦即会、兰、凉诸州的防务。同时又下命令全国军队随时待命，准备迎战。

但是如临大敌的西夏，并没有遭到来自宋军的任何攻击。梁永能与禹藏花麻到任没有几天，宋军的军事演习便结束了。梁永能与禹藏花麻用了九牛二虎之力，总算弄清楚了宋军这次"异动"的性质，并且知道了宋军这次声势极大的军事演习，总共调动的兵马，其实还不足六千人！

然而，西夏国上下并没有因此而松一口气，他们甚至也没有时间为自己的草木皆兵感到羞愧——西夏的细作探知了宋军的演习内容：用精兵长途突袭敌军不及设防的城池与关寨。侵略性十足的演习内容，让西夏国的统治者都嗅到了一丝危险的气息。

这还不是事情的全部。

宋军至少又有两个军完成整编布防，宋朝兵部在延州增设马步军第二讲武学堂，以加速陕西禁军的整编速度……所有的这些消息，都使得西夏朝野的危机感与日俱增。

夏主李秉常再度派遣使者，谦辞卑躬地向宋朝重申称臣之意。但是，打不过就请和，恢复了力气再打——西夏这种行之有效的伎俩，这次却遇上了大麻烦。宋朝对他的奏表表现出羞辱性的傲慢，使者被勒令不必进京，甚至在陕西连石越都没有见着；奏表被草草回答……

在西夏国内，李秉常的处境更加艰难。

9

数月之后。

西夏兴庆府，承天寺。

"阿弥陀佛。"一间禅房之内，一老一壮两个僧人垂眉对坐。壮年的僧人，正是此时兴庆府内最炙手可热的明空大师，而须发皆白的那位僧人，却赫然是大宋汴京相国寺的主持智缘大师。明空双手合十微礼，向智缘说道："师兄远来，一路辛苦。"

智缘也微笑着回了一礼："大事将谐，何言辛苦。"

明空的身子微微颤了一下，眼中露出热切的光芒，他努力抑制着自己心中的激动，抬眼望着智缘，缓缓问道："要举事了吗？"

"兴许快了。"智缘含糊地说道。

"阿弥陀佛。"明空低声宣着佛号，也不再多问。但是他心中却被智缘的话激起了波浪，一时竟无法平息下来。他微微拨动着佛珠，半晌，方说道："夏主虽颁布改制诏，然梁氏党羽遍布朝堂，百官多数阳奉阴违，除去改汉服汉礼以外，改制之诏，几成一纸空文。三月份之科举考试，因梁乙埋百般阻挠，考生仅五十人，其中三十八人是朝中官员子弟，九人是各部贵人子弟，平民只有区区三人而已。夏主想通过科举招揽人才为己所用，不料各派贵人反而利用此机会，来谋取私利。"明空微微叹了口气，但是神色中，却殊无同情与愤怒之意，反带着几分讥讽。

智缘淡淡一笑，道："邯郸学步，夏主较之辽主，有若云泥之别。"

明空点点头，又说道："夏主设立讲武学堂，以文焕为大祭酒，主持其事，不料国内派系林立，讲武学堂亦不免成各派争权夺利之所。夏主虽亲任山长，然其中讲官，几乎被梁乙埋与仁多澣推荐之人瓜分殆尽。武官若不肯趋附梁氏或仁多，根本不能进入讲武学堂。文焕到任不足一月，梁太后又找了借口将他调走，夏主的讲武学堂，已是为他人作嫁衣裳。"

智缘含笑听着，并不插嘴。

自从梁永能与禹藏花麻巡边之后，宋夏边境的形势就变得更加微妙。梁永能到任后，连只鸽子都飞不出西夏的边境，西夏反而不断地派出探子，刺探宋军军情。而禹藏花麻虽然一面不断地向宋朝暗送秋波，又派人主动和董毡修好；一面却也没有放松对边境的控制，使得间谍往来，更加困难。甚至连仁多澣控制的静塞军司，对往来宋夏间的行人，盘查也变得严厉起来。职方馆陕西房，在三月至六月的时候，几乎与国内失去了联系。因此智缘才接到石越的密信，请他亲自走一趟西夏。智缘颇费了一番周折，在横山信众的帮助下，吃了不少苦头，才终于来到兴庆府。不料到了这里后，却发现这里的情况，其实非常乐观。

明空继续向智缘介绍着西夏的情况："……夏主雄心勃勃的军事改革还是遥遥无期。夏国底层的军民，因为夏主失信不能真正减少赋役而感到失望，虽不至于民怨沸腾，但依我的观察，百姓与兵士也不会十分支持夏主。而各级官员、各部落的首领、贵人、缙绅，若非漠不关心，便是已明白改制无法成功。加上梁乙埋不断派人散布谣言，蛊惑人心，这些人对改制都已不抱任何希望。梁乙埋数日以前，曾经请我过府，替他卜卦……他蛰居不出的日子，眼见就要结束了。"

"梁乙埋已将箭搭在弓上。"智缘沉吟着，"夏主那边可有何对策？"

"李清诸人，皆不信佛。"明空摇了摇头，"不过从表面看来似无异常，夏主与李清等人，看似深陷改制的各种事务当中，焦头烂额，正无暇他顾……"

"那师弟以为我们又要如何应对？"

"莫若顺其自然。"明空沉吟了一阵，方压低声音，道，"我有一个想法……"

"哦？"

明空双手不停地拨动着佛珠，微笑道："梁太后与梁乙埋皆信佛祖，对我亦甚为亲厚……"

智缘望着明空，悟道："师弟是说……"

"正是。"

"也好。"在一瞬间，智缘便做出了决断。

李清接连几个月，都难得露出一丝笑容。改制遇到的困难，超出他的想象。成立讲武学堂，本意是想培养一批忠于夏主的中级武官，为重建一支由夏主亲自掌握的军队做准备，但是每一项改革的出台，都意味着新的利益瓜分，连讲武学堂也难逃此劫。各方势力闻风而动，拼命向讲武学堂安插自己人，并且竭其所能地攻击异己。到了后来，竟然所有讲官的名额，都被梁乙埋与仁多澣这两大实力派瓜分殆尽，连文焕都被排挤出来。

李清与文焕盘腿对坐在一间静室之内，轻声读着新科状元郑大恩的一份奏折："……陛下临朝愿治，欲思革故鼎新，须权归于上。若权不在陛下，则……"

"说得真轻易。"李清摇摇头，放下手中的奏折，"如今的夏国，哪可能权归于上？内有太后掣肘、外戚专权；主上欲抗衡梁氏，便不能不倚重仁多，仁多因此而自大，俨然自成藩镇。纵使果真驱除梁氏，焉知仁多不为董卓？"李清放肆地说着，猛然想起文焕是仁多族的女婿，连忙收嘴。

文焕微微一笑，示意李清不必介意。"迫不得已，也只能倚重仁多。依我之见，主上若想独揽大权，终须仿效辽国。辽主登基以来，便以契丹、汉、奚三族为国之根本，重用汉、奚士人，不仅使国内三大族不致互相仇敌，收恩于上，并可以此牵制契丹贵族。主上若要改制成功，终须倚重汉人。"

"没有兵权，终是无用。"李清只觉文焕所说，虽听起来不错，但实施起来却全不可行。

"若是组建一支全由汉人组成的军队呢？大夏国内汉人，劲勇并不逊于番人。若是建成这样一支军队，由主上亲自控制，又当如何？"文焕突发奇想。

李清眼睛一亮，随即黯淡下去，他无奈地叹了口气，反问道："朝中谁会同意？"

文焕也默然。

"如今只有一策可行。"李清咬着牙，几乎是一字一字地低声吐出这句话，"否则，任何改制，最后都不会有好下场。"

文焕甚至没有抬头，他已知道李清想说什么："若是失败，又当如何？"

李清站起身来，踱至窗边，背对文焕，没有说话。他心里非常明白失败的后果，一旦失败，自己可能会死，夏主可能被软禁成为傀儡。但是，事到如今，还能不赌上一场吗？自己真的甘心做一辈子的番人吗？如果夏国成为一个汉化的国家，汉人在夏国有着光明正大的地位，如同现在的辽国一样，汉人可以穿自己的衣服，用自己的文字，并且分享权利，那么为这个国家效忠还是可以接受的。但是……无论如何，李清心里其实是非常在意，他究竟是像个汉人一样活着，还是像个番人一样活着！

如果不能像汉人一样活着，活着的意义也就相当有限。这一刻，李清的心里，有了一种决然。若是这个国家最终也改变不了成为"番邦"的命运，那它也没有存在的价值——李清虽然不知道这些词汇，但是他心里却是确然这么想着。

"若真是那样的话，便降宋吧！"李清在心里默默地说着。这个想法冒出来的时候，李清用一种留恋的目光看了一眼窗外的景色。

文焕移过身注视着李清的背影，他并不清楚李清在想什么。这几个月来，他不断地诱导着夏主李秉常，坚定他不除梁氏不能改制的信念，将改制遇到的全部问题，都推到了梁乙埋身上。新科状元郑大恩的这篇奏折，更是恰到好处——这必将进一步坚定李秉常"梁氏不除，夏难未已"的信念。

文焕非常期待地盼望着西夏内乱的到来。"但愿石帅已准备妥当。"文焕也在心里暗暗说着。

简单地忠诚于大宋，比起李清那种不自觉地对华夏文明的忠诚，的确要简单得多。

10

时间的流逝，有时极慢，有时又极快。

西夏国内的局势，随着时间的流逝，愈发紧张，对利益的争夺也愈发激烈，隐隐已显出几分剑拔弩张的气氛来。在七月的时候，一直告病的梁乙埋突然宣布病情好转，隐忍了将近一年的梁乙埋，似乎已经确定自己又重新站在了有利的一面，正式上表弹劾李清等人乱国，请求夏主暂停改制，起用元老重臣，驱除幸进之臣。李秉常将这份奏折留中，只是派人好言抚慰梁乙埋，叫他"安心养病，莫问他事"。

但是梁乙埋既然出了头，便决不肯"莫问他事"。

白天越来越短，黑夜越来越长。空气中的风一日凉似一日，天空也似乎渐渐高起来。在以往，这意味着西夏的大军要出动，而宋朝的防秋正式开始。但是，仲秋之时，一桩大事，再次震惊了整个兴庆府，甚至是西夏全国。

九月，董毡突然出兵，抄掠凉州，斩首五百级。禹藏花麻下令守将出兵报复，结果被董毡打了个伏击，折损三百骑！

军报传至兴庆府,朝野之间,弥漫着愤怒、无奈、羞辱的情绪。

梁乙埋要求领兵出征,报复吐蕃,但是西夏国内盛传董毡的出击是受石越密令,目的是警告不肯接受宋朝所提和约的西夏,如果大举出兵,不仅仅不一定能打得赢董毡,反而可能导致宋军乘虚而入。自元昊去世后,夏番之间的战争不断,西夏的确也从未占到过优势。报复吐蕃的打算,就此被压了下来。

但是以兵威雄踞西北,曾经有打败过所有的邻国纪录的西夏,沦落到任人欺负的地步,始终是无法忍受。

战争并且胜利,才是西夏立国的基础。

深感屈辱的夏主,在战报传至兴庆府的第二天,就决心尽快重建铁林军,恢复西夏的军威。冲动的夏主完全忘记了自己曾经向民众许下的诺言,西夏在失去了宋朝的岁赐之后,府库资金并不宽裕,而且还要优先满足兴建佛寺、佛像的需要,重建铁林军所需要的资金,已不是西夏的国库所能承受。于是李秉常接连下诏,在全国范围内增税,并且强令中产以上之家,甚至贵族出资报效。

不满的情绪如同瘟疫一样在西夏全国范围内蔓延。

大多数西夏人,特别是党项人,会为西夏的战败而感到羞辱甚至怒不可遏,但这绝不意味着他们愿意献出自己的财产,来为大夏报仇雪恨。大多数普通人,最在意的事情,永远是自己的财产。

更何况,夏主信誓旦旦要减免税赋的诏令,颁布还不到一年。这一年来,税赋并无半分减免,反而要增加一大笔钱,所谓的"改制",究竟是怎么一回事?如若只是官员们穿什么衣服,用什么礼仪,这关普通百姓与士兵们什么事?科举与讲武学堂,离普通百姓与士兵们也一样的遥远。

所谓的改革,除非有足够的实力信念坚定地采用极端的手段,否则,想要成功的唯一办法,就是在让大多数人感觉到自己因为改革而受益之前,至少不要让他们感到因为改革而受损害。

年轻的李秉常显然不明白这个道理。耶律濬用前一个方式而成功,石越用后一种方式取得成绩,但是李秉常却既无耶律濬的决断与实力,又缺少石越的智慧与耐心。

唯一的悬念,只是最后一根稻草,究竟在何时,由何人来压上……

十月十七日。这是一个天气晴朗的早晨,霜早已融化,淡蓝的高空如冰一般的澄澈。路边的枫树、杨树,红叶飘坠,承天寺的菊花,正是盛开之时。

五百余人的卫队戒备森严,在这秋天的清晨,更显出几分肃杀之意。

"大病初愈"的国相梁乙埋拜过佛之后,便在明空以及一干僧人的陪同下,去参观承天寺塔。前不久,承天寺迎来了一位高僧的舍利子,便供奉在承天寺塔之内。

"不知道这承天寺塔，较之宋朝的开宝寺塔如何？"站在承天寺塔下，听着铁铃随风作响的声音，梁乙埋的心又开始膨胀起来。

宋朝汴京的开宝寺，与相国寺并驾齐名，是东京右街僧寺的首领。开宝寺舍利塔是汴京最高的塔，八角十三层，高达三百六十尺，本是木塔，但是毁于仁宗庆历四年的雷火，在石越回到宋朝之前的二十年，亦即公元1049年重建，同样是八角十三层，却是一座琉璃砖塔，因为塔的外表呈铁褐色，俗称"铁塔"。开宝寺塔号称汴京的"形胜之所"，若单以高度而论，被焚的开宝寺木塔自然最高，铁塔与承天寺塔却是不相上下。但是随同之人无人知道此事，又恐说错招人笑话，不便胡诌，一时间竟然全都瞠目结舌。

明空也是怔了一会儿，忽然灵机一动，笑道："好叫国相得知，敝寺正有一个宋朝高僧西游，在此挂单[8]。若唤他出来一问，便可得知。"

"哦？宋朝高僧？"梁氏一门，都极为崇佛，梁乙埋立刻笑道，"既有高僧在此，怎不早点请来相见？"

"却恐唐突国相。"明空笑道，一面向小沙弥吩咐道，"快，去请法明大师。"法明却是智缘在承天寺塔挂单用的假法号。见小沙弥应声去了，明空又向梁乙埋笑道："这位法明大师，早年学道，通晓易理，后皈依我佛，佛法精深。真是天授之人。"

梁乙埋听到这话，心中一动，又问起"法明"的情况，明空一一回答。二人说了一阵，便见小沙弥引着一个须发皆白的僧人，缓缓过来。梁乙埋料是法明，忙整了整衣冠，郑重相迎。果然，便听明空合十向那个老僧人躬了下身子，道："师兄，这位便是大夏国的国相，国相好善乐施，亲近佛门，亦是我佛有缘之人。"

"法明"脸上却是波澜不惊，只向着梁乙埋微微一礼，宣一声佛号，朗声道："阿弥陀佛。贫僧法明，见过国相。"

"高僧不必多礼。"梁乙埋亦合十回礼。

明空在旁笑道："师兄自宋朝来，可知这承天寺塔较之开宝寺塔，孰高孰低？"

"塔之优劣，不在高低。""法明"淡淡回道，"山在不高，有仙则名；水不在深，有龙则灵。一塔之高下，又何足道？"

"大师高明。"梁乙埋连连点头，笑道，"我等俗人之见，让高僧见笑了。"

"岂敢。"梁乙埋虽是国相，"法明"却始终保持着淡然的态度，言语中并不因此而加以辞色。

"本相听说，大师也精通易理？"梁乙埋含笑注视明空。

----

[8] 指行脚僧到寺院投宿。单，指僧堂里的名单；行脚僧把自己的衣钵挂在名单之下，故称挂单。

"天下之大道,并无二致。儒释道三教,亦是同源。以易之无穷,贫僧岂敢说精通易理,不过粗晓一二而已。"

"大师过谦了。"梁乙埋笑道,"不知我是否有缘,求大师片言指点?"

"法明"目中霍地精光一现,看了梁乙埋一眼,随即又眼帘垂下:"国相是想问卦、看相、还是相字[9]?"

"大师自南朝来,便相字罢。"梁乙埋笑了笑。早有随从捧了文房四宝过来。梁乙埋提笔蘸墨,沉吟着,实则梁乙埋并不通擅文墨,他能写出来的汉字,并不太多,至少比他认得的少很多。他想了一会儿,在两个随从捧着的白纸上,挥笔写了一个草书的"去"字。他素来听人说某人写字"力透纸背",却不晓其意,只是写起字来特别用力,写到最后一笔之时,手腕用劲,竟然将纸给戳破了。写完之后,梁乙埋又端详了一下,自觉颇为得意,方得意地将纸交给"法明"。

"法明"接过纸来,仔仔细细看了一眼,便将纸张认认真真地叠好,放入袖中。梁乙埋与明空莫测高深地望着"法明",都不知道他在弄什么玄虚。

"国相,可否借一步说话?"沉默了一阵之后,"法明"终于开口了,语气十分的郑重。

梁乙埋疑惑地望了"法明"一眼,心忽然"怦怦"地跳动起来。他点了点头,明空便引着二人,进到承天寺塔内,将众人隔在外面,然后自己也退了出去。

"法明"这才从袖中抽出那张纸来,指着那个草书的"去"字,眯着眼睛,笑道:"国相看这个'去'字,像什么?"

梁乙埋接过来,上上下下,左左右右,看了一眼,茫然地摇了摇头:"还望大师赐教。"

"国相以为像不像一个'天'字出头?"

梁乙埋依言再看一眼,果然,草书"去"字,便如同一个"天"字出了头。他点了点头,心脏却跳得更剧烈起来。

"法明"点了点头,双手合十,意含双关地说道:"阿弥陀佛。国相欲行之事,便是要'天'字出头,破'天'而出,可居'天'之上。"

"敢问大师,这是凶是吉?"梁乙埋听懂了"法明"的话。

"大吉。"

梁乙埋心中大喜,但还有几分将信将疑,毕竟这个"法明"他不知虚实,也不知道他是瞎蒙还是确有几分神通。却听"法明"又说道:"然大吉之前,必有凶事。"

梁乙埋大惊,忙问道:"为何?"

---

[9] 宋代称测字为相字。

"国相写这个'去'字之时，将纸戳破，此为不吉之兆……有句话，贫僧不知当讲不当讲？"

"大师尽管直言。"梁乙埋素来迷信，此时心中有事，不免更加忐忑。

"贫僧曾夜观天象，月乘右角，此亦为不吉之兆。《荆州占》曰：月乘右角，后族家及将相有坐法死者……"

"啊？"梁乙埋不由得失声叫了出来。

"天事难知，人事难料。贫僧初观此象，以为是应在大宋高遵裕身上。遵裕逃过此劫，且遵裕事在前，天象在后，贫僧便以为或是遵裕事又有反复亦未可知。而《荆州占》《河图帝览嬉》又皆言，月乘右角，兵起。贫僧又疑它是应在西北兵事之上。但是……""法明"摇头叹了口气，道："月犯东方七宿，从来都是大凶之象。但应在何事之上，凡人难以预料。国相写这个'去'字，本是吉兆，或者天象不过是示警，又或者此天象毕竟应在兵事之上。"

"法明"虽然说得含含糊糊，但是梁乙埋向来信奉这些事情，心中不禁大为惊骇。不过回念想到自己相字得了个吉兆，总算稍稍心安。他却不知他相字其实也是凶兆，不过"法明"故意把顺序颠倒，说他是先凶后吉。

"那敢问大师，我当怎生应对？"

"贫僧不过是方外之人，岂知世间之事？""法明"摇了摇头，道，"国相在大吉应验之前，小心防范便是。若依贫僧之见，国相非夭寿之相，必应吉兆。只是吉兆之前，亦难免有一凶事。"

梁乙埋的心又放下去一点儿："多谢大师指点。不知大师是否有意，在敝国盘桓数年，弘扬佛法，我也可以时时请教……"

"多谢国相盛情。待贫僧自西天归来之时，必再拜贺国相。"

11

自承天寺出来之后，梁乙埋心神就一直不能安定。后来与明空的交谈，又让他知道了"法明"的许多神通，明空在西夏佛众之中甚有威望，是梁乙埋认可的高僧，西夏国对他的敕封，还是梁乙埋颁布的。而"法明"又是明空所拜服的高僧。梁乙埋听"法明"讲了一阵经文，也认为这个"法明"佛法精深，只在明空之上——一个这样的人物，所说的话，在梁乙埋心中，无疑是极有分量的。

"破天而出，立天之上。"梁乙埋骑在马上，嘴角不禁流露出笑容。不是高僧，如何能一口说中自己的心事？只是万万不能让这个高僧和李秉常见面，不过，李秉常他们现在也没有空见和尚吧？联想到那个凶兆，梁乙埋还是决定要小心，一定要防备着万一才成。

梁乙埋一路胡思乱想着，在快到相府的时候，忽觉一阵劲风袭来，他猛然抬头，只见一大团黑黝黝的东西，从街边向自己飞来！

"刺客！"

"刺客！"

只听到卫队一阵慌乱，梁乙埋下意识地往马下一扑，翻身滚到马下，尚未抬头，便听到一声重物砸地的巨响，碎石与肉泥溅得梁乙埋满头满脸都是——一个亲兵当场就被一个巨大的铁锥砸成了肉泥！

但梁乙埋根本来不及看清楚这些，弩箭发射的声音，在屋顶、坊墙后响起，几十个亲兵未及反应过来，当场就被射杀。梁乙埋浑身哆嗦着，早被吓得说不出话来，整个身子都在地上蜷成一团。国相府的亲兵死命地围成一团，护着这个被吓得魂飞魄散的国相，两个队长指挥着亲兵，依托战马，向刺客还击。

"刺客只有几十人！"梁乙埋的卫队长宁葛是个身经百战的西夏武士，他一面护着梁乙埋，一面很快就从刺客的突然袭击中回过神来，"罗庞，带队左边！折四，右边！别放跑一个！"

随着宁葛的吼声，两队人分左右两路，向刺客埋伏的坊墙后包抄过去。其余的卫队在宁葛的大声喝叫之下，不断地射箭反击。很快，人数占优的相府卫队在火力上压倒了对方，刺客开始且战且退。

"不要放走刺客！"宁葛脸上横肉狰狞，高声吼道，"把坊门堵起来，坊内的人都不准出去。妹讹，你带五十人追杀。其余的，随我护着国相回府。"

"是！"一个身着黑色铠甲，高大粗壮的汉子应声而出，大吼一声，"随我来。"带着几十个卫士，朝着刺客后退的方向追了过去。

被亲兵扶起来的梁乙埋，这时候总算是惊魂稍定，嘴里兀自不停地说道："真神人也！真神人也！"

刺杀梁乙埋的行动并未得逞，二十几名刺客，有十几名当场被梁乙埋的卫队格杀，其余几个人也都自杀了，没有抓到一个活口。但是梁乙埋却不愿意这么善罢甘休，兴庆府全城大索。刺客埋伏的两个坊内数百户居民，不论无辜与否，男子全部处死，女子全部抄没为奴。仿佛是长久沉默后的爆发，大安五年最后的几个月，兴庆府陷入一片血腥之中。梁太后震怒，梁乙埋誓言要查出幕后主使，否则绝不罢休。于是，不断地有人被怀疑与刺客有牵连，被抓出去处死。

大安六年到来之前，已有千余人因此被处死或者抄没为奴。人命比狗都卑贱，没有审判，不需要证据，一语牵涉，立时抓捕拷打，宁可错杀，决不漏过。

没有人可以阻止这一切。梁乙埋就是要用无辜百姓的鲜血，来发泄自己的愤怒，并且树立自己的威势。

但这种淫威能不能吓住他的敌人，却只有天知道。

第六章

己丑之变

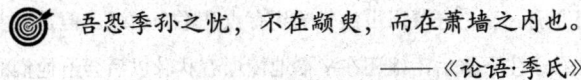

吾恐季孙之忧，不在颛臾，而在萧墙之内也。

——《论语·季氏》

1

在同一段时间，宋朝的都城汴京，也发生了一件意料之中的大事——熙宁十二年冬十月十四日，太皇太后曹氏陷入昏迷当中。

"娘娘，娘娘……"庆寿殿内，不断有人低声抽泣呼唤。太医们低着头，轻手轻脚地快速出入殿中。所有人心里都明白，太皇太后的寿年到了。但是，没有一个太医敢在此时触霉头。

皇帝赵顼在接到消息的那一刻，立时停止视事，亲自到庆寿殿来伺候。朝廷的大臣们，心照不宣地准备着拜谒景灵宫，祷天地、宗庙、社稷等等事宜。甚至有些伶俐的人还开始期望"德音"，在这个时候，皇帝是有可能大赦天下为太皇太后祈福的……

不过这一切与清河都没有太大的关系。

有不少人羡慕着清河，她受到的待遇，甚至比公主还显得亲贵。此刻被允许在庆寿殿侍奉的，除了皇帝、高太后、向皇后与朱妃外，便只有蜀国公主与清河郡主两个人。连昌王赵颢与嘉王赵頵两个亲王，都只能在殿外候着。

以为皇家没有亲情的外人是无法理解清河的痛苦的。

自己深爱的丈夫战死在环州，甚至没来得及看上他的亲生儿子一面，紧接着，一向很宠爱自己的太皇太后，又要撒手人寰。这种痛苦，对于清河这样的女子来说，实已是无法承受之重。

狄詠的死讯，清河是在顺利生下孩子后一个月，才被告知。清河开始一直不知道为什么石夫人从产前到产后，陪了自己整整四个月。还特意派人将包夫人程琉接到京兆府陪她解闷，每个月从汴京千里迢迢送到京兆府的太皇太后、皇太后、皇后的赏赐甚至有三次……清河虽然感觉到有点儿不合常理，但是她并没有向最坏的方面去想。当孩子生下来后，她还在幸福地憧憬着狄詠以后会给他们的孩子取个什么名字，将来是让他学文还是习武？

但是孩子满月后，当清河无意中翻出一张过了时的《秦报》之时，才发现，原来天地早就坍塌了。狄詠每个月都有一封简短的家书，中间停顿了一个月，但之后立即补上了……清河重新检查这些简短的家书之时，才发现原来都是石越专门找人模仿狄詠的笔迹写的。

在清河的逼问下，梓儿终于告诉了她事实。

也许是事情其实早已过去，清河甚至都没有哭泣。但是她心里面要忍受的痛苦，却不是外人可以想象。皇室与石越夫妇，的确是在煞费苦心地保护自己，但是她为什么就没有资格第一时间知道自己深爱的丈夫的死讯？

现在，她连痛不欲生的权利都没有，因为她又有了新的责任——她要抚养自己的孩子。

一向被人视为乖巧懂事的清河，默默承受了痛苦。但是直到现在，她还没有完全接受狄詠已死去的事实。有时做事时，突然就会觉得，狄詠正站在她身后，默默地望着她。但等她回头，却是空无一物。

很快她接到太皇太后与皇太后的懿旨，回到京师，与柔嘉一道住进了静渊庄。失去了丈夫，至少还有亲人，还有一向宠爱自己的太皇太后。

但是，不过几个月的时间，太皇太后又将要弃她而去。

在别人眼中，曹太后是贤明的太皇太后，精擅权术的女人，反对新法的顽固老太太。但是在清河的眼中，曹太后始终是疼爱自己的祖奶奶。皇室的确有钩心斗角，有尔虞我诈，但是世间任何一个普通的大家族，不都有同样的钩心斗角与尔虞我诈吗？

这些，并不能阻隔亲情的存在。

大宋的皇室，与一个普通的大家族，在本质上，其实并没有太大的不同。

清河也许没有自觉地意识到这些，但是她的心里，却的确是宽容地对待发生在宫廷中的事情。她的确是"乖巧"，她懂得人情世故，但是她自己并没有陷入所谓的人情世故当中。她"乖巧"，是因为她的理解与宽容，还有她对亲情的珍惜。

但，这不是外人所能理解的。

在带着成见之后，她的任何一举一动，都只会被视为有心计，处世圆滑。所以，没有几个人会真正相信她的悲伤、她的痛苦——接连失去两个至亲之人的痛苦。

"十一娘。"蜀国公主轻轻推了推清河。宋朝的公主，有刁蛮任性得让人瞠目结舌的，也有温柔贤淑得让人不可思议的，但没有一个公主让人感觉到可恶——蜀国公主就是属于那种温柔贤淑得简直不像一个公主的女子。"你去休息一会儿吧。你已经几天几夜没有合眼了，先回静渊庄看一眼孩子。"

清河摇了摇头。她几天前就进宫侍疾，的确很挂念自己的孩子，但是她本来就没什么母乳，孩子是由乳母喂养，柔嘉也懂事许多，至少可以放心得下。她没有机会陪狄詠走完最后一段，至少希望陪着太皇太后走完最后的人生。

蜀国公主无奈地望了她一眼，在心里叹了口气。她不知道是该羡慕清河，还是该同情清河。

殿外。

满眼血丝的赵顼红着眼睛向侍立在阶下的文彦博、吕惠卿几个辅臣下达诏令："明天罢朝一日，朕拜谒景灵宫，卿等分别向天地、宗庙、社稷祷告。"

"遵旨。"

"陛下放心，太皇太后吉人自有天相……"

赵顼点了点头，却没有听完这句话，转头对李向安说道："召翰林学士张璪觐见。朕另有旨意，今日学士院锁院。"

"遵旨。"李向安接旨去了。

文彦博与吕惠卿等人都将头低了下去，这些人心里都知道，学士院锁院，皇帝多半是准备大赦天下了。只是皇帝显然也是在心神不定，本来这样的举措，自是不宜当着众多辅臣的面说出来的。万一事先泄了密，岂是小事？

文彦博在心里暗暗记着在场之人的官职与姓名，预备着万一。这位三朝元老、枢密使，时时刻刻都不忘以国事为重，他没有时间为曹太后的即将离世而悲痛，虽然文彦博很惋惜大宋即将失去一位贤明的太皇太后，但是事实无法挽回之时，他也会坦然接受。文彦博心里真正担心的，是太皇太后在此时逝世，而种种迹象表明西夏似乎又将有千载难逢的机会，为这一刻准备很久的宋朝，会不会因为国丧而丧失这次机会？墨绖用兵，毕竟是犯忌之事。

但这一切，文彦博当然只敢压在心底。

果然没有出乎众人的猜测。十五日祈福之后，紧接着，皇帝就颁布了德音，宣布大赦天下，天下囚犯，死罪减一等，流罪以下全部释放，希望这些功德能为太皇太后换回一些阳寿。

但是生死的规律，虽帝王之尊，亦无法改变。

曹太后在病榻上昏迷了六天，中间只有短暂的苏醒，到了乙卯日，即十月二十日，她却突然清醒过来。

所有人都知道，这已是最后的回光返照。

曹太后带着几分疲惫，环视榻前诸人："我想和官家说几句话，其余的人先退下吧。"

众人应声退下，很快，寝宫内只剩下曹太后与皇帝。

"我很快要去见仁宗了，大宋有官家这样的皇帝，我很放得下心。"曹太后的语气很达观，"曹家是功勋之家，家产丰厚，我死后，陛下不必赏赐。丧事能简则简，不必铺张。百姓戴孝一日即可，不要过于扰动百姓。孝道不在这里，我愿官家学汉文帝。国家要花钱的地方正多……"

"娘娘……"赵顼不由得哽咽起来，想说什么，却卡在喉咙上，说不出来。

"死生有命，何必悲伤。"曹太后甚至微微笑了笑，她说话还是很吃力，甚至有点儿断续，但是眼神却很清澈，"只要官家时时体验百姓疾苦，善纳忠言，做个好皇帝，我死了，也很高兴。"

"娘娘放心，朕一定会做个好皇帝。"

曹太后微笑着点了点头，声音渐渐低了下去："司马光……范纯仁……是社稷臣……官家当倚赖之……祖宗遗训……莫、莫让石越没了好结果……"

"朕记得了……"赵顼的眼泪忍不住夺眶而出。

"告诉十一娘，我、我知道她的苦、苦……"曹太后的话还是没有说完，她的手臂无声地滑下，双眼永远地闭上了。

哭声从庆寿殿中传出，很快，便传遍了整个汴京城。

熙宁十二年冬十月乙卯日，太皇太后崩。诏赐太皇太后园陵曰山陵……辛酉，命王珪为山陵使……

2

熙宁十三年，大安六年的春天。

兴庆府的空气，似乎较严冬更为冰冷。几个月的全城大索，使得兴庆府的百姓们轻易都不敢出门。这一日正是正月十六，元宵佳节刚过，外面的街道上便传来马蹄疾驰的声音与军官的吆喝声，被吓怕的百姓更是早早将大门紧闭，生怕招来无妄之灾。

一队队全副武装的骑兵凶神恶煞地扑向位于城西的讲武学堂。从他们的旗号，可以知道这是梁乙逋控制的西夏军队。讲武学堂内那座从宋朝偷运入境的落地式座钟的分钟指针还没有走过四分之一圈，占地六十余亩的讲武学堂，就已被三千精锐的西夏马步兵围了个水泄不通。

"你们要造反吗？"讲武学堂门外，祭酒嵬名敬带着两个随从，怒气冲冲地向与讲武学堂卫队持兵对峙的军队厉声呵斥道。

"我看你们才是反了。"回答他的，是生硬得如同冰雪中的石头一样的语言。带队的武官是梁乙逋的亲信罔仁忠。

"这里是大夏讲武学堂，不是你们放肆之处？"嵬名敬怒气更甚，他本是李秉常亲信之人，代替文焕出任祭酒，志得意满，如何能受得了这个。

"奉国相之令，捉拿要犯。敢犯令者，一律格杀。"罔仁忠仰着头，轻蔑地看了嵬名敬一眼，声音如同这一日的空气一样寒冷。

"这是讲武学堂,没有什么要犯。无旨擅闯,视同谋逆!"嵬名敬挥了一下手,卫队立时将箭搭在了弓弦上。讲武学堂是座小型军营,也有箭楼高墙,数百卫队。

罔仁忠脸色一变,朝身后的亲兵使了个眼色,亲兵早已会意,悄悄驱马绕开几步,猛地摘弓搭箭,便听弓弦响过,一支羽箭疾若流星般射向嵬名敬。嵬名敬素有勇名,听到风声,忙向旁边一闪身,便听"啊"的一声,一个随从替他挨了这一箭。但是他躲了第一箭,却没躲过紧接着的两箭,那亲兵似早知第一箭射不中他,早又取了两枝羽箭在手,连珠发出,一箭射中他心窝,一箭射中他眉心,嵬名敬身子晃了一晃,便倒在地上,眼见不活了。

罔仁忠将手一挥,手下士兵立刻冲向讲武学堂的大门,罔仁忠轻蔑地看着不知所措的讲武学堂卫队,高声喝道:"奉国相令,捉拿要犯,众兵士不得抵抗,违令者格杀!"

讲武学堂的卫队本来就都迟疑不定,此时主官被杀,敌众我寡,除了少数士兵还负隅抵抗之外,其余的发了一喊,便跑得无影无踪。罔仁忠轻松诛杀了那些抵抗的卫士,率着部队,便冲进讲武学堂之中,从怀中掏出一张纸来,按图索骥,将讲武学堂内凡是非梁氏一派的军官全部逮捕,关入狱中。稍有抵抗者,便即当场格杀。

当罔仁忠在讲武学堂大开杀戒的时候,梁乙逋亲自率着五千精兵,兵分两路,气势汹汹地杀向仁多保忠部的驻地。

"把两个坊门封死,听本将号令行事!"梁乙逋的语气十分从容,却透着丝丝杀意。

他的话音刚落,一个坊门突然大开,两百余身着瘊子甲的兵士从坊中冲了出来,整齐地列成两队。

"张弓!"随着一声尖锐的号令,两百张弓整齐地拉开,二百枝羽箭的箭头一齐指向梁乙逋,在冰冷的阳光下,反射着夺人心魄的寒光。仁多保忠身着铁甲,踩着沉重的步伐,在几个武将的拥簇下,从坊中走了出来。他每走一步,街道便仿佛震动了一下。

梁乙逋心中一凛,下意识地勒马退了半步。

"梁将军来访,末将未能远迎,还望恕罪。"仁多保忠哈哈笑道,仿佛是和梁乙逋叙家常一样,"请将军营中叙话!"仁多保忠一面说着,一面侧身让到一边,做了个请进的手势。

梁乙逋如何肯上这个恶当?一旦进了那营中,岂非送上门去给仁多保忠当人质?

他坐在马上,哈哈一笑,执鞭抱拳,向仁多保忠笑道:"将军不必客气,在下此来,特为公事。"

"哦？"仁多保忠眉毛一挑，"公事？"

梁乙逋干笑着点了点头，脸色转瞬之间，便严肃起来："奉旨意，着仁多保忠部，即日离京，不得逗留。"

仁多保忠上上下下看了梁乙逋一眼，冷笑道："梁将军不要诳我，既是奉旨意，末将想看看圣旨何在。"

"这是陛下口谕。"梁乙逋的脸也黑了下来，"仁多保忠，你是要抗旨吗？"

"末将不敢抗旨，末将只怕有人假传圣旨！"仁多保忠的脸也沉了下来。

"敢抗旨者，格杀毋论。"梁乙逋咬着牙，几乎是一个字一个字地说道。

"假传圣旨，即是谋逆。"仁多保忠毫不示弱。

整条街道都沉寂下来，空气中弥漫着浓浓的火药味。

"你真想要旨意？"对峙了一阵，梁乙逋似乎是要退缩了，但语气中却带着不易觉察的讥讽之意。

仁多保忠轻蔑地撇了撇嘴，作为回应。虽然梁乙逋的兵力看起来比自己多，但是论打仗，他是不会害怕梁乙逋的。要打就打，大不了杀回静塞军司降宋。这便是仁多保忠此时的想法。

梁乙逋讥讽的笑容从嘴角流出，他伸手从怀中掏出一卷黄绫，在仁多保忠眼前晃了晃。"那便请将军看吧，这是太后懿旨！看你还有何话可说！"说罢，便将黄绫抛向仁多保忠。

仁多保忠却是连手都不伸，任由着黄绫跌落脚边，努努嘴，毫不在意地说道："末将只奉皇上诏旨。"

梁乙逋望着跌在地上的黄绫，一种受到羞辱的感觉从心底涌了上来，脸色霎时涨成了猪肝色："仁多保忠，你是敬酒不吃吃罚酒！来人！"

"在！"众兵士轰然答应，似潮水一般，涌至梁乙逋身前，前排执刀盾，后排执弓箭，只待梁乙逋一声令下，便要强攻仁多保忠军营。

仁多保忠环视周围，忽然瞥见在左边数百步处，整齐地立着一队骑骆驼的泼喜军，脸色不禁微微一变。他知道这队泼喜军是重建的部队，数量并不多，但是自己的部队被封在两道坊墙之内，而梁乙逋又有泼喜军的话，情势对自己就极为不利了。

但事已至此，他仁多保忠也绝不会坐以待毙。

无论如何，要先干掉梁乙逋……仁多保忠在心里暗暗计算着。

3

国相府,花园。

梁乙埋与明空正对坐在一间小亭内手谈。十几个童仆、侍女在亭外伺候着,而这些童仆、侍女之外,遍布花园乃至国相府的,是无处不在的侍卫。

梁乙埋拈着黑子,打入明空的白角之内,笑着问道:"这块角,大师又危险了。"

"未必,未必。"明空微笑着,随手应了一子。

梁乙埋的棋艺,较明空而言,其差别简直有若萤火虫要与日月争辉,明空不过是随便出子,哄着这位国相,要和他杀得难解难分。

梁乙埋胸有成竹地又落了一子,一面问道:"可惜法明大师,便这么匆匆远游了。"

明空假意问道:"法明大师留给国相一个锦囊,道是依此而行,可成大事。国相还没看吗?"

"早已领教。"梁乙埋故作高深地笑了笑。"法明"留给他的锦囊内,只写了两句话:步步为营,挟天子以令诸侯。但这两句话,却是正中梁乙埋之心,梁乙埋自遇袭后,本来对"法明"早已十分相信,此时更是以之为世外高人。连带着对明空,也更加亲近了。

"国相。"一个幕僚匆匆走来,到梁乙埋耳边低声禀道,"讲武学堂事毕。"

"嗯。"梁乙埋微微点头,并没有多搭理,继续拈子思考着,怎么样搜刮明空的白角。幕僚知趣地退了下去。

明空早将一切收到眼底,他随手又应了一子,假意笑道:"国相若有事,不如暂时封局,改日再下?"

"唉,"梁乙埋摆了摆手,笑道,"些许小事,何足挂齿。继续下棋,继续下棋……"

明空明知梁乙埋是想学谢安,肚子里暗暗好笑,脸上却装出钦慕之态,假意凝神苦思,继续与梁乙埋对弈。又过了约莫两盏茶的工夫,却见梁乙逋一身戎装,气急败坏地闯了进来。

"出什么事了?"梁乙埋虽然外示镇定,但是却已掩不住心中的担忧。

梁乙逋没好气地朝童仆、侍女们挥挥手,众人慌忙退下。连带着明空也起身告退,这次梁乙埋却没有再挽留。

"莫非有什么变故?"梁乙埋的眉头锁了起来。

梁乙逋恼怒地朝着亭柱击了一掌,恨声道:"竟没能赶走仁多保忠。"

"嗯?"

"文焕那厮带了五百御围内六班直赶到,传了圣旨,道是要建羽林军,仁多保忠部已编入羽林军,还当场封仁多保忠为羽林军左军统军。"梁乙逋想起此事,心中依然怒气难遏,"小皇帝威信尚在,圣旨颁下,我怕激起兵变,不敢用强。这次让仁多保忠逃过此劫,反而编入什么羽林军,将来必成心腹之患!"

　　事到临头,梁乙埋反而冷静下来。

　　"事已至此,多说无益。"梁乙逋沉吟道,"仁多保忠那点兵力,也闹不起来大事。你还是依计划行事,将所有参与改制者,全数监视起来。"

　　"是。"

　　"你继续驻在军中。我明日再上奏章,请皇帝废除汉制,恢复胡礼。"梁乙埋决心再向皇帝逼一步。

　　"愚蠢!"西夏王宫内,梁太后将手中的白瓷定窑茶碗重重地放在桌上,大声骂了起来,"愚不可及!"

　　"太后……皇上毕竟有大义的名分。本朝国法军法素来严苛,一纸诏令颁下,士兵不愿意背负叛逆之名……"说话的,是梁氏党羽,枢铭靳姬遇。

　　"竖子岂能成大事!"梁太后没有理会靳姬遇的辩解,"箭已上弦,岂容收回?士兵贪利,只要许以重赏,胁以重刑,谁敢后人?"

　　靳姬遇奉命向梁太后禀报事情的进展,不料触到这个霉头,早就战战兢兢,不敢说话。梁太后怒气更甚,骂道:"回去告诉你们国相,步步为营反成打草惊蛇,让他小心着梁氏一门的脑袋!"

　　"是……是……"

　　"给我滚!"梁太后一把抓起桌上的茶碗,狠狠地砸向靳姬遇,一面大声喝道:"速召嵬名荣觐见!"

　　在同一座王宫的另一处。

　　"陛下!"李清、文焕、仁多保忠、李乾义等人跪在殿中,"人为刀俎,我为鱼肉。再有犹豫,臣等死不足惜,只恐陛下亦为奸党所害。"

　　"朕必除此国贼!"李秉常从漆金箭筒内抽出一支箭来,一把折为两段,他此时也知自己再无退路。

　　李清设计了周详的刺杀梁乙埋的计划,不料却功亏一篑,反而招来梁乙埋的报复,加速其谋反的进程,心中本是十分沮丧。但是夏主与梁乙埋之间的关系也因此而急速破裂,夏主终于坚定铲除梁氏的决心,却也让李清精神一振。

　　只要夏主坚定了态度,这场政治斗争,胜负就尚未可知。

"臣有一策，请陛下决之。"

"快说。"

"陛下可召鬼名荣诛之，夺其所统之兵，挟持太后，再以太后名义召梁乙埋入见，除梁乙埋不过一力士足矣。如此，国无兵乱而大事可定……"他话未说完，不料李秉常听说要先对付鬼名荣与梁太后，便已先露出怯意，李清看在眼里，又厉声道，"万一有变，若形迹未显，陛下可以臣之人头予梁乙埋，召其入宫，梁乙埋必以为陛下怯懦，其心必骄，陛下伏死士于宫中，可以一举成擒。若形迹已露，则陛下可速召御围内六班直之亲信、仁多保忠部及朝中忠臣义士，挟持太后，出巡静塞军司，再明诏罢免梁乙埋，诏令天下共讨之。"李清早已置生死于度外，所献之策，竟是孤注一掷，说得众人耸然动容。但事已至此，也只有孤注一掷，方有反败为胜的希望。

"陛下，臣以为不妥。便是诛李将军，亦难诓来梁乙埋。"仁多保忠当即反对，"请陛下先以计图之，不成则可暂时东狩，召天下义士共讨国贼，梁氏不足平。"对他而言，将夏主带到仁多瀚军中，自然是不世之奇功。

"但若国家内战，岂不为石越所乘？"

"若事情果真至那一步，请陛下割河南之地与宋朝，以换取宋朝之支持。石越兵不血刃，而得河南之地，从此陕西无边患，其所立之功，自宋太宗以后为第一人，岂有不允之理？我大夏虽失河南之地，陛下仍可不失王位，总好过终身为梁氏之傀儡。日后励精图治，西击回鹘，南并吐蕃，北拒大辽，东削大宋，中兴未必无望。"李清咬牙说道。

"不错，当年我大夏建国之初，连兴庆府与灵州，都非由我所有。留得青山在，不怕没柴烧，总好过国祚断在梁氏之手。若石越肯卖给我军械，则梁氏败亡，只在反掌之间。"仁多保忠也鼓动道。

"石越之心，能止于河南之地？"李秉常依然有疑虑。

"河西之地，宋朝得之而不能守，于宋朝而言，所得不足以偿其所失。况且石越一向倡言，只需我大夏推行汉制，谨奉臣职，当优容之。宋朝腹心之患，毕竟不是我大夏，而是契丹，若得河南地，西境平，其正可伺机收复幽蓟。"李乾义也认为两害相权取其轻。

四人之中，只有文焕避嫌，不发一语。

李秉常双手紧紧握着半截断箭，将目光移向文焕，注视了他一会儿，问道："状元公以为如何？"

"石越之心，实不可测。然臣以为，陛下若不甘心做傀儡，实在别无选择。两害相权，请取其轻。宋朝以诸国宗主自居，亦不致因河西沙漠草原之地，而背信弃义，使天下失望。"文焕低着头，从容说道，"况且……事情未必会至最坏的一步。"

"罢！罢！"李秉常将手中断箭重重插入案中，咬牙道，"成则为王，败则为寇。便拼上这一把！"

"兀卒万岁！"

"兀卒万岁！"

众人一齐拜倒，低声拜贺。"兀卒"本是夏景宗元昊的自称，其意为"青天子"，此时众人一齐称李秉常为兀卒，顿时让这位年轻的君主热血沸腾。

上天似乎有意要给李秉常与李清他们一个机会。大安六年正月二十日，正当李秉常与李清等人在紧张地谋划着如何诛杀梁名荣、挟制梁太后、击杀梁乙埋之时，从契丹传来一个既是意料之外、又在意料之中的消息。

辽主耶律濬假春捺钵之名，率军出巡，在路上突然改变路线，誓师亲征杨遵勖。在辽主的大军向大同府进发的同时，辽主向天下散布了讨杨檄文，并且向大宋与西夏都分别派遣了使者，向两国通告自己亲征的消息。

不过两个使者的真正使命却是各不相同。去大宋的使者，是为了在道义上占据制高点，使宋朝不敢光明正大地干涉自己征伐叛逆的军事行动。而来兴庆府的使者，则是要求西夏履行自己曾经许诺过的东西。

无论李秉常有没有履行承诺的意思，这件事本身，无疑却是一个千载难逢的机会。

4

兴庆府城西三十里，有一座普普通通的村庄。塞北江南，素称富饶，这里的村庄，与陕西的民居，表面上看起来亦没有太大的区别。整个村子内，住着约八十户人家，全是姓史，村庄亦以姓而得名，外人称之为"史家庄"。史家庄祖上本是汉人，但此处沦于膻腥[10]已久，村民久与羌人往来，早已渐渐胡化，除了耕种之外，也照样放牧牛羊，过着亦耕亦牧的生活。而自汉朝甚至战国以来剽悍的民风，在党项人的统治下，更是被发挥到极致。这里的村民，与普通的党项人及各种部落番人一样，都要负担兵役，随着西夏的军队南征北战，其武勇丝毫不逊于土生土长的番人。事实上，一般人也很难分辨出来，他们究竟是汉人还是番人。他们与番部的区别，无非是他们拥有"史"这个姓氏，以及要承担更沉重的赋税。但即使是他们自己，在大多数时候，也并不在乎自己是哪族哪氏的人民。普通的百姓，真正在意的，只是生存。至于对未

....
[10] 这里用于比喻其他民族对汉族的入侵或统治所造成的影响。

来的希望，他们将之寄托于对佛祖的信仰，一个美好的来世……

大安六年的正月，智缘就住在史家庄东北角落一处不起眼的民居内。这间许多年不曾修葺的土坯房内，即使是白天也显得十分的阴暗，房中的陈设更是简陋，除了一条简单的板凳与一堆干草外，便一无所有。

但这一天，便是在这座房子内，却几乎聚集了大宋西夏方面一半的高级间谍。垂眉坐在唯一的一条板凳上的，是智缘大师。他在职方馆的地位超然，拥有仅次于司马梦求的权力；身着黑衣、背着双手站在西北角的粗壮汉子，是西夏赫赫有名的马贼史十三；而站在他身边，柔媚中透着几分豪迈之气的女子，是大宋栎阳县君；除此之外，还有一位身着西夏武官服饰的青年男子，手按佩刀，斜靠在门边。

智缘从低垂的眼帘下，打量着屋内的几个人。

屋中四个人，代表的其实便是宋朝在陕西谍报系统的四股势力。智缘本人，代表的是职方馆高层；史十三，代表的是职方馆陕西房；栎阳县君，名义上直属于职方馆，但实际上代表的是陕西路安抚使石越；那个青年武官，代表的则是某一位身份特殊的神秘细作——智缘心中泛起一丝不快，因为这位细作非常重要，甚至连智缘都不能知道他的身份。不过智缘很快将这种不快抛之脑后。这四方势力，并非是绝对的，亦非对立的；各方既有相对的独立性，但又紧密联系，难以截然区分。职方馆高层也罢，陕西房也罢，神秘细作也罢，都隶属于职方馆，基本利益是一致的。而职方馆与石越之间，同样有许多牵扯不清的联系，别说石越现在是陕西路安抚使，单单是职方馆创始人、现任职方馆知事司马梦求的身份，便注定了石越对职方馆的影响无处不在。

"大师。"栎阳县君朝智缘敛衽一礼，首先开口打破长久的沉默，"按职方馆的条例，若非事情紧急，我们四个人，是不当贸然聚集的。"众人微微颔首，便听栎阳县君继续说道："既是我们四人会了面，便是想定下一个章程——若再这么着政出多门[11]，对国事有害无益。奴家素仰大师之贤名，一向敬佩大师是方外的豪杰，佛门的英雄，不论是皇上还是文相公、石帅、司马知事，也都是对大师敬重有加。奴家一介女子，断断不敢冒犯大师，然则……大师请看……"栎阳县君将一张纸条递到智缘手中。

智缘接过来，便看到纸条之下，钤着醒目的两枚红印——分别是司马梦求的私印与职方馆知事的公印，他再看纸上的内容，果然是熟悉的司马梦求亲笔手书的漂亮小楷："所报之事悉知。至询西事方略，此间并无更易，诸君何疑？但当精诚为国，功

---

[11] 政，政令；门，部门。原意是政令出自几个卿大夫的门下。指政令由许多部门发出，中央领导软弱，国家权力分散。

成不远。云云。求字。"

"县君是有见疑之意吗？"智缘看罢，将纸条还给栎阳县君，笑着问道。

"岂敢。"栎阳县君的声音温柔，但是却绵里藏针，"奴家断不敢怀疑大师。只是两月前刺杀梁氏之事，因大师之令，而使梁乙埋逃过此劫。其后梁氏报复，致使陕西房损失惨重。当日刺客中，有两人隶属陕西房，结果当场殉国。其后受株连而无辜死难之同僚，计有一十三名。陕西房数年苦心经营，旦夕之间，在兴庆府之力量竟损失三分之一强。大丈夫忠君王、死国事，魂归忠烈祠，本是死得其所。然职方馆在西夏之方略，数年以来，一直是扶植反对梁乙埋之势力，收买、策反对梁乙埋不满之文武官员。职方馆未有明令，而大师忽行改易，恪于国法军法，我等自当凛遵，但依程序，亦有责任上报汴京，请示上官明令。"

智缘一面听着，一面将目光移向史十三，见他目光中颇有恼怒之意；他又将目光转向那个西夏武官，这个男子却是无可无不可的神态。栎阳县君默默地望了智缘一会儿，又继续说道："奴家以为，既然司马知事明示西夏方略并无更易，大师理应给我们一个解释。为何要突然改弦，帮助梁乙埋？"

"史施主与这位将军，亦是同样的疑问吗？"智缘并没有直接回答栎阳县君，反而转头询问史十三与那位西夏武官。

"大师叫我史十三便可。"史十三瞥了西夏武官一眼，方直视智缘，沉声道，"我只是想知道死去的弟兄是为何而死。"熙宁十二年冬季的损失，是陕西房成立以来损失最惨重的一次，除了刺客中的两名成员，其余十三名成员，都是莫名其妙被株连处死，西夏人根本不知道他们是宋朝的细作，却就这么着受了池鱼之殃，实在是非常不值。对于心高气傲的史十三来说，这种失败已难以接受，更何况这些人中，有相当一部分，是他生死与共十数年的兄弟。

那个青年武官却只是漠然地说道："我并无立场，不过旁听与转达而已。"

"阿弥陀佛。"智缘点了点头，"职方馆所订之西夏方略，的确并无变更。"

栎阳县君与史十三迅速地对视一眼，二人默契地交换过眼神，耐心地等着智缘进一步的解释。

"自兴庆府到汴京，有数千里之遥，往返非旬月不至。我等在外，须有权宜决断，若事事须请示朝廷，虽有陈平之智，不能成其事。老衲下令不得诛杀梁乙埋，固然不曾有职方馆之命令，陕西房要替李清诛杀梁乙埋，难道事先便有朝廷之令？"智缘从容说着，显得胸有成竹，"且老衲有文相公亲笔手令……"

"手令我们见过，否则亦不肯听大师之令。"史十三粗声说道，打断了智缘的话，不满之情，溢于言表。显然，智缘这种程度的解释，是无法让他们心服的。职方馆法令森严，下级对直属上级的命令必须毫无保留地执行，否则必受严惩。智缘进入西夏后，便成为西夏境内身份最高的间谍，同时又有枢密使文彦博手令，可以节制职方馆陕西房。但是陕西房在西夏数年的经营，亦不可能白白断送在一个外来的和尚手上，既然司马梦求言明西夏方略并无变动，那么智缘还有没有权力干涉陕西房的运作，便成为一个必须解决的问题。

"奴家与史兄，是想知道大师为何要改变既定之方略。"栎阳县君见史十三的语气过于生硬，忙婉言解释，但是言语中却并没有打算让智缘含混过关。

智缘又看了三人一眼，史十三与栎阳县君的目光坚定，显然若自己不能解释清楚，此事就不能善罢甘休；那个西夏武官却无可无不可，一副事不关己的样子。

"老衲只不过不想重蹈辽国之覆辙而已。"智缘双手合十，低声宣了一声佛号。

"何谓辽国之覆辙？"

"有些事情，县君不知道。这位将军可能也不知道。但是史施主却是一定知道的。"智缘含笑望着史十三。

栎阳县君与西夏武官好奇的目光，都投到了史十三身上。史十三却默然似水，只是若有所思地望着智缘。

"辽国死了耶律洪基，反而造就了一位百年难遇的英主。"智缘微微叹了口气，"大宋虽利用其内乱之机，略缓边患，从容变革旧制，对契丹占得上风，但契丹有此英主，终久必为大宋之患。而今西夏虽无英主，但是梁乙埋当权，不过冢中枯骨；李清、仁多瀚若得志，谁可料焉？"

栎阳县君与史十三尽皆默然，那个西夏武官却饶有兴趣地听着智缘的解释。

"之前所以要扶植反对梁乙埋之势力，是因其势力过于弱小，所以助此辈者，不过欲使反对梁乙埋者，有足够之能力与梁氏相抗衡，如此才能挑动西夏内乱。否则内乱虽起，梁氏反掌可定，我大宋之利何在？而今梁乙埋势力已然削弱，若再击杀梁乙埋，谁知梁氏一党群龙无首，会不会瓦解于无形？李清一党挟诛杀梁氏之余威，辅佐夏主亲政，是虎归山林，龙入大海，其势不可制。若果真如此，我大宋之利又何在？职方馆辛苦经营，是为了替夏主中兴大夏吗？"智缘犀利的目光扫过众人，这个有时法相庄严有时和蔼可亲的老和尚，此时看起来更像是一个慷慨激昂的义士，"职方馆在西夏之作用，是收集情报、策反官员、挑动内乱。为达成此目的，朝廷每岁在陕西房耗费的国帑，已高达二十万至四十万贯，几乎相当于朝廷以往对西夏的岁赐。这笔钱，绝非是用来替夏主铲除权臣的……"

"一个不得人心却掌握兵权的权相，一个没有兵权却占据大义名分四处流亡深受同情的君主，一群被诛除得七零八落的忠臣义士，一个军心民心士心尽皆涣散的国家……"清脆的掌声从门口传来，斜靠在门上的西夏武官用玩世不恭的语气笑着问道，"这便是于大宋最有利之局势，是吗？大师。"

"不错。若能如此,王师进入西夏之时,便可事半功倍。"智缘毫不否认自己的意图,"因此陕西房之方略,亦有必要根据形势随时修正。"

"大师的确深谋远虑。"那个西夏武官的语气,说不出来是赞赏还是讥讽。

史十三已然明白了智缘的意图。完全站在宋朝的立场来看,智缘的决策的确是正确的,史十三心里自然非常清楚。但是,果真要达成智缘的目的,却意味着有更多无辜的西夏百姓要枉死在这场即将到来的、由自己推波助澜的西夏内乱中;也意味着更多西夏的忠臣义士,要死在梁乙埋手上——这中间自然也会有大宋职方馆的"功劳";甚至还意味着,有更多的史十三的朋友、旧部都可能因为他的努力而丧命!

他看不到正义何在。

史十三的确加入了宋朝的职方馆并担任要职,但他却并非是为了所谓的"大宋"而效力的人物,他亦不可能以宋朝的是非为是非。他的确也曾经为了宋朝而算计自己的朋友,但是,史十三始终有自己的道德准则,或者说道德底线。换句话说,这种算计,并非是无限度无原则的……

栎阳县君担心地望了史十三一眼,她想起进入西夏之前,石越对她说过的话。

"间谍有许多种,有些间谍为了钱财,有些间谍为了信念。为了钱财者,可以因为钱财而背叛;为了信念者,亦可以因为信念而背叛……"

"那我是为了什么而做间谍呢?"突然之间,她心中冒出一个问题来。不过很显然,这个问题此时出现并非是一个恰当的时刻,栎阳县君连忙收敛心神。无论如何,她的直觉意识到,今后的史十三更加值得注意。

"……史施主与县君还有异议吗?"智缘投向史十三与栎阳县君的目光,似乎有着更深的含义。

"这个老和尚也在猜忌史十三吗?"栎阳县君清澈的目光,从智缘与史十三脸上掠过。

"我没有疑问了。"史十三似乎一点也没有觉察到这个屋子里存在着猜忌与怀疑的目光,他的表情,看不出一丝异样。

5

夏国溥乐侯府。

"他们是这么说吗?"新近敕封不久的溥乐侯文焕淡然问道。这个大宋曾经的武状元,世家子弟,此时早已是另一副模样。黝黑消瘦的脸庞上,一脸粗犷的胡茬,幽邃的眼睛让人完全看不透他内心的想法。

夏主对文焕不能说不宠信。归降之日，即除汉字院学士、御围内六班直副都统；此时大安改制虽然并不顺利，但是李秉常因文焕尽心尽力，却累受排挤，又感念绥州救驾之功，又特旨封文焕为溥乐侯，以示优宠。人非草木，孰能无情？但可惜的是，这始终不是文焕想要的。文焕想要的东西，是李秉常无法给予的。

出现在史家庄的年轻的西夏武官，此时恭恭敬敬地站在文焕身后。他叫谢夷，是司马梦求精挑细选，派来专门负责与文焕联系的间谍。虽然从保密的角度来考虑，身在西夏的间谍不应当有任何人知道文焕的身份才是最可靠的，但是从实际操作的角度来看，却必须有这么一个人，能够和文焕直接联系，传递情报——相比所提高的效率而言，这点风险是值得的，因为西夏反间谍的能力，较之宋朝职方馆的组织能力，其差距至少要用"甲子"这样的时间单位来衡量。而谢夷能够被司马梦求选中，担负这样的重任，亦意味着这个年轻人在职方馆的前途，不可限量。

"史十三、栎阳县君、智缘和尚……"文焕在心里翻检着这几个人的姓名，"看来还是我没入西夏之前，朝廷便开始在西夏经营了……这个史十三竟然是职方馆的人……"文焕突然为李清感到一阵悲哀，他不觉将史十三的名字喃喃念了出来："史十三……"

"文侯。"谢夷并不知道文焕在想什么，"史十三是个需要当心的人物……"

文焕瞟了他一眼，谢夷似乎意识到什么，立时收口，不再多说这个话题。相比于宋朝国内不知道实情的人，谢夷对文焕是非常崇敬的。在别人面前，谢夷或许偶尔会装成玩世不恭的样子，来迷惑他人；但在文焕面前，他会有着和对司马梦求一样的敬意。多少大宋的青年才俊被吸收入职方馆后，他们的偶像，便是几乎一手促成辽国内乱的司马梦求。但在谢夷看来，文焕将来必定会成为职方馆的另一个偶像。

"对于大宋而言，智缘是对的。"文焕转过身去，平淡地说道，"不过，这和我们关系不大，做好自己的事情便够了。备马！"

大安六年正月二十五日，黄河上游的两岸，都飘起了小雪。而兴庆府城西的唐徕渠，更是积冰不化，连车马都可以自由通行。自正旦以来，兴庆府周围的定、怀、静、顺四州驻军，暗地里气氛似乎都变得有点儿紧张，所有兵卒军官，都被约束在营帐之内，不得随便外出。而从唐徕渠上通过，来往于兴庆府与右厢朝顺军司之间的官私使者，更是络绎不绝。

西夏王宫内，李秉常一身戎装，踞坐在垫着白虎皮的椅子上，不时焦急地往殿外张望。李清与几个亲信的臣子，身着官袍，侍立在殿中，每个人的腰间都鼓鼓的。

"李清，你说他们到底会不会来？"李秉常抑制着自己心中的紧张，向李清问道。

李清微微欠身，回道："陛下休急。"他神色如常，看起来一点也不像要图谋大事的样子。"

殿中的镶金座钟"咔咔"地走着，仿佛在催促着什么，扰人心神。李秉常皱眉望了那座钟一眼，道："还是沙漏好。这座报时仪太吵了……"

李清与众人悄悄对视一眼，没有人接李秉常的话。这座座钟，还是从辽国辗转买来的，当日李秉常可是如获至宝。

座钟照样一摆一摆地走动着，并不理会众人的情绪。

半个时辰的时间，仿佛走了一年那么久。

好不容易，终于从殿外传来匆忙的脚步声。众人不由自主地将身子转向殿门的方向，李秉常也腾地站了起来，似乎顾念到自己的身份与气度，迟疑了一下，李秉常又缓缓坐了下去，但是脖子却一直不由自主地伸长着，紧紧地盯着殿外。

马靴踏在青石地板的脚步声越来越清晰可闻，没过多久，便觉一股刺骨的寒风扑进殿中，一个白色的人影随着这冷风，快步走进殿中，向夏主跪拜下去。他的身上、头上，沾满了来不及擦拭的雪花，进到殿中后，便开始融化，头上身上都是湿漉漉的。

李秉常已经等不及听他叩拜行礼，不待他说话，便起身问道："如何？"

使者沮丧地摇了摇头，道："国相托疾不出，臣连国相的面都没有见着。"

李秉常的脸色迅速黑了下去，怒声喝道："你不曾说有军国机务吗？"

"臣说了……"使者嚅嚅答道。

但是李秉常并不想听他的解释，他使劲挥了挥手，怒道："持金字牌再宣！今日非诏国相来见不可！李清，你去挑十二个使者，各持金字牌，一刻钟一人，轮流宣诏！"

"遵旨！"李清高声应道，向使者使了个眼色，二人连忙退出大殿。

6

御围内六班直西厢大营。

西夏国王直接指挥的精锐部队御围内六班直，早已被分成东厢与西厢两部分。东厢负责夏主的宿卫，由李清与文焕分任统军与副统军；西厢负责梁太后的宿卫，由嵬名荣任统军，梁乙埋的族侄梁乙萌任副统军。

东厢大营，从外面看来，营内布满旌旗，营外持枪荷戈的士兵来回巡逻，盘查严密，但实际上，几乎已是一座空营。而西厢除了日常宿卫梁太后安全的班直之外，所有将士，却都在营中照常出操。嵬名荣与梁乙萌这些日子以来，都是亲自在营中，督导部队的训练。虽然外示平静，但是二人布袍的里面，都穿着铠甲，连睡觉都不敢脱下来。

"站住！"一声嘶吼在西厢大营的营门外响起，"来的是何人？"营门卒朝着冒着小雪向大营驰来的一队人马喝问，营门的士兵也都警惕地握紧了手中的兵器，箭楼上已有几个士兵从木制的箭夹里摘下了自己的弓——这样的天气里，角弓是需要好生照料的。

"瞎了你的狗眼吗？"一个满脸络腮胡子的武官从队中冲上前来，对着营卒一顿怒吼，"睁开你的狗眼看清楚，这是东厢副统军文将军！还不闪开！"他话未说完，手中马鞭已向营卒挥出，"啪"的一声，营卒脸上露出一道醒目的血痕。

营卒踉跄着闪到一边，一手捂住火辣辣吃痛的脸颊，向那武官身后望去。果然见是一个身着白袭的青年军官领队，瞅那人相貌，不是文焕是谁？但凡御围内六班直的兵士，对这个大宋朝的武状元，夏主宠信的降将，都是并不陌生的。

文焕率着一队骑兵纵马过来，冷冷地看了营卒一眼，说道："还不快通报？叫嵬名统军开营门迎旨？"他声音虽然不高，却清晰地穿过飘雪的空气，传至每个人耳中。下意识地，营卒竟打了一个寒战，他几乎可以确定，如果他敢对文焕的话稍有迟疑，这个南蛮子——在西夏人眼中，所有的宋朝人都可以称为南蛮子——就可能一刀杀了他。

他连忙退后两步，又看了文焕一眼，捂着脸便向中军帐跑去。

文焕瞥了他的背影一眼，嘴角微微动了一下，便转头打量西厢大营。这是一座戒备森严的军营。在一个月前以前，文焕就熟知了西厢大营的日常兵力布置，他知道哪里是校场，哪里是营帐，哪里是粮仓，哪里是马厩，哪里是武库……他也知道各处各有多少兵力，哪里有岗哨，每天有多少人分几队巡逻，每次巡逻的时间与路线……但是即使如此，如果没有压倒性的优势兵力，文焕自认为自己不可能在一两天之内攻下这座大营。

嵬名荣的军营，看起来中规中矩平淡无奇，但偏偏无懈可击。这让文焕想起西汉的名将程不识，如同程不识一样，嵬名荣也是没有过人的才能却让人难以击败的将领。在心底里，文焕认为嵬名荣是讲武学堂第一流的教官——他的军营，如同一座准确的座钟一样，精密地契合着经典的兵书，绝不肯多做一点多余的事，也绝不会少做一点必要的事。

而最让人头疼的是，嵬名荣在政治上虽然没有过分的野心，但他也绝非是一个纯粹的军人，他的政治嗅觉同样是水准线以上的。

偏偏这样的人物，是站在自己对立面的。

如果有机会，文焕会毫不犹豫地为大宋除去这个在宋朝来说其名不显的劲敌。但是，文焕现在连自己有没有机会完成夏主托付的任务，都没有十足的把握。

这个夏主，总是爱让他的臣子去做超过他们能力范围的事情。

文焕唯一感觉安慰的是，无论他此行是成功还是失败，对于他真正的使命而言，都不会造成太大的损害。

"溥乐侯！"伴随着言不由衷的笑声，一群武官簇拥着一个身着紫裘、身材瘦削、微带笑容、有着一张普通西夏人所缺少的白皙脸庞的武将从营中走来。文焕认得此人正是西厢副统军梁乙萌。"文侯驾到，未曾远迎，还望恕罪……"

"不敢。"文焕见着众人，早已翻身下马，"梁将军！鬼名将军呢？有圣旨！"

"哦？"梁乙萌似乎很吃惊，讶然道，"老将军刚刚接到太后懿旨，进宫去了。"

文焕也吃了一惊，将信将疑地望了梁乙萌一眼，他与身边的络腮胡武官交换了一下眼色，问道："这是何时的事情？这厢却是有紧急之事。"

"未到半炷香的功夫。要不我再差人去请老将军回来？"梁乙萌热情地笑道。

文焕心里计算一下，人算不如天算，鬼名荣虽不在此处，不过西厢大营之事，却也更加简单。他笑了笑，道："罢了。既如此，请梁将军接旨吧。再另找人宣鬼名将军便是。"

"那，文侯请！"梁乙萌做了个手势，让开一条道来。在这当儿，他望了文焕一眼，二人的目光正好碰在一起，文焕只觉梁乙萌的眼中，有一丝奇怪的神色一闪而过。但这当儿也不能多想，文焕借着夏主的圣旨，率着亲兵侍卫们，大步往中军帐走去。到了中军帐内，他才意外地发现，这里竟早已摆好了香案等物。

梁乙萌笑道："刚迎了太后懿旨。"

文焕心下略宽，按捺住心中不时浮起的莫名的焦虑，快步走到香案之前，朗声说道："梁乙萌接密旨，余人回避！"

梁乙萌微笑着朝部众挥了挥手，他身后随即传来一阵刀剑与铠甲碰击的声音，众将一齐退出了大帐。梁乙萌这才上前几步，跪拜下来。文焕清朗的声音，在帐中响起。

"敕令：御围内六班直西厢都统军鬼名荣、副统军梁乙萌，即刻随溥乐侯文焕觐见，朕有军国机务谘议……"

文焕的手诏尚未宣读完毕，帐外又有喧哗之声，只听一阵急促的脚步声，从远至近而来，仿佛是有人小跑着冲向大帐一般。梁乙萌正惊疑地望着文焕，早见一人手执金牌，闯进帐中，高声宣道："召鬼名荣、梁乙萌速速进宫见驾！"

文焕心中暗赞这出戏演得逼真，他快步走到梁乙萌面前，将夏主的手诏递过去，说道："必是军情紧急，梁将军速速领旨，随某进宫。"

梁乙萌却默不作声，似乎在犹豫什么。

"梁将军还不领旨？"文焕趁着他没有反应过来，又连声催促。他一面观察形势："现在中军帐中，只有自己的十几个亲兵，要就地格杀梁乙萌并不难，难的是如何脱身和善后。"

这个梁乙萌，虽然威信远不及鬼名荣，但也不是好对付的——梁乙萌与梁乙埋父子关系一般,在梁氏家族内部并不算受重视,但是却受梁太后的看重。他也算是得到夏军普通兵众所认可的将领,此人为人一般,但箭法在西夏军中却颇为有名,有个外号叫作"梁神箭"。军队有军队的逻辑,勇猛善战的将领,在军中是受欢迎的。何况梁氏在军中也还是颇有党羽的。至少在西厢大营中,梁乙萌也不是说杀就能杀的。所以,不到万不得已,极端的手段必须谨慎使用。毕竟文焕也不想毫无价值地死在西厢大营。

文焕朝随从使了个眼色。亲兵们握着刀柄的手背上,青筋毕露。

"梁将军?"

梁乙萌想了一会儿,似乎觉得不对,一面说道:"鬼名老将军不在营中,臣……"一面悄悄伸手摸向刀柄。他的手尚未碰到刀柄,"唰"的一声,两柄雪亮的腰刀架到了梁乙萌的脖子上。

"不得无礼!"文焕朝亲兵呵斥道,却没有命令他们放开梁乙萌,反而笑着对梁乙萌说道,"梁将军不是想抗旨吧?"

"文侯此是何意?我梁乙萌素来忠义,岂会抗旨?"梁乙萌的脸腾地就红了。

"不是抗旨便好。"文焕走近几步,笑道,"那么梁将军,兵符何在?"

"文焕,你想造反吗?"梁乙萌高声叫道。

"叫这么大声,想找救兵吗?"文焕脸上笑意更浓,"本侯奉有圣旨,梁将军随本侯见驾,商议军机,西厢大营,先由野利将军代领。"他一面说,一面指了指那个络腮胡子野利兰。

"圣旨在哪里?"梁乙萌硬着脖子叫道。

野利兰从怀中取出一个卷轴,在梁乙萌面前打开,果然,上面写着令野利兰代领西厢大营的敕命。文焕笑道:"梁将军请看仔细了!识时务者为俊杰,本侯劝将军还是速速交出兵符。"

梁乙萌看到那份敕命,仿佛被霜打蔫的茄子一般,脸色灰了下来,垂头道:"兵符与将印是鬼名将军随身携带,我不知道在哪里。"

文焕的脸色顿时沉了下来:"梁将军,此时负隅顽抗,又有何益?"

梁乙萌瞥了文焕一眼,讥刺地说道:"人算不如天算。我命在君手,何必诳你。"

野利兰看了看帐外,走到文焕身边,低声说道:"文侯,此事须速决。"

文焕何尝不知道久拖不利,但是这件差事,办却总是让人不能放心,他苦笑道:"若无兵符,将军能弹压住西厢大营否?"

"只需拦住鬼名荣不归此营。末将有圣旨在握,尽可弹压得住。"

文焕寻思了一回,似乎亦别无他策——他毕竟不能在西厢大营的中军大帐拷问梁乙萌。当下拿定主意,对野利兰说道:"如此拜托将军。我只带两人回宫复命。余人都留给将军。"

"文侯放心。"

梁乙萌对于自己的败局,似乎是抱持着认命的态度。接下来表现得相当合作,毫不反抗地随着文焕一道出营,前往西夏王宫。但不知为何,也许是事情过于顺利,文焕心中,竟然始终有着隐隐的不放心。

7

梁乙埋国相府。

疾驰往返于王宫与国相府之间的使者前后相继,但是十二道金字牌梁乙埋都置若罔闻。使者连梁乙埋的面都见不着。

"国相,他们先动手了……"梁乙埋的府上,幕僚们七嘴八舌地商议着。

"这哪是召国相议事,分明是想学吕后擒韩信……"

"这不是金字牌,这是催命牌啊……"

梁乙埋却始终眯着双眼假寐,不发一词。这些幕僚们,吃干饭的本事是有的,真正节骨眼上,却没有人是可以依赖得上的。

小皇帝这次总算是抢先一步动手,但是动作却未免太大了。梁乙埋是绝不肯轻率地拿自己的性命去冒险,在没有把握的情况下去见夏主的。但是区区一次援辽之议,金牌使者来了十几趟,这中间的蹊跷,梁乙埋岂能嗅不出来。他早已派人分成三路,前往梁太后处、梁乙逋的军营与御围内六班直西厢大营。

只要这三处不失,笑到最后的,绝对是他梁乙埋。

同时,为了反击,梁乙埋又以军令诏李清、文焕等人往府中议事。这是为日后留余地的做法——当然,如果李清、文焕等人真敢来,他梁乙埋便敢处死他们。

现在的关键,是要尽快让梁太后、梁乙逋、嵬名荣知道发生了事变。

听着面前的幕僚们议论纷纷,一时间,梁乙埋心中泛起一种智珠在握的快感。一种居高临下,认为自己比别人聪明的快感。也许,梁乙埋养了这许多幕僚,其目的本身便是为了享受这种快感的。

"镇定若素"的梁乙埋相信,以夏主掌握的兵力,在一天之内,很难攻克国相府,而一天的时间,足够让梁乙逋做出反应。但是他却并不知道,他的使者,未必就可以安全到达他们的目的地。

此刻,羽林军左军统军仁多保忠率本部人马,已将国相府通往外面的道路严密地封锁起来。梁乙埋派出去的每一个使者,都成了仁多保忠的俘虏。

只要控制住全部御围内六班直,就可以软禁梁太后,就可以以梁太后的名义召梁乙埋与梁乙逋,就可以兵不血刃的政变成功……即使事情不能如此顺利,也可以凭借大义的名分与御围内六班直的实力,攻下国相府,与梁乙逋周旋,支持到各地勤王之师的到来……

仁多保忠一直在等待着文焕成功的消息。

御围内六班直西厢大营至西夏王宫的距离并不是太远,但也不很近。

文焕带着两名亲兵,押着梁乙萌赶往王宫。东厢大营的主力早已调至王宫,梁太后手中只有当值的侍卫。凭借着东厢的优势兵力,无论用计谋还是用强,总之有足够的把握控制住梁太后——只要野利兰能顺利控制西厢大营,那么驻扎在西夏王宫附近的武力,便全部被夏主一派控制,梁太后的侍卫无论如何也是支持不到援兵到来的。而如果真能控制梁太后,局势就会朝着有利于夏主的方向发展。不过……文焕抬头看了一下天色:这样寒冷的天气,并非用兵的季节,如若政变能再拖两个月,一切就完美了。

梁乙萌出大营不远,就被文焕谨慎地缚住了双手。但是他却始终是安之若素,让文焕心中始终是疑窦难开。

"文侯。"在离王宫大约还有五箭之地的时候,奔马上的梁乙萌突然唤道。

"梁将军,忍耐一会儿,马上便到了。"文焕淡淡地回道,既没有胜利者的傲慢,也没有因此停下来。

"我想与文侯做笔交易。"梁乙萌的声音穿过愈来愈大的风雪,清晰地传入文焕的耳中。文焕心中一动,高声喊道:"停!"一面猛拉缰绳,只听到战马长鸣一声,已勒住了坐骑。两个亲兵也勒住自己的战马,牵着梁乙萌的坐骑,走到文焕近前。

"交易?"

"正是,交易。"梁乙萌着重强调了"交易"两个字。

文焕右手摸了摸下巴,饶有兴趣地看着梁乙萌,没有说话。

"若是我没猜错的话,这次我进了王宫,性命八成是保不住了。皇上恨国相入骨,拿我来出气,也是难免。"梁乙萌的语气中竟似带着几分自嘲。

文焕也没有隐瞒的意思,坦率地点头道:"梁将军说得不错。"

"我梁氏一族人丁兴旺,国相与太后也未必在意我这条小命。"梁乙萌自嘲之意更浓,"这个时候,我也只有靠自己来自保了。"

"梁将军是想让我放了你吗?"文焕不动声色地问道。隐隐地,他感觉到极大的不妥。自陷入西夏之后,文焕的警惕性渐渐有了脱胎换骨的提高。小心驶得万年船,这句话是一点也不错的。

"不错。"梁乙萌似乎颇有信心与文焕谈成这笔交易,"当南朝虎视眈眈之时,大夏却祸起萧墙,无论谁胜谁负,最终都只能是南朝渔翁得利。文侯只要做个顺水人情,放我一马,我立马举家离开夏国,无论是大辽、南朝,还是大理都不愁没有容身之地。文侯在皇上面前推托过去也并不难。"

文焕依然只是望着梁乙萌,并不接话。梁乙萌还没有开出他的价码。

"文侯若能救我,梁某感激不尽,自当有所报之。"梁乙萌观察着文焕的脸色,见他并没有一口回绝,语气上又亲热了几分,"兄本非夏人,不幸沦入异邦,是李清用计,方不得已归降……"说这几句话的时候,梁乙萌小心翼翼地不住偷眼察看文焕的神色,生怕激怒于他,见文焕没有异色,他才略略放心,继续说道,"说句无父无君的话,若今上是可辅之主,文兄栖身于夏国,亦未必不能建功立业,封妻荫子,甚至彪炳青史,留名万世。然则……文兄果以为今上这次孤注一掷能成功吗?"

"你以为呢?"文焕反问道,他此时几乎已经直觉到西厢大营出了问题。

西厢大营。

一个身着铁甲的老将端坐在虎皮帅椅上,冷冷地望着被五花大绑的野利兰等人:"这张椅子,岂是黄口小儿能坐得?"

野利兰做梦也想不到,嵬名荣居然一直都在军营之内。

梁乙萌说的并不全是假话,在文焕与野利荣到西厢大营之前,梁太后的确派人来传过旨。旨意的内容,的确也是召嵬名荣进宫,只不过,是要嵬名荣多带人马进宫,加强宿卫的力量。梁太后是从西夏腥风血雨的宫廷斗争中走出来的胜利者,对于宫廷阴谋,实是有着超出常人的嗅觉。也正是这种敏锐的嗅觉,一次一次帮助梁太后转危为安。

嵬名荣接到梁太后的懿旨没有多久,文焕与野利兰紧跟着就来了。

深受梁太后器重的嵬名荣,其精明强干,远远超出文焕的想象。文焕突然出现在西厢大营,嵬名荣便已然料定来者不善。在尚未确认已经公开翻脸的时候,若文焕持圣旨而来,的确是不好对付的——轻不得重不得,一不小心就落入人家算中。因此嵬名荣干脆躲了起来,让梁乙萌去当挡箭牌。若是没什么事,他也容易推脱;若果真有变,那么嵬名荣就决心让梁乙萌当替死鬼了——嵬名荣想得非常深远,如果文焕果真是来图谋西厢大营,一旦失败,那么夏主就很可能在东厢诸班直的护卫下杀出兴庆府,西夏难免陷入一场旷日持久的内战。为了避免内战,尽可能地保住西夏的元气,就一定要控制住夏主,将政变控制在兴庆府的范围之内。掌握住李秉常,就等于占据着大义的名分。能否争取到一点时间,麻痹住夏主,至关重要。至少是远比梁乙萌的性命来得重要。

所以，当文焕与野利兰的来意完全显露之后，尽管嵬名荣完全可以将文焕与野利兰一道在西厢大营内格杀了，他还是不肯冒这个险。一来嵬名荣认为文焕比野利兰难对付，圣旨的力量在文焕的手中与在野利兰的手中可能完全不同；二来他不能保证杀光文焕一行人，就一定不会打草惊蛇。事关重大，嵬名荣是绝不肯冒一丁点儿风险的。

牺牲掉梁乙萌便是了。

嵬名荣对于这种轻重利弊的权衡决断，是非常清晰果断的。

梁乙萌本人对自己所处的地位，毫无疑问也是非常清楚的。他也非常了解梁太后、嵬名荣、梁乙埋的为人，在这个时候，他若不甘心被牺牲，那么嵬名荣会毫不犹豫地将他与文焕等人一起格杀在西厢大营内。而事后他的家人，也难逃悲惨的命运。

梁乙萌虽然不甘心成为牺牲品，但是他也是懂得选择的人。

毕竟到夏主那里去，还有一丝侥幸。

文焕与野利兰被成功地欺骗过去。当文焕带着梁乙萌离去之后，野利兰的屁股在中军帐的帅椅上尚未坐稳，嵬名荣便以迅雷不及掩耳之势，将他带来的亲兵杀戮殆尽，野利兰也被活捉。西厢大营，转瞬之间，又回到了嵬名荣的手中。

被生擒的野利兰此时面如死灰，垂头丧气说不出一句话来。

嵬名荣轻蔑地望了野利兰一眼，起身缓缓走到野利兰跟前。野利兰对嵬名荣素来敬畏，亦深知他的为人：嵬名荣虽然平时看起来是敦厚的长者，但杀伐决断，心狠手辣，对挡在他前面的人，绝不会有任何的仁慈之心。嵬名荣每走近一步，野利兰便觉得嘴唇干渴得愈来愈厉害。他努力抑制住颤抖，紧紧地闭上了眼睛。

脚步声停住了。

那一瞬间，野利兰只觉得时间凝固。

嵬名荣再次居高临下地轻蔑地看了野利兰一眼，"唰"的一下拔出佩刀。

血溅五步。

一颗滚圆的人头落到地上，滚烫的鲜血喷涌而出。

"今日之事，事成必有爵赏！若敢违我军令者，立诛不赦。"硬邦邦的声音，绝对不容任何人置疑。

"愿供将军驱使！"众将连忙一齐凛遵。

"好！"说话间，嵬名荣已坐回帅位，"诸将听令！赫连云，尔速去见梁将军，禀报李清、文焕作乱，挟持主上，请梁将军即刻关闭城门，控制内外城，切断中外交通，并派兵马至王宫救驾勤王，诛乱臣、清君侧！"

"遵令！"一名偏将侧身而出，接过将令，立即大步退出帐外。

"其余诸将，即刻点齐兵马，随本将一道进宫勤王！全军倍道疾驰，毋要放走李清、文焕！"

8

那边一队队人马从西厢大营蜂拥而出,扑向王宫。这边文焕的心已经沉至冰点。时间已经来不及了。

当文焕安全离开西厢大营后,即使是西厢大营倾巢而出,监视西厢大营动静的人也一定以为是自己的人马,为了不过早引起梁乙埋的怀疑,他们不会用烟火对王宫示警。此时,鬼名荣的人马,一定已经到半路了。

"文兄须当机立断。"梁乙萌催促道,他也有几分心焦,选在这个时候才说,梁乙萌也是经过计算的——他要防止文焕过河拆桥,说得早了,夏主还有足够的反应时间,文焕就可能杀了自己,去给夏主报讯。他想要的,是要让文焕与自己成为一条绳上的蚂蚱。现在文焕如果去王宫报讯,就只好给夏主殉葬。只要进了王宫,文焕就不可能有机会抛弃夏主独自逃生,最后八成会被鬼名荣一锅烩了。

梁乙萌相信文焕是聪明人,能明白这个道理。但他也担心,这时候如果犹豫不决,那么自己逃生的机会,也会十分渺茫。

"文兄非夏人,不必为夏主守臣节。兄得罪南朝,亦不可东奔。何不早下决断,与我一道奔辽?我昔时曾使辽,与萧素有旧,现今萧素在辽身居高位,兼辽主英明,必有我等容身之地。"时间一点一点流逝,梁乙萌越来越沉不住气了,他似乎已经感觉到鬼名荣手握大刀追杀过来的声音。

"奔辽?"文焕冷笑一声。他纵马至梁乙萌身后,猛地拔出刀来,反手一挑,将梁乙萌身上的绳子割开。"梁将军,今日你我各奔前程罢!"

梁乙萌没料到文焕竟然不肯投辽,不由得怔了一下,方抱拳谢道:"文兄大恩,日后必报。后会有期!"说罢,便掉转马头,急匆匆逃走了。

文焕看了几乎是近在眼前的西夏王宫一眼,咬了咬牙,对两个亲兵说道:"你们过来。"

两个亲兵依言策马走近,正欲询问文焕有何吩咐,只觉眼前白光一闪,脖子上有液体喷涌而出,便失去了知觉。

"对不住了!"文焕看了一眼被自己亲手诛杀的两个亲兵的尸体,调过马头,朝仁多保忠部奔去。

"我是大宋的子民,不必为夏主守节。"一路之上,文焕都在心里反复地对自己说着。

当文焕赶至仁多保忠部之时,才发现这里也已经脱离掌握了。

梁乙埋的亲兵队长宁葛意外发现国相府的各条道路都被人封锁了,于是宁静被打破。

梁乙埋下令在他漂亮的后花园中燃起大火,无奈天不助人,雪仿佛就是在那一瞬间猛然变大,还刮起了狂风。火怎么也点不起来,即使是烽烟,在这样的天气里,也无法让远处的人看见。梁乙埋总算也是经常带兵打仗的人,他立即让宁葛挑了三百精壮之士突围向梁乙逋求救,自己亲自披甲,命令满府所有的成年人都拿起武器来守卫相府。

巷战很快出现在国相府附近。

仁多保忠仅有一千人的部队,却要分散控制国相府的四个路口,如若梁乙埋集中国相府全部兵力突围,那么仁多保忠便是再善战,也不可能抵挡得住——仁多保忠的任务,本来也只是牵制梁乙埋。但是梁乙埋不知道虚实,不敢孤注一掷冒险。而宁葛似乎也太欠缺应有的运气或者说谋略,他突围的方向,是离梁乙逋军营最近的道路,正好也是仁多保忠亲自驻守的路口。

风雪掩盖住了厮杀声,鲜血很快被白雪覆盖。

但是这一点也不能掩盖巷战的残酷与血腥。

这样的风雪,只有最好的弓箭手与最好的角弓,才能真正发挥一点作用。无论是仁多保忠部,还是宁葛的相府亲兵,都是在短兵厮杀。

不断有人倒下,但用不了一会儿,便连尸体都看不见了。

仁多保忠的确是一名出色的将军,他身边的四百精兵,也不逊于天下任何善战的战士。但是,漫天飞舞的大风雪遮蔽了人们的视线,要挡住宁葛的突围,他要付出加倍的努力。而宁葛的勇猛,也为仁多保忠一生之中所仅见。

一名素以武艺高强著称的军官冲到宁葛面前,未及一合,便被宁葛的战斧劈去半边脑袋。两名仁多保忠的亲兵红着眼睛合围上去,便见宁葛大吼着挥动战斧,斧光卷着雪风,数招过后,两名亲兵便都成了斧下亡魂。堪堪要五名战士,才足以抵挡住如狼似虎的宁葛。

仁多保忠数次想下马,与宁葛决一雌雄。但是念及自己身负重任,才勉强按捺住自己争强好胜之心。一名真正的将军,其作用绝不是披坚执锐在战场上厮杀。

"仁多兄!"在仁多保忠左支右绌之时,一个熟悉的声音在他耳边响起。

"文郎君?"仁多保忠惊喜地转过头,"援军来……"他的话只说到一半,文焕是孤身一人而来,身上还沾满了血迹。仁多保忠的脸黯淡下去:"皇、皇上……"

"我们输了。"文焕的神情其实已说明了一切,"赶快突围……趁着梁乙逋没有封锁城门……"

"皇上与李郎君呢？"文焕不是夏人，但是仁多保忠是。无论于公于私，救出夏主，都是仁多保忠首先要考虑的。

"没机会了。"不知为何，文焕没有正面回答仁多保忠，"突围吧，再不走就被人一锅烩了！"

仁多保忠脸色惨白，死死地盯着文焕。

文焕没有回避，迎着仁多保忠的目光，沉声道："回到静塞军司，再来勤王。他们不敢冒天下之大不韪，对皇上不利的。"

输了吗？仁多保忠转过头，又看了一眼猛不可挡的宁葛，早知如此，还不如护着皇帝直接冲杀到静塞军司……他摇了摇头，突然大吼一声："撤！"

这支所谓的"羽林军"，虚晃一枪，迅速地集结起来，向着城门杀了过去。

梁乙逋的反应已经是非常迅速。

接到嵬名荣的通报后，他立即下令内外城落关闭门，禁止任何人出城，分派亲信将领率兵加强城门防卫。同时派人前往各个渡口要津把守，以防各地诸侯知道消息后有非分之想。

然后他便亲自领着大军进城，直奔王宫。

但是他的使者还是慢了一步，他的使者到达东门之时，离文焕与仁多保忠率部冲出城去，不到半炷香的功夫。

接到消息的梁乙逋气得跺脚大骂，不得已分出一支部队，去追赶文焕与仁多保忠。在梁乙逋看来，文焕无足轻重，可仁多保忠却是用来对付仁多瀚的上好筹码，怎能轻易放他回去？但是眼下他的重中之重，还是控制住小皇帝。对于仁多保忠与文焕，只能寄望于恶劣的天气。

虽然胜券在握，但如果李秉常有个什么意外，就是绝大的麻烦。

"快点，直娘贼的！都给我再快点！"梁乙逋不断地高声吼道。一队队士兵，从各个方向，扑向西夏王宫。

9

兴庆府一座不起眼的大院子里，聚集了一千五百多名流氓、无赖以及亡命之徒，如果要用史书上常见的词汇来形容，那么他们还有另一个文雅的称号——"死士"。西夏奉行全民皆兵的国策，因此，虽然这些人的本质不过是地痞流氓，但他们还是有简陋的武器，以及少数破旧的铠甲。

李清曾经托史十三阴蓄死士，散养于民间，以备非常之用。而这些人，便是"非常之用"到来时，所能用得上的人马了。三千之数，除去意外被株连而死的，能够聚集起半数以上的人众，已经算是一件了不起的事情。在华夏的历史上，三国时司马懿与曹爽争权之时，为了对付手握京师兵权的曹爽，司马懿也曾经阴蓄死士，散养于民间。但是历史却并没有记载这支力量在司马懿的政变中起了何等程度的作用——当然，以司马宣王之智，自然也不会将自己的命运寄托于所谓的"死士"身上。

然而，李清却不得不用上自己每一个能用得上的筹码，虽然他的对手绝不比曹爽聪明多少，但是他自己的力量却远远逊于司马懿。这个时候，每一点力量，都至关重要。

但是，在兴庆府几乎已经闹得天翻地覆的时候，这些"死士"，依然没有出现在李清期望他们出现的地方。

"史大哥，请三思而后行！"发髻上插着花钗，耳垂上挂着碧玉耳环，身着白色梅花交领窄袖狐皮袄，肩上还披着一条披巾，脚下踏着一双西夏国人常穿的黑色套鞋，说着一口地道的兴庆府方言，无论从哪方面来看，栎阳县君都像是一个西夏大户人家的女子。

史十三紧锁剑眉，默默注视着栎阳县君，眼中闪着逼人的光芒。

"一错已甚，岂可再错？"

"我有甚错？"史十三冷冷地问道。

"史大哥既受朝廷敕封，便不再是草莽豪侠，而是大宋的武官。身为武臣，岂可无阶级之分，不听节制？西夏方略早定，事变之时我等当置身事外，以待将来。当初会议之时，史大哥既无异议，如何现在又召集这许多人来？"栎阳县君迎向史十三的目光，毫不退缩。

她又想起了石越招募她入职方馆时的那次谈话。

"在西夏招募间谍，异常困难。尤其是其腹心之地，西夏的户籍颇为严厉，空降间谍……"

"空降？"她是头一次听到这个词。

"对，空降。"石越笑着点头，解释着这个词，"从大宋派一个间谍过去，就好比在西夏的天空中，凭空降下去一个人。"这个词的确很形象，虽然她无法理解一个人怎么可以从空中降下，人又不是神仙，不过，她还是很喜欢这个词。"我们向西夏空降间谍，极其困难。的确有人成功，但是极少，而且可遇而不可求。"石越当然没有向她透露是谁成功了，她也没有多问，在她受封为栎阳县君之前，她就是极懂得分寸的人。

"除了这极少数成功的例外以外，其余空降的间谍，都很难在西夏发挥真正的作用，而且充满危险，一不小心，就可能殉国。职方馆现在的报告，几年以来，总共已经有超过五十名空降间谍殉国,另外还有二十余名生死未卜。"石越既是告诉她事实,也是委婉地告诉她此行的危险性。

她当然能理解这些"空降间谍"所面对的危险。无论是西夏还是大宋的陕西,都是一样的,任何一个村落来了一个陌生人,都是引人注目的。引人注目,对于一个间谍来说,已经是致命的威胁。听说只有在大宋的汴京与东部的两浙路极为富庶的地方,才有商旅多得人们对陌生人都觉得习以为常的事情。

但是她只是笑了笑。以她的身份,能够成为朝廷敕封的"命妇",是她这辈子从未想过的事情。她对于"栎阳县君"的封号其实也不是很在乎,因为她非常明白,无论她做了什么,得到什么样的封号,她都与别的"县君"们不同,她们完全是两个世界的人,如果发生交集,只会是一场灾难,所以她心里的确是不在乎朝廷的敕封的。她只是觉得石越是个有意思的人,远比她以前只是听说他的名声之时更有意思——这个男子,表面上看起来,与朝廷那些正直的名臣士大夫并没什么区别,但是,或者是女人的直觉,她能感觉到这个男子身上有着与众不同的东西,她说不出来那是什么,但是那种特别的感觉,却是非常的清晰。去西夏的确是一件危险的事情,但是因为她自己也说不清的原因,这位大宋朝的"栎阳县君"似乎从来没把这些危险放在心上。

"空降间谍不行,在当地招募间谍也很困难……那一定是另有捷径?"

"县君果然聪明过人。"石越抚掌笑道,"要在西夏境内寻觅效忠朝廷的适当人选,无论是自愿还是用手段迫使其就范,都是耗时耗力的事情。但是朝廷与西夏战争不断,却又等不到职方馆慢慢建成间谍网的那一天……"石学士的话中,暗示了许多东西,"所以不得不走一点捷径。"

捷径是什么,石越没有直说。但是石越是信任自己的。所以,从后面的谈话中,她几乎已经知道司马梦求走了一条什么样的捷径。司马梦求用名位、交情、金钱种种手段,大规模地拉拢、收买了许许多多西夏境内的草莽英雄、绿林好汉,从而构成了陕西房独特的间谍网络。史十三是其中最重要的人,所以,司马梦求不惜付之以陕西房知事的要职,以示信任。但是她却知道,实际上,司马梦求并不曾真正信任过史十三,无论是石越所谓的"空降间谍",还是职方馆按部就班在西夏当地发展的间谍,绝大部分,都不受这个"陕西房知事"的节制。

这些人真正的上司,是那个智缘大师。

在职方馆的眼中,像史十三这样的人物,虽然因为种种原因向大宋效忠,帮助职方馆在西夏从事间谍活动,并且成效显著,但是这些人都自成势力,同样也是难以控制的危险人物。职方馆利用他们得到急需的更全面的西夏情报,也急切地需要利用他们为宋夏之后的战争做准备,却没有时间与精力来融化他们。因此他们始终是被猜忌的对象。

尽管这一切做得几乎不动声色，一般人无法觉察。但是她的使命，却让她对这些内幕知道得非常清楚。

她之所以被"空降"到兴庆府，就是因为石越相信她对付得了史十三。

"职方馆效忠的对象，只应当是大宋。除此以外，对任何人、任何理念的效忠，都是多余的，有害的。"这是石越对她说过的话，"任何人"，不包括皇帝，也不包括石越本人吗？真是惊世骇俗的话。当时她并没有多想这句话的含义，只觉得石越对自己说出这样"无父无君"的话来，不是太不谨慎，就是过于信任。

栎阳县君并不知道当时的士大夫说过更多的远比石越的话还要"无父无君"的话，她只知道，石越绝非是一个不谨慎的人。所以，当时她在意的只是那份信任。

不过，此时她又多明白了这句话的一层意思。

史十三这样的人，效忠的对象，绝不是大宋。所以，她有必要纠正他那些"多余的""有害的"想法。

虽然这整座宅子里的人，除了自己以外，都只奉史十三的号令。史十三只要抬抬手，她就可能被斩成肉酱。但是栎阳县君没有半点畏缩。

"受人之托，忠人之事，不能谓不对。"史十三也不认为自己有什么不对的地方，"外面的人，本是受李清之托，用的是李清的钱财，与大宋何曾有半分干系？"

"怎能说无干系？长安已有明令，决不能助夏主重掌大权。况且这些人，史大哥之前不是也没有打算为李清所用吗？"

"此一时，彼一时。且长安也不曾说要让梁氏大胜，对于大宋而言，西夏内战才是上上之局。"史十三不知道长安的命令是出自何人的意志，但是宋朝似乎颇为忌惮李秉常重掌大权后，日后失去出兵伐夏的正当性。因此虽然平素收买反梁派的西夏官员，表面上支持李秉常亲政，挑唆西夏内斗，但是真到了事变即将发生之时，变脸比变天还快，接连下达命令，硬是要将李秉常往绝路上逼。对此，史十三颇不以为然，李秉常是否走上绝路他不在乎，但是李清如果也因此走上绝路，那却是史十三无法接受的。

"史大哥果真以为这点人马加入进去，便一定可以改变局面吗？"栎阳县君尖锐地直刺问题的实质。来自国内的顾虑，绝非是因为他们不想看到西夏内战，而是认为不必要将辛苦积累的本钱，一把输在此时此地。李秉常也许要孤注一掷，但是大宋不需要。

"主人。"史十三的黑衣童子走到门口，欠身说道，"嵬名荣率西厢班直向王宫去了。"

史十三脸黑了下来，逼视栎阳县主，冷冷地问道："你要我坐视李清死在今日吗？"

"奴家只是不愿看到这些人去白白送死。"栎阳县君显得十分冷静,"嵬名荣还据有西厢之兵,大势已定,还带着这些人去送死,是不忠不义,不智不仁。"

史十三默然不语,脸色却更加黑沉。

"史大哥是为什么加入职方馆的?"栎阳县君清澈的目光,直视史十三的胸口,仿佛从那里可以看到他的内心。

"我为什么加入职方馆?"史十三嘴角露出自嘲的苦笑。

"奴家虽是女子,但是却知道,史大哥加入职方馆,绝非是因为功名利禄,也绝非是因为私交旧谊!而是因为,史大哥虽在草莽,内心却始终是个儒侠!虽在异邦,但内心却始终是个宋人!"

史十三身子颤了一下,目光略略柔和下来。

"奴家知道史十三不是出卖朋友的人。史大哥相信石学士柄政之后,大宋会有前所未有的新气象;史大哥也相信石学士所谋划的对西夏的战争,绝非是想炫耀武功、开疆拓土!故此一直想设法劝李清归宋,共建盛世。但是,每个人有每个人的命数!"栎阳县君诚恳地注视着史十三,"李清有他自己的命运。"

"李清自己的命运?"史十三的态度明显软化了许多,但是他依然有自己的坚持,"或许我不适合在职方馆。我只知道,有些事情必须做,不管它的结果是什么。"他望着栎阳县君,眼中竟有从未有过的温柔,"你说的都是对的。我想看到一个前所未有的大宋。但是,无论如何,李清是我的朋友,他的身边,也有与我一道出生入死的兄弟,我史十三或许救不了他们,却可以和他们一道死。"

"但……"

史十三摆了摆手,止住栎阳县君:"绿林有绿林的道义。如果我眼睁睁地看着李清与我的兄弟去死,那么我就是一个官了。我虽然受了朝廷的敕封,但我始终不是一个官。"他仰天长叹一声,忽然笑道,"石学士能不拘一格用人,太平不难得。"

"史大哥……"

"你不必再说。"史十三打断了她的话,"外面这么多人聚集在一起,再没有不泄露的道理。这些人若散了,便是被人一个个抓了处死。况且这些人不过是些市井无赖子,也难以凭他们成大事。待会我率他们杀去王宫,在兴庆府搅个天翻地覆;你带着我这个童子和几个心腹之人,悄悄去李清府,将他妻儿接出来。若能送往大宋,纵在九泉之下,我亦感此大恩。要是李清侥幸不死,他妻儿俱在大宋,绝无不归宋之理。似李清这样的人才,大宋能用之,是大宋之幸。"

栎阳县君终于将目光从史十三身上移开。她知道史十三决心已下,非言语所能挽回。到这个时候,便只有考虑如何善后了。无论李清能否逃过此劫,救出他的妻儿,至少可以树立自己在史十三旧部中的威信。史十三的行为,是职方馆成立以来面临的最大的挑战。以后的日子还长……

"那么，请史大哥多多保重。"栎阳县君说出这句话的时候，心中没有抱再见到史十三的希冀。这个男子，也称得上是当世的豪杰，却可能活不过今日……栎阳县君心中泛起一种苦涩的感觉。她的心里，其实与史十三的行为有着共鸣。如果陷在王宫的人，是她真正的朋友、姐妹，她也不敢保证自己不会与史十三一样。

江湖豪杰有江湖豪杰的道义。

"拜托了。"史十三依旧是豪爽的笑容。

栎阳县君向着史十三微微一礼，退出屋去。

黑衣童子看了一眼她的背影，转头望着史十三，目光复杂。他跟随史十三多年，早已不需要再说什么。

"帮我好好照顾她。"史十三敛起笑容，低声说道，声音中带着一点沧桑。

"是。"

"我死后，也不敢指望进忠烈祠。你替我在故乡祖坟立一块衣冠碑，刻上'宋人史十三之墓'。"

"是。"

史十三走到黑衣童子身前，拍了拍他的肩膀，笑了笑，大步走出屋去。

10

西夏王宫陷入混战当中。

李清指挥着东厢诸班直与嵬名荣的西厢诸班直努力周旋着。当嵬名荣的军队出现在王宫之前时，李清便已知道政变失败了。本来就是希求侥幸，与李秉常不同，李清也切切实实做好了失败的准备，这不算是意料之外的事情。

"阿妹勒！"李清大声指挥着，"你率本部一百人，去'保护'太后！"

"是！"

一个武官大吼一声："跟我来！"一百名班直侍卫小跑着向梁太后的寝宫杀去。

待阿妹勒离开后，李清游目四顾，观察起当前的形势来。因为王城的守卫本就有西厢的人参与，嵬名荣的一部兵力很容易就攻入了王城之中，与东厢班直平分了半边的王城。于是，东厢班直侍卫隔着一条窄小的金水河阻击攻入王城的西厢班直侍卫，而未入王城的西厢班直侍卫也并没有绕道进城，而是继续猛攻据守王城的东厢班直侍卫。嵬名荣的意图很明显——困住夏主，不求一战成功，只求不让夏主逃脱。只要梁乙逋的大军一到，胜利就唾手可得。

保护夏主突围，是李清现在唯一的选择。如果阿妹勒能吸引嵬名荣的一部分兵力就好……

李清已没有时间多想，转身便往殿中走去。一身戎装、惶惶不安的夏主李秉常看见李清进来，腾地起身，恼怒地问道："嵬名荣果真要犯上作乱吗？"

"是。"李清不想在这种无聊的问题上浪费时间，简短直接地回答后，便径直说道，"贼兵势大，请陛下速速上马东狩。"

"东狩？"李秉常怔了一下，立即摇头，大声叫道，"我是大夏的皇帝！走，我要看看西厢班直谁敢弑君？"

"陛下！"李清无礼地直视李秉常，沉声道，"贼子已丧心病狂，陛下万乘之尊，岂可涉险？只需抢在梁乙逋大军到来之前，杀出城去，东狩静塞军司。陛下再召集各路大军勤王平难，叛乱可平。"

李秉常却不去理他，快步向殿外走去，李清与众亲信臣子、侍卫慌乱跟了上去。"陛下""陛下"叫个不停，但是李秉常却毫不理会。

李秉常走到距金水河边五六步处，西厢攻势正猛，不断有守河的侍卫战死。但众将士见皇帝亲来，顿时士气大振，一齐高呼："兀卒万岁！万岁！"前赴后继地冲上前去，生生又将西厢人马击退。

李秉常意气风发，又上前几步，朝河对岸喊道："你等本是朕之亲信腹心，怎敢犯上作乱？必是受嵬名荣挟持，若能迷途知返，助朕平贼，朕当恕尔等之罪！有能得嵬名荣首级者，即刻封万户侯，拜大将军！若冥顽不化，族灭！"

西厢侍卫一阵迟疑，却忽听阵后一人尖着嗓子大声吼道："皇上已被奸臣挟持，言不由衷。太后有令，有诛杀乱臣李清者，即封将军，赏金三十两！"

众侍卫回首望去，喊话的正是太后的亲信宦官，顿时疑心全无，大声嘶吼着，向河这边杀来。李秉常还要说话，却早被震天的杀喊声遮住，风雪之中，有几支箭几乎从他耳边贴着耳朵飞过，吓出李秉常一身冷汗。早有几个侍卫连拉带抱，将他拉到安全之处。

"陛下！"李清不待李秉常定下神来，再次劝说道，"请速速下令东狩！"

"罢！罢！"李秉常此时也无奈何，只得下令，"东巡韦州。"

"陛下圣明。"李清正要安排人众断后，忽然，只见灰蒙蒙地一团东西冲他飞了过来，他侧身躲过，那东西便摔在他身前几步远的雪地上。他定睛看去，这才看清袭击他的原来竟是用灰布包着一团东西。一个亲兵不待吩咐，已快步上前，将布扯开，便听"啊"的一声惊叫，那布里面露出一个血淋淋的人头，赫然便是去"保护"梁太后的阿妹勒的。

与此同时，对岸也传出"万岁"的呼叫声。

李秉常结结巴巴地说道："太……太后……"

李清转过头望去，果然是梁太后在侍卫的拥簇下，亲临战场了。他的心立时沉了下来，暗暗咬牙道："若去的是史十三，不至于此！"

但是直到此时，史十三依然不见踪影。

他也无暇懊恼太久，眼见梁太后要说话，他深知梁太后厉害，连忙抢先喊道："嵬名荣作乱，挟持太后，大伙儿和他拼了！杀了嵬名荣，封万户侯！"

"杀了嵬名荣，救出太后！"负责金水河防线的两名武官举起刀，大声吼道，"杀！"众侍卫立时冲过河去，与西厢侍卫杀成一团。

这支西夏地位最尊贵、最精锐的部队，在一个最不适合战斗的日子里，进行着嗜血的内斗。尸体不断地倒下，鲜血几乎将白雪染成红色，双方却还是打了个平手，东厢没有后退一步，西厢也没能前进一步。

李秉常与李清没有在金水河边多做停留。当这里处于缠斗之中时，王城那边传来了一个好消息。一伙来历不明的人，突然袭击了王城东门外的西厢班直军，守城的东厢侍卫趁机出城，前后夹击，东门外的西厢班直竟被击溃了。

"史十三来得正是时候。"不用多问，李清也知道是史十三到了。

李清护着夏主向东门奔去，沿途不断召集侍卫，到达王城东门之时，身后竟也有五百余人。

守卫东门的武官见到夏主与李清到来，连忙上前迎接。

"从背后袭击叛军的那帮人呢？"李清见到他，张口便问道。

"禀将军。那似是民间义军，击溃东门叛贼之后，其首领说事不宜迟，往南门偷袭叛军去了。"见到李清神态，他便不敢说真话，实际是他怕出事，不敢放史十三等人进王城。史十三迫不得已，转战王城南门。

"南门？"李清倒吸了一口凉气，"南门有嵬名荣亲自领兵！"

"末将看他们作战勇猛，兼有风雪为助，必能成功。"

"罢了！"李清也无暇再多说，"你立即下令，集结所有人马。"

"是。"武官怔了一下，立即反应过来是要突围了。马上跑了开去，大声呼喊怒骂，将所有能战的侍卫全部召集起来，一起在东门之外集合。李清点了点人数，也有千余士卒，只是士气低落，许多人在这样恶劣的天气中作战一天，早已疲惫不堪。

李清暗暗叹气，脸上却不敢表露出来。他让李秉常脱了衣甲帽子，找一个与李秉常差不多模样的侍卫穿了，却让李秉常穿着侍禁一级武官的服饰。将这些事调停妥当了，这才大步走到集结的侍卫们之前训话。

"众儿郎听着！此番叛贼作乱，皇上要东狩招兵平叛，如今正是忠义之臣奋不顾身之时！若能护得皇上周全，克定叛乱之日，你我人人都是护驾有功之臣。封官拜爵，妻荣子贵，不在话下！但万一兵败，误了皇上国家，人人也都死无葬身之地！大伙儿都要奋勇争先，不可抱侥幸之意，若有怯敌惧敌者，立斩不赦！"风雪呼啸，李清带着杀意的声音依然清晰地传进每个人的耳中。

"是！"众人轰然答应。

李清冰冷的目光，扫过每个人的脸上。众人尽皆凛然。李清看完所有人，方转头对李秉常说道："陛下，臣必护得你周全！"

李秉常微微点头。

"唰"的一声，李清拔出刀来，高举向天，大声吼道："出发！"

一千人排成几列，浩浩荡荡地出了王城。因为风雪未停，街道上有些地方雪深难测，所以，虽然号称"突围"，实际上所有人也只是在骑马慢跑。此时此刻，李清也只能在心里安慰自己，这样的大雪，一样也会限制梁乙逋的行军速度。

11

王城南门外。

在巷战中，史十三率领的地痞无赖们，未必没有他们的长处。他们从各个建筑的后面、雪堆之中，突然冒出，或是给鬼名荣的西厢侍卫一冷刀，或是扔出一块石头，待到这些精锐中的精锐，御围内六班直的侍卫们集结起来追击之时，他们早已不知去向，消失在白雪之中。

鬼名荣努力约束着自己的士兵。"休管那些该死的兔子！"他执刀大声吼着，"盯紧南门，不要让那些叛军有机会出城。"突然想起什么，又一把拉住一个亲兵，大声吩咐道："带几个人去看看东门。"

那个亲兵答应了，叫上两个人，骑着马便向东门方向奔去。这三人骑马驰出不过一百步，便听到啸耳的风声，一个人影从他们驰过的一棵树上跃身扑下，稳稳落到了一个亲兵的马上，便听到"喀嚓"一声，那亲兵脖子被扭断，摔下马去。他的马却在那人操纵下，没有半点停留，瞬时便赶上另一个亲兵，那亲兵正回头张望，就只见白光一闪，那人手起刀落，又一个亲兵死于非命。余下一个亲兵听到声响，早已吓得魂飞魄散，拼命鞭打着坐骑往前跑，那人却不再追赶，勒马哈哈长笑。鬼名荣看到此情，刚刚松了口气，不料笑声未已，那人手中的刀脱手而飞，在空中划出一道红线，正好砍在余下的那个亲兵的背上。"扑通"一声，那个亲兵也跌下马来，活不了了。

"这人是谁？"嵬名荣惊疑地问道。他的亲兵也不是好惹的，与寻常武将对打，也能战上几十回合不分胜负，这样三招毙三命，被人杀小鸡一样杀了，不只是嵬名荣，连他的将佐们也惊呆了。

没有人认识那人是谁。

"东门这么久没有人过来联络了。"嵬名荣思忖着目前的形势，"定是被皇上突围了。这些人是用来纠缠我的，使我不能追击。"

想通此节，越想便越觉得自己的想法很有可能。

无论如何，不能让夏主出兴庆府。夏主如果逃到一个地方诸侯的地方，西夏必然掀起内战。辽国内战之时，宋人还无力插上一脚，西夏要内乱，运气就绝不会有辽国那么好了。

"众军听令！"嵬名荣又开始出招。

嵬名荣如此相信自己的直觉，竟然召齐了王城南门外全部的兵马，列着行军队列，径直向兴庆府的内城东门追去。面对着这样规模的部队，史十三所率领的那些"民兵"，是绝不敢招惹的。何况，史十三也不知道嵬名荣的意图。果然，嵬名荣的人马几乎是畅通无阻地通过，径直向内城的东门扑去。

就在王城南门守将与史十三几乎是同时松一口气的时候，二人前后接到了夏主"东狩"的消息。

"奶奶的！"几乎不用多想，就知道嵬名荣是做什么去了。王城已没有再守的必要，南门守将立即弃城，率着部下的侍卫，尾随着嵬名荣部的足迹追了上去。

而史十三则反应得比他更快。

但是，当大势已经决定的时候，无论应变如何得体，也只能徒增遗憾，却极难改变事情的结果。

史十三率领的"死士"们先一步遇到伏击。

箭雨！

那一瞬间的箭雨，使得密密麻麻的飘雪都在空中融化，只见如蝗虫蔽日一般，飞啸而来。顷刻间，数以百计的人变成尸体，有许多人直接被射成了刺猬。并行的两条街道上，都只有箭、插满箭的尸体，还有一些受了箭伤的活人。

这不是嵬名荣的部队所能有的规模！

史十三立刻就意识到了。

而且，这是一个大雪天，只有真正有过很多实战经历的军队，才可能在这样的天气条件下，形成这样的箭雨。

"梁乙逋进城了。"史十三喃喃骂了一句，咬着牙，单手拔出正中左臂的箭杆，随便撕了块布给自己包扎了一下。

自己带的那些"死士"，现在活下来的可能不到三分之一，有些人已经眼珠四顾，想要趁机开溜；有些人躺在雪上装死；还有一些干脆跪在地上痛哭，准备投降。真正想亡命一搏的，可能连十个都不到。

街道的两面出现了数量庞大的夏军。每个士兵手中都拿着盾牌与单刀，他们小心翼翼地进巷，割下每一个死者的头颅，拿走他们的财物，杀死每一个还活着的人。

所有活着的人，看到他们的行为，都知道自己的命运如何，大家拿着兵器，缓缓后退，全部集中到了史十三的周围。但是那些西夏兵仿佛是看到了他们没有弓箭，却并不着急，依然只是慢腾腾地向中间挤压过来。

时间仿佛在滴答滴答地走着。

史十三感觉到了每个人粗重的呼吸声。

"这里就是我的葬身之所吗？不知李清与夏主怎样了，不知她怎么样了……"他眯着眼睛，打量着越来越近的西夏兵。

此时，隐隐约约，从附近传来人马痛苦的喊叫与嘶鸣声，史十三虽然不知道这是与他一道追出来的南门守将，被嵬名荣杀了个回马枪，但是也明白那些东厢侍卫的命运，不会比自己好多少。

当史十三与南门东厢班直都陷入重围之时，夏主与李清，也到了需要直接面临自己命运的时候了。

"周围的街道，到处都有士兵。"斥候的报道让人沮丧。他们一路上不断碰到梁乙逋的前锋小队，一直杀将过来，此时离内城东门不过数箭的距离，却发现各城门的兵力都非常雄厚。而且都有梁乙逋的军官接管。

"梁乙逋已经完全掌握住兴庆府了。"李秉常的话里带着一丝绝望。

"陛下，李郎君。"身着李秉常服饰的侍卫突然说道，"让我去引开他们……"

李清还在思忖，这可能是最后一张牌了。

"不必了。"李秉常打断了他们，"我们把衣服换回来。"

"陛下？"李清抬起了头。

"即使被俘，也要有王者的威严。"李秉常此时反而想开了，"快点。"

侍卫望了望李清，李清无奈地点点头，他连忙脱下衣服，与李秉常对调过来。

"李郎君。"换回夏主服饰的李秉常，的确更像是一个君主了，"梁氏欲得你而甘心，我只是担心你……"

"陛下！"李清拜倒在地，眼眶湿润了，"臣深误陛下，万死难辞其咎。"

"他们若敢弑君，也是千古骂名。"李秉常安慰性地说道。其实他也没有把握，这毕竟只是一杯毒酒的事情。

李清哽咽着说不出话来。

"李郎君，你说仁多瀚能来救驾吗？"

李清摇了摇头。如果仁多瀚能对付得了梁乙埋，还用这么麻烦吗？本来如果夏主不在梁乙埋掌握之中，或者还有机会。

"那我们君臣，就注定要落在梁氏手中了？"李秉常这时候异常冷静。

"除非……"李清没有说完。

"除非什么？"

"除非是南朝出兵。"西夏交给梁氏，还不如交给宋朝。这是李清真实的想法。

"南朝？"李秉常喃喃一会儿，说道，"我若死了，祖宗基业，就落入梁氏之手。纵便不死，这江山也是梁氏当权，我不过行尸走肉。与其如此，还不如便宜南朝！南朝若能为我报仇，我也不失封侯爵，为富家翁！"

李秉常一面说着，一面从身上撕下一块白布。反手一刀，将自己的坐骑杀了。用手指沾点血水，就在白布上写起字来。写完后，又取出玺印印了，这才叠好，交给那个曾扮成自己的侍卫。压低声音说道："你拿着这个奏章。朕与李郎君，都逃不过此劫。你要侥幸逃出，送至南朝，南朝必有封赐。要是逃不出，献给梁乙埋，也是大功一件。总是不让你枉跟朕一场！"

"皇上！"侍卫接过李秉常的奏章，哭倒在地。

李清上前扶起他，低声道："莫要引人注目，引祸上身。"

那个侍卫忙擦拭眼泪，将血布收入怀中，退到一边。

四面的脚步与吆喝声越来越清晰可闻。这数百人的大队人马，离被发现也没有多久了。果然，没多久，街道的两面都出现了军队。

"皇上在此！叫梁乙逋前来迎驾！"李清的呵斥，将街口的军队都吓住了，他们既不敢前进，也不敢离开。只得派人去通知上官。没过多久，这条街几乎被梁乙逋的军队包围了里外三层。进来拜见李秉常的官员也越来越多，但是李秉常一直不予理会。

李秉常与李清以及几百幸存的东厢侍卫，都静静地等待着。

终于，一个得意的声音在街中响起："臣梁乙逋救驾来迟！请陛下恕罪。"

李秉常冷冷地望着拜倒在地的梁乙逋，但是梁乙逋却没有等待李秉常的旨意，自己站起身来，他假装不去看脸涨成猪肝色的李秉常，只是高声命令道："迎皇上回宫，将叛贼李清拿下！"

"慢！"李清大喝一声，他正了正衣冠，朝李秉常拜了两拜。站起身，环视众人，目光落到梁乙逋身上。李清猛地拔出剑来，轻蔑地骂道："大丈夫岂能受小人之辱？"说罢反手挥剑割颈，自刎而死。

梁乙逋看了一眼死在面前的李清,咬牙咒骂得:"贼汉儿!休道死了皆休,我必诛你满门!"

又看了脸色苍白的李秉常一眼,喝道:"迎主上回宫!"

"迎主上回宫!"

"迎主上回宫……"

兴庆府的风雪,越下越大了。

第七章
仁多乞兵

◇ ◇ ◇

🎯 百姓宽得一分便是一分，宽得一日便是一日。

——刘庠

1

陕西的三月，草木已经发出新芽，但空气中依然还有着丝丝寒意。

这是熙宁十三年三月四日的傍晚。距离西夏己丑政变，已过去了一个月。因为文焕与仁多保忠成功逃过梁乙逋的追杀，在十余日后到达静塞军司的控制区，于是正月己丑日兴庆府发生政变、夏主被幽禁的消息很快就传了出去。仁多瀚立即向西夏十二监军司派出使者通报此事，但是这位西夏国地方诸侯中的强者，却非常谨慎，并没有立即站在与梁氏誓不两立的位置上。这一点，出乎许多人的意料。

仅仅在仁多瀚得知政变部分事实的两天后，大宋陕西路安抚使石越的公案上，就摆上了一份有关西夏政变详情的情报，这份情报同时以金字牌递发枢密院乃至御前，以宋朝的驿传体系，可以保证最多四五日之后，这份情报能够摆在大宋皇帝的御案之上。因为熙宁十三年正月二十五日是己丑日，所以宋朝的这份情报称当日西夏发生的政变为"己丑之变"。到了二月底，京兆府的《秦报》不知道通过何种渠道得知西夏政变的消息，卫棠亲笔撰文，头版头条冠以"己丑政变"之名，各大报纷纷转载，袭用此名，从此无论宋辽夏，不分官民，都将西夏的政变称为"己丑政变"。

当然，怎么样称呼西夏发生的事情，只是无关紧要的小花絮。

宋朝的两个敌国都不安稳，一个让汴京的君臣们高兴，一个却让汴京的君臣们担忧。在西夏，汴京看到了千载难逢的机会；在辽国，耶律濬却势如破竹——这位大辽的皇帝是如此得到民众与兵士的拥戴，他大军所到之处，百姓杀掉守吏，士兵杀掉将领，纷纷投降反戈，即使得到宋朝民间的"走私者"相助，杨遵勖也毫无作为可言，只是被吓得躲在大同府的高城之下，苟延残喘。耶律濬将大同围了里外三层，倾覆杨遵勖一众，指日可待。

辽主的胜利，在一定程度上，刺激了刚刚办完曹太后丧礼的赵顼与他的臣子们的神经。

一辆简陋的牛拉三厢四轮车，在夕阳余晖的照耀下，停在宜君县驿馆之前。

"各位官人，宜君驿到了。"一个老迈的厢兵车夫朝车厢唱了个无礼喏，大声招呼道。车帘掀起，七八个旅人弯着腰陆续走下驿车。

"咦？有怪物！"突然，驿馆前一个小孩子大声叫喊起来，几个驿吏、铺兵慌忙抄起身边的诸葛弩跑了出来，四下张望着，一面大声问道："在哪里？在哪里？"他们虽然只是不教阅厢军出身，但毕竟是吃过兵粮的，胆气比旁人壮上几分。

一个十二三岁的小孩子从一辆骡拉驿车后露出半个头来,指了指刚刚从驿车下来的一个人,怯生生地说道:"在那里……长毛怪……"

众人循他手指望去,原来却是个番商,不由得都松了口气。一个驿吏笑骂着走到小孩身后,轻轻踢了他屁股一脚,啐道:"什么长毛怪,胡人都不识得?让你来帮忙挣点小钱,可不是让给俺惹祸。还不去做事?"

那孩子见着众人表情,已知必不是怪物,但心中却依然害怕,不敢去看那个番商,转身一溜儿就跑了。那个驿吏朝着小孩的背影又啐了一口,走到刚刚下车的旅人跟前,躬身笑道:"乡下人少见多怪,各位官人莫要见怪才是。"又特意走到番商跟前,用半生不熟的官话问道,"请问这位客官如何称呼?"

"敝人阿卡尔多。"阿卡尔多现在已能说得出一口地道的汴京话。他这是第一次到大宋内地游玩,因为丝路断了很久,内地宋人极少见到泰西人种,进入陕西境内后,他就经常被人误认为怪物,这等尴尬,他早就习以为常,倒也并不介意。

"原来是阿……阿官人,"驿吏到底没有弄明白阿卡尔多的名字,打了个含糊过去了,又笑着向阿卡尔多道了个歉,"小孩子无知,方才多有得罪,还请不要怪罪。"

"人不知而不愠,不亦君子乎?"

番商口中冒出一句文绉绉的话,驿吏反而吓了一跳。不过,在宜君县,他这样的驿吏也算是见多识广之辈,当下又寒暄几句,便热情地招呼着这些客人进驿馆休息。从驿车上下来的旅人,却多半各自散了,只有三四人,随着驿吏走进驿馆。

宜君县的驿馆从外观上看,如同一座大院子,空间宽阔,内里陈设十分精致。宜君县原本只是一个中等规模的县,最初隶属于坊州,熙宁间司马光主持合并州县之后,坊州撤罢并于鄜州,从此宜君县成为鄜延地区最南的县城,处在连接延州与京兆府长安之间的官道之上,也是陕西路驿政网中重要的一个城市。它距南面的同官县九十里,距北面的中部县(原坊州城)六十里。水运上远远不如中部县发达,甚至也不如同官县,但是依靠通过宜君县的官道,却也使得商旅渐渐增多,连带着商业也繁荣了许多。宜君县的驿馆与同官、中部两县的驿馆每天拂晓时分,都有一趟驿车分别驶往对方的城市,到傍晚时就可以返程回到各自的城市。此外宜君县还有一趟驿车连接县内有着矾矿场的升平镇。

2

随着军制改革的顺利推进,在石越的力主之下,借着军事上的大胜带来的边境压力减轻,宋朝彻底改变了以往分兵防守处处虚弱的痼疾,进一步完善了边防体系。以前的"军事路"虽然被废除，但是却在陕西与西夏的边境，又设置了延绥、环庆、秦凤、熙河四个"行营"（"行营"比"军事路"更加完善，它完全与民政等方面脱离了关系，只是一个纯粹的军区机构），由长安为四大行营的总后方——这样的设置，实际上是石越与枢密院博弈的结果，四大行营依然归安抚使司节制，但是行营都总管与行营监军都虞候分别由枢府、卫尉寺指派，这样既保证石越在陕西的权威，又减少了宋朝对于藩镇割据的担心。

与此同时，一支支整编完毕的禁军开始进驻各大行营。至熙宁十三年西夏国己丑政变之时，节制延州、绥德、鄜州、保安军的延绥行营，除了振武军第三军、种古的云翼军以外，又有新完成整编的振武军第二军、神锐军第三军进驻，于是在延绥行营，禁军步军达到四万二千众，骑军达到一万零八百骑。此外还有两个神卫营，以及屯田的沿边弓箭手、部分教阅厢军、番兵。因为对横山的攻略，许多横山部落内附，种古与刘舜卿上书奏请依嵬名山之旧例，将这些部落中的一部分，迁到绥州境内沿河的空旷地区居住，半耕半牧，朝廷再加以恩信抚之，使之成为大宋之助力——宋军可以随时从中征召超过一万人的番兵，这些番兵，平时不需要朝廷花一分钱，打仗之时，只要付给他们厢兵的薪俸就足够，虽然不足以为万世法，作为一时之权宜，却是非常划算的。于是在绥德城附近，大理河、无定河、淮宁河，与嵬名山部落相参，新迁移的部落布满河岸，新开垦的农田阡陌相连，放牧的牛羊漫山遍野，石越下令在大理河与无定河、淮宁河畔，又兴建了三座没有城墙的小城，小城里除了横山番人信仰的佛寺之外，还有专门设立的学校，派驻的医生，以及用于番汉贸易的集市。

超过五万的正规军、数以万计的番人部落新附，哪怕是冒着即将打仗的危险，这中间的商机，也足以吸引远在杭州、成都、泉州的商人前来贸易。

而对于宜君县而言，因为是延绥地区的南大门，来来往往的客商许多都会在此歇脚，顺便也购买大量的明矾卖到汴京甚至是杭州——宋朝的士大夫们在暑月宴客之时，喜欢将明矾堆在盘中，放在席间，看起来好似冰雪一般，称之为"矾山"。而军器监与各兵器作坊对宜君县也非常有兴趣，用明矾水来书写不只是职方馆的专利，很多部门都对此感兴趣；而宜君县还出产一些制造弓弦的材料，也被官方与民间的作坊大量收购。

这个原本并不起眼，甚至因为没有通畅的水利运输而被认为没什么前途的内陆县，因缘际会，在短短的时间，竟然变得繁荣起来。虽然驿车依然是略显老旧的牛拉四轮车——这是驿政改革之时为了节省成本所致，但是，驿馆里面的布置，却早就越来越精致用心。

阿卡尔多对这一切却所知有限，自从进入陕西路境内后，一路所见所闻，都大异于他在其他地方所见，每每让他惊叹不已。恪于他的见闻，他此时的印象，竟误以为陕西路是大宋朝内陆的富庶中心之地。他随驿吏办了入住的手续，随便清洗一下，便出来找那两位与他有同车之谊的年轻人。

阿卡尔多对那两位年轻人印象极好。通过路上的交谈，他已经知道，这两个年轻人，一个是朱仙镇讲武学堂的高材生，阿卡尔多猜测，他是奉命前往延绥行营报到。这位年轻的大宋武官，有着让阿卡尔多着迷的军人气质，虽然不过二十岁出头的年纪，但是举止沉稳，行事机敏而果断，寡言少语却言必有中，听说这个叫"种建中"[12]的年轻人出自大宋帝国一个姓"种"的武将世家，是这个世家中年轻一代中的佼佼者。

另一个年轻人，比之种建中，其出身则更加尊贵。那个叫"柴远"的年轻人，其祖上曾经是中国的皇帝，直至今日，他的远房堂兄还被尊为"国宾"，享受尊荣。虽然依中华的习惯，他是旁支庶出，在许多代以前，便已无半点爵位与特权，但在阿卡尔多看来，他血统中的尊贵与荣耀，绝不会因此而减弱多少。况且，柴远同时还是一个资本雄厚的商人，这令阿卡尔多更加喜欢他。

阿卡尔多走近驿馆的前厅之时，天色已经开始泛黑。厅中点了几盏油灯——比起奢华的汴京人来说，陕西人更加朴素与节俭，所以，明亮的蜡烛除了在京兆府外，很少有地方能看到。就着昏暗的灯光，驿馆的客人们或单独、或三三两两凑在一起，吃着晚饭。阿卡尔多瞧见种建中与柴远坐在一起正交谈着什么，连忙快步走过去，笑道："种公子、柴公子。"

"原来是阿兄，一起坐吧。"柴远和大部分宋人一样，对阿卡尔多的姓名分不太清楚。种建中也向阿卡尔多友好地笑了笑。

阿卡尔多道着谢坐下，正欲说话，忽听到有人大声骂道："你这厮是睁眼瞎？还是反了天了，睁开你的狗眼看看，这是朝廷的驿券！我家主人，是新任的甘泉县主簿，你们不来服侍，连着这驿券，也敢不认？"

这一番叫骂，将众人目光都吸引了过去。原来是有衣着体面的主仆二人，嫌驿吏怠慢，又不肯付钱，而驿吏却不肯收驿券，那仆人便出言不逊。阿卡尔多与柴远倒也罢了，种建中却是剑眉紧锁，鄙夷之情现于言表。

那驿吏听说是个真正的官人，心中便怯了几分，但陕西一路是明颁诏旨，驿政不同他处，他亦不能自己吃亏，替人垫钱，当下便想着要措辞解释。

不料他没有说话，有人先替他说了。

"甘泉县主簿便了不得吗？你这个刁仆，在陕西路放肆，当心连累你家主人将前程给丢了。十年寒窗，苦读不易。"一个儒生语带讥讽地打抱起这个不平来。

---

[12] 种建中是北宋名将种师道的本名。

"你是何人？便敢管这闲事？"那主仆都拿眼打量眼前之人，一时摸不着对方底细。

那人笑了笑，道："我是何人不打紧。朝廷明颁诏书，陕西路行新驿政法，凡过往陕西官员，依官品里程计算花费，至陕西路转运使司支取。不能亲至者，可请在薪俸中补发。一切驿券，陕西一路废止使用。除非事涉军情，有金、银诸字牌者，可以先开销后报账，便是朝廷的天使，到了陕西路，亦须得掏钱住驿馆。区区一个甘泉主簿，又算什么？同州、耀州、陕州，都有知县因扰乱驿政被参革职，难道你不曾听过吗？但凡进了陕西，我劝你主仆便将作威作福之心收拾了，你们一路而来，这宜君驿又不是第一家，为何一路都安分了，此时偏忍耐不得？"

有宋一代，驿政之腐败，是"三冗"的"冗费"一项中数得着的弊政。石越的驿政改革，建立驿政网络，只是其一，改良役法，只是其二，而要革除这个驿政之弊，才是他极用心之处。宋朝的官员出差，本来各有驿券，至驿馆可以凭驿券消费，但是那些官员作威作福惯了，到了驿馆，便驱使驿吏无所不用其极，因为带着大量随从，他们在驿馆的花费，也远远超过规定允许。一旦供给不如意，驿吏往往还被这些官员虐打。而他们多花的钱，官府不肯认账，只能驿吏自己贴补，实在贴补不了，地方官员不敢得罪当官的同僚，就从附近百姓身上强行摊派，因此驿政实是宋朝之一大弊政。朝廷花费巨大开销维持这个网络，而百姓同时还要受涂毒。但是因为驿政同时还与军事有关，一直以来都投鼠忌器，纵有改良，也只是治标不治本，很快就故态复萌，甚至变本加厉。

但石越的新驿政法却很好地解决了这些问题。皇帝与两府在权衡之后，也终于首肯，并明颁诏令，在陕西一路先行实施。

在石越的新驿政法中，将陕西一路的驿政网分为干线与支线，连接军事重镇与主要城市直至汴京的网络，称为干线，干线全部是官营。而其余州县之间的网络，则是支线，这些或官营，或民营，不一而足。而无论是干线还是支线，都废止了驿券，官员可以根据品阶与里程领取固定的差费，想多花自己出钱，少花了也不用退还。而且，为了减少情弊，这笔钱直接到陕西路转运司去结算，与地方驿馆、地方官府都不发生关系。而另有一套方法，由转运司与各驿馆来进行结算。从此，官员进驿馆便与住客栈一样现钱交易，驿馆再也不是各级官员作威作福的地方。当然，以宋朝的条件，不可能花巨资另建一套军方的驿传系统，因此，驿政网的干线，同时也是军方的驿传系统，并且要优先保证战争的需要。所以枢密院另外颁布了通报军情的方法，即所谓的金字牌递发、银字牌递发等，各驿馆必须优先保证军方的用马与信使的一切用度。除此之外，如普通武官的出差，也与文官一样，并无特权可言。

石越的新驿政法触动了一大批人的利益。在汴京，找出种种借口来反对新驿政的官员，头一次比支持的还多。因为此事一旦陕西成功，肯定要推行全国，注定是要损害到所有官员的利益的。自从陕西推行新驿政法后，官员上任带一大堆人的事情，马上就消失了——若是自己出钱，即使是宋朝官员薪水优厚，许多人出行，也是一笔可观的开销。而且，更让一些人无法接受的是，在新驿政法推行后，地方上专门用来招待过往官员及使者的"公使钱"，也被大幅压缩了——新驿政法规定，三品以下官员过往不得动用公使钱；三品以上官员过境，可以动用的公使钱也有限额，不再是随地方官员想怎么用就怎么用。在新驿政法的限制下，不再存在官员们迎来送往的空间。这让许多人认为缺少人情味，实则不过是减少了官员用公费进行逢迎上司、建立良好关系网的机会，自然使人觉得深恶痛绝。于是，石越与刘庠将陕西路的公使钱"挪用"去兴修水利，竟然也成为这些官员攻击的借口。

石越这是头一次向天下展示他"狰狞"的一面。以往，尽管石越不动声色地做过许多实事，但他的形象始终是温和的，似乎是一个擅长调和与妥协的官员。但是现在，天下开始看到石越勇于任事的一面。自从石越抚陕之后，这种形象便越来越鲜明，到新驿政法推行之后，更是达到了一个顶点。石越的强硬之处，一点也不逊于他温和、妥协的一面。

安抚陕西后接连取得对夏战争的胜利同时也给石越赢得了巨大的威信。加上他自熙宁三年以来积累的政治资本也颇为雄厚，在朝中又得到了司马光、冯京、韩维甚至是吕惠卿等一大帮人的支持。这些政策推出之后，庆历老臣们要么保持沉默，要么公开支持；而三大报更是异口同声地赞扬，白水潭出身的进士，怀着年轻人的热情，也公开提倡"单骑赴任"，以示支持；从朝廷到地方，更有许许多多与石越利益相连，或者理念相合的官员替他辩护，为之声援。于是，陕西路的新驿政法，虽然非议、污蔑、攻击它的声音从未停止过，但最终还是被坚持下来了。但凡敢在陕西路破坏新驿政法的官员，无一例外，都被石越与刘庠参劾得罢官革职。陕西的驿政网络，也终于一日比一日健全成熟。

只是，陕西也是无法自外于全国的。由外地入陕的官员，难免会有几分不适应。

宜君县驿馆的事情，不过是这种不适应症的一个小例子罢了。这位主簿若是往他路就任，虽然职位卑微，但是因为是进士出身，一路之上，莫说驿馆要殷勤招待，过境的地方官员，免不了也要召集歌妓大兴宴会迎送，许多诗词便在这样的宴会上诞生。这既满足了他们文人身份都需要的风雅，又满足了他们官员身份所需要的逢迎。当然，这一切都要由大宋的财政来买单。但是，在陕西路，除非三品以上的官员，地方官员要接待，就要自掏腰包，否则被石越、刘庠知道，便会担上贪腐的罪名被弹劾。这样一来，各州县的地方官员们都变得小气许多，如主簿这样级别的官员，更是被不自觉地忽略了——宜君县的知县，完全是假装不知道有位甘泉县的新任主簿要经过自己的辖区。当然，这位主簿也不是头一次有这样的遭遇，进入陕西境内之后，只有一个县派人迎接过他，还是因为那个县的主簿，是他的同乡。并且宴会的规模，也远没有传说中的盛况——由私人出钱与由官府出钱，永远是两个模样。席间两位主簿喝着酒大骂石越与刘庠的祖宗十八代，但是一觉醒来之后，却也无可奈何。

所以，这位甘泉县主簿与他的仆人虽然被那年轻儒生讥讽得脸上红一阵白一阵，却始终不敢闹将起来，将自己的前程丢在这宜君县。那仆人嘟囔两句，便被甘泉县主簿喝住，主仆二人自己给自己找了个台阶下，乖乖付钱吃饭去了。

3

阿卡尔多三人将这一幕闹剧看在眼里，不免都各有感慨。

柴远转过头来，便叹道："何日能将这善政推行天下便好。"一面却在心里盘算着，陕西驿政网络支线中几个富庶地区的，都被江南十八家商行联号和陕西本地富豪瓜分，余下的便只是些没什么利润的支线由官府经营——这样的地方，由官府来做，成本并不高，不过是养着一两个老厢兵，一两辆破旧牛车。但是对于商人来说，却是没什么兴趣的，因为这样的地方，十年可能也挣不出一辆破旧牛车钱来。然而陕西虽被瓜分干净，但在柴远看来，真正的商机绝不在陕西。大宋比陕西富庶的地区数不胜数，试想一下，如若能独占两浙路驿传网……

种建中仿佛是知道柴远的心思一般，淡淡接道："柴兄不知杭州蔡元长已经上表请求朝廷许可两浙路效法陕西，行新驿政法吗？"

"果真？"柴远这下当真是喜出望外。蔡京是想拍石越马屁，故意呼应石越，还是想真的做出点政绩，柴远并不在乎。他在乎的，只是结果，"朝廷可许了他？"

"在下亦不晓得。不过是听说而已。"种建中说这些话的时候，没什么表情。他是个纯粹的武人，对政治、经商，都有着天生的嫌恶感。虽然他有着世家子弟应有政治敏锐，但是正如他也有着世家子弟应有的礼貌一样，那都不是他的本心。

失望的表情浮上柴远的脸上，不过只是一闪而过。他喝了一盏酒，笑道："休管那些不着边际的。弟还有一事，正想请教种兄。"他压低声音，问道，"小弟想请教种兄，兄以为朝廷到底会不会墨縗用兵，征伐灵夏？"

种建中似乎怔了一下，立即说道："朝廷不是还在议论吗？"

"但凡有大事，朝廷总是要议论不休的。"柴远的话中带着讥讽，"果真要朝廷诸公议论妥当,只怕夏主连儿子都生出来嗣位了。小弟虽不是读书人,但是朝廷那点事,我亦看得清楚。想打的也有,怕打的也有,各自的理由虽多,但归结起来,也就那么几点。想打的,认为机会难得,必能建功;怕打的,担心军费不够,禁军打不过西贼。"

"那柴兄以为?"种建中反过来问了一句。

"太皇太后刚驾崩不久,王韶相公又突然生病,眼见着不起了。朝廷诸公一时疑心不定,瞻前顾后。但以弟之浅见,天予弗取,反受其咎。假设辽主灭了杨遵勖,突然布告天下,要替天下行义,为夏主除奸,出兵灭夏,易如反掌。届时以辽并夏,我大宋要如何自处?如今夏国是以下犯上,朝廷出兵,是正三纲五常,一介使者至辽,休说契丹无力西顾,便是有力,大义之前,亦只得拱手。否则日后辽主无以服天下者。我军亦非不能战,石帅主持西事,屡战屡胜,区区一个王韶,何关大局?"

"这么说,西方果然要打仗?"阿卡尔多兴奋地插话问道,"大宋皇帝要出兵替一个国王平定叛乱的臣子?"

"天才晓得。"柴远大大咧咧地笑道,"听说司马君实几次叩得头破血流,谏阻出兵……"

"那朝廷养我们做何用?"一直不愿意多说的种建中忽然语气激烈地说道,"朝廷并非没有能战之兵,禁军整编已完成了八成。不取灵夏,养兵何用?"种建中声音不高,但是辞气慷慨,显然对于司马光反对伐夏十分不解,对于种建中在内的大部分北方世家子弟来说,司马光一直是他们所尊敬的人。

"禁军整编已完成了八成?"柴远却愣住了,《新义报》去年底曾经报道过禁军整编的事情,当时报上说对辽部署的河朔禁军整编顺利,但是对西夏部署的西军整编却因为战争而进展缓慢。显然,《新义报》没有说真话。

种建中意识到自己说错了话,忙轻描淡写地掩饰道:"我不过是推测而已。以我的阶级,亦不能知道这些事情。"

阿卡尔多对宋军有多少军队完成整编不太感兴趣,因笑道:"想知道朝廷是不是要用兵,只要打听一下陕西的粮价有没有上涨便知道了。"

"果然是高见。"柴远不禁击掌赞道。

种建中含笑望着阿卡尔多,心里面对这个番商也不由得开始另眼相待。兵马未动,粮草先行,如若朝廷果真有意出兵西北,此时虽然未必集结兵力,但一定会开始暗中筹措粮草,否则,朝廷的三公九卿们,未免也太让人失望了。

这个年轻的军官,此时还并不知道,居高位者最常做的事情,就是让有识者失望。

三人如此边吃酒边交谈着,忽然,听到驿馆外传来急促的马蹄声,然后便听到奔马急停的嘶鸣,有人牵马进入驿馆,大声说道:"好好喂喂这匹马,快烧点热水,热点小菜,我还要赶路。"

"哎,官人,这边请……"驿吏答应着,引着来人往前厅走来。

大门"吱"的一声开了,一股寒风吹进厅中,众人不觉一齐缩了缩脖子。便见一个戴着英雄帽、长相英俊的中年军官大步走了进来。种建中看到这人,不觉一怔,忙站了起来。军官显然也看到种建中了,远远便笑道:"彝叔,你怎会在这里?不是听说你在朱仙镇吗?"一面走了过来。

种建中连忙抱拳还礼:"遵正兄,你怎的来陕西了?"他心中的确是非常奇怪,这个军官,乃是宋朝另一个武将世家、世世代代替大宋镇守府州的"折家将"年轻一代的佼佼者,名叫折可适。折家虽是羌人,但世代忠义,颇得宋室信赖,府州知州向来都是折家世袭,现任府州知州便是名将折克柔。而折家的男子,大多都有武职在身。像折可适,不过三十岁,便已经是正七品上的致果校尉。

"有点儿公务。"折可适笑了笑,向柴远与阿卡尔多告了罪,便对种建中说道:"彝叔,后面叙话。"

种建中也向二人告了罪,随着折可适走进驿馆后面小院的一间房间里。驿吏将一直备着的热水端了一盆来,放到炕边,折可适一屁股坐在炕上,将马靴、袜子脱了,把脚伸进热水里,舒服地叫了一声:"痛快!"驿吏已将酒菜端到炕边的小案上,折可适也不理会种建中,一面便吃将起来。

种建中笑吟吟地望着,自己找了张椅子坐了。他注意到折可适腰间有一块银牌。种建中与折可适是两种类型的人,折可适不拘礼数,洒脱随意,注重实效;种建中却时时刻刻用最严格的武人要求来要求自己,举止有度,注重风范。但这样不同性格的人,真正交往过的时间也不多,却偏偏是极好的朋友。

"彝叔是去延绥行营吧?"折可适吃了一口酒,看着驿吏退了出去,便开口问道,"你不是要去宣武军吗?莫非传言有误?"

"原是要去宣武军第一军。"种建中略有点儿自豪地说道,宣武军第一军,是步军教导军,号称大宋最精锐的步军部队。能够进入宣武军第一军做武官,没有本事是不可能的。

"怎的来了延绥?"

种建中笑道:"托了点关系。"

折可适笑了起来:"想打仗?"

"是啊。宣武军没动静。按兵制改革的方案,整编后朝廷在陕西的马步禁军有十七万,加上番兵、沿边弓箭手,总兵数过二十万。打个西夏足够了。我怕朝廷不去调动京师附近的部队,宣武军是殿前司的……"

折可适笑着摇了摇头。

种建中是明白人,立时问道:"你来陕西,河东的飞武军、飞骑军都要参战?"

"难道西夏就是陕西石子明的事?"折可适白了种建中一眼,"我们折家和西夏人打了一百多年,难不成算总账的时候,反要落下我家了?"

种建中也笑了起来:"也是。不过朝廷没有议定打不打……"

"你以为今上忍得住吗?"折可适笑道,"石子明费了这么多心机,不伐灭西夏,他万般辛苦为谁忙?我从北面过来的,你去河边看看,现在江河刚刚解冻,河面上就热闹起来。运往延州的都是些什么?粮食!一船一船的粮食!"

"啊?"种建中吃惊得叫出声来。

"陕西粮价没有半点波动。熙宁十二年陕西大熟,石越下令不许半粒粮食出陕,熙宁十一年打仗的军粮都是外路运来的,熙宁十二年陕西军费,也是外路运进。你说说陕西路存了多少粮食?河面一解冻,又开始往陕西运粮……石子明不是铁了心要打西夏,他折腾这些事,不是有病吗?"折可适压低声音,又说道:"若说他没有圣心默许,打死我也不信。不论怎么闹腾,官家的心是铁定了,石子明的心也铁定了,这仗就非打不可。"

"遵正兄说得在理。"种建中搓着手,更加兴奋起来。

"当然在理。"折可适得意地笑着,一面朝种建中努努嘴,种建中忙上前从热水壶中掺点热水进洗脚盆。折可适笑道:"你们种家,我就看你最顺眼。种朴和种师中呢?还在拱圣军和朱仙镇?依我说,你劝劝种朴,别去拱圣军,那是老头子待的地方。男子汉大丈夫,要真刀真枪到前线来挣功名,拱圣军有什么本事?别看它是殿前司的,都是花架子,我带一千番骑,就可以吃掉他整个军。"

"那也不是他本意。拱圣军平日操练也极严的……"

折可适摇着头,满脸不屑:"朝廷最好不要派这些殿前司的禁军来打仗,他们做做样子,吓唬吓唬契丹人就够了。"

种建中笑道:"遵正兄,还没说你怎么来陕西呢?"

"我?官家要问我叔叔的意见,我去送表章。顺便去长安,拜访一下名满天下的石子明。绕了这个大弯子,生怕耽搁了时间,只得昼夜兼程地赶,可把我累死了。"折可适轻描淡写地说道。种建中心中一动,立即知道折可适的用意:若果真要和西夏开战,折家肯定想知道未来的主帅是个什么样的人物。石越毕竟是文官,折家这样的武将世家,可不会凭他的名声就服气,他们总要眼见为实才肯放心。若是石越不能让他们服气,折可适前往汴京,一定会反对石越为帅——虽然折家的意见不是决定性的,但是以折家在边疆的威望,说的话自有他的分量,何况此时朝中有不少痛恨石越的人,不愿意让石越来立此大功。

种建中几乎可以肯定,折可适怀中,有两封不同内容的奏折。这一瞬间,种建中有几分犹疑,他很想出言劝阻折可适,若折克柔的奏章被别有用心的人利用来打击石越,对于西夏的战局,绝不是一件好事。种建中从来不相信朝廷会派一个出色的统帅给他们,以对一个文官的要求而言,种建中对石越已经够满意了。

然而,种建中也知道,折家的人,从来都不是那么容易说动的。他们只相信自己的眼睛、自己的耳朵。

心情复杂地望着折可适,种建中终究还是吞下了到嘴边的话。

就让他们自己去判断吧!

4

陕西路京兆府。

安抚司与平时没有什么两样,在辕门外面,依然是停满了车辕相接的马车,衣着体面的达官贵人带着或忧或喜不同的表情进进出出。安抚司的亲兵护卫们神情也很轻松,丝毫没有如临大敌的样子,唯一能从他们身上看出与平时不同的,是这些亲兵护卫们,依然身着素袍,没有换成宋军常见的红色战袍——石越对已故的太皇太后,有着他自己的尊敬。所有的长安人都知道,安抚司自接到丧报之日起,便在内部停止了一切娱乐与庆祝活动,直到此时,亦未恢复。

折可适自从进入长安城之后,便感觉到一种异样。

这已不是他记忆中的长安。

长安城古老而常见的坊墙,大片大片地消失了。取而代之的是,在昔日的居民区内,出现了鳞次栉比的商铺,还有挑着担子沿街叫卖的走贩。甚至于连安抚司的辕门之前,都摆满了各种各样的摊子。

即使是折可适这种不太关心民政的武人,也听说过在陕西发生的一些事情。

石越在陕西推行的另一个引起举国议论的重要举措,便是他与刘庠一道,断然改革了陕西一路计算户等的方式,下令牛马桑树,凡十匹(树)以内,不必计为户产。这个措施推行之后,陕西路内有无数的民户户等下降,其相应的赋役也因此大为减轻,无异于一次大规模的减税。而在另一方面,农户们也没有了顾忌,敢于大胆地种植桑树、牧养牛马,生产的积极性立即提高。虽然陕西路当年因此两税收入大减,石越与刘庠的考绩都被评为"下",但既然皇帝陛下决定对此睁一只眼闭一只眼,而且此事也得到了陕西路士大夫的普遍支持(自己不需要承担政治风险却可以坐享其成的事,大多数人都不会吝啬自己的支持），这件事终于也得以坚持下来。

但老天永远是公平的。

既然你能得到长期的好处，就必须忍受短期的损害。连折可适这种几乎不懂民政的人都知道，至少三至五年之内，陕西路都必须接受两税大幅减少的现实。石越在《秦报》上撰文为自己辩护之时，也坦率地承认了这一点。虽然从长远来看，民间的富裕会使得陕西一路最终恢复元气，从而导致农业的恢复与商业的繁荣，商税农税都必然会有相应的增长，但是石越本人也承认，他绝没有不切实际的奢望。无论是农业还是商业，都需要时间。牛马不会一年满圈，桑树不可能一年成材，这只是简单的现实。

为了弥补两税上的损失，石越必须另觅善法。

想在短期内获得最大的利润，内陆永远比不上沿海。

泰西诸国对于丝绸、瓷器、茶叶、香料的追求仿佛没有止境一般，海外贸易的利润并没有因为规模的扩大而降低，遥远的市场远远没有饱和，宋朝从中攫取了难以想象的丰厚利润。而处于大宋海船水师控制之下的环南海地区，似乎是一座天然的宝库，香料、木材、药材、粮食……它八成以上的产品卖到宋朝本土，只有不到两成被运往西方以及高丽、日本国。然而，即使是宋朝本土的需求，也不是仅仅只限于初步开发的环南海地区所能满足的。因为土著居民对于劳动缺乏兴趣，而愿意远赴海外的宋人是绝对少数，特别是北方的宋人，有着严重的水土不服问题，所以，尽管私下里使用强迫或欺诈的手段役使土著居民的情况渐渐普遍，但在南海地区经营的宋朝商人，始终面临着劳动力严重不足的困境。制约着宋朝海外贸易再一次飞跃性提升的诸种因素中，航海技术只是微不足道的问题，劳动力的缺乏、生产能力的落后、海船总运量的局限，才是至关重要的。而这一切，归根到底，都要归结到有限的生产能力之上。

对于沿海地区而言，需求与价格并不是问题，产量与运输才是症结所在。大宋的物产，总能给西方的人们惊喜，甚至连胡椒这样最平常不过的东西，也能在西方卖个好价钱。

但对于内陆地区而言，需求与价格都是问题，产量与运输则是更大的问题。

穷困的农民购买力有限，商税与关税以及高额的运输成本、有限的产量，都限制着价格，居高不下的价格反过来又进一步限制人们的购买力。在这里，几乎没有捷径可走。商业的繁荣必须以农业与手工业的发达为基础，否则就是缘木求鱼。

石越并没有点石成金的本事。

但是，陕西路也有陕西路的长处。

在陕西一路，驻扎着总数十余万的禁军。与石越出生的时空的普遍误解不同，宋朝的禁军享受着极好的待遇，其购买力远非普通民众可以相比。为军队服务的贸易很快便成为陕西商业的主流。石越提供了种种方便，让商人们掏空禁军官兵的口袋，然后他再从中厘税，以弥补税收的不足。

除此以外，陕西路还可以与西夏、吐蕃互市，这种受控制的边境贸易虽然不能与海外贸易相比，但是边境贸易毕竟是边境贸易。从仁多瀚手中买到牛马，除了满足了军队的需要之外，石越下令将牛租借给有需要的农户，收取相应的牛租。另一方面，他不仅允许民间商人与西夏、吐蕃人互市，还公然放宽数量与种类的限制，以扩大贸易总量，自己从中抽取十分之二的关税。

这种种措施，使得陕西一路商旅渐多，作为陕西中心的京兆府长安，其商业自然也相应地繁荣起来。但尽管如此，熙宁十二年与十三年的时候，无论是石越还是刘庠，都知道府库其实是何等的拮据——这一点点开源的措施所带来的收入，相比推行种种建设所耗费的钱财，以及为使民众休养而流失掉的税赋来说，简直可忽略不计。

这两个人都只是为各自的理由而咬牙坚持着。

石越是能够面对现实的人。连现实的问题都不能处理好，却整日幻想着民主与自由，这是空想家们的事情。在石越看来，与其臆想着做后世的"导师"，发疯似的幻想着带领诸夏民族走向光荣的未来，还不如踏踏实实做一个"名臣"实在。没有今天的人，是不会有明天的。所谓的"名臣"，不就是能把握住今天的人吗？

在石越看来，一个富强的宋朝，需要一个富强的陕西。一个大陆国家，如果她的内腹地区是虚弱的，这个国家的强盛，始终只能是外强中干。中国历史上强盛一时的两个大帝国都拥有强盛的关中地区，这绝非只是一种偶然。

所以，能够让陕西恢复元气，这种程度的付出，是值得坚持的。

刘庠想得没有石越深远。

他坚持的理由很简单，也很朴素。仅仅是出于一个受传统儒家思想影响的士大夫的良知，便足以让他坚持下去。他所做的一切，对于普通老百姓而言，是有百利而无一害的。在刘庠看来，既然这些措施推行之后，百姓得到好处，而陕西路的官府还能够运转，西夏亦无边境之患，那么又有什么理由可以不坚持？

一个敢于在王安石权势熏天的时候公然冒犯王安石的人，对于自己的官运，是不会太在乎的。

刘庠偶尔会忧心的是，如果自己与石越不能坚持到成功的那一天，会不会人亡政息？但是这种忧心往往只会一闪而逝，这种不受自己控制的事情，其实没有必要多想。哪怕是他明知道下一任转运使明日就会来京兆府，中止自己的一切善政，他也不会放弃今日的努力。

百姓宽得一分便是一分，宽得一日便是一日。

刘庠的想法十分简单。

这背后的努力与艰难，折可适不可能知道太多。折可适出身于武将世家，自小习武，束发从军，他生命中最重要的一段时间，是在陕西路的延州军中度过的，调回河东府州，不过是近几年的事情，所以，对于京兆府长安城，折可适并不陌生。他不止一次到过长安，却没有一次有今日这般震撼。

虽然不再是汉唐的京城，也屡经战乱破坏，但是长安城一直延续了它的宏大整齐庄严肃穆，那种规模与气质，正如它整齐对称的街道坊市，遍布全城的坊墙一样，顽固地保持下来，仿佛一千年间没有任何改变。战火可以烧掉它的建筑，但是它却会在一次次被破坏后，顽强地恢复自己的旧观，那种气质，仿佛是永恒不变的东西。任何人一进长安，都能感觉到汉唐的气息，都会从心里面不自觉地生出一种仰慕与崇敬。

但是，在熙宁十三年，当折可适站在长安城中之时，他敏锐地觉察到了长安城气质的变化。这座古都似乎在一夜之间，沾染上了汴京城的市民风气，少了一点高高在上，多了一点平易近人。在长安街边叫卖的声音，还夹杂着许许多多的外地口音，更让折可适一时间颇难适应。对于长安城来说，这是自唐亡以后再也没有出现过的盛况，但对于很少读史书的折可适而言，他只觉得长安城变得陌生了。

说不上好，也说不上坏。

"天威卷地过黄河，

万里羌人尽汉歌。

莫堰横山倒流水，

从教西去作恩波……"

豪迈嘹亮的歌声伴随着整齐的步伐从折可适身后传来。折可适心中兴起一种莫名的亲切，连忙转头望去，原来是一都禁军出操归来，经过安抚司辖门前面的街道。这些士兵没有穿标示他们隶属军队的背心，但是从队首那面迎风飘扬的长箭贯日军旗，可以知道这是神锐军的士兵。

"驻守长安的，是神锐五军还是六军？"折可适在心里暗暗揣度着，无论如何，他承认这是一支士气高昂的军队。目送着这一都士兵走过，折可适不由自主地在心里轻声哼起飞骑军的军歌，一面在心里想着，沈括上章建议禁军诸军应当拥有自己的军歌，以激扬士气，的确是个好主意。

"三十遴骁勇，

从军事北荒。

流星飞玉弹，

宝剑落秋霜。

画角吹《杨柳》，

金山险马当。

长驱空朔漠,

驰捷报明王……"

飞骑军的这首军歌,说起来,还是选自石越的诗词配谱而成呢。"我们折家与石子明,看来还真有一点缘分。"折可适一面想着,一面收敛心神,牵马快步向安抚司衙门走去。

5

石越送走一位长安的富商之后,终于按捺不住,对侍剑吩咐道:"今日断不再见客了。要不是为了这破马政……"他一面说着,一面叹了口气,起身便要往后院走去。在繁忙的政务军务当中,能和自己的宝贝女儿多待一会儿,实是一种难得的奢侈。

"学士。"当石越为人父的角色一日比一日清晰之后,便极少有人再来叫石越"公子"了,所有人都自觉地改换了称呼。侍剑同情地看了石越一眼,苦笑道,"有一位客人,学士只怕非见不可。"

"哦?"

"府州折克柔派人送信给学士。"侍剑从手中厚厚的一叠名帖中,抽出一张来,递给石越。

石越只瞄了一眼,便饶有兴趣地笑道:"折可适?河东折家的人?"对于折可适,石越并不陌生,他摇了摇头,笑道,"看来的确是非见不可。"

"要不要请潘先生?"侍剑谨慎地问道。

"不必了。"石越抚陕之后,幕府之中的人才大增,他总共养了十几位幕僚,但是真正能倚为心腹的,始终只有潘照临与陈良。但先是驿政,后是马政,两桩事情几乎让陈良没有一分闲暇;而筹措即将到来的战争后勤,又将潘照临累得整个人都瘦了一圈。石越还清楚地记得驿政初成之时,筋疲力尽的陈良大病了一场,几乎把命都丢了,后来整整将养了三个月才康复。有了这前车之鉴,眼见着对西夏的战争几乎不可避免,石越可不希望自己的首席幕僚也被累垮。

"去请他进来吧。"

"是。"侍剑应了一声,转身走出厅去。

石越坐回到帅椅上,望着侍剑的背影,无奈地叹了口气。在陕西的这两年,全身心地投入到一系列的军政事务当中,石越颇能得到一种满足感。在内心的深处,对于朝堂中的钩心斗角,游走于各种势力之间,进行着平衡与妥协,他渐渐生出了一种厌恶的情绪来,并且下意识地回避着这一切。这两年间,他悍然推行许多引起争议的政策，在某种程度上，其实也是源于这种厌倦与懈怠的情绪。人类这种动物有时候是非常奇怪的，如石越，当他凭借着小心谨慎与妥协积累了相当的政治资本，达到高位之时，竟然会突然间厌倦小心谨慎与不断的妥协，反而凭仗着自己的政治资本进行"蛮干"。

"难道我是骄傲了吗？"石越再一次拷问自己的内心，"难道是一次一次的正确与胜利，让我开始忘乎所以了？所以我才会对似乎永无止境的谨慎与妥协感觉到不耐烦？"他在心里摇着头，给予自己否定的回答，"无论如何，政治首先是一种平衡各种势力的游戏……"

"学士。"侍剑的声音打断了石越的自省。

"嗯？"

"折将军来了。"

"请他进来吧。"话一出口，石越就感觉到自己的变化，若是以前，他应当会降阶相迎吧？但……当然，以石越此时的身份，坐在厅中等候折可适，便已经是一种礼遇了。但是人的这种惰性，还真是可怕啊！石越自嘲地想道。

侍剑答应着，走出厅外，很快便领着一个精壮的关西大汉走进厅中。

"末将致果校尉折可适，拜见石帅。"折可适见着石越，忙拜了下去。

"折将军请起。"石越一面吩咐下人给折可适看座，一面趁这当儿打量着折可适。这个史书上记载过的名将，比自己要小上几岁，他身材与自己相仿，但是显得更加精壮有力，一身戎服一丝不苟地穿在身上，仿佛竟是个天生的军人。石越注意到，折可适那略显谦卑的眸子中，其实藏着不易觉察的桀骜。

折可适也趁着这机会打量着闻名已久的石子明。虽然早已知道石越的年轻，但是看到一个比自己大不到十岁的人，身居正三品的高位，安抚一路，一向颇为自矜的折可适还是感觉到有几分沮丧。三分里说周瑜三十七岁破曹，这样的事情不料现实中也存在。石子明给折可适的第一印象，便是年轻、瘦削、疲惫。

"家叔慕石帅之名久矣，不料缘悭一面，常以为生平憾事。此番末将入京，因责末将顺道拜会石帅，并致书信一封，聊以慰平生之愿。石帅身负国家之重托，事务繁忙，冒昧打扰，还乞恕罪。"折可适恭敬而有礼地说道，一面掏出一封书信来，双手递上。

侍剑连忙接过，递给石越。

石越接过书信，笑道："某亦久仰府州、遵道将军英名，只恨无缘得见。今日能见'将种'，足慰平生之志。"他口中的遵道，乃是指折克柔之弟，声名更在乃兄之上的折克行。而所谓"将种"，却是在夸折可适。折可适未冠之时，便被郭逵赞为"真将种"。

一面说着，石越一面拆开书信，却见书信之中，折克柔亦不过殷勤致意，并无半语道及国事。他自然知道折克柔之意——互不隶属的两个边臣避开朝廷私自商议国事，是可大可小的事情。但无论如何，都难免会招到朝廷的疑忌。折家世镇河东，深得宋室信任，自然不会在这种事情上自毁基业。

他将书信收好，向折可适关切地问道："劳府州挂念，本帅实是惭愧。不知府州目疾，可有好转？"折克柔患有眼病，在熙宁十二年之时，便已屡次上表请求致仕，由他弟弟折克行继任府州知州。石越既然有意于西夏，沿边诸将的情况，他自是了如指掌。

"多谢石帅挂念。只是家叔之目疾，已非药石所能治。"折可适淡然说道，"生老病死，家叔虽是武人，亦看得平常，所恨者，不过是不能战死沙场，名列忠烈祠尔。家叔常言：为将者之悲，是得善终，死于儿女子之手。"

"府州真豪杰也！"石越击掌赞道，顿了一会儿，又喟然叹道，"但使文官不贪财，武官不怕死，天下何愁不太平？果真大宋武人皆有府州风骨，朝廷又岂会受制两房近百年？"

"文官不贪财，武官不怕死……"折可适默默念着这两句话，叹道："我堂堂华夏，受制两房近百年，此实忠臣义士切齿之恨也。所幸天佑大宋，百年之耻，不日可雪。"

"不日可雪？"石越似乎很诧异地望着折可适。

折可适笑道："自石帅抚陕以来，屡败西贼，兵威震陇右。今河西己丑内乱，实是天赐良机。古语有云，天予弗取，反受其咎。国家抵定灵武，正当时也。陕西虽三岁童子，亦知西夏当亡，大宋中兴可坐待。家叔与末将言：吾折氏世受国恩，虽为武夫，亦知此为报效君王之时。石帅坐镇长安，为国家之柱石，受皇上之重托，寄士夫百姓之厚望，其良谋善策，必非吾侪所能及者……"折可适给石越戴着高帽，但他毕竟是个武人，言辞直爽，虽有试探之意，但他们折氏主张对西夏发动全面战争之意，没有几句话，就流露得一清二楚。不过话说回来，折家在这一点上也没什么可以隐瞒的。

"岂敢。"石越淡淡笑道，"某是文臣，岂晓兵事？前者侥幸胜敌，亦不过是众将士之功，非某之能。折氏与西贼周旋百年，西贼闻名而胆寒，论及破敌制胜之良策，某料府州、遵道将军必有所谋。"

石越回答得冠冕堂皇，实际上却什么也没有说。连他是否支持对西夏发动全面性的战争，也没有明确的回答，只是把问题又踢给了折可适。

折可适对这种不够直率的对话，颇不自在，不自觉地微微动了动身子，决定说得更直接些："家叔日常闲叙，确曾与末将说过一二。"

"哦？"石越表示关心地倾了倾身子。

"家叔尝言，凡战有大战小战之分。小战不论，大战又有三种：有灭国之战，有夺地之战，有破军之战。为将者，庙算之时，必先明乎此道。明此道，则可不贪小利，使敌无所乘……"

"战争的目的要明确。"石越在心里微微点了点头。

"以今日之事论之,石帅与贼战于平夏城,是夺地之战;与贼战于绥德城,是破军之战。筑平夏城,使渭州无虏骑;破贼于绥德,攻守自此易势。今熙河已定,平夏城成,横山众附,是以刃迫贼之胁下,锁其咽喉,断其手足。而西贼竟自内乱,真是自作孽者。此天欲亡之,奈何犹豫?乘此良机,举十万之军,灵武可下,西贼可亡,汉唐旧规可复。"折可适说起来不禁眉飞色动,慷慨激昂,"若逢此良机而坐视,一旦契丹平定杨氏,挥军西进,吾辈必为子孙之罪人。纵使耶律氏不为此事,西贼恢复元气,亦足为大宋百年之患。袁绍之讥,岂可复见于今日?"

石越微笑点头,却依旧不肯多说一句多余的话。

折可适心中一动,决定祭出撒手锏来,他也倾了倾身子,压低声音,含笑说道:"熙宁十二年陕西粮……"

"致果,"石越不待他说出来,便连忙打断了折可适的话,笑道,"府州之意,某已知之。唯战或不战,须决于皇上与枢府。"他说罢,起身走到折可适跟前,笑道:"来,某请致果看一样东西。"

侍剑早已会意,在前面引路。

折可适随着石越出了大厅,沿着走廊向里间走去。一路之上,他细心观察,却见安抚司衙门内的陈设竟简陋得不如一个县衙,更不用说与府州州衙相比。而越往后走,便发现护卫的兵丁越多,文职官吏与家丁仆役越少,到最后更是一个人也看不见了,只见三步一岗,五步一哨,荷戈执戟的卫士随处可见。

折可适心中一动,暗道:"莫非是去……"

正想着,却见石越与侍剑已经在一座建筑之前停住了脚步,他忙停身抬头,那是一座孤零零的建筑物,四周都是空地,紧闭的大门上方挂着一面横匾,上书"白虎堂"三个大字。一瞬间,折可适兴奋得脸都红了。

他们停下的地方,距离白虎堂至少还有五十步远。但是侍剑到了这里,便不再往前走。

折可适用目光注视石越,石越微微点头。二人默默地向白虎堂走去。折可适从军十余年,以战功累迁至致果校尉,但这一生还没有机会进入到这等军机要地,饶是他久经沙场,此刻也难以抑制心中的情绪,虽然明知道这并不是参与高层的军事会议,但是,那种久植胸中的敬畏与向往,夹杂着兴奋与激动……种种感情交织在一起,折可适意连呼吸都变得粗重起来。他连忙深吸了一口气,调匀自己的呼吸。

石越感觉到了身后忽然粗重的呼吸声。他在心里笑了笑,凡是有着野心的年轻武将,来到这个地方,绝没有可能不心潮澎湃。负责守卫白虎堂的职方司武官打开了一扇侧门,石越没有等待折可适,大步走入门中。

6

踏入白虎堂的那一瞬,折可适的呼吸几乎一度窒息。

呈现在他面前的,是一座超大型的沙盘!不用多看,折可适一眼就可以看出来这沙盘的地形是哪一处。

霎时间,折可适将一切都抛到了九霄云外,快步走到沙盘之前,贪婪地望着沙盘上的山脉与河流、城市与沙漠。这是一座包括了整个宋夏边界,纵深延伸至贺兰山脉的巨型沙盘,整整占满了一间可以容纳三十人以上的议事厅!

最让折可适惊讶的是,几乎西夏的每一处关寨,都用小旗明确标示了驻军的人数。

"这便是职方馆这些年来的成绩。"石越淡淡的声音里,掩饰不住得意之情,"很快诸禁军都会颁布新地图。朱仙镇所有武官最新增加的一门课程,便是地图学。天时、地利、人和,我们先要牢牢占据住地利。"也许这座沙盘还不够精确,但是,石越却可以肯定,它已经是有史以来最精确的沙盘。

折可适张了张嘴,想要说什么,却发现自己什么也说不出来。有如此详尽的情报,西夏不灭,天理何在?

"从这里……"折可适指着银夏一带,"再从此环庆、熙河,联络董毡攻击凉州,四路出击,西贼首尾难顾,可一战而定。"

"四路伐夏?"石越笑道。

"实际是五路,河东、延绥两路,直指银夏。"折可适完全沉浸到对战争的设想当中了。

石越在心里叹了口气。在他那个时空的历史上,便是五路伐夏。若细心钻研宋夏的兵力配置与地图,五路伐夏的确是一个想当然的想法,理所当然得不用质疑。而且,石越也承认,即使另一个时空的五路伐夏失败了,也并不意味着五路出击便是不对的。所以,他并没有嘲笑折可适。

石越对这个问题研究过无数次,他几乎已经可以肯定地说,五路伐夏失败的原因,其实是因为宋人居然指望着这五路最终能在灵州会师!

这种在千里之外约期会师的好事,也许历史上也有过成功的例子,但石越可以肯定,失败的案例是成功的一万倍以上。石越可以确信,现在宋军的纪律与战斗力有了极大的提高,而后勤与通讯也有了一定程度的改善,但是,即使是现在,熙宁十三年,石越甚至不敢指望四大行营能在同一天发起进攻——这种时间上的误差能够不超过三天，他就可以谢天谢地了，天知道到时候会发生什么样的意外？历史上无数造反者约期起事，但是果真能在不同的地方同一天起事的例子却少得可怜。

这样的条件下，却去奢望着约期会师，并根据这种期望制定战略……

石越突然想考较一下折可适，看看这个被史书称许的名将，是不是果真名不虚传。他虽然对军事所知有限，但是他毕竟秘密地召见过种谊等将领许多次，其战略构想也得到了章质夫这样的人物的支持。

石越因笑道："愿闻其详？"

折可适只是略略考虑了一下，便指着环庆路说道："此处主攻，直捣灵州。仁多瀚与梁乙埋素来不和，必不为他卖命。纵然顽抗，以仁多之部众，亦无力拒我大军。"说完，他的手指向西移动，"以渭州、熙河之兵自兰州、萧关辅攻，或可会师于灵州城下。董毡之军，终是异族，不得不防，使攻凉州，以牵制西贼。延绥与我河东之兵，克定银夏四州，再挥师西向。如此西贼首尾不能相顾，再无不败之理。"

这是平平无奇之语，石越正微觉失望，却听折可适又说道："然亦有可虑者。银夏诸州是拓跋氏之祖业，经营日久，不可轻易。平夏兵素来悍勇，梁永能非无能之将。兼之当地要么高山峻岭，路途险恶，要么沙漠大荒，数百里荒无人烟。转运之难，莫过于此。万一梁永能弃城不守，坚壁清野以待，我军无粮，实有倾覆之危。"

这一番话让石越顿时收起了对折可适的轻视之意："诚然，此亦某所忧虑者。夏州城自赫连勃勃筑成以来，是为中国之大患。当年朝廷虽毁此城，然既不能守，我去敌来，终是无用。银夏之争，最难在补给。"

"银夏之争，是破军之战。要引诱梁永能率平夏部与我决战，只要击溃其主力，银夏不足平。若其避而不战，则需步步为营，护守粮道，大军绝不轻出夏州一线。只遣兵掠其民众，焚其积蓄，袭焚青白池，一旦冬季来临，不愁梁永能不破。况且只要能牵制住梁永能之军，使其无法回援，一旦灵州城破，兴庆府告急，梁永能有何威德，敢不回师勤王？"

石越微微点头，折可适的战斗经验局限于延绥与河东，对银夏诸州的情况，还是十分熟悉的。所提的建议，也的确切中要害。但是对于其余诸路，却未免有点儿想当然。

其实任何一路的补给困难程度，都绝不亚于所谓的平夏地区。

这也是石越对于全面对夏战争始终抱持着谨慎态度的原因。

战争一旦开始，就会出现许多意料之外的情况，哪怕他做了相当的准备，但是自然条件的恶劣程度依然难以克服，宋军再一次输在补给之上的可能也不是没有。石越对理论与现实的差距有着清醒的认识——自古以来有几个将领不知道粮道重要？但是因为补给而失败的战争却始终占据着历史上所有战争中的绝大部分。

但是没有必要和折可适讨论这些。

"战争果真开始，便让种古去守城，果真要与平夏兵一较高下，还要看我们河东兵。"折可适全神贯注地看着沙盘上的每个细节，一面在心里暗暗赞叹，一面便露出狂妄的本性来了。他此刻几乎完全忘记了和自己说话的人是陕西安抚使，只当是在府州州衙与自己的叔伯兄弟们讨论战争。

石越怔了一下，不禁微微笑了笑。

敢说在绥德之战中一战扬名于天下的"小隐君"只能守城，也是了不起的傲气。折可适完全没有觉察到自己的失态，继续着他的猖狂。

"云翼军还罢了。吴安国吴镇卿，人不怎么样，但会打仗。千万千万，不要调京师的禁军来，什么捧日军、拱圣军，做仪仗队便好。果真到了银夏，必是给梁永能去送死，没得影响大伙士气。"

石越摇摇头，并没有把他的这些话放在心上。毕竟，很快折可适就会知道自己的这些话是多么的不合时宜。他轻轻咳了一声。折可适猛地回过神来，顿时尴尬万分地望着石越。

"末将，末将……"

在折可适回过神之前，石越已将目光投到了沙盘上。他仿佛没有听到折可适的话，皱眉问道："那……致果以为何时开战最佳？"

"四月！"折可适不假思索地回道。

"四月？"

"正是。敌我之优劣甚明。当秋高马肥、弓矢劲利之时，是贼雄我劣，若战于敌境，则天时、地利、人和，三者皆在敌，智者所不取。当此之时，贼兵长驱深入，彼则聚而攻，我则分而守。至冬深水枯之时，贼马无隔夜之草，是其弱之时。然冬季苦寒，进攻不易，此两不利之时。至春深，贼势更弱，而我则厉兵秣马，可乘便而出，此我雄而贼劣之时。是故四月出兵，我军可得天时。"当折可适看到沙盘的那一刻起，他在心里就完全承认了石越有资格担任大军的主帅——也许石越不是最好的，但是总比那些完全不懂军事的人要强。所以，他此时的语气，更像是希望借着这个难得的机会，向石越提出自己的建议。

石越在心里暗暗赞许。这番道理，潘照临和他说过，种古、种谊、李宪、王厚、刘舜卿、章楶都和他说过。的确从军事上来说，最恰当的开战时间，是四月无疑。但是，战争的时间，并不仅仅是由军事上的因素来决定的。

石越拉着折可适的手，勉励道："男儿建功立业之时，致果当好自为之，勿负折氏威名。"

7

派人将折可适送往驿馆之后，石越稍稍喘了一口气。

已经三岁多的石蕤的可爱程度，穷尽石越以前想象力的极限，也无法描述其万一。毫无疑问，这是个精力旺盛得可怕的小家伙。但是石越还是很喜欢和她待在一起。

"爹爹——"远远地望见石越走进内室，石蕤就拖着长长的尾音大声叫了起来，一面伸着胖嘟嘟的双手，一颠一颠地跑了过来。

石越一天的疲劳在这一声含糊不清的叫声中，立即消失得无影无踪。他笑吟吟地望着女儿，紧走了两步，一把抱起来，让女儿骑在自己肩上，笑着问道："璐璐有没有听妈妈的话？"依当时的习俗，大户人家的女孩子通常都会有个小名，一般称呼没有出阁的女孩子，或者便唤她的排行，或者便唤她的小名。当今皇太后高氏的小名，便叫"滔滔"。石越夫妇依着当时的风俗，也给石蕤取了个小名，叫"璐璐"——"璐"者，宝玉也。

"璐璐最听话了。"小石蕤立即奶声奶气地大声回道。

梓儿笑着望着这父女俩，心中充满了幸福的感觉。

"有明前新采的散茶，给学士泡一壶来解解乏。"梓儿一面吩咐着阿旺，一面迎着石越进屋坐了。宋人制茶饮茶方式与后人不同，除刚刚开始出现的花茶外，最常见的是散茶与片茶。所谓散茶，是采芽焙干后所得；所谓片茶，亦称饼茶或团茶。其制法是将蒸熟的茶叶榨去茶汗，然后将茶碾磨成粉末，放入茶模内压制成形。在宋时，片茶是茶之上品，得到人们普遍的喜爱，士大夫中时兴的斗茶、分茶，也都须用片茶。但对于石越而言，饮食习惯难以改变，他更喜欢的，反倒是在当时被人们轻视的散茶。梓儿在蜀中出生、长大，当时广汉的赵坡茶、合州的水南茶，峨眉的白牙茶，雅安的蒙顶茶，都是片茶中的珍品，梓儿从小喝惯的都是这样的好茶；而分茶、斗茶，梓儿也是个中能手，但是因为石越的习惯，梓儿也不再喝片茶。于是，这石府上，竟渐渐只有来了客人，才会用片茶招待。此事传出去后，不知内情的人还道是石越节俭，不免又成为一桩美谈。

阿旺答应着去泡了茶。不多时，便托着茶盘进来，分别给石越和梓儿沏了茶。石越将女儿放到自己膝上逗弄着，见茶来了，端起茶先给女儿喂了一口，方才自己轻啜一口。

"爹爹，璐璐今天背会了九九歌！"石越的这口茶还没来得及咽下去，小石蕤又大声向父亲叫唤起来。

"我女儿真了不起。"石越方待与梓儿说几句话,没来得及开口,便忙着把茶咽了,赶紧先来哄女儿了。

"大姐儿将九九歌背给爹爹听听。"梓儿轻声笑道。但凡石府的称谓,大多循的是开封的习俗,譬如将大女儿称作"大姐儿",又如小石蕤唤父亲为"爹爹",母亲为"妈妈"。若依陕西风俗,父亲在当时是被唤为"老子"的。西夏人称范仲淹和范雍为"小范老子"和"大范老子",其意便是尊其为父。而若依着河北一带的习俗,则子女称父亲为"爷"或"爷爷",如金兵称宗泽为"宗爷爷",岳飞为"岳爷爷",亦是尊之为父的意思。而在许多地方,子女又将母亲唤作"娘娘"。但是石府现在毕竟也称得上钟鸣鼎食之家,这些俚俗的称呼一般也难以进府,便是给小石蕤请的乳母,虽是长安人,但在石府之内,也只敢学着说汴京官话。

"好!"石蕤听到母亲吩咐,立即坐在石越的大腿上,大声背诵起来,"一一如一,一二而二,二二而四……"

石越含笑听着,中国的九九乘法表,自春秋以来,都是从"九九八十一"开始,而且持续一千多年,也没有"一一如一"[13]这一条,直到南宋末年,才开始翻转过来,有了后世的九九歌模样。石越本来也不曾注意过这些细节,但一轮到自己的女儿学习,便立即发现其中的别扭,立时将它纠正过来,还为此写了一封公开信给《白水潭学刊》,指出这其中的问题。

小石蕤的"九九歌"背得甚是熟练,很快便背到了"九九八十一",石越一面欢喜地哄着女儿,一面在想自己三岁多时究竟能不能背得"九九歌",但是想来想去,却只觉得一片茫然,竟是全然不记得了。他在心里摇着头叹息道:"还真是老了。"口里却不忘夸着女儿,"璐璐真聪明。"

"大姐儿真是冰雪聪明,不愧是学士的女儿,不止九九歌,连唐诗,现在也背得十多首了。"石蕤的乳母汪氏也在一旁奉迎着,这汪氏本是没落的官宦家小姐,也是能断文识字、吟诗作画的。

石越高兴得连连亲了女儿两口,梓儿忙趁着这个当儿说道:"前日接到清河郡主带来的礼物和书信……"

"哦?"石越一面和女儿互拍着手掌,一面支吾了一声。

"郡主在信中说离别日久,甚是想念。又说淑寿公主出落得越发讨人喜欢了,整日和圣人说想看看咱家大姐儿是什么样子。圣人因养着延安郡王和信国公,也很是喜爱小孩子,问过几次郡主咱家璐璐的事情。郡主因问,眼前见着陕西可能又要打仗,问我想不想带着大姐儿回汴京小住几个月,一来算是回娘家探亲,二来两家孩子也能

---

[13] "里耶秦简"中有关乘法口诀的记载,最后两句口诀是"一一而二,二半而一"。

有个玩伴儿,三来柔嘉县主在太皇太后驾崩后,一直郁郁不乐,连性子都变了许多,常常一个人发呆,又与郡主说想去永安替先太皇太后守陵,郡主甚是担心,我也是能和县主说得上话的,回京住一阵,或者能劝劝……"梓儿轻声细语地说着,石越听着听着,脸色就变了。

"是啊,陕西又要打仗了……"石越淡淡叹了口气,轻描淡写地说着。但是他话中讽刺的语气,梓儿却是听出来了。她温柔地微笑着,善解人意地说道:"依我说,我回一次汴京也好。说真的,离家久了,也甚是想念。我也想看看我侄儿长什么样了。"

"我知道你的心思。"石越伸出手来,轻轻握住梓儿的手掌,"你是说着这些话来宽慰我的。"石越干涩地笑了笑,自我解嘲地说道,"我是舍不得我的宝贝女儿。"说罢,狠狠地在小石蕤的脸蛋上亲了两下。

"自古以来都是这样的。"梓儿轻声说道,"从郡主的信来看,大哥为帅应当是八九不离十的事情。否则亦不必有这些话。果真大哥能为帅,解除国家边患,我虽是女流,也知道是利国利民的好事,至少这陕西一路千千万万的百姓,也可以息肩几年了。况且这是青史留名的事情,岂可因为家眷而拖累了。依我说,郡主说的也没错。若我和大姐儿在长安,大哥总不免分神……我担心的,是没人照顾大哥。阿旺是使唤久了的,我想不若将她留下,我带着汪娘子和几个丫头回汴京便好。"

"那倒不必。"石越一面挠着小石蕤的痒,逗得她呵呵大笑,一面强作笑容,说道,"你知道我一向不要侍婢照顾的。况且阿旺现在也是个女博士,你带她回京师,看看能不能让她挑个可意人……"

一句话说得阿旺脸羞得通红,低声道:"奴婢不愿意嫁人。"

"这才是傻话。"梓儿笑道,"我这几个大丫头,虽名为主仆,却情同姐妹。若是你找到合适的人,我总当是妹子出嫁一般。"

"正是。"石越笑道,又装作一本正经地说道,"况且我还有个小气的心思——有你这个女博士在,待璐璐大点儿,也有个人教她大食文字,省了我专程去西湖学院请西席的钱。"

"大食文字?"梓儿瞪大眼睛,惊讶地问道,"让大姐儿学这个做什么?"

连阿旺也是十分吃惊,也道:"学士是取笑奴婢罢。"

"我是认真的。"石越能理解两人的惊讶,解释道,"我家女儿可不管什么'女子无才就是德',我巴不得她变成才女。"

"那也用不着学番文呀?纵是想读夷文,也有译经楼。华夏这么多东西,够她学的了。"梓儿还是不能理解。

"多学点东西,总是学问。"石越笑道,"这个世上,真称得上文明的,眼下便只有大宋与近西大食诸国。女儿还小,总不要局限了她。将来她要对大食没兴趣,不学便是。俗语还说'艺多不压身'哩。其实以学问来说,越有学问的人,越是处在低处,并不敢以学问骄人。你看那大海,因在低处,百川才能汇聚其中,成其博大。咱们华夏,在别处倒不妨自矜,在这学术上,却不妨以大海之胸怀,自居低处。若是以为咱家学术甚好,便说别国别族便一无可取之处,闭耳不闻,那终是成不了大器的。故此,不仅我女儿,将来有朝一日,我还盼着大宋所有的读书人,都能知道外国外族是何模样的本事。休说大食这等大国,便是高丽、日本国、交趾,乃至蒲甘、三佛齐,都未必一无可学之处。"

"大哥说得甚是。"梓儿虽然不知道高丽、日本国有何可学之处,但是石越说的道理,却是极其浅显而明白的,她便也接受了这思想。

夫妻俩正在聊着这些事情,忽见侍剑走了进来,在门口说道:"学士,丰参议求见。"

石越立即起身,梓儿忽的"呀"了一声:"学士还没有吃饭呢……"

石越苦笑了一下,将小石蕤递给梓儿,说道:"顾不得了。你先想好,看看哪天起程。"

"是。"

"夫人要出门?"侍剑吃了一惊。

石越点点头,他心里一百个不乐意,但若果真他是主帅,他统军在外,家属居然不在汴京作人质,只怕汴京城的三公九卿、谏官御史们都会闹将起来。这种事情,是鱼与熊掌不可兼得,清河郡主的书信,虽然说得委婉,但以清河的谨慎,八成是承了上意的,这是给石越和朝廷都留体面的做法。因此石越心里虽然不怎么高兴,却也只能接受现实。

8

随着侍剑到了公厅后,石越才发现,公厅内外戒备之森严,竟比平常严密了一倍。公厅中的守卫,本来都是石越亲兵中的亲信,但此时已经不见,取而代之的,是一些不认识的士兵,石越仔细看去,这些守卫竟然全都是卫尉寺的。这些卫尉寺的士兵,全部穿着标志身份的红底黄边绣着黑色獬豸图案的背心,一个个面容严肃,用狐疑的目光审视着每一个人,似乎厅中的每个人,都是不可信任的对象。石越吃了一惊,回去看侍剑,却见侍剑也是一脸茫然,显然他来传报之时,也不知道这里的情形。参议丰稷一直站立在公厅之外,见到石越过来,忙大步走到跟前,低声在石越耳边说了两句。石越心头一震,向侍剑摆摆手,示意他留在外面,便随着丰稷往公厅走去。

第七章 仁多乞兵

进到厅中,便见大厅之内标杆一般挺直地站坐着几个一丝不苟的军官。他扫眼看去,只见公厅左边依次站立着的是兵部职方司陕西房知事许应龙、卫尉寺陕西安抚司监察虞候任广、枢密院职方馆陕西房主事李赓芸。在他们的对面,公厅的右边站着五个军官,一个是环庆行营监军都虞候刘过,一个是环州知州张守约,后面三个,却都穿着西夏武官服饰。石越的目光从他们脸上缓缓移过,努力控制着自己的表情。

这三个西夏武官,石越都是认识的:仁多保忠!文焕!慕泽!

文焕居然敢以西夏武官的身份来长安!

难怪任广与刘过脸上如见到杀父仇人一般结着寒霜,两眼仿佛要喷出火来。而许应龙与李赓芸脸上又是狐狸看见鸡的表情。张守约与丰稷,则是一脸的鄙夷。

在文焕的对照下,慕泽这个叛藩,反倒是显得微不足道了。

这三个人显然是仁多瀚派来的使节。

但仁多瀚让文焕与慕泽来长安,究竟是什么意思?石越一面缓步走向帅椅,一面在心里忖度着。

将这样敏感的人物,送到长安来,要么是挑衅——但这绝不可能;要么就是⋯⋯

石越在心里笑了一下,在帅椅上从容坐下,再次打量着文焕与慕泽。"神态倒是挺从容的。"石越在心里说道,但脸却同时黑了下去。"仁多保忠!"不等众人行礼,石越几乎是一个字一个字地叫出了仁多保忠的名字,"仁多统领是让你将这二人的人头来送给本帅吗?"

"回石帅,我家统帅确有此意。"仁多保忠向石越欠身行了一礼,看都不看文焕与慕泽一眼,便从容不迫地回道。

"那好!"石越冷笑着,厉声喝道,"来人,绑了!"

"且慢!"仁多保忠高声喊道。

石越举起手止住了正要一扑而上的卫尉寺士兵,盯着仁多保忠,语带讥讽地说道:"方才不是你说要送他们人头予本帅的吗?"

"石帅何先不听末将说完来意,再确定要不要他们的人头?"仁多保忠始终保守着外交官应有的从容与冷静。

"本帅倒要听听。"

"末将此来,乃是奉我家统领之命,来向朝廷借兵平叛。并要请石帅替我家统领,向朝廷代为递送表章。"

仁多保忠这句话说出来,厅中诸人,除石越与张守约之外,都不约而同地露出喜色。所谓"借兵平叛",任谁都知道,在现在的形势下,不过是为宋军伐夏提供一个借口。仁多瀚打着什么主意姑且不论,有人开门揖"兵",对宋军来说,总是求之不得的。

一时间,连任广与刘过,也暂时忘记了文焕这个"大叛贼",留神倾听石越的回应。

"借兵平叛？"石越意味深长地反问了一句。

"正是。"仁多保忠一脸悲愤，"天道有常，君臣有序。下邦不幸，权奸乱国，劫持君王，祸乱朝政。我家统领虽是蛮夷小国之臣，亦知主忧臣辱，主辱臣死，岂敢不发愤切齿？只需能救主君脱此大难，虽粉身碎骨，亦不敢辞。我统领虽在边鄙，亦知天朝上国是礼仪有道之邦，今下邦之不幸，亦是人伦天道之大不幸，世间有'忠孝'二字，凡忠臣孝子，不分家国，同善之同美之；世间有'奸佞'二字，凡忠臣孝子，不分家国，同恶之同厌之。今梁乙埋以权奸作乱，所劫持者虽是下邦之君，然所践踏者，却是君臣父子之纲纪伦常。虽蛮夷之人，亦知天朝断不肯坐视此等乱臣贼子，败坏纲常，祸乱天下。况且梁氏父子，一向穷兵黩武，挑衅天朝。两国交兵，军民死者无计，皆原自此贼。天朝岂能不发义师，为天下除此穷凶极恶之贼？"

仁多保忠满口大义，神情悲愤，辞色慷慨，当时之人，莫不受三纲五常之影响，听到他这番话，真是人人动容，几乎全然忘记仁多保忠这番做作，亦不过是想大义凛然地把仁多族卖个好价钱罢了。这世间，有些人卖国，身败而名裂；有些人卖国，却似乎委屈无比，竟能赢得许多人的同情，几乎让人以之为民族之英雄。两者高下之别，直是判若云泥。

石越对三纲五常，本来也看得平常。且这等"忠臣卖国"之事，他所见所闻，见识得也算是多了。哪里能被仁多保忠骗了去？但他心里也佩服仁多保忠的才干，也故意装成动容之色，静听他继续慷慨陈词。

"故此我家统领派末将前来天朝，乞求天朝派兵平乱，以正纲常。下邦君臣，对天朝之恩德，当百世不忘。此处有我家统领敬呈天子之奏章，亦乞石帅代为递交。"仁多保忠说到这里时，语气之诚恳，直如欲以肺腑相托一般。

石越环视厅中诸人，看到众人表情，便猜知他们几分心思。厅中诸人，虽然不免被仁多保忠之说辞所打动，但是倒也不会天真得以为大宋出兵真的是去维护什么"纲常人伦"，人人所想，却都是借着这个机会，名正言顺出兵西夏。兼之若有仁多瀚反正，灵州可谓门户大开，亦有事半功倍之效。

"真是利之所在，能使人忘乎所以。"石越在心里暗暗感叹。在场的人，连张守约这样的人物，都没能看透仁多瀚的心机。但是石越心里，却明镜也似。仁多瀚犹豫这么久，终于走出向宋朝乞兵之事，其实是他目前情势下所能走得最好的一步棋。

仁多瀚心知自己与梁氏势同水火。梁氏父子挟天子以令诸侯，在西夏所忌惮之人，不过仁多瀚与禹藏花麻。而禹藏花麻毕竟是降番，在各部落中影响力远不及仁多瀚，因此梁氏父子果真想牢牢控制西夏之局势，甚至有朝一日取而代之，就不能不除去仁多瀚。除非仁多瀚能有足够的力量，来制衡梁乙埋。但是考虑一个日渐强大起来的宋朝的存在，以仁多瀚的智慧，就一定能想明白——别说他自己没有足够的力量与梁氏父子达成平衡，纵然有，他也没有这个机会。宋军一旦挥师伐夏，首当其冲的，就是他仁多族的力量。且不说到时候梁乙埋父子就有借口将他置于统一指挥之下，纵然梁氏父子给他方便之权，他也必然陷入两难之境地——如若消极作战，放任宋军长驱直入，他在诸部落中必然威信下降，他仁多瀚也难免成为众矢之的；而若积极抵抗，他的家底就不可避免地要在与宋军的苦战之中消耗殆尽，即使西夏最后赢得了这场战争，他仁多瀚也会成为梁乙埋收拾的对象。

所以，在这样的情况下，仁多瀚最好的选择，就是公开站在梁乙埋的对立面，以博取所有梁氏的敌人、夏主的同情者与支持者的同情。他以一种孤臣的姿态，引宋军进入西夏，让宋军与梁乙埋父子去肉搏。而他却可以保持一个微妙的地位，倘若宋军得胜，他就是引宋军入夏的功臣，宋朝绝对不会吝啬对他爵赏，甚至于宋朝在胜利后，还可能要借助他的力量来统治西夏地区——在西夏的内部，他也可以有自己的解释，到时候他只要装模作样地和宋朝"据理力争"一番，就可以交代过去，那是宋朝无耻地欺骗了他，利用了他，胜利者本来就不受指责，何况他还是"情有可原"；而即使是西夏打赢了这场战争，他也不用担心，因为他并没有公开降宋，他的目的是如此冠冕堂皇，他是拯救被幽禁的皇帝而失败的英雄！"英雄"的实力不会有损伤，甚至可能会有所加强——石越敢肯定，一旦宋军失败，最先反戈一击的一定是仁多瀚；而梁乙埋的力量却会在与宋军的战争中被削弱。得到各部落首领同情的仁多瀚，在那时候，甚至还有机会与梁乙埋父子形成新的平衡，共同分割统治西夏的大权。

以仁多瀚的算计，在这一局宋夏博弈的棋局中，他仁多族竟是绝对的胜利者。

但石越却看透了这一点：虽然仁多瀚引宋兵入境，但是在"纲常人伦"大义的掩护下，仁多瀚并没有将自己绑上宋军的战车，而是巧妙地将自己处于一种"局内中立"的位置，实在称得上是玩弄权术的高手。

仁多瀚的这份心机，实实在在地骗过了许多人。

9

石越接过丰稷递过来的仁多瀚写给皇帝的奏章，放到帅案上，目光不断地在仁多保忠三人身上移来移去。他在心里盘算着到底可以在多大程度上将仁多瀚绑到宋军的战车上来。"不出力气就想占尽便宜，这世上岂有这么便宜的事情？"石越在心中暗骂道，"你便是狐狸，我也要给你榨出油来。"

一面想着，石越一面问道："仁多统领忠心可嘉，乱臣贼子，的确人人得而诛之。

然而自古以来，便没有空手乞别家出兵的。"

仁多保忠说了半天，石越脸上虽然感动，但张口一句话，便又回到了赤裸裸的利益上面来了。他在心里暗骂了一声，口里却谦恭地说道："下邦国王曾言，若大宋能出兵平梁氏之乱，愿以河南之地敬献朝廷。此事乃是文将军亲耳所闻。"

"打白条吗？"石越在心里头冷笑起来，"那地方我若能夺到，你'敬献'不'敬献'有何关系？我若夺不到，难道我还真指望着你'敬献'不成？只是也不能将仁多瀚这老狐狸逼得太急，眼下即是他有求于我，实际也是我有求于他。但想这般便宜，你仁多瀚却趁早别做这美梦。"

但石越尚未说话，这"文将军"三字，已经惹恼了一堆人。环庆行营监军都虞候刘过便已忍耐不住，在旁边冷冷地说道："背祖忘宗的人也信得过吗？"

陕西安抚司监察虞候任广也道："就是，这等小人，可没人信得过。"

文焕听到这话，脸顿时涨得通红，在西夏被人讽刺，他早已习惯，但是被自己的国人、同袍讽刺，对于文焕而言，却是更为难受的体验。但他毕竟已不是当年的武状元，他望了望仁多保忠，又望了望石越，终于将眼帘垂下，依旧保持沉默。"唾面自干，无耻……"低声的讽刺又不知道从何处传来。但文焕心中此时反而变得坦然。只是默默地听仁多保忠去交涉。"你们不会知道为了促成仁多瀚主动派人来长安交涉，我用了多少心机……"文焕用自己的骄傲暗暗地维护着自己的尊严。

"若朝廷有疑惑，末将愿做主，立下盟誓。"仁多保忠坦然得几乎像个君子，适时地替文焕解了围，也堵住了众人的嘴。所有的人都将目光投向石越。

"盟约自然要订。"石越淡淡说道，目光扫过众人，在掠过文焕脸上之时，不易觉察地、安慰性地停留了一瞬，"但这点东西，华而不实。"

"河南之土地虽小，亦有数千里；河南之人民虽少，亦有上百万……"

"这些本帅知道。"石越打断了仁多保忠的话，尖锐地说道，"然则这些土地人民，毕竟要我禁军将军用血去换。本帅只想知道，仁多统领愿意做点什么？"

"我家统领愿为王师前驱。然只恐寡不敌众……"

"本帅要仁多统领接受朝廷敕封！"石越冷酷的声音，穿透大厅。一双闪烁着精光的眼睛，紧紧盯着仁多保忠的眸子。

仁多保忠不自然地避开了石越的逼视，他没有料到石越如此咄咄逼人。但是自居小臣的人，去拒绝朝廷的敕封，一时却又无法开口。他沉吟了一阵，方才回道："朝廷恩德，是我家统领的福分。但如今我主君有难，而臣子却受朝廷敕封，传扬出去，世人必说我家统领不义。愿暂辞封赏，待奸臣被诛，我主复辟，再领恩典。"

"仁多统领忠义无双，又忠于朝廷，朝廷敕封，有何不可？便是贵国国王，亦是受朝廷敕封。名正而言顺，将军又何必推辞？"

"虽是如此。然实是关系大义名节……"

"朝廷的封敕，便是大义，便是名节。"石越毫无退步之意。

"此事还盼石帅许末将等合计，异日再为答复。还望石帅能体谅我家统领的苦衷。"仁多保忠眼见着石越咄咄逼人，干脆祭起缓兵之计。反正他也没指望一次面谈，便能达成协议。

"也罢。"石越也知道仁多保忠不可能立即答应，便许了他，又暗示道，"仁多统领德才兼备，朝廷都是知晓的。亦请将军三思之，朝廷之恩典，绝非寻常。"石越说的也是实话，以仁多瀚的身份，果真公开降宋，至少也是三品武官，位列公侯。

"是。"仁多保忠谦恭地答应道，方又指着文焕与慕泽，向石越说道，"此行另有一事，便是带文将军与慕将军，向石帅请罪。"

提到这两人，在场之人，脸色又变得生硬起来。

"两位将军得罪朝廷与石帅非浅，朝廷若加诛戮，绝不敢辞。然而末将此行，亦得益于两位将军从中周全，亦是其有功于朝廷之处。且……"

"且夏国军中，得罪朝廷之人车载斗量，不可胜计。本帅若怪罪此二人，不免使夏国人心生疑忌。若释二人之罪，则有汉高封雍齿、燕昭市马骨之效。是吗？"石越打断了仁多保忠的话，悠悠说道。

"石帅明鉴，末将要说的，正是此意。"

"朝廷能容天下之士，此事不必多言。以将军之见，本帅是心胸狭窄之人吗？"

"石帅有宰相之量，天下皆知。"仁多保忠顺着石越的意思拍了下马屁。

石越哈哈大笑，指着文焕、慕泽说道："他二人果真欲重新归顺朝廷，本帅又岂会计较一些旧嫌？本帅当亲自向朝廷举荐两位将军，料朝廷亦当不吝爵赏。"

石越说出这番话来，刘过、任广脸色当时便变了，二人正要说话，却被丰稷、张守约用眼色止住。只得气鼓鼓地生生忍住。

仁多保忠与文焕、慕泽一同欠身谢道："多谢石帅。"

与仁多保忠的会谈持续了两个多时辰之后，在卫尉寺部队的严密看护下，将仁多保忠等人秘密送到了驿馆安歇。本来这些事情理当由职方司负责，但是诸司都是草创，机构设置并不完全。职方司陕西房只有少量直属部队，还要专门负责保护要害部门，因此便只能向卫尉寺借调部队来使用。前卫尉寺卿章惇的才干由此可见一斑，虽然闹出许多事情来，但他一手草创的卫尉寺，却是新兴机构中，最先变得较为完善的机构之一。

10

仁多保忠等离开后，丰稷等人也陆续告辞离去。这些人前脚刚走，潘照临与陈良便走了进来。潘照临屁股也没有坐稳，便笑着问道："方才刘过一面走嘴里一面骂什么'想当官，杀人放火受招安'，究竟是何事惹着这刘大炮？"

陈良也笑道："卫尉寺的人，学士终要留几分情面才好。"

石越一面将就吃着刚刚送上来的果子充饥，一面苦笑着摇摇头，将方才之事捡着说了一遍。仁多保忠等人来长安，是极机密的事情，潘照临与陈良刚刚也只看到丰稷等人，却没能看见仁多保忠三人，本来还在担心卫尉寺大张旗鼓来帅府做什么，这时听石越说了，才明白事情的原委。

石越说完，解嘲似的笑道："也须得保密，否则，若让人知道文焕竟然来到长安，只怕激起兵变也未可知。"

潘照临和陈良本不知道文焕的底细，陈良不禁叹道："也亏得这文焕、慕泽竟有胆量来长安。"

潘照临却笑道："这不过是仁多瀚两粒棋子罢。他仁多瀚自己不怕投降后没个好结果，可他的部将却不能不怕。一旦有了文焕、慕泽这两个活例子，万一真要公开投降，他要说服自己的部将便容易多了。纵然我们小气，杀了文、慕二人，对他仁多瀚又能有多大损害？"

"潜光兄说得不错。"石越笑道，"所以我要容他们。文焕是叛国之臣，慕泽几乎害了我性命。这两人都能容得下，那些夏军将领便再无什么可顾忌了。只是文焕的事却棘手，军中民间，都恨他入骨……"

"文焕可以免罪，让他以白衣戴罪立功；慕泽可以复原官籍，若立功勋，则厚加封赏。如此可内外皆安。"潘照临轻描淡写的两句话便解决了这桩麻烦，"反正现在这两人能得朝廷赦免，已是万幸。"

石越微微颔首，道："也只能这般。"又问道，"潜光兄与子柔来此，想必还有事情？"

潘照临跷起二郎腿，吃了个果子，不紧不慢地说道："这当儿正是人仰马翻的时候，若没有事情，也没空来见公子。"他是唯一一个懒得改口，一直叫石越"公子"的人。

陈良一面抓紧时间吃着茶和果子，一面插口道："这时不将事情弄妥当，果真打起来，些许小事不周到，便可能酿成大错。我是与学士说马政的事情的……虽说这事急抱佛脚,已经干不了打仗多大事,但若是处置不当,难免不拖后腿。且这也是朝廷的百年计,轻率不得。"他整个人都已经消瘦得不成样子。

潘照临半取笑半规劝地说道:"知道你陈子柔忙的百年大计,却只怕你太拼命,把这条小命给送了。你死了不打紧,公子许多琐碎事,我却担心没个中意的人打理。"

"纵累死我也愿意。且还累不死呢。"陈良笑道,"你要没要紧事,我便先说我的马政了。"

"你说罢,我乐得歇会。"潘照临说罢,果真身子一仰,闭了眼睛假寐起来。

石越几乎是自入陕之日起,便决心要改革马政。但是马政是国之大事,牵涉的范围,从中央到地方,从军队到民政。其中更有一大批既得利益阶层——石越本来想从沙苑监私卖马匹给蓝家的弊案打开一个口子,来改革马政,但是查了几年,都不得要领。这中间层层庇护,利益纠缠,石越纵是个木瓜,也可以知道一二了。本来马政的事情,因为这座冰山实在深不见底,石越也不免投鼠忌器。但在兴修水利、改革驿政、重定户等这一系列措施推行后,被财政紧张逼得喘不过气来的石越,终于不得不想方设法节流。而被搁置的马政改革也在这个时候再一次进入石越的日程。

石越推出的措施,完全是因为没钱而逼出来的。但是他推行马政改革的时机,也算是恰到好处,至少比起几年前要更加合适。

"马政的事情若说起来其实很简单。学士上的劄子[14],其实是想让朝廷放下牧马监这个大包袱。故此请朝廷恩准,将牧马监转为民营马场,牧马监官吏一体裁汰。民间富商豪绅,竞拍买下牧马监,每年只要能保证以市价供给军队规定数量之战马,则朝廷可免其税务,否则可加以惩罚。战时朝廷要租用驮马,亦只按价租马便是。如此亦算是官民两便。陕西实行之后,若行之有效,将来还可推广至全国。每岁朝廷由此节省下的国帑,至少亦有十余万贯。"陈良娓娓而谈,条理甚是清晰,"然出人意料的,是此事在朝廷竟久不能决,异议者甚众。学生将所有异议归纳起来,其要者不过数条:一是以为商人重利轻义,不可信任,马政是军国之重,不可寄之于商人,持此议者甚众。这一桩事,还得多谢桑长卿,《汴京新闻》联合《海事商报》连续数月,刊发了上百篇文章,驳斥此类成见。两报援引古今事迹,力证商人因为重利,反重信用,有时更为官府所不及,且军器监改革,民营之军资较之官府作坊,物美而价廉,更是现成的例证。最后吕吉甫与王禹玉建议仿汉代盐铁会议之例,在白水潭召开会议,两派公开辩论,甚至连皇上都御驾亲临。最后朝官被辩得哑口无言,桑长卿与诸学院的士子们大出风头,此事才算暂告一段落……"

陈良所说的"白水潭会议",是宋朝建国百年来的一大盛事。石越自是早已知道,

....

[14] 劄,读"zhá"。劄子,指官府中用来上奏或启事的一种文书。

但此时听陈良说起，亦不禁脸露微笑，心中依然在遗憾自己没有机会亲临会场。自从汉昭帝盐铁会议、汉宣帝石渠阁会议、汉章帝白虎观会议以后，中国历史上已经太久没有过这样的事情了——皇帝亲临、朝野官员学者共聚一堂，互相辩论政策、学术上的异同，以求达成一致，辩论之时没有人能以权势身份压人，只求以理服人，辩论之后将所有言论结集出版，公布天下，传于后世。对于这样的场景，石越以往读史书之时，常常心向往之，不料当生活中果真发生这样的事情之时，自己却失之交臂，只能靠读着白水潭会议后出版的《义利集》来想象当时热烈的情形。

陈良歇了一口气，又继续说道："其余几条则执论者皆不多。一是以为将所有牧马监官吏一体裁汰，过于不近人情；一是以为牧马监不止供应战马，亦担负平时牧养战马之责，一旦转为民营，此事难以解决；一是以为马政之不振，是由地理位置使然，纵然转为民营，亦不见得会更好，只恐反而坏事，且为政务在简要，多一事不如少一事。这些异论，皆不足道。枢府已颁明军令，马军需牧养战马，以精练马技。且朝廷亦可将一些战马寄养于马场，预付费用，计其支出总要好过如今之牧马监。故此，皇上终于下定决心，准了学士的《再论马政札子》。但是，朝廷却又加了一个尾巴，只许陕西籍人经营陕西路的马场。"

石越微微叹了口气，侧过头去，却见潘照临微微睁开眼睛，二人四目相交，心照不宣地交换了一下眼神。朝廷加这个尾巴，内里含义是十分丰富的。一个马政，不知道牵扯上了多少官员，虽然白水潭会议辩论失败，让皇帝下定了决心，而那些既得利益者迫于舆论，亦不得不退步，但他们毕竟不肯轻易吐出这块肥肉。在技术上设置一个小小的障碍，只许陕西籍人经营陕西路之马场，立马就将汴京、江南、蜀中那财大气粗的富商们挡在门外，从而除去了最强大的竞争对手。他们一定是自信在陕西路内，无人能竞争过自己。而只要马场掌握在自己人手中，经营得好，利益是自己占了；经营不好，则是石越的马政改革失败。到时候推动重来，又可以吸吮国库的钱财。而在皇帝方面，肯定也不愿意见到江南的富商们到处伸手……

"还真是敢小看我石某人啊！"石越在心里冷冷地说道，"只要准了马政改革劄子，此事便操于我手，我还不信陕西这么大的地方，还找不到几个合适的人来经营马场。"石越是绝不能容忍马政改革被破坏的——将牧马监转为大规模的马场，对石越而言，也不仅仅是改革马政这么简单，这还是他雄心勃勃地改善整个陕西生态环境计划中的一环。陕西的凋弊，除了当时现实的原因外，还有一个很大的原因，便是千余年来的过度开发，耗尽了陕西的元气。在石越看来，将陕西由农耕生产方式，逐步转变为半农半牧的生产方式，是恢复陕西生态的关键。熙宁年间的陕西，相比起一千年后的陕西来说，还是大有可为的。将保护生态的关键地带，逐步转变为牧场，防止农业带来破坏，留给子孙后代的陕西，完全可以重现它"天府之国"的美誉[15]。若从这个角度来说，陈良现在所耗费心血而努力的，还不仅仅是百年之计，而是千年大计！

"学士事先已有钧令，凡涉嫌沙苑监案的家族，要尽量避免让他们竞拍下牧马监。"陈良无奈地苦笑道，"但将这些人排除之后，学生却发现，整个陕西路，竟找不出几家有资格又愿意来竞拍马场的人家了。陕西一路的风俗学士是明白的，清白持家的士大夫的确也有许多，但是这些士大夫之家却大多不喜货殖，讲究的是诗书礼义传家。让他们力耕、垦田、淤河、兴修水利，他们不会说什么，但是让他们从事货殖、经营马场，却是多半不屑为之。且平心而论，最适合经营马场的几家，反倒是与沙苑监案有牵涉的几个家族……"

石越听到这些话，虽然明知是事实，脸却不由自主地沉了下去。

"子柔的意思是，我绕不开这些人？"石越冷冰冰地问道。

"学生是以为，至少，学士绕不开卫家。"陈良并没有因为石越不喜而有所畏缩，照样直言不讳。

"啪"的一声，石越一掌重重地拍在桌案上，桌上茶杯乱晃，茶水溅得到处都是。

陈良毫不退缩，一双眸子直视着石越。

潘照临微微睁开双眼，望着二人，半晌，方淡淡说道："公子，小不忍则乱大谋。行大事者，岂能无容人之量？"

"是容人还是藏污纳垢？"石越讥讽地说道，"卫家不过一土财主，凭什么便非得俯仰其鼻息？"

"为行大善，有时候必须忍小恶。"潘照临道，"且公子所言差矣，卫家非土财主可比。且不论其家世背景，单是卫棠与《秦报》今日之影响，便不可轻视。汴京之人，能视桑家为土财主否？"潘照临说话全不客气。

石越转过头，久久注视着潘照临，心中实是恼怒异常。但即使是盛怒之时，他心中也有一丝清明，知道自己恼怒的原因，其实是因为潘、陈二人，说的都是事实。这等事情，若是才来那几年倒也罢了，那时候夹着尾巴做人尚且要战战兢兢，每晚睡觉之前总要"三省吾身"——不过省的是当天的言谈举止，有没有什么失漏，会不会授人以柄，生怕有半点不妥，自己生死荣辱事小，一腔抱负却只能付诸东流，因此若以当时之心情而论，倒是平常。但时至今日，他以朝廷重臣、宠臣的身份，负安抚一路之重，石越在陕西过惯了一呼百应的生活，即使在声望日隆、如日中天之时，面对着极为厌恶的"恶势力"，也不能为所欲为，实在让人心中有如憋着一股闷气，左冲右撞，却无处发泄。自己以为是巧思妙策，要将陕西这些地头蛇戏耍一把，不料到头来，

---

[15] 关中古时被称为"天府之国"。

还是要寻求与他们合作……

"卫棠！卫棠！"石越恶狠狠地念着，他心中仿佛有个魔鬼探出头来，用充满诱惑力的语调说道，"你有这个权力除去挡在面前的石头。只要你挥挥手，权力、阴谋……没什么不能绕开的，没有什么要妥协的。应当是他们怕你，向你妥协，而不是相反……你应当向他们展示你的权力与手段！"

11

人一旦拥有支配他人的力量，就很难抑制住去使用它的冲动。

使用包括权力在内的暴力手段去压迫他人达成自己的目的，永远是最简单、最痛快的行为。

但是，没有什么事情是不需要付出代价的。越是最简单、最痛快的手段，便越是要付出更为巨大的代价。

人类极容易沉浸于其中，而无法自拔。维持社会良好运转的规则也会被击得粉碎，接下来便是一步一步走向残酷与血腥的相互斗争，报复与反报复。在另一个时空的历史上，当司马光要将新党大肆贬斥偏远之地的时候，范纯仁就清醒地意识到，从此大宋的政治斗争将走向更加残酷的方向。而历史亦果然如他所料，恶性的循环一旦开始，就难以阻止，从此新旧党争愈演愈烈，宋朝也在这党争中丧失元气，最后走向亡国。到了那种时候，即使有程颐这样的人进行自我反省与反思，却也无法去阻止历史的惯性。

除掉卫家只是举手之劳，大规模地铲除陕西所有不顺眼的士绅也不是难事。但是，始作俑者，其无后乎？没有让人信服的证据，在既有的规则下去打击对手，而依赖于权力与阴谋去打击敌人；敌人同样也会不惮于用同样的手段来对付自己。他石越可以对付卫家，别人难道就不敢对付唐家、桑家？

人人都知道旧的社会规则有许多的问题，特别是阻碍到自己时，他们会更加怒不可遏。但是在破坏了旧的规则之后，又会怎么样？

建设永远都要比破坏难上上百倍。

养成良好的社会传统需要上百年，甚至是数百年，但是破坏起来，却不过需要几十年，甚至是十几年。

"程颐说得对，嫉恶太甚，亦是一弊啊！"石越的理智还有说话的机会，"石越，你付出这么多努力，可不是想要个历史重演的结局！"

"这个长安君，与卫洧、卫濮，毕竟有些不同。"陈良从容说道，"《秦报》这几年之间,鞭挞贪官污吏,直斥时政之非,在蜀中、关中、晋地都有相当的口碑。便在驿政改革、改革户等、兴修水利等事上亦立场鲜明,支持学士。且卫棠能重金礼聘陆佃为《秦报》总编,对陆佃信任有加。又遣人前往延绥、环庆、熙河诸边塞之地采访,向国人介绍国朝边境及西夏、吐蕃之真实情况,使国人头一次了解真实之边疆,而不再是听信那些荒诞古怪之传说……仅此一事,三大报皆竞相转载,《秦报》与卫棠名扬天下,卫棠赢得'长安君'之美誉,亦并非幸致……"

石越此时已平静下来不少,卫家不仅与沙苑监弊案纠缠不清,而且牵涉到与高遵裕等边将走私,至于其他贿赂官府、牟取暴利之事,更加数不胜数,这些事情石越心里十分清楚。但所有这些事情,都没有切实的证据,而卫家的关系,牵扯到已故的太皇太后的母家曹家、当今皇太后高太后的母家高家、皇帝的亲弟弟有"贤王"之名的昌王赵颢、大宋数得着的几大官宦世家之一的韩家的韩绛,且卫棠声名鹊起后,更是交游满天下。这样的家族,的确也不是什么"土财主",不是可以随便入罪的。

而另一方面,石越也清楚陈良说的都是事实。卫棠与他的《秦报》,在政治立场上,是开明的,对自己颇多声援——甚至卫棠本人也一贯是以石越的学生自居的。逢年过节,卫棠总要恭恭敬敬地派人送来礼物,或者亲自来府问安,只不过石越以方面大臣,不能私自结交地方豪贵为由,从来没有收过他的礼物,然而卫棠却亦是一直执礼不废。当然,石越也知道陈良口中的卫棠,只是卫棠的一面——在另一面,石越确信卫棠此人绝非所谓的"君子"。他站在传统的陕西士大夫之立场,大张旗鼓地非议石越重视商业的做法,却无视他们卫家因为陕西商业的繁荣而受益良多的事实;他道貌岸然地批评陕西走私猖獗,但他们卫家却是陕西最大的走私家族;石越下令将官妓组织起来,每日在勾栏公演曲目,靠售卖门票获利,更是被《秦报》大加讥讽指摘,认为石越是在败坏风俗,是"儒教之罪人",甚至因此还导致了御史的弹劾与一场报纸上的口水战;至于因为私妓业日渐繁荣而指责石越缺少作为的言论,更是《秦报》上最常见的——尽管卫家父子一样购买门票去勾栏看官妓们公演,一样无所忌讳地出入风月场所……

在某种程度上,石越承认卫棠是个聪明人。石越自己为报纸的言论自由立下的法令,被卫棠充分利用。对于石越,他一半高调赞扬,一半高声反对,从而让支持石越的人轻易不能抓住他的把柄,却也讨得了反对石越的人的欢心。《秦报》凡是批评石越之政策行为,都是从礼法道德的高度下手,以不动声色地替《秦报》的最大读者群——陕西路的士大夫们代言,博取他们的欢心。而在另一方面,卫家又心安理得地享受石越带来的好处,并且以一种"小骂大帮忙"的姿态,来避免过于激怒石越及他的追随者。

对于这样的一个卫棠与《秦报》,石越的确也有点儿无可奈何。在第一次见卫棠之时，石越绝对想象不到，那个年轻人在短短几年之内，就可以迅速成长成一个几近完美的"政客"——他的确拥有适合他转变的家世，但是石越还是隐隐觉得在卫棠身上一定发生了什么事。但他既没办法了解，亦没有这个精力去关心这些事情。

"况且，学生以为，陕西巨室实多以卫家为马首，学士抚陕，当以安抚为上；且若昌王见怪，总是不便……"

石越不耐烦地挥了挥手，道："子柔的意思，我已经知道了。"

但仅仅是知道，是不够的。

"学士，马政之事，实是拖不得。"陈良礼貌而又坚决地说道，"朝廷于马政之事并不放心，有传言要派石得一来秦……"

"那个阉竖？"石越冷笑道，"子柔是自何处听来的？"

"长安街头巷尾，多有风传。只怕亦不能不防。"陈良亦不甚自在地道，"国家诸内侍，以石得一为最可恶。无论士夫民间，稍有小事，便密报于上，以此邀宠。所幸皇上甚少让他离京。此番若让石得一来陕，还不知要惹出多少是非。若马政能在这阉竖来之前停当，则少去许多烦恼。且大战在即，亦容不得拖下去……"

"石得一。"石越不屑地撇撇嘴，但终是没有说什么。倒是潘照临眉毛一扬，欲要插话，似乎从眼缝中觑见石越神色，嘴唇只微微动了一下，终于也没有说什么。

"便照着子柔的想法去办吧。"石越还是决定接受现实，"再挑几个人去一次延绥，沿边大族中，便没有对马场有意者？"

"是。"陈良总算松了口气。

第八章
霹雳弦惊

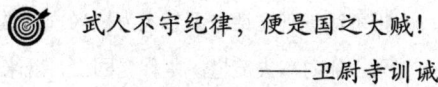
武人不守纪律,便是国之大贼!
——卫尉寺训诫

1

折可适本是待不住的人,在驿馆没多久,因听人说起当天晚上长安的官妓要在一处叫梨花园的地方公演《剑舞》——这本是宋朝有名的歌舞故事剧,演的是张旭观公孙大娘舞剑之事,其间从汉高祖斩蛇起义、项羽设鸿门宴说起,贯穿许多关于剑与舞的故事,十分精彩。折可适素来久闻这曲目的名声,只是府州虽然也有营妓、官妓,但毕竟是偏远地方,无法与内地大郡相提并论,竟没有妓者会这个舞蹈。加上又听说当晚之舞戏,是长安第一名妓董乐娘亲自挑台扮公孙大娘,更是勾得折可适好奇心动,非去不可了。

傍晚时分,折可适从驿馆租了辆骡车——长安的驿馆,怕犯了帅司衙门的禁令,没有人敢租马匹给私人。好在折可适生性洒脱,也并不介怀,只坐着骡车到了梨花园,准备看戏。不料,待他大摇大摆下了车来,竟是大吃一惊——梨花园前面人山人海,车马停满了整整一条巷子。他从下车的地方走到梨花园的门口,几乎要走半里路,而这半里街道之上,却挤满了密密麻麻的男女老幼。

折可适几曾见过这等场面?他又从来没有过"买票"的概念,也不知道要在何处买票,只好询问车夫。

那车夫听到他相问,竟也呆住了,不可思议地反问道:"官人不曾事先买票吗?"

"还要事先买?"折可适也呆住了。

车夫这才知道这个外地人竟是什么也不懂,但折可适虽然穿着便服,可他却是亲眼见到是帅司的人将他送到驿馆的,因此也不敢轻慢,连忙耐心解释道:"董乐娘是长安头牌,平素一般人想见她一面也难,但凡她上台演戏,总是要预先买票订座的。官人这些时候才来,依小的看,也只好打道回府……"

折可适听到这话,不禁大为扫兴。正要败兴而归,抬头又看了一下周围,忽然计上心来。他向车夫笑道:"你先回去,既来了,我不如到处走走。"

"那官人要记得早点回驿馆。长安虽放宽了,但子时以后,仍是要宵禁的。"车夫好心提醒道。

折可适点头示谢。待车夫调转车头走了,他又左右观察了一下,沿着梨花园的围墙,专往人迹少的僻静处走去。到了一个没人的地方,折可适从地上捡了一颗石头,轻轻扔进院中,自己在墙外听了半晌,见里面并无动静,当下将袖袍一挽,竟翻起墙来——以折可适的身手,区区一座梨花园的围墙,怎么拦得住他,轻松便翻了进去。

军旅生涯,虽然只是马上的生活,但是对于鸡鸣狗盗之事,似乎也颇有助益。他从后花园一路观察地形，小心避开生人，没用得多久，竟神不知鬼不觉地潜入前面的戏楼之中——此处也是人山人海，肩踵相接，三面楼的楼上楼下，戏台前的平地上，都坐了各色人等，而过道之中，还挤满了站着的人群，折可适便往人群中一挤，竟津津有味地看起戏来。

此时那戏台上，两个舞者正在一同唱着一曲《霜天晓角》，折可适细听歌词，却听唱的是："莹莹巨阙，左右凝霜雪；且向玉阶掀舞，终当有用时节。唱彻，人尽说，宝此刚不折，内使奸雄落胆，外须遣豺狼灭。"

两个舞者唱罢，便是乐部唱曲子，舞者舞起一段《剑器曲破》来。只见衣带飘扬，剑光耀眼，柳腰莲步，渐欲迷人，看得人眼花缭乱，台下顿时响起一片叫好之声。

两个舞者舞罢，二人分立两边，另有两个穿着汉朝服饰的舞者出来，在戏台中间一张摆着酒案的桌子两边对坐。"竹竿子"[16]拿着竹竿拂尘上前来，清声说道："伏以断蛇大泽，逐鹿中原，佩赤帝之真符接苍姬之正统。皇威既振，天命有归，量势虽盛于重瞳，度德难胜于隆准……"

折可适便知道接下来便是演鸿门宴了。此时虽然离唐装出场的公孙大娘尚远，但折可适却已是心驰神往，完全融入戏中了。如此不知过了多久，忽然间，只见到满座一齐鼓掌的鼓掌、叫唤的叫唤，便见两个汉装舞者徐徐退场，进场两个唐装舞者，其中一个却是女子，折可适只听到旁边有人不断地叫着"董乐娘"，便知那个女子是眼下的"长安第一名妓"董乐娘了——宋代民俗，卖身者为娼，卖艺者为妓，要当得上"长安第一名妓"的称号，必然要才貌艺三绝。折可适也想知道这董乐娘长得是何模样，连忙定睛仔细望去——只觉得那董乐娘，粗看起来，其实相貌也是平常，虽然也可称美貌，但这种程度的女子，妓者中并不少见；但细看第二眼，便觉得她一只鼻子生得甚是可爱，倒似是用冰雕用玉琢就一般，放到她脸上，更是绝配，绝无半点瑕疵，而若是换到别的女子脸上，却总要损了几分颜色。折可适虽然早已娶妻，但平生半在倥偬，少近女色。忽然间见到如此佳人，只觉心中一动，不由得生出几分难得的怜香惜玉之情。

只见那董乐娘手执短剑，端立于裀席之上，观其神态，便仿佛一个大剑客一般，眉宇之间，竟有一种高处不胜寒的寂寞，仿佛举世之间，未逢敌手，茫茫天地，难觅知音。然而自其浑身上下，又找不到一丝一毫的骄傲自得之气，你看她是平和的，但是试图接近之时，却觉得她的高高在上，虽然她在风尘之中，亦只得仰慕之。

那"竹竿子"将拂尘搭在一只手上，在一边抑扬顿挫地说着："伏以云鬟耸苍壁，雾縠罩香肌，袖翻紫电以连轩，手握青蛇而的皪，花影下游龙自跃，锦裀上跄凤来仪，

....

[16] 即宋代戏剧之主持人。

逸态横生，瑰姿谲起。领此入神之技，诚为骇目之观，巴女心惊，燕姬色沮。岂唯张长史草书大进，抑亦杜工部丽句新成。称妙一时，流芳万古，宜呈雅态，以洽浓欢。"

一段念完，"竹竿子"将拂尘一甩，退至幕后。便听乐部开唱曲，和着乐曲，董乐娘与另一个舞者便舞起剑来。这一番剑舞，在旁人看来倒也罢了，虽然赢得一阵阵喝彩之声，但平常之人，亦不过是看个热闹。但在折可适，却是大吃一惊——他看到那董乐娘一击一格、一撩一架，虽是为了赏心悦目而加了许多好看却无用的变化，但是从她的步法与手腕的动作，折可适却可以肯定董乐娘是会真正的剑术的。

其实妓女会武艺，甚至精擅骑射，在宋朝并非是稀罕的事情。汴京教坊，有不少妓女，其射技便是寻常的禁军士兵，都是望尘莫及。但折可适此前接触过的歌妓，却都是只会诗画歌舞，从未有过如董乐娘这般，似乎竟是受过严格的剑术训练的，自然是大感讶异，对于董乐娘这个女子，竟也生出前所未有的好奇心来。

《剑舞》表演完后，又有当时人孔三传首创的诸宫调杂剧，而最后压轴戏，却是一剧《千里送京娘》，由董乐娘来扮京娘——这个故事，本来是流传于民间的传说，说的是宋太祖的英雄事迹，但是当时毕竟是宋朝，虽是替宋太祖歌功颂德，但若说是宋朝之事，则只怕没有人敢演一条盘龙棍打出八百座军州的好汉赵匡胤。因此那编写剧本之人，便想了个主意，竟将此事强安在了唐太宗的头上。一般看客，无论贵贱贤愚，却也乐在其中，虽然戏中一口一个"李公子"，但人人皆知那是"赵公子"。而宋人写的《千里送京娘》与冯梦龙之版本，也大相径庭。其中那京娘，便不是弓鞋小脚，最后也没有自缢而死，而是在"唐太宗"即位后被收为义妹，共享富贵，竟是一个大团圆的喜剧。

因为这出戏是新编的，折可适以前从未看过，此时倒也看得津津有味。而董乐娘扮演的京娘楚楚动人，反抗强人时机智贞烈，与她演公孙大娘之时，竟全然是两般模样。演公孙大娘之时，董乐娘是让人又敬又爱；演京娘之时，却是让人又怜又爱。折可适几乎想要自己跳到台上去，护送着京娘回乡了。

如此不知不觉间，便听到梨花园内的大座钟响起，竟到了亥初时分。"竹竿子"到台上做了团团揖，说了几句散场的场面话。梨花园园门大开，所有看客都陆续离场回家。折可适却挂念着想与董乐娘说上几句话——他第二日便要离开长安，下次来长安根本不知道是何年何月。他与董乐娘素昧平生，且一个武官，在宋朝也不见得有多高地位可言，以董乐娘的身份，未免便肯见他。若是一般人，便是心中喜欢，亦不会去做这种孟浪之事，怕的是自取其辱，若是被一个歌妓取笑，传扬出去，面子上也挂不住。

折可适却不理会这些，竟是打定主意，定要向董乐娘一诉衷肠。他曾经听军营中的书记官讲过魏晋的故事。道是有一个人，突然想念朋友，便星夜前往，到了门口，却不进屋，立时折回，别人问时，他便说是"乘兴而往，尽兴而归"，如此便足矣。折可适生平极为仰慕这些古人的风范，性格亦是喜欢洒脱而不拘小节。因此，既然心中喜欢，便不愿留下憾事。

有了这个心思，折可适便磨磨蹭蹭，等着众人散尽，又眼看着董乐娘上了一辆马车，便悄悄跟在后面，尾随而行。好在那马车为防颠簸，驶得甚慢，折可适大步尾随，倒也跟得上。只见那马车在长安城中东拐西弯，跑了有半个时辰，终于驶进一间院子中。此时夜色已深，只有院子前面有两盏昏暗的灯光，折可适远远望去，却看不清是什么所在。只隐约听到有几个人低声说话，还有一人的声音竟甚是耳熟。折可适更觉得奇怪，借着夜色掩护，悄悄走近了过去，顿时大吃一惊，几乎叫出声来。好在他反应甚是敏捷，立时便用手将嘴死死掩住。

2

透过昏暗的灯光，折可适可以看到在大门前，在院墙外，到处都是荷戈执戟的士兵，而院子的大门上方，赫然写着"长安西驿"四个大字。

长安西驿，是京兆府专门用来招待西夏使者的驿馆！

董乐娘怎么会来这种地方？长安西驿为何如此戒备森严？别说此时没听说有夏使要到长安，便是来了，亦不至于如此如临大敌的模样……折可适的心里闪过一个个疑问。难道是西夏来了什么了不起的密使？

只在一瞬间，折可适便接触到了事情的本质。想着即将发生的战争，折可适对这个密使顿生好奇。

但是，打听不该打听的事情，是要冒风险的。

刺探这种军国机密，一旦引起误会，只怕自己会被当成奸细处死在长安。

折可适犹豫着。

是在外面等待董乐娘出来，还是设法潜入驿馆？

便在此时，刚才似曾相熟的声音再次响起，并且更加清晰。

"所有人都打起精神来。宋贵，你带着自己那队人，再查查东面的街道……大伙都辛苦一点，查完最后一次，宵禁开始，便有京兆府的人来巡查。俺们也好轮替着歇息……"

没错，折可适再一次确认，这个声音熟悉得不能再熟悉了。张范！与自己一起在延州打过仗的张范！但是,听说张范不是已经调到卫尉寺了吗？折可适心中不觉一惊，又露出头看了一眼视线内的士兵——穿的都是普通的红色战袍。但是这些人的表情与动作,却瞒不过折可适,在所有的军营中,真正当过兵的人,都可以很容易分辨出来卫尉寺的军法队与普通士兵的区别。

果然是卫尉寺的人!

西夏密使,竟然要调动卫尉寺的部队来守卫?

折可适心里的疑团越来越大了。

那个宋贵在分派着人手,向折可适所在的方向开始巡查。折可适连大气都不敢喘一口,小心地掩饰着自己的行踪,一面大脑飞快地运转着,判断眼下最佳的对策。眼见着巡查的卫兵越来越近……

便在这当儿,忽然,只听到长安西驿门前,张范厉声喝道:"停步!来者何人?"

静夜中的这一声高呼,顿时吸引了所有人的注意力。

"张哥,是自己人!"一个爽朗的声音传到折可适的耳里。他不禁在心里暗暗笑了笑,来的人竟然又是熟人,种朴!又是一个种家的人,不过这个种朴在种家这一代的兄弟中,并不是出众的子弟,也不甚被人注意。几年前种朴离开延州后,便不知道他去了哪支部队,算算年龄,今年应当正好是虚岁二十。

"是种兄弟。"张范似乎松了口气,停了一会儿,又听他问道:"这位是……"

"来,我来介绍一下。"种朴的热情似乎带着做作,"这位是职方司的姚凤姚子鸣兄弟。"

不只是折可适,连张范,顿时也明白了种朴的热情为何如此勉强。姚家与种家,都是山西巨室,又都是大宋将门,便以这一代当家人而论,种家有"三种",姚家有"二姚",都是名满西州的名将。因此两家子弟,素来彼此看不起,暗地里咬着牙要争个上下的。

"原来是姚校尉。"张范客气地打着招呼,但他是个严谨的军人,目光中始终带着怀疑,还有一份对职方司这种"神秘"机构的不信任。

姚凤仿佛看出了张范的心思,掏出腰牌递给张范,一面淡淡地说道:"兄弟也是延州军中出身,收复绥德之役,兄弟便在种太尉[17]帐下,只不过与张兄各属一营,兄弟职卑位低,因此张兄不认识罢了。"

张范验过腰牌,笑道:"实是失礼了。"又狐疑地问道,"种兄弟与姚校尉来此,不知有何公干?"

"奉命来拜会里间的那位。"折可适从姚凤的语气中,听出了一丝不屑。

"奉命?"张范歉然一笑,用不容商议的语气说道,"兄弟奉有严令,除非是任、

....

[17] 太尉,宋代对高级武官的尊称。

许二位上官亲自来此，否则，无帅府手令，任何人不得入内。"

"张哥，我二人来时，许知事并未说要手令。"种杼解释道。

"种兄弟，我军令在身。"张范也只能表示爱莫能助。

"这……"种杼为难地望了望姚凤，又望了望张范，最后向姚凤说道，"要不我回去讨一个手令？"

姚凤苦笑道："马上便要宵禁了。待到讨了手令再回来，早误了事。说不得，还要请张兄通融一二。"姚家的人，难得向人低声下气，姚凤话中竟带了几分恳求的语气，连张范都感觉有点儿意外。

折可适全神贯注地偷听着张范等人的谈话，一时间竟忽略了宋贵的人正在巡查，待到他藏身的巷子两侧都传来脚步声时，已是为时已晚。折可适此时便顾不上再偷听，忙观察周边的环境，却发现竟然没有他的藏身之处。好在折可适颇有急智，不待被人发现，自己主动走了出来，大摇大摆地朝着长安西驿走去。

"站住！"

"站住！"

此起彼伏的声音在街道中响起，提着灯笼的卫卒飞快地跑了过来，用怀疑的目光盯着折可适。

折可适停住脚步，无辜地望着被引到自己身边的卫卒，但神态间隐隐又有几分高高在上。

"你是何人？"

折可适傲然掏出一块腰牌，向凑上来的宋贵晃了晃。宋贵一脸狐疑地举着灯笼，仔细看了一眼，大吃一惊，连忙欠身说道："下官失礼了。不知致果深夜到此……"官制改革后，宋朝极重名爵，致果校尉，在武官之中，毕竟也是中级军官——卫尉寺在陕西的最高长官任广，以阶级而论，亦不过是个致果校尉。

"我看完戏想回驿馆，不料走错了路。眼见着宵禁将至，打听到这边也有驿馆，便想来借宿一晚。"折可适随口编了个借口。

宋贵一听折可适开口，便知道他不是个本地人，忙道："不敢请问致果官讳？"

"某是府州折可适。你们是长安府的兵？现在到子时了吗？"折可适明知故问。

宋贵笑了笑，但凡在陕西当兵的人，谁不知道府州折家？忙道："原来是折致果。此间乃是长安西驿，向来只接待西夏、吐蕃使者，只怕还要请折致果打转，或就近寻个客栈，找间民居，先过了今晚……"

"某住不惯那些所在。纵不能借宿，便是借匹马也行，总之明日便还，该付的缗钱亦不少他便是。"折可适拿腔说道。

"这，石帅钧令……"宋贵正在委婉拒绝，那边张范与种杼都注意到了这边的动静，二人眼尖，早已远远看见折可适，种朴远远便叫了起来："是折大哥吗？"

张范却向姚凤说了声"恕罪"，大步走了过来，见着折可适，一把拜倒，说道："折大哥，想煞兄弟了。"

折可适连忙扶起张范，看一眼他的装束，此时更看得分明，长脚幞头、紫绣抹额[18]——折可适心中更无疑问，这紫绣抹额，在熙宁十一年已明颁诏旨，武人非诸班直、卫尉寺不能系戴。再看张范的背子，胸前绣着实心双戟相交图——根据熙宁十一年枢密院颁布的武官标志图案，这是正九品上仁勇校尉的标志。

"恭喜兄弟又高升了。"折可适与张范一见面便开起玩笑来。当年他们一起在延州之时，张范还只是个陪戎校尉。两个人不仅一起打过仗，还曾经一道在无事的时候偷偷跑到横山番落的地盘去打猎，称得上是交情深厚。当时种朴还不过是个毛头小子，也经常跟在二人屁股后面，帮他们拖猎物。

"大哥取笑了。"张范笑道，以一个普通人而言，在三十岁之时能够成为正九品上的武官，还是蛮可骄傲的。毕竟像他这样出身于平民的人，是无法与折可适这样的世代将门之后相比的。他与折可适的友谊是一段奇特而珍贵的友谊，对于做事一丝不苟、不求有功但求无过的张范而言，折可适的胆大妄为，是他心里格外欣赏的。人与人之间的缘分有时候是无法解释的，如若是换成别人，张范亦不会冒着违背军纪的危险，与他一道深入横山数百里，只为享受那种冒险的乐趣。虽然张范承认在卫尉寺的生涯，更合乎他的性格，但是他心中最宝贵的回忆，还是在延州当兵与折可适的种种冒险。

3

此时种朴与姚凤也走了过来。

"折大哥。"种朴有着种家人少有的热情，不待折可适回答，他便已迫不及待地问道，"大哥怎么到这里来了？"

折可适并不回答，只是望着姚凤，明知故问道："这位是……"

"在下姚凤姚子鸣。久闻折致果大名，不料今日竟得亲见。"姚凤客气地说道。虽然四个人都曾经在延州军中效力，但是姚凤即使是在姚家内部，也是个不引人注目的子弟，折可适对他几乎是一无所知。但是之前已偷听到姚凤是职方司的人，折可适猛地想起一事，不由得移目望了种朴一眼——难道种朴也加入了职方司？

....

[18] 抹额是宋朝武人流行的装扮，将不同颜色的布帛剪成条状，然后系在额间以作标志。

种朴仿佛猜到折可适在想什么，在旁边笑道："姚兄与兄弟我都在职方司陕西房听差。"

"久仰，久仰。"折可适敷衍地向姚凤抱了抱拳。没有人愿意招惹职方司的人，但也没有人愿意亲近职方司的人，哪怕他是身份公开的官员。姚凤似乎对此早已习惯，也并不介意。

张范在一旁已听宋贵说起折可适的事情，心中顿时大感为难。长安西驿住的究竟是什么人，张范的部下没有人知道，但他心里十分清楚——任广对他很信任。显然，从种朴与姚凤说话的语气来看，他们也知道。若说张范对种朴与姚凤还有一点怀疑的话，对于折可适，他是没有任何怀疑的。但任广的军令没有给他留半点余地——除非是任广与许应龙亲自来此，否则，没有帅府的手令，长安西驿之内，便是只蚊子，也不许出入。长安西驿不是没马，但是的确不能借。

但是对于折可适，张范却真不知道要如何回复。

他无法解释，亦不能用公事公办的语气向折可适说话。而且张范也深知京兆府的宵禁令不是闹着玩的——犯宵禁令敢拒捕或逃逸者，一律格杀；老老实实被抓进京兆府大牢的，不论士民，一律扔进牢中饿上一天一夜，再由家里人出钱赎回。如果果真听任折可适犯禁令，便是不饿上一天一夜，单是关上一个晚上，折可适也是颜面尽失，他更是没脸再见这个兄弟。

眼见着折可适将目光缓缓移到自己脸上，张范的脸慢慢变成赭红色，却是说不出一句话来。

张范的表情，足以让折可适明白，住在长安西驿里面的人的分量。

"能让陕西路派董乐娘这样的歌妓深夜前去献技，能调动卫尉寺的人严密守护，还引起职方司的兴趣……"折可适心里转珠似的快速掠过种种想法，一个惊人的念头猛地跳了出来，"难道是仁多瀚来了？"想到此处，折可适更加兴奋起来，"想个什么办法才能赚得进去呢？"

正在暗暗算计之时，忽然，西边的夜空中映得通红，折可适一怔之间，便听到喧哗之声大起。

"着火啦！"

"着火啦！"

呼声喊声从西边传来。张范与宋贵也听到声音，连忙回头望去，二人脸色立时便变了。

"那里挨着驿馆！"宋贵惊叫道。

"慌什么？"张范厉声喝道，只略一沉吟，他便立即吩咐道，"宋贵，你带一拨人去领着百姓救火！京兆府马上便有人来支援你。"

"是。"宋贵答应着，领了一拨人急匆匆地去了。

张范又向折可适与种、姚二人抱拳说道："折大哥，种兄弟，姚兄，请恕兄弟我失礼了。"说完向手下的卫士挥了挥手，厉声喝道，"其余的人，都随我来！"领着身边的人，向长安西驿跑去。

折可适只见张范一路跑去，驿馆周围不断有全副武装的士兵冒出来，随着他向驿馆跑去，最后竟有一百余人。折可适不由得呆住了，心里也越发证实了自己的判断——长安西驿里面，的确是有大人物在。

姚凤与种朴望着张范的背影，二人迅速地交换了一个眼神，露出一丝不易觉察的笑容。种朴突然向折可适笑道："折大哥，想不想去看看热闹？"

折可适一怔，问道："什么热闹？"

"随我们来便知。"种朴笑了笑，向姚凤使了个眼色，二人也径直向长安西驿走去。折可适愣了一下，随即也立刻大步跟了上去。

种朴与姚凤对长安西驿显然十分熟悉，他们并没有从正门进去，而是绕到南面的一扇小门旁边。此时众守卫似乎大都被调走，门边便只有两个守卫，二人大摇大摆走上前去，休说那两个守卫，便连折可适都还没有反应过来，便见二人默契地使了个眼色，猛地挥掌，掌锋准确地砍在两个守卫的脖子上，守卫当即便被打晕了。种朴完事之后，将食指竖在唇边，笑吟吟地向折可适做了个噤声的手势。

折可适心中颇有疑窦，只觉今晚的事情难以索解。但是越到这种时候，他反而越是冷静。当下只不动声色地跟着种朴与姚凤在长安西驿中穿行。只见种、姚二人一路不发一言，在驿馆之内行走，竟没有丝毫停留与迟疑，仿佛对此地竟是极为熟悉的。折可适又细细观察，见这长安西驿规模颇大，此时火势已越过西墙，驿馆的人众与卫卒，拎着水桶前后相继地向西边跑去，显得一片混乱。折可适深知城市之内失火，向来是了不起的大事。长安因为是离西夏最近的大城，担心奸细纵火作乱，所以才会严厉推行宵禁。此时他脑海中不断想起种朴与姚凤那有点儿诡异的笑容，心中隐隐伏着一个想法，却又不由自主地极力回避着。

如此在驿馆内走了一阵，种朴与姚凤忽然在一排大树后面停了下来。折可适从树干间抬眼望去，只见离他们三人所在约有一箭地的地方，有座小楼。小楼上有十余人在凭栏观火，折可适清晰地看见三个年轻的西夏武官正在低声说着什么，而在他们身边，赫然便站着董乐娘与几个帅府亲兵。折可适也不知道这三个西夏人究竟是何方神圣，但他见楼前楼后，张范正指挥着人手巡逻——只是他们藏身之处，前面正当大道，救火的人从这里跑来跑去，却没被注意；而这些西夏人身边又有石越的亲兵保护，显然来头不小。他正待询问种朴，转过头去，几乎惊得叫出声来。

种栐与姚凤两人正在摆弄着一架小弩机——折可适不知道这二人是从哪里变出的戏法，拼拼凑凑之间，便组装得差不多了——这是折可适从未见过的武器，比普通的军用弩机要小许多。种栐见折可适看他，却并不介意，只是一面调弄着弩机，一面低声笑道："这物什是兵研院专门为职方司设计的，看起来虽然小，但是射程与杀伤力都没差太多，几乎比得上常见的弩机了。"

　　"你们想干什么？"到这个时候，折可适已经没有心思欣赏新式武器了。

　　种栐努努嘴，笑着不说话。姚凤却是一脸肃然，看他表情，竟仿佛是个从容赴死的壮士。

　　"是职方司的命令？"折可适追问道。

　　"折大哥向来是义薄云天的人，今日机缘凑巧，正好请大哥来做个见证。"种栐说话间，已开始校对准星，"大哥知道那楼上是谁吗？"

　　"楼上？"

　　种栐轻蔑地撇撇嘴，冷笑道："折大哥再也想不到，那上面竟然是文焕那个逆贼！三个西夏人中正中间那个便是！"

　　"文焕？"折可适大吃一惊，立时什么都明白了过来，道，"你们想刺杀他？"

　　其实这话已经不必问。

　　"在下亦素仰折致果之名，若有致果为证，让世人知道我等并非不忠之臣，只是为国除逆，死亦无憾。"姚凤淡淡地说道，目光中尽是愤怒与决然。

　　"你们疯了？"折可适这时才真是急了，但他亦不能高声大叫——文焕的命运他并不在乎，他在意的是种栐的命运，"为了这种人赔上自己的前途？"

　　"我们姚家世代忠义，与西贼作战战死者不知凡几，未有一人降敌者。文焕这种逆贼若得善终，天理公道何在？"姚凤的声音十分平静，是那种决然赴死的平静，一面低声说着，姚凤一面已将弩机瞄准了文焕。

　　"军法无情，我们做了这件事，亦不敢活着玷污家门。"种栐依然是笑嘻嘻的，一面小心地摇着棘轮，给弩机上弦。

　　折可适望了望西边的火云，又望了望文焕，忽然沉着脸问道："我只问你一件事，外面的火是不是你们放的？"

　　种栐与姚凤都没有说话，树后面只听见棘轮转动的咔咔声。外面，张范似乎注意到这边，开始派人向这边来巡查。

　　"外面的火是不是你们放的？"折可适又问了一句，虽然是极力压着声音，但是任何人都听得出他声音中的冷酷。

　　种栐转完了最后一转，将头转向折可适。

姚凤的手指扣向扳机。

"那是不得已而为之。"种朴没有了笑容,"我们约好时间过来,张大哥那关通不过,只好出此下策……"

"你们混账!"折可适大声吼道,一拳挥向种朴。

种朴未及反应过来,便被折可适一拳击落了两颗门牙,满嘴是血,跌倒在地。姚凤却似乎什么都没有看见,冷静地扣动了弩机。

"嗖"的一声,一支短小锐利的弩箭高速平直地直冲向文焕……

喧哗之声猛然增大,折可适的吼声,从树林中射出的弩箭,卫尉寺的士兵一窝蜂地向三人的藏身之处冲来,小楼之上也乱成一团……姚凤显然对自己的箭术十分自信,并没有多看楼上一眼,他走到种朴身边,扶起种朴,淡淡地说道:"我们是替天行道。"

"你们是替天行道,别人便活该被你们烧死?"折可适厉声骂道,"你们的道义,便要无辜的人替你们殉道?你们的确是玷辱家门!"

"折致果出身将门,不知仁者将之贼吗?"姚凤反唇相讥,卫卒们早已冲到四周,将三人围住,他却毫不在意,"一将功成万骨枯!为将者即是国家之屠夫、朝廷之鹰犬,何必假仁假义?一向听闻折致果是英雄,不料竟这般迂腐。"

"拿下!"看见折可适三人的张范,脸色如同黑炭一样。

卫卒冲了上来,不由分说,便将三人绑了。此时三人谁也没有反抗之意,折可适被姚凤的话说呆了,以他所受的教育,的确也无法反驳姚凤的话。而姚凤与种朴也并无反抗之意,二人自决意"替天行道"之时起,便已不惜一死。二人如英雄一般昂首挺胸,听任卫卒捉拿。

张范寒着脸,走到二人跟前,盯着二人看了半晌,忽然冷冷说道:"教官说得半点没错,唐代武人祸国,正是因为有你们这样的目无法纪之徒!武人不守纪律,便是国之大贼!"说罢,张范"唰"的一声拔出佩刀,割下一块衣袍,对种朴道:"从此我没有你这个兄弟!"

无论是折可适,还是种朴、姚凤,都没有想到张范能说出这般有见识的话来。种朴侧过头去,不敢看张范;姚凤却是失魂落魄一般,喃喃道:"武人不守纪律,便是国之大贼!武人不守纪律,便是国之大贼……"

4

消息传进帅府的时候,石越刚刚写完奏章的最后一笔,他的毛笔字令人绝望得没有什么值得称道的长进,但好在皇帝与尚书省都已经接受这个现实了。书案旁边的五味粥已经热了三回，但是依然一口都没被碰过。虽然石越也知道"食少事烦"并非长寿之道，但是果真想要有所作为的话，在什么样的位置，就有什么样的责任。总有意想不到的事情让你没有时间吃饭，没有时间睡个好觉。

"河套为我必争之地。自夏贼据套为穴，形势逆转，彼遂得出没自由，东西侵掠。我守御烦劳，三秦坐困。故河套之患不除，中国之祸未可量也……"一面细心地重新检查自己的奏章，一面听丰稷愤怒地汇报着长安西驿发生的案件，石越的表情看不出什么波澜。直到听到折可适居然也涉及其中之时，才微扬了一下眉毛。

"……种杼与姚凤供认不讳，……"

奏章检查完毕，石越打断了丰稷的汇报："文焕伤势如何？"

"弩箭未中要害，射中左胸上方靠肩处，"石越暗暗松了口气，但是丰稷的表情却并不乐观，"然弩箭上淬有剧毒。"

石越的脸沉了下来。

"本帅只想知道他是生是死？"

"生死未卜。"丰稷平静地说道，从他的语气中，听不出对于文焕的遭遇是感到高兴还是不安，但肯定不会有同情，"万幸的是，长安西驿距何莲清府只有一条街，现在何大夫正在医治。"

"究竟是什么毒？"石越再次放心了一点。何莲清是长安有数的名医，虽然对于这个时代的医疗水准石越一向不抱太大的希望，但此时也只能依赖专业人士。而且既然是生死未卜，至少可以证明那种毒药并非传说中的"见血封喉"的毒药。

丰稷一时无辞，显然对此他也不知道详细。

石越斜睨了他一眼："本帅要去看看文焕，顺便给仁多保忠与慕泽压压惊。"

"石帅，许应龙与任广在外面候见。"

"他们还有脸来见我吗？"石越的语气像刀子一样尖锐，"你让他们两个上表自劾吧，任广最多是降职，至于许应龙，你替本帅问问他，是想去凌牙门，还是想回家种地？"

"石帅。"许应龙的命运，自然不必多说，但身为帅司参议，丰稷亦有自己的责任，"种杼是种家的人，姚凤是姚家的……"

"什么种家姚家？"听到这话，石越的脸上如同挂上了一层寒霜。

"现在是用人之际，且其情可原……"丰稷自有他的顾虑，种姚两家在军中的影响实在太大，如果追究这件事，种杼与姚凤必然是死罪无疑，但是……

"种家与姚家敢造反不成？"石越厉声道，目光发出慑人的光芒，"朝廷重视人才，但是，相之，你要记住一件事，天下从来不缺人才！"

"是。"丰稷读懂了这句平淡的话背后的杀气。

"武人是国家之鹰犬爪牙。不服从命令的鹰犬爪牙，没有任何存在的价值。朝廷对武官不为不厚，但是他们亦必须恪守自己的本分。"石越冷冷地说道，"小节有亏，或可优容。身为职方司官员，却凭一己之好恶杀人纵火，目无国法，此风若长，国家终有一日，必陷入万丈深渊不可自拔。"

"下官……"

石越摆了摆手，道："相之放心，大宋之体制，种姚二家若有不臣之心，是自蹈死路。莫看三种手绾兵权，姚家世代从军，朝廷若要诛杀之，只需遣一介之使，便可持其首级而归。"

"是。"丰稷对此倒并不怀疑，"只是种朴、姚凤，是否移交卫尉寺，押解至京审问？"丰稷如此处分，全是替石越着想。

"居上位者，贵在能持天下以公，赏罚严明。一味以私情讨好下属，适为下属所轻，乃自取败亡之道。种朴、姚凤之事，你可修书分送三种二姚，不必多说他语，七日之内，朝廷自会收到他们自劾之表章。"石越淡淡说道，但神色却甚是坚决，"种朴、姚凤若至汴京，谁能担保无人从中求情，败坏制度？本帅连这点担当都没有吗？非止种朴、姚凤，其事必有同谋，须一体查出来，按军法处置。文焕来长安是极机密之事，种、姚如何得知？有无人泄密？职方司内有无知情不报者？有无纵容者？一个也不能放过！"

丰稷倒吸了一口凉气。石越这样说，不仅是不想大事化小，而分明是要办成大案。

"石帅……"别的什么倒也罢了，丰稷却是担心时机不对。但是石越却不容他多说，毫无回旋地说道："此是不赦之罪。本帅不但要在长安给职方馆、职方司立个榜样，还要上奏皇上，请严订职方馆、职方司之条例，申明纪律。赏功之外，当以严刑峻法罚过。"

"是。"

石越走出书房几步，忽然想起一事，又停住，问道："折可适与这案子关系有多大？"

"下官旁听了审问，似乎折可适是意外卷入其中。"丰稷道，"在场人作证，若非折可适大吼示警，文焕有所警觉，那一箭极可能射中要害。故此，当时便送折可适回驿馆，只是派了几个人守卫，以防意外。"

石越点点头，道："将那些人撤了。明日相之替本帅去送他，亦不必太热情，尽到礼数便可。他此番进京，少不得皇上会亲自接见。"

丰稷心里一动，立时明白了石越的用心。对折可适故意冷淡，不仅可能招致折家的怨恨，也显得太做作，易招来误会。但太亲热了也不是好事。毕竟安抚使与边疆实力派的武将关系太好与太坏，都不是朝廷愿意看到的事情。这一瞬间，丰稷似乎都有点儿明白了石越丝毫不顾忌得罪种、姚两大将门的行动。若石越此时向他解释，他要严惩种朴与姚凤，只是出于对特务政治的恐惧与厌恶；他不怕得罪种姚二家，只是出于对宋朝制度的深刻理解与对三种二姚性格的了解，丰稷是一定不肯相信的。

事实有时候就是如此的令人啼笑皆非。

石越刚刚跨入戒备森严得几乎与帅府不相上下的长安西驿，仁多保忠便气急败坏地走了过来。

"仁多将军，慕将军，受惊了。"不待仁多保忠开口，石越先安抚起二人来。

仁多保忠却不吃这一套，文焕生死未卜，自己的生命安全也受到威胁，但是宋人却不肯向他透露半点风声，这已让他十分不快。而且他也知道，这是向石越施压的好机会。

"石帅。长安末将已无法久住。"仁多保忠的不满溢于言表。

"将军莫要中奸人之计。"石越恳切地说道，"梁乙埋派人刺杀诸位，便是想离间仁多统领与大宋之关系，以遏其志。本帅疏于防范，让贼人得手，文将军受伤，已是亲者痛仇者快。若将军竟中其计，岂非使梁乙埋笑我等无谋？还盼将军三思。自今日起，本帅自当加强驿馆防范，断不再使梁氏有机可乘。"

虽然下定决心要严惩种朴与姚凤，但在公开层面，石越绝对不可能承认是职方司的武官来行刺文焕这个"叛逆"。至少现在不行——他可以不在乎三种二姚的感受，却必须在乎仁多澣与众多可能招降的西夏将领的感受。好在有个天生的替罪羊存在——今天晚上的纵火、混乱，罪名都毫无疑问地要归于梁乙埋。职方司公开承担的责任，亦只是怠于职守。

这样的谎言，好处是显而易见的。长安的人们会增强对梁乙埋父子的敌视与愤怒，而这也是仁多保忠可以接受的解释。

果然，"是梁乙埋的奸细？"仁多保忠诧道。

"暂时可以如此断定。"石越说道，"梁乙埋派人潜入陕西作乱，是有先例的。"说罢，目光有意无意地瞥了一直沉默的慕泽一眼。

慕泽忙欠欠身，道："当年……"

"过往不提。"石越微笑着打断了慕泽的话，道，"本帅甚为欣赏慕将军的才干。"

慕泽眼中闪过一丝热切的光芒，见仁多保忠望过来，连忙垂下眼帘，淡淡回道："不敢。石帅之胸襟，让人钦佩。"

"不料竟是梁乙埋的奸细。"仁多保忠并不在意真相是什么——刺客果真是梁氏派来的，其首要目标应当是他仁多保忠，但是弩箭分明是射向文焕，且一箭之后，并不再发，他虽没看得真切，但也隐约见着刺客一箭之后，既不自杀，亦不逃跑、反抗，梁乙埋虽然不怎么聪明，但他的细作能潜入戒备森严的长安西驿之内，却也不可能有这么笨。不过这些并不重要，他需要的只是一个可以接受的解释，"奸贼对天朝的敌意，朝廷难道可以容忍？在长安城中纵火，不知有多少无辜百姓遭难，是可忍，孰不可忍？且其既能遣细作来此，则末将一行之谋早已泄露无疑，末将愿朝廷早下决断。若梁氏从容稳固其权力，则是养虎成患，不仅是敝国之大祸，亦是朝廷之大患！"

"征伐之权，在于天子。"石越推脱道，"然梁乙埋倒行逆施，朝廷必不能容。将军放心，凡犯大宋天威者，必难逃诛戮。然本帅亦盼仁多统领能受朝廷封敕，以期名正言顺，行征伐之事。本帅愿保荐仁多统领为从三品云麾将军，封世袭安西公，兼判韦州；将军为正五品下宁远将军，封静塞侯。其余诸将，皆有封赐。"

石越从容开出了价码。以官职而论，宋朝表达了相当的诚意。须知宋朝为了恩宠少数民族首领，有专门的从三品武官归德将军之职，但是拜受仁多澣的，却是云麾将军——这是正式系统内的武官，是多少人一辈子都达不到的高度。而且判韦州与仁多保忠的侯爵名，明白无误地告诉仁多保忠，他们仁多族可以继续保有自己在静塞军司的领地——并且是世袭。

慕泽的眼中，闪过不易察觉到的热切。连仁多保忠，在这样的价码面前，也要迟疑起来。

"石帅。"仁多保忠想了一阵，终是拒绝了眼前的诱惑，但在言语中留了几分余地，"主君蒙难，为人臣者何忍弃之？愿石帅全我仁多家君臣之义。朝廷与石帅之恩德，臣等铭记于心，不敢或忘。若破贼之后，主君愿举国内附，则臣家自当为朝廷之忠臣。"

到了这时节，石越已经很清楚地知道仁多澣的底线了。仁多保忠面对这么大诱惑亦不肯松口，毫无疑问，是受有严令。在大势未明之前，仁多澣是一定要保持着夏臣的名分的。这方面仁多澣不肯让步，那么仁多澣本部人众在战争中的地位，才是将来谈判的重点。总之，石越是绝不能容许仁多澣这样一个危险的因子留在宋军身边的。

尽可能地消耗仁多澣的兵力，分化、拉拢他的部将——石越不经意地又将目光扫过慕泽，"职方司收买慕泽，不是难事。他不是有个族中兄弟在职方司效力吗？"石越在心里打过种种念头。除此之外，再设法安插军队加以防范，应当不是问题……但这些，都不是现在要做的事情。

虽然已经承认退让，但是石越在口头上暂时却不肯松口，"仁多将军不妨再考虑一下。朝廷恩典，绝不轻下于人。"石越缓缓说道，"本帅先看看文将军的伤势……"

"多谢石帅。"仁多保忠谢道，他与慕泽都有几分惊异。宋人对文焕的仇视，仁多保忠与慕泽是可以理解的，但石越如此作态关心文焕的伤势，在二人看来，无疑是一种政治姿态——这分明显示着宋朝决心笼络所有西夏的将领，对过往的所作所为，既往不咎。对此，仁多保忠倒也罢了，慕泽却几乎按捺不住心中的沸腾。

"石帅这边请。文郎君一直昏迷不醒。大夫说,若能熬过今夜,便不会有事。否则……"仁多保忠引着石越往一间房间走去。他与文焕毕竟有几分情谊,且文焕在西夏所娶之妻,正是仁多族的,二人又是亲戚,说起文焕的伤势,仍然忍不住担心。

"仁多将军尽可放心,本帅必定会严惩凶手。"石越用愤怒掩饰着自己的伤感。

5

热,四周全是滚烫,仿佛有烈焰烧炙着自己的身体,直达自己的内心。他觉得自己如处洪炉之中,正被炭火煅烧着。

他在无边的痛楚海洋中漂浮,黑暗笼罩着一切,他却觅不到可以依恃的稻草浮木。

神思既恍惚,却又清醒。人生中无数的片段纠葛,似乎在这一刻纷至沓来,争先恐后地在他眼中浮现。

啊,那是何处,如荫绿盖,无边翠障,道上青草延绵,嫩绿可喜,那绿忽似一股清泉流过他的心,让他在焦热中感到一阵沁人的凉意,那,那是哪儿?他竭力地思索着,这地方是如此的熟悉,本应该是刻在他心底深处的呀,可为何,为何竟想不起来,那是哪里?

几个青年正在那里飞驰,谈笑风生,意气方雄,他们正纵马追逐着一只牙獐。其中一个白袍青年猛一夹马,竟比众人快出一箭之距,便在这毫不间歇的一瞬间,那英气勃勃的白袍青年迅速抽箭搭弓——只见弓如满月,箭似流星,牙獐应声倒地。青年们顿时发出欢呼。

洁白的羽箭,直刺入牙獐的脑内,这可怜的小兽还不及挣扎,便即毙命。

"好箭法!好彩头!好状元!"

有人高声称赞着。

他的头突然剧烈地痛了起来,"状元,状元……"那个声音也似利箭般,刺入了他头颅。

"侥幸!"他听到一个自己无比熟悉的声音,按捺着喜悦,故作谦逊地说道,他忽然觉得自己突然进入了那声音的内心:"这本就是十拿九稳的一箭。"

"文兄!"又一个他所熟悉的声音道,"你今后有何打算?"他猛然间辨出,那个声音的主人,是薛奕!薛奕!

那个他无比熟悉的声音,慷慨地、激昂地高声道:"我们这些武人,无非是为国家战死沙场。若有一天,能观兵灵夏,克复燕云,纵死无憾。"

"好个文焕!"

文焕……文焕是谁？他的头又刺疼起来，这个名字，是如此熟悉，却如空中的飞羽一样无法抓住。众人也齐声喝起彩来，"壮哉斯言！壮哉状元！""果真能观兵灵夏，克复燕云，平生更有何憾？"

"是吗？"薛奕的表情是那么不可捉摸，"可是我却想替朝廷去控制那无尽的大海。石山长说，国家未来之财富，必来自海洋。"

"海？"众人轰然笑起来，"薛世显，真是福建子！无怪都说南人乘船北人骑马！"

"世显，人说海上风高浪险，只怕不那么好相与的。控制大海，谈何容易？"也有人好意地相劝。

"世间无薛奕不能为之事！"

那个男子，真是骄傲啊。但是我却打败了他，我才是武状元……我？我是谁？

还是那个无比熟悉的声音，"我相信你。我们都会名留青史！不让卫霍专美于前，我们定有机会建立超越李卫公的功勋！"

"我们会的！"

两只手掌，在空中击出清脆的响声。

他静静地听着他们高谈阔论，觉得自己身处其中，却又无比的遥远，他听到众人齐声地喝彩："壮哉斯言，壮哉状元……"不知为了什么，心突然间绞痛起来。

绿荫与清泉在瞬间消失了，取而代之的是更加刺骨的灼热。"啊……啊，"他不禁呻吟起来，"嫡母，嫡母……"

"阿焕，阿焕！"一个温柔的声音回应道。

"啊，娘娘，娘娘。"听到这声呼唤，那些灼热与痛苦似乎又在瞬间远离了他，他惊喜地叫着，看着母亲从小径上缓缓行来，脸上带着温柔的微笑，但那柔情目光却没有落在他的身上，她正全心全意地看着一个正在摆弄小竹弓的童子："阿焕，今天的诗记熟了吗？"

那个被唤作阿焕的童子头也不抬，一边玩弄着竹弓，一边回答："记熟了！"

"背给娘娘听好不好？"

"黑云压城城欲摧，甲光向日金鳞开。角声满天秋色里，塞上燕脂凝夜紫。半卷红旗临易水，霜重鼓寒声不起。报君黄金台上意，提携玉龙为君死。"阿焕一边背，一边站了起来，走了几步，忽然叉起了腰，看着远方，稚气的脸上是一片豪迈。

"阿焕背得真好，但阿焕知道诗里的意思吗？"

"当然知道，这是李贺为平定藩镇之乱所写的诗，诗里说，为了要报效像黄金台一样珍重的君恩，为了削平藩镇之乱，宁愿手提着宝剑为官家战死！"阿焕昂然地抬着头，忽然高声叫道，"娘娘，以后我也要平定藩镇之乱，成为统兵十万的太尉！"

母亲宽慰地笑了。他看着那美丽温柔的女子怜爱地抚着那童子的头，低声地称赞着，忽然间觉得说不出的安慰快乐，但不过一瞬，母亲温柔亲切的身影突然消失了，一张俊朗的中年男子的脸，带着嘲讽的笑意，突兀地跳出来，出现在他的眼前。

"我没有降敌！"他听到自己喃喃地说道，声音里只有他才听得出来的哭腔。

"谁知道？谁能相信？"中年男子神情促狭，在他面前缓缓地踱着步，目光却炯炯地望着他，但里面没有一丝同情，全是得意。

"我没有降敌！"他咬起牙，但不知为何，全身却松弛了下去，软弱无力地道，"我也不会降敌！"

"谁会相信？"中年男子残酷地反问，他抬起手，一叠报纸飞散开，铺满了空阔的房间，"你看看吧！"他冷酷地紧抿着唇，转身离去。

"我没有降敌，我没有……"他喃喃地重复着，不知说了多少遍，最后口里吐出的，只是自己也不理解的没有意义的字眼，他俯下身子，撕掉了一张又一张报纸，仿佛这样做可以令一切不复存在，可是报纸铺天盖地，他不知撕了多少，也撕之不尽，甚至，一点也没有减少，最后，那些报纸上的黑色大字，竟一个个地跳出来，对他嘲讽地狰狞地大笑大叫："文焕投敌，该死，该死！"

他终于绝望了，他跪倒在地，不停地颤抖，最后蜷曲成一团，他的头深深地埋在他的膝里，可是这一切，无法躲避那些尖锐而冷酷的声音："文焕投敌，文焕投敌！"

"文焕投敌！"那声音，似乎汇集了千人万人，似乎已经成了声音的海洋，冲击着他早已痛苦不堪的心。那声音，带着百折不挠的信念，仿佛一定要将他摧毁掉方才甘心。

"我没有投敌！"他撕心裂肺地大叫，可是这声音，敌不过千人万人的声音海洋，转瞬就湮灭得连他自己都听不见了。

在这一刻，所有肉体的痛苦都消失了，因为他陷入了更深的、绝望的深渊，在那里——无尽的黑暗令世间最大的痛苦都只能遁形。他在深渊里沉沦，心中只有最初那一片延绵的绿，他忽然间想起：那是汴京的郊外。那纵马豪语的人，是自己，那从小立志的，是自己，可为什么，一切会变成如今这样呢？

他想起那一箭，那痛楚，那些报纸……

在这一刻，他忽然觉得，他愿意在那绝望的深渊中继续沉沦，不再醒来……

石越默默地站在床边，望着昏迷不醒的文焕，什么都没有说。

"他若就这样死了，他不会甘心的。"仁多保忠沉声说道。

石越没有应声，但他在心里也在说着："你若这样死了，实在是太不值！"

跟在石越身后的一个判司文书安慰着仁多保忠："我们会尽全力的。文将军福大命大……"说到此处，他似乎是又想起了文焕不过是个叛臣，觉得自己的话有点儿不伦不类，立时闭嘴不语。

石越回头看了他一眼，叹了口气，道："走吧，好好安排人照顾文将军。"说罢，又转身对仁多保忠道，"方才所说，还请将军三思。接下来的事情，将军可先与丰参议他们谈妥。"

"是。"仁多保忠欠身应道。

6

汴京——亚欧大陆东部的心脏。

掌握着人类最富庶的国度的皇帝，正在崇政殿召开一次相对秘密的御前会议。受诏参与此次会议的人数并不多，但是却都是大宋最具分量的大臣。

"朝廷收入不可谓不多，但支出更为可观。"户部尚书司马光的声音平稳而威严，几乎让人只听他的声音便无法置疑他所说的话的权威性，"熙宁八年，朝廷岁入折合缗钱共计六千九百八十一万四千二百三十一贯七百四十三，结余二百万贯。熙宁九年，朝廷岁入折合缗钱共计七千二百万六千贯五百一十二，虽然朝廷收入增长，且厉行节俭，但许多支出仍然继续增加，整编军队的花费加上几处灾情的额外支出，结余反而只有三百二十万贯。熙宁十年，朝廷岁入继续增加，折合缗钱达到七千四百二十一万六百二十贯九百三十四，但此年朝廷在陕西用兵，兼之数路再遭天灾，整编军队与军队换装速度加快，朝廷在熙宁十年的结余是净负二百万贯。熙宁十一年岁入与熙宁十年相当，然各路水旱灾情不断，兼以整编禁军之花费剧增，结余亦不过二百余万贯。熙宁十二年是财政收入最好的一年，岁入七千八百六十四万四千九百贯三百五十七，又无大灾害，节余达到六百万贯有余。但是，臣要特别指出的是，所有这些收入，还包括了自熙宁十年八月以来至今，累计发行的交钞六百五十万贯。"

相当一部分人自动忽略了司马光其他的话，而是对熙宁十二年的财政状况感到欢欣鼓舞。虽然这也是大家早有耳闻的事情，但即使是这些身居高位、手握重权的人，除了吕惠卿等少数人外，也是第一次亲耳听到司马光证实。大宋有多少年没有这么好的光景了？

"臣还想提请皇上与诸位大臣注意，因为连续大规模用兵，兼之不断发行交钞，铜钱与交钞大量流行于民间，今年京师的米价，官价已经达到石米一贯，市价更高。即使是去岁大熟的湖广与两浙路，米价亦已达到石米七百，几乎与仁宗对元昊用兵时的米价相当。朝廷熙宁十一年军费耗费之巨，亦有一部分原因是物价上涨。如若朝廷决意在西北大举用兵,便以十万之兵计,一兵当三夫转运,则至少当有四十万人有赖供食。而陕西之兵,便已不止十万,臣以为一旦有事,至少须计算六十万人之粮供给,便以人日食二升计算,一年之支出,至少需四百二十余万石。陕西虽薄有军蓄,最多亦只能勉强以当一岁之供给。而战事一兴,则不可期之骤胜,日后军资,皆需由他路转运,路途遥远,耗费更多。西夏打上两年,朝廷至少要耗费一千万石以上的米——一旦如此,则物价沸腾绝不可避免。以此计算,伐灭夏国,以臣之见,朝廷至少要预备一千万贯的军费——这还不包括军器损耗、伤员医治等开销,还要尽量希望战争在一年内结束,最多不能拖过两年。"

司马光缓慢而又清晰地说出这些让人几乎无法反驳的数据。所有的人都明白司马光的潜台词:这场战争,一旦打起来,很可能会耗尽大宋的家底。如果能期以必胜,保证必能灭亡西夏,或者超过一千万贯的投入还有价值。但是战争是没有人可以打保票的,一旦失败,或者久战不定——特别后者,简直便是财政上的噩梦!

"除此之外,"司马光加强了音调,"我们最好还要祈祷上天,这两年不要再闹出什么大灾大害。否则,后果不堪设想。汴京每岁要从东南六路运米六百万石,而陕西还需要数百万石,每岁汴河真正能运输的时间只有那几个月,汴河上的船只有限,运量亦受限制,能否同时保证陕西的军粮供应与汴京的粮食供应,这是极大的难题。臣愚钝,实不知伐夏之事,所得何足以偿所失?若将这一千万贯的军费,用于国内之建设,用之于学校,则可使上百万之孩童读书识字;用之于湖广开发,则朝廷不出数年,又得一大粮仓;用之于减税,则天下咸受此利!臣请陛下三思之。"

司马光可谓言辞恳切。从为天下理财的角度来看,身为户部尚书的司马光,对与西夏的战争始终无法表示支持。在他与以他为代表的相当一部分士大夫看来,这种战争不仅没有意义,而且不能给人民与社稷带来任何好处,是典型的舍本逐末的做法。相反,对于薛奕统率的海船水军在海外的扩张,司马光等许多大臣的态度却有了微妙的变化,相比大宋朝要向西部与北部扩张所要遇到的阻力与付出的代价而言,此时宋朝海船水军在凌牙门以东的海域,轻轻松松就取得了压倒性的优势,而且,更重要的是,谋求这种优势不仅不扰民,还能带来巨大的利益。海外贸易的税收已经超过全国总税收的百分之十,便是最有说服力的说辞。

司马光已经隐约意识到,与其向西,向北,还不如向南,向南。

大宋在西夏发动一场大规模的战争,人民就必须忍受物价飞涨的痛苦。一个如宋朝这样的文明国家,与其他国家打传统的大陆战争,至少在短期内,是绝不可能赢利的。打仗就是以财富换安全。但是宋朝的海船水军若要在凌牙门发动一场大规模的灭国之战,莫说汴京,便是两浙、广州的粮价,都不会受到多大的影响。输了动摇不了国家的根本,赢了国家就能享受利益,或者这样的战争,更适合大宋。

但是，标榜为汉、唐的继承者，代表着华夏的正朔，大宋的君臣们，绝大多数都不可能将自己的目光从西夏与辽国身上移开。更何况，这两个国家的存在，还代表着边境的威胁与不安全。

"卧榻之侧，岂容他人鼾睡？"太祖皇帝的名言，大宋几乎是家喻户晓。忍气吞声这么久，好不容易有一个彻底扭转乾坤、一洗耻辱的时候，岂能轻易放弃？

赵顼是为什么要变法图强？

在皇帝赵顼的心中，还有更深的隐痛——这个伤疤尽管整个大宋只有极少数人知道，也从来没有人敢提起，但直到雪耻的那一天，它永远是宋朝任何一个想要有所作为的君主最耿耿于怀的耻辱。

大宋的太宗皇帝，就是在与辽军的战斗中受伤，疽发驾崩的！

欲图契丹，当先灭西夏。

赵顼的决心不可动摇。祖宗的耻辱，必须用胜利来洗雪。

"卿不必多言。便是砸锅卖铁，朕亦要打赢这一仗！"皇帝向他最重要的臣子们如此宣布着，"汉唐故土，绝不能久染膻腥！"

"陛下英明！"崇政殿中，所有的臣子都拜了下去，高声附和着皇帝的豪情壮志。只有司马光屹然不动，目光平静从容地望着皇帝。

赵顼亦不以为意。他早已习惯他这些臣子的脾气。平心而论，赵顼称得上是史上少有的能优容大臣的君主。他将目光转向他的枢密使与枢密副使们。

文彦博微微躬了下身子，沉声道："陛下，枢密会议商议的结果，臣等已具表上呈。"

"朕已读过。"赵顼点点头，由年高德劭的军中宿将、元老们组成的枢密会议，是一个没有决策权的参谋机构，专门就军事方面的问题讨论，提出建议供皇帝参考决策。枢密会议对于伐夏有种种意见，但有一点是统一的：天予弗取，反受其咎。

但是身为枢密使的文彦博，在伐夏的问题上，内心有点儿矛盾。他懂军事，但并不是一个武人，而是一个文臣。所以，一方面，他有着与司马光同样的担忧，担心无法速战速决，久拖不下，使国家陷入泥潭；另一方面，曾经久历西事的文彦博，与枢密会议的那些元老宿将们一样，亦无法放弃这样的天赐良机。

这样的机会，一百年间也只会有这么一次。

况且，文彦博也明白，宋军是有很大可能打赢这一仗的。宋朝为了这场战争，准备了许久了。熙宁十一年以来，陕西路通过种种手段陆续储存了四百多万石粮食，导致司马光所说的熙宁十二年两浙、湖广米价居高不下的原因，这亦是其中之一。这四百多万石军粮，可供十余万军队、数十万丁夫半年至十个月之用——当年石越在赵顼面前，还是说了外行话，他大大低估了运输的耗费；而司马光亦远远低估了这个数字。只要前期军粮有充足的保证，以宋军现在的战斗力，再加上其他方面的种种准备，战争就大有希望。

仿佛是坚定了自己的信心，文彦博继续说道："陛下已决心一战，抵定西北。臣等不敢不切实言之。以军费而论，臣以为一千万贯的开销是肯定不够的。且不说大军在外，利在速战，但若期以一年必胜，只怕也不切实际。臣以为，朝廷至少需要有打上两年的准备。除与西夏外，对契丹亦不可不防，开封黄河以北地区的堡寨，不能停工，与辽国接壤地区，尚须继续修葺城池，保持警戒，以防有不测之变。禁军之未整编部队，亦当加速整编——在西夏作战的军队，未必不需要援军。此外，每次胜利之后的犒赏费用，亦不能省。朝廷不能奢望前线的将士们节省着打仗。"

无论如何，做鸵鸟是打不赢战争的。文彦博必须先将困难指出来。

"此外，至熙宁十二年为止，朝廷在延绥行营有步军四万二千、马军一万八百；环庆行营步军一万五千、马军九千；秦凤行营步军三万九千、马军一万二千六百；熙河行营步军一万二千、马军一千八百；长安以陕西内地驻军步军二万四千、马军三千六百。全部禁军合计步军十三万二千、马军三万七千八百。这还没有计算陕西路的厢军、番兵、沿边弓箭手的数量。西夏虽经屡败，兼之内乱，但控弦之士，附翼于梁氏者，亦不下二十万，其余各种势力，更不可不防。朝廷欲期以必胜，不能仅以西军之众伐灭人国。枢密院以为，河东路之飞武军第三军、飞骑军亦当参与伐夏之役。而自殿前司诸军中，当调遣拱圣军、骁骑军、宣武第一军、第二军、铁林军为助。再遣使招董毡助战，如此，方能保持对西夏之绝对优势。故此，在计算军费的时候，臣以为宁可高估一点。"

文彦博将兵力配置向众人一交底，司马光的脸色变得更难看了。一千万贯！他实在是远远低估了这个数字。这样规模的战争，一千万贯能支持半年之用，已经是谢天谢地了。

"但是若能平定西夏，这笔开销是值得的。"吕惠卿看了一眼皇帝的脸色，插话道，"朝廷养兵之费，每岁至少在五千万贯，多则六千万贯。其中大半耗费在陕西。若能平定西夏，则朝廷无复西顾之忧，大力裁兵，归兵为农，单一岁所节省之军费，便不止一两千万贯。此乃万世之功业。臣以为为大臣者，当目及长远，不可锱铢必较。"

"吕相公说得轻易。"司马光读出了吕惠卿话中的讽刺，立即反唇相讥，"休说战无必胜之事。便有必胜，治理西夏的开支，又岂能少了？无大军威慑，只怕军队前脚方走，立时便有变乱。在西夏驻军，转运之费，未必下于战争之费。要使群羌心服，谈何容易？只恐我大宋更无裁军之日。"他又转向皇帝，亢声说道："陛下，臣不敏，亦知圣主当修德以徕远人。设使大宋政治清明、百姓富足、国强兵练，夏国与契丹又何敢犯境？纵有扰边，我击破不难。何必如此耗费根本，大兴兵戈，使天下之民，未见其利，先受其害？为子孙除害，立万世之功，此汉武之托词，前汉衰败之由也。臣不才，待罪侍奉三朝，不敢不冒死直谏：真正的圣主，不是那些开疆拓土、耀武扬威之主，而是能让天下百姓丰衣足食、使外敌不敢冒犯之主。愿陛下三思之。"

身为户部尚书，皇帝与整个朝廷暗中对于伐夏的决心与所做的准备，司马光是非常清楚的。虽然明知道无法阻止整件事情的发生，但是他始终认为自己应当尽到自己的责任。为这个庞大的国家管理了几年的财政之后，司马光对自己的一些观念更加坚持，而另一些观念，也在不易察觉地改变。他更加坚信，灵武、燕云，不应当成为宋朝的历史包袱，汉唐有汉唐的特征，但是大宋可以有自己的选择。他全力支持军队的改革，一支更有战斗力的军队，可以保障大宋的安全。但是，若有希望谋求与西夏、契丹的和平相处，便没有必要选择战争——毕竟，现在宋朝对西夏与契丹，都不必支付那耻辱性的"岁赐"了。他致力追求的大宋，是一个政府能力行节俭，人民能丰衣足食、享受教化的国家。这样的国家，才是司马光理想中，不逊于三代之治的社会；这样的国家，只会让远方的蛮夷们羡慕向往，而绝不敢轻易侵犯，纵然受到侵犯，大宋也有能力给予有力的回击。冒着财政破产的危险，打一场必要性也许并没有想象中那么大的战争，身为中国历史上最优秀的历史学家之一，司马光更相信朝廷是被历史蒙住了双眼。

司马光也并不是一个完全回避战争的书呆子。他的观念也在微妙地发生着可能连他自己都没有注意到的转变。他其实并不是回避战争，而是不知不觉中，他已经接受了这样一种观念：战争必须划算，主动发动的战争，它的风险要尽可能地可以控制。对于向南方、向海洋的扩张，司马光由最开始的疑虑，已经渐渐转变成默默地支持。身为户部尚书，他比旁人更敏锐地觉察到了海洋战争与大陆战争的区别。

但在这一点上，以整个大宋而论，司马光是孤独的。

皇帝的脸色变得阴霾起来。

吕惠卿有几分不屑地瞄了司马光一眼，"迂腐！"他在心里暗骂了一声，然后朗声说道："战争之胜负，陛下可问诸文枢使与吴兵部；微臣所敢保证者，是朝廷定可以筹集军费，以供前线之需。"

"卿有何良策？"赵顼喜动颜色。众人尽皆侧目。只有司马光微微"哼"了一声。

"朝廷今日之积蓄，足以支撑半年至一年之用。以今岁、明岁之岁入结余，再适当增发交钞，民不用加赋，而军费自足。"吕惠卿自信地说道。

"再增发交钞？"冯京几乎被吓了一跳，"陛下，交钞无本，不得印发！否则后患无穷。"

"百姓焉知有本无本？"吕惠卿反问道，"只要朝廷继续允许以交钞交税，交钞与铜钱何异？战胜之后，以一年节省之军费，足以补上。"

冯京顿时无辞以对。

司马光心里明明知道吕惠卿说的是歪理，但是亦苦于无辞反驳。犹豫了一下，终于决定不要自取其辱。虽然知道滥发交钞的祸害——这是有过一些先例的，但是司马光亦意识不到这样做究竟会有多严重的后果。

文彦博只是怔了一下，与吴充对视了一眼。他们二人都绝非不懂民生财政的武人，亦知道增发交钞，实是一件危险的事情。但是这至少要好过"因粮于敌"的夸夸其谈。大不了，废掉交钞便是，这样的先例亦并非没有。虽然不是善政，但亦算是一时权宜之计。如吕惠卿所言，若能隐瞒过去，亦未必不可能呢。

赵顼亦赞道："只要处分得当，亦是奇谋。"

"陛下，故臣以为，最重要的事情，还是如何用兵，以何人为帅？"吕惠卿顺着皇帝的话说道，"只要能打赢，这些代价值得付出，困难亦可克服。但若不能称心如意，后果不堪设想。选将用兵，实是至关重要。"

吕惠卿抛出这个议题，所有人顿时都怔住了。计算军费开支，需要调拨之军队与役夫若干，如何用兵，何人负责粮草，何人负责转运，如何应对辽国……这等等事宜，的确是大家预料当中都要讨论的问题。

但是，"选帅"，却绝非是预定议题的内容之一。

虽然吕惠卿将选帅用兵绑在一起抛出来，但是在场之人，谁听不懂背后的含义？汴京流传的流言，立时浮上所有人的脑海——听说有不少大臣上疏，反对石越担任伐夏的主帅，却全都被皇帝压了下来。

崇政殿中沉默得有点儿尴尬。

这种事情在很大程度上取决于皇帝的意志，吕惠卿一向惯于揣摩上意，他说出这番话来，有多大程度上是出于皇帝的授意？但若是皇帝的意思。为什么传说中那些奏疏皇帝要将它们压下来？抑或者，这个流言的本身，便是一种小手段？

没有理清楚头绪之前，是不会有人轻率表态的。

不止一个人眼热伐夏军统帅的位置，但是，谁能比石越更有竞争力？

"伐夏之役，调动大军近二十万。其中不乏军中宿将、几朝勋臣。臣为国计，以为以石越为帅，未必能管理得了这些人。尤其是殿前司诸军，其统军之将，几乎个个都历事三朝，战功卓著，只恐内心不服。将帅不和，素是兵家大忌。故臣以为，朝廷当另遣元老重臣坐镇节制[19]，以石越在陕西度支粮草便可。石越此人，臣素深知，其为人谦让，有君子之风，亦不须忧其争功贪名，有二重臣和衷共济，何事不成？"

....

[19] 这里取指挥管辖之意。

吕惠卿侃侃而谈，他说的绝不是什么好的理由，却是十佳的借口。

"吕相公何不直说，以何人为帅更佳？"司马光语带讥讽地说道。朝中有名望的重臣，文彦博身为枢使，王韶卧病在床，眼见寿年便到，要找个有足够分量的人去与石越一同"和衷共济"，也不是那么容易的事情。

每个人都在静静等待着吕惠卿说出他的人选。到熙宁十三年为止，大宋的政局在人事方面正处于一个非常微妙的时段。仁宗朝那个黄金时代所诞生的第一流的人才，正一个一个走向他们生命的终点。韩琦、曾公亮、蔡挺、陈升之这些名臣名相，相继去世；老迈的张方平已经致仕；在军中素有威信、智勇双全的王韶正在忍受着病痛的折磨；连兵部尚书吴充，也因为兵部事务的烦琐劳累、朝廷中的钩心斗角，而显得心力交瘁，垂垂老矣——他已经数上辞章，虽然都被皇帝挽留，但兵部的事务，大多却都已是由郭逵在打理着。如今硕果仅存的，其实也只有文彦博、司马光寥寥数人。在另一个时空的历史上，公元十一世纪，可以说是属于这些所谓的"庆历名臣"的；北宋一代几乎全部的辉煌、荣耀、遗憾、叹息，亦可以说是属于这些"庆历名臣"的！这些人创造了历史上最好的时代，也创造了历史上最坏的时代。他们留给后人想念不尽的繁华与光彩，亦留给后代扼腕叹息的遗憾。待到他们的生命之花凋谢，北宋以及整个华夏文明都开始走向最繁华时代的覆灭。而在这个时空，也许"熙宁"会比"庆历"更加耀眼夺目，但毫无疑问，每一位庆历老臣的离去，都是大宋朝无法挽回的损失。他们或者可以不用再带着遗憾离去，因为后继者有着不逊于他们的风采。

崇政殿内的大臣们，并不会有这种历史的感叹。但是，他们同样清醒地知道一个事实：当时间跨入熙宁十三年之时，大宋朝廷中，比石越资历高、威信重的人，已经越来越少，甚至可以说，屈指可数。

他们并不会也不可能去无礼地注目吕惠卿，但每个人却都在暗暗地想象着吕惠卿的表情，以及猜度着他的人选。

甚至连皇帝赵顼，都将带着几分疑惑地目光，投向他的宰相。

三天前，赵顼召见同知枢密院事吕公著之时，吕公著对他说过一句话："苟非得人，毋生边衅。"赵顼对这句话深以为然，若是没有合适的统帅，就不要轻易打仗。想到此处，他眼角的余光扫过吕公著的脸庞。这位大宋有名的世家子弟、王安石以前的好友，此时一脸庄重，但他目光的神态，却明白地告诉着人们，对于任何他认为不恰当的意见，他都随时准备当庭争辩。

吕惠卿仿佛完全没有介意这一切，他略显谦卑却又维护着自己的骄傲地向皇帝回看了一眼，目光移向枢密使文彦博，在他身上停留了一小会儿，然后朗声说道："臣不敢不以实言，微臣亦曾仔细思虑，却始终找不出合适的人选！"

赵顼怔住了。

所有的人都怔住了。

吕惠卿仿佛完全没有看到这些惊诧、不解与怀疑的目光，他在心里得意地笑了笑，继续郑重地说道："然而臣却坚信，石越并非最合适的人选！故此才敢冒昧提出，请陛下与诸公三思，另选帅臣，用石越之长而避其短，方是朝廷之幸。"

皇帝的脸色微微变了一下。

文彦博与司马光都严肃起来，二人虽然没有互相看过一眼，亦不曾有过任何暗示，但都在心里不约而同地骂了一声："福建子！"

7

辽国，大同城，朝阳门外。

一身戎装的耶律濬手执金鞭，骑在马上，与他的臣子们对着大同城指指点点。

"陛下！"如洪钟一般的声音，来自耶律濬的爱将韩宝，这是一员勇猛不逊于阿斯怜的猛将，"攻下西京城，易如反掌。俺不明白陛下为何竟围了这么久？"

"果真易如反掌吗？"沉稳得有些阴郁的声音，不用看，也知道说话的人是大辽军中第一名将耶律信。

"陛下！若以俺为将，担保三天之内，必克西京！"韩宝的嗓门更加响亮起来。他是辽国土生土长的汉人，而耶律信却是契丹人，二人俱有盛名，未免便有争强好胜之心。

"可笑。"耶律信不屑地"哼"了一声。

"你说什么？"韩宝猛地吼了一声，眼珠瞪得如牛眼一般。

"放肆！"萧佑丹厉声喝道，严厉地瞪了韩宝一眼，韩宝悻悻地扭过头去。

耶律濬都看在眼里，微微叹了口气："韩宝，你知道朕为何不肯猛攻西京吗？"他顿了一下，又道，"西京是大辽要害之地，乃赵国七雄之资，拓跋氏霸业之本，真正是英雄用武之地！我中国自得此幽燕之地，遂占形胜，扼南朝之命脉百余年。此实是祖宗隆德所致。以西京之重，自立国以来，本是非亲王不能主之。杨逆侥幸窃居此郡，竟成大患。"

耶律濬眺望着大同城上的敌楼、棚橹，继续慨然说道："历代列祖列宗，都知道西京之重要。当年南朝北侵，西京几不能守。而一旦西京有失，南京亦不复固！若杨遵勖能遣数千精兵，东出金坡关，联络南朝，夹击南京，朕几有亡国之忧。所幸杨遵勖无能，南朝用事之人，纵如石越辈，亦终不过一文士，见不及此。朕方能从容鼎定耶律乙辛之乱，再回头收拾西京之局面。"

耶律濬说出这番话来，身边几个重臣与心腹谋士，都不禁唏嘘不已。这实是他们一直提心吊胆的事情。西京大同失守，南京析津府便绝不可能固守，这一代的辽国君臣，是有这番见识的。但是在宋朝，有这种见识的人却并不多。

"祖宗本自忧心于此，遂置于平城故址建此近二十里的大城，精修守备之具，又将戍守西京道的将校家属全部置于城中。是防着一旦南朝大举用兵，前方不利，则大同即可为最后之坚城，耗敌于坚城之下，以待援军决胜。"耶律濬说到这里，又重重叹了口气，便不再说了。

纵是韩宝这样大脑相对简单的人，也已经明白耶律濬的顾忌了。

虽然自讨伐杨遵勖以来，辽师一直是战无不克、攻无不胜，但是真到了大同城下，就这么一座孤城，那些看起来完全没有战斗力的军队，却突然变了个样，成为凶猛无比的野兽。辽军每次强攻，都要为此付出惨重的代价。但是只要他们不攻击，城中的叛军却又似乎连突围的兴趣都没有。仿佛他们待在大同城中，是在等待着什么，让人丈二和尚摸不着头脑。

但在耶律濬说明后，这一切便都明白了。

"无论是西京城内还是西京城外，朕都不希望大辽的精锐，在这里被消耗掉。"耶律濬无奈地说道，他也在与他的帝国一起成长，身为大辽的皇帝，他要考虑整个国家的元气，一味强攻大同，被杨遵勖胁迫的将士，在没有退路的情况下，会是一群可怕的野兽。"杨遵勖是困兽之斗，时间一长，他定会绝望，这不过是挨过一天算一天罢了。"

"陛下为何不招降杨遵勖？"

"他肯信吗？而且，他定是还心存侥幸吧。"

"侥幸？"韩宝糊涂了。

耶律濬的目光投向西方，他在心里讥讽地笑了笑，暗中握紧了刀柄。

不会有任何侥幸！

"佑丹，南朝的使者还没来吗？"

"陛下，南朝要做一个决断，总是极慢的。"萧佑丹的话中有几分嘲讽。

"朕有耐心等。"耶律濬淡淡地说道，他掉转马头，忽地勒住，回首问道，"听说你在编一部书？"

"是。"

"是什么书？"耶律濬笑问道。

"《汉契一体论》。"萧佑丹从容回道。

"《汉契一体论》？"耶律濬哈哈大笑，道，"有意思，写了多少，送来给朕看看。"

"遵旨。"萧佑丹显得宠辱不惊。

"林谦！"

"臣在。"另一个担任林牙一职的汉臣林谦连忙应道，他也是新贵之一。

"朕让你也去写一部书！"

林谦愕然望着这个英俊得有点儿过分的皇帝，几乎有点儿不知所措。

耶律濬执鞭指着林谦，傲然道："朕叫你去写一部《十七史用兵事略》！"

"臣遵旨！"

"听说南朝的司马光在写一部《资治通鉴》，朕不用这么麻烦，朕只要知道历朝历代，名将是如何打胜仗，庸才是为何打败仗的便够了！"

"臣遵旨！"

8

"官家，你看这段……"群玉殿内，王贤妃替赵顼轻轻翻着书页，软语着。宫女们看着室中的蜡烛只余了四分之一了，连忙蹑手蹑脚地走进来，想要更换新烛。赵顼皱了皱眉，喝道："待点完了再换不迟。"

王贤妃知道赵顼的心思，向不知所措的宫女挥了挥手，宫女们连忙退了出去。

赵顼拉了拉披风，把身子仰靠在椅背上，叹道："国家用度只嫌不足，没得只有委屈一点了。"

"这是官家的贤德……"

"什么贤德，冷暖自知罢了。"赵顼苦笑道，"谏官们骂朕的可不少。宫里哪一项用度稍多了，只需被他们知道，总免不了有几份折子递进来。无非是讲一番大道理，劝朕要俭朴，要为天下之表率。在他们看来，似乎那所谓的'明君'，不过便是会省着过日子罢了。"

"以臣妾之见，其实明君，还真不过就是会省着过日子。"王贤妃笑道，"但凡不肯乱花钱的皇帝，还真有没有几个是昏君的。臣妾前一段见《汴京新闻》说到《大宝箴》，里面有一句话，真是至理名言哩。"

"《大宝箴》？'故以一人治天下，不以天下奉一人'？"赵顼笑道，唐代的这些名臣奏章，他自然都是读过的。

"正是这句话。"王贤妃轻声念道，"'故以一人治天下，不以天下奉一人'——官家之所以是'官家'，不正是不能放纵私欲吗？便以这群玉殿的蜡烛而言，于皇帝家，一晚燃掉几十支蜡烛，亦不过是平常事，稍有节约，便已是贤圣。但臣妾亦看过报纸上说的物价，这群玉殿一晚上所燃之烛，却已是相当于一户中等人家十日之费了。"

赵顼笑着摇了摇头，道理虽然是如此讲，但是果真要做到汉文帝那样，他却自忖没有这本事。他的确心疼国帑，但是他愿意节省的原因，是他希望能有一场梦寐以求的大胜。

"爱妃，你在高丽之时，有没有听说过辽主耶律濬？"赵顼忽然问道。

王贤妃怔了一下，旋即笑道："臣妾在高丽时，他尚是太子，是故未曾听过，但见过一幅画像，看起来倒甚是英武。"

"画像？"赵顼顿时来了兴趣，他从袖中掏出一幅画卷来，王贤妃忙帮着展开铺在桌案上，却见上面画了十余个人，个个皆是契丹装束，也有少数身着汉装的，其中大半以上，或别腰刀，或挎弓箭。赵顼指着画卷笑道："爱妃可瞧仔细喽，看看哪个是耶律濬？"

王贤妃嫣然一笑，自去取了一盏蜡烛来，就着烛光仔细看起来。她昔日不过隐约见过一眼耶律濬的画像，如今相隔日久，记忆早已模糊，这图上的青年英俊之人又不止一个，要分辨起来却也并不容易。费了好一阵功夫，王贤妃才指着一个身着戎装的年轻人说道："臣妾若没记错的话，当是此君。"

赵顼含笑颔首，用嫉妒的眼光看了耶律濬的画像一眼，叹道："他此刻正带兵亲征平叛，而朕数十年间竟难得穿几次戎服。"他显然是想起了即位后不久穿着戎服去见两宫太后的往事。

"郁郁乎文哉，吾从宋。"王贤妃掩嘴笑道，半是宽慰地说道，"做皇帝做到要亲征的分儿上，对国家朝廷可都不是什么好事。官家只需知人善用便够了。"

"知人善用？谈何容易！"赵顼若有所感，站起身来，重重地叹了口气。

夜晚静悄悄地过去。阳光从窗外射进来，照在保慈宫的桌几上，也洒落在保慈宫的主人高太后与大宋的皇帝赵顼以及向皇后身上，闪耀着金黄的光芒。

"母后今日的气色好多了。"赵顼微笑着向母亲请着安，比起已故的太皇太后来，与自己的母亲，赵顼要略显得疏远，而且他也不能似相信曹太后一般，在政治上信任高太后的判断——这不仅仅是即位日久的原因。但是伐夏这么大的事情，无论如何，他都是应当要向太后禀报的。

高太后默默地接受着这一切。

对于自己儿子的用人、治国，她都是有看法的。而且或者因为是骨肉相连的母子，她并不似曹太后那样委婉，很多时候，她会更直接地表达出来，而不那么顾忌赵顼的感觉。扪心自问，她高滔滔并没有一点私心，做一个贤德的妻子、母亲或者说皇后、太后，一直是她对自己的要求。

"这几日有十一娘陪着聊天解闷，我也宽心许多。"高太后慈祥地笑道，"倒是官家要注意龙体,莫被国事累坏了,这才是社稷之福。圣人说官家这几日都不怎么进膳,这可不是养生之道。"

赵顼笑道:"朝廷正议着伐夏之事,兵者国之大事,朕总得操点心。若能克复灵武,全祖宗之志,列祖列宗知后代有人,亦可欣慰。"

"官家决意用兵了吗?"高太后敛容问道。这件事,她早已知道详细,但是皇帝既然是第一次说,却总得装成不太清楚的样子。

"伐夏之议,并非起自今日。"赵顼略带得意地说道,"朕与石越等一干大臣,实是筹划已久。数年之前,石越自杭州返京,便向朕密进伐夏方略,预言西夏臣强主弱,李秉常不甘受制,久必生乱。朝廷一直便在暗中筹划布局,等待此事发生。如今果然被料中。大宋兵甲已精,士卒已练,唯一稍嫌不足者,是己丑政变比石越预料的早发生了一两年,粮草与兵饷,尚不能称全备。"

"然我亦听闻兵马未动,粮草先行。粮饷乃用兵最要之事,官家岂可轻视?"

"母后之教甚是,朝廷已有应付之方。况且,朕以为未必便不可因粮于敌,夏国累世经营,岂无粮储?果能攻城略地,岂能没有一二仓储落入我军之手?"赵顼自信地说道。对于在西夏"因粮于敌"这种设想,在陕西的石越、在枢密院的文彦博,都是极力批评的。石越甚至在奏折中激动地指斥这种想法,是"自取败亡"之道,并激烈地请赵顼"立斩"提出这种建议的人,因为提出这种建议,是"欺君误国"。文彦博的态度要平和一些,却也同样的坚决,认为那是完全不可能的事情。但赵顼也秘密地询问过李宪等一些带过兵的宦官与种谔这些长年在西线统兵作战的将领,甚至派遣使者询问过待罪受处罚的高遵裕,这些赵顼眼中身处前线、"深明西事"的将领,他们的回答却与石越、文彦博这两个文臣颇有不同。种谔为首的一部分边将认为这是完全可行的;而李宪与高遵裕等人的回答虽然保守一点,但也认为"未必不可行"。因此,在这方面,赵顼心里是有自己的算盘的——石越与文彦博是文臣,保守一点,从最困难的情况来庙算战争,这是可以理解的;但是赵顼却相信,情况必不至于如他们说的那么糟。

"凡事兼听则明,偏听则暗。官家事事多询问大臣之意见,便不会犯错。"高太后虽然也是将门之后,但是她在军事方面,懂得却相当有限,只能说一些泛泛的提醒。

"朕理会得。"赵顼有点儿敷衍地说道。他的确是"兼听"了的。

高太后看在眼里,暗暗叹了口气,但表面上却点了点头,笑道:"官家能如此,是社稷之福。陕西能有石越坐镇,委之以国事,倒也是放得下心的。"

赵顼踌躇了一会儿,支吾道:"朝廷尚未议定主帅之选。"

高太后与向皇后都吃了一惊,只不过二人的惊讶,一人是真,一人是假。高太后自然是听过这些传闻的,向皇后却向来恪守妇训,对国事即使说不是漠不关心,亦可以说极不热衷,因此朝中这么大的事情,她竟全不知闻。高太后问道:"这却是为何?"

赵顼眼见保慈宫中人多嘴杂,有些话却不便直言,只是回道:"因有大臣有异议,争执不下,未可遂定。"

高太后摇头道:"这等事情,拖延无益。无论用与不用,宸断须及早。"

"母后说的极是。"赵顼并没有与高太后深谈的打算,语气虽然恭恭敬敬,但内心里却是打着敷衍的主意。

高太后斜着眼睛看了自己儿子一眼,忽然笑道:"官家的心思,我虽是老太婆,却也是明白的。外头有人能在这事上进言,归根到底,还是揣摩圣意,所以才敢在此事上做文章。"

高太后的这话说得虽然是笑语吟吟,但赵顼听到这话,却仿佛是在向曹太后请教一般,只觉高太后的语气神态,在这一瞬间,都像极了曹太后。他心神一凛,忙收敛起那种敷衍了事的心思,认真回道:"虽说如此,然亦不可不防。"

"是吗?"高太后反问了一句,忽然问道,"若是真宗皇帝在澶渊之盟前便不肯用寇准,官家以为如今大宋是何等模样?"

赵顼听到这话,顿时怔住,若有所思地望了自己母亲一眼。到此刻,他才真正明白,他这位从小在宫中长大的母亲,在政治观点上也许与自己不同,但在政治智慧上,却未必逊色于自己。

"诸事终须以社稷为重。"高太后注视着她的儿子,缓缓说道,"一石越何能为?祖宗苦心立法以垂后世,养士百年,砥砺名节,纵是周公再世,亦未必动摇得了,何况区区一石越?收复河套,不过开拓之劳;澶渊之盟,却是救亡之功。论功劳之高下,石越亦未必胜得过寇准。景德元年,寇准已是宰相,今日石越不过一安抚使。宰相尚不忧功高不赏,何况一安抚使?"高太后不如曹太后的委婉含蓄,却一样可以直刺问题的本质。

"国之大事,在戎在祀。数十万甲士,亿万钱粮,委之一人,固不可不重。"赵顼细不可闻地叹息了一声。

"若抛开其余,仅以西事成败而论,官家可有胜过石越之选?"

"朝中似无此人。"

"如此则非难事。"高太后悠悠说道,"官家可以范纯仁、陈元凤督粮草;向传范、高遵惠督军器;另遣亲信者为石越之副以监军事。各行营主帅,本是朝廷委任;地方州府,亦是朝廷之官。如此,石越可立功而不能结党,可树威信却不能具羽翼……"

赵顼无比惊讶地望着自己的母后,心中油然生出一种叹服之情。高太后的处分,特别是最后两句话,实是触及了问题的关键——赵顼并不担心石越会拥兵割据,虽然为了谨慎，需要有适度的因应，但其实无论从哪方面来看，这几乎都是不可能的。赵顼真正担心的是，石越在伐夏的过程中，不仅仅立下巨大的功勋，而且还聚集起一群忠心的臣僚。若是这样的一帮人，在立下大功后，遍布朝堂与军队，再加上石越届时的威望，那是能让任何一个皇帝都要胆战心惊、夜不能寐的。

功劳太大，会打破政局的平衡，固然让人伤脑筋，但这并不是最可惧的。可惧的是，有功劳的人同时还有实力！

仅仅只有功勋，别说是寇准，即使是韩信，又能如何？

将这些人往各个要职上一派，不仅仅使原本可能性就极低的割据之患降到了完全不可能，而且还最大可能地分散了石越的人事权与功勋。此外，如范纯仁这样忠直的大臣，放到陕西去积累军功，将来回到朝中，必会成为他赵顼手中更有分量的棋子。

范纯仁忠直可靠，无偏无党；陈元凤聪明能干，与石越不契；向传范、高遵惠是值得信任的外戚……还可以再挑选一些人，派到陕西去。赵顼在心里已经拿定了主意。他并没有意识到，除了这种种原因外，也许他内心深处，是并不愿意调换石越的。

这一番交谈，似乎极快地拉近了母子之间的距离。他们并没有就这个话题继续深谈下去，因为这件事已经说得够直露了，直露得简直不像是宫廷内的对话。二人巧妙地转移开了话题，由军粮的话题开始，赵顼向高太后详细地介绍着司农寺下属的研究人员在两浙路做的各种试验：有时候他们种植了两块水稻，其中一块田中不施任何肥料，另一块田中施放猪粪，待收获之后，研究人员便可以得到结论，每斤猪粪，究竟能换来多少斤稻子……又说到契丹士兵常带的军粮"炒袋"，辽主祝贺赵顼生日的礼物中，便有这种炒米，味道并不敢恭维；从味道又聊到契丹破回纥时引进辽国的特产西瓜，司农寺已经设法从辽国引进了西瓜的种子，也许明年，在汴京的大街小巷，到处都会有甘甜的西瓜出售……

母子二人随意地聊着这些轻松有趣的话题，保慈宫中，不时传出畅快的欢声笑语。

如此，一直待到在保慈宫用过午膳，赵顼才告辞离开保慈宫。他下午要在崇政殿单独召见文彦博，询问派往辽国使节的人选。离开保慈宫的那一刹那，忽然间，沉静下来的赵顼隐隐感觉到有些地方不对。他不觉回头望了保慈宫一眼，一只凤凰雕刻跃入眼帘。

"凤？陈元凤？"赵顼愣住了，"母后是如何知道陈元凤的？"他不觉喃喃自语出来。

赵顼身旁一个内侍脸上肌肉抽搐了一下，似乎是想说话，但又似是顾忌到什么，又收了回去。但他的表情却全部收入了赵顼眼中。赵顼心中动了一下，不动声色地踏上舆驾,离开了保慈宫。

9

"道长,这一局棋,却是小王侥幸!"距玉津园不远的一座道观内,赵颢笑吟吟地向李昌济说道。二人面前,摆着一副黑白相错的棋局。

李昌济将手中的黑子丢进小棋篓中,笑道:"是贫道输了。"

"听说石越的夫人已经启程进京了。"赵颢似不经意地说道。

"哦?朝中争议未定,倒先将他家眷召入京师。今上毕竟是舍不得不用石越的。"李昌济一粒一粒地捡着棋子,一面笑道。

赵颢笑了笑,道:"道长的主意,孤已依言向太后进言。且已向太后说了,孤不过是忧心国事,不欲因此博虚名而使兄弟生嫌,故要请太后辗转白于皇兄。"

"如此便是妥当。"李昌济淡淡地说道。

"道长说皇兄果然会知道是孤所言吗?"赵颢虽然想掩饰自己的关切,却显得有点儿欲盖弥彰。他对"虚名",绝非是不在意的。

"自然会知道。"李昌济似笑非笑地望了赵颢一眼,缓缓说道,"陈元凤不过一大名府通判,九重之内,如何知道此人?又如何知道此人与吕惠卿交好,素与石越有心结?今上是极聪明颖悟的人,这一层如何能瞒得过他?"他暗暗摇了摇头,赵官家三兄弟,赵颢毕竟不如乃兄。赵顼想到这一节后,必然会询问宫中的内侍,这一段时间太后召见过什么人,那是一问可知的事情。

"不仅皇上会知道,用不了多久,事情便会传开来,汴京城是最爱传播这些流言的地方,几个月后,便是官民皆知昌王献策定计了。"

"唉!"赵颢不胜唏嘘地叹了口气,道,"兄弟相隔,竟至于此。"

"贫道依然是那个主意。"李昌济将最后一粒棋子放入篓中,道,"大王现在既要韬晦,亦要收名誉。求田问舍者,难济大事。大王只需事事秉着为国家社稷之心行事,凡有建明之处,皆尽量归功于人,远避浮名。只需如此这般,大王虽不欲求虚名,而盛名可致。皇上开始或有猜忌,久之,必不相疑。至于其余的事情,自有贫道替大王周全。"说到这里,他停了一下,凝望赵颢一眼,悠悠道,"若天命在大王,则如此经营,必见其效。若天命不在大王,亦可全身保家,留令名于史册。"

已近黄昏的崇政殿显得有几分阴郁。

此时殿中只有紧绷着脸的赵顼与跪在他面前的一个内侍,愈发显得森然。

"昌王?"赵顼的脸色如同千年寒冰。

"奴才不敢欺瞒皇上。"内侍战战兢兢地说道,"奴才与保慈宫的宋来要好,他亲眼所见昨日太后召见昌王,还屏开内侍宫女们说了一阵话。后来陈衍又特意吩咐他不许乱传。"

陈衍是高太后的亲信宦官,赵顼是知道的。以面前这个内侍的身份地位,若没有证据,借给他一个胆子,也绝不敢胡乱攀诬陈衍这样的人物。因此,赵顼心里已信了八九分。"怪不得母后竟然知道一个区区大名府通判!陈元凤是吕惠卿举荐的人,母后一向看不惯吕惠卿,此番竟然举荐起陈元凤,且与范纯仁相提并论,若说没有昌王进言,绝不可能……"赵顼在心里计议着,脸色却越来越难看。

他这个弟弟,什么时候有这样的谋略了?

赵颢是他所深知的,说些不着边际的大道理,恪守祖宗的法度,颂扬道德之士,这些方面的确可以称为"贤王",但是一旦涉及具体事务,无论是人事还是政务,又有哪一样是这个昌王能理得清的?

他什么时候竟然便长进了?

这个建议若是太后所倡,还见不到它的妙处。若是赵颢所提,则其中的妙处又岂止于此?他推荐的几个人选,竟然是照顾到了几乎朝中所有势力的利益!甚至连向皇后一家都没有漏过!

幸好他还懂得不要来卖这个好!赵顼在心里冷冷地说道。

跪在皇帝脚下的小内侍,突然间打了个寒战。

文彦博自崇政殿出来后,眼见着天色已晚,便径直出了皇城,打马回自家府第。从崇政殿与皇帝对答的内容来看,文彦博猜测皇帝实际上对石越为帅之事已经基本上有了宸断。但是"将从中御"的传统在皇帝身上却始终根深蒂固地存在,虽然其表现有了一定程度的克制。由枢密会议推荐各路兵马的主帅,这倒是无可非议的。但文彦博却认为,在兵力配置、进兵路线、各路兵马的战略目标上,应当多听取陕西将帅的意见。朝廷将一切都安排妥当了,石越这个主帅要来何用?况且战局是变化莫测的,主帅若没有相当的决断之权,极容易贻误军机。但是当今这位皇帝,有时候却似乎是恨不得自己能率兵亲征才好。

但愿石越能有一点独断专行的魄力。文彦博几乎是有点儿矛盾地想着。身为大宋枢密使,全国军队的最高长官,文彦博认为自己有责任给予前方的主帅一个相对宽松的环境。但要说服皇帝克服他对战争指手画脚的习惯,却并非一件容易的事情。在某一段时间,皇帝也许突然觉悟了——但过不了多久,他又会旧病复发。有人认为"将从中御"是大宋的祖宗家法,但文彦博却认为这不过是皇帝的性格使然。太宗皇帝与当今的这位皇帝，大不敬地说，都不免有点儿志大才疏，便格外喜欢"将从中御"，但太祖皇帝与仁宗皇帝，甚至是真宗皇帝，都是没有这样的习惯的。在位时间不长的英宗皇帝，也看不出来有这样的倾向。

但即使如此，与皇帝的坏习惯做斗争，亦是一件相当让人困扰的事情。

"相公，兵部尚书吴大参求见。"文彦博刚刚下马，便有家人前来禀报，"吴大参在客厅已候了小半个时辰了。"

"知道了。"文彦博虽然觉得略有点儿奇怪，却不动声色地吩咐道，"快带路。告诉夫人一声，留吴大参在府上用晚饭。"

"是。"家人随着文彦博向客厅走去。未多时，便已到客厅，只见吴充正在那里正襟危坐，但双眉紧蹙，显得有点儿心不在焉。连文彦博走近都没有发现。

"冲卿。久候了。"文彦博一面走进客厅，一面向吴充抱拳笑道。

吴充回过神来，忙站起来，回了一礼，如释重负地说道："文公可回来了。"不待文彦博说话，吴充又说道："下官亦不敢说那些虚文，实是有要事，要向文公讨教。"

"是何要事？"文彦博亦极少见到吴充如此着急的神态，"莫非哪里闹兵变了？"说完，他自失地一哂，果真闹起兵变，吴充就会先找皇帝了。

果然，便听吴充叹了口气，苦笑道："比些许小兵变还要严重几分。职方司加急文书，长安府职方司有两个不成器的小武官，私自刺杀仁多澣的使者。"

"这是何等大事？"文彦博不以为然地笑道，"石越这点事都处分不了？"

"这两个小武官，一个是种家的，一个是姚家的。被刺杀的使者，是文焕。"吴充只是不住地苦笑。

"文焕？"文彦博愕然。

"正是。文焕身受重伤，生死未卜。"吴充道，"兵部闹出这样的事来，下官亦无脸面继续做这个兵部尚书。职方司郎中至相关主官，没有一个脱得了干系。这都不用说了。只是如何处分两个犯官，却甚是棘手。在这节骨眼上，闹出这种事来！"

"大宋自有律令！冲卿你怎的闹起糊涂来了？"文彦博一掌击在桌子上，厉声喝道。

吴充怔了一下。

"种家、姚家又如何？他们敢造反不成？"文彦博沉着脸说道，"此事不诛，国家法度何存？若是姑息，祸乱更甚于藩镇。冲卿只管回府，等着诸种诸姚的谢罪表章，看看谁敢替自家子侄求情？石越与卫尉寺亦自会有奏章递上。大宋不是晚唐，容不得武人胡作非为！"

"只是用兵在即，恐动摇军心。是否要压一下，打完仗再处分？"吴充试探着商量道。

文彦博望着吴充,叹道:"冲卿好糊涂!打完仗后,种姚岂有不立功之理?届时时过境迁,再诛这二人,便难了,那形同姑息!我若是石越,在长安便先行军法斩了这二人!打完仗后要查,也是查究竟背后有多少同党同谋!"

吴充不料文彦博态度如此坚决,倒有点儿始料不及。若换了一个人,吴充倒要怀疑他是针对自己来的了。毕竟身为兵部尚书,吴充亦是希望能为兵部稍存体面的。此外,他亦的确认为用人之际,对于种、姚这样的将门,应当多存恩抚之心。

但文彦博却是毫无顾忌,又道:"若非大战在即,理当穷治此案,整顿职方司。这等事情,一为之甚,绝不可再!然此时尚有用职方司之处,却是不便牵连太广。唯有先诛二犯,震慑后来,兼可安抚仁多。明日面圣,冲卿定要拿定主意!"

文彦博说话如此咄咄逼人,吴充心里亦不免稍觉不快。虽然文彦博是三朝元老,又是枢密使,论资历地位,的确高于自己。但是吴充也是参知政事兼兵部尚书,同样也是历三朝的老臣,并非枢密院内文彦博的下属。吴充已无恋栈之意,但他亦不免有一点私心——他希望兵部在自己的任期内,能有一份完美的记录。所以从公的方面,他的确是担心这件事对伐夏会产生不利的影响;从私的方面,他却是希望可以体面地解决这件事情。所以才会急急忙忙来找文彦博商议——明日一早,这件事肯定要上报皇帝的,只有事先得到文彦博的谅解,体面的解决问题才会成为可能。

但文彦博的态度,让吴充非常失望。他掩饰着自己的不快,含糊地回道:"下官自会谨慎。公文上说折可适亲历此事,他这两日便会到京师,或许当向他询问清楚。总之须得毋纵毋枉。"

"折可适?"文彦博愕然道,"他去长安做甚?"

10

让文彦博与吴充都略有些意外的是,折可适在次日便抵达了京师,几乎是同时,与他一起快马到达京师的,还有石越的奏章与种、姚二家诸将的请罪表章。在即将大举用兵之时,忽然发生这样的事情,让赵顼感觉非常的恼怒。虽然这件事情因为涉及军机,只有极小范围内的几个人知情。但皇帝却不能不慎重处置。

然而,大宋朝廷仿佛天生就是异议者并存的地方。即使是只有枢府、兵部、卫尉寺少数机构的重要长官才知道的事情,照样会存在着意见的分歧:枢密使文彦博、同知枢密院事孙固坚持主张以军法诛二人以儆效尤;而同知枢密院事吕公著与兵部尚书吴充则认为应当先行押监,待伐夏事了,再行处置,以免动摇军心。此外,几位军队背景出身的府部寺长官,更是干脆认为"情有可原,罪有可恕",主张赦免二人,让二人戴罪立功。

赵顼心中更倾向于吕公著与吴充的意见。虽然他并不相信种、姚二家有造反的可能与实力，但是他也有他要担心的事情。在需要用人之际，一般来说是应当加以恩宠的。此时诛杀其家人，是很可能会影响到臣子的士气，导致他们在战场上不能尽心竭力报答皇恩。无论是先行押监，待他们立下功劳后再以功抵罪加以释放；还是直接让他们以有罪之身效力沙场，都是收拢臣子忠心的有效手段。这种手腕，历代帝王将相，莫不常用。赵顼几乎能想象到恩赦二人后，种、姚二家诸人感激涕零的样子。

但是，文彦博与孙固的坚决，却让他相当为难。而且石越的奏折中对此也是态度鲜明。细读石越的奏折，根本是已经将那两个小武臣定罪，并且是罪在不赦。

他们的理由也是很有说服力的。

大宋皇室的祖宗家法，最忌讳的就是藩镇之祸。

所谓"藩镇之祸"，换句话说，便是武人之乱。

当年石越就曾经在赵顼面前一指见血地指出：军队最重要的便是纪律与忠诚。所以讲武学堂首先要教给学生的，便是纪律。而忠诚则来自荣誉与晋升。

宋朝的军制改革，在某种程度上，也可以说是宋太祖以来建军理念的一次深化与变革。宋太祖钦定的军法是最重视纪律与服从的。而熙宁以来的军制改革，则更加深化了这一理念。

赵顼内心里十分同意石越的意见：若能将纪律与忠诚，刻入武人的骨髓中，则国家有能战之士而无武人之患。

因为帝王的权术，而牺牲掉军队纪律的权威，是否值得？

短期的利益与长期的利益，究竟何者更重要？

孙固对着皇帝说起话来，简直可以用"放肆"来形容，赵顼一面小心翼翼地躲避着几乎溅到自己脸上的唾沫星子，一面听着孙固激烈的话语："陛下，若为市恩于下，而败坏法纪，实是鼠目寸光！为人主者，只需赏罚严明，则臣下自然心服。当赏不赏，当罚不罚，皆肇祸之由……"

"不然！"吴充不待孙固说完，便插言反驳道，"凡事有经有权，国法亦不外乎人情。二犯行刺，岂是无因？曾无可悯处？且押后处置，亦非不罚，不过权宜之计，以免沮丧边臣之心。大臣者，非刀笔吏也，奈何墨守律令而不知变通？孙固此言，实是法家之语。商申之术，乖离圣教，何足为恃？"

"陛下！"孙固正眼都不看吴充一眼，向赵顼拱手欠身，厉声道，"吴充乃奸臣，做此奸臣之语。微臣自束发受教，未敢有违圣人之训者。《论语》有云，'政者，正也。'《贞观政要》有言，'夫君能尽礼，臣得竭忠，必在于内外无私，上下相信。'又云，'若欲令君子小人是非不杂，必怀之以德，待之以信，厉之以义，节之以礼，然后善善而恶恶，审罚而明赏。'若'罚不及于有罪'，'则危亡之期，或未可保，永锡祚胤，将何望哉！'唐太宗不以权术驭下，而有贞观之治，为一代圣主。奈何为大臣，竟欲导陛下去诚信而用权术哉？况且唐之藩镇之祸，岂是一朝而成？盖亦是骄兵悍将，恃功卖宠，而居上位者不能防微杜渐，致使法度渐坏，终不可救。今日之事，正是防微杜渐之时！"

"吴充为大臣而不知大体，以邪术导人主，臣请陛下，速远此奸小！"文彦博对吴充也极为不满，竟丝毫不留情面。在他看来，当面不明确地拒绝自己，转过身来在皇帝面前却是另一番言辞，的确是小人的行径。

孙固与文彦博尖锐的言辞，说得吴充一张老脸涨得通红，雪白的胡须气得不停地抖动，"扑通"一声就跪了下去，战栗着说道："臣待罪侍奉陛下十有余年，无功于社稷，无补于圣明，不见容于同侪，尸位素餐，愧对陛下！臣有罪，臣不敢有他言，唯望陛下念臣老迈，许臣致仕，臣永感陛下隆恩。"说完，已是老泪纵横。

赵顼只觉得头"嗡"地一下响了起来。

由意见之分歧而导致互相攻击，自居为"君子"，而以对方为"小人""奸臣"，最后意气相争，干脆辞官去位——这样的故事，赵顼是再熟悉不过了。他有点儿恼怒地望着他的这些个心腹重臣们。平心而论，他亦分辨不出谁是谁非。吴充当然不是"奸臣"，至少他赵顼相信自己还有这点起码的判断力，纵使孙固、文彦博，内心里亦未必以为如此；但是孙固、文彦博错了吗？那却也未必。

当然，谁是谁非也许并没有想象的那么重要。

但是，大战之前诛杀重要将领的家属已经够让人放心不下，兵部尚书在此时撂挑子却更是雪上加霜。不仅仅是兵部的一堆事情需要一个能干且有威望的兵部尚书，而且这样的情况，极可能会加深臣下对皇帝的怨望或者恐惧——皇帝不惜让一个兵部尚书致仕也要杀掉自己的家人，这会给种家、姚家什么样的心理暗示？

难道要让这些统兵大将每天晚上都睡不着觉？

那样的话，只怕赵顼自己也不可能睡一个安稳觉。

但文彦博与孙固也不是那么好打发的。

吴充不把兵部尚书放在心上，难道文彦博与孙固就会在乎枢密使与同知枢密院事的差事？虽然这两个职位，是无数人一生追求而不可得的，但对于文彦博与孙固来说，这一人之下万万人之上的官位，从来都不能够让他们委屈自己太多。

文彦博名望已高，所追求的东西本就不多了；而孙固，却是个重视名望甚于官位的人。

无论如何，先和一把稀泥再说。

赵顼无奈地想道。

11

折可适饶有兴趣地观察着御前侍卫班的日常训练。他对这些传说中武艺高强、勇猛善战的大内侍卫们充满了好奇。御前侍卫班共有十一班，其中七个班是带甲骑士，四个班是不带甲骑士，是三十六班马军侍卫中第二大的一支军事力量，也是与其他所有大内侍卫们完全不同的一支军事力量。御前侍卫班的所有成员，都必须是烈士子弟！换句话说，这是由战争孤儿组成的军队。在诸班直中，御前侍卫班与最精锐最得皇帝信任的殿前指挥使班、由武臣子弟组成的内殿班一起，构成了大宋皇帝陛下最信任的三支军事力量，堪称是大内侍卫中的大内侍卫！

御前侍卫班的普通士兵，在皇帝身边服役四五年后，大部分人便会进入讲武学堂培训，毕业后就会被皇帝派遣到各支部队，担任指挥使、副指挥使一级的职务。或者进入卫尉寺系统，成为营一级的军法官主官，即所谓的"护营虞候"。

这些人，从某个方面来说，不仅仅是保卫皇帝人身安全的武装力量，亦是捍卫皇帝政权安全的武装力量。皇帝通过这样的人员流动，可以有效地在各支部队中，直接安插自己的亲信，从而加强自己对军队的控制权。

因此，折可适并不敢小觑这些大内侍卫们。但他同样避免不了以一个军人的眼光，来评价这些"羽林孤儿"。

他所看到的，是东三班的三百三十名御前侍卫。一个班相当于禁军中的一个指挥，三百三十人，正是禁军一个马军指挥的基本编制。

校场上摆放着整整齐齐的三百副木马。折可适一眼就可以看出：木马的高度与大小，与普通的战马几乎完全相当。"羽林孤儿"以都为单位，分成三部分训练。训练由都兵使率领副都兵使、两名都承勾，以及每都的军法官将虞候主持。什将以下的军官，都无例外地要参加操练——这一点，让折可适有点儿惊讶，因为在河东，在指挥一级的操练中，大什一级的武官，是协助主持操练的。

士兵们披挂齐整，身着铠甲，手里还拿着长枪，整齐地站在木马的左侧。

副都兵使大吼一声："上马！"

士兵们整齐迅速地将枪挂在马侧，跃身上马。数百人一齐做出这个动作，更是显出一种夺人心魄的气势来。

"下马！"副都兵使又大吼一声。

取枪，换手，从右侧翻身下马，一气呵成！

几百甲士一齐下马踏在地上发出的轰响，让折可适感觉到脚下的大地都有些颤动。

"上马!"

"下马!"

"上马!"

"下马!"

副都兵使不停地吼着,士兵们从左侧上马,右侧下马,又从右侧上马,左侧下马,还要从后面上下马……如此周而复始,不停地重复着这种看似简单的动作。

两个承构手执皮鞭,虎视眈眈地注视着校场。某一个士兵稍慢一点,便快步跑过去,对着头就是一皮鞭打去。被打的"羽林孤儿"也不敢叫唤,只是忍着疼痛,继续上马、下马!

折可适非常清楚这种简单训练的残酷性。

河东军从来没有过这种训练,能在河东军中当骑兵的,大多数是从小骑惯了马的,他们的骑军也并不披甲,因此平素训练,更注重射击的准确性与对马匹的控制,从技术上来说,他们并不需要练习上下马的技巧。但这种训练所带来的纪律性,却不是河东军可以相比的。而且,折可适自忖,河东兵即使在上下马的熟练度上,亦未必可以胜过这些"羽林孤儿"。

"御前侍卫班平素只用木马训练吗?"折可适试探着向陪同自己的小内侍问道。

那小内侍尖着嗓子笑道:"折致果说笑了,只用木马那怎生打仗?只不过战马来之不易,不得不爱惜罢了。执矛冲锋、骑射、投掷霹雳弹,哪一样都免不了要用真马。"

"原来如此。"折可适不卑不亢地致谢,心里竟生出一种嫉妒来。自从宋军发明投掷霹雳投弹的战术以来,河东诸军不止一次希望装备这种威力巨大的武器,但是却始终争取不到配额。宋军以地域为区分,可以说事实上存在着几个系统:京畿军、西军、河朔军、河东军、东南军。在这五大军事集团中,河东军的存在始终有几分尴尬:京畿诸军近水楼台先得月,本不待说;西军是朝廷近阶段战略重心的所在,自然也多受照顾;河朔军面对大宋最强大的敌人,直接关系到京师的安全,自然也不可能被忽视;东南诸军无非是维持地方治安,平定小股叛乱,从来没有强大的敌人,素来被轻视倒也习惯了;唯有河东军,夹在西夏与契丹之间,承担的责任比别人只多不少,但是得到的东西,却总是只能挑别人剩下的。连进驻河东的神卫营的装备,也比陕西的差。而且折可适私下里还曾听说过,进驻河东的神卫营,是由讲武学堂成绩最差的一帮人组成的。

"大内侍卫就是大内侍卫啊!"折可适望着校场上训练的御前侍卫班,感慨地想着,"连操练都可以穿这么新的靴子!奶奶的!"

"折致果！官家快到了，速随咱家去见驾罢。"一个内侍悄无声息地出现在折可适的面前，把正暗暗愤愤不平的折可适吓了一跳。他忙整了一下衣冠，抱拳道："烦劳了。"

皇帝是在一座偏殿中接见折可适。

折可适并没有第一次面见天子的人常见的紧张，他只是略有些兴奋，又显得有点遗憾。在偏殿的接见，显得皇帝并不是很重视自己——这自然是正常的，皇帝不可能在礼节上面有多么重视一个边疆的七品武官，哪怕他出身于府州折家。但对于折可适来说，这是让人遗憾的。

"下次皇帝接见我的时候，一定会在崇政殿！"他心里暗暗发着誓。

赵顼也在打量着折可适。

折家的这个后起之秀看起来还很年轻，不过三十来岁的样子，双目炯炯，鼻梁高耸，肤色黝黑——以汴京的审美标准而言，算不上一个美男子。但是皇帝分明感觉到这是一个在战场上可以被袍泽信任的男子。

一般来说，臣子在觐见皇帝的时候，很多人甚至会紧张得根本就记不住皇帝的长相，因为抬头仔细观察皇帝，是一种可能导致被降罪的失礼行为。而且，通常来说，皇帝接见臣子，本身就是一种恩赐，大多数臣子会感念这种恩德，而致使心情激动，又因为惧怕失礼，而越发的小心谨慎。

在这方面，赵顼有足够的经验，可以颇有心得地判断着不同臣子的性格。

首次觐见就能在皇帝面前既能得体地表达自己的尊敬，又能维持自己的尊严，使一切近乎完美的合乎礼节，这样的臣子不能说没有，但始终是少数。毫无疑问，武臣之中，这样的人更是少数。

"不愧是将门之后。"皇帝在心里感叹着。一个世家能持续超过百年，肯定在教育子弟上有它的独到之处。

"熙宁十年的时候，朕曾经让郭逵举荐武臣子弟可任事者，当日郭逵举荐了十余人，其中第一个，便是折卿。"赵顼朗声笑道。他用这样的开场白拉近君臣之间的距离。"当时朕便想，这折可适，不知道是何种人物，竟值得郭逵如此看重。今日亲见，果然不愧是将门之后。"

"臣一介武夫，岂能当陛下此语，实实折杀微臣。"

"卿无须过谦。国家能有卿这样的人才，亦是幸事。如今朝廷方是用人之际，男儿取功名封侯荫子，正当时也。卿家世代为将，朕方欲倚重。卿当自勉之！"

"臣家世受国恩，虽粉身碎骨不能报万一。国家有事，臣家虽愚钝不堪大用，亦愿为马前卒，替陛下荡平西境！"折可适忙慨声回道。

赵顼满意地点点头，笑道："卿有志于此，朕已放心。卿叔父之奏折，朕已读过。其一片忠心，朕甚嘉许。然无论朝廷来日以何人为帅，总须将帅一心，以国事为重。折家乃朝廷素所信任者，莫要让朕失望。"

"请陛下放心。臣家便是陛下之鹰犬，断不敢有违朝廷之令。"

"对折家，朕是放得下心的。"赵顼颔首道，顿了一下，又问道，"朕听说卿是自长安来京？"

"是。"

"特意绕道陕西？"皇帝的话中听不出喜怒。

"微臣奉家叔之命，想看看平夏城大捷与绥德大捷究竟是谁的功劳。"折可适委婉而又直率地说道。

赵顼似乎没有料到折可适如此回答，怔了一下，旋即哈哈大笑，道："卿可看出来那是谁的功劳了？"

"微臣略有所得。"

"何不说来与朕听听？"赵顼笑道。

"遵旨。"折可适朗声应道，"微臣以为，石大帅或者做不了一个出色的将军，但的确是不错的统帅。"

"此话怎讲？"

"但凡用兵者，以正合，以奇胜。打仗有时候不仅仅是斗智斗勇，亦要斗胆略。两军对阵，有时候是需要冒险的。一位优秀的将军，往往便是一个出色的赌徒。以石大帅的性格，却是谨慎有余，胆略不足。这样的人，若是去玩关扑[20]，是赢不了大钱的。"折可适侃侃而谈，"然而石大帅却有别样的好处，为他人所不及……"

"哦？"

"石大帅务实而不虚夸，持公而不谋私，纳谏而不刚愎。有此三善，便远胜他人。主帅务实，则诸将不能欺妄，知己知彼皆非难事；主帅持公，则诸将不忧有功无赏，三军用命非难事；主帅纳谏，则诸将计谋可得用，有过不难改，此不败之师。故此，微臣以为，平夏、绥德之捷，并非幸致。"

赵顼听得频频点头，笑道："如此，卿以为伐夏之役，胜算几何？"

"胜负之势不待问。"

"那卿以为多久可期全胜？"

折可适沉吟了一会儿，道："若使狄武襄公尚在，以狄公为帅，一年可期全胜。以当今诸公为帅，二三年亦未可知。"

---

[20] 以商品为诱饵，赌掷财物的博戏。

"哦？为何？"

折可适坦率地说道："微臣亦不过是直觉而已。"

赵顼愕然，顷刻又是哈哈大笑，取笑道："若卿自为帅，几年可胜？"

"一年。"折可适应声答道，他并不谦虚。

赵顼开始有点儿喜爱折可适了，他并不取笑，反而笑着勉励道："将来卿未始无拜帅之日！朕亦盼着大宋能再出一个狄青。"说完又问道，"朕听说长安西驿行刺之事，卿当时亦在场？"

"是。"折可适当下便将他当时为何去长安西驿，如何见到种朴、姚凤，如何进入长安西驿，种、姚如何行刺文焕，从头到尾地说了一遍。他爱慕董乐娘这种事情，以世俗之见而言，倒是一件荒唐的事情，本是不便启齿。但折可适是知道轻重的人，不愿为这种小事冒个欺君的罪名，竟是爽爽快快毫不隐瞒地全部说了出来。

赵顼对这种风流韵事并不关心，反倒是对种朴、姚凤刺杀文焕的动机反复询问了几遍，他听到种朴、姚凤对折可适说的话，竟是动了怜惜之意。又听到张范斥责种朴，割袍断义，不免又是一阵唏嘘。他心中亦甚是矛盾，不由得叹道："说来亦只是个误伤之罪。"

"误伤？"折可适心里愣了一下，暗暗咀嚼着皇帝不经意说出来的这个词。

赵顼并没有与折可适讨论长安西驿案的意思，而折可适的意见在这件事上对赵顼来说也没有多大的参考价值。暂且将烦恼压在心底，赵顼再次将话题转了开去。

"折卿方才看过御前侍卫班的操练了？"

"臣适才观操，以为御前侍卫班，未必逊于汉武之羽林孤儿。"折可适并非是拍马屁，赵顼却非常高兴，笑道："卿可曾见过西夏铁林军？"

"臣曾在延州边境见过。"

"朕的御前侍卫，较之铁林军如何？"

折可适沉吟不答，"这……"

赵顼凝视折可适，笑道："卿尽可直言。"

折可适这才说道："以微臣之见，或有不如。铁林军毕竟乃是千军万马的战场上厮杀出来的，御前侍卫却少了些战阵杀伐。不过如今西夏铁林军元气大伤，几乎不再成编制，亦不足为惧。"他说完这些话，终是有点儿担心惹得皇帝不高兴，不禁偷眼觑视皇帝，却见皇帝脸上露出若有所思的神色。半响，便听赵顼叹道："卿说得不错，故此朕才要让殿前司诸军去前线历练历练。没打过仗的军队，毕竟不是真正的精兵！"

折可适心中嘀咕了一下，但终于想到有些话非所宜言，又硬生生地把想说的话吞回肚中。作为一个在边境出生、成长、战斗的军人，他是天生瞧不起所谓的"上四军"与殿前司诸军的。但是，谁知道这是不是自己的偏见呢？没来京师之前，不是也没有想过御前侍卫班有这如此严格的训练吗？

第九章

三路伐夏

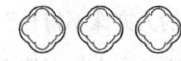

🎯 其道远险狭,譬之犹两鼠斗于穴中,将勇者胜。

——赵奢

1

陕西,长安。

海棠花开,春色怡人。但这样的美景,却并非人人有福消受。

"公子!你何苦定要结怨于人?"潘照临认为石越的决定,简直是匪夷所思。

"总要有人去结怨的。"石越不以为意地说道,"我敢肯定,朝廷是担当不了此事。朝廷诸公议论不定,最后十之八九,便是不了了之。"

"那又何妨?"潘照临冷笑道,"似文焕这种人,人人得而诛之。公子何苦沾惹这等闲事?种朴、姚凤,未必没有可怜可恕之处。"

"纵是人人得而诛之,职方司的人亦诛不得!"石越沉着脸,道,"他们今日可以人人得而诛之刺杀文焕,改日便不免人人得而诛之刺杀朝廷大臣!千里之堤,溃于蚁穴。但凡制度之溃坏,其始总是由于看似合理可恕之事。若开始便是人人皆以为错误之事,则人人有提防之心,危害反倒不及这般大。"

潘照临不觉苦笑,道:"公子说得固然有理。但公子可知种朴是谁的儿子?"

石越转过头,望着潘照临。

"这种朴原是种谔私生子,后以过继之名收养。在种家子弟中,颇受排斥,故此才会与姚凤走得极近。此人外表和睦谦逊,内则偏执,闹出这种大事来,也在情理之中。只是种谔此人,公子是知道的……他虽然上表谢罪,却毕竟是护短偏私之人,果真是公子一意要杀他儿子,这个怨恨,只怕能结上一世。公子又何苦为一些看不着边的事情而树敌?"

"因为职方馆、职方司是我倡立的,我有责任使它们不走上歧途。这种责任,旁人可以推卸,我却推卸不得。"石越在心里无奈地说道,但从嘴里说出来,却变成了另一番话:"不行杀伐无以立威以儆来者!吾意已决,潜光兄无须再说。"

潘照临叹了口气,无可奈何地接受。出于连石越也不能告知的考虑,他不希望石越树立任何在军队中有影响力的敌人,但是石越却一下子得罪了两大将门。也许姚家与种古、种谊还未必会因此而怨恨石越,只是会致使双方的关系变得更加疏远,但是对于种谔,潘照临却没什么把握。

"这次公子算是替皇上解决了一个大麻烦!"潘照临的话中,听不出是讥讽还是自嘲。

石越的确是替赵顼解决了一个大麻烦。

按捺住穷治到底、办成大案的冲动后，安抚司迅速果决地对种杼、姚凤进行了秘密的军事审判，二人违犯军法证据确凿。石越第一次行使自己的权力，行军法先斩后奏。以令所有知情者瞠目结舌的果断，快刀斩乱麻地处理了这件事情。同时具表弹劾职方司陕西房知事许应龙——职方司陕西房知事是属于朝廷的派出官员，石越没有处置许应龙的权力。

　　石越的奏章送抵汴京后，兵部职方司乃至于整个兵部可谓颜面大失，吴充立即再次上表请求致仕，并且开始告病，直至四月份在自己府第内去世，再也没有上朝理事。而一直拿不定主意的皇帝却是暗暗松了口气。他一面顺水推舟，将职方司郎中降职他调，罢免许应龙，着卫尉寺调查许应龙是否故意泄露机密、纵容属下；一面却竭力慰留吴充，同时下诏安抚种、姚二家，称赞种、姚二家历代为宋朝立下的功勋，褒扬他们对皇室与朝廷的忠心，加以金银田地的赏赐。自然，种、姚二家是没有人敢于真正接受这些赏赐的，这无非是表明皇帝的态度而已。赵顼又将一直上表请求去边疆与西夏决一死战的姚兕从讲武学堂调至铁林军担任副都指挥使，又加赐种古二字功臣号……总而言之，在这件事上，皇帝是乐意让石越去结怨，而自己来收恩的。

　　除此之外，石越还有意外收获。以种杼、姚凤的死，他总算暂时性地彻底解除了皇帝对自己的猜忌——任何一个想成为权奸的人，都绝不会做石越这种"傻事"的，除非他想有计划地铲除整个种、姚二家。显然皇帝不认为石越有这个计划，更不相信这样疯狂的计划有可能成功。

　　在皇帝以外，石越的处分也得到了文彦博与孙固的支持。

　　皇帝的态度发生微妙的转变，又得到一位枢密使、一位同知枢密院事的赞许，唯一有反对力量的吕惠卿的政治策略又似乎不是想要坚决阻止石越为帅，于是，朝廷中几乎已经没什么反对以石越为帅的声音了。

　　在熙宁十三年四月来临的时候，赵顼终于决定，采纳高太后的建议。

　　四月初一，在距离赵顼三十二岁生日还有九天的时候，一道《招谕夏国敕榜》，由汴京城出发的使者，快马传谕四方。

　　"眷兹西夏，保有旧封，爰自近世以来，尤谨奉藩之职，恐奸臣之擅命，致弱主之被因，追移问其端倪，辄自黩于信约，暴驱兵众，直犯塞防，在神理之莫容，固人情之共愤。方切拯民之念，宜兴问罪之师，已遣将臣，诸道并进。其先在夏国主左右、并兔名诸部族、同心之人，并许军前拔身自归，及其余首领，能相率效顺，共诛国雠，随功大小，爵禄赏赐，各倍常科，许依旧土地住坐，子孙世世，常享安乐。其或违拒天兵，九族并诛无赦。盖天道助顺，必致万灵之归；王师有征，更无千里之敌。咨尔士庶，久罹困残，其肩向化之心，咸适更生之路。敢稽朕命，后悔何追！"

同一日，赵顼下诏，以端明殿学士、陕西路安抚使石越兼西讨行营都总管，以内侍李宪为副都总管，以内侍刘惟简为监军都虞候，以范纯仁、向传范并为西讨行营都发运使，分督粮草与军械。陕西路戒严。

　　内侍领兵与监军，招致了以孙固为首的一部分朝臣最激烈的反对，但是即使一个血气方刚的给事中因为此事而辞职，赵顼在这一点上也没有纳谏的打算。而枢密使文彦博则似乎默认了这次任命。虽然在传统的士大夫看来，所有的内侍都是不可信任的，每个宦官都带着原罪，但是若以务实的态度出发，相对而言，李宪与刘惟简，在内侍中总算是次坏的选择。

　　事实上，每一个行营都将有内侍的存在。上千年的传统，不是成立了卫尉寺后，就可以完全改变的。任何改变都是需要时间的。

　　四月十日。同天节，赵顼着戎装，与诸国使节一同检阅拱圣军。

　　当日，骁骑军、铁林军秘密向陕西出发。在它们之后，宣武军第一军与第二军，以及在同天节上被检阅的拱圣军，也将陆续进入陕西。

　　历史的时钟，被石越拨快了一年半的时间。

　　战争一触即发。

　　这是一场注定将要决定宋朝国运的战争。

　　这亦是宋朝为了彻底改变自己的国运，进行的第一场具有决定意义的战争。

2

　　"如果只能让我用一个词来形容宋这个国家的话，那一定是'不可思议'这个词。东方大陆上的这个国家，也许是这个世界上最强盛最富裕的国家。即使罗马帝国在全盛时期，亦不曾有汴京那么多的人民；即使是伟大的君士坦丁堡，也只能堪比汴京的一半繁荣。汴京有一百万的常备陆军，还有上千艘可以进行数千海里远航的战船。他们的陆军装备着精良的铠甲，射程让人叹为观止的弩弓，还有神秘莫测的火药武器。他们训练有素，待遇优良，一个最普通的士兵的收入，都可以在这个生活昂贵的国家养活一个四口之家。这些能征善战的士兵们，喜欢在身上刺着刺青，或许是奇怪的汉字，或许是凶猛的野兽，以此来彰显自己的勇武。他们的战船仿佛拥有魔法，在漂泊不定的大海上，依靠一个小小的磁针，就永远都可以准确地找到自己的方向。他们也同样装备有可以远程攻击的火器。我曾经亲眼见到一场追逐海盗的海战，宋国的战船，仅仅依靠远程打击，便击沉了凶悍的海盗船。

为了不让读者产生误会，认为这个国家仅仅只是马尔斯的四马战车，我要特别指出，这一切，在他们所创造的璀璨的文明面前，都将显得黯然失色。对于宋国的伟大文明，我会在其后的卷章里，用极大的篇幅来介绍。本卷要讲述的，仅限于我所亲眼看见的几场战争。

　　……

　　1080年的宋历5月7日，一个消息传到宋国西北部边境的延州，在它西面的环庆集团军，联合宋国西部最强大的属国'夏国'的一个忠于夏王的军阀，在数日之前，开始了对夏国叛党的战争。按着宋人的奇特习俗，这种代表正义的战争被称为'讨'，所以这场战争后来也被人们称为'熙宁西讨'。西讨军的元帅石越（他还有另一类似教名的名字叫'石子明'），命令以延州为中心的延绥集团军在东线向忠于叛党的梁永能将军统率的'平夏军'发起进攻。

　　5月7日那天，是一个阴沉沉的夏日，延州的大街小巷随着石元帅的命令而活跃起来。街上到处都是穿着红色军服的禁军士兵。在此之前，为了保证粮食的供应，陕西路已经下达禁止用粮食酿酒的命令，而据传帝国各个地方政府，都缩紧了以粮食酿酒的许可证颁发，酒馆供应的酒，大都是从帝国南方一个叫'湖广四路'的地方由商贩运来的甘蔗酒——以罗马人的味觉而言，或者甘蔗酒更加美妙。可惜的是，每个酒馆都有固定的配额，因为长途的运输，加上供不应求，导致价格昂贵，每盎司的价格几乎是汴京同样酒价的两倍，甚至三倍，并且还被勒令不得卖给军士。（但一些不属于精锐的野战军系统的'厢军'，经常会偷偷违背这项军令。）值得庆幸的是，我住宿的客栈掌柜，因为预料到战争的即将到来，而通过贿赂购买到许可证，事先储藏了整整一地窖的烧酒。尽管他的酒价也比战前提高了一倍，但是依然远远要比外地运来的甘蔗酒便宜。因此，客栈中便聚集了大量的客人，绝大部分都是从外地来的商旅——虽然陕西颁布了戒严令，道路上到处都是关卡检查行人，但这一切都比不过'熙宁通宝'的诱惑力。来自帝国各地的客人们在客栈的饭厅中，谈论着有关这场战争的一切。

　　根据5月7日那天的传闻，帝国在这场战争中，投入的总兵力达到三十万，加上后勤补给人员，达到一百万这个不可思议的数字！这个数字也许并不准确，在伟大的罗马帝国，即使在戴克里先皇帝的时期，常规军的数量也不过四十三万多点。我从来没有听说过历史上有在一次战役中动用三十万规模军队的记录。而根据商贾们的传说，帝国的藩属国夏国，即使在军事上屡次受到挫折，又有一个重要军阀投向帝国，但叛军能战斗的军队，也不少于三十万，更有人相信是五十万。但根据我在整个战争中，以及战后的观察，叛军的数量很可能是二十万到三十万之间。但这个数量，也远远超过汉尼拔的军队。对于宋帝国而言，更为困难的是，叛军是在自己的据点作战，他们是本地的土著，可以依托渺无人烟的沙漠，还拥有着高度机动力的骑兵——即使他们的步兵，往往也拥有坐骑。相比叛军而言，帝国虽然也有强大的骑兵，但是占总体数量绝大多数的是步兵。他们有着漫长的，需要跨越崇山峻岭与沙漠的补给线，却没有足够的牲畜来进行运输。大部分时候，帝国只能依靠征集大量的人力，推着一种一个轮子的小车，将物资运往前线。我在延州的时间，见得最多的，便是这种独轮车。它集中体现了宋帝国出色的后勤补给系统的精华部分。

当天，当我与我的一个同伴——他有着高贵的血统，他的祖先曾经是宋帝国的前身周帝国的皇帝，直至现在，他的一部分堂兄弟，依然被帝国皇室尊为'国宾'——私下里谈论时，我们都相信，决定这场战争胜负的关键是帝国如何有效地将军粮、衣服与箭矢送到前线。要知道，宋国与夏国的边境地区，是连绵不尽崎岖难行的山路，而当走完这些山路后，很快又会面临着无边无际的沙漠。历史上任何一位罗马皇帝，都不曾遇到过如此困难的地形。

这是一场前途未卜的战争。

但让人不可思议的是，大部分宋朝的商人，对胜利都充满信心。不过他们这种信心往往是建立在东方神秘主义的信仰之上的。与其说他们是相信帝国与帝国的军队，还不如说他们是相信石元帅。在这个受到印度佛教影响的国度，大部分的宋人相信，石元帅极可能是天上的某个星宿转世，以率领他们来取得胜利的。以泰西地区的人看来，这实在是不可思议的信仰。

然而，战争开始的阶段，似乎证实了人们的这种神秘主义信仰。十天后，从前线传来消息，延绥行营的前锋部队，轻易地攻克了夏国的一座重要城池。素有威名的'平夏兵'只进行了微不足道的抵抗，便败退了……

——《阿卡尔多东方见闻录》卷三·西湖书社印行

3

银州城原西夏知州府，现在已成为云翼军第一营的中军大营。第一营都指挥使吴安国正皱眉盯着一幅标满密密麻麻记号的地图。

"将军！"副都指挥使康时杰是个四十多岁的老军头了，与吴安国有数年袍泽之谊，他只要看到吴安国的目光所凝视的方向，便已知道他心里在想些什么，"种帅的命令，是叫我们守好银州城，等待全军集结。"

"我知道。"吴安国淡淡地应了一句，目光却始终没有离开地图上的石州、横山、夏州三城，"康兄，你来看，银州西面，有石州城和横山城，还有长城，长城后面便是夏州。银州以北，是弥陀洞。我们打银州为何能轻易得手？是因绥德之战后我军攻占米脂要寨,已占形胜,梁永能知道他是断然守不住城垣卑小的银州城的,故此他撤走了银州城的丁壮,搬走了全部的粮食与军器,在所有的井里投了毒,只留下一些老弱残兵和妇孺。所以我军一到,这城几乎便是不战而下。这根本不是我们打下来的,而是梁永能让给我们的。"

站在下首的一名营书记颇有几分难堪,以区区一个营不足两千人的马军,本来只是担任"前哨"而不是"前锋"的任务,却攻下了银州如此"名城",这样的战绩,营书记当然有理由加以"润饰"一二的。毕竟,这是自战争开始以来,除了仁多澣的韦州外,宋军占领的第一座西夏城池。

"确是如此。"康时杰早就暗中庆幸过自己的好运气了。

"但是他们撤得也极匆忙。"吴安国冷冷地说道,"可见梁永能虽然知道朝廷必兴义师,却没料到此次朝廷兴兵数十万,竟然速度如此之快。"

康时杰听到这句对大宋朝廷过去的作风颇有不敬的话,只得讷讷。但的确,以往的朝廷,休说出动数十万禁军,便是在陕西调个十来万军队,也定要拖拖拉拉,等到西夏人做好准备后,这边厢却还没有停当。

吴安国抿着嘴,凝视地图半晌,忽然,猛地一拳砸向弥陀洞所在的位置,将康时杰与营中幕僚吓了一跳。却见吴安国侧过头望着康时杰,嘴角露出一丝冷酷的笑容,"梁永能不敢守银州,他敢守弥陀洞?"

"可是弥陀洞靠近河东路边界……"一个行军参军壮着胆子说道。

吴安国偏过头看了他一眼,问道:"河东军前锋是何人?"

"是致果校尉折可适。"

"是他。"吴安国将目光移回到地图上,"打下个银州城,却没有半点收成,一座空城有甚好夸耀的!只好到弥陀洞去找找梁永能的晦气。河东军远道而来,必定鞍马疲惫,打下弥陀洞,正好顺便给友军找个地方休整!"

康时杰摇摇头,苦笑着压低声音说道:"一个监军使与一个监军都虞候还在城中哩。"

吴安国不屑地一笑,冷冷问道:"康兄还记得本部的任务吗?"

"本营为全军前哨,专责搜索大军前方八十里至一百五十里以内之地界,将一切与军情有关之内容回报中军。"

"这便是了。"吴安国悠悠说道,"某不过是率军去刺探弥陀洞的敌情罢了。康兄,你留两指挥人马,领着那两个指挥的厢军继续在城中打井,审问俘虏,防着那些夏狗作乱——这里是平夏党项的老巢,李家起家的根本,几百年经营,可不比横山。某带三个指挥出去打点猎,去去就来。"

银州城内。

"夏将军,这上面写着何字?"延绥行营监军使辛梁还是首次来陕西边境办差,踩在银州城的断垣残瓦上,他的心情显得非常愉悦,指着捡到的一块刻着西夏文字的铜牌,向延绥行营监军都虞候夏时良问道。

监军都虞候夏时良对这位监军使辛梁的怨恨与讨厌,甚至较之绥德行营总管"小隐君"种古还要深——不,这种表达也许并不准确。因为对于战功卓著而提升为行营总管的种古来说,无论是卫尉寺系统的监军都虞候监军,还是皇帝亲自指派的内侍监军,都没有太大的区别,总之,肯定有一个人监军就是了。宋军统帅石越早就有言在先,各行营的监军使与监军都虞候可以与闻军机、参议军事,若有异议可以到帅司甚至是皇上那里打官司,但临阵决断之权在行营总管。能够摊上这么一位明事理、又有担当的主帅,对于种古这样的将领来说,不能说不是一种幸运。所以,对于目前表现尚还可以容忍的监军使辛梁,小隐君是没什么怨恨的,最多有一种对阉人与生俱来的讨厌罢了。但是,夏时良却有充分的理由去怨恨辛梁——原本他才是延绥行营军法系统的老大!他才是延绥五万两千多精锐禁军的最高军法官,可以与小隐君分庭抗礼的人物!但当辛梁到来之后,一切都发生戏剧性的改变。一个阉竖成了他的顶头上司,他反倒成为这个内侍的跟班,要向这个什么也不懂的白痴,耐着性子解释一些烦人的常识性问题。

"若是章大卿还在卫尉寺,必会据理力争……"夏时良无意义地想道,一面挤出比哭还难看的笑容解释道:"此乃'敕燃马焚'四个字。"夏时良根本不用看,就知道那铜牌是什么东西,上面应当有什么字。

"敕燃马焚?"辛梁惊讶地重复了一遍,举着铜牌翻来覆去地看了半天,笑道,"此是何意?"

"便是'敕令驿马昼夜急驰'之意,此牌乃是夏国传递诏令、军情之符牌。"夏时良耐着性子解释,心里暗暗骂了一声"白痴"。

辛梁仿佛完全不知道夏时良的不快,亦并不为自己的不知为耻,恍然大悟地说道:"原来如此!夏将军果然是博学多闻。"

"不敢。末将不过是在边关多待了一阵,略懂一些西夏文字。"夏时良终归没有忍住,带着讥讽地回道。但话一出口,便一阵后悔——这些内侍可不是好惹的,他们代表的是至高无上的皇帝。

但辛梁却似没有注意,依然充满好奇心地观察着银州城,耐心地询问着所有不懂的事情。夏时良依旧竭力控制着自己的情绪,一一回答着他的问题。二人浑然没有注意到,一支约千人的骑兵,已经离城而去了。

4

弥陀洞与银州是西夏神勇军（即左厢神勇军司）两座最主要的城池，但讽刺的是，在石越所来的那个时空，这两座城池在后世都从地图上消失了。赫赫有名的银州故城的遗迹没有人知道究竟在何处，有人更是将银州与米脂混为一谈；而弥陀洞的战略位置后来迅速被仅仅在它北方几十里、此时尚默默无名的榆林取代，也消失在地图上。事实上，这两座城池，在这个时空的命运，同样也并不乐观。

吴安国率着这一千骑兵行走在陕北峻峭的山路上。这个地区根本不适合骑兵作战，这也许是梁永能不愿意坚守的另一个原因。讽刺的是，历史上曾经与横山部落对峙数百年的平夏部落，在终于征服横山部落后，便迅速地堕落了——面对气势汹汹杀来的宋军精锐，失去了横山部落优秀的山地步兵后，梁永能的平夏兵基本上已经丧失了在长城以南与宋军对抗的资格。不过，从这一点上来说，吴安国倒是很欣赏梁永能的果断。

坚壁清野，在自己选择的战场与宋军作战，以充分发挥自己一方的优势。"或许要推进到夏州城下，才会有真正的战争。"吴安国暗暗想道，"即使是自绥德至夏州城，粮道便有四百余里！长城以南，是难行的山路；过了长城，便是近二百里一望无际的平原荒漠，根本无法防备夏军骑兵的攻击……所以，最重要的是打乱梁永能坚壁清野的部署。休说夺得夏贼之储粮，只要不让他撤走百姓，大军可以征粮征夫，亦可稍稍缓颊。"

吴安国对种古的持重并不赞同，若是他做绥德行营总管，一定会着趁着梁永能还没有从容布置停当之时，派遣精兵，以迅雷不及掩耳之势，横扫长城以南地区，然后聚结重兵，直扑夏州城。此计奏效，则即使军粮还需要从后方运送，但是前方修葺道路、修筑城寨，就可以直接征用当地之民——这不仅可以省下一大批役夫，还可以省下这些役夫的口粮与运输之费用。只要当地百姓家中还有余粮，就不要指望宋军还会发给他们口粮。

"将军，你看那是什么？"上到一个山岭的时候，随行的一个行军参军指着远处大叫起来。

吴安国连忙快走几步，找了个高处，向着那参军指的方向眺望起来。

火光！

漫天的大火！

"那是何处？"吴安国的心猛地一沉，急忙向主管情报的行军参军问道。

"好像是弥陀洞方向……"

吴安国的脸沉了下去。

"晚了一步！梁永能这狗东西，真够狠的！这次干脆连城寨也一起烧了。"一个指挥使显然已经觉察到发生的事情了。

吴安国黑着脸望着被大火映红的天空。半晌，他从牙缝里恶狠狠地挤出一个字："撤！"

榆林。

数千男女老幼沉默地回望着弥陀洞的天空。

忽然，一个四十多岁的汉子猛地扑倒在地上，捧着一把泥土塞入嘴中，号啕大哭起来。一个穿着西夏官服的老人走到他跟前，悲怆却又威严地望着他："我们还会回来的！"

"我们还会回来的！"许多声音应和着，渐渐地，传遍了部落每个人的耳中。

汉子停止了哭泣，却怀疑地望着老人，望着他身上的西夏官服。

老人默默地回视着汉子，平静却笃定地说道："无论是谁来统治这里，我们必会回来！"

"我们必会回来？"

"是，我们必会回来！"老人高举着双手，悲怆地喊着，仿佛是在宣布着一个神圣的誓约。

在东路的平夏地区，梁永能用弥陀洞的一把大火，向宋军与平夏地区的诸部落宣布他坚壁清野的决心。而在战线的中路，战争开始后，宋军却遇到了顽强的抵抗。

通往西夏统治中心兴庆府与灵州的诸条道路中，有两条路线是最近的。一条是由环庆路出发，跨越高山，进入清远军与韦州，然后经由瀚海，沿着灵州川直取灵州。这是一条几近于直线的道路，但一路之上，有崎岖难行的高山与号称"七百里瀚海"的荒漠。另一条，则是由平夏城方向出发，出葫芦川而取灵州。虽然一路上也有险要之关隘，但相对而言，这是比较好走的一条道路。

这东西两条道路，便构成了宋军中路的两条主要进攻路线。

宋军在这一带，也集结了重兵。除了原环庆行营的龙卫军与振武军第四军外，还有秦凤行营的威远军、振武军第一军，从长安调来了神锐军第五军，再加上来自殿前司的骁骑军、宣武军第一军与第二军、铁林军，禁军马步军总兵力达到了十一万五千八百人，其中有三支纯骑兵军！参战的部队还远不止于此。大名鼎鼎的环州义勇，数以千计的沿边弓箭手与教阅厢军，归属宋朝番部的番军，若干神卫营，再加上仁多澣的数万精兵，正对着灵州方向，实际上聚集了十余万人马。除此以外，还有总数高达十八万的不教阅厢军及役夫。

所有这些军队，由西讨行营都总管司直接指挥。

射人先射马，擒贼先擒王！

用重拳捣毁灵州，兴庆府就几乎再无屏障。向着西夏最要害部位击出的这一拳，一定要又狠又准。这是石越与西讨行营都总管司确定的战略思想。

但战争尚未真正开始，宋军便出现了争议。

西讨行营都总管司向枢府递交的作战计划，是兵分两路，主力从韦州出发进次灵州，步步为营，严守粮道，是为右路。而遣秦凤行营总管种谊与副总管兼威远军都指挥使刘昌祚率领一支偏师出葫芦川，急取灵州，是为左路。根据都总管司的推演，灵州是必守之城，梁乙埋既然早已知道仁多澣会降宋，那么宋军肯定会越过横山而出韦州，因此他必然会将主力集结在灵州道。因此宋军很难由灵州道而取得速胜。出葫芦川的偏师可以取得一定程度出其不意、攻其不备的效果。如果偏师能顺利推进到鸣沙河，直接威胁到灵州城，那么灵州道当面之敌面临腹背受敌的危险，也难以持久。宋军就可以取得迫敌决战于灵州城下的目的。

但这个计划还在讨论之时，便遭到了以环庆行营总管种谔与殿前司诸军都指挥使为首的一批求战心切的将领的反对，这些将领认为这个作战计划过于保守。

于是，顺理成章地，这个计划上报后，以同样的理由被枢密会议否决了。

枢府认为这个计划过于保守，宋夏实力今非昔比，且自古客军不利持久，要求大军不得以任何理由拖延，中路军应当两路齐出并进："西贼在何处拦截，便自何处击破之。"一个月内，大军必须抵达灵州城下。

而巧合的是，一月可下灵州，正好是种谔将军的豪言壮语，也是殿前司诸军将军们的乐观估计。

枢府的命令是无法违抗的，特别是这道命令还得到了一大批将军的支持时。毕竟，甚至连西军中的许多将领，私下里都相信，一个月后灵州城没有道理不划入大宋的版图。乐观的情绪弥漫于整个宋军。

5

瀚海，灵州川中游东岸二十里。

猛烈的狂风已经刮了整整两天。这种大风，带着怪兽一般的咆哮，卷着飞沙，遮天盖地地吹来，仿佛要横扫天地间的一切。前日扎营之时，第三指挥的几个士兵没压好石头，一阵风来，打了几寸长木钉的帐篷竟被吹了个没影没踪，那几个倒霉的家伙也被他们指挥使罚了十军棍。就这样,还是因为有一个小土丘挡住风势。否则他们真是不知道要怎么样扎营了。

"这该死的鬼地方!"宣武军第二军一营第四指挥副指挥使马同寿掀开帐篷的一角,朝外面狠狠啐了一口。他是讲武学堂第五期的学员,在应天府出生长大,在开封府服役,中间虽然轮戍去过河北,但从来没有到过陕西,更是从没有见过这么大的风沙。

"这风要一直这么刮下去,这仗还要打吗?"承勾朱存宝躺在帐篷内发着牢骚,"你去了潘将军那里,向导说甚?"

"他说一般刮不了多久,慢则三四天就停。"马同寿说道。

"三四天?"朱存宝跳了起来。

马同寿苦笑着望着他。朱存宝呆了一会儿,问道:"就是说还要多喝三四天那条河里的水?"

"你有本事不喝也行。"

朱存宝哭丧着脸,道:"早知如此,拼着被斩了,也要偷偷带几壶酒。"

"我却只盼着早点碰上西贼——打一次胜仗,犒军的时候总有点儿酒喝。"

"哎!"朱存宝下意识地四处张望了一下,却立即哑然失笑,这种鬼天气,怎么可能还有旁人偷听?但他还是压低了声音,说道,"我却老觉得我们像冤大头……"

"怎么说?"马同寿愕然。

"打仗前锋功劳总是最大的,可你看,这么多军队,凭啥我们宣二军就能争到前锋?莫说西军,殿前司这么多军,我们宣二军因为有个宣一军压着,一直是姥姥不疼舅舅不爱的。凭啥这次让我们捡着?还有,三营的营将精得像只猴子,听说是老西军出身,平时有甚好处从来不放过,凭啥这次让着我们潘将军打头阵?"

"你别乱嚼舌头。"马同寿吓了一跳,也左右看了看,"惑乱军心可是杀头的罪。"

"我哪敢到处乱说?"朱存宝苦笑了一声。

马同寿默然一阵,道:"潘将军也在熙河打过仗,你怕什么?"

"我啥时候怕过?"朱存宝抓起水壶想喝口水,拿到手里,却想起这水苦得厉害,犹豫了一下,终于叹了口气放下,道,"潘将军是员猛将不假,在熙河打过仗也不假,可他就是少了点心机。他好歹也是名臣之后,但凡有点儿机心,怎么会落到宣二军来?"

"呸!你娘的真会胡说八道。"马同寿骂道,"管他娘的甚机心,这次正是我们一营扬名立万的时候。上边说了,灭了这龟孙子西夏,朝廷赏赐是绥德的两倍。有了这笔钱,我就可以给我家老二娶个浑家了。我倒要看看哪个西夏狗崽子敢来招惹我们一营?"

"是,你本事!"朱存宝"砰"地便又躺了下去。

便在这当儿,忽听到外面有人高声喊道:"风小下来了!风小下来了!"

听到这喊声，马同寿怔了一下，却见朱存宝像个弹簧似的弹了起来，似兔子般窜了出去。马同寿连忙掀开帘子钻了出去——果然，刚才还天昏地暗鬼哭狼嚎的狂风，仿佛被人套上了辔头的野马，竟变得温驯许多了。宋军士兵纷纷钻出帐篷，痛快地享受着略略还有点儿刺脸的朔风。还有人甚至高兴地唱起曲子词来。

但这种快乐的气氛没有持续超过一刻钟的时间。马同寿远远望见他们的潘都指挥使面色一变，便听到他大吼了一声，紧接着便是"呜呜"的号角声响了起来。

从未打过仗的马同寿还没有反应过来，便见朱存宝跑了过来，大声喊道："快，拿兵器！"

"怎么回事？"长年的军事训练让马同寿下意识地向帐篷跑去，一面却还有点儿莫名其妙。

朱存宝指了指北面的天空，吼道："西贼！"

马同寿扭过头望去，只见不仅仅是北面，东面与西面，从风沙中都隐隐可以看见高扬的黄尘。军营里面到处都是人在奔跑，总算平时的训练没有白费，虽然略显得混乱，但士兵们此时还知道应当做什么，知道拿到武器后应当往哪里去。他心里一阵紧张，又觉得有点儿兴奋，迅速地钻进帐中取了头盔与盾牌、兵器，按着平时演习的要求，向自己的队列跑去。

外面此时只听到军官们此起彼伏的高声吼叫：

"列方阵！"

"列方阵！"

"牌手在前！"

"牌手在前！"

"神臂弓第二！"

"神臂弓第二！"

"弩手第三！"

"弩手第三！"

"刀手中心！"

"拒马！布拒马！"

士兵们略显紧张地奔跑着、忙碌着。此时马同寿已经可以隐隐地感觉到大地的震动，甚至还能听到一些西夏人的号角之声。马同寿提着盾牌，找到方阵第一排自己的位置站好，顺便扫视左右，已有六成的执盾手备位，其余的人正在陆续赶来，马同寿满意地点点头，一面也大声喊着："执盾手！第一排！"招呼着未就位的士兵——他是一营执盾手中军阶最高的武官。

终于，最后一位执盾手合拢了他的位置。

士兵们全部到位。马同寿忙里偷闲，看到他的好友朱存宝也站在了神臂弓的队列中。

便听到方阵中心传来营都指挥使潘将军狮吼一般的声音："一营，给爷爷杀直娘贼的！"

"杀！"

"杀！"

三千战士的声音，穿透风沙，震破了西北的天空。马同寿也跟着大家一同张开嗓子高声吼着，在这一瞬间，他只觉得浑身滚烫，什么紧张，什么害怕，都丢到了九霄云外。他的耳边，只听到这压倒一切的声音：

"杀！"

"杀！"

野利朵猛地勒住骆驼，停了下来。后面的大军见主将突然停住，连忙也一起勒停。

"撤军！"野利朵冷冷地说道。

所有的人都吃了一惊，呆呆地望着他们的主将。宋军就在前面，已经被他们三面合围。他们有两万之众，而前面的宋军最多不过数千人。为了歼灭这支宋军，他们在风沙后面整整潜伏了三天！

这时候却要撤军？

"撤军！"野利朵重复了一遍。

"大王！"一个大首领忍不住上前问道，"为何这时候突然要撤军？吃掉这只宋军绝对没有问题。"

"没问题？"野利朵冷笑道，"风小下来至此刻才多久？宋军竟已结阵！这分明是支训练有素的精兵！成列不战，此契丹称雄数百年之秘。且鬼名老将军已有处分，我军破坏通道，多设险阻，拖延战事。以兵分三部，一以当战，一以旁伏，一以俟汉兵营垒未定，伺隙突出。险阻之处，自有当战之兵。吾军只要扰得宋军不得安宁，出其不意之时，攻其不备之军便可。正面当敌之锋锐，乃是不智之举。本王却是不信，宋军过这七百里瀚海，而竟能无一丝可乘之机。"

"大王圣明！"

"撤！"

"撤！"

钲声敲响，军旗北卷，只是一瞬之间，两万多夏军便消失在瀚海荒漠的风中，便仿佛他们从未出现过一般。

6

磨脐隘口。

当葫芦河而立,状如磨脐,号称"葫芦河第一险"的磨脐隘,一向都是夏军引以为傲的险关。当种谊与刘昌祚统率的偏师行至此地之时,都不禁倒吸了一口凉气。在地图、沙盘上见到过千次百次,又怎么比得上身处其境,领略天工凿就的雄伟险奇?只见那葫芦河东岸,山崖峭立,猿鸟难渡,中间两座大山,如同凸出的磨脐一般,将一个山谷挤入从南方流来的葫芦河中,使得葫芦河在这里生生凹进来一块。西夏人便在此处,凭高修筑战寨,控制着葫芦河的河道,亦控制着出葫芦河经陆路通往灵州城的大门。

宋军前锋,已经在此被阻了整整四天。

四天前,种谊麾下不可一世的振武军第一军第一营,看到磨脐隘夏军守备不严,想趁着西夏人不备抢渡葫芦川,一鼓作气攻下磨脐隘,不料这支在平夏城立下大功的部队轻敌冒进,却正中夏军之计,被扼守此隘的三万夏军三面夹击,第一营虽然浴血奋战,逃脱了被全歼的命运。但是这一战,不止损失一千多名将士,被夏军烧掉船只皮筏数十艘,而且,这还是宋军伐夏以来第一场败战,大大打击了宋军的士气。

左路军主力赶到之后,种谊立即下达了两道命令:第一营都指挥使送交卫尉寺处分;将第一营打发去看守辎重。

因为指挥失误而导致战败的将领,是肯定要受到军法处罚的。即使是种谊自己,也必然要负上相应的责任。而不让刚刚打了败仗的士兵影响到全军的士气,最好的办法,便是将他们与战斗部队隔绝开来。

这样的处分自然无可非议,但正如刘昌祚所言,要真正挽回这一切,唯一的办法,便是尽快拿下磨脐隘。毕竟,都总管司的耐心是有限的。而最重要的是,左路军只随军带了一个月的粮草与军需,并且,在他们的军队到达灵州之前,不会有任何来自国内的补给。

种谊非常明白没有粮草对军队意味着什么。

"真天险也!"隔江眺望磨脐隘,种谊即使心事重重,亦不禁发出这样的感叹。

刘昌祚淡淡应道:"世上绝无攻不下之天险!"

"子京已有良策?"种谊又惊又喜。

"末将又能有什么良策。"刘昌祚指着对面的磨脐隘,慨声道,"不过是狭路相逢勇者胜!"

"狭路相逢勇者胜！狭路相逢勇者胜！"种谊喃喃念道。他斜眼觑向刘昌祚，只见这个身披黑甲、气貌雄伟的男子身上，散发着一种无法形容的气质，仿佛他有一种自信，自信这个世界上，没有他攻不破的险关，没有他打不败的敌人……一向以用兵稳健而著称的种谊，此时心中竟泛起一种说不出是羡慕还是嫉妒的心情。

两日后，清晨，雾散。

驻守磨脐隘的西夏大首领没啰卧沙被眼前的景象惊呆了。

仿佛变戏法一样，大雾散去后，数百艘各式各样的木船皮筏出现在葫芦河的江面上，橹手们正划出雪白的水花，驾驶着这些船筏向着东岸冲来。冲在最前面的，是一艘战船，战船上空迎风飘扬的将旗上，绣着一个斗大的"刘"字！这些木船，在江面的雾气散去之后，仿佛一齐约定的，便纷纷擂起了战鼓，这震耳欲聋的战鼓声从江面传到磨脐隘口，依然能吸引着人们的心脏随着鼓声一起急促地跳动，似乎是要从自己的嗓子中跳出来一般。

没啰卧沙只觉得自己眼睛里所能看到的，全是载满宋军的船筏；耳朵中所能听到的，全是宋军震人魂魄的战鼓之声。

这是没啰卧沙一生之中，唯一一次见到这么壮观的场面，亦是他唯一一次感到发怯。

"刘？对面的宋人不是种谊的军队吗？"监军使梁格嵬不知何时已到了没啰卧沙的身后，颤声问道。

"管他娘的是谁的军队！"没啰卧沙跳着脚大声吼了起来，对自己心中生出来的怯意有点儿恼羞成怒，"给爷爷放箭！叫这些南蛮子去喂王八！"

"放箭！"

"放箭！"

"他娘的快放箭！"

西夏人也开始擂鼓吹号。

急促的战鼓之声、彻天的号角声与高吼的命令顿时响彻山谷，顷刻之间，被眼前景象所震惊的西夏士兵都回过神来，密密麻麻如蝗虫一样遮天蔽日的箭雨，射向葫芦河的江面。其中还夹杂着小型的旋风炮所发射的石子。

但宋军对此早有准备。江面上，一面面几乎有两人高的盾牌迅速地竖了起来，整整齐齐密不透风地排列在船的正前方与正前方的上空，顷刻间便树起了一道道黑色的屏障。只见西夏人射出的箭如同冰雹一般，纷纷落在这些盾牌之上，滑入江中。真正给宋军造成的伤害，简直是微不足道。

没有留下任何给没啰卧沙沮丧的时间。抓住第一轮箭雨过后的短暂空隙，宋军从船上便开始了回击。冲在最前面几排的宋船上的神臂弓手与钢臂弩的弩手们,用一轮齐射回敬了磨脐隘的西夏守军。锋锐的三棱箭头从西夏守军的头顶落下,转瞬间便收割了数十人的生命。

刘昌祚站在甲板上的将旗下,纹丝不动,神色自若,紧紧盯着东岸。

天空中到处都是密密麻麻的矢石,有夏军射出的,有宋军射出的,有分不清是谁射出来的……不断听到战士落水的声音,军官大声吼叫、咒骂的声音……还有充斥耳际的战鼓声。

随时可能有一支箭落下来,夺去刘昌祚的性命。

这里是宋军将旗所在的地方,是冲在最前面的战船!同样也是西夏人重点攻击的对象。几乎七成以上的旋风炮,都是打向刘昌祚的座船。不断地有亲兵受伤,甚至战死。好几次箭矢几乎就是擦着刘昌祚的耳边落了下来。

刘昌祚眼睛都不曾眨一下。

世上只有怕死的将军,没有怕死的士兵!

越是靠近东岸,西夏人的箭雨就越是疯狂,宋军盾牌所能挡住的箭就越少。被箭射中的宋军士兵与橹手越来越多,不断有人落水,没有人知道有多少人死伤,只见葫芦河上,到处都是鲜血的红色。

但是主将站在将旗下。

主将的座船冲在最前面!

没有任何犹豫、退缩的理由!

所有的人都只有一个信念,追随那面将旗,向前,向前!再向前!

一个橹手倒下,立即有另一个士兵接过带血的木桨,荡开血红的河水,继续向着东岸奋力划去。

"疯了!那姓刘的是个疯子!他娘的,这些南蛮子疯了!"梁格嵬脸色一阵青一阵白。

"你娘的给爷爷闭嘴!"没啰卧沙瞪着眼睛朝他的监军使怒声吼道,一面怒气冲冲地走下箭楼,大声吼道:"孩儿们,准备出寨干他娘的!"

"首领,为何要出寨?"梁格嵬此时已没有心思顾及自己的面子了,急急忙忙跟在没啰卧沙身后问道。

"监军没看见挡不住了吗?"在这当儿,没啰卧沙也没什么好气。

"何不凭寨而守?"梁格嵬实在已丧失与宋军正面对抗的勇气。

"那烦劳监军在这里守好了。"没啰卧沙懒得解释,不再理会梁格嵬,冲着正在集合的部队大声吼道,"快,上马,出寨!"

一个部将在梁格嵬身后低声解释道:"宋狗来的人马太多,趁着宋狗没有站稳脚跟,将他们赶进葫芦河才是上策。倘若宋狗全部上岸,围攻寨子,光看宋狗今天这股狠劲,寨子就很难守住……"

"那你还待在这里做甚?"梁格嵬早就恼羞成怒,一把火正好发到此人身上,"还不快去准备出寨?"

刘昌祚一只手举着一面盾牌,挡着如同冰雹一般铺天盖地而来的箭石,率先跳下了战船,顺势便用盾牌击倒一个冲上来的夏兵。跟在他身后,数以百计的士兵纷纷跳到了磨脐隘口前面,不顾两面山寨上飞来的矢石,与躲在简陋的工事后面攻击宋军的守军展开搏斗。守在隘口的夏军从未见过如此悍不畏死的敌人,眼见着下船的宋军越来越多,而己方寨中援军又"迟迟"不至,这些夏军本无必死之心,此时都不禁心生怯意,竟被宋军杀得节节后退。

浴血杀出一块地盘的宋军迅速地组成数个方阵,鸣鼓共进。刘昌祚抢过一面将旗,插入身后地中,执盾高呼道:"今日之战,有进无退,敢退过此旗者斩!"

"有进无退!"

"有进无退!"

宋军早已杀红了眼,此时顿时一齐高呼,响震山谷。

刘昌祚立于将旗下,见不断有船只靠岸,加入的士兵越来越多,又厉声道:"孩儿们听着,牌手居前,神臂弓次之,弩手再次,马军最后!列阵而战,今日必生擒没啰卧沙!"

"生擒没啰卧沙!"

"生擒没啰卧沙!"

宋军的鼓噪没啰卧沙没有放在心上,但是宋军在这么短的时间,冒着漫天飞舞的矢石,一面与守军血战,一面竟然能如此迅速地列阵,并且还整齐地向前推进着,却让没啰卧沙大吃一惊。这些宋军不仅仅是亡命之徒,还是一群有着严格纪律与军事素养的亡命之徒!

没啰卧沙一生之间,心中从未如此胆怯过。

但是,他同样也没有退路。

他的背后,就是鸣沙城,就是西平府!

"孩儿们,杀光这帮南蛮子!"

"杀!"

"杀啊!"

双方在磨脐隘口这片扁凸形的山谷中纠缠混战着。进攻的宋军与防守的夏军分成平行的数块交战着，双方都无法投入太多的兵力，双方都不敢后退一步。自辰时开始，一直杀到午时，整整两个时辰，战局始终僵持着，分不出胜负。地上横七竖八地躺着数以千计的尸体，人的头颅在士兵们的脚下滚来滚去，斫断的战刀，折断的弓箭，遍地都是，鲜血染红了磨脐隘口的每一寸土地。此时，唯有双方的战鼓声，依然一样的响亮。

乞伏木奕是夏军中有名的骁勇之将，但当他看到那个一手执盾一手持刀在战场上左突右击有如黑色魔王的宋将之时，背心亦不由得一阵发凉。他亲眼看见那人射空了箭囊——这个魔王的箭法当时已经让他头皮发麻，他暗暗庆幸自己没有成为他的目标。但是当他见到这个黑影近身搏斗的功夫之时，却只会下意识地想要避开这个魔王了——敌人的鲜血染透了他的黑色战袍。

但是战场上的事情，就是这么讽刺。他不想碰到的，却偏偏要碰到。

那个宋将此时分明就是冲着自己来的。

乞伏木奕夺过一张弓来，张弓搭箭，瞄准黑影，毫不犹豫地射出一箭。

羽箭疾射而来，刘昌祚一抬左手，举起盾牌，挡住了这一箭，右手钢刀挥出，将一个冲到跟前的西夏士兵的刀砍成了两截。那士兵似乎是被吓呆了，怔在那里竟不知道如何反应，只是不可思议地望着自己手中的半截刀，刘昌祚没有怜悯的功夫，顺势反手一刀挥出，一个头颅飞出老远，鲜血喷射而出。

前面端着长枪冲向刘昌祚的两个西夏士兵被这景象吓得连声大叫，眼见刘昌祚脚下毫不停留，凶神恶煞般冲杀过来，二人略略一怔，一齐扔下长枪转身就跑。

"懦夫！"乞伏木奕狠狠地骂道，接连两箭，射死逃跑的部下，瞪着刘昌祚，一次搭上两箭射来。但便在这一刻，让所有人目瞪口呆的事情发生了——不知从何处有两箭破空而来，竟生生将这乞伏木奕的两箭射落！

乞伏木奕没有去找宋军中另一个神箭手在哪里，他怒声大吼，扔掉弓箭，操着马刀，大吼着冲向刘昌祚。

刘昌祚轻蔑地看了乞伏木奕一眼，也提着刀冲了上去。

"去死吧！"乞伏木奕恶狠狠地吼着，高举战刀，狠狠地劈向这个宋军的魔王。刘昌祚踩开两步，当乞伏木奕的刀锋堪堪削过他的盾牌外侧时，他的钢刀顺势砍向乞伏木奕的左臂。宋军新式钢刀的锋利，足以划开西夏人的铠甲，一阵剧烈的疼痛，几乎让乞伏木奕站不稳身体。

刘昌祚的第二刀如同行云流水般追随而至，乞伏木奕慌忙就地一滚，勉强避开这一刀。

刘昌祚正要追上去，最后一刀取了乞伏木奕的性命时，几个西夏士兵已冲了上来。

乞伏木奕跌跌撞撞爬起来，正暗自侥幸，不料一道白光疾射而来，乞伏木奕只觉额心一阵冰凉，便再次倒了下去。

"好箭法！"刘昌祚忙里偷闲，大声赞道。左军中能有如此箭法的，不消说也只有那个内侍李祥。

"不好意思，抢了将军的功劳！"果然，身后传来李祥尖锐的笑声。

"功劳有的是。"刘昌祚笑道，顺手劈倒面前最后一个夏兵，"西贼已是强弩之末了！"他清楚地感觉到，西夏人已经开始有体力不支的现象了。

便在此时，只听到耳边传来几声巨响。

"砰！"

"砰！"

只见夏军阵中较深的部位，闪起一阵阵的火光与随之而来的巨响，顿时，到处都是血肉横飞，战马悲惨地嘶鸣，士兵发出一声声惨叫……

刘昌祚与李祥一齐回头，便见在宋军的后面，整整齐齐地排着一列列的轻型弩炮。每次齐射，都有数十枚霹雳投弹被弹射出来，在空中划出黑色的弧线，落在到处都是士兵的战场，无情地将西夏人逼向绝望。

终于，僵持的战场，很快演化成了夏军大溃败的战场。

"杀！"

"杀！"

宋军的骑兵迅速地集结起来了，开始了所有骑兵最拿手的绝活——追杀溃兵。

7

"……贼军大首领没啰卧沙被霹雳投弹当场炸死，监军使梁格鬼被追兵斩首，梁乙埋的一个侄子被生擒，此役共斩获大首领十五名，小首领二百一十九人，俘虏大小首领二十二人，斩首贼众三千余级，俘虏五千余众，缴获贼军伪铜印一枚，旗鼓、马匹、军器无数……"丰稷向石越念着刚刚接到的左路军战报，"种谊、刘昌祚率部一路穷追贼军溃兵，沿途大小城寨皆望风而逃，种、刘一直追至赏移口方停止追击。经此一役，葫芦河方向，贼军已无抵抗之余力……"

石越亦不由得喜动颜色，"当下令嘉奖。"他快步走到地图之前，找到左路军所在位置，看了一会儿，喃喃道："种谊与刘昌祚会自西北出鸣沙城往灵州，还是会自北方出黛黛岭？"

潘照临、刘奉卿、章楶等幕僚、参谋闻言，都聚到地图边来。

刘舜卿看了半晌，摇摇头，道："左路军出鸣沙川或是出黛黛岭皆不重要，现在下官只想知道，李宪在哪里？自李宪与王厚分兵之后，王厚已与董毡会师兰州城下，而李宪却已经有整整七天，没有军情传回来了！"

他手指指向天都山，忧心忡忡地说道："若李宪部有意外，贼兵自此而下，我后方空虚，自平夏城至渭州、陇州、秦州，皆已倾巢而出，所留守之兵总计不过万人，皆老弱不堪，贼军可轻易深入我腹心之地……"

所有人尽皆默然。

刘舜卿的担心不是没有道理的。

数日之前，梁永能忽然派兵反攻紧邻延州的保安军顺宁寨，想趁宋军倾巢而出、后方空虚之时，自保安军攻入延州后方，对宋军还以颜色。保安军守军猝不及防，若非顺宁寨三千将士浴血奋战，兼之当时环庆行营还有大军驻扎，种谔率军救援及时的话，后果真是不堪设想。

但这件事却给宋军敲响了警钟。

西夏人未必是被动挨打的，如若不能消灭敌人的军队，当宋军主力深入西夏腹地之时，西夏人的军队反而出现在了陕西路境内，那后果就严重了。

比烧杀抢掠，无论如何，宋军都不可能是西夏人的对手。

而相比延绥、环庆行营来说，秦凤行营的守备更加空虚。

石越的手指轻轻敲击帅案，默然半晌，终于淡淡地说道："无论如何，我们眼下唯有相信李宪。再等他五天，五天之后，再无消息，再抽调兵力未迟。"

王厚与李宪的计划挑不出什么毛病。

西线的战略目标一开始就被行营都总管司明确为牵制西夏在天都山以西的军事力量，伺机直接进攻兴庆府——而不是灵州。而西线的兵力配置却并不少：除了神锐军第一军与从秦凤行营调来的神锐军第二军、第四军以及神卫营第四营共计四万左右精锐禁军外，还有总数在两万四千左右的原熙河地区的教阅厢军、沿边弓箭手与番军。若再加上董毡许诺的至少四万的吐蕃联军，总兵力已经超过十万。虽然跟随王韶开熙河的许多有经验的优秀军官，在持续数年的禁军整编过程中被一批批调走，充实到其他的禁军当中，但是至少，李宪与王厚都对自己亲自训练的军队感到满意——尽管这中间也出现过如文焕这样的"败类"。

所以，人们有理由对西线寄予厚望。

尽管西线大军的补给无异于一场噩梦，但行营都总管司的一些官员，依然很乐观，他们甚至相信李宪会比中路军先打到兴庆府。

毕竟他们面对的对手，也并不强大。西夏人的主力，绝不可能在西线。而西夏方面名义上节制天都山以西诸军司的禹藏花麻，根据各方面的情报，这个人也并没有替梁乙埋卖命的意思。

于是，王厚与李宪制定了一个简单的计划。王厚率神锐军第一军与配属的神卫营，与董毡的吐蕃联军一起，进攻兰州。而李宪则亲率其余所有军队，进攻会州、屈吴山、天都山，巩固中线的侧翼。然后，董毡的吐蕃联军与少部宋军军官一道，向西北进攻凉州甚至是甘州，招安沿途部落；而王厚则顺黄河而北，与李宪会师，直接杀过青铜峡，直取兴庆府。

他们的想法是，当西夏人将主力用去抵抗中线与东线的宋军之时，他们就可以乘虚而入，夺得伐夏第一功。

当然，这个想法与后面的打算，是不可能上报给行营都总管司的。

这个计划，西讨行营都总管司只知道一半。

理由是很堂皇的，无论是李宪与王厚先攻下兰州，再绕个大弯来取屈吴山、天都山、会州，还是先攻击天都山，再取兰州，都势必要在熙河地区崎岖的群山中，绕上无数的山路。这远远比不上两路出击有效率。

从纸上来说，李宪与王厚的计划是相当不错的。

然而，那只是纸上的。

当王厚目送着吐蕃联军的众将领鱼贯走出大帐之时，心中的不安感越来越强烈了。

兵强马壮的吐蕃军队，虽然有点儿让人不舒服，但是董毡对朝廷的忠诚至少暂时无可挑剔。但是，那个于阗杂种阿里骨却是那么的刺眼！这支异族的联军越是英勇善战，王厚便越是感觉到一种威胁。

完全只是一个打过多年仗的老兵对危险的直觉。

阿里骨的眼神桀骜不驯，眸子里透着一种赤裸裸的野心。王厚挑选了最精壮的将士给这些联军的将领们检阅。旁人的眼中，或者是一种颟顸[21]的茫然，或者是一种带着讨好的谦卑，或者是敬畏……唯有这个阿里骨，竟是那种不屑一顾的蔑视，毫不掩饰的蔑视！

王厚又特意差人送给联军众将精美的中原礼品，有美轮美奂的丝绣衣袍，有洁白如云的瓷器，还有来自南海的各种香料，以及吐蕃人一日不可或缺的茶叶……然后，王厚又派人偷偷打听到那些将领是如何处置这些礼物的。几乎所有的吐蕃将领对这笔

---

[21]　读作"mān han"，形容糊涂而马虎。

意外的财富都喜不自胜，有些人一回帐便迫不及待地试穿华美的丝袍，有些人则将之郑重地藏起来，还有一些人用来赏赐自己的宠姬……唯有这个阿里骨，除了留下茶叶外，便将那些礼物毫不吝啬地分送给了其余的大小首领。

这个于阗杂种，毫不羡慕中原的生活，却懂得如何去拉拢与自己血统不同的吐蕃人！

董毡没有儿子。

而阿里骨的母亲是董毡的宠姬，阿里骨则是董毡的养子。

与兰州夏军的几次交锋，王厚又故意设法让阿里骨出阵。这个于阗杂种作战勇敢，武艺高超，骑射之术，让西夏人望而生畏。而最要紧的是，王厚分明看得出，那些吐蕃的战士，在心里面对这个于阗杂种都很服气！是那种出自战士心中的钦佩。这种感情，王厚最熟悉不过——熙河地区不知道有多少番部首领，对他的父亲便抱着这样的感情。

董毡已经老了。

否则如此重要的战争，他不会不参与。

青唐吐蕃对大宋的态度，很可能便取决于这个于阗杂种。

但是，阿里骨却是个危险人物。

攻下兰州不过是举手之劳，王厚根本没有把兰州的夏军放在眼里。但打下兰州后，果然让这些吐蕃人向西扩张吗？

凉州、甘州，甚至远至西域，让那里的部族服膺吐蕃战士的威名，而不是更直接地感受大宋的刀锋？

王厚太了解这些异族了。

所有的部族，本质上都是畏威而不怀德的。

唯有你清楚地让他们知道，如若他们不服从，你的刀锋便会划破他们的脖子，你的战马便会踏平他们的帐篷，他们才会服服帖帖，从心眼里敬畏你为天朝上国。用刀箭与战马摧毁他们的意志，然后用美服与美食消磨他们的身体，大宋才会有稳定的边疆。

如若征服的军队不是宋军而是吐蕃，也许是去一西夏，又造一西夏。

谁能担保这阿里骨不会成为第二个李元昊？

但是王厚也清楚地知道，改变计划是不可能的。李宪才是西线宋军的最高长官，他私自违背作战计划，别说他只是王韶的儿子，便是韩琦的儿子，只怕也难逃一死。况且，向西进军，他也没有足够的补给。

"向职方馆要一份阿里骨的档案……立即写奏章，请朝廷续赐空名宣札五百，空名告身二百……"[22]待吐蕃众将全部走出大帐，王厚便即咬着牙，低声命令道。

"将军，我军与李太尉分兵之时，李太尉已交付空名宣札二百，告身一百，足敷兰州之用。"王厚的一个幕僚提醒道。虽然朝廷为了招抚"生番"，免不了要封一些有名无实的官职给那些投效的部落首领与有功番人，但王厚张的这个口，未免也太大了一点。

"兰州够用，凉州、甘州、肃州、瓜州、沙州，岂得够用？"王厚呵斥道。

帐中部将与幕僚顿时沉默下来，一齐望着王厚。

"随吐蕃人西行的武官，本将全部要亲自挑选。"王厚冷冷地说道，"当年班超投笔从戎，一介书生，孤身入西域，以一人之力为大汉抵定西域。今大宋亦只缺一班超而已！"

8

黄河边上的兰州城，自汉朝置金城郡以来，便是河西之雄郡。此城控河为险，似一把尖刀，插入华夏西北诸羌戎种落之间，同时亦是河西、陇右之大门，但凡西北异族入侵河、陇，首先燃起烽烟的，必然是居于咽喉要地的兰州。而一旦中原想要驰骋于河湟，进取西域，那么兰州又必然是最重要的战略基地。大唐年间，自兰州沦入吐蕃，河湟尽失，边疆稍有风吹草动，长安城都须戒严，直若惊弓之鸟。故此，自王韶收复河湟以来，大宋有识之士，莫不想顺势直取兰州，以兰州为屏障，以河湟为靠背，整个熙河地区都可以得到巩固。之所以一直隐忍不发，只是因为兰州在西夏人手中，不便轻举妄动而已。而如今既然已经公开宣战，摆明了便是要收复河套故地，兰州这样的兵家必争之地，自然是首当其冲。

宋朝与青唐吐蕃近六万之众的精兵，便驻扎在兰州城南的皋兰山下。

此刻，皋兰山下某处。

"王将军，便是此处了。"一个土著向导带着谦卑的笑容，指着一块淹没于深草中的残碑，向一身戎装的王厚说道。

王厚点点头，走至碑前，俯身拨开一人高的深草，见那残碑上字迹早已模糊不清，只能依稀辨认出几个字来，他仔细端详，终于认出那个几个字来——"汉骠骑将军霍

---

[22] 空名宣札及告身：空名，意即未填列姓名。宣札为宣头（头子）与札子（剳子）的合称，皆属枢密院所发文书，多用以支取钱物，小事发头子，大事则发札子。告身则是（入品）官员的聘用书及身份证明。

去病屯兵于此"！

王厚轻轻抚摸着碑文，一张脸却绷得很紧。

"传令下去，着人在此重立一碑，碑文这般写：汉骠骑将军霍去病屯兵于此——熙宁十三年某月某日复兰州，宋昭武校尉王厚谨立！"

"是！"

"王将军，山上还有霍将军庙……"

"待本将攻下兰州后，再来拜祭不迟。否则吾无面目见霍骠骑！"王厚起身上马，调动马头，道，"明日正好请霍骠骑看一场好戏，以慰骠骑将军之英灵！"

次日。

兰州城南门外，宋蕃联军战旗密布，连绵数里，战士们整齐、锃亮的枪尖上，反射着一片片耀眼的阳光。王厚披着冷锻钢打制的铠甲，骑着一匹高大的黑马，立于将旗之下，威风凛凛。他身边的卫队，都是同样的装束，精挑细选的西北汉子，一个个挎弓执刀，眼中闪着剽悍的光芒。

被王厚请来的吐蕃众将与那些新投效的部落首领，却一个个都有点儿莫名其妙。兰州城位置虽然重要，但此时却无异于一座孤城，城外则重兵压境，却无必救之兵；城内则兵微将寡，与宋蕃联军数次交战，屡战屡败之后，更是人心惶惶，每天偷跑来投降的人至少都有数百，兰州附近的部落都是墙头草，见宋蕃联军势大，早就迫不及待前来宣誓效忠。人人都知道，在兰州城外垒上几座土山，这城便守不住。但是，王厚却既不做攻城的准备，亦不劝降，而且竟连城都不围，将所有军队集中在南门之外，却未免过于拿大了。

难道真的将军队这样一摆，就会吓得夏人出城投降？

董毡的亲兵首领抹征遵首先忍耐不住，委婉地向王厚劝说道："王将军，是否要将这城围上一围，也好免得让城里的贼军跑了？"

王厚淡淡说道："抹将军尽可放心，他们跑不了。"

"跑不了？"抹征遵与吐蕃众将面面相觑。

王厚却只是偷眼察看阿里骨，却见阿里骨连正眼都不看自己一眼，只是嘴角冷笑。

王厚心中"哼"了一声。他本就不苟言笑，此刻不免脸色更加刻板，转过脸去，却见参军朱蔚向他点了点头，王厚也点点头。见朱蔚转身离去后，王厚这才脸色稍霁，侧过身，对抹征遵道："待会儿，便要请抹将军与诸位，一起看一场好戏。"

"好戏？"抹征遵又是愣了一下，正要询问，忽听到惊天动地的一声巨响，便似数百道惊雷一起响起，胯下坐骑早已惊得高扬前蹄，发疯似的想要乱窜起来。他尚未明白发生了什么事情，便本能地使劲勒住坐骑，掉转马头，向着兰州城望去——一幕让他永生难忘的景象呈现在他面前!

兰州城南约三丈长的一块城墙,在那惊天动地的响声中,整个地塌了下来,掀起漫天的尘土。再看四周,到处都是战马嘶鸣,士兵的惊叫,吐蕃的战士们一面不可思议地望着眼前这一幕,一面用尽全力控制着自己的战马,许多马早已惊得窜出阵中,不分方向地到处乱跑,还有一些人干脆跪倒在地上,朝着天空拜起来——整个吐蕃军阵,瞬间乱成一团。

更让他震撼的是,宋军的阵列,竟依然是整整齐齐,纪律严明,仿佛什么也不曾发生过。

他回头去看王厚,这个被称为"小阎王"的将军,此时难得地露出了一丝微笑。

"抹将军受惊了。"

"这狗娘养的是故意的!"抹征遵在心里骂道,但是回过头看到兰州城的那一幕,他心里不能不生出一种震撼,一种敬畏。

这是什么神秘的力量?

他再去看其他人,便是那个素来天不怕地不怕的阿里骨,脸上也露出震惊与敬畏的表情。许多胆小的首领,早已吓得脸色发白,不断地摸着自己的佛珠,嘴里念念有词。

同一战线的盟友已经被吓成这样,身为敌方的兰州西夏守军更是心神俱裂。

没过多久,便见到其他三个方向的城门大开,西夏人疯了似的从各个方向逃跑。他们只想远离这个被"厮乩"[23]诅咒的地方。如果宋人没有天兵天将的帮助,刚才那一切是如何发生的?

但是诅咒并没有结束。

逃跑的路上,致命的爆炸声频频响起,一群一群的西夏士兵被宋军埋在地下的炸炮连人带马被炸得肢体不全,血肉横飞。

王厚满意地看着这一切。

大宋对待藩属的政策早已经开始全面检讨。毫无意义的赏赐已经被摒弃,皇帝陛下曾经公开对臣子说:"朝廷做事,但取实利,不当徇虚名。"对这些藩属,在让他们尝到好处之前,必须先让他们感到害怕。这样的忠心,才会长久。

"诸公,今日这场好戏,可还入眼否?"王厚干笑着向吐蕃众将与诸部落首领问道。

"天兵之威武,实是小人前所未见。小人实想不出,普天之下,何人何物能当天朝之神威?这夏国逆臣,居然敢不修臣德,竟想以蚍蜉撼大树,真是可笑不自量……"阿谀奉迎之人,是不分种族与地区的。

....

[23] 西夏人对卜师的称呼。

王厚耐着性子听完了这些肉麻的吹捧，方淡淡说道："天子恩加四海，素以仁德抚四方，兵者是不得已而用之。"

"是，是……"

"朝廷将在兰州驻军，以保境安民，这城墙之修葺，还须有劳诸公，事毕之后，朝廷自会论功行赏……"

"王将军说哪儿的话，这是为人臣子之本分，必当效命，必当效命。"

9

兰州城东。

神卫营第四营都指挥使秦克用狠狠地吐了口浓痰，低声咒骂道："直娘贼的，小阎王放了个大炮仗，老子一年的炸药一次就用了个精光！以后的仗还怎么打！"

"算了，军令难违。说起来，兰州这些西贼也够蠢的，我们挖到城墙脚下了，他们竟还不知道，看来，真要去拜一拜霍去病了……"

"或许王师真有霍去病英灵庇佑……"监军都虞候刘惟简笑道，此时，整个都总管司内的气氛都非常乐观。

石越含笑目视着刘惟简，因唐季五代以来流弊所致，即使天水之朝是对内侍宦官管束甚严的朝代，在军队地方，依然活跃着为数不少的宦官。天水之朝之所以没有宦官之害，其原因绝非仅仅是这个朝代严格地限制着宦官之势力，而实是文官势力之强大使然。因此，对于宋朝来说，尽管宦官们有的手握兵权、有的节制地方、有的替天子察访水利吏治，但他们与普通的士大夫，其实在本质上是没有区别的。公平地说，有些人甚至更能干。这与石越所知的其他朝代之情形是绝不相同的——在其余几乎所有的朝代，无论宦官势力强大或弱小，一旦有机会，他们就会形成一个能被称为"宦官势力"的整体。但在这个时代，是不存在严格意义上的"宦官势力"的。所以，即使是那个此时还只不过是石越之小卒，在另一个时空中却曾经被封为郡王，统领几乎大宋的全部兵权的内侍童贯，一旦皇帝决定要处分他，竟只需一道诏旨就可以轻松解决。所以，对于如刘惟简这些宦官，石越虽然在心理上不可否认地有轻视与排斥的情绪，但这种负面的情绪并不强烈，对他造成的影响也几乎可以忽略——诚然，内侍宦官中也有无能贪腐之辈，但士大夫中便没有吗？宋季士大夫们对宦官的歧视与排斥，在很大程度上，也许只不过是一种历史的偏见而已。即使这种偏见在政治上而言对于宋朝利多弊少，但偏见永远都只是偏见，它不会变成别的什么。

刘惟简这个监军都虞候，也许在才能上的确不如刘舜卿、章楶等人，在品行上也比不上范纯仁，甚至是向传范，但依然不失为一个可以打交道的对象。

"可惜李宪进军太慢了！"用整个都总管司都可以听见的大嗓门来泼冷水的人，除了种谔不会有别人。这位种将军，自从开战以来，一直愤愤不平——虽然他是主攻部队名义上的直接统帅，但都总管司从一开始便决定直接指挥中线东路军之全部军队，其后更将帅司西移，直接搬到了庆州！种谔便这样被都总管司架空了，他这个环庆行营都总管还不如一个普通的军都指挥使。

明明遇上了可以大展拳脚的好机会，甚至自己也一直在努力地制造条件来创造这个时机，但事到临头，却发现竟然没有自己什么事！种谔的心情可想而知。

"屈吴山、天都山一带，道路多阻，部族丛立，本不是容易行军之所。当年王副枢使平定熙河，尚且会突然失去音讯，不知所踪。李帅用兵谨慎……"刘舜卿委婉地驳斥着种谔的话。李宪突然在屈吴山一带失去音讯，但最终证明只是虚惊一场。李宪不仅击破了天都山之西夏守军，并且用一把大火，将元昊在天都山营造的宫殿付之一炬，还击败、招降了这一带许多的部族——其中包括禹藏一族著名的大首领禹藏郢成四。李宪一面给这些归附的首领加官晋爵，送给他们部族兵甲，许给他们征讨、兼并不肯归附部族的权力；一面半诱惑半强迫地派人将这些部族首领、贵人的世子们全部送往汴京番学入读，并且命令较大部族的首领随军效力。在这些措施中，使得天都山以东可高枕无忧，对于稳定战局是极为有益的。为了这些事情多耽误一些时间，用石越的话说，叫"磨刀不误砍柴工"。

"谨慎！谨慎！"种谔讥道，"孔明一生唯谨慎，结果换来六出祁山空劳无功。某若是李宪，此时兵锋已至青铜峡！"

种谔的这番话，无异于对李宪的指控。所有的声音在一瞬间消失，议事厅内顿时变得鸦雀无声，气氛十分尴尬。种谔此时也意识到了自己的失言，但话已出口，以他争强好胜的性格，亦不愿意收回去——何况，便是他想收回去，也未必能够。他一咬牙，把心一横，决意便要一不做，二不休，趁着这个机会，争出个道理来。再怎么说，石越不过是个书生，论用兵，这个厅中，未必有人便说得过他种谔的，便是上表抗章，他也有自己的说辞。

"种将军！请慎言！"果然，石越沉下了脸。

"石帅！"种谔既打定主意，不仅没有收敛，反而昂首瞪视石越，抱拳大声道，"自用兵以来，诸军皆势如破竹，西贼闻风而窜。吴安国轻骑取石州，种古、折克行会师夏州城下，三日急攻，便克此名城，眼见便可鼓行而西，平夏传檄可定。本路宣二军前锋已抵灵州之境五日；西路七日前李祥夜袭鸣沙城，获夏人粮草近百万石。三道而进，两路已然见功，而今唯西线李宪、王厚当最弱之贼，反而最后，至今只至会州。此非将帅无能又能是甚？下官更有不解者——客军在外，利在速战，今正西贼措手不及、军心不定之时，宣二军已抵灵州，为何石帅不令其余诸军倍道而进，一鼓而下灵州，反勒令宣二军不准轻敌冒进？种谊、刘昌祚取鸣沙城后，至灵州已是坦途，为何石帅反令二将持重进兵？难不成帅府竟无知兵之人，不知胜负之关键，便在灵州一城？只需攻下灵州城，大军便可无忧！此易见之理，竟无人能知吗？"他慷慨陈词，心情激动，铿锵一声单膝跪下，厉声道，"请石帅给下官三万之兵，十五日之内，下官不能取灵州城，甘受军法！"

10

种谔也是极聪明的人，他公然指责李宪，本来是失言，虽有许多禁军将领心中即使是如是想，亦无人敢为仗马之鸣，来呼应他得罪天子面前的红人李宪。但他话锋一转，转而把重点放到指责起石越的战略来，立时，许多禁军将领立时感觉心有戚戚焉。

战争进行还未到一个月，各路进展之顺利，还要出乎众人之想象。东线小隐君与折家军早已会师，延绥军与折家军都是宋军中能征善战的部队，梁永能本来想凭借夏州之坚城与宋军周旋，不料在折克行的指挥下，宋军猛攻夏州城三昼夜，西夏在平夏地区的名城便告陷落，夏州知州投降宋朝，三万守军几乎折损殆尽。在中线，刘昌祚磨脐隘大破夏军之后，便派遣李祥倍道兼程，趁夜偷袭鸣沙城，缴获了西夏人没有来得及运走的粮草近百万石，打开了灵州门户；而主攻方向的宣二军，也早已顺利抵达灵州，在灵州城外安营扎寨。唯一进展较慢的，反而是西线的宋军，但是克复兰州，火烧天都山，却也都是振奋人心的好消息。

在这样的情况下，都总管司一次一次不合时宜地申诫诸军持重，是难以得到理解的。那些老西军倒还罢了，虽然乐观的情绪一样在他们中间蔓延，但这些人久经沙场，对西夏人有更清醒的认识。此时的西夏，就如同一匹羸弱的狼，虽然步步后退，但只要没把它彻底打死，就要提防它拼命地一搏！

但是，来自殿前司的那些眼高于顶的禁军将领与一部分青壮派西军将领，却不会这么看。特别是殿前司诸军的将领，这些人中有许多从未与西夏人真枪真箭地战斗过，眼见着友军连连告捷，敌军"不堪一击"，便以为西夏人不过是一只死老虎，兼之来到陕西也有了一段时间，对陕西也有了一分适应与熟悉，那种新鲜与敬畏的感觉早已消逝，才来时尚有的几分谨慎早就抛到了九霄云外，每个人都只想着快点上前线打仗，以便多立战功。每一份捷报传来，不知道有多少人羡慕得眼睛都红了，这些将领竟是生怕着功劳都被友军抢走了，一个个都跃跃欲试！若非石越是进过政事堂值日、镇抚一路、打过两场大仗的三品重臣，还真是难以弹压得住。尤其是殿前司诸军的将领，有许多都是出身名门，甚至是开国功臣之后，平日里结交王侯，出入公卿，自视甚高，哪里会把别人放在眼里？若非石越的声望名位，在这些世家子弟心目中还颇有分量，兼之西军一向治军严厉，让这些人忌惮三分，还真不知道会发生什么事情。

但如此心态，平时每日都不知有多少人要来找石越请战，此时哪里还经得起种谔撩拨？

骁骑军副都指挥使王师宜早已上前说道："李宪用兵如何，末将并不敢置喙。然末将亦读兵书，孙子云：'凡用兵之法，驰车千驷，革车千乘，带甲十万，千里馈粮，则内外之费，宾客之用，胶漆之材，车甲之奉，日费千金。然后十万之师举矣。其用战也胜，久则钝兵挫锐，攻城则力屈，久暴师则国用不足。夫钝兵挫锐，屈力殚货，则诸侯乘其弊而起，虽有智者，不能善其后矣。故兵闻拙速，未睹巧之久也。夫兵久而国利者，未之有也。'今日之事，曝师于外久矣，日费何止万金？而内则空耗国库，外则有契丹虎视狼顾，非国家之利也！末将愚钝，敢请石帅三思，'兵贵胜，不贵久'，客军在外，当早定大计，速战速决！师宜虽不才，愿供石帅驱使！"王师宜的曾祖父王审琦是开国名将、琅琊郡王、太祖皇帝的布衣之交。王家满门冠佩，单单在这西征的大军中，六品一级的武官便有近十人，王师宜并不是特别出众。但他是由内殿班的御前侍卫出身，受当今皇帝的赏识，随章惇征讨南方蛮夷，积功而升迁，在禁军整编中又得到郭逵的青眼，不过二十六岁，便已官拜振威校尉。这个仕途可以说是一帆风顺的世家子弟，此时正是心高气傲之时，一心盼着能在西夏立下大功，不仅在众叔伯兄弟中扬眉吐气，也能为自己的前途压上一枚重重的砝码。眼见着战争打了"大半"，除了仁多瀚的部队，骁骑军竟连半个西夏兵都不曾遇到过，王师宜早已急得坐立不安。

王师宜一开口附和，议事厅内立刻便乱成一团，那些憋了一肚子牢骚的将领，全都趁着这个机会发泄起来，七嘴八舌地向石越请战，表达着自己的不满。王师宜之类的世家子弟出身的将领，肚子里还有点儿墨水，说话倒还算文雅；其余的将领却有不少连字都未必识得几个，文盲更是比比皆是，说汴京官话都不怎么利索，一说得兴起，各种土话、脏话，也不管别人听不听得懂，尽皆脱口而出。

事情转瞬间发展成这样，在议事厅内有资格坐下的几个人，脸色都变得极其难看，但即使是刘惟简，面对着这些牢骚满腹的将军们，也无计可施。石越亲信的参军与幕僚们，支持当前作战计划或者是亲附石越的少数西军将领们，人人面有怒容，但是这些人大都是资历尚浅，在军中威望不足，不敢轻举妄动；还有一小部分老成持重的将领们，却是默观事态，不肯作声。

11

所有人都等着石越的态度。

种谔得意地望着石越,目光中带着几分挑衅。朝廷让一个书生来统兵,已是大错特错。而石越却还不肯采纳自己的意见,"畏缩惧战",更是不能容忍。"绝不能让一介腐儒毁了这场战争!"他相信石越这个书生只有两个选择:要么勃然大怒,但这样众将口服心不服,他便可以通过枢密院来弹劾石越,让枢密院向石越施加压力——枢府是绝不可能不在乎这么多将领的意见的;除此之外,石越便只有让步,只要石越妥协,让他领军出征,他便有绝对把握攻下灵州,从而彻底主导战局的发展。

种谔也知道攻取灵州会有一定的难度,他毕竟在环庆路待了几年,对西夏人也非常熟悉。但是他却更加相信自己,相信大宋的精兵绝非西夏人可以抵挡,他坚信这一点:尽管所有的麻烦都可能存在,但是他依然能够攻下灵州城。

但石越却只是平静地回视着种谔的目光。他似乎一点也不恼怒,也没有大声呵斥,但也绝非是想要妥协。石越用一种沉静、冷淡、威严的目光,居高临下地,缓缓地扫过厅内每个人,被他看到的人都不自禁地感觉到一种畏惧,下意识地闭上了嘴唇,垂下眼帘,似乎是想要避开他的目光。

王师宜本来还想要说几句,但他看到石越的目光之时,便下意识地把头低了下去。石越的眼神,便像是他小时候做错了事情被父亲发现时,他父亲注视他时的眼神。眼神里不仅仅有无言的责怪,更多的是一种威严与自信,这种眼神明白无误地告诉着你尊卑高下对错之别,即使你坚信着自己是正确的,但看到这眼神,依然不自觉地会产生一种心虚的感觉,对自己的判断产生动摇与怀疑。这样的感觉,王师宜在初次面对皇帝的时候曾经有过,那是一种因自小所受教育而产生的对天子的敬畏,但见多了皇帝之后,这种感觉便渐渐消退了。后来,当他每次见到枢密使文彦博的时候,或者碰到户部尚书司马光的时候,也会有同样的感觉,那是一种不怒自威的威严,让你觉得对他们,你只能仰视着。但他从未想过,一贯平易近人,有时几乎让人感觉是"温文敦厚"的石越,也会有这样的眼神。

"我不曾说错甚话语!"王师宜在心里对自己说道,坚定着自己的信念,努力克服着自己心中的别扭,去正视石越的目光。此时,他霍然发觉,议事厅中,已经鸦雀无声。

人们的目的未必纯正,但是每个人都相信自己的判断没有错。

石越此时，尤其坚信自己选择的战略并没有什么不对的。但是，对这些牢骚满腹的将领们，仅仅用紫袍玉带来压迫他们是不行的，将帅不和，从来都是兵家之大忌。但石越同样也无法与这些将领们一道来分享他的"历史经验"。他无法告诉他们，"曾经"有过的五路伐夏之所以失败，是因为什么……

这不仅仅是因为这是无法让人相信的秘密，亦是因为历史已然改变。

要设法让他们心服口服。

石越一把抓起放在案上的宝剑，缓缓起身，转身用剑锋指着他座位后面巨大的西夏地图屏风，沉声问道："有哪位将军知道，逆贼的主力在何处？"

那些发着牢骚的将军们都怔住了。

只有种谔答道："末将以为，他们应当在兴灵之间！"

"应当？"石越反问道，"种将军如此以为，可有凭据？"

"以目前各处所知军情观之，逆贼主力当集中在我军之正面。而宣二军只是略受阻挡，便已至灵州。据宣二军之观察，灵州城之贼军不下三万。末将相信，贼军是将主力收缩于兴灵之间，以诱我深入，在其所熟悉之地与我决战，以收地利。我军正好可以将计就计，只要攻下灵州，兴州便处于我兵锋之下，贼军几无回旋之地，大计可定！"面对着咄咄逼人的宋军，西夏人将主力集中于一处，先避敌之锋芒，然后再依托地利以求决战，不失为明智之举。种谔久经沙场，号称熙宁一朝的名将，他对敌情的判断是非常敏锐的。

石越淡淡地注视着种谔，半晌，他手中宝剑突然指向灵州与韦州之间的广大地区，"我大军一旦集于灵州城下，自灵州至韦州，便形成数百里之薄弱地带。种将军以为，贼军是依托灵州坚城与我决战，还是会绕至吾军之后，攻击吾军之粮道？又或者，其大军根本便藏在此处，等待着战机。这数百里粮道，吾军无任何凭恃，将要如何护卫？"

"只要攻下灵州……"

"种将军拿什么攻下灵州？"石越厉声质问道，"将攻城之器械送至灵州城下，岂是容易之事？贼军岂能坐视这些器械安然运抵灵州？"

能对灵州这样的大城形成威胁的攻城器械，都是极其笨重的。数量少了没有作用，要形成作战规模，那么运输就是一件难题。带着这些攻城的辎重行军，行军速度是快不起来的。议事厅中的将领对这一点还是明白的，因为到目前为止，那许多攻城的器械，甚至只有一小部分被运到了韦州——在崎岖的山路上运输这些笨重的器械，无异于噩梦，这些物什不仅仅本身是个麻烦，还经常会阻塞狭窄的山路，使得大队运粮的队伍无法通行。

"何不带工匠就地制造？"王师宜问出了一部分将领的心声。但他刚刚问完，便感觉到一阵后悔，因为几位西军老将都用奇怪的目光看着他，仿佛他问了一个愚不可及的问题。

果然,刘舜卿替石越回答了这个愚蠢的问题:"据职方馆之资料,灵州附近,没有任何可以用来制造攻城器械之大树。"

王师宜顿时红了脸,尴尬地移开眼睛。

"攻城之法甚多,运用之妙,存乎一心。何必受攻城器械之限?"种谔却并没有被说服,反而觉得石越甚是迂阔。但话虽如此,他却并没有再次质疑,因为临敌对阵,许多谋略,一旦事先说出来,有时候反而会被人视为荒诞的奇谈怪论。人们总能够轻易地表达自己的质疑,假若敌人这样,假若敌人那样,那么这样的计划就行不通了,他们故意忽视一点:如果一方不犯错误,那么除非实力相差过于悬殊,否则不犯错误的一方是不可能失败的……赵奢在谈兵的时候,怎么样也说不过赵括,多半便是因为如此。

种谔依然相信自己有足够的手段能够攻下灵州城,但是,他却并非是一个擅长制定那种连细节也几乎完美的作战计划的将领。他能够根据战斗时的情势,做出正确的反应,但是那些细节,应当由部下们去完善。

种谔不知道石越对自己是否是故意打压,但如果一方杀了另一方的儿子,无论有什么样光明正大的理由,那种心中的相互猜忌总是不可避免的。种谔无论如何,也不会希望宋军失败,但若石越一意孤行,受点挫折,种谔也是非常乐意见到的。无论是前方受到什么挫折,还是大军在外,久不见功,枢府对石越的信任都一定会降低的。

"但如此全无作为,亦非良策。枢府必会催促进兵,灵州总是要打的,所谓三鼓而竭,拖得越久,士气便会下降,钝兵挫锐,更不堪用……"另外的禁军将领继续质疑着。

"本帅自有办法,诸公到时便知。"石越自信满满地说道,"诸公不必担心无仗可打,无功可立,当养精蓄锐,以待与贼决战之日……"

12

夏州。

新委任的夏州知州吴问是仁宗朝的进士,做了二十多年地方官,此时已快五十岁,一向以宽政爱民为己任,吏部精挑细选,将他派到这个刚刚收复的地方做知州,表达的是政事堂的一种期望:大宋是来"光复"平夏的,而不是来征服平夏的。

但是,军方似乎却有另外的意见。

小隐君与折克行商议,为了保护自延绥至夏州之粮道,不仅要重新修葺夏州城墙,而且在延绥至夏州之间,要沿途修建城寨,用一个个的堡寨,来使梁永能无机可乘。折克行根本不相信西夏的百姓,他甚至建议,要将银夏地区的人民,尽数强行迁往内地,分割开来安置。并且强征其丁壮为宋军建城寨、运粮草。并且,折克行还提出一个更加狠毒的建议:向横山诸部族颁布赏格,购买死活西夏人,以诱使横山部族攻击横山另一面的洪州、龙州、宥州。三贯一个活人、一贯一个死人的价格,足以让整个横山的部族成为西夏人最凶狠的敌人。而与此同时,宋军则以夏州为据点,派遣骑兵不断骚扰攻击宥州至盐州一带,焚其屋宇,掳其人民,掠其财产,以逼迫梁永能来决战——否则,平夏地区在三五十年内都无法恢复元气!

一将功成万骨枯!

与西夏人世代作战,西夏人残暴的手段折克行早已领教。现在有机会反施其身,这位河东军名将并未感觉到有任何不妥。

战争唯一的目的便是胜利。

折克行是如此相信的。

于是,一队队西夏百姓在宋军的驱使下,扛着石头、木材,如同蚂蚁一般来来去去,修葺着残破的夏州城墙。许多人的眼中,都满含着怨恨之色。但是,这不会为他们赢来怜悯,只会招来暴虐的鞭打。

当吴问去找折克行争辩时,折克行如此反问他:"既然为了胜利可以让成千上万的己方士兵去死,那么为何为了胜利就不能让成千上万的敌方百姓去死?"然后折克行便客气地送走了这位夏州知州。

吴问于是转而去找东线宋军的统帅种古。但小隐君军务繁忙,没有时间见他,亦没有时间回复他的信件。小隐君有自己的苦衷:虽然他心里更赞同吴问的主张,对折克行的行为颇有腹诽,但是,夏州是折克行指挥打下来的,现在那里是由折克行驻守。虽然名义上他是折克行的上司,但是两军之间的关系却并非可以如此简单地处理,他对河东军指手画脚,是很容易造成两军不睦的。为了顾全大局,在西夏灭亡之前,小隐君不愿意自己与折克行有任何的对立。所以他干脆躲开吴问。

吴问一怒之下,写了一封弹章直送汴京,又写了一封措辞强烈的信件送给石越。"夏州之民,亦是天子之子民,大宋之臣民!"在信中,吴问如此说道。他告诫朝廷,也告诫石越,当年大宋之所以没能保有西夏之地,使得西夏得以建国,除了战略上的失败外,地方守吏失去民心也是重要的因素。军队的强大是不值得凭恃的,如果失去平夏地区的民心,便有可能重蹈历史上的覆辙。

同时,做好被罢官准备的吴问在夏州也采取了断然的措施。他与折克行本是平级的关系,既然折克行无法商量,吴问便下令在夏州清点户籍,同时移文折克行,要求他按照相关的律令来征发民夫。

立时，夏州城的文武关系，便如同一根绷紧了的弦。

"同一个地方若有两个级别相同的最高长官，果然是一定会出麻烦的。"安抚住那些跃跃欲试的禁军将领们，马上便面临这样头疼的麻烦，石越亦只能无可奈何地感叹。

"吴问去得稍早了。"潘照临话中带着一点遗憾。对于一个新占领的地区，首先由一个人将恶事一次性全部做完，然后再派一个"好官"来收拾残局，慢慢施予"恩惠"，永远都是统治良方。

"折克行之策其实甚为可取，梁永能想要坚壁清野，我们便成全他，在平夏大肆掳掠。平夏乃是西夏立国之本，末将相信，梁永能绝不能坐视不顾。而横山与平夏自唐以来，本素有仇怨，再加撩拨，则其百年之内，断难和睦，以夷制夷，大宋可坐收其利。"

石越愕然望着刘舜卿，潘照临如此说话，他早在意料之中。但是刘舜卿竟然也支持折克行，却在他意料之外。

"强征夏民劳役，虽看似残暴，但为将者，终不能有妇人之仁。"刘舜卿继续说道，"孙子云：'国之贫于师者远输，远输则百姓贫'，自用兵以来，朝廷虽加意抚恤，然陕西一路百姓苦于劳役者数十万户，终是不可避免。若能驱使西夏之民，则陕西之民总可稍得休息，亦算是不无小补。对于陕西之民而言，却是仁慈了……"

"下官不敢苟同。"丰稷的声音大得似乎连他自己都被吓了一跳，他显然有些激动，"王者之师，岂能效虎狼禽兽之行？平夏之民，素受横征暴敛，王师至时，岂不心怀期望？一旦以暴易暴，变本加厉，是大失民望，使其反而眷恋夏国之德。以乃目光短浅，因小而失大，且不合仁义，非下官所敢闻也。"

"仁义不是用来征伐天下的。"他话音刚落，潘照临便语带讽刺地说道，"兵者本就是凶器，并非好物什，只是当此末世，又不能不用。横竖总要死人，死点西夏人总比死宋人要好些；让西夏人受苦总比大宋的百姓受苦要仁义些。"

"那我们又要如何让我们的士兵与百姓相信我们是为了正义而战？"坐在下首的包绶忽然尖锐地问道。他是被石越特意调来负责后勤方面的事务的，这次只是偶然而忝陪末座。

众人一时愕然，没有明白包绶的意思。

"我们要如何让士兵与百姓相信他们是在为了正义而战？"包绶又问了一句。

"士兵与百姓会相信烧杀抢掠的军队是正义的吗？他们会相信残暴的役使百姓的军队是正义的吗？"包绶朗声问道，"石帅一直在告诉士卒、百姓、士林，王师乃是正义之师，讨伐西夏之逆贼，是正君臣之纲纪，亦是替朝廷除百年之边患，替子孙后世造一个太平盛世。陕西百姓困苦于道路而未敢有怨言者，禁军士兵血战于前线而不敢有二心者，士林清议虽见耗费国帑、劳动百姓而无有异议者，皆因于此。下官愿石帅莫要失天下之望！"

"只恐陕西百姓想要的只是少一分劳苦；前线士卒想要的只是早一日凯旋。为了这礼义道德的虚名，不知道要付出多少代价！"潘照临对包绶的话并不以为然。

"下官敢问潘先生，难不成残暴不仁，便不需要付出代价吗？"包绶反唇相讥道。

石越若有所思地望着包绶。

想要成就大功业，想要打赢一场灭国之战，双手不沾鲜血，是不可能的。石越并非那种有道德洁癖的人。他一向相信，成大功业，大事业，要有菩萨心，魔王手。但他也并不是全然同意为了达成最高尚的目的，便可以采用最卑劣的手段。因为在大多数时候，手段与目的是无法截然分开的，大多数时候，即使你达成了那最高尚的目的，亦无法弥补因为你采用了最卑劣的手段所带来的恶劣影响。

包绶所说的，其实就是类似的意思。

正义也许是可笑的东西。但是如果一个国家与民族没有正义的观念，甚至连他们自己也无法认为自己的行为是符合道德的、是正义的之时，这个国家或民族，离疯狂便不远了。所以，一个国家、一个民族做事，无论如何，都有必要在大义的旗帜下进行。

"忠烈祠的大门，应当是洁净无瑕的！"

梁永能的日子越来越难受了。

夏州的迅速失陷，给他整个计划都带来严重的影响。原本就并不充足的兵力再次折损，国相梁乙埋又派人调走近万精兵以充实兴灵之间的力量，而许多部族间流传的谣言也对夏国极为不利——这些部族中，有一部分是不可以倚靠的。但他就如同一只受伤的狼，耐心地潜伏着，等待着敌人犯错。

但宋军却十分谨慎。夺下夏州之后，并不急于进兵，反而开始修筑起城寨，摆出一副防守的姿态来。

这让梁永能颇觉迷惑。难道宋军不想从平夏地区直接攻击兴庆府吗？如果宋军果然这样稳扎稳打，梁永能便真要无计可施了。不过很快，梁永能便意识到宋军的意图——他们不愿意孤军深入太远，反而是想诱自己的主力出来决战。

宋军的部队不断地向宥州一带进行骚扰性的进攻，却绝不肯轻率地深入一步。

很狡猾，很谨慎。

这是双方比耐心的时刻。

"我们的使者走了多少天了？"眺望着东北一望无际的沙漠，梁永能向部将问道，语气中亦不禁带上了一丝期盼。

"有十天了。"部将回答道，他同样希望使者能带来好消息。

"应该已经到了。"另一个部将满怀期望地说道。

"辽国现在亦不太平，他们会愿意冒着得罪南朝的危险出兵吗？"患得患失的感觉充斥在众人的心间。

"我们自己也能打赢！"梁永能尽量地让自己的声音听起来充满自信，给部下一点强援的希望是可以的，但是不应当过分，这样才能够避免万一幻想破灭后产生绝望感。

但他的话连他自己也不太相信。

折家军凶猛善战的威名震撼着整个平夏地区，许多部族首领私下相互传言："见折家子慎毋接战。"一些部队见着折家军的旗号，便望风而逃已经是公开的秘密。梁永能对此也无可奈何，只能睁一只眼闭一只眼。

好在决定战争最后的胜负，并不会是一场两场战斗。

时间是在自己这一边的，梁永能如此相信着，并且也如此灌输给自己的部下，以坚定他们的信心。

第十章
平夏鏖兵

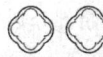

 凭君莫话封侯事,一将功成万骨枯。
——曹松《己亥岁二首·僖宗广明元年》

1

在横山山脉以北,毛乌素沙漠以南,有一片东西走向的狭长地域,在这里既有一望无际的荒原,亦有水草丰盛的原野,甚而还有成片成片被开垦耕种的农田。一条并不清澈的无定河由西而东,蜿蜒而行,穿过整片狭长地带,流至宋朝的绥州后方转而往南,注入黄河。这块在西北称得上富饶美丽的土地,被人们称为"平夏"地区,因为它全部在黄河以南,也被西夏人称为"河南"之地。

六月底一个傍晚,在距离无定河很远的原野上,远远可以见到一队骑兵正在向东方夏州城的方向行进。这些士兵们穿戴的铠甲一体全黑,但若仔细观察,会发现他们只在关键部位才采用冷锻的钢片遮护,其余部分则是漆成黑色的猪皮。骑士们排成一里多的长队缓缓而行,虽然队伍最前面的红色军旗依然被"掣旗"高举着,在西北的劲风中猎猎飞舞,但是战士们的疲惫却已无法掩饰,兵器全部被交给了心爱的战马,有许多人甚至将头盔都摘了下来,与敌人的首级一起挂在马上。

这队骑兵的人数无法用一个简单的数字来说明。队伍当中,有三四百匹各色战马,其中既有数十匹烙着西夏文字的良种河套马,也有宋军从辽国买回的战马,还有来自陕西与吐蕃的战马;但是,这么多的马匹,却只有一百余骑在马上的战士。

种建中便走在这队骑兵的前面。现在,他已是这队骑兵——神锐军第三军第一营第二指挥中官衔最高的军官。在他战马的一侧,挂着曾经与他们血战的西夏人的首领的首级——在他生前,他曾经嘲笑过种建中乳臭未干,在稍后的战斗中,种建中便用一支羽箭做出了回答,他一箭射中了这个西夏人的左眼,锋锐的三棱箭直贯头颅。

但他们这次遭遇的敌人,实在出乎意料的顽强,或者说是英勇——种建中承认这些西夏人有着不逊于最精锐的宋军的勇气。宋军最终只是取得了惨胜——在付出了两百余士兵战死,正副指挥使全部殉国的代价之后,任何胜利都只能称为惨胜。

那颗首级不断地撞击着种建中的马靴,不断地勾起种建中对这场他有生以来所遇到的最激烈的战斗的回忆——尽管他疲惫不堪,尽管他恨不能找个地方躺下来喝上一大碗酒,好好睡上一觉,尽管他不想去想任何事情,但他仍然忍不住要回忆那一个个画面。那场战斗中,种建中不知多少次与死亡只是擦肩而过,战斗之时他并不知道要害怕,但此时回想起来,却背心发凉,冷汗直冒。

他使劲摇了摇头,想要让自己停止这种无谓的回忆。策马与他并排而行的承勾段祥奇怪地望了他一眼,种建中羞于让人看出自己内心的那丝惧怕,干脆转过头朝身后望去,以掩饰自己的举动。

在他的身后，夕阳余照，只见一匹匹战马驮着他们主人的尸体向东而行。

一种苍凉的情绪在种建中心中弥漫开来。

远处隐隐约约传来哀怨的胡笳之声，或许是这乐声感染了这些归营的战士，或许是身经百战的战士们也受不了这默默而行的悲凉感，有人用羽箭敲打着捧在手中的头盔，伴着这节奏慨声唱起歌来。

"古戍饥乌集，荒城野雉飞。何年劫火剩残灰，试看英雄碧血，满龙堆……"

传说是石越所作的这首"南歌子"，曲调悲凉，词中透着一种深深的无奈。后来又有一位西军中善解音律的小校，将这首词重新谱曲，平增了几分豪迈慷慨之气，使得此曲在西军中迅速传播开来。许多军士虽然未必识文断字，但也会传唱此词。

此时一人起唱，众人便齐声相和。

"何年劫火剩残灰，试看英雄碧血，满龙堆。玉帐空分垒，金笳已罢吹。东风回首尽成非，不道兴亡命也，岂人为！东风回首尽成非，不道兴亡命也，岂人为……"

慷慨悲歌，扬于塞上黄昏之时。

种建中的队伍回到夏州城时，夕阳露在山外的部分，已经与新月无异。夏州城的军民，看见这支回城的骑兵的情形，脸上都露出几分讶异。宋军以夏州为据点，抄掠夏州以西地区的策略已经实施了一个月，已经很久没有宋军遇到过真正激烈的战斗了。西夏人夸夸其谈的"平夏兵"，见着宋军的旗帜，往往跑得比兔子还快。看来这支宋军的运气真是不太好，遇到了难啃的硬骨头。许多人在心里如是想着。

感觉到惊异的不仅仅只有夏州城的军民，回到城中的种建中也感觉到奇怪。他离开夏州城不过五天，夏州城中却突然多出了许多衣甲光鲜的禁军士兵来。相比那些神锐军部下无法掩饰的好奇，种建中对这支禁军却实在是太熟悉了。

这是拱圣军。

位列"上四军"之一[24]，在大宋所有禁军中地位仅次于捧日军，号称精锐之精锐，禁军之禁军，扈驾警跸，担当着保卫天子与京师之重任。早在讲武学堂之时，种建中就听说过：只有成绩最好的学员卒业后，才能进入"上四军"与宣武军第一军。这四支禁军，也被宋军军官们视为他日青云直上的捷径。因此，除了那些被戏称为"上舍生"的优秀中低级武官外，在"上四军"中，还充斥着忠臣烈士的后代，世家勋贵的子弟。种建中听他的兄弟种朴说过，在拱圣军中，一个陪戎副尉，都可能有让人咋舌

---

[24] 宋军"上四军"自真宗朝起，原指捧日军、天武军、龙卫军、神卫军。小说中，军制改革后，上四军是为捧日军、拱圣军、天武军第一军、天武军第二军，有时亦称"上三军"，其中天武军为步军编制。

的身世。在这支部队中，祖上三代都为朝廷战死的忠义之门举不胜举，五服以内便能算到太后宰相的，也绝不罕见。尽管拱圣军也因此被自视为"天下第一军"的宣武第一军所蔑视，讥之为"仪卫军"，但是在一次演习中，拱圣军却曾经干净利落地击败了宣武第一军，让宣武第一军的将士们整整半年抬不起头来。

种朴能够愿意一直待着不走的部队，不可能是花架子。种建中对此也有着自己的理解。

但这些家伙的眼睛长在头顶之上，在汴京亦是有名的。

街上有回营的西军与河东军士兵带着好奇向这些拱圣军们热情地打着招呼，却无一例外地遭到冷遇。他们列着整齐的队伍，步伐优雅地策马从街道中穿过，每个人都面无表情地目视着前方上空，假装没有看见向他们招呼的友军。但他们那流露出的眼神中，那种高人一等的优越感，甚至是对西军与河东军的轻蔑感，都表露无遗。

"那是哪支部队？马看起来比西贼的还高大……"

"好像是拱圣军……"

"上四军呀？"

"休得自讨没趣，去理这些没心肺的蠢材！"种建中低声训斥着他的部下们。他的叔伯辈们一直教导他，对于袍泽，对于友军，一定要如同对待亲兄弟一般友爱，因为在战斗的时候，没有身旁的袍泽与友军，是不可能生存下来的。对待友军与袍泽时，要"严于律己，宽以待人"，这是小隐君时常对他们这一辈的种家子弟说的话。但此时的种建中还年轻，对于拱圣军这种自以为了不起的举动，他还没有那么好的修养。

这些骑士早已经在战斗中承认了种建中的地位。这个营部派来的参军，不仅仅武艺出众，勇猛过人，而且在正副指挥使战死后的战斗中，也起到了关键性的作用，他不仅仅稳定了军心，而且还指挥得当，这样他们最终才能活着回到夏城。军队有军队的法则，这种被战士们所承认的指挥权，在现实中远比朝廷任命的指挥权要有权威。所以当种建中开口训斥后，他们立即闭上了嘴巴，并且换了一种怀疑与不信任的眼光，打量起拱圣军来。

"你们陆指挥使在何处？"

种建中徇着声音望去，却见是一个神锐军武官在高声询问自己这一队人马。从胸徽上看，竟是个宣节校尉。他吃了一惊，宣节校尉在禁军中，一般只会担任两个职务：军行军参军或指挥使——而种建中却不过是个御武副尉，营行军参军。他忙将马交给部下，带着承勾段祥一道走上前去，抱拳为礼，先问道："敢问宣节官讳？"

那武官只上下打量了种建中一眼，见他御武副尉的胸徽，便道："某是军行军参军江知古，你们陆指挥使呢？"

种建中与段祥黯然对视一眼，都没有说话。

江知古见着这般神情，又看了一眼他们身后的队伍，亦不觉默然。过了一会儿，方对种建中道："你叫何名？"

"下官御武副尉种建中。"

江知古听到这个名字，似乎是怔了一下，方又继续问道："现在一营第二指挥以你官阶最高？"

"是。"

"那你速吩咐人带大伙回营休整，便随某一道去见慕容将军。"

种建中微怔了一下，他不知道神锐军第三军都指挥使慕容谦为什么要召见一个小小的指挥使，或者说是这个小小的指挥的最高军官，但他还是很迅速地向段祥交代了一下，牵过自己的战马，随着江知古向神锐军第三军军部走去——他们都不是拱圣军，无紧急军情，自然是不敢在夏州城内骑马的。

2

夏州出现文武之争后，一方面是为了实施拟定之战略，一方面亦是为了缓解夏州的文武矛盾，同时也为了威慑那些有可能对大宋不满的居民，原本仅仅由河东折克行统率的以飞骑军、飞武军第三军为核心的河东军集团驻扎的夏州城，陆续又进驻了两支禁军力量：振武军第三军与神锐军第三军。并且规定所有军事力量归折克行节制，同时严禁军方违背相关之敕令律条干涉夏州之民政，以支持吴问之安抚政策。

后进驻的两支禁军中，振武军第三军最早的军都指挥使是西军名将姚咒，曾经被人称为"姚家军"，虽然姚咒现在已调任铁林军任军副都指挥使，但因为姚家是武将世家，振武军第三军内的中坚武官，大部分与姚家关系密切，现任军都指挥使赵尽忠虽然祖籍是开封人，但久在西军，还是姚麟的儿女亲家。因此在某种程度上，还是会被视为姚家的势力范围。而神锐军第三军的军都指挥使慕容谦，则是西军系统中有名的新贵。慕容谦祖上是汉化之鲜卑人，早在北魏之时便已移居河北，自唐五代以来，世代从军，却籍籍无名。至慕容谦之时，因为他本人文武双全，颇有用兵的才华，兼之他的夫人又恰巧是石夫人韩氏的一个远房表姐，免不了会受到有意无意地关照，因此一路官运亨通，三十八岁便已官拜昭武校尉，统领一军。神锐军第三军更是西北禁军中出了名的异类——这支军队，三分之一是禁军整编中留下的"刺头"，其中还包括参加过熙宁初年的一次兵变后被招安的禁军士兵；三分之一是效忠大宋的番部中的勇士，被挑选出来自成一营；剩下的三分之一，则是投诚后被整编的西夏战俘——这些战俘投诚后能够被作为一个较完整的军事编制而存在于大宋的军事系统中的，只有两支部队，一支便隶属于神锐军第三军，全由步兵组成；另一支被调到河北，多数是马军。小隐君将这两支在延绥行营诸军中有点儿"自成派系"的禁军派到夏州城，由折克行节制，去承担主要的战略任务；自己则将更多的精力集中于本土的防御、银夏之间新收复失地的巩固与建设、粮草军资的输送，以及监视阴山以东契丹人的动静上。站在武人的角度来说，虽然小隐君或多或少有将"麻烦"扔给折克行的想法，却依然是十分难能可贵的。很少会有武人会心甘情愿当绿叶，特别是小隐君还身为方面之主帅，征战克敌之能力亦并不逊于折克行，他还肯将立功出风头的机会让给非嫡系的友军，并且放任折克行统率方面，决不干涉他军中之事务。无怪乎石越对小隐君赞不绝口，屡次公开称赞他不愧是"西军第一名将"。

然而并不会人人都如种古一般高风亮节。

至少据种建中所知，赵尽忠与慕容谦，对于折克行都是不太买账的。

河东军的人，凭什么指挥西军的部队？在心里抱着这样想法的人，也不仅仅只有赵尽忠与慕容谦两个。从王韶开熙河到石越抚陕，接连的胜利让西军在大宋禁军中出尽风头后，特别是延绥行营的部队，在绥德城下几乎生擒夏主李秉常，更加让这些西军将领多出了几分傲气。更何况在大宋的历史上，延州的地位从来都是要高于府麟二州的。

不仅仅赵尽忠与慕容谦在心里对折克行这个"平夏行营副都总管"颇多腹诽，赵尽忠与慕容谦的两支部队，也互相看不起。振武军第三军向来自认为是正宗的西军，在心理上排斥着神锐军第三军这样的"异类"，并不把他们当成真正的西军；而神锐军第三军则认为振武军第三军是一群有勇无谋、只会屠杀敌国百姓冒功的懦夫——对横山少数部族的暴行，在神锐军第三军的将士们心中而言，相对得更加难以接受。

这样的情况，也许在夏州城已是一个公开的秘密。

不仅种建中知道，想必折克行也是心知肚明的。所以他也几乎从不干涉赵尽忠与慕容谦的军务。

有一次与折可适喝酒时，种建中知道了折克行如此"达观"的原因：折克行相信河东军有能力单独击溃梁永能的主力。对他而言，赵尽忠部也好，慕容谦部也好，都不过是可有可无的摆设。既然如此，那自是没有必要介意什么的。

但是折克行果真有此能力吗？

种建中在心里面仍然会有一点儿怀疑。他见过折克行，折克行给他的印象，是极其的刚毅果断，尽管与子侄们相处，都是很严厉的父辈形象。这与种古有很大不同，种古在指挥作战时是严厉的，但是在平时，不仅对子侄极亲切，便是对待军中的士卒，也很温和，让人见之而生亲近之感。种建中也听说过折克行结交儒士时十分和气，礼貌周到，也有体恤士卒的美名，但是他却怎么样也无法将那个传说中的折克行与自己所见过的折克行联系起来。不过种古倒是很称赞折克行的能力的，小隐君常常对种建中说，为将之道，除了五德外，其实还有一个"忍"道，他本人与折克行对此字各得一半，折克行有他种古所不具备的东西。但是种建中却一直没能够明白这"忍"道是什么东西，种古与折克行各得的一半又是什么，当他向种古追问时，种古却只是微笑摇头，叫他自己日后慢慢体会。因为这个"忍"道，唯有亲身体会，才能真正领悟到它的奥妙。

这也是种古派他来夏州军中的原因。只是因为担心引起不必要的误会，所以种古才没有将种建中派到河东军中。也因为同样的原因，他不可能被派往振武军第三军，所以种建中只好成了神锐军第三军的一位营行军参军。

神锐军第三军的军都指挥使慕容谦种建中一共只见过三次。

但慕容谦是一个无论你见过多少次，都不太可能留下多深印象的人。这样的人如果出现在人群中，你很容易便将他忽略掉。他看起来沉默少言，缺少威严。这样的人能成为神锐军第三军都指挥使，在不知内情的人看来，算是西军中的一个奇迹。然而种建中却知道慕容谦的一些事迹：他从军已二十余年，先后在王韶、蔡挺、高遵裕麾下任职，经历大小数十仗，不仅从未输过一次，甚至他本人从来没有受过半点伤。他精通几乎整个宋夏边境大小番部的习俗与各种土语，西夏文字的熟练程度据说放到西夏足以当个学士什么的。此外，据传说，慕容谦至少与十个以上的番部首领是结拜兄弟……

所以，慕容谦在种建中心中，也是一个学习的对象。

只要他肯细心的观察，肯谦虚的学习，迟早有一天，他会超越所有这些名将，成为大宋天空中最耀眼的一颗将星。

这是种建中掩藏在心中的野心。

3

慕容谦照例是开门见山。

"我刚刚在城墙上见到你们回城，这么说，陆轹战死了？"他甚至没有过多地看种建中，慕容谦知道他军中每一个指挥使的名字与长相。

"陆指挥使中了西贼的冷箭……"种建中脑海中回想起陆轹战死时的情形，当时他便在陆轹身后，亲眼见着陆轹将一个西夏人砍翻落马后，张嘴大吼，然后便被一支弩箭射进嘴中，立时毙命。种建中可以肯定那时西夏中并没有这样的神箭手，所以那其实只是意外。但在战场上，这便足以致命。

"你们遇到多少人？"

种建中注意到，慕容谦并没用"西贼""贼"之类的贬称来代指西夏人，但他暂时没有时间来细细品味这背后的意味，"约有千余西贼，当时这些西贼正在无定河边饮马，陆指挥使便决定偷袭，不料……"

"不料却是个圈套？"

种建中略有点儿吃惊，望着慕容谦，道："正是。末将亦曾仔细观察地形，发现那里地势平坦，不易设伏，却不料西贼将弩手藏于马后……"

"原来如此……"慕容谦苦笑道，"四天之内，已确信有两个指挥全军尽墨，还有一个指挥不知所踪，现在总算知道大概的原因了。我们一个指挥一个指挥的出击，他们便用三倍以上的兵力设圈套还击……"这些事情，现在已经没有必要再保密了。

西夏人开始真正还招了吗？种建中心里闪过一个念头。宋军原本的策略，是以马军为先导，每次向几个方向出动数个指挥的兵力，遇到小股的夏军或部族，便歼灭之，若遇到大股的敌人，则立时退还，引大军来攻。因此这些马军指挥活动范围极广，往返夏州城往往达到五六日之久。在这一个多月来，西夏人在这种战术下吃尽了苦头。宋军骑兵装备精良，训练有素，普通西夏部族的箭头，根本射不穿宋军的铠甲，缺少战术素养的部队也不是他们的对手，除非遇到大股的敌人，或者是梁永能的精锐部队，其余的西夏人只能望风而逃，整个平夏地区，几乎成为这些大宋骑兵的马场。但显然，现在梁永能想出了应付的办法来了。

"你们中了计，尚能以少胜多，想必有些缘故？"慕容谦说话缺少气势与感情，语气几乎没有任何变化，但所问的问题，总是简明扼要，切中要害。

"末将侥幸，交战未多久，便射杀了贼首。西贼群龙无首，虽悍勇却不足为惧。"话虽如此，但实际上，一直到彻底击溃这些敌人之前，这些没有章法却有拼命的勇气的西夏人，有好几次几乎站在了胜利的边缘。

慕容谦也并没有追问战斗的细节，他沉默了好一阵子，似乎在做什么决定。种建中默默站立在帐中，上司没有开口，下属在礼貌上是不应当多嘴的。

"你见着了街上那些仪卫队吧？"慕容谦难得地说出了一句讥讽的话。

对趾高气扬的拱圣军的不满似乎是共同的情绪，种建中嘴角也不禁露出嘲讽的笑容："末将回城时已领教了。"

"职方馆传来最新情报，契丹人有一支军队向阴山方向开拔，听说可能是耶律信部。"慕容谦说到此处，忽然停住，把目光移到种建中的脸上，但种建中的反应显然让他有点儿失望，"你不觉得吃惊吗？"

"倘若辽人也派兵进入西夏，那么末将只能说，西夏已不可能不亡国了。"种建中平静地说道。

慕容谦似乎没有料到种建中会如此回答，他看了种建中半晌，脸上终于露出一丝赞许之色。"但无论如何，碗里的肉被人抢走一块，总是煞风景之事情。"慕容谦在帅椅上跷着腿坐了下来，"仪卫队们道，我们这些无能之辈在夏州待了一个月，耗费了不少国帑，却一事无成，放任梁永能逍遥自在，反而还有部队中他之计，故而他们欲替我辈出头，要横扫宥、盐、洪、龙四州，烧了青白盐池，逼梁永能出来决战，一举抵定平夏战局。这样一来，耶律信就算把头伸过阴山来看上一眼，也只得乖乖缩回洞里去。"

种建中苦笑道："拱圣军若如此轻敌，恐为梁永能所擒。"

慕容谦漠不关心地摇了摇头，刻薄地说道："你家种帅都管不了这些个皇亲贵戚，否则他们亦不至于跑来夏州添乱。反正这么大一支仪卫队，梁永能亦未必吞得下。且平夏战局，到底是不能这般拖下去了，最热的六月份已经快过去，田猎季节该到了。五日之后，我军受命，要去一趟地斤泽。"

"地斤泽？"种建中倒吸了一口凉气。

"怕了？"慕容谦悠悠道。

"久闻地斤泽之名，若能随将军一道往彼处田猎，是成末将毕生之愿。"种建中笑道。大宋武人，何人不知地斤泽之名？国初之时西夏叛乱，数次被宋军击溃，夏主便是躲在地斤泽的部族中恢复元气，最终才能反败为胜，得以建国。宋军攻占夏州后，其实心中早已将整个平夏地区视为囊中之物，唯独将地斤泽视为畏途，盖因地斤泽处于沙漠深处，没有出色的向导，足够的马匹骆驼，再精锐的宋军，也不敢前去送死。

"能抚则抚，不能抚则剿。我可真不想梁永能的主力在那里……"慕容谦坦率得让种建中吃惊。

"将军？"

"去那种鬼地方之前，我要几个有本事的人。"慕容谦满不在乎地说道，"你这次功立得不小，五营副都指挥使受伤送回延州了，便由你暂代此职。"

种建中目瞪口呆地望着慕容谦。

"打仗的时候官升得快一点没甚可奇怪的。"

夏州终于再次喧嚣起来。

便在五日之后，在夏州城待了一个多月的宋军，终于数道大出，便是夏州最普通的百姓，也知道又会有一场大仗要打了。但人类是最奇怪的动物，仅仅过了一个多月的时间，夏州的百姓便开始暗自庆幸着这次倒霉的不是自己了。

慕容谦部在夏州附近征集了大量的马与少量骆驼，在几个长期为大宋职方馆效力的本地人的带领下，向北方的毛乌素沙漠进发。他们一路上，将要经过泥泞的半沼泽地带、草原区以及沙漠，经历这一切以后，还要冒着遭遇梁永能主力的危险，至少，无论是慕容谦还是种建中，都不相信地斤泽的部落会是久慕大宋王化的顺民。

种建中甚至怀疑，即使不去提这一条行军路线的困难，以神锐军第三军的兵力，遭遇梁永能之主力，究竟能有多少胜算？若他不是种家的人，他甚至会怀疑同意这一计划的种古根本是想借机让神锐军第三军与梁永能部互相消耗掉。毕竟，对于西军而言，这二者都是麻烦，只不过有大小不同。不过，他虽然相信种古不会抱着这样的想法，但是他不敢肯定折克行不会抱着此类想法。

除了对自己所在的这一路大军的前途无法安心以外，种建中还要担心着兄弟种朴。

拱圣军西进的计划，无论怎么看，种建中都认为是在冒险。

以骄兵之态，而孤军深入……

种建中想不明白为何折克行会同意这个计划。他并不相信折克行会真的压制不住一个拱圣军都指挥使，但这背后究竟有什么他不明白的东西，他却猜不出来。

但是，他可以不在乎拱圣军的命运，却不能不在乎自己兄弟的性命。

所以在临行前，他特意找到种朴，对他说出自己所有的担心，提醒他千万小心。

种朴是可以信任的，但是……

但是拱圣军也并不是由无能之辈组成的，否则他们不可能击败宣武第一军，哪怕是在演习中。

种朴在拱圣军中的军职，是第三营副都指挥使。当种建中向他说出自己的担心后，他立即转告给了第三营都指挥使郭克兴。郭克兴马上便去拜见了拱圣军都指挥使符怀孝与副都挥使张继周，提醒他们要当心士卒骄气，客军在外，千万不可轻敌。

尽管符怀孝的能力远远不及他的祖上——他的祖上符彦卿，是五代末宋初之名将，曾被周世宗封为卫王，为辽人所畏。契丹凡马病不饮食，便会说："此中岂有符王邪？"——但符家毕竟自真宗、仁宗以后，便已渐渐失势，符怀孝能官至拱圣军都指挥使，也并非全凭祖上之荫。而张继周以勇武闻名军中，也不能说是糊涂之辈。二人虽然都渴望建立功业，以求显达，但是对自己所处的形势，也并非全无认识。

只不过符怀孝与张继周，都坚信梁永能是绝不可能打过装备精良、训练有素的拱圣军。符怀孝更常常以霍去病自况，以为霍去病尝以一万精骑而大破匈奴，封狼居胥，他符怀孝统率的拱圣军，未必便会逊于霍去病的一万精骑。

拱圣军一开始是比较谨慎的。他们不敢离夏州太远。

但很快，事实便证明，这种谨慎与担心是多余的。

十天之内，拱圣军的铁骑，踏破了宥州、龙州、洪州，大军所至之处，夏军要么一击便溃,要么望风而降。

符怀孝写信给折克行,要他速速派兵来接管宥、龙、洪三州,他休整三天后,将继续率军西征,进攻盐州,烧青白盐池,若梁永能再不肯露面,拱圣军兵锋将顺着长城而北,直指兴庆府,夺此伐夏第一功。

整个拱圣军上下,都洋溢着乐观的情绪。

连种朴都怀疑,或许西夏人仅存的精锐都被调去抵抗中路的大军了,梁永能不过是在平夏布了个疑兵之阵,这里并不存在什么西夏的精锐之师。而拱圣军却恰好捅破了他用窗纸糊成的疑阵。如果真是这样,那么宋军就可以从平夏地区调动数万精兵,直接进攻兴庆府,灵州与兴庆府腹背受敌,便是西夏人有三头六臂,亦将无回天之术。

梁永能来,便歼灭梁永能,抵定平夏!

梁永能不来,便烧掉青白盐池,进逼兴灵!

在拱圣军,此时已没有人认为梁永能的主力能当拱圣军一击。人人都在期盼它的出现,仿佛这只"传说"中的平夏精兵的存在,不过是为了拱圣军的功劳簿而存在的点缀,摘下这颗果实,只不过是一种例行公事的程序……

4

塞外的七月,白日还好,到了晚上,便会气温骤降,让大多数是在中原长大的拱圣军将士们颇感不适。第三营都指挥使郭克兴,便因为连日征战的疲惫,宥州休整时猛然放松下来,在一次晚上巡视军营后,竟不慎着凉受了寒。虽然有随行军医开了药,但是感冒这东西这时候却没有特效药,三两天之内根本好不了。此时骑在马上颠簸而行,一面身不由己地不停地流着鼻涕,打着喷嚏,可以说是狼狈不堪。

种朴对自己的上司非常同情,他知道对于武人来说,要么不得病,一旦病起来,想好便没有那么容易了。但郭克兴是好强之人,无论如何也不可能因为这点小病而错过建功立业的大好机会。但种朴看他这模样,却极是怀疑他还能不能拉开他那张硬弓。万幸的是,虽然还是不太适应塞外的气候,但得益于军中有一些经验丰富的将领,病号还不是太多。像郭克兴这样的,多半是那些恃着自己身体好不肯信邪的人。

"种兄弟,你说那梁永能会不会来?"郭克兴用手绢捏着鼻子,向种朴问道。

这个问题种朴也曾经想过许多遍,但始终不敢肯定。"盐州非只有青白盐池之利,且实是兴灵之门户,唇亡齿寒,论理乃是必争之地,绝不可弃者。"

"俺亦是这么……啊……啊嚏!"郭克兴摇着头,低声骂了一句娘,又继续说道,"……然而梁永能若是放俺们过盐州,也不是不可能。正面交战,俺料到那些西贼不是敌手。他放俺们过去,再切俺们退路,断俺们粮道,岂不更阴毒些?"

种朴知道郭克兴一直力谏符怀孝,要他等到折克行派出军队跟进后,再继续进攻盐州,以免与主力拉得太远。若能与主力保持一个适当的距离,拱圣军攻下盐州后,也不会有后顾之忧。但是符怀孝认为这根本是杞人忧天,他认为只要过了盐州,大军有十五日之粮,便可以直趋兴灵,秋季已到,别说兴灵之间到处都有麦田,便是向中路军借粮,也不用担心粮草之事。而种朴却隐隐觉得,符怀孝与郭克兴都过于乐观了,他出身于西军将门,对于夏军还是有一定了解的:虽然自谅祚以来西夏人战斗力一直在下降,无复元昊之时的善战,但这中间更多的是统军将帅的问题。以谅祚、梁乙埋之才,便是领着一群大虫,也未必有多么能征善战。然而,如今平夏兵都由梁永能统率,虽则梁永能肯定不如元昊,却毕竟胜过梁乙埋之流百倍。符怀孝与郭克兴都乐观地估计梁永能不敢与拱圣军作战,即使作战也能击溃之。但是种朴始终做不到底气十足,除非梁永能是在这里摆空城计……

"不管怎样,还是小心些为上。我们大摇大摆进军,又早许多日放出话去,要火烧青白池,直趋兴灵。只要这话能传到梁永能耳中,我想他总是不能不顾的……"种朴道,"咱哥俩总之好好看住左翼便是。"

"也是,小心驶得万……万年……啊……啊嚏!"

出宥州至盐州,约有一百四十里路程。在大宋的军事条例中,无论是原来的《武经总要》,还是新编定的《马军操典》,对于行军都有明确的规定:"凡军行在道,十里齐整休息,三十里会干粮,六十里食宿。"即使是拱圣军这样一支称得上精锐的纯骑兵部队,要想在行军之余还保持战斗力,或者希望到达目的地时,掉队的士兵不要达到一个让人无法接受的地步,每日的行军速度,就必须严格遵照《大宋马军操典》行事。更何况,拱圣军还是带着辎重的——抛开文学家们的夸夸其谈,骑兵的作用是有很大的局限性的,宋军的高层都算是务实的军人,他们都清醒地知道,战争的主角是步兵。而骑兵的作用大概只有三样:击便寇、绝粮道以及在阵战中攻击敌军侧翼。虽然实际上在作战中对骑兵的运用可以更加灵活;虽然拱圣军这样的骑兵部队也常常自命不凡,但是,拱圣军的将领们同时也是明白骑兵的局限性的。他们之所以敢自命不凡的原因,不仅仅是因为他们认为自己的部队是一支优秀的骑兵部队;同时也是因为他们认为拱圣军的战士亦是优秀的步军士兵!按照操典的要求,大宋所有的骑兵,都是要接受步兵训练的!所以,对于拱圣军而言,骑在马上,他们便是骑兵;下了马来,他们便是骑马步兵!宥、龙、洪三州的城墙,用战马的牙齿是不可能咬开的,因为无论多么优秀的战马,也都只是食草动物。

因此,尽管符怀孝是打心眼里看不起梁永能与他的军队,但是他毕竟还没有猖狂到犯兵家大忌的地步。"百里争利,蹶上将军;五十里争利,军半至。"这句名言用来形容大宋的骑兵虽然不太准确,但是道理却是正确的。符怀孝在许许多多次的军事演习中积累了这方面的经验,当一日一夜疾行达到八十里以上时,即使是拱圣军这样的精锐,掉队的士兵至少也占到三分之一,而跟上的士兵也会人疲马劳,最重要的是,你根本不会看到任何队形的存在。除非真正做到出其不意,敌人根本没有任何准备,否则无论是半路伏击还是在终点以逸待劳,等待这支军队的,都是败亡的命运。

他大张旗鼓地宣扬拱圣军要攻击盐州,目的便是引梁永能来决战。以堂堂正正之师,击败成名已久的"平夏兵",对于许多将领来说,都是难以抗拒的诱惑。为了准备决战,符怀孝绝不允许自己的军队走到盐州之前,便先已丧失战斗力了。

但太慢了也不行。这会影响以后的计划。

所以,在第一日,符怀孝恪守着《武经总要》与《马军操典》的要求,让拱圣军保持着阵形与队列行军,前后两骑之间相距四十步,左右两骑之间相距四步,凡每两什间的距离,两都间的距离,两指挥间的距离,亦严格按照平日的训练。每走到十里,符怀孝便下令全军休息,整齐队伍。同时,他派出两拨探马,分别搜索前后十里与左右五里以内的敌情,又严令前锋部队保持着与主力一里的距离。

如此谨慎地行军,的确很难出现什么意外。

虽然理论与实践之间出现了一点偏差,到达预定的宿营地点的时间晚了半个时辰,但第一日还是平安无事地度过了。

并没有任何发现大规模的夏军的报告。一路上原本应当存在的几个寨子,似乎早已听到风声,当拱圣军到达时,都已跑了个干净。探马只发现了小股的西夏骑兵在十里以外远远地觑探着大军,这当然是正常的。没有这些苍蝇的出现反而不正常了——盐州城的守军但凡不是白痴,总应当有一点反应。

让符怀孝感觉到有点儿尴尬的是拱圣军没能按预定的时间到达宿营地。这本来并非什么大不了的事情。在没有便携式时钟之前,控制行军的速度并不容易,即使是经验丰富的将领,也难免出现误差。但是这次迟到,让符怀孝感觉到有点儿心虚——他觉得别人会认为他如此谨慎地行军,是害怕梁永能。虽然无人表露出如此意思,但符怀孝总觉得有点儿不自在,尤其是他见到副都指挥使张继周的时候——张继周一直坚定地相信梁永能绝无胆量挑战拱圣军,因此竭力主张主力带三日干粮直取盐州,攻击盐州周边的盐池,迫使盐州守军出战,在野战中歼灭之,然后大军在盐州等待辎重部队便可以了。尽管符怀孝也曾经公开耻笑梁永能,然而他现在的行为却无疑会被张继周解读成怯懦。

但是第二日符怀孝依然决定谨慎行事。

他用了许多的时间与毅力才克制住自己的冲动。

只有活着的人才能讲面子。

依照职方馆绘制的军事地图——这份地图的准确性已经被充分证明，它抵得上一个出色的向导——在盐州城外东北三十里，有一个叫杨柳屯的小村庄。那里是由宥州前往盐州城的必经之路。符怀孝决定当日便在杨柳屯扎营。

拱圣军依然教科书般地策马行走在黄土高原上。

估计走了十里路之时，符怀孝依然会叫停全军休息一会儿。同时符怀孝也越来越频繁地听取探马的报告——在当日清晨的例会时，他又多派出了两组探马。越是渴望胜利的时候，符怀孝就会变得越发谨慎起来——当年他就是因为如此，才在演习中打败宣一军的，宣一军的将军们以为符怀孝是个狂妄的勋贵子弟，他们听说符怀孝很瞧不起宣一军，急于打败宣一军，便放出了许多的诱饵，试图引诱符怀孝，以进一步放松他的警惕，让他骄傲自大而失败，未料到符怀孝不仅没有头脑发昏，反而将计就计，把宣一军带进了他的圈套当中。

探马们的报告让符怀孝略觉安心，他们并未发觉有何异常。

但探马的每一次报告，都会让副都指挥使张继周脸上那若有若无的讥笑越来越明显。他的这位副将当然不敢正面挑战他在军中的权威，但他眼中的意思却很明显："看吧，老子料得没错吧？"

而且，认为自己的将军过分谨慎了的将领，似乎是越来越多了。

这让符怀孝感觉到颇不自在。

快到中午的时候，前方的探马突然传来不好的消息：前方一条谷道上堆满了乱石与树木；道路上还发现布了许许多多的木钉，长达一里。但让人奇怪的是，附近并没有发现任何埋伏。

符怀孝立即停下了大军，让参军取出地图分析起来——让人很头痛，被破坏的道路算得上是必经之路，若要绕行，须得多走上三十多里。

符怀孝犹疑起来。

"你们确信不曾发觉西贼埋伏？"张继周喝问着探马。

"回将军，小的们仔细查了道旁两里，确是不曾发现西贼。"

"知道了。再探！"

"是。"

张继周转身对符怀孝说道："依下官看来，这不过是盐州西贼滞敌之计。否则岂会只坏道路而无伏兵？我军不必理会，着先锋开道便是。"

"若是如此，西贼迟滞吾军，又有何用？"符怀孝反问道。

"黔驴技穷罢了。总不过是能拖得一时算一时。"

符怀孝默然，转头去看身边的行军参军们，参军们也是各执一词，却也没有人主张绕道而行。显然，拱圣军内的将校们普遍对夏军持着蔑视的态度，认为不值得为了这一点点伎俩便绕道三十里。这种心态连符怀孝也不能例外，只不过他心中更加矛盾而已。

"全军姑且缓缓前行，差人去唤种朴去看看再做定夺。"符怀孝最后说道。他记得种朴是个谨慎的人。

5

种朴受命之后，不敢迟疑，立即带了一什人马疾赴探马所说的谷道。

果然，他到了那里后，便发现谷道内堆满了乱石与砍倒的树木。地处黄土高原的盐州，其北面是风沙草原，其南面则是横山山地，正处于黄土丘陵沟壑地区与鄂尔多斯风沙草原的南北交接地带，由此也形成了特殊的地貌。据种朴所知，盐州以西，是灵盐台地，起伏和缓，几乎没有任何险阻可言；北面则是适于骑兵驰骋的风沙草原；南面是形势高突、由黄土覆盖的梁状山地，山梁宽广，沟谷深陡；而东面则是无定河流域地区，既有风沙草原的千里不毛之荒凉，又有沟谷森林的土山柏林，溪谷相接。当盐州还控制在中原王朝手中之时，它是西援灵武，东接银夏，密迩延庆，护卫长安之重镇。在大唐与吐蕃争战的时代，这里便是最激烈的战场，盐州城曾经屡次被攻破，也曾经在劣势的兵力下，力抗吐蕃十五万大军达二十七日之久而屹立不动。当时游牧民族的骑兵入寇盐州之时，多是经由西面与北面的路线。而当拱圣军想要收复盐州之时，自然而然的，也选择了经由东北进攻——这实际上也是唯一的选择，因为南面的地形根本不适合骑兵运动，而拱圣军也不可能飞渡到盐州的西面去进攻。

拱圣军选择的这一条行军的路线上，实际上是风沙草原与黄土丘陵沟壑地带的结合部。这样的地区，对骑兵而言，并非是完美的作战区域。这里有山有水，因而便也有涧有谷，有些地方还颇为险恶。

不过，种朴所见的这个谷道，既不见得有多险要，亦并非伏兵的好处所。谷道两旁的山丘光秃秃的，除了一些怪石外，满目的黄土上只有一些稀稀落落的树桩，登高而眺望，方圆数里一览无余。

种朴自是猜到符怀孝特意命令自己来观察敌情之意。故此不免加倍小心，又下令部下细细搜索，每一处有怀疑的地方，他都不敢放过。如此折腾了有半个时辰，却还是一无所获。

虽然种朴心里隐隐感觉到有点儿不平常，但也不敢拖延，又急驰而回，向符怀孝如实禀报。

符怀孝听到种朴的报告,这才终于放下心来。他怕耽误太久,一面命令全军午餐,一面又特意调了一个营去协助前锋部队开道。

将士们边吃着杂饼等干粮,边给自己的战马喂着干酪,等待道路畅通。又过了半个时辰有多的时间,那条谷道才终于被清理出来。

但是那只不过是一个开始。

走了不到五里路,前方又有一条道路被西夏人用同样的手段堵住了。所不同的是,这次的地形更适合伏兵,探马还发现了若隐若现的夏军旗帜。

参军们的意见迅速分成两派。一派与副都指挥使张继周的观点相同,认定这不过是西夏人故弄玄虚的疑兵之计;一派则认为西夏人不可能认为树几面旗帜就可以吓跑拱圣军,这是虚之示以实,实之示以虚,故意引诱宋军。

但对于符怀孝而言,无论是哪一种可能,他都没有退缩的可能性。

他想要的就是与平夏兵决战!

所以这次他没有命令全军停止前进,反而下令做好作战准备,而他自己则与张继周亲自领兵前去察看形势。

那的确称得上是一条险道。

符怀孝领兵策马立在道口远望,发现这是一条只能容两骑并排通过的道路,路当中到处都是推落的乱石,砍倒的树木,凌乱难行。而道路两侧的山丘连绵,一片黑黢黢的柏树林中,不知道潜藏着多少危机。

符怀孝在心里骂了句娘,皱眉向主管情报的参军问道:"西贼的旗帜在何处?"

"当是又藏匿起来了。"参军肯定地说道,"当时有几拨探马都见着了旗帜,虽远了些,但这些人素来精细,不会看错。"

"能否蹑至西贼之后……"符怀孝对地形还不是太熟。

参军摇了摇头,无可奈何地说道:"太远了,且军中亦没有这许多熟悉地形之人。"

符怀孝不悦地转过头,却发现张继周嘴角之间似有不屑之意,他心下更加不喜,板着脸对张继周道:"使副可有何良策?"当时军中也习惯将副都指挥使简称为"使副"。

张继周不以为意地笑道:"若依下官看来,这不过又是西贼智竭计穷,故弄玄虚。"

"何以见得?"

"下官方才见到一飞鸟入林中,却并未被惊飞,是以知道。"

符怀孝素知张继周勇猛而少心机——他能与张继周和衷共事,亦是取他这一点,能官拜拱圣军副都指挥使的人,不可能完全没有心机谋术,但是张继周的那些机心,对于符怀孝而言，都是一眼便可看破的，因此便不易成为威胁，而他勇猛过人，则可以成为符怀孝很重要的助力——但他却未料到张继周也有粗中有细的一面，当下不由得刮目相看。他抬头向山丘上的柏树林望去，果然，未过多久，便见到有飞鸟入林，又有飞鸟怡然自得地从林中盘旋而出。

但他心下还是不踏实，踌躇了一阵，又命令募两个敢死之士，去先前探马所见有西夏军旗之处探个究竟。

死士们很快平安回来，林中果然没有伏兵。他们带回来了西夏人插在林中的旗帜，并发现那个位置十分巧妙，当有风过之时，从道口便可以隐约见到旗帜，一旦风停，便会被树林遮住。盐州这个季节正是风多的时候，绝不用担心旗帜会不被宋军发现，西夏人将疑兵之计，发挥到了极致。

符怀孝心中泛起一种被人戏弄、羞辱的恼怒。他脸上火辣辣的，似乎感觉到张继周在对着他笑，但他却不愿去看张继周的表情。只是刻意板着脸，重重地"哼"了一声。

主管情报的参军却似乎没有注意上司们的情绪，他的注意力被那些军旗吸引了，他仔细翻检着每面旗帜，若有所思。

"将军，这些旗帜全是属于盐州贼军的。"

"唔？"符怀孝眼睛一亮，听出了背后的含义。

"将军请看，旗杆上全部刻有夏国文字标记。"参军抓起一面旗帜送到符怀孝面前，指着旗杆给他看，果然杆上刻着一些乱七八糟的文字。"旗鼓颁赐，乃军中大事。故所有旗鼓颁赐之前，必都刻有铭文。这些夏国字，便标着贼盐州知州景德秀的官讳。"

换句话说，梁永能可能并没有来此，所有这些伎俩都是盐州守军弄出来的。这也可以顺理成章地解释为什么西夏人没有设伏——因为没有足够的兵力。根据战争以前的情报，因为宋军对盐州的威胁有限，所以城中只有八千多的守军，这点兵力，不足以出城太远与拱圣军对阵。

他们想延缓拱圣军的脚步！

为什么？

一个个念头在符怀孝脑海中闪现，终于，所有的念头都指向一个终点：景德秀想拖延时间，等待梁永能的驰援！也就是说，梁永能还没有到盐州。

符怀孝绝不相信梁永能敢弃盐州于不顾。再怎么样坚壁清野，也应当有个底线，梁永能还能放任拱圣军毁坏盐池，直趋灵兴？所以，他才如此谨慎，生怕着了梁永能的道。

但是，另一种可能是存在的。

梁永能出于某种原因，可能是因为天气，可能是因为信息的传递出现问题，可能是因为他的犹豫……总之，他还没有来得及赶到盐州。所以，景德秀要想方设法，迟滞拱圣军的行军，这样他才可能凭借着那点可怜的兵力坚守盐州，等待到援军的到来。

考虑良久，符怀孝对自己的这个判断更加坚信。另一个具有诱惑力的念头也跟着冒了出来——若赶在梁永能到来之前，攻破盐州，然后再以逸待劳，凭借盐州城与梁永能周旋，又当如何？

早一刻到达盐州城下，便可能占据着后面战斗的主动权。

"调两个营来帮着开道！"终于，符怀孝果断地下达了命令。

6

通过这条道路之后，符怀孝下令加快行军速度，不再顾及行军的队列要求。时间已经被耽误了不少，很可能在太阳下山之前，已经赶不到杨柳屯了。雪上加霜的是，又走了不到十里路，西夏人再次堵断了一条道路。

这次符怀孝没有了迟疑，听到探马的报告后，便果断地派出两个营的兵力协助前锋开路。虽然为了以防万一，他还是特意叮嘱了派出去的部队要保持适当的距离。

没有任何意外。

终于，符怀孝完完全全放下心来。

但即使识破了景德秀的计谋，失去的时间却无法挽回。因为西夏人阻塞道路，加上符怀孝的迟疑，让拱圣军在路上耽误了太多的时间，当似血一般鲜红的夕阳快要完全沉入西方的地平线时，拱圣军离他们的目的地杨柳屯还有十几里的路程。更加糟糕的是，他们所处的位置，没有足以供给大军的水源。所以，无论是出于对接下来的战斗的考虑，还是出于现实的考量，符怀孝都只有一个选择。他必须赶到杨柳屯。

将领们很容易地达成了共识。没有人愿意在一个没有水的地方过夜，别说人受不了，连马也会受不了。而且对于拱圣军的大部分将领来说，他们并不害怕打仗流血，但是却并不喜欢住在帐篷里忍受来自风沙草原的寒冷夜风。在杨柳屯，至少还有一些土房。而且，无论如何，住在村庄的感觉总要好过住在野外。

于是，拱圣军开始了在黄土高原上的第一次夜行军。

很快，拱圣军便知道了实战中的夜晚行军与平时的训练、演习相差究竟有多大。没有准备充分的火炬，没有事先探测清楚的道路，黄土丘陵沟壑地区的地形始终是陌生的，凭借着模糊的月光，举着简易的火把，在蜿蜒崎岖的道路上行进着。这个时候不要说队形，想保证无人掉队都是一件极困难的事情。因为不断有战马不小心失蹄受伤，所有的人都不得不下马牵着战马步行前进。而更大的挑战是给辎重部队的，骡马一不小心就会将车辆拉到道外,或者陷在道路当中的坑洼内,事故接连不断的发生,辎重部队不知不觉间,便与主力拉开了距离。

夜晚不仅仅让行军变得加倍艰难,也是探马们诅咒的对象。按照《马军操典》,他们不仅必须冒着生命危险,高举着火把,向同伴与向敌人昭示自己的存在,希望在万一之时用自己的生命来给部队赢得时间;同时,他们的视线也受到极大的限制——发现敌人变得更加困难。要搜索的地区是如此广泛,而人手却始终是有限的。面对着夜晚这个敌人,这些军中的精锐兵士,也第一次丧失了信心——他们不仅人手缺乏,坐骑更容易受伤,而且每个地方也不可能有充足的时间让他们停留,而在夜晚当中,可疑的地方却实在太多了:夜风吹拂着深草的摇动,凌乱的土石,都能让人疑神疑鬼。但你却无法一一去检验,更多的时候,他们也只能凭借着自己的经验来判断。

然而,最让人难堪的是,整体来说,拱圣军什么都不缺,最缺的便是经验。此时此刻,每个人都恨不能背上能有一对翅膀。

但是无论如何,每个拱圣军的将士,都相信没有什么能阻止他们的前进。

即使他们走得磕磕碰碰,却没有人想过要停止前进。

在走了将近两个时辰后,杨柳屯终于在望了。

前锋部队离主力差不多有两里之遥,此时已经进驻村中,并且开始了警戒。探马们也没有发现异常——这似乎已经只是例行公事了,没有人相信会有敌人。所有人都松了口气,期盼着好好休息一个晚上。经历一整天的劳累,几乎人人都显得疲惫不堪。只不过恪于军纪,没有人敢窃窃私语——按宋军的军法,夜晚行军时喧哗私语,都是立斩不赦之罪。

士兵们自觉加快了脚步,希望快点赶到杨柳屯。

但便在拱圣军所有将士最放松的时刻,突然间祸从天降。

便听到四面八方忽然鼓角齐鸣,弓弩齐发,在黑夜中如同一片片遮天蔽地的铁云飞向拱圣军,化为箭雨落下。许许多多的战士甚至还没有来得及做出任何反应,便已死于非命。符怀孝的中军因为他的帅旗即使在黑夜中也过于引人注目,遭受了最猛烈的打击,尽管亲兵们拼死用自己的身体来替他们的将军来挡住致命的攻击,但符怀孝的左肩还是中了一箭。他挥刀砍断箭杆,忍着疼痛不断地下达着命令,试图将部队结成阵形。

但在西夏人连续不断的弓弩射击下,本来就丧失了队列的拱圣军已经完全乱成一团。只有少数将校有能力将自己的部队组织起来,用一条条生命为代价,依靠着盾牌、战马,艰难的构成一个个小小的圆形防御圈。依靠着这些中坚力量,拱圣军在这样的突然打击下,竟奇迹般的没有溃散。

没有人知道究竟有多少夏军，只见从山坡上、树林中，夏军潮水般的涌出来，在弓箭的掩护下冲向拱圣军。素来占据着远程火力优势的拱圣军，此次却完全被敌人所压制，任由着西夏人不受阻挡地冲向自己的阵地。

"投弹！投弹！"副都指挥使张继周凶神恶煞地怒吼着，一面挥刀砍倒两个被吓得到处乱窜的士兵，一面指挥着士兵构建阵形。几十个士兵在他的指挥下，朝着进攻的西夏人扔出了几十枚霹雳投弹，"砰！""砰！"数声巨响，炸翻了数十名西夏士兵，但是西夏人只是稍稍迟疑了一下，又冲了上来。

"直娘贼！"张继周狠狠地啐了一口，大声吼道，"不怕死的随我来！"提起马刀，迎着西夏人冲了上去，数百名战士紧紧跟在他身后，也大喊着冲上前去，与西夏人混战在一起。

但夏军的人数实在太多了，仿佛是四面八方到处都是，张继周率领的敢死队，很快便陷入了西夏人的重重包围当中。

在一片兵荒马乱当中，种朴是少数依然保持着头脑清醒的将领。

郭克兴在西夏人的第一轮突然袭击中，便被一箭直中要害殉国。种朴来不及悲伤，便接过郭克兴的责任，呵斥着身边的士兵熄灭火把，利用战马组成屏障，躲在马后面引弓还击。随着慌乱的士兵在他的呵斥下不断加入，他迅速构成了数百人规模的阵形。数百人列阵射击的威力远远大于同等的士兵漫无目的地射箭，他们一次次齐射，给予西夏人极大的伤害。他这个小阵很快便引起西夏人的注意，成为西夏人反复冲击、射击的目标。

种朴竭尽全力地指挥着部属，一面作战，一面缩小与其他部队的距离。

他们必须靠拢。

这时候已经没有任何编制可言，士兵们还没有完全混乱，全是得益于军制改革，士兵与军官们都根据服饰与胸饰来寻找自己的指挥官与下属，不同营不同指挥的人临时搭配在一起，组成临时的阵形，顽强地抵抗着敌人的进攻。他们秉持着相同的骄傲与传统——宋军结成防御阵型之后，便是任何军队都难以战胜的对象。

士兵们一旦投入作战，紧张与兴奋很快便取代了最初的慌乱，指挥官的声音对他们而言简直如同天堂纶音。当种朴同一级别的武官纷纷稳住阵脚之后，拱圣军的慌乱便开始渐渐消退。

到了这个时候，拱圣军的将领们才能缓过神来，考虑他们当前的处境。

西夏人选中的作战地点，是一片不适合骑兵作战的狭长区域，所以西夏人以弓弩掩护，削弱宋军的防御；而用步兵进行着一次又一次的冲击，试图击垮拱圣军的防线。而此时，他们每个人都敢肯定，西夏人的骑兵一定等在某处，当他们开始溃退之时，这些骑兵便会穷追不舍，彻底葬送拱圣军。

他们也不能在此处久留。

这里无法发挥拱圣军的长处，西夏人的突袭令他们损失惨重，数以千计的士兵死伤，无数的将校殉国。在没有援军的情况下，固守于此，无异于自居死地——已经没有人对前锋部队再抱希望。

唯一的出路，只能是且战且退，杀出重围。

符怀孝此时已无任何杂念。张继周已经战死，他也只欠一死。但此时，他还不能死。以宋军军法，弃主帅而逃是死罪，所以，他必须活着回去受审判。他这时唯一的希望就是保存下拱圣军一点力量。他不愿意自己成为拱圣军的罪人。他默默估算过，他们应当还有三四千匹战马，只要出了这段地区，便不至于被西夏人全歼。

绝不能被西夏人全歼，这时已成了拱圣军将领们共同的想法！

第五营都指挥使双眼通红地冲到符怀孝面前，嘶声道："将军速引兵突围，末将当为大军断后。"说完，不待符怀孝答应，便振臂高呼道："没马的兄弟随我断后！"

符怀孝也不敢再犹豫，咬牙吐出一口血痰，厉声吼道："无马者断后，有马者准备随我突围！"

拱圣军的士兵们默契地交替掩护，变换着阵形，丢失了战马或者战马被射杀的将士自觉地归入新的后军当中，凭着战马的尸体列阵，与西夏人对射。在第五营都指挥使阵内，还有战马的将士也没有离开——西夏人的进攻越来越猛烈。他们已经杀红了眼睛，都义无反顾地选择了留下。

在准备突围之前，符怀孝组织了一次反攻。在西夏人两次攻击的短暂空隙中，三百名死士突然向西夏人发起了冲锋，打了西夏人一个猝不及防。但夏军的将领反应十分迅速，很快这些战士便被淹没在西夏士兵的人潮当中。

但符怀孝抓住了夏军注意力被吸引住的这短暂时间，拱圣军残存的主力开始后撤。

符怀孝已留意到西夏人并非是四面合围，而是在东北方向开了一道口子，他还记得那是来时的一条岔道入口，当时他问过主管情报的参军，知道那边有一片宽阔的地区，适于骑兵驰骋。

那后面肯定有梁永能的骑兵在等候。

但是，拱圣军此时也需要那一片宽阔的地区。

7

种朴率领着六百多名骑兵组成前军,替突围部队打头阵。他的任务便是不惜一切代价冲开那道口子,替大军杀出一条生路来——而如果那条道上也埋伏着重兵的话,那么他与这六百战士便是试探敌人虚实的牺牲品。临上马前,种朴回头看了一眼负责后卫的袍泽——如同波涛汹涌的大海中孤立着一块块岩头,这些必死的勇士们,始终骄傲地矗立在那里,抵抗着西夏人一轮又一轮凶猛的进攻。因为地形的缘故,拱圣军的阵形怎么看都显得很薄弱,不断有人倒下,几乎每一刻都有人死亡。其余准备突围的战士,此时也依然在用弓弩、霹雳投弹回击着敌人,黑夜中,不断发出轰隆的巨响,人马的惨叫,爆炸的火光。

种朴抹了一把脸上不知道是血还是汗水的液体,朝着地下狠狠地啐了一口,跃身上马,举刀大吼道:"吾皇万岁!"

"吾皇万岁!"

"吾皇万岁!"

喊声四起,响彻夜空。

这是拱圣军的骄傲。还活着的拱圣军将士都被这喊声激发了内心的骄傲,他们是大宋皇帝陛下的上四军!

六百余骑以一种过分单薄的队形,凭着一往无前的勇气,向符怀孝所选中的那个路口冲去。即使是在黑夜中,只有依稀的火把与星光,人们也能感觉到那种马踏大地的震动与决绝。

西夏人立刻发现了这支想要突围的部队,但他们似乎有点儿无可奈何。

在那个方向,种朴与他的部下们不断有人落马,有人是中了冷箭,更多的人却是在黑夜中因为地形不熟而失蹄落马,他们几乎没有受到多少攻击——否则他们很可能全军覆没。

拱圣军上下都燃起了一线希望,一批批部队追随着种朴部向缺口冲去。

西夏人的进攻更加疯狂起来。

断后的拱圣军战士不断的战死,甚至还有人因为过度疲劳脱力而死,却没有人畏缩。的确,对于拱圣军来说,即使只是为了家族的荣耀,他们也有战死而不退的理由。不过此时这些似乎都无关紧要,什么都不重要,他们只知道袍泽们都在战斗!

每个人都高喊着"吾皇万岁!"然后从容赴死。但他们捍卫的,却绝不仅仅只是皇帝与拱圣军的骄傲!

野利赞与贺崇榜各领着两千骑兵，马衔枚，人噤声，安静地潜伏在一个小山坡后，这里正居于拱圣军突围的路口外的原野上，居高临下，借着星光可以大致看清坡下数里的情形，而同样的夜晚，在坡下却很难发现坡上的情况——如果有人能看见的话，便会发现：四千骑兵，在黑夜当中以战斗队形布开，远远望去，便宛如两片阴森森的树林。

在梁永能的算计中，像拱圣军这样带着辎重的大队骑兵欲往盐州，则必定要经过杨柳屯；而通往杨柳屯的大道只有一条，这条道上，二十里内，又只有这一个岔道口。他既在必经之道上伏下重兵，便相信拱圣军遭到埋伏后，一定会被击溃。所以梁永能让野利赞与贺崇榜率领一支骑兵在此等候，目的便是为了全歼拱圣军，扩大战果——溃败的宋军只要还找得着方向，这里就肯定是逃窜的路线。而贺崇榜与野利赞的任务也应当很轻松，就是收拾一些溃兵；但立功的机会却不小——只要拱圣军主将不死，野利赞与贺崇榜就有机会生擒之，立下大功。

所以二人对于自己所领的将令，都感到十分满意。

野利赞一早便与贺崇榜商议，无论如何要生擒几名宋军高级武官才称得上功劳。而最佳目标，当然是拱圣军都指挥使符怀孝。

隐隐听到主战场的喊杀声、爆炸声，可以想见那边的战况极其激烈。二人都忍不住暗暗在心中祈祷，希望符怀孝不要这么倒霉，无论如何，也要活着逃出来成为自己的俘虏才好。

战斗开始不久的时候，便不断有零星的骑兵或者无主的战马惊慌失措的闯入二人视线所及的范围，不过这些既非野利赞与贺崇榜的目标，也不能给他们造成多大的麻烦。

二人耐心地等待着。

然而，预想中的大溃败却并没有出现。随着时间的推移，甚至连零星的溃兵都渐渐绝迹。有一刻钟，野利赞与贺崇榜几乎以为拱圣军已经投降了。但隐隐的杀伐之声，却分明告诉他们另一种现实。

两个人的心都沉了下去，失望的情绪笼罩内心。难道自己最终只能一无所获？野利赞与贺崇榜在心中暗暗哀叹自己的时运不济。

便在二人耐心将要丧尽的时候，一阵疾如暴风骤雨的蹄声清晰地传入耳中。二人顿时精神一振，连忙仔细眺望，只见星光之下，从路口冲出一队骑兵来。

野利赞心中一阵激动，抑制住想要立即冲杀出去的激动，死死地盯着这一队宋军。一面还担心地望了贺崇榜那边一眼，虽然二人领命之时梁永能便已吩咐一切以带了二十多年兵的野利赞为主，除非遇到意外，贺崇榜的部队必须在野利赞出击后才能出动。但是,潜伏了这么久之后,因为将领压抑不住而擅自行动的事情也并非没有先例。不过贺崇榜部似乎并无异动,野利赞放下心来,继续观察这支突围的宋军——他已经认定这是"突围"而不是"溃败",虽然是在黑夜中,难以看清楚宋军具体的人数与构成,但这支宋军的行动一致,与溃败的情形实在相差太大。

野利赞不由得在心里赞了一句拱圣军。败而不乱,才是真正的精锐。

仅仅凭着直觉,野利赞便知道这只是突围宋军的前锋——果然,这个念头还在脑海中打转,马上便源源不断地有宋军随之冲了出来。

"符怀孝还没死!"野利赞难掩心中的狂喜。宋军如此有组织的突围,在主将已战死的情况下,是不可思议的。

野利赞暗暗计算着宋军突围的人数与路线,判断着发起进攻的最佳时机。

但是,突然,宋军停了下来。

难道他们发现什么了?野利赞心里一惊,来不及佩服宋将,便果断地做出了手势:"上马!"

8

种朴率部策马狂奔在黑夜笼罩的黄土高原上,秋夜凉风习习,吹在脸上,让人感觉到一种突出束缚的快意。当他回到原野地带的那一刻,他便有种龙归大海虎入山林的畅快感。在这里,在这片宽广的天地中,拱圣军不畏惧任何敌人。

但种朴也丝毫不敢放松警惕。战斗并未结束,危险依然存在,这里也可能潜伏着敌人。

忽然,他听到身后"砰"的一声,一个战士竟从疾驰的战马上摔了下去。

"吁!"种朴猛地勒停战马,摘弓在手,警惕地注意四周。他身后的战士见状也纷纷停下来马,四下张望。但是四顾之后,他们却没有发现任何敌情。

"出什么事了?"种朴皱眉问道。

"有人落马了,像是累的。"一个部下回道。

种朴这时候才意识到自己的双臂与腰间也隐隐作痛,整整一天的行军,再加上刚刚经历过激战,整个人其实也已经疲惫不堪了。他再去看他的部下们,都有掩饰不住的疲惫。拱圣军作为一支精锐骑兵,虽然人人配有装有棘轮机构的弩机,但是为了减少马匹的负重,除了前锋营外,平时并不携带,而只在战前发放。他们主要的远程作战兵器是弓。在刚刚的战斗中,他们每一个战士至少射出三十支以上的箭,在没有经过休整的情况以如此强度作战,对于体力的确是一个极大的挑战。

但无论如何，现在不是休息的时候。

"都给我打起精神来！"种朴厉声吼道，"休让西贼看了笑话！随时准备再打他娘的一仗！"

"是！"

"报仇雪耻之前，老子还不想进忠烈祠。绝不可掉以轻心！"

"是！"

士气虽然有点儿低落，但士兵们还没有丧失斗志。种朴满意地点点头，勒马回转。在转身的那一刹那，他见到符怀孝的将旗也冲了出来。也在那一刹那，他听到了漫山遍野的号角之声！大地都似乎在颤抖，便见黑压压的西夏骑兵，如同鬼魅一般，从各个方向冲了出来，喊声震天。

种朴握弓的手背，青筋狰狞。

"正东面的西贼要薄弱一点！"一个念头突然跳上心间，种朴不知道这是直觉还是可靠的判断，但他也没有时间来请示符怀孝，时机稍纵即逝，他必须赌上一把。

"吾皇万岁！"种朴大声吼道，朝着他看起来薄弱的正东方冲了过去。他身后的拱圣军战士紧随其后，一齐高喊着"吾皇万岁！"便如同巨大的黑色利箭，向着正东方穿去。

种朴很快便知道自己的直觉是正确的。

夏军在发动进攻时，贺崇榜部与野利赞部之间的配合出现了问题，贺崇榜的右翼离野利赞的左翼太远了，使得正东方的夏军兵力略显薄弱。这个结合部又恰好成为拱圣军冲击的目标，竟被怀着一腔悲愤之气的拱圣军撕得七零八落。宋军也不敢恋战，一旦击溃面前之敌，便马不停蹄地向前方狂飙。

野利赞与贺崇榜连忙调动另外两翼包抄过来。

然而为时已晚，这些劫后余生的拱圣军有近三千骑竟然都奇迹般地冲了出去。野利赞此时顾不得埋怨贺崇榜，连忙引兵急追。

一场伏击战，竟然变成了追击战。

终于，东方的天空微微泛出了鱼肚白。

符怀孝与种朴率领拱圣军余部在黄土高原上已经跑了一个晚上，此时已是人疲马乏。而让人绝望的是，他们且战且退，无法从容辨别方向、选择路径，在晚上的黄土高原上竟然迷路了。身后的西夏人却始终穷追不舍，不依不饶。而且似乎还越来越多！在最近的一次断后作战中，种朴还赫然发现了"梁"字帅旗！

二人不知道，梁永能已经认定了拱圣军是一支孤军，而拱圣军那可怕的战斗力让他心有余悸——在夜晚的伏击战中，他损失了近二十名将领，数千战士。而那些断后的拱圣军武官在最后竟然全部自刎，没有一个武官肯投降，除了辎重部队外，他仅仅俘虏了几百名拱圣军士兵。在围攻杨柳屯的拱圣军前军的战斗中，梁永能的损失也非常惨重。仅仅一个晚上，他便一共失去了近万名部属。这样的一支部队，在有机会全歼的时候，梁永能绝不会放过。他计算了日程与时间，夏州城的宋军主力要得到消息再出兵来此，最快也要十天。留给这些宋军最好的礼物，莫过于符怀孝的首级！

所以，梁永能一面派人向兴庆府报捷，一面将主力留在盐州城休整，自己则不待天明，亲自点了一万精骑，汇合野利赞与贺崇榜部，对拱圣军余部穷追不舍。

符怀孝此时也已经明白梁永能是必欲得己而甘心。但宋军的军法继承自五代，虽经修订，但是军法依然明文规定：弃主将而逃者斩！即使不是故意弃主将而逃，军法也规定：大军失主将者，将校以下皆免官黜为民，忠士以下流万里！这等严酷的法令，使得符怀孝没有别的选择。

为了节省体力，他将麾下的战士们分成四队，四队轮流断后，充分利用河流与谷道，交替掩护。

但西夏人是分三路而进，挡得一路滞后，马上便有另外二路追了上来。使得拱圣军几乎也没有喘息之机。

局势越来越让人绝望。

如此坚持到了中午，在成功地用一系列花招暂时甩远西夏人后，符怀孝与种朴终于发现了无定河。

"全军下马稍事歇息！"符怀孝揣度着西夏人与自己的距离，下达了战斗开始后的第一次休息命令。士兵们连欢呼的力气都没有了，争先恐后地牵着战马奔去无定河。有些人开始狼吞虎咽地就着河水吃起干粮；有些人一屁股坐在河边，动都不想动，放任战马自己去饮水……

符怀孝望着这一幕，心中绝望更甚，他将种朴叫至身边，低声道："种郎，我要你率兵先去求救兵！"

种朴吃了一惊，抬眼望着符怀孝："将军，我军已至无定河，只要循河而行，西贼追不上我们！"

"我们还能跑多久？"符怀孝厉声反问道。

种朴向左右看了一眼，叹了口气，不再说话。一路之上，已经有不少战马倒毙，他们的确快要跑不动了。

"你率两百骑，每人带两匹马，昼夜兼程去找折将军，若他接到我的信便出兵，此时也快到宥州了。我看到前处有座小山，乃可守之地，我便据守此山，等待援军。"

符怀孝没有说自己能守多久。

无论是种朴还是符怀孝,心里都清楚地知道,他绝对守不到援兵到来的那一天。但是两个人也更加清楚地知道,拱圣军也无法再跑下去了。符怀孝做出这样的安排,无非是想保住种朴,使一个才华出众的后起之秀不至于从此无望于军旅甚至白白葬送于此;也是想保存一点拱圣军的种子——他无法堂而皇之地将军旗交付种朴带走,但只要拱圣军还有人在,即使军旗不存,也可以寄望于皇帝的恩典,毕竟还有重建之希望。

"末将宁愿与西贼死战。请将军另委他人请援。"种朴断然拒绝。他听明白了符怀孝的意思,但是种家的人绝不会临阵脱逃。

"此乃军令!"符怀孝冷冷地说道。

"将军!"

"你即刻出发,不得延误军机!"符怀孝声色俱厉地呵斥着。

"是!末将领令!"种朴咬咬牙,转身大步向自己的战马走去。

无定河边传来集合整队的喧哗声。

符怀孝走到一边去探视受伤的战士,到种朴率部远去,也没有移目看他们一眼。一直到马蹄声远,他才颁布命令:"全军上山,固守待援!"

在拱圣军上山后没多久,无定河边的这座小山,便被西夏人围了个里三层外三层。

9

黄昏。

"驾!""驾!"距宥州城约五十里左右的一个山涧内,种朴与他的部下们发了疯似的抽打着战马,催促着战马疾驰。他还抱着万一的希望,想要尽量将援兵请到。若不能在天黑前赶到宥州,一旦宥州城落关,未必便能叫开城门。那么会便耽误一个晚上的时间。更何况,种朴也担心着宥州城现在究竟还在不在宋军的掌握当中。不过现在看来,在夜晚来临前赶到宥州,已是不可能完成的任务。

清脆的马蹄声在山涧内此起彼落,如同暴雨落在巨石之上一般。

"站住!"忽然,涧内传来大声的呵斥。

"吁!"种朴连忙勒马,伸手摘起弓来,起身四顾。他身后的部下也纷纷勒马,张弓搭箭。

便见山涧两侧崖石上,整整齐齐两排弩手正将弩机瞄准着种朴一行。

一个三十来岁的武官伸出半个身子来,厉声喝道:"你们是什么人!"

种朴见着那个武官的服饰，只觉得心头一阵狂喜。

宋军！

是宋军！

"我们是拱圣军。"种朴压抑住心中的喜悦，大声问道，"你们是哪军的？"

"拱圣军？"那人疑惑地望了种朴一眼，又伏下身去。

弩手们依然将弩机对准着种朴一行人。

"你们是什么人？"种朴再次问道，"我有紧急军情，休得误我大事。"

上面没有回应。种朴只看见一面红旗摇了几下。须臾，便见自涧外有十来名骑士策马而入，种朴看那为首之人，却是一名陪戎副尉。但是这些人身上，都看不出来是隶属于某军的。

那十来名骑士在离种朴一行约五十步外勒马，那名陪戎副尉只是随意看了种朴一行一眼，便抬头喊道："魏老三，出甚事了？"

上面的武官再次探出身来，笑道："徐义，下面的人道是拱圣军的。"

徐义闻言，又仔细看了一眼种朴，见种朴一行都狼狈不堪，脸上、战袍上到处是斑斑血迹，而胸前的标志却赫然是个翊麾校尉，他略显惊讶，但只是例行公事般地行了一礼，道："下官奉令把守此道，上官既是拱圣军的，还请随下官一行。"

"随你一行？"种朴冷笑道，"你又是什么人？"

"回上官，下官是环州义勇陪戎副尉徐义。"徐义淡淡地说道。

"环州义勇？"不只是种朴，连他所有的部下，一时间都惊住了。环州义勇隶属于西讨行营都总管司，怎么会跑到宥州来了？

宥州城外三十里的某处，折克行刚刚接到拱圣军遇伏，极可能全军尽没的消息。折克行的幕僚、将军们，此时正懊恼不已。

早在符怀孝平定宥、龙、洪三州之前，折克行便借口担心拱圣军孤军深入吃亏，率军秘密离开夏州。但是稍微聪明一点的将领都心知肚明，这次进军与其说是担心拱圣军吃亏，毋宁说是在利用拱圣军——否则后继部队的跟进根本没有必要如此隐秘，一路之上，折克行不仅仅下令昼伏夜行，而且还派出许多小股的斥候，强迫路上遇到的一切人众随军而行，违者格杀勿论。更明显的是，折克行甚至将拱圣军也瞒在鼓里，当拱圣军平定三州后，折克行便率领部队停留离宥州不到六十里的地方。

但所有人都识趣地没有对此发表任何意见，因为折克行亲自统率的部队，不仅仅包括飞骑军与河东番骑，还有云翼军——云翼军参与这次行动本身，就代表了小隐君的态度。而当他们在拱圣军离宥州后秘密接管宥州时，赫然发觉大名鼎鼎的环州义勇在何畏之的率领下，已经从保安军秘密抵达洪州。能够调动环州义勇这样特殊编制的军队的,整个陕西现在只有一个人!借口是冠冕堂皇的,连主帅石越也在"关心"拱圣军的安危。然而知情者都知道,在折克行的谋划中,拱圣军与盐州一起,已经被当成平夏战局的大诱饵。

而在符怀孝回到宥州休整的那一天,振武军第三军与飞武军第三军等夏州城的宋军步军主力与辎重部队,也开始大摇大摆地公开向西进发。在表面上,他们每天走不到三十里,而步军主力与辎重是同时前进的,但暗地里,振武军第三军与飞武军第三军,以急行军的速度,昼夜兼程,一日一夜走一百二十里,只用了三天的时间便与折克行率领的骑军合兵一处。至此,折克行手中已掌握超过六万的精兵悍卒。

这六万宋军,以营为单位分散驻扎在宥州城外三十里的隐秘地区,等待梁永能上钩。而只派环州义勇以教阅厢军的名义守卫宥州附近,控制城门关卡与各处通道,四处巡查,防止梁永能的细作走漏消息。

与此同时,在盐州以南,西讨行营都总管司更是出动了三个军的兵力,随时准备从归德川进兵,强攻虾蟆寨、橐驼口,进逼盐州,策应折克行。

西讨行营都总管司的意图已经非常明确,便是要一战而抵定平夏局势。

但事情总有意外,没有人想到拱圣军会被梁永能一口吞掉。万一梁永能打完就跑,让鱼儿吃了饵却没钓到鱼,平白折了拱圣军,不仅仅对士气是严重的打击,而且会鼓舞西夏士气,使许多部族立场更加摇摆,平夏战局有可能陷入更加让人尴尬的僵持当中。

而且……胜利者固然不会被指责,但是,以拱圣军的特殊地位,故意使之陷入危局而导致全军尽没,已经会得罪一大批人,更何况这种牺牲还毫无价值,这岂非是招人忌恨之时还授人口实?

此时许多将领懊恼与担心的,并不是战局。而是在盘算着将来可能在汴京发生的事情。无论是石越还是种古、折克行,肯定都没有料到拱圣军会全军覆没。探马的情报,的确是出乎所有人的意料。没有人敢随便开口说话,越是阶级高的将领,越是担心自己的话将来会成为取祸之由。

折克行虎踞于帅椅上,不动声色地望着满帐噤若寒蝉的将校。

他的确没有料到拱圣军会败得如此快,如此惨。虽然这个情报还有待证实,但以他多年的经验,他知道结果也不会好到哪里去。但折克行此时却根本没有把将来可能招到的报复放到心上。事情既然做了,便不怕承担后果。如果能够全歼梁永能的平夏军,便是让他将上四军一起葬送在这里,他折克行也不会皱一下眉头。

打仗的时候,唯一要考虑的,便是如何取得胜利!

折克行的心如铁石一样坚硬。

利用拱圣军与盐州诱梁永能出战,然后一举歼灭平夏兵的策略,其实是折克行一个人的主意。石越与种古，在得到各种情报分析之后，也许已经知道是怎么一回事了，但最开始他们分别派出云翼军与环州义勇之时，却根本不知道折克行的打算。折克行向种古报告他发现了平夏兵主力，请他派出云翼军以集合骑军的力量，与之决战；而向石越则报告说他发现梁永能主力在盐州出没，因为盐州的南面对着环庆，所以请求支援，并且希望石越能够派环州义勇到保安军，给他借用一个月。

折克行并没有说谎，也没有违反任何一条军法。

但他也成功地借着云翼军与环州义勇，打消了诸将心中的疑虑。让诸将以为石越与种古是支持他的——不过，石越与种古到现在并没有任何表示，这种态度，实际上已是默认了折克行的策略。只不过二人心中肯定有所不满。

但折克行不在乎。

当他坐在虎皮帅椅上运筹帷幄之时，他在乎的，便只有胜利！

为了胜利，他可以让千百万的人去死，何况区区一个拱圣军！只要梁永能来咬钩，便值得冒险。

为了胜利，他也可以不惜得罪上司与朋友，更何况汴京城那里看不见摸不着的高官，这不是在打仗时要考虑的问题。

用一个拱圣军来换整个平夏地区，这笔交易是划得来的！

这一点，折克行绝不后悔。他现在要考虑的，是如何网住梁永能这条咬了钩的大鱼！

"就算符怀孝完了，梁永能亦没有这般快跑掉。"诸将之中首先开口的是吴安国。他一点也不忌讳自己的身份，在众多身份比自己高的将领们还没开口的时候，便脱口而出，且直呼符怀孝之名，引得满帐侧目。但他却毫不在意，继续说道，"杨柳屯与铁柱泉、叱利砦等处，皆并为盐州最险要之地。符怀孝不通地理，以骄兵遇伏，本在意料之中。但梁氏既败拱圣军，正是志得意满之时，且以为拱圣军是孤军深入，岂有不留军在盐州休整数日之理？我军若遣先锋，昼夜兼程疾行，此去盐州不过一日一夜可到，正好出其不意，攻其不备，使梁永能无法从容逃窜。而大军迤逦其后，使辎重慢行，战士携五日之粮，轻装而进，最慢两日夜可至。如此，拱圣军虽覆，而梁永能亦必能成擒。况且探马之报语焉不详，符怀孝亦未必真的全军尽没了。他若能拖住梁永能一日，平夏从此可高枕无忧！"

吴安国说完之后，折克行微微颔首。但是其余诸将，却依然只是你看看我，我看看你，并不言语。连河东军的将领，似乎都心存疑虑。

折克行移目赵尽忠，道："赵将军以为如何？"

"下官以为，兵法云百里争利必蹶上将军，且只携五日之粮而进，吴镇卿之议，过于冒险。"赵尽忠心里本乐于看折克行的笑话，但既然涉及军机，他却不敢儿戏。

折克行"嗯"了一声，又向云翼军副都指挥使杨知秋问道："杨将军以为如何？"

杨知秋看了一眼赵尽忠，又看了一眼吴安国。他知道吴安国是种古的爱将，又是云翼军公认的"将种"，论理他应当站在吴安国一边，但是他心里对吴安国总有几分排斥，犹豫半晌，杨知秋方说道："下官以为，拱圣军是夜行遇伏，轻兵疾进，其祸如此。后来者不可不鉴。"

折克行不置可否，又自飞武军第三军都指挥使开始，一一询问帐中高级将领的意见，竟多是认为吴安国的建议过于冒险。

折克行依然不动声色，最后才问到诸军主将中阶级较低的何畏之。

却见何畏之环视帐中，笑道："依末将之见，梁永能已是俎中之肉，诸公奈何弃之不食？拱圣军之败，是因其自大轻敌，梁永能有备待无备。而今梁永能大胜之后，正当志得意满，不可一世，而我军出其不意，以有备击无备。胜败之数，又有何疑？末将以为吴将军之策甚善。若击西贼，环州义勇，愿为前驱！"

他话音未落，便听帐外有人禀道："拱圣军第三营副都指挥使翊麾校尉种朴有紧急军情求见！"

"啊？"中军大帐当中，众人顿时都是又惊又喜，一齐向帐帘处望去。连折克行也不由得按案而起，大声道："快宣他进帐！"

"是！"

大帐的门帘被掀开，一个浑身都是血迹的武官，出现在众人面前。

种朴一见着折克行，"扑通"一声单膝跪下，激动难抑地说道："请折帅速发援军，救我拱圣军将士！大恩大德，拱圣军上下，永不敢忘！"

折克行听到此语，心中竟是一阵狂喜。看来拱圣军是被围住了！这样说来，梁永能便跑不掉了。

"种将军莫急，这究竟是怎么一回事？"

......

10

八十余里！

只有八十余里！

"天助我也！天助我也！"折克行表面虽然平静，但心中当真是喜不自胜。大军行进的速度，当然不可能如种朴回来求援那么快，但是骑兵抛弃一切辎重，八十里不用一天便可以赶到。步军快则一日，慢则两日，也可赶到战场。而梁永能却远离他的步军与主力，正率领着骑兵在围攻符怀孝！

折克行立即答应了种朴发兵救援的要求。

他亲自统率着飞骑军、云翼军与河东番骑在种朴的带领下，以吴安国部为先锋，趁夜前往救援。同时命令赵尽忠统领步军，以何畏之的环州义勇为先锋，直取盐州城，包围梁永能的主力，并且阻断梁永能的归路。又派人去通知都总管司的军队，即刻强攻虾蟆寨。

但是种朴却依然心急如焚。

折克行不仅命令所有战马裹蹄衔枚，而且严令所有将士不得骑马，而是一律牵马步行。也不得打火把，大军只能依靠夜空的月光辨路。

种朴向折克行请求加速行军，换来的回答却是："敢举火者斩！"

折克行绝不允许梁永能事先发现自己的行踪而逃窜。

而种朴却担心着拱圣军那些幸存袍泽的安危。每多耽误一刻，不知道有多少将士会战死。而且，他也不知道符怀孝能否坚持到援军来的那一刻。

但折克行却并不在乎，即使拱圣军全军尽墨，梁永能多半也会就地露营。至少他根本不可能连夜赶回盐州。而且，在符怀孝授首，拱圣军被全歼的情况下，梁永能与西夏人的警惕性会降到最低。

他只害怕一件事，便是梁永能闻风而逃。

用符怀孝与拱圣军换梁永能与平夏兵，让平夏地区从此真正归入大宋的版图，陕西自此无西顾之忧。这是值得的！

在大军的最前面，康时杰看了一眼种朴与他的拱圣军部下们的背影，终于忍不住用几乎细不可闻的声音向吴安国问道："我们这样行军，赶得及吗？"

吴安国怔了一下，嘴唇微微动了动。

康时杰细细辨认，吴安国说的是："一将功成万骨枯！"他顿时呆住了，半晌方回过神，快步跟上吴安国，默默向前走着。

次日上午。

被梁永能率兵围困在一座小山丘上的符怀孝与他的拱圣军们，终于彻底陷入了绝境。每个人都筋疲力尽，却看不到援军在哪里。凭借着毅力做困兽的挣扎，却面临最无奈的境况，他们没箭了！

符怀孝身上到处都是伤，但他头脑却异常的清醒。

他必须要做出抉择。

"我们……"符怀孝吐出两个字，却遏然而止，他实在有太多的不甘心。环顾四周，幸存的拱圣军将士身上处处都是血迹伤口，但许多人已在摩擦起自己的马刀。符怀孝不敢去看他们的眼睛。他出身世家，也曾经以"儒将"自诩，颇读诗书，对于掌故战史知之甚详。此时符怀孝终于理解了乌江前的项羽。对于跟随自己的将士，符怀孝心中之愧疚，便觉纵铸九州之铁，亦不能为此错。但事已至此，楚霸王纵使斩将夺旗将责任推给上天，但他也终不能逃过自己内心的悔恨。而符怀孝此时，便连斩将夺旗之力也没有。他只能既不甘心又悔恨万分地承认失败。

"我们败了！"符怀孝仰天长叹，两行老泪忍不住夺眶而出，"我愧对皇上！愧对战死的将士！"

"将军！胜负尚未可知！"

"是啊！正要与西贼决一死战！"

"罢了！"符怀孝缓缓摇了摇头，"罢了，降了吧！皇上德泽仁厚，必不至加罪。"

"降？"

"降？"

许多人激动地望着符怀孝，"我们拱圣军决不投降西贼！"

"对！拱圣军决不会投降！"

"你们谁无妻儿老小？"符怀孝厉声喝道，"皇上是仁君，必不加罪。弓矢已尽，贼众数十倍于我，再打下去，不过是白白送死！你们死了，于朝廷何益？于国于家何益？"

"塞外之地，生不如死！给西贼作奴，岂不愧对祖宗？我等宁死不降！"

"对，我华夏贵胄，岂能给蛮夷作奴？"

"你们死在这里又有何用？仗一打完，你们便一定能回汴京。"符怀孝声色俱厉地说着自己也没有把握的话，"尔等既无负国家，国家又岂会负尔等？朝廷赎回战俘亦是常例。况且，我们虽败了，但西夏必亡！只要留下性命在，何忧不能回故里？"

"今日之事，所有罪责，吾一身承担！"

小山之上，不知有谁"哇"的一声，忽然先哭起来。很快，哭声响成一片。

符怀孝望着这些被自己连累的战士，悄不可闻地叹了一口气。究竟是活下来好还是死了好，他自己也说不清楚。但有一点符怀孝敢肯定：无论如何，这些将士的家人，都会希望他们活下来。

梁永能骑在他心爱的战马"乌云"上，望着小山上鱼贯而下的拱圣军将士，真是志得意满，忍不住哈哈大笑。

"都统，宋将符怀孝带到。"

"噢……"梁永能大声笑道，"快请！"

满身是血，神情萎靡的符怀孝被带到梁永能跟前。西夏人虽然没有将他五花大绑，却有十来个刀斧手押解着,虎视眈眈地注视着他的一举一动。梁永能见到符怀孝,笑着跳下马来,笑道:"符公何来之迟也!"

符怀孝这才是第一次见着梁永能,他打量梁永能一眼,却是个貌不惊人的中年汉子。符怀孝淡淡说道:"石帅亦候公久矣。"

梁永能笑道:"鹿死谁手,尚未可知。将军之名,扬于敝国已久,我主求贤若渴,若将军肯屈尊委质,何愁功名富贵?"拱圣军给梁永能印象深刻,对于符怀孝,他的确是很想收为己用。

符怀孝淡淡一笑,道:"某败军辱国,此时不死,不过是因为一身系着麾下千余将士之名誉性命,岂敢图功名富贵?某有一言赠予明公,夏国将亡,虽妇孺皆知。将军欲以螳臂当车,其志虽可嘉,然其事甚可笑。某今日虽败,明日即至公耳。若为将军谋,早降大宋,封侯非难事;若其不然,必有后至之诛!"

梁永能不料反被符怀孝劝降,他也不生气,只是嘲笑道:"平夏岂是汉家河山?"说罢与众将一起哈哈大笑。

忽然,梁永能的笑声停了下来,脸上露出惋惜、震惊之色。众夏将顺着他的目光望去,却见符怀孝胸胃内鼓起一块,鲜血顺着他的身体,流了一地。众人此时已知符怀孝定是早已在胸胃内藏了匕首,随时准备自杀。只是不知为何竟逃过了西夏士兵的检查,将这匕首带到了梁永能身边。那些带符怀孝来的刀斧手早已吓得双腿发颤了。

却见符怀孝微笑着对梁永能说道:"吾在地府候……候公早……早至!"说罢,"砰"地倒在地上。

梁永能咀嚼着符怀孝临死前说的话,只觉得头皮一阵阵发紧。不知怎的,他突然嗅出一丝危险的气息,连忙跃身上马,策马奔向最近的一个小坡观望。这一望,梁永能竟是倒吸一口凉气——漫天的黄尘,正向着他滚滚而来!

"上马!"

"上马!"

梁永能气急败坏地大喊起来。

(第五卷完)